ANNE RICE

Née en 1941 à La Nouvelle-Orléans, Anne Rice commence à écrire au milieu des années soixante-dix ce qu'elle pense être « une courte nouvelle sur le thème du vampirisme ». *Entretien avec un vampire* deviendra un livre culte, le premier volume des *Chroniques des vampires*, bientôt suivi de *Lestat, le vampire*, best-seller dans le monde entier.
Reine du fantastique moderne qu'elle a révolutionné en lui apportant sensualité et démesure, elle passe au roman historique avec *La voix des anges*, superbe histoire de castrats à Venise, et à l'érotisme avec *Les mésaventures de la Belle au bois dormant*.
Revenue à ses chers vampires avec *La reine des damnés* et *Le Voleur de corps*, elle se consacre bientôt à *La saga des sorcières de Mayfair*, amorcée avec *Le lien maléfique* et poursuivie dans *L'heure des sorcières*, en attendant, ce qui ne saurait tarder, que les personnages de ses deux séries ne finissent par se rencontrer.

LE VOLEUR DE CORPS

DU MÊME AUTEUR
CHEZ POCKET

Chroniques des vampires

1. ENTRETIEN AVEC UN VAMPIRE
2. LESTAT LE VAMPIRE
3. LA REINE DES DAMNÉS
4. LE VOLEUR DE CORPS
5. MEMNOCH LE DÉMON

La saga des sorcières

1. LE LIEN MALÉFIQUE
2. L'HEURE DES SORCIÈRES
3. TALTOS

Nouveaux contes des vampires

1. VITTORIO LE VAMPIRE

LA MOMIE
LE VIOLON
LE SORTILÈGE DE BABYLONE
LA VOIX DES ANGES

COLLECTION TERREUR
dirigée par Patrice Duvic et David Camus

ANNE RICE

LE VOLEUR DE CORPS

CHRONIQUE DES VAMPIRES

PLON

Titre original de l'ouvrage
The Tale of the Body Thief
The Vampires Chronicles.

Traduit de l'américain
par Jean Rosenthal

PRESSECO

PAPIER RECYCLÉ
NATURE PROTÉGÉE

ISBN édition originale : Alfred A. Knopf, New York, 0-679-40528-3

ISBN 2-266-12345-9

Pour mes parents,
Howard et Katherine O'Brien.
Vos rêves et votre courage m'accompagneront
tout au long de ma vie.

APPAREILLAGE POUR BYZANCE

par W.B. Yeats

I

Ce pays-ci n'est pas pour les vieillards. Les jeunes
Échangent des étreintes, oiseaux dans les arbres,
— Ces générations expirantes — à leurs accents,
Les rivières à saumon, les mers de dauphins peuplées,
Tout, gibier à plume ou poisson, l'été durant célèbre
Tout ce qui fut engendré et meurt un jour.
Captifs de cette musique sensuelle, tous négligent
Les monuments de l'intellect intemporel.

II

C'est chose bien mesquine qu'un vieillard,
Un habit loqueteux sur un bâton, à moins
Que l'âme batte des mains, et plus fort chante
A chaque trou de sa mortelle défroque,
Car il n'est d'autre école de chant que l'étude
Des monuments de sa propre magnificence ;
Et c'est pourquoi j'ai vogué sur les mers, pour aborder
A la cité sainte de Byzance.

III

O Sages dressés dans le feu sacré de Dieu
Comme dans la mosaïque d'or d'une paroi,
Sortez du feu sacré, phénix dans un cercle enchanté,
Et soyez les maîtres de chant de mon âme.
Consumez mon cœur ; malade de désir
Et lié à un animal expirant,
Il ne sait ce qu'il est ; et accueillez-moi
Dans l'artifice de l'éternité.

IV

Une fois quittée la nature, je n'emprunterai plus
A rien de naturel ma forme corporelle,
Mais plutôt celle que les orfèvres grecs cisèlent
D'or battu et d'émaux sur fond d'or
Pour tenir en éveil un empereur somnolent ;
Ou peut-être me poserai-je sur un rameau d'or pour chanter
Aux seigneurs et aux dames de Byzance,
Pour chanter le passé ou ce qui passe ou ce qui vient[1].

1. Traduction d'Armand Guibert, in *Fontaine*, n°s 37-40, « Aspects de la littérature anglaise de 1918 à 1940. »

Ici Lestat le Vampire. J'ai une histoire à vous raconter. Une histoire qui m'est arrivée.

Cela débute à Miami, en l'an 1990, et c'est vraiment par là que j'ai envie de commencer. Mais il est important que je vous parle des rêves que je faisais avant cette époque, car eux aussi font partie de ce récit. Je parle ici de rêves où figure un enfant vampire au visage d'ange et à l'esprit de femme, d'un rêve aussi concernant mon ami mortel David Talbot.

Il y avait aussi des rêves de mon enfance en France, à l'époque où j'étais encore un mortel : pleins de neiges hivernales, du sinistre château en ruine que mon père possédait en Auvergne, et de ce jour où je m'en étais allé chasser une meute de loups qui faisaient des ravages dans notre pauvre village.

Les rêves peuvent être aussi réels que la vie. C'est du moins ce qu'il m'a paru après coup.

Et j'étais dans de bien sombres dispositions d'esprit quand ils ont commencé ; j'étais un vampire vagabond qui parcourait la terre, parfois si couvert de poussière que personne ne me remarquait. A quoi bon avoir d'abondants et magnifiques cheveux blonds, des yeux bleus au regard aigu, d'être vêtu comme une gravure de mode, d'avoir un sourire irrésistible et un corps bien proportionné d'un mètre quatre-vingts qui, malgré ses deux cents ans, peut fort bien passer pour celui d'un mortel de vingt ans. Pourtant j'étais encore un homme de l'âge de la Raison, un enfant du dix-huitième siècle, époque à laquelle j'avais bel et bien vécu avant de Naître aux Ténèbres.

Vers la fin des années 1980, je n'étais plus du tout le jeune et élégant vampire que j'avais été jadis, si attaché à sa classique cape noire et à sa dentelle de Bruges, le vrai gentleman, avec sa canne et ses gants blancs, qui dansait sous les réverbères à gaz.

Les souffrances, les triomphes et le sang que j'avais bu des Anciens m'avaient transformé en une sorte de dieu ténébreux. J'avais des pouvoirs qui me surprenaient et parfois même m'effrayaient. Des pouvoirs qui me chagrinaient, même si je ne comprenais pas toujours pourquoi.

Je pouvais, par exemple, me déplacer dans les airs à mon gré, parcourir sur les vents de la nuit de grandes distances aussi facilement qu'un fantôme. Le seul pouvoir de mon esprit me permettait d'affecter ou de détruire la matière. Je pouvais faire jaillir des flammes rien qu'en en formulant le souhait. Je pouvais aussi, avec ma voix surnaturelle, faire appel à d'autres immortels à travers les pays et les continents, et je pouvais sans effort lire les pensées des vampires et des hommes.

Pas mal, vous direz-vous peut-être. Cela me faisait horreur. A n'en pas douter, je pleurais mes mois du temps jadis : le jeune garçon mortel, le revenant nouveau-né qui avait pris la décision d'exceller à faire le mal, si tel était son lot.

Comprenez-moi, je ne suis pas un pragmatiste. J'ai une conscience aiguë et sans merci. J'aurais pu être un type bien. Peut-être le suis-je parfois. Mais j'ai toujours été un homme d'action. Le chagrin est une perte de temps, tout comme la peur. Et c'est de l'action que vous allez trouver ici, dès que j'en aurai fini avec cette introduction.

Ne l'oubliez pas, les débuts sont toujours pénibles et la plupart ont un côté artificiel. C'était une époque de rêves et une époque de cauchemars... vraiment ? Quand donc ? Et toutes les familles heureuses ne se ressemblent pas ; même Tolstoï a dû comprendre cela. Je ne peux pas m'en tirer avec un « Au commencement », ou bien « A midi, on m'a jeté à bas du chariot de foin », sinon je le ferais. Je me débrouille en général avec ce que je peux, croyez-moi. Et, comme l'a dit Nabokov par la voix de Humbert Humbert, « On peut toujours compter sur un meurtrier pour avoir un style fleuri ». Est-ce que ça ne pourrait pas vouloir dire « expérimental » ?

Je sais déjà que ma prose est sensuelle, chargée, luxuriante, moite... nombre de critiques me l'ont dit.

Il me faut, hélas, faire les choses à ma façon. Et nous en arriverons au début — s'il n'y a pas là une contradiction dans les termes — je vous le promets.

Je dois vous expliquer dès l'abord que, avant que cette aventure ne commence, je pleurais aussi la perte d'autres immortels que j'avais connus et aimés, car ils avaient tous quitté notre dernier lieu de rendez-vous de la fin du vingtième siècle pour se disperser. Quelle folie de penser que nous avions voulu recréer un sabbat. Ils avaient l'un après l'autre disparu dans le temps et dans l'espace, ce qui était inévitable. Les vampires n'aiment pas vraiment leurs semblables, même s'ils ont désespérément besoin de leur compagnie.

C'est cette nécessité précisément qui m'avait amené à créer mes jeunes disciples : Louis de Pointe du Lac, qui, au dix-neuvième siècle, devint mon patient et souvent tendre camarade, puis avec l'aide involontaire de ce dernier, la belle et fatale enfant vampire, Claudia. Durant ces nuits de vagabondages solitaires de la fin du vingtième siècle, Louis était le seul immortel que je voyais assez souvent. Il était le plus humain de nous tous, le moins divin.

Je ne m'éloignais jamais trop longtemps de sa cabane perdue dans le désert des quartiers résidentiels de La Nouvelle-Orléans. Mais vous verrez. J'y viendrai. Louis figure dans ce récit.

Ce qu'il y a, c'est que vous ne trouverez pas grand-chose ici sur les autres. A vrai dire, presque rien.

Sauf pour Claudia. Je rêvais de plus en plus souvent d'elle. Laissez-moi vous expliquer : elle avait été détruite plus d'un siècle auparavant, et pourtant je sentais sans cesse sa présence, comme si elle était au coin de la rue.

Ce fut en 1794 que je créai ce succulent petit vampire à partir d'une orpheline mourante, et soixante ans s'écoulèrent avant qu'elle ne se dressât contre moi. « *Je vais te mettre pour toujours dans ton cercueil, père.* »

En ce temps-là, je dormais en effet dans un cercueil. Et ce fut un épisode digne d'un mélo historique que cette sinistre tentative de meurtre, impliquant en l'occurrence des victimes mortelles appâtées avec des poisons pour m'obscurcir l'esprit, des poignards qui lacéraient ma chair blanche, et l'abandon pour finir de ma forme apparemment sans vie dans les eaux fétides du marécage derrière les pâles lumières de La Nouvelle-Orléans.

Bref, l'entreprise échoua. Il existe très peu de moyens sûrs de tuer les immortels. Le soleil, le feu... Il faut chercher un anéantissement total. Et, après tout, c'est de Lestat le Vampire que nous parlons ici.

Claudia expia ce crime : elle fut exécutée plus tard par un redoutable rassemblement de buveurs de sang qui prospéraient au cœur même de Paris dans l'abominable Théâtre des Vampires. J'avais enfreint les règles en transformant en buveur de sang une enfant si petite et cette seule raison aurait peut-être suffi à décider les monstres parisiens à se débarrasser d'elle. Mais elle aussi avait violé leurs lois en essayant de détruire son créateur, et ce fut sans doute pour cela qu'ils l'arrachèrent à ses ténèbres habituelles pour l'exposer à l'aveuglante lumière du jour qui eut tôt fait de la réduire en cendres.

C'est à mon avis une drôle de façon d'exécuter quelqu'un car ceux qui vous obligent ainsi à rester à la lumière doivent regagner précipitamment leur cercueil, et ne peuvent même pas témoigner que l'ardeur du soleil a bien exécuté leur sentence. C'est pourtant ce qu'ils firent à cette exquise et délicate créature que j'avais façonnée avec mon sang de vampire à partir d'une pauvre orpheline en haillons trouvée dans les ruines d'une colonie espagnole du Nouveau Monde — pour être mon amie, mon élève, mon amour, ma muse, ma compagne de chasse. Et, mais oui, ma fille.

Si vous avez lu *Entretien avec un Vampire*, alors vous n'ignorez rien de tout cela. C'est la version racontée par Louis du temps que nous avons passé ensemble. Louis y parle de son amour pour cette enfant et de la façon dont il se vengea de ceux qui l'avaient supprimée.

Si vous avez lu mes ouvrages autobiographiques, *Lestat le Vampire* et *La Reine des Damnés*, vous savez tout de moi aussi. Vous connaissez notre histoire, si tant est qu'elle présente quelque intérêt — et l'Histoire n'est jamais passionnante ; vous savez comment nous sommes venus au monde il y a de cela des milliers d'années, et comment nous nous multiplions en faisant don à des mortels choisis du Sang ténébreux quand nous voulons les emmener avec nous sur la Voie du Diable.

Vous n'avez pas besoin d'avoir lu tous ces livres pour comprendre celui-ci. Et vous n'y trouverez pas non plus les milliers de personnages qui peuplaient *La Reine des Damnés*. Pas un instant la civilisation occidentale ne vacillera au bord du gouffre. Vous n'y rencontrerez pas davantage de révélations datant du fond des âges ni de vieillards proférant des demi-vérités, des énigmes et des réponses encourageantes qui en fait n'existent pas et n'ont jamais existé.

Non, tout cela, je l'ai déjà fait.

Il s'agit d'un récit contemporain. Ne vous y trompez pas, il appartient bien aux Chroniques des Vampires. Mais c'en est le premier volume véritablement moderne, car il accepte l'horrifiante absurdité de l'existence depuis son commencement, et il nous entraîne dans l'esprit et dans l'âme de son héros — devinez donc de qui il s'agit ! — pour d'étonnantes découvertes.

Lisez cette histoire et, à mesure que vous tournerez les pages, je vous fournirai tous les renseignements qu'il vous faut sur nous. Et, vous savez, il se passe plein de choses dans ce livre ! Je vous l'ai dit, je suis un homme d'action — le James Bond des vampires, si vous voulez — surnommé le Prince Garnement, la Plus Abominable des Créatures et encore « espèce de monstre » par divers autres immortels.

Bien sûr, ces autres immortels sont encore là : Maharet et Mekare, les plus âgés d'entre nous, Khayman de la Première Génération, Éric, Santino, Pandore et d'autres que nous appellerons les Enfants des Millénaires. Armand est toujours là, le charmant vieillard de cinq cents ans au visage de jeune garçon qui dirigea jadis le Théâtre des Vampires et, avant cela, un rassemblement de buveurs de sang adorateurs du diable qui vivaient à Paris sous le cimetière des Innocents. Armand, je l'espère, sera toujours là.

Et Gabrielle, ma mère mortelle et mon immortelle enfant, va sans nul doute se montrer un de ces soirs avant qu'il ne s'écoule encore mille ans, si j'ai de la chance.

Quant à Marius, mon vieux maître et mentor, celui qui a conservé les secrets historiques de notre tribu, il est encore avec nous et le sera toujours. Avant que ne s'ouvre ce récit, il venait de temps en temps me gronder et m'implorer : ne voulais-je donc pas mettre un terme à mes meurtres irréfléchis qui finissaient toujours par se retrouver dans les pages des journaux ? Ne cesserais-je donc jamais de harceler mon ami mortel David Talbot ni de le tenter avec le Don ténébreux de notre sang ? Mieux valait s'arrêter là, ne le savais-je donc pas ?

Les lois, les lois, les lois... On finit toujours par parler de lois... Et j'adore les enfreindre comme les mortels aiment, après un toast, à briser leurs coupes de cristal contre les briques de la cheminée.

Mais assez parlé des autres. Voici le point important : du début jusqu'à la fin, c'est mon livre à moi.

Laissez-moi maintenant vous parler des rêves qui étaient venus me troubler dans mes pérégrinations.

Avec Claudia, c'était presque une hantise. A chaque aurore, juste avant que mes yeux ne se ferment, je la voyais auprès de moi, j'entendais le chuchotement étouffé et insistant de sa voix. Et parfois, je remontais les siècles jusqu'à ce petit hôpital colonial, avec ses rangées de petits lits où la jeune orpheline se mourait.

Voyez le triste et vieux docteur, bedonnant et paralysé, qui soulève le corps de l'enfant. Et ces pleurs. Qui donc pleure ? Pas Claudia. Elle dormait quand le médecin me l'a confiée, en croyant que j'étais son père mortel. Et elle est si jolie dans ces rêves. Était-elle jolie alors ? Bien sûr que oui.

« *M'arrachant à des mains mortelles comme deux horribles monstres dans un conte de fées cauchemardesque, parents fainéants et aveugles que vous étiez !* »

De David Talbot, je ne rêvai qu'une fois.

Dans ce rêve, David est jeune et il se promène dans une forêt de palétuviers. Ce n'était pas l'homme de soixante-quatorze ans devenu mon ami, le patient érudit qui refusait régulièrement l'offre que je lui faisais du Don ténébreux, et qui posait sans broncher sa main tiède et fragile sur ma chair froide pour bien montrer l'affection et la confiance qu'il y avait entre nous.

Non. Il s'agit du jeune David Talbot, il y a des années et des années de cela, du temps où son cœur ne battait pas si vite dans sa poitrine. Et pourtant, il est en danger.

Tigre, tigre au regard qui brûle.

Est-ce sa voix qui murmure ces mots, ou est-ce la mienne ?

Et voici que le fauve sort des flaques de soleil, ses rayures orange et noires se confondant avec les jeux d'ombre et de lumière, si bien que c'est à peine si on le distingue. Je vois sa tête massive, et comme il est doux, son mufle, tout blanc et hérissé de longues et délicates moustaches. Regardez ses yeux jaunes, de simples fentes où brille une affreuse et indifférente cruauté. David, ses crocs. Vous ne voyez donc pas ses crocs !

Curieux comme un enfant, il regarde la grosse langue rose lui effleurer la gorge, toucher la fine chaînette d'or qu'il porte autour du cou. L'animal est-il en train de dévorer la chaîne ? Bon Dieu, David ! Les crocs.

Pourquoi ma voix s'est-elle étouffée en moi ? Suis-je même là, dans la forêt de palétuviers ? Mon corps frémit tandis que je m'efforce de bouger, des gémissements sourds montant derrière mes lèvres scellées, et chacun d'eux met à l'épreuve toutes les fibres de mon être. David, prends garde !

Et puis je vois qu'il a mis un genou en terre et qu'il tient contre son épaule le long fusil au canon luisant. Et le gigantesque félin est toujours à quelques mètres, et il fond sur lui. Il charge, il charge jusqu'à l'instant où le claquement du coup de feu l'arrête net ; comme le fusil tonne encore une fois, il culbute sur lui-même, ses yeux jaunes pleins de rage, ses pattes se croisant quand, dans son dernier soupir, elles labourent encore la terre meuble.

Je m'éveille.

Que signifie donc ce rêve — que mon ami mortel est en danger ? Ou simplement que son horloge génétique vient de s'arrêter sur un ultime tic-tac. Pour un homme de soixante-quatorze ans, la mort peut survenir à tout moment.

M'arrive-t-il jamais de penser à David sans songer à la mort ?

David, où êtes-vous ?

« Je veux que vous me demandiez de vous faire le Don ténébreux », lui avais-je dit lors de notre première rencontre. « Peut-être refuserai-je. Mais je veux que vous me le demandiez. »

Il ne l'avait jamais fait. Il ne le ferait jamais. Et maintenant, je l'aimais. Je le vis peu de temps après avoir rêvé de lui : il le fallait. Je ne pouvais pourtant pas oublier le rêve et peut-être l'ai-je encore fait plus d'une fois dans le profond sommeil de mes heures de jour, lorsque je suis complètement glacé et impuissant sous la couverture que jettent littéralement sur moi les ténèbres.

Bon, maintenant, vous savez ce que sont ces rêves.

Imaginez encore une fois, voulez-vous, la neige de l'hiver en France, s'entassant autour des murailles du château et un jeune mortel du sexe masculin qui dort sur sa paillasse, à la lueur du feu, avec ses chiens de chasse auprès de lui. C'était devenu là l'image de mon existence humaine perdue, plus authentique que n'importe quel souvenir du théâtre de boulevard de Paris où, avant la Révolution, j'avais connu de telles joies comme jeune comédien.

Nous voici maintenant vraiment prêts à commencer. Tournons donc la page, voulez-vous ?

I

Le conte
du
Voleur de Corps

CHAPITRE 1

Miami, la ville des vampires. Nous sommes à South Beach au coucher du soleil, dans la somptueuse tiédeur de cet hiver sans hiver ; tout est propre, florissant et baigné dans l'éclairage électrique, la douce brise soufflant de la mer tranquille sur la marge sombre du sable couleur crème, pour venir rafraîchir les larges trottoirs pleins d'heureux enfants mortels.

C'est la douce parade des jeunes gens élégants étalant avec une touchante vulgarité leur musculature soigneusement exercée, des jeunes femmes si fières de leur silhouette aérodynamique et de leurs jambes modernes et apparemment asexuées, dans le discret mais insistant ronronnement de la circulation et des voix humaines.

De vieilles hostelleries de stuc, jadis médiocres refuges des gens âgés, renaissaient aujourd'hui dans de jolies couleurs pastel, affichant leurs nouveaux noms en fines lettres au néon. Des bougies vacillaient sur les tables aux nappes blanches des terrasses de restaurants. De grosses voitures américaines aux chromes étincelants se frayaient lentement un chemin sur l'avenue, tandis que conducteurs et passagers contemplaient l'éblouissante parade des hommes, des piétons nonchalants bloquant çà et là le trafic.

A l'horizon, les grands nuages blancs formaient des montagnes sous un ciel sans toit et empli d'étoiles. Ah ! cela ne manquait jamais de me couper le souffle, ce ciel du sud vibrant d'une lumière azurée et d'une agitation somnolente mais sans fin.

Au nord s'élevaient dans toute leur splendeur les tours du nouveau Miami Beach. Au sud et à l'ouest, les gratte-ciel d'acier étincelant du centre de la ville, avec ses autoroutes sur pilotis rugissantes et ses quais où s'amarraient des navires de croisière. De petits bateaux de plaisance filaient sur les eaux des innombrables canaux qui sillonnaient la ville.

Dans les calmes jardins immaculés de Coral Gables, des lampadaires innombrables illuminaient les belles et grandes villas avec leurs toits de tuiles rouges et leurs piscines scintillant sous une lumière turquoise. Des fantômes arpentaient les salles grandioses et sombres du Biltmore. Des palétuviers massifs projetaient leurs lourdes branches par-dessus des rues larges et soigneusement entretenues.

A Coconut Grove, les touristes du monde entier se pressaient dans les hôtels de luxe et les magasins à la mode : sur les balcons des grands immeubles aux parois de verre, des couples s'étreignaient, leurs silhouettes tournées vers les eaux sereines de la baie. Les voitures filaient sur les chaussées encombrées, bordées de palmiers frémissants et d'arbres-à-la-pluie délicats, et longeaient les hôtels particuliers cossus drapés de bougainvillées rouges et violettes, derrière leurs grilles en fer forgé.

C'est tout cela, Miami, cité de l'eau, de la vitesse, des fleurs tropicales, cité des ciels immenses. C'est pour Miami, plus que pour tout autre endroit, que périodiquement je quitte ma résidence de la Nouvelle-Orléans. Des hommes et des femmes de bien des nations et de bien des couleurs différentes vivent dans les quartiers surpeuplés de Miami. On entend du yiddish, de l'hébreu, des langues hispaniques, le patois de Haïti, les dialectes et les accents de l'Amérique latine, du Sud profond des États-Unis et ceux aussi du Nord lointain. On sent la menace sous la surface brillante de la cité, le désespoir et une vibrante cupidité ; on trouve là le pouls régulier et profond d'une grande capitale, l'énergie qui broie sourdement, le risque perpétuel.

Il ne fait jamais vraiment sombre à Miami ; ça n'est jamais non plus vraiment calme.

C'est la ville parfaite pour un vampire ; et elle ne manque jamais de me fournir quelque meurtrier mortel, un morceau de choix sinistre et pervers qui me livrera une douzaine des crimes qu'il a commis tandis que je vide les banques de sa mémoire et que je bois son sang.

Ce soir, c'était la Chasse au Gros Gibier, la fête pascale après un long carême — la poursuite d'un de ces superbes trophées humains dont la macabre technique emplit des pages dans les dossiers informatiques des agences de maintien de l'ordre qu'entretiennent les mortels, un être dont la presse en extase avait couronné l'anonymat d'un nom tapageur : « L'Étrangleur de l'ombre. »

Ce sont ces tueurs-là que je convoite !

Quelle chance pour moi qu'une pareille célébrité eût fait surface dans ma ville préférée. Quelle chance qu'il ait frappé à six reprises dans ces rues mêmes — assassinant les vieux et les infirmes venus en si grand nombre finir leurs jours sous ces doux climats. Ah ! j'aurais traversé un continent pour l'attraper, mais il était ici à m'attendre. A sa sombre histoire, rapportée en détail par pas moins de vingt criminologues, et que je me suis procurée sans difficulté grâce à l'ordinateur de mon antre de La Nouvelle-Orléans, j'ai ajouté en secret les éléments cruciaux : son nom et son domicile mortel. Un tour bien simple pour un dieu ténébreux qui peut lire dans les pensées. C'est par ses rêves ensanglantés que je l'ai retrouvé. Et ce soir j'aurai le plaisir de mettre un terme à son illustre carrière dans une sombre et cruelle étreinte, sans la moindre étincelle d'illumination morale.

Ah ! Miami. L'endroit parfait pour ce petit Mystère de la Passion.

Je reviens toujours à Miami comme je reviens à la Nouvelle-Orléans. Et je suis maintenant le seul immortel à hanter ce coin glorieux du Jardin Sauvage car, comme vous l'avez vu, les autres ont depuis longtemps abandonné notre maison commune, chacun incapable de supporter la compagnie d'autrui tout autant que je ne peux tolérer la leur.

Et tant mieux puisque j'ai Miami pour moi tout seul.

J'étais debout derrière les fenêtres donnant sur la rue de l'appartement que je conservais dans l'élégant petit Park Central Hotel sur Ocean Drive, et je laissais de temps en temps mon ouïe surnaturelle balayer autour de moi les chambres dans lesquelles les riches touristes savouraient cette sorte de solitude qui n'a pas de prix — la tranquillité parfaite à quelques pas seulement de la rue tapageuse — mes Champs-Élysées du moment, ma via Veneto.

Mon étrangleur était presque prêt à passer du royaume de ses visions spasmodiques et fragmentaires dans le domaine de la mort littérale. Ah ! il était temps que je m'habille pour l'homme de mes rêves.

Dans le désordre habituel des cartons, des valises et des malles à peine ouvertes, je choisis un costume de velours gris, un de mes préférés, surtout quand le tissu est épais, avec seulement un soupçon de lustre. Cela ne convenait guère à ces nuits tièdes, il me fallait bien en convenir, mais il est vrai que je ne ressens pas la chaleur et le froid comme les humains. La veste était cintrée avec des revers étroits, très simple et un peu comme une veste de cheval avec sa taille ajustée ou, plutôt, comme les élégantes redingotes du temps jadis. Nous autres immortels, nous apprécions toujours les toilettes démodées, les vêtements qui nous rappellent le siècle où nous sommes Nés aux Ténèbres. On peut parfois évaluer l'âge véritable d'un immortel simplement à la coupe de ses vêtements.

Avec moi, c'est aussi une question de tissu. Le dix-huitième siècle était si brillant ! Je ne peux pas supporter de ne pas avoir un peu de lustre. Et cette superbe veste m'allait parfaitement avec le simple pantalon de velours moulant. Quant à la chemise de soie blanche, elle était d'un tissu si doux qu'on pouvait la rouler en boule dans le creux de la main. Pourquoi porter autre chose si près de ma peau indestructible et étrangement sensible ? Puis les bottines. Ah ! elles se ressemblent toutes mes belles chaussures récentes. Leurs semelles sont immaculées, car elles touchent si rarement la terre nourricière.

Je secouai mes cheveux pour leur donner leur aspect habituel d'épaisse crinière tombant sur mes épaules en ondulations d'un blond étincelant. Pourquoi ressemblerais-je aux mortels ? Franchement je n'en sais rien. Comme toujours je masquai mes yeux bleus derrière des lunettes noires, de crainte que leur éclat n'hypnotise et ne fascine au hasard le quidam — c'est vraiment agaçant — et sur mes délicates mains blanches, avec leurs ongles vitreux trop révélateurs, j'enfilai ma paire habituelle de gants de daim gris.

Ah ! un soupçon de camouflage brun pour la peau. J'étalai la potion sur mes pommettes, sur le peu de cou et de poitrine exposés au regard.

J'examinai le résultat dans le miroir. Toujours irrésistible. Pas étonnant que j'aie fait un tel tabac durant ma brève carrière de chanteur de rock. Et j'ai toujours eu un succès fou comme vampire. Grâces soient rendues aux dieux que je ne sois pas devenu invisible dans mes insouciantes déambulations, un vagabond flottant bien au-dessus des nuages, léger comme une cendre dans le vent. J'avais envie de pleurer quand j'y pensais.

La Chasse au Gros Gibier me ramenait toujours à la réalité. Le traquer, l'attendre, le saisir juste au moment où il allait donner la mort à sa prochaine victime et le prendre avec une douloureuse lenteur, tout en festoyant sur sa perversité, en ayant un aperçu de ses premières victimes par les immondes hublots de son âme...

Comprenez-moi bien, je vous en prie, il n'y a là-dedans aucune noblesse. Je ne crois pas que sauver un malheureux mortel d'un tel monstre puisse le moins du monde assurer le salut de mon âme. J'ai trop souvent pris la vie. A moins qu'on n'estime que le pouvoir d'une seule bonne action est infini et je ne suis pas sûr d'en être convaincu. Ce dont je suis persuadé, c'est ceci : le mal que représente un seul meurtre est infini, et ma culpabilité est comme ma beauté, éternelle ; je ne saurais me faire pardonner car il n'y a personne pour me faire grâce de tout ce que j'ai fait.

J'aime néanmoins sauver ces innocents de leur destin. Et j'aime bien amener à moi des tueurs car ils sont mes frères, nous sommes de la même race et pourquoi ne mourraient-ils pas dans mes bras à la place d'un pauvre et pitoyable mortel qui jamais n'a fait délibérément de mal à personne ? Ce sont là mes règles du jeu. Je les applique parce que c'est moi qui les ai faites. Et je me suis promis que je ne laisserais pas les corps traîner cette fois-ci ; je m'efforcerai de faire ce que les autres m'ont toujours ordonné de faire. Mais quand même... j'aimais bien laisser la carcasse pour les autorités. J'aimais bien après cela allumer l'ordinateur une fois rentré à La Nouvelle-Orléans et lire tout le rapport d'autopsie.

Je fus soudain distrait par le bruit d'une voiture de police passant lentement en bas de l'immeuble, ses occupants parlant de mon tueur, disant qu'il n'allait pas tarder à frapper de nouveau, que les étoiles avaient juste la bonne configuration, que la lune était à la bonne hauteur. Ce serait très certainement dans les petites rues de South Beach, comme cela avait déjà été le cas. Mais qui était-il ? Comment l'arrêter ?

Sept heures. Les petits chiffres verts de ma montre digitale me l'ont dit, même si bien sûr je le savais déjà. Je fermai les yeux, laissant ma tête pencher un peu de côté, me préparant peut-être au plein effet de ce pouvoir que je méprisais tant. D'abord vint une nouvelle amplification de ce que j'entendais comme si j'avais tourné quelques boutons d'un appareil moderne. Les douces rumeurs du monde devinrent un chœur venu de l'enfer — plein de rires aigus et de lamentations, de mensonges, d'angoisses et de supplications. Je me couvris les oreilles comme si cela pouvait mettre un terme à ce vacarme, puis je finis par couper le contact.

Je distinguai peu à peu les images brouillées et superposées de leurs pensées, montant dans le firmament comme un million d'oiseaux battant des ailes. *Donnez-moi mon tueur, donnez-moi sa vision !*

Il était là, dans une petite pièce minable, très différente de celle où je me trouvais, et pourtant seulement à deux blocs d'ici, et il sortait tout juste de son lit. Ses vêtements bon marché étaient froissés, la sueur baignait son visage sans grâce, une main épaisse et nerveuse cherchait des cigarettes dans sa poche de chemise, puis y renonçait — déjà il avait oublié. C'était un homme solidement bâti, avec un visage aux traits flous et une expression de vague inquiétude ou d'obscur regret.

L'idée ne lui vint pas de s'habiller pour la soirée, pour la Fête qu'il attendait avec impatience. Et voilà maintenant que son esprit en train de s'éveiller s'effondrait presque sous le fardeau de ses horribles rêves. Il s'ébroua, de longues mèches graisseuses tombant sur son front fuyant, ses yeux comme des éclats de verre noir.

Immobile dans l'ombre silencieuse de ma chambre, je continuai à le traquer, à le suivre dans un escalier de service et sous les lumières crues de Collins Avenue, devant des vitrines poussiéreuses, des enseignes pendantes ; il allait, poussé vers l'inévitable objet de son désir qu'il n'avait pourtant pas encore choisi.

Et qui pourrait-elle bien être, l'heureuse créature, allant

aveuglément et inexorablement vers cette horreur, parmi la triste foule clairsemée du début de soirée dans cette sinistre partie de la ville ? Porte-t-elle une bouteille de lait et un cœur de laitue dans un sac à provisions ? Va-t-elle se hâter en apercevant les coupe-gorge au coin de la rue ? Pleure-t-elle la disparition du vieux front de mer où elle vivait peut-être paisiblement avant que les architectes et les décorateurs ne l'aient reléguée plus loin vers des hôtels à la peinture écaillée ?

Et que pensera-t-il quand il finira par la repérer, cet horrible ange de la mort ? Sera-ce elle qui lui rappellera la mégère mythique de son enfance, qui ne le rouait de coups que pour accéder au panthéon de cauchemars de son subconscient, ou bien est-ce trop demander ?

Je veux dire qu'il y a des tueurs de cette espèce qui ne font pas le moindre rapprochement entre le symbole et la réalité et qui ne se souviennent de rien qui remonte à plus de quelques jours. La seule certitude, c'est que leurs victimes ne méritent pas leur sort mais que eux, les meurtriers, méritent bien de me rencontrer.

Ah ! ma foi, je lui arracherai ce cœur menaçant avant qu'il ait eu l'occasion de lui « faire son affaire », et il me donnera tout ce qu'il a et tout ce qu'il est.

Je descendis les marches à pas lents et traversai l'élégant hall art déco avec son clinquant de magazine. Que c'était bon de se déplacer comme un mortel, de toucher les portes vitrées par leurs barres chromées, de déambuler dans l'air frais. Je suivis le trottoir vers le nord, parmi les promeneurs du soir, mon regard errant tout naturellement sur les hôtels récemment rénovés et leurs petites terrasses de café.

Quand j'atteignis le coin, la foule s'épaissit. Devant un élégant restaurant en plein air, de gigantesques caméras de télévision braquaient leurs objectifs sur un secteur de trottoir éclairé sans merci par d'énormes faisceaux blancs. Des camions bloquaient la circulation ; des voitures ralentissaient tandis que passagers et conducteurs regardaient. Une petite foule s'était rassemblée de jeunes et de vieux, juste modérément fascinée, car, dans le voisinage de South Beach, les caméras de télévision et de cinéma étaient un spectacle familier.

Je contournai les lumières, redoutant leur effet sur mon visage qui les reflétait si fort. Ah ! que n'étais-je un de ces êtres à la peau bronzée, sentant les huiles solaires coûteuses, à demi nu dans de fragiles cotonnades. Je tournai le coin et là, de nouveau, je cherchai l'image de ma proie. Il courait, l'esprit tellement plein d'hallucinations que c'était à peine s'il pouvait maîtriser ses pas traînants.

Il ne restait pas beaucoup de temps.

Poussant une petite pointe de vitesse, j'allai me réfugier sur les toits bas. La brise était plus forte, plus chargée de parfums. Doux étaient à mes oreilles la rumeur des voix excitées, le chant étouffé des radios, le bruissement du vent lui-même.

En silence, je surpris son image dans le regard indifférent de ceux qui le croisaient ; en silence, je revis ses fantasmes de mains et de pieds flétris, de joues creuses et de seins ratatinés. La mince membrane qui séparait l'illusion de la réalité était en train de se rompre.

J'atterris sur le trottoir de Collins Avenue si rapidement peut-être que je semblai simplement apparaître. Mais personne ne regardait. J'étais l'arbre du proverbe tombant au milieu de la forêt déserte.

Pendant quelques minutes, je marchai d'un pas tranquille à quelques mètres derrière lui, jeune homme peut-être un peu menaçant, fendant les petits groupes de durs qui me barraient le chemin, poursuivant ma proie à travers les portes vitrées d'un énorme drugstore climatisé. Ah ! quel cirque pour l'œil que cette grotte au plafond bas, pleine à craquer de tout ce qu'on pouvait imaginer d'empaquetable en matière d'aliments, d'articles de toilette et de produits capillaires, dont 90 % n'existaient absolument pas dans le siècle où j'étais né.

Nous parlons ici serviettes hygiéniques, collyres pour les yeux, épingles à cheveux en matière plastique, crayons feutres, crèmes et onguents pour toutes les parties imaginables du corps humain, liquides à laver la vaisselle de toutes les couleurs de l'arc-en-ciel et produits de rinçage pour les cheveux dans certaines nuances jamais encore inventées et pas encore définies. Imaginez Louis XVI ouvrant un petit sac en plastique plein de telles merveilles. Que penserait-il des tasses à café en polystyrène expansé, des galettes au chocolat enveloppées dans de la cellophane ou de stylos qui ne manquent jamais d'encre ?

Ma foi, je ne suis pas encore tout à fait habitué moi-même à ces articles, bien que cela fasse deux siècles que j'observe de mes propres yeux les progrès de la révolution industrielle. Ce genre de magasin peut me fasciner pendant des heures d'affilée. Il m'arrive parfois de m'arrêter, envoûté, au beau milieu d'un Prisunic.

Cette fois, j'avais une proie dans ma ligne de mire, n'est-ce pas ? Il faudrait attendre pour *Time* et pour *Vogue*, pour les traductrices de poche et les montres qui continuent à vous donner l'heure même quand on se baigne dans la mer.

Pourquoi était-il donc venu, lui, dans cet endroit ? Les jeunes familles cubaines avec des bébés en remorque, ce n'était pas son style. Pourtant il déambulait sans but dans les allées, sans se soucier des centaines de visages sombres, des phrases en espagnol qui jaillissaient autour de lui, sans que personne d'autre que moi ne le remarque, tandis que ses yeux noirs aux paupières rougies balayaient les rayons surchargés.

Seigneur Dieu, mais qu'il était crasseux : dans sa folie il avait perdu tout sens des convenances, avec son visage taillé à coups de serpe et son cou incrusté de crasse. Est-ce que je vais aimer ça ? Bah, c'est un sac de sang. Pourquoi forcer ma chance ? Je ne pourrais plus tuer de petits enfants, n'est-ce pas ? Ni me repaître de putains du front de mer, en me disant que c'est très bien comme ça, car elles ont contaminé leur lot de mariniers. Ma conscience me tue, vous savez. Et quand on est immortel, ça peut être une mort vraiment interminable et ignominieuse. Eh oui ! regardez-le, ce meurtrier sale, puant, au pas lourd. En prison, les hommes ont droit à un meilleur régime que ça.

Et puis l'idée me frappa tandis qu'une fois de plus j'examinais son esprit comme si j'ouvrais un melon. Il ne sait pas ce qu'il est ! Il n'a jamais vu les gros titres qui le concernent ! De fait, il ne se souvient des épisodes de sa vie dans aucun ordre logique, il ne pourrait en vérité avouer les meurtres qu'il a commis, car il ne se les rappelle pas vraiment et il ne sait pas qu'il va tuer ce soir ! Il ne sait même pas ce que je sais !

Ah ! tristesse et chagrin, j'avais tiré la plus mauvaise carte, pas de doute là-dessus. Oh, Seigneur Dieu ! A quoi pensais-je donc pour aller chasser celui-là, quand il y a sous le ciel tant de monstres plus pervers et plus rusés ? J'en aurais pleuré.

Sur ce vint le moment clef. Il avait vu *la* vieille femme. Il avait vu ses bras nus et fripés, la petite bosse de son dos, ses cuisses maigres et tremblantes sous son short pastel. A la lumière des rampes au néon, elle avançait sans but, savourant le brouhaha et la rumeur de ceux qui l'entouraient, son visage à demi dissimulé sous une visière en plastique vert, les cheveux ramenés par des épingles sombres sur sa nuque menue.

Elle portait dans son petit panier un demi-litre de jus d'orange en emballage plastique et des chaussons si mous qu'ils se repliaient en une petite boule bien nette. Et elle ajoutait à cela, avec un évident ravissement, un roman de poche pris sur le présentoir, qu'elle avait déjà lu, et qu'elle caressait tendrement, en rêvant de le relire, comme on rend visite à de vieilles connaissances. *Le Lys de Brooklyn*. Oui, je l'avais aimé aussi, celui-là.

Comme en transe, il lui emboîta le pas, si près qu'elle sentait sûrement l'haleine de l'homme sur son cou. L'œil morne et stupide, il la regardait tandis qu'elle approchait de plus en plus près de la caisse, tirant quelques dollars crasseux du col bâillant de son corsage.

Ils sortirent dans la rue, lui du pas lourd et pesant d'un chien qui suit une chienne en chaleur, elle progressant lentement avec son sac à provisions chargé, contournant en les évitant de son mieux les bandes bruyantes et insolentes de jeunes en maraude. Se parle-t-elle à elle-même ? On dirait. Ce n'était pas elle que balayait le faisceau de mon regard intérieur, pas cette petite créature qui marchait de plus en plus vite. Ce que je suivais, c'était le monstre derrière elle.

Des visages blêmes et flous traversaient son esprit tandis qu'il la suivait à la trace ; il voyait ses seins pendants et ses mains sillonnées de veines comme des racines. Il avait hâte de s'allonger sur cette chair vieillie ; de poser une main sur cette vieille bouche.

Quand elle arriva devant son petit immeuble sinistre, qui, comme tout le reste de ce quartier misérable de la ville, avait l'air bâti d'une sorte de craie qui s'effritait et gardé par des palmistes malmenés par les orages, il s'arrêta soudain en se balançant, l'observant sans rien dire tandis qu'elle traversait l'étroite cour carrelée et montait les marches de ciment verdâtres et poussiéreuses. Il nota le numéro peint sur sa porte au moment où elle l'ouvrait, ou plutôt il se fixa sur place et, se plaquant contre le mur, il se mit à rêver très précisément de la tuer, dans une chambre vide et anonyme qui ne semblait guère être plus qu'une tache de couleur et de lumière.

Ah ! regardez-le qui s'appuie contre le mur comme s'il avait reçu un coup de poignard, la tête penchée de côté. Impossible de s'intéresser à lui. Pourquoi ne pas le tuer tout de suite !

Cependant, le temps filait et la nuit perdait son incandescence crépusculaire. Les étoiles se faisaient de plus en plus brillantes. La brise arrivait par bouffées.

Nous attendions.

A travers ses yeux à elle, je voyais son salon comme si mon regard pouvait vraiment traverser murs et planchers : une pièce propre, encore qu'encombrée de vieux meubles dépareillés au vilain plaquage, des meubles voûtés qui ne comptaient pas pour elle. Mais tous avaient été astiqués avec une huile parfumée qu'elle adorait, provenant d'un flacon rangé avec soin. La lumière du néon filtrait à travers les rideaux de dacron, laiteuse et sans joie comme la vue sur la cour en bas. Néanmoins la vieille femme avait aussi la réconfortante lumière de ses petites lampes disposées avec amour. C'était ce qui comptait pour elle.

Elle s'installa dans un fauteuil à bascule en acajou tapissé d'un abominable écossais, silhouette menue mais digne, un livre de poche ouvert à la main. Quel bonheur de se retrouver avec Francie Nolan. Le peignoir de coton à fleurs qu'elle était allée prendre dans sa penderie cachait à peine ses genoux maigres et elle portait à ses petits pieds déformés des chaussons bleus qui ressemblaient à des chaussettes. Elle avait ramené ses longs cheveux gris en une grosse tresse.

Devant elle, sur le modeste écran de la télévision en noir et blanc des vedettes de cinéma disparues discutaient sans un son. Joan Fontaine croit que Cary Grant essaie de la tuer. Et, à en juger par l'expression de son visage, cela me semblait tout à fait probable. Comment pouvait-on se fier à Cary Grant, me demandais-je, un homme qui semblait tout entier fait de bois bien ciré ?

Elle n'avait pas besoin d'entendre leur dialogue ; si elle

comptait bien, elle avait vu ce film treize fois. Elle n'avait lu que deux fois le roman posé sur ses genoux, et ce sera donc avec un plaisir particulier qu'elle revisitera ces paragraphes qu'elle ne connaît pas encore par cœur.

Depuis l'ombre du jardin en bas, je distinguai l'idée claire et résignée qu'elle se faisait d'elle-même, sans exagération théâtrale et détachée du mauvais goût affiché qui l'entourait. Ses quelques trésors auraient pu tenir dans une armoire. Le livre et l'écran du téléviseur comptaient plus pour elle que toutes ses autres possessions, et elle avait conscience de leur caractère spirituel. Même la couleur de ses vêtements, fonctionnels et sans style, ne l'intéressait pas.

Mon tueur vagabond était au bord de la paralysie, son esprit envahi d'instants si personnels qu'ils défiaient l'interprétation.

Je contournai discrètement le petit immeuble de stuc et découvris l'escalier qui menait à la porte de sa cuisine. La serrure céda facilement quand je lui en donnai l'ordre. Et la porte s'ouvrit comme si je l'avais touchée, alors que ce n'était pas le cas.

Sans un bruit, je me glissai dans la petite pièce aux carreaux de linoléum. La puanteur du gaz émanant de la petite cuisinière blanche m'écœurait. Tout comme l'odeur du savon dans son petit récipient de céramique. Mais cette cuisine aussitôt toucha mon cœur. Elle était si belle, la porcelaine chérie aux motifs chinois bleus et blancs, si soigneusement entassée, avec les assiettes bien en vue. J'aperçus les livres de cuisine aux pages cornées. Et comme elle était immaculée, cette table avec sa toile cirée étincelante d'un jaune pur, et le lierre artificiel poussant dans un bocal rond d'eau claire qui projetait sur le plafond bas un unique cercle tremblant de lumière.

Ce qui s'imposa à mon esprit tandis que j'étais planté là, crispé, à refermer la porte avec mes doigts, c'était que, tout en lisant son roman, tout en jetant de temps en temps un coup d'œil à l'écran scintillant, elle n'avait pas peur de la mort. Elle n'avait aucune antenne intérieure pour capter la présence de l'étrange créature qui attendait dans la rue voisine, plongée dans la folie, ni du monstre qui hantait maintenant sa cuisine.

Le tueur était si totalement plongé dans ses hallucinations

qu'il ne voyait pas les gens autour de lui. Il ne remarqua pas la voiture de police qui patrouillait, pas plus que les regards méfiants et délibérément menaçants des mortels en uniforme qui savaient tout de lui, qui savaient qu'il allait frapper ce soir, mais pas qui il était.

Un mince filet de bave descendit sur son menton mal rasé. Rien n'avait de réalité pour lui, ni sa vie quotidienne ni sa crainte d'être découvert — il n'y avait que le frisson électrifiant que ces hallucinations faisaient passer dans son torse puissant, dans ses bras et dans ses jambes mal assurées. Sa main gauche eut une brusque crispation. Un rictus lui tordit le côté gauche de la bouche.

Que ce type me faisait horreur ! Je ne voulais pas boire son sang. Ce n'était pas un tueur de classe. C'était son sang à elle qui me faisait envie.

Comme elle était songeuse dans sa solitude et son silence, comme elle était menue, contente, son regard concentré comme un faisceau de lumière tandis qu'elle lisait les paragraphes de cette histoire qu'elle connaissait si bien. Elle voyageait, elle remontait le temps jusqu'à cette époque où elle avait pour la première fois lu ce livre, dans un café bondé de Lexington Avenue à New York, du temps qu'elle était une jeune secrétaire élégamment vêtue d'une jupe de lainage rouge et d'un corsage blanc plissé avec des boutons de manchettes en nacre. Elle travaillait alors dans un immeuble de bureau en pierre, une tour absolument somptueuse, avec des ascenseurs aux portes de cuivre décorées et des couloirs dallés de marbre jaune sombre.

J'aurais voulu presser mes lèvres contre ses souvenirs, sur le bruit qu'elle n'avait pas oublié de ses hauts talons claquant sur les dalles de marbre, sur l'image de son jarret bien tourné sous le bas de soie qu'elle enfilait avec tant de soin pour ne pas le prendre dans ses longs ongles vernis. Je vis un instant ses cheveux roux ; je vis son chapeau jaune extravagant qui aurait pu être hideux et qui pourtant était charmant.

Voilà du sang qu'il serait bon d'avoir. Et j'étais affamé, affamé comme je l'avais rarement été depuis toutes ces décennies. Le jeûne que je m'étais imposé avait été presque plus que je n'en pouvais supporter. Oh ! Seigneur Dieu, j'avais *tellement* envie de la tuer !

En bas dans la rue, un faible gargouillis sortit des lèvres de ce tueur stupide et maladroit. Il parvint à se frayer un chemin à travers le torrent impétueux d'autres bruits qui venaient se déverser dans mes oreilles de vampire.

Le monstre enfin s'écarta du mur en titubant, chancelant un moment comme s'il allait s'étaler, puis il s'avança vers nous dans la petite cour et gravit les marches.

Vais-je le laisser effrayer cette femme ? Cela semblait inutile. Je l'ai dans ma ligne de mire, n'est-ce pas ? Je le laissai pourtant introduire dans le trou rond de la serrure son petit instrument de métal, je lui donnai le temps de forcer le verrou. La chaîne s'arracha à la boiserie pourrie.

Il entra dans la pièce, fixant sur la vieille un regard sans expression. Elle était terrifiée, recroquevillée dans son fauteuil, le livre glissant par terre.

Ah ! mais voilà qu'il me vit sur le seuil de la cuisine : l'ombre d'un jeune homme en velours gris, les lunettes relevées sur son front. Je le considérai avec la même absence d'expression que lui. Voyait-il ces yeux iridescents, cette peau comme de l'ivoire poli, ces cheveux comme une silencieuse explosion de lumière blanche ? Ou bien n'étais-je qu'un obstacle entre lui et son sinistre objectif, tant de beauté gâchée ?

En une seconde, il décampa. Il dévalait les marches tandis que la vieille femme poussait un hurlement et se précipitait pour claquer la porte.

J'étais sur ses talons, sans prendre la peine de toucher la terre ferme, le laissant me voir immobilisé un instant sous le lampadaire au moment où il tournait le coin. Nous continuâmes sur la moitié d'un bloc avant que je ne me laisse flotter vers lui, forme floue pour les mortels qui ne prirent pas la peine de me remarquer. Puis je m'immobilisai auprès de lui et j'entendis son gémissement tandis qu'il se mettait à courir.

Pendant des blocs, nous jouâmes à ce jeu. Il courait, il s'arrêtait, il m'apercevait derrière lui. La sueur ruisselait sur tout son corps ; elle trempait ses sous-vêtements de coton, sa chemise sans manche. Bientôt le mince nylon de celle-ci devint transparent, se collant à la chair imberbe de sa poitrine.

Il finit par arriver devant son minable hôtel et fonça dans l'escalier. J'étais dans la petite chambre mansardée avant qu'il n'y arrive. Il n'avait pas eu le temps de pousser un cri que je le pris dans mes bras. La puanteur de ses cheveux sales me monta aux narines, se mêlant aux relents des fibres synthétiques de la chemise. Mais peu m'importait maintenant. Il était puissant et tiède dans mes bras, comme un chapon juteux, sa poitrine se soulevant contre moi, l'odeur de son sang envahissant mon cerveau. Je l'entendais qui faisait palpiter oreillettes, ventricules et vaisseaux douloureusement contractés.

Son cœur peinait et n'était pas loin d'éclater — attention, attention, ne va pas l'écraser. Je plantai mes dents dans la peau humide et tannée de son cou. Hmmm. Mon frère, mon pauvre frère aux idées confuses. Mais c'était bon, c'était somptueux.

Une fontaine s'ouvrit ; sa vie était un égout. Toutes ces vieilles femmes, tous ces vieillards ; tels des cadavres desséchés flottant au gré du courant, ils se heurtaient au hasard tandis que lui s'amollissait dans mes bras. Ce n'était pas du sport. Trop facile. Pas de finesse. Pas de malice. Aussi bête qu'un lézard, gobant une mouche après l'autre. Seigneur Dieu, savoir cela, c'est connaître l'époque où les reptiles géants régnaient sur la terre et où, pendant un million d'années, leurs yeux jaunes étaient les seuls à voir la pluie tomber ou le soleil se lever.

Qu'importe. Je le lâchai, et il s'effondra sans bruit, délivré de mon étreinte. Je nageais dans son sang de mammifère. Pas mal. Je fermai les yeux, laissant ce tourbillon brûlant pénétrer mes intestins, ou ce qu'il pouvait bien y avoir maintenant dans ce robuste corps si pâle. Dans un vertige, je le vis qui se traînait à genoux sur le sol. Avec une si exquise maladresse. Ce fut si facile de le ramasser parmi le désordre des journaux froissés et déchirés, la tasse renversée répandant son café froid sur le tapis poussiéreux.

Je le tirai par son col. Ses grands yeux vides roulaient dans leurs orbites. Puis il me lança un coup de pied, à l'aveuglette, cette brute, ce tueur des vieux et des faibles, sa chaussure m'éraflant le devant de la jambe. Je le soulevai de nouveau jusqu'à ma bouche avide, mes doigts glissant dans sa chevelure et je le sentis se raidir comme si mes crocs avaient trempé dans du poison.

Le sang revint déferler dans mon cerveau. Je le sentais qui

électrisait les petits vaisseaux de mon visage. Je le sentais palpiter jusque dans mes doigts et un picotement brûlant me descendait le long du dos. Une gorgée après l'autre venait me rassasier. Succulente et lourde créature. Puis je le lâchai une fois encore et, quand il s'affala cette fois, je m'approchai, le traînant sur le plancher, tournant son visage vers moi, puis le tirant en avant et le laissant se débattre encore.

Il s'adressait à moi maintenant dans quelque chose qui aurait dû être un langage, mais qui n'en était pas un. Il essayait de me repousser, mais il n'y voyait plus clair. Et, pour la première fois, une tragique dignité l'envahissait, une vague expression scandalisée, si aveugle qu'il fût. Il me semblait que j'étais embelli et enveloppé maintenant dans de vieux contes, dans des souvenirs de statues de plâtre et de saints anonymes. Ses doigts griffaient la cambrure de ma chaussure. Je le soulevai et quand je lui déchirai la gorge cette fois, la plaie était trop large. C'était fini.

La mort arriva comme un coup de poing dans le ventre. Un moment, j'éprouvai une nausée, puis je sentis simplement la chaleur, la plénitude, le pur rayonnement du sang vivant, avec cette ultime vibration de conscience qui traversait tous mes membres.

Je m'effondrai sur son lit crasseux. Je ne sais pas combien de temps je restai étendu là.

Je gardai les yeux fixés sur son plafond bas. Et puis, quand les âcres odeurs de moisi de la chambre m'entourèrent en même temps que la puanteur de son corps, je me levai et je sortis en trébuchant, silhouette aussi disgracieuse assurément qu'il l'avait été, me laissant aller à ces gestes de mortel, des gestes de rage et de haine, mais silencieux, car je ne voulais pas être la créature en apesanteur, la créature ailée, le voyageur de la nuit. J'avais envie d'être humain et de me sentir humain, son sang trouvait son chemin dans tout mon être, et cela ne me suffisait pas. Loin de là !

Où sont toutes mes promesses ! Palmes raides et meurtries qui battent contre les murs de stuc.

« Oh, vous êtes revenu », me dit-elle.

Elle avait une voix si basse, si forte, qui ne tremblait pas. Elle était plantée devant l'horrible fauteuil à bascule écossais, avec ses accoudoirs en acajou usé, et elle me dévisageait derrière ses lunettes à monture d'argent, sa main crispée sur son roman. Sa bouche était petite et déformée et révélait quelques dents jaunies, un affreux contraste avec la sombre personnalité de la voix qui ne révélait aucune infirmité.

Au nom du ciel, à quoi pensait-elle en me souriant ? Pourquoi ne prie-t-elle pas ?

« Je savais que vous viendriez », dit-elle. Puis elle ôta ses lunettes, et je m'aperçus qu'elle avait les yeux vitreux. Qu'est-ce qu'elle voyait ? Qu'est-ce que je lui faisais voir ? Moi qui peux contrôler sans erreur tous ces éléments, j'étais si déconcerté que j'en aurais pleuré. « Oui, je le savais.

— Oh ? Et comment le saviez-vous ? » murmurai-je en m'approchant d'elle, appréciant l'intimité de cette banale petite pièce.

Je tendis la main avec ces doigts monstrueux, trop blancs pour être ceux d'un homme, assez robustes pour lui arracher la tête, et je palpai sa petite gorge. Elle sentait l'eau de Cologne... ou quelque autre parfum de bazar.

« Oui, dit-elle d'un ton dégagé mais sans réplique. Je l'ai toujours su.

— Alors, embrassez-moi. Aimez-moi. »

Comme elle était brûlante et comme ses épaules étaient menues, comme elle était superbe dans cet ultime flétrissement, la fleur se teintant de jaune, mais embaumant encore, ses pâles veines bleues dansant sous sa peau flasque, les paupières suivant parfaitement le modelé de ses yeux quand elle les fermait, la peau glissant sur les os de son crâne.

« Emmenez-moi au ciel, dit-elle, d'une voix qui venait du cœur.

— Je ne peux pas. Je voudrais bien », murmurai-je à son oreille.

Je refermai mes bras autour d'elle. Je me blottis dans le doux nid de ses cheveux gris, je sentis ses doigts sur mon visage comme des feuilles sèches et un doux frisson me parcourut. Elle aussi tremblait. Ah ! petite chose tendre et épuisée, ah ! créature réduite à la pensée et à la volonté avec un corps sans plus de substance qu'une flamme fragile ! Juste une petite gorgée, Lestat, pas davantage.

C'était trop tard, et je le sus quand la première giclée de sang atteignit ma langue. J'étais en train de la vider. Le bruit de mes gémissements avait sûrement dû l'inquiéter, mais déjà elle n'entendait plus... Ils n'entendent jamais les vrais sons dès l'instant où ça a commencé.

Pardonne-moi.

Oh, chéri !

Nous nous affalions ensemble sur le tapis, comme des amants sur un carré de fleurs aux couleurs fanées. Je vis le livre tombé là, et le dessin sur la couverture, mais tout cela me paraissait irréel. Je la serrais contre moi avec tant de précaution, de crainte de la casser. Mais c'était moi la coquille vide. Sa mort arrivait rapidement, comme si elle-même s'avançait vers moi dans un large couloir, dans quelque bâtiment imposant et extrêmement bizarre. Ah ! oui, le marbre jaune. New York, et même de là-haut on entend la circulation et ce choc sourd quand une porte claque sur un escalier au bout du couloir.

« Bonne nuit, mon chéri », chuchota-t-elle.

Est-ce que j'entends des choses ? Comment peut-elle encore articuler des mots ?

Je t'aime.

« Oui, chéri. Je t'aime aussi. »

Elle était plantée dans le vestibule. Ses cheveux roux et lisses tombaient joliment sur ses épaules ; elle souriait et c'étaient ses talons qui jadis faisaient ce claquement sec et séduisant sur le marbre, maintenant il n'y avait plus que le silence autour d'elle tandis que les plis de sa jupe de lainage bougeaient encore ; elle me regardait avec une expression de si étrange malice ; elle prit un petit pistolet noir à canon court et le braqua sur moi.

Que diable es-tu en train de faire ?

Elle est morte. La détonation fut si forte que pendant un moment je n'entendis plus rien. Seulement ces échos qui résonnaient à mes oreilles. J'étais allongé sur le sol à regarder fixement le plafond au-dessus de moi, avec une odeur de poudre qui flottait dans un couloir de New York.

Mais on était à Miami. On entendait le tic-tac de son réveil sur la table. Du cœur surchauffé du téléviseur venait la voix menue et pincée de Cary Grant déclarant à Joan Fontaine qu'il l'aimait. Et Joan Fontaine était si heureuse. Elle avait pourtant bien cru que Cary Grant voulait la tuer.

Et moi aussi.

South Beach. Faites-moi retrouver le Neon Strip. Seulement cette fois je quittai les trottoirs encombrés pour descendre sur le sable et me diriger vers la mer. Je marchai et je marchai jusqu'à ce qu'il n'y eût plus personne près de moi — pas même ceux qui se promènent sur la plage ou les amateurs de bain de minuit. Il n'y avait que le sable, le vent avait déjà effacé toutes les empreintes de la journée, et le grand océan gris de la nuit projetait son ressac sans fin sur la grève patiente. Comme les cieux qu'on voyait étaient hauts, avec quelle rapidité passaient les nuages et que semblaient lointaines les discrètes étoiles.

Qu'avais-je fait ? Je l'avais tuée, elle, sa victime, j'avais éteint la lumière de celle que je devais sauver. J'étais revenu m'allonger auprès d'elle et je l'avais prise, et elle avait tiré trop tard le coup de feu invisible.

Et voilà que la soif me reprenait.

Après cela, je l'avais allongée sur son petit lit bien fait, sur la triste couverture de nylon, en lui croisant les bras et en lui fermant les yeux.

Mon Dieu, aidez-moi ! Où sont mes saints anonymes ? Où sont les anges avec le plumage de leurs ailes pour me descendre en enfer ? Quand ils viennent enfin, est-ce la dernière belle chose qu'on voie ? Quand on plonge dans le lac de feu, peut-on suivre encore leur progression vers le ciel ? Peut-on espérer un dernier aperçu de leurs trompettes dorées et de leurs visages levés reflétant le rayonnement du visage de Dieu ?

Qu'est-ce que je connais du paradis ?

Je restai là de longs moments, à fixer le lointain paysage nocturne des nuages, puis mon regard revint aux lumières clignotantes des nouveaux hôtels, à l'éclat des phares de voitures.

Un mortel esseulé se tenait sur le trottoir d'en face, regardant dans ma direction, mais peut-être n'avait-il absolument pas remarqué ma présence : un minuscule personnage au bord du vaste océan. Peut-être regardait-il seulement vers la mer comme je l'avais fait, comme si la grève était une terre de miracle, comme si l'eau pouvait laver nos âmes.

Autrefois le monde n'était rien que la mer ; la pluie était tombée pendant cent millions d'années ! Mais le cosmos aujourd'hui grouille de monstres.

Il était toujours là, ce mortel solitaire et contemplatif. Et peu à peu je compris qu'à travers l'étendue déserte de la plage et ses ténèbres fragiles, les yeux du mortel étaient intensément fixés sur les miens. Oui, ils me regardaient.

D'abord, j'y pensai à peine, ne l'apercevant que parce que je ne me donnais pas la peine de tourner la tête. Puis une étrange sensation m'envahit, comme je n'en avais encore jamais connu.

Quand cela commença, je fus pris d'un léger vertige, puis des petits picotements suivirent, me parcourant le torse, puis les membres. J'avais l'impression que mes bras et mes jambes se crispaient, se rétrécissaient et que leur substance ne cessait de se comprimer. C'était même une sensation si précise que j'avais l'impression qu'on me pressait jusqu'à me faire sortir de moi-même. Je m'en étonnais. Il y avait dans cette impression quelque chose de légèrement délicieux, surtout pour un être aussi dur, froid et imperméable à toute sensation que moi. C'était irrésistible, tout à fait comme boire le sang donne des joies irrésistibles, même s'il n'y avait rien là d'aussi viscéral. Et puis à peine avais-je analysé cette impression que je me rendis compte qu'elle avait disparu.

Je frémis. N'avais-je pas imaginé tout cela ? Je contemplais toujours ce mortel au loin — pauvre âme qui me considérait sans savoir le moins du monde qui ni ce que j'étais.

Un sourire s'épanouissait sur son visage juvénile, un sourire fragile et plein d'un fol émerveillement. Et je m'aperçus peu à peu que j'avais déjà vu ce visage. Je fus encore plus stupéfait de lire maintenant sur ses traits un certain air de reconnaissance et comme une étrange attente. Soudain il leva la main droite et l'agita.

Déconcertant.

Je connaissais ce mortel. Non, il serait plus exact de dire que je l'avais aperçu plus d'une fois, et puis quelques souvenirs précis me revinrent avec force.

Venise, où il rôdait au bord de la place Saint-Marc, et des mois plus tard à Hong Kong, près du Marché de Nuit, et les deux fois je l'avais remarqué parce que lui-même m'avait remarqué. Oui, j'avais devant moi la même haute silhouette puissamment bâtie, et il avait la même épaisse chevelure aux boucles brunes.

C'était impossible. Ou bien voulais-je dire invraisemblable, puisqu'il était bien là !

Il fit de nouveau son petit salut de la main puis en hâte, avec même une grande maladresse, il se précipita vers moi, s'approchant de plus en plus de son pas incertain tandis que je l'observais avec une glaciale stupéfaction.

Je scrutai ses pensées. Rien. Tout cela était fermé à clé. Seul son visage souriant apparaissait de plus en plus nettement à mesure qu'il entrait dans le lumineux reflet de la mer. L'odeur de sa peur m'emplissait les narines en même temps que l'odeur de son sang. Car oui, il était terrifié, et pourtant follement excité. Voilà qu'il avait l'air soudain très appétissant : une victime de plus qui se jetait pratiquement dans mes bras.

Comme ses grands yeux bruns étincelaient. Et quelles dents éblouissantes il avait.

Il s'arrêta à un mètre de moi, le cœur battant, et de sa main humide tremblante me tendit une grosse enveloppe froissée.

Je le dévisageais toujours, sans rien révéler : pas d'orgueil blessé ni de respect pour ce stupéfiant exploit d'avoir réussi à me trouver ici, d'avoir osé. J'avais juste assez faim pour le vider de son sang et faire un nouveau festin sans plus y réfléchir. En le regardant, je ne raisonnais plus. Je ne voyais que le sang.

Et, comme s'il le savait, comme s'il le sentait pleinement, il se crispa, me jeta un regard bref et ardent, puis lança la grosse enveloppe à mes pieds et partit frénétiquement à reculons sur le sable. On aurait dit que ses jambes allaient se dérober sous lui. Comme il tournait des talons pour s'enfuir, il faillit tomber.

Ma soif s'apaisa un peu. Je ne raisonnais peut-être pas, mais j'hésitais, et cela semblait quand même impliquer quelque réflexion. Qui était ce petit salopard nerveux ?

Une fois encore, j'essayai de scruter ses pensées. Rien. C'était très étrange. Mais il y a des mortels qui tout naturellement voilent leurs pensées, même quand ils ne se rendent absolument pas compte qu'un autre pourrait fouiller leur esprit.

Il se hâtait toujours, claudiquant désespérément, puis sa fuite l'entraîna dans les ténèbres d'une rue adjacente.

Quelques moments s'écoulèrent.

J'avais maintenant perdu sa piste, il n'y avait plus que l'enveloppe qui était toujours là où il l'avait jetée.

Qu'est-ce que tout cela pouvait bien vouloir dire ? Il savait exactement où je me trouvais, pas de doute là-dessus. Venise et Hong Kong n'avaient pas été des coïncidences. Son brusque affolement, à défaut d'autre chose, en était la preuve assez claire. Je ne pouvais m'empêcher de sourire devant tant de courage. Imaginez un peu, suivre une créature comme moi.

Était-ce quelque adorateur à l'esprit dérangé, venu frapper à la porte du temple dans l'espoir que j'allais lui offrir le Don ténébreux simplement par pitié, ou en récompense de sa témérité ? Cela m'emplit soudain de colère et d'amertume, et puis, une fois de plus, je me désintéressai de la chose.

Je ramassai l'enveloppe et constatai qu'elle ne portait pas d'adresse et qu'elle n'était pas cachetée. Et je trouvai à l'intérieur rien moins qu'une nouvelle imprimée apparemment découpée dans un livre de poche.

Cela faisait une petite liasse de mauvais papier, maintenue par une agrafe dans le coin supérieur gauche. Pas la moindre note personnelle. L'auteur de la nouvelle était une sympathique créature que je connaissais bien, un homme du nom de H.P. Lovecraft, auteur de récits surnaturels et macabres. A vrai dire, je connaissais ce texte aussi et je n'avais jamais pu en oublier le titre : *Le Monstre sur le Seuil*. Cela m'avait fait rire.

Le Monstre sur le Seuil. Je souriais maintenant. Oui, je me souvenais de l'histoire, je me rappelais qu'elle était bien faite et que je l'avais lue avec plaisir.

Mais pourquoi cet étrange mortel me donnerait-il un tel récit ? C'était ridicule. Et soudain la colère me reprit, pour autant que ma tristesse me le permettait.

Je fourrai distraitement le paquet dans ma poche de manteau. Je méditai un instant. Oui, le garçon avait définitivement disparu. Je ne pourrais même pas capter chez personne d'autre une image de lui.

Oh ! si seulement il était venu me tenter quelque autre nuit, quand je n'avais pas l'âme malade et lasse, quand j'aurais pu m'y intéresser un peu — assez du moins pour découvrir de quoi il s'agissait.

Il semblait déjà que des éternités s'étaient écoulées depuis qu'il avait surgi et disparu. La nuit était vide, à part la rumeur bourdonnante de la grande ville et le fracas étouffé des brisants sur la plage. Même les nuages somptueux s'étaient effilochés avant de s'évanouir. Le ciel semblait désert dans son immensité et d'un calme désolant.

Je regardai l'éclat dur des étoiles au-dessus de ma tête, et je laissai le bruit sourd du ressac m'envelopper dans le silence. Je lançai un dernier regard accablé aux lumières de Miami, cette ville que j'aimais tant.

Puis je m'élevai dans les airs, aussi simplement que s'élève une pensée, avec une telle rapidité qu'aucun mortel n'aurait pu voir cette silhouette monter de plus en plus haut dans le vent assourdissant, jusqu'à ce que la grande ville tentaculaire ne fût plus rien qu'une lointaine galaxie disparaissant lentement au regard.

Il faisait si froid dans ce vent d'altitude qui ne connaît pas de saison. Le sang que j'avais bu était englouti comme si sa douce chaleur n'avait jamais existé, et bientôt mon visage et mes mains furent revêtus d'une pellicule de givre comme si j'avais gelé sur place, et cette carapace se déplaçait sous mes fragiles vêtements, couvrant toute ma peau. Elle ne provoquait aucune souffrance. Ou disons plutôt qu'elle n'en causait pas assez.

En fait, cela tarissait simplement tout ce sentiment de confort. Ce n'était que la sombre et sinistre absence de tout ce qui fait le prix de l'existence : l'ardente chaleur des feux et des caresses, des baisers et des discussions, de l'amour, du désir et du sang.

Ah ! Les dieux aztèques avaient dû être des vampires bien avides pour convaincre ces malheureux humains que l'univers cesserait d'exister si le sang ne coulait plus. Imaginez-vous un peu présidant aux cérémonies devant un pareil autel, claquant des doigts pour réclamer une autre victime et une autre et une autre encore, pressant ces cœurs gorgés de sang sur vos lèvres comme des grappes de raisins.

Je virevoltai et me retournai avec le vent, je tombai de quelques mètres, puis m'élevai de nouveau, bras déployés joyeusement, puis retombai sur le côté. Je m'allongeai sur le dos comme un nageur sûr de ses mouvements, pour contempler une nouvelle fois les étoiles aveugles et indifférentes.

Par le seul effet de la pensée, je me propulsai vers l'est. La nuit s'étendait encore au-dessus de la ville de Londres, même si ses horloges égrenaient les heures du petit matin. Londres.

Le moment était venu de dire adieu à David Talbot.

Des mois s'étaient écoulés depuis notre dernière rencontre à Amsterdam, et je l'avais quitté si brutalement que j'en étais honteux, comme aussi de l'avoir tracassé. Depuis lors je l'épiais, mais sans l'importuner. Je savais que, quel que fût mon état d'esprit, il fallait maintenant que j'aille le trouver. Sans aucun doute il souhaitait ma venue. Je me devais de lui rendre visite.

Un moment je songeai à mon bien-aimé Louis. Sans doute était-il dans sa petite maison croulante blottie au cœur de son jardin marécageux de La Nouvelle-Orléans, lisant comme il le faisait toujours à la lueur de la lune, ou bien s'octroyant la flamme frissonnante d'une unique chandelle si d'aventure la nuit était sombre et nuageuse. Mais il était trop tard pour dire adieu à Louis... S'il y avait un être parmi nous qui comprendrait, c'était Louis. C'était du moins ce que je me disais. Le contraire sans doute est plus proche de la vérité...

Je poursuivis ma route vers Londres.

CHAPITRE 2

La maison-mère du Talamasca, en dehors de Londres, silencieuse dans son immense parc de chênes séculaires, avec ses toits en pente et ses immenses pelouses recouvertes d'une profonde couche de neige immaculée.

Un bel édifice de quatre étages, avec d'innombrables fenêtres à meneaux et ses cheminées qui ne cessent d'envoyer la nuit leur panache tourbillonnant de fumée.

C'est un lieu plein de bibliothèques et de parloirs lambrissés de bois sombre, de chambres aux plafonds à caissons, aux épais tapis bordeaux, de réfectoires aussi paisibles que ceux d'un ordre religieux, avec des membres qui se dédient à leur tâche comme des prêtres et des nonnes, qui sont capables de lire dans votre esprit, de voir votre aura, de prédire votre avenir en regardant la paume de votre main et de deviner à peu près qui vous avez bien pu être dans une vie antérieure.

Des sorciers ? Ma foi, quelques-uns d'entre eux le sont peut-être. Mais, dans l'ensemble, ce sont simplement des érudits — des gens qui ont consacré leur vie à l'étude de l'occulte dans toutes ses manifestations. Certains en savent plus que d'autres. Certains croient plus que d'autres. Par exemple, il y a tel membre dans telle maison-mère — et dans d'autres maisons-mères d'Amsterdam, de Rome ou des profondeurs des marais de Louisiane — qui ont posé les yeux sur des vampires et des loups-garous, qui ont perçu les pouvoirs physiques et télékinésiques de mortels capables de mettre le feu ou de provoquer la mort à distance, qui ont parlé à des fantômes et obtenu d'eux des réponses, qui ont combattu des entités invisibles et qui ont connu face à elles la victoire — ou la défaite.

Voilà plus de mille ans que cet ordre existe. Il est plus ancien en fait, mais ses origines sont enveloppées de mystère — ou, pour être plus précis, David refuse de me les expliquer.

Où le Talamasca trouve-t-il son argent ? Il y a dans ses caves une vertigineuse abondance d'or et de joyaux. Ses investissements dans les grandes banques d'Europe sont légendaires. Il possède des immeubles dans toutes les villes où il a un siège, qui à eux seuls pourraient suffire à son entretien, si l'ordre ne possédait rien d'autre. Et puis il faut compter aussi avec les trésors de ses réserves — peintures, statues, tapisseries, meubles et ornements anciens — tous acquis dans le cadre de divers procès d'occultisme et qui n'ont pour l'ordre aucune valeur marchande, car leur intérêt historique et scientifique dépasse de loin toute estimation à laquelle on pourrait se risquer.

Sa bibliothèque à elle seule vaut une rançon de roi dans n'importe quelle monnaie terrestre. Il y a des manuscrits dans toutes les langues, certains même provenant de la célèbre bibliothèque d'Alexandrie incendiée voilà des siècles, et d'autres qui viennent des bibliothèques de Cathares martyrisés. Il existe des textes d'Égypte ancienne qui pousseraient bien des archéologues à commettre joyeusement un meurtre pour y jeter un simple coup d'œil. Il y a des textes écrits par des êtres surnaturels de plusieurs espèces connues, y compris des vampires. Il y a aussi dans ces archives des lettres et des documents écrits de ma main.

Aucun de ces trésors ne m'intéresse. Jamais ils ne m'ont intéressé. Oh ! quand j'étais d'humeur espiègle, il m'est arrivé de songer à pénétrer par effraction dans les caves et à reprendre quelques vieilles reliques qui ont appartenu jadis à des immortels que j'aimais. Je sais que ces érudits ont collectionné des biens que j'avais moi-même abandonnés : le contenu d'un appartement à Paris vers la fin du siècle dernier, les livres et les meubles de ma vieille maison dans la rue bordée d'arbres du Garden District, où j'ai dormi pendant des décennies, sans me soucier le moins du monde de ceux qui arpentaient les planchers pourris au-dessus de moi. Dieu sait quoi d'autre ils ont sauvé de l'érosion du temps.

Mais je ne me souciais plus de ces choses-là. Ce qu'ils avaient récupéré, ils pouvaient le garder. Je ne m'intéressais qu'à David, le Supérieur Général qui était mon ami depuis cette nuit lointaine où j'étais arrivé grossièrement et impulsivement en passant par la fenêtre du troisième étage de son appartement.

Quelle bravoure et quel calme il avait montrés. Et comme j'avais été heureux de le regarder, un homme de grande taille au visage creusé de rides profondes et aux cheveux gris acier. Je me demandai alors si un jeune homme pourrait jamais posséder pareille beauté. Qu'il me connût, qu'il sût ce que j'étais, ç'avait été pour moi son plus grand charme.

Et si je vous faisais l'un de nous. Je pourrais le faire, vous savez...

Jamais il n'a varié dans sa conviction. « Pas même sur mon lit de mort je n'accepterais », avait-il dit. Mais il avait été fasciné par ma seule présence, il ne pouvait le dissimuler, même s'il m'avait assez bien caché ses pensées depuis cette première rencontre.

Son esprit en fait était devenu comme un coffre-fort qui n'aurait pas de clé. Et il ne m'était resté que des expressions radieuses et affectueuses de son visage et une voix douce et cultivée capable de persuader le diable de bien se conduire.

Comme j'arrivais maintenant à la maison-mère au petit matin, dans la neige de l'hiver anglais, ce fut vers les fenêtres familières de David que je me dirigeai, pour trouver son appartement désert et sombre.

Je songeai à notre dernière réunion. Aurait-il pu retourner à Amsterdam ?

Ce dernier voyage avait été improvisé, ce fut du moins ce que je pus découvrir, quand je vins à sa recherche, avant que les habiles médiums qui constituaient ses ouailles n'eussent senti mon importune exploration télépathique — ce à quoi ils parviennent avec une remarquable efficacité — et ne se fussent empressés de couper tout contact.

Quelques courses d'une grande importance avaient, semblait-il, imposé à David de se rendre en Hollande.

La maison-mère hollandaise était plus ancienne que celle des environs de Londres, avec des caves dont le Supérieur Général seul avait la clé. David devait retrouver un portrait exécuté par Rembrandt, un des trésors les plus importants que possédait l'ordre, le faire copier et envoyer cette copie à son cher ami Aaron Lightner, qui en avait besoin pour une importante enquête dans le domaine du paranormal qui était en cours aux États-Unis.

J'espionnai David à Amsterdam, en me disant que je n'allais pas le déranger, comme je l'avais fait bien des fois auparavant.

Je le suivis à bonne distance, tandis qu'il marchait d'un pas vif dans le jour finissant, masquant mes pensées aussi adroitement qu'il masquait toujours les siennes. Comme sa silhouette était imposante sous les ormes qui bordent le Singel, quand il s'arrêtait çà et là pour admirer les vieilles maisons hollandaises dressant leurs trois ou quatre étages étroits avec leurs hauts pignons et leurs fenêtres éclairées dont on avait laissé les rideaux ouverts, semblait-il, pour le plaisir du passant !

Presque aussitôt je perçus en lui un changement. Il avait sa canne comme toujours, même si de toute évidence il n'en avait pas besoin, et il la faisait sauter sur son épaule comme au temps jadis. Mais il y avait une certaine mélancolie dans sa démarche ; un mécontentement prononcé ; et une heure s'écoulait après l'autre tandis qu'il vagabondait, comme si le temps n'avait aucune importance.

Je m'aperçus très vite que David évoquait des souvenirs et je parvins de temps en temps à saisir quelques images fortes de sa jeunesse sous les tropiques, même des éclairs d'une jungle verdoyante si différente de cette ville du nord baignée dans l'hiver et où assurément il ne faisait jamais très chaud. Je n'avais pas encore rêvé du tigre. Je ne savais pas ce que cela signifiait.

Tout cela était fragmentaire à un point exaspérant. Le talent de David à garder pour lui ses pensées était simplement trop remarquable.

Mais il marchait toujours, parfois comme si quelque chose le poussait, et je le suivais, étrangement réconforté par la simple vue de sa personne à quelques rues de là.

Sans sa réaction aux bicyclettes qui ne cessaient de filer près de lui, il aurait eu l'air d'un jeune homme. Mais les bicyclettes le faisaient sursauter. Il avait cette crainte irraisonnée d'un vieil homme d'être renversé et blessé. Il lançait un regard plein de rancœur aux jeunes cyclistes. Puis il retombait dans sa méditation.

C'était presque l'aube quand, comme il fallait s'y attendre, il regagna la maison-mère. Et il avait certainement dû dormir la plus grande partie de chaque jour.

Il était déjà reparti en promenade quand je le rattrapai un soir et, une fois de plus, il ne semblait pas avoir de destination précise. Il déambulait plutôt dans les nombreuses petites rues pavées d'Amsterdam. Il semblait aimer cela autant que je savais qu'il aimait Venise, et avec raison, car ces cités, toutes deux surpeuplées et aux couleurs sombres, ont, malgré toute leur différence, un charme similaire. Celle-ci est une vieille catholique, pleine de relents fétides et d'une aimable décadence ; celle-là est protestante, et donc très propre et affairée, ce qui me faisait de temps en temps sourire.

Le soir suivant, il était reparti, sifflotant tout en parcourant les kilomètres d'un pas vif et je ne tardai pas à comprendre qu'il évitait la maison-mère. A vrai dire, il semblait tout éviter et, quand un de ses vieux amis — un autre Anglais et lui aussi membre de l'ordre — le rencontra par hasard près d'un bouquiniste de Leidsestraat, la conversation montra vite que, depuis quelque temps, David n'était plus lui-même.

Les Anglais sont d'une si exquise politesse pour discuter et diagnostiquer ces choses-là. Mais c'est quand même ce que je parvins à déceler au milieu de tous ces trésors de diplomatie. David négligeait ses devoirs de Supérieur Général. David passait tout son temps loin de la maison-mère. Quand il était en Angleterre, David se rendait de plus en plus souvent à la maison de ses ancêtres dans les Cotswolds. Qu'est-ce qui n'allait pas ?

David se contenta d'écarter d'un haussement d'épaules toutes ces diverses suggestions, comme s'il n'arrivait pas à s'intéresser à la conversation. Il marmonna vaguement que le Talamasca pouvait se diriger pendant un siècle entier sans supérieur général tant l'ordre était discipliné et tant la tradition liait et imprégnait tous ses membres. Après quoi, il s'en alla fureter chez le bouquiniste où il acheta l'édition de poche d'une traduction anglaise du *Faust* de Goethe. Puis il s'en fut dîner seul dans un petit restaurant indonésien, avec son *Faust* ouvert devant lui, son regard parcourant les pages tandis qu'il consommait son repas épicé.

Le laissant s'escrimer avec son couteau et sa fourchette, je retournai chez le libraire pour acheter un exemplaire du même livre. Quel bizarre ouvrage !

Je ne saurais prétendre l'avoir compris, ni deviné pourquoi David le lisait. Cela m'effrayait à vrai dire que la raison pût en être évidente et peut-être repoussai-je aussitôt cette idée.

Néanmoins, le livre me plut, surtout la fin, bien sûr, où Faust montait au ciel. Je ne crois pas que c'était le cas dans les légendes d'autrefois : Faust allait toujours en enfer. J'attribuai cela à l'optimisme romantique de Goethe et au fait qu'il était si vieux à l'époque où il écrivit la fin. L'œuvre des auteurs très âgés est toujours extrêmement puissante et intrigante et mérite qu'on s'y attarde, et peut-être d'autant plus que l'élan créateur abandonne tant d'artistes avant qu'ils ne soient vraiment vieux.

Au petit matin, quand David eut disparu dans la maison-mère, j'errai seul dans la ville. Je voulais la connaître parce que lui la connaissait, parce que la maison-mère là-bas faisait partie de sa vie.

Je déambulai dans l'énorme Rijksmuseum, à regarder les toiles de Rembrandt que j'avais aimées. Je me glissai comme un voleur dans la maison de Rembrandt sur la Jodenbreestraat, transformée maintenant en un petit sanctuaire pour le public durant la journée, et j'arpentai les ruelles de la ville, y retrouvant le chatoiement des temps révolus. Amsterdam est un endroit excitant, grouillant de jeunes gens venus de tous les coins de cette nouvelle Europe, une ville qui ne dort jamais.

Je ne serais sans doute jamais venu ici sans David. Cette ville ne m'avait jamais attiré. Et voilà maintenant que je la trouvais extrêmement agréable, une ville faite pour les vampires à cause de ses grandes foules de noctambules, mais c'était David bien sûr que je voulais voir. Je compris que je ne pourrais pas partir sans avoir au moins échangé quelques mots avec lui.

Enfin, une semaine après mon arrivée, je trouvai David dans le Rijksmuseum désert, juste après le coucher du soleil, assis sur la banquette devant la grande toile de Rembrandt représentant les membres de la Guilde des Drapiers.

David savait-il d'une façon ou d'une autre que j'étais déjà venu ? Impossible, et pourtant il était là.

Il était évident, d'après sa conversation avec le gardien — qui venait justement de prendre congé de David — que son ordre vénérable de vieux fouineurs fournissait une importante contribution aux arts des diverses villes où ils avaient élu domicile. Il était donc facile pour les membres d'avoir accès aux musées pour en contempler les trésors quand l'entrée en était interdite au public.

Et dire que je dois m'introduire dans ces lieux comme une canaille de bas étage !

Quand je tombai sur lui, il régnait un silence absolu dans les hautes salles de marbre. Il était assis sur la longue banquette de bois, tenant mollement et sans conviction dans sa main droite son exemplaire de *Faust*, aux pages maintenant très écornées et hérissées de signets.

Il contemplait fixement la toile, qui représente plusieurs Hollandais très dignes, rassemblés autour d'une table, pour traiter sans doute de questions commerciales, mais qui fixent sur le visiteur un regard serein par-dessous le large bord de leurs grands chapeaux noirs. Ce n'est pas tout l'effet que produit ce tableau. Les visages sont d'une beauté raffinée, pétris de sagesse, de douceur et d'une patience quasi angélique. Ces personnages, d'ailleurs, ressemblent plus à des anges qu'à des hommes ordinaires.

Ils semblaient en possession d'un grand secret, et si tous les hommes devaient le découvrir, il n'y aurait plus de guerre, de vice, ni de malice sur terre. Comment de tels personnages étaient-ils devenus membres de la Guilde des Drapiers d'Amsterdam dans les années 1600 ? Mais voilà que j'anticipe sur mon récit...

David sursauta quand j'apparus, sortant de l'ombre à pas lents et silencieux pour m'approcher de lui. Je vins m'asseoir à ses côtés sur la banquette.

J'étais vêtu comme un clochard, car je n'avais pas de vrai logement à Amsterdam, et le vent m'avait emmêlé les cheveux.

Je restai un long moment immobile, ouvrant mon esprit par un acte de volonté qui donnait l'impression plutôt d'un soupir humain, pour lui faire savoir combien je m'inquiétais de son bien-être et à quel point je m'étais efforcé par égard pour lui de le laisser en paix.

Son cœur battait rapidement. Son visage, quand je me tournai vers lui, rayonnait d'une chaleur immédiate et généreuse.

Il tendit sa main droite et me serra le bras. « Comme toujours, je suis heureux de vous voir, si heureux.

— Ah, mais je vous ai fait du mal. Je le sais. »

Je ne voulais pas lui dire comment je l'avais suivi, comment j'avais surpris la conversation entre lui et son camarade ni m'appesantir sur ce que j'avais vu de mes propres yeux.

Je fis le vœu de ne pas le tourmenter avec mon éternelle question. Et pourtant je vis la mort quand je le regardai, peut-être plus encore en raison de l'éclat, de la gaieté et de la vigueur qui brillaient dans ses yeux.

Il posa sur moi un long regard songeur, puis il retira sa main et ses yeux revinrent au tableau.

« Existe-t-il en ce monde des vampires qui ont des visages pareils ? » demanda-t-il. Il désignait les hommes qui nous regardaient depuis le tableau. « Je parle du savoir et de la compréhension qu'il y a derrière ces visages. Je parle de quelque chose qui est plus un indice d'immortalité qu'un corps surnaturel dont l'anatomie exige qu'il boive du sang humain.

— Des vampires avec de pareils visages ? rétorquai-je. David, c'est injuste. Il n'existe pas d'*hommes* avec de tels visages. Il n'y en a jamais eu. Regardez n'importe laquelle des œuvres de Rembrandt. C'est absurde de croire que de pareilles gens aient jamais existé, encore moins qu'Amsterdam en était plein du temps de Rembrandt, que chaque homme ou chaque femme qui s'est jamais présenté à sa porte était un ange. Non, c'est Rembrandt que vous voyez dans ces visages, et Rembrandt est immortel, bien sûr. »

Il sourit. « Ce que vous dites n'est pas vrai. Et quelle solitude désespérée émane de vous. Vous ne voyez donc pas que je ne peux pas accepter votre offre ; et si je le faisais, que penseriez-vous de moi ? Rechercheriez-vous encore ma compagnie ? Rechercherais-je la vôtre ? »

Ce fut à peine si j'entendis ces derniers mots. Je fixais la toile, je fixais ces hommes qui avaient vraiment des airs d'ange. Une sourde colère s'était emparée de moi et je ne voulais pas m'attarder ici plus longtemps. J'avais renoncé au combat, et pourtant il s'était défendu contre moi. Non, je n'aurais pas dû venir.

L'espionner, oui, mais sans m'attarder. Et une fois de plus, je m'apprêtai à partir.

Cela le rendit furieux. J'entendis sa voix retentir dans le vaste volume de la salle.

« C'est injuste de votre part de partir ainsi ! C'est positivement grossier ! Vous n'avez donc pas d'honneur ? Qu'advient-il des bonnes manières s'il n'y a plus d'honneur ? » Là-dessus, il s'éloigna, car je n'étais plus près de lui, c'était comme si j'avais disparu, et il était un homme tout seul dans le musée énorme et glacé, qui se parlait tout haut.

J'avais honte, mais j'étais trop furieux et trop meurtri pour revenir vers lui, même si je ne savais pas pourquoi. Qu'avais-je fait à cette créature ! Comme Marius allait me le reprocher.

J'errai dans Amsterdam pendant des heures, j'achetai pour écrire un épais parchemin du genre que je préfère, et un stylo noir à pointe fine avec un système automatique qui assure une alimentation en encre permanente ; puis je cherchai une petite taverne bruyante et sinistre dans le quartier réservé, avec ses femmes peintes et ses jeunes vagabonds drogués, où je pourrais rédiger une lettre à David sans qu'on me remarque ni qu'on me dérange dès l'instant où j'avais une chope de bière devant moi.

Je ne savais pas ce que je comptais écrire d'une phrase à l'autre, seulement que je devais trouver un moyen de lui dire que je regrettais ma conduite et que quelque chose s'était déclenché dans mon âme en regardant les hommes du tableau de Rembrandt, j'écrivis donc d'une plume hâtive et fébrile cette sorte de récit.

> Vous avez raison. C'était méprisable, la façon dont je vous ai quitté. Pire, c'était lâche. Je vous promets que quand nous nous reverrons, je vous laisserai dire tout ce que vous avez à dire.
>
> J'ai pour ma part une théorie sur Rembrandt. J'ai passé bien des heures à étudier ses toiles partout — à Amsterdam, Chicago, New York, partout où j'en trouve — je crois vraiment, comme je vous l'ai dit, qu'il n'a pu

existter autant de grandes âmes que les toiles de Rembrandt voudraient nous le faire croire.

C'est ma théorie, et je vous prie de ne pas oublier quand vous lirez ces lignes qu'elle tient compte de tous les éléments. Cette prise en compte était jadis ce à quoi on mesurait l'élégance des théories... avant que le mot « science » n'en soit venu à signifier ce qu'il veut dire aujourd'hui.

Je suis convaincu que Rembrandt a vendu son âme au diable quand il était jeune homme. Le marché a été simple. Le diable a promis à Rembrandt de faire de lui le plus célèbre peintre de son époque. Le diable a envoyé à Rembrandt des hordes de mortels pour qu'il fasse leur portrait. Il a donné la richesse à Rembrandt. Il lui a donné une charmante maison à Amsterdam, une épouse et plus tard une maîtresse, car il était sûr qu'à la fin il aurait son âme.

Mais Rembrandt a été changé par sa rencontre avec le diable. Ayant vu une preuve aussi irréfutable du mal, il se trouva obsédé par la question : qu'est-ce que le bien ? Il chercha dans les visages de ses modèles leur divinité intérieure ; et, à sa stupéfaction, il parvint à en déceler l'étincelle chez les plus indignes des hommes.

Son talent était tel — et comprenez bien, je vous en prie, ce n'était pas du diable qu'il tenait son talent : il le possédait dès le début — que non seulement il pouvait voir ce bien, mais il pouvait le peindre ; il pouvait laisser la connaissance qu'il en avait et la foi qu'il y mettait imprégner tout l'ensemble.

Avec chaque portrait, il comprenait plus profondément la grâce et la bonté de l'humanité. Il comprenait le don de la compassion et de la sagesse qui réside en chaque âme. Son talent s'accrut à mesure qu'il continuait à peindre ; l'éclair de l'infini devint plus subtil ; le personnage lui-même plus singulier ; et plus grand, plus serein et plus magnifique, l'ensemble.

Enfin, les visages que peignait Rembrandt n'étaient pas du tout des visages de chair et de sang. C'étaient des expressions spirituelles, des portraits de ce qu'il y avait à l'intérieur du corps de l'homme ou de la femme ;

c'étaient des visions de ce qu'était ce personnage à sa plus belle heure, de ce qu'il était prêt à devenir.

Voilà pourquoi les marchands de la Guilde des Drapiers ressemblent aux plus vieux et aux plus sages des saints de Dieu.

Mais nulle part cette profondeur spirituelle et cette intuition ne se manifestent plus clairement que dans ses autoportraits. Vous savez certainement qu'il nous en a laissé cent vingt-deux.

Pourquoi croyez-vous qu'il en a peint autant ? Ils représentaient sa supplique personnelle à Dieu de noter le progrès de cet homme qui, par son observation attentive d'autres gens comme lui, avait été totalement transformé sur le plan religieux. « Voici ma vision », disait-il à Dieu.

Vers la fin de la vie de Rembrandt, le diable fut pris de soupçons. Il ne voulait pas voir son serviteur créer des œuvres aussi magnifiques, si pleines de chaleur et de bonté. Il avait cru que les Hollandais étaient des gens matérialistes et donc attachés aux biens de ce monde. Et voilà que dans des tableaux abondants en riches toilettes et en possessions somptueuses, éclatait l'indéniable preuve que les êtres humains sont absolument différents de tout autre animal du cosmos : qu'ils sont un précieux mélange de chair et de feu immortel.

Rembrandt subit donc tous les châtiments que fit pleuvoir sur lui le diable. Il perdit sa belle maison de la Jodenbreestraat. Il perdit sa maîtresse et, pour finir, même son fils. Pourtant il continuait à peindre et à peindre, sans une trace d'amertume ni de perversité ; et il persistait à imprégner ses tableaux d'amour.

Il se retrouva finalement allongé sur son lit de mort. Le diable se pavanait alentour, tout content, prêt à saisir l'âme de Rembrandt et à l'attraper entre ses méchants petits doigts. Mais les anges et les saints supplièrent Dieu d'intervenir.

« Dans le monde entier, qui en sait davantage sur la bonté ? demandèrent-ils en désignant Rembrandt mourant. Qui l'a mieux montré que ce peintre ? Ce sont ses portraits que nous regardons quand nous voulons connaître ce qu'il y a de divin chez l'homme. »

C'est ainsi que Dieu rompit le pacte passé entre Rembrandt et le diable. Il prit pour lui l'âme de Rembrandt et le diable, si récemment privé de Faust pour exactement la même raison, se retrouva fou de rage.

Eh bien, il allait enterrer dans l'obscurité la vie de Rembrandt. Il veillerait à ce que toutes les possessions personnelles, toute trace de cet homme fussent englouties par le grand flot du temps.

Et voilà bien sûr pourquoi nous ne savons presque rien de la véritable vie de Rembrandt, ni quelle sorte d'homme il était.

Mais le diable ne pouvait pas contrôler le destin des tableaux. Malgré tous ses efforts, il ne put amener les gens à les brûler, à les jeter, ni à les mettre au rancart pour faire place à des artistes plus neufs, plus à la mode. En fait, il commença à se passer quelque chose d'étrange. Rembrandt devint le plus admiré de tous les peintres qui eussent jamais vécu ; Rembrandt devint le plus grand peintre de tous les temps.

Voilà ma théorie concernant Rembrandt et ces visages.

Eh bien, si j'étais mortel, j'écrirais à propos de Rembrandt un roman sur ce thème. Sauf que je ne suis pas mortel. Je ne peux pas sauver mon âme par l'art ni par les bonnes œuvres. Je suis une créature comme le diable, à une différence près. J'adore les œuvres de Rembrandt !

Pourtant, cela me brise le cœur de les regarder. Cela m'a brisé le cœur de vous voir là au musée. Et vous avez parfaitement raison d'affirmer qu'il n'existe pas de vampire ayant un visage comme celui des saints de la Guilde des Drapiers.

C'est pour cela que je vous ai quitté si grossièrement au musée. Ce n'était pas la rage du diable. C'était seulement du chagrin.

Je vous promets que la prochaine fois que nous nous rencontrerons, je vous laisserai dire tout ce que vous voudrez.

Je griffonnai le numéro de mon agent à Paris au bas de cette lettre, avec son adresse, comme je l'avais fait jadis quand j'écrivais à David, même si ce dernier n'avait jamais répondu.

Puis je me lançai dans une sorte de pèlerinage, pour aller revoir les tableaux de Rembrandt dans les grandes collections du monde. Je ne vis rien au cours de mes voyages qui pût m'ébranler dans ma conviction que Rembrandt était pétri de bonté. Le pèlerinage s'avéra être une pénitence, car je me cramponnai à mon idée de roman sur Rembrandt. Mais je pris de nouveau la résolution de ne plus jamais venir ennuyer David.

Ensuite j'eus ce rêve. *Tigre, Tigre*... David en danger. Je m'éveillai en sursaut sur mon fauteuil dans la petite cabane de Louis — comme si une main qui voulait m'avertir m'avait secoué dans mon sommeil.

En Angleterre, la nuit touchait presque à sa fin. Il me fallait me hâter. Mais quand je finis par trouver David, il était dans une bizarre petite taverne d'un village des Cotswolds qu'on ne peut atteindre que par une route étroite et dangereuse.

C'était son village natal, pas loin du manoir de ses ancêtres, je le devinai rapidement en scrutant l'esprit de ceux qui l'entouraient : un petit hameau avec une seule rue bordée de constructions du seizième siècle, abritant boutiques et auberge dépendant maintenant des caprices des touristes, et que David avait restaurée à ses frais et où il se rendait de plus en plus souvent pour fuir sa vie londonienne.

Un petit coin littéralement fantastique !

Tout ce que David faisait, c'était de siroter son cher whisky pur malt en griffonnant des croquis du Démon sur les serviettes. Méphistophélès avec son luth ? Le Satan cornu dansant au clair de lune ? Ce devait être son découragement que j'avais senti par-delà les kilomètres, ou plus vraisemblablement l'inquiétude de ceux qui l'observaient. C'était l'image qu'il se faisait de lui que j'avais perçue.

J'avais si grande envie de lui parler. Mais je n'osais pas. J'aurais créé trop d'agitation dans la petite taverne, où le vieux propriétaire soucieux et ses deux neveux pataudset silencieux ne restaient éveillés à fumer leur pipe odorante qu'à cause de l'auguste présence du seigneur du village — qui s'enivrait d'ailleurs en grand seigneur.

Une heure durant, je restai dans les parages à regarder par la petite fenêtre. Puis je m'en allai.

Maintenant, bien des mois plus tard, la neige tombait sur

Londres, comme elle tombait en gros flocons silencieux sur la haute façade de la maison-mère du Talamasca ; abruti de fatigue, je cherchai David, pensant qu'il n'y avait personne au monde que je devais voir autant que lui. Je scrutai l'esprit des membres de l'ordre, endormis et éveillés. Je les tirai de leur sommeil. Je les entendis se mettre mentalement au garde-à-vous aussi nettement que s'ils avaient allumé leur lampe en se levant de leur lit.

Mais j'eus ce que je voulais avant qu'on pût m'évincer.

David était parti pour le manoir des Cotswolds, quelque part à n'en pas douter dans les parages de ce curieux petit village avec son étrange taverne.

Eh bien, je pouvais le trouver, n'est-ce pas ? Je m'en allai le chercher là-bas.

La neige tombait encore plus fort tandis que je voyageais plus près du sol, pénétré de froid et de colère, tout souvenir du sang que j'avais bu maintenant effacé.

D'autres rêves me revinrent, comme cela m'arrive toujours au plus dur de l'hiver, rêves des rudes et terribles chutes de neige de mon enfance de mortel, du froid qui régnait dans les salles de pierre du château de mon père et du petit feu, avec mes grands dogues qui ronflaient dans la paille auprès de moi pour me tenir chaud.

Les chiens mêmes que les loups avaient massacrés au cours de cette chasse voilà si longtemps.

J'avais tellement horreur d'évoquer ce souvenir, et pourtant c'était toujours doux de croire que j'étais de nouveau là-bas — avec la saine odeur de cette petite flambée, de ces chiens puissants blottis contre moi — et de me dire que j'étais vivant, vraiment vivant ! et que la chasse n'avait jamais eu lieu. Je n'étais jamais allé à Paris, je n'avais jamais séduit Magnus. La petite salle de pierre était pleine de la bonne odeur des chiens, et je pouvais maintenant dormir auprès d'eux, en sûreté.

J'approchai enfin d'un petit manoir élisabéthain dans les montagnes, un très bel édifice de pierre avec des toits à pente raide, d'étroits pignons et des fenêtres aux vitres épaisses, un édifice bien plus petit que la maison-mère, et pourtant tout à fait grandiose à son échelle.

Il n'y avait de lumière que derrière une seule série de

fenêtres et, quand j'approchai, je vis que c'étaient celles de la bibliothèque et que David était là, assis auprès d'un grand feu qui craquait bruyamment.

Il tenait à la main son journal familier relié de cuir, et il écrivait très rapidement à la plume. Il n'avait absolument pas l'impression d'être observé. De temps en temps, il consultait un autre livre relié sur la table auprès de lui. Je distinguai sans mal que c'était une Bible, avec ses doubles colonnes en petits caractères, ses pages dorées sur tranche, et le ruban qui servait de signet.

Au prix d'un petit effort, j'observai que c'était le Livre de la Genèse que David était en train de lire et sur lequel, apparemment, il prenait des notes. Il y avait à côté son exemplaire de *Faust*. Qu'est-ce qui pouvait bien l'intéresser dans tout cela ?

La pièce elle-même était tapissée de livres. Une seule lampe était allumée au-dessus de l'épaule de David. C'était une bibliothèque comme bien d'autres dans les climats septentrionaux : douillette et accueillante, avec un plafond bas aux poutres apparentes et de vieux fauteuils de cuir grands et confortables.

Ce qui lui donnait surtout un caractère insolite, c'étaient les reliques d'une existence vécue sous un autre climat. Il y avait là ses souvenirs préférés des années passées là-bas.

La tête naturalisée d'un léopard était accrochée au-dessus de l'âtre. Et la grande tête noire d'un buffle était exposée tout au bout du mur de droite. Il y avait çà et là sur les rayonnages et sur les tables de nombreuses petites statuettes de bronze hindoues. Des joyaux de petits tapis indiens jonchaient la carpette marron devant la cheminée, la porte et les fenêtres.

Et la longue dépouille flamboyante de son tigre du Bengale s'étalait au milieu de la pièce, sa tête soigneusement préservée, avec des yeux de verre et ces immenses crocs que j'avais vus dans mon rêve si horriblement vivants.

Ce fut à ce dernier trophée que David soudain accorda toute son attention puis, en détournant non sans mal les yeux, il se remit à écrire. J'essayai de fouiller son esprit. Rien. Pourquoi m'étais-je donné cette peine ? Pas même un aperçu des forêts de palétuviers où une bête pareille avait pu être abattue. Mais une fois de plus il regarda le tigre et, oubliant sa plume, s'enfonça dans ses pensées.

Bien sûr, comme ç'avait toujours été le cas, cela me réconforta de simplement l'observer. Je jetai un coup d'œil à de nombreuses photographies encadrées dans les ombres de la pièce — des portraits de David quand il était jeune et bien des clichés de lui manifestement pris en Inde devant un charmant bungalow avec des vérandas profondes et un toit en hauteur. Les photos de son père et de sa mère. De lui, avec les bêtes qu'il avait tuées. Cela expliquait-il mon rêve ?

Je ne m'occupai pas de la neige qui tombait tout autour de moi, saupoudrant mes cheveux, mes épaules et même mes bras mollement croisés. Je finis par bouger : il n'y avait plus qu'une heure avant l'aube.

Je circulai dans la maison, trouvai une porte de service, en fis glisser le loquet et j'entrai dans la petite salle bien chauffée avec son plafond bas. Il n'y avait là que des boiseries anciennes, recouvertes d'innombrables couches de laque ou de peinture à l'huile. Je posai les mains sur les traverses de la porte et je vis miroiter un grand bois de chêne plein de soleil, puis seules les ombres m'entourèrent et je perçus la senteur du feu au loin.

Je m'aperçus que David était planté tout au bout du vestibule, me faisant signe d'approcher. Mais je ne sais quoi dans mon apparence l'inquiéta. Il est vrai que j'étais couvert de neige et d'une fine pellicule de glace.

Nous entrâmes ensemble dans la bibliothèque et je m'installai dans le fauteuil en face de lui. Il me laissa un moment durant lequel je me contentai de fixer les flammes et de sentir la chaleur du feu faire fondre le givre qui me recouvrait. Je songeais aux raisons de ma visite et à la façon dont j'allais les exprimer. J'avais les mains aussi blanches que la neige.

Quand il revint, il m'apportait une grande serviette chaude que je pris pour m'essuyer le visage et les cheveux, puis les mains. Que c'était bon.

« Merci, dis-je.

— Vous aviez l'air d'une statue, dit-il.

— Oui, c'est vraiment l'air que j'ai maintenant, n'est-ce pas ? Je vais continuer.

— Que voulez-vous dire ? fit-il en s'asseyant en face de moi. Expliquez-vous.

— Je pars pour un endroit désert. J'ai trouvé, je crois, un

moyen de mettre un terme à tout cela. Mais ce n'est pas simple.

— Pourquoi voulez-vous faire cela ?

— Je n'ai plus envie de vivre. De ce point de vue-là, c'est assez simple. Je n'attends pas la mort avec impatience comme vous. Ce n'est pas cela. Ce soir, je... » Je m'arrêtai. Je voyais la vieille femme dans son lit bien fait, avec son peignoir à fleurs sur la courte-pointe en nylon. Puis je vis cet étrange personnage aux cheveux bruns, qui m'observait, celui qui m'avait abordé sur la plage et qui m'avait remis le récit que j'avais toujours, dans la poche de mon manteau.

C'est absurde. Qui que l'on soit, on arrive trop tard.

Pourquoi prendre la peine d'expliquer ?

Je vis soudain Claudia, comme si elle était là, dans un autre royaume, à me dévisager, à attendre que je la voie. Comme c'est habile que nos esprits puissent évoquer une image qui semble si réelle. Elle aurait aussi bien pu se trouver ici même, auprès du bureau de David, dans l'ombre. Claudia, qui avait plongé son long poignard dans ma poitrine. « Je vais te mettre pour toujours dans ton cercueil, père. » Mais il est vrai que je voyais maintenant Claudia tout le temps, n'est-ce pas ? Je voyais Claudia rêve après rêve...

« Ne faites pas ça, fit David.

— Il est temps, David », murmurai-je, en songeant vaguement combien Marius serait déçu.

David m'avait-il entendu ? Peut-être avais-je parlé trop doucement. Un crépitement monta du feu, du petit bois qui s'effondrait peut-être ou bien la sève encore humide et qui grésillait dans la grosse bûche. Je revis cette chambre glacée de mon enfance, et soudain, je sentis mon bras autour d'un de ces gros chiens, ces chiens tendres et nonchalants. Voir un loup égorger un chien est monstrueux !

J'aurais dû mourir ce jour-là. Même les plus fins chasseurs ne devraient pas pouvoir massacrer une meute de loups. Et c'était peut-être là l'erreur cosmique. J'étais destiné à partir, s'il existe bien une telle continuité, et en voulant aller trop loin, j'avais attiré l'œil du diable.

« Tueur de loups. » Le vampire Magnus avait dit cela avec une telle tendresse en m'emportant dans sa tanière.

David s'était renfoncé dans son fauteuil, posant distraitement un pied sur le pare-feu et ses yeux fixant les flammes. Il était profondément troublé, un peu frénétique même, encore qu'il se contînt fort bien.

« Est-ce que ce ne sera pas douloureux ? » demanda-t-il, en me regardant.

Pendant un instant, je ne compris pas ce qu'il voulait dire. Puis je me souvins.

J'eus un petit rire.

« Je suis venu vous dire adieu, vous demander si vous êtes certain de votre décision. Il m'a paru convenable de vous annoncer que je partais et que ce serait votre dernière chance. A vrai dire, ça m'a semblé *fair play*. Vous me suivez ? Ou bien croyez-vous qu'il s'agit simplement d'une nouvelle excuse ? Peu importe, en fait.

— Comme Magnus dans votre récit, dit-il. Vous vous trouveriez un héritier, puis vous disparaîtriez dans le feu.

— Ce n'était pas seulement une histoire, dis-je, sans vouloir être raisonneur et me demandant pourquoi j'avais l'impression de l'être. Et, ma foi oui, c'est peut-être comme ça. Franchement, je n'en sais rien.

— Pourquoi voulez-vous vous détruire ? » Il avait l'air désespéré.

Combien j'avais fait du mal à cet homme.

Je regardai la peau de tigre avec ses superbes rayures noires et sa fourrure d'un orange foncé.

« C'était un mangeur d'hommes, n'est-ce pas ? » demandai-je.

Il hésita ; on aurait dit qu'il ne comprenait pas bien ma question, puis, comme s'il s'éveillait, il hocha la tête. « Oui. » Il jeta un coup d'œil au tigre, puis me regarda. « Je ne veux pas que vous fassiez cela. Au nom du ciel, remettez ça à plus tard. Ne le faites pas. Pourquoi justement ce soir ? »

Il me faisait rire malgré moi. « Ce soir, c'est le bon moment pour le faire, déclarai-je. Non, je pars. » Et soudain je ressentis une grande jubilation car je me rendais compte que je pensais ce que je disais ! Ce n'était pas un simple caprice. Sinon, je le lui aurais dit. « J'ai trouvé une méthode. Je vais aller aussi haut que je pourrai avant que le soleil ne pointe au-dessus de l'horizon. Je n'aurai aucun moyen de trouver un abri. Le désert là-bas est très dur. »

Et je mourrai dans le feu. Pas dans le froid comme sur cette montagne où les loups me cernaient. Dans la chaleur, comme Claudia était morte.

« Non, reprit-il, ne faites pas ça. » Quelle ardeur il y mettait, quelle persuasion ! Mais ça ne marchait pas.

« Voulez-vous le sang ? demandai-je. Ça ne prend pas très longtemps. Ça n'est pas très douloureux. Je suis persuadé que les autres ne vous feront pas de mal. Je vous rendrai si fort qu'ils auraient bien du mal s'ils essayaient. »

Là encore, cela ressemblait tant à Magnus, qui m'avait laissé orphelin sans même m'avertir qu'Armand et son groupe qui remontait à la nuit des temps pouvaient se lancer à ma poursuite, en me maudissant et en cherchant à mettre un terme à ma vie toute neuve. Et Magnus avait su que je l'emporterais.

« Lestat, je n'ai pas envie du Don du sang. Mais je veux que vous restiez ici. Écoutez, accordez-moi seulement quelques nuits. Pas davantage. Au nom de notre amitié, Lestat, restez avec moi. Ne pouvez-vous pas m'accorder ces quelques heures ? Et puis, s'il faut que vous alliez jusqu'au bout, je ne discuterai plus.

— Pourquoi ? »

Il parut affligé. Puis il dit :

« Laissez-moi vous parler, laissez-moi vous faire changer d'avis.

— Vous avez tué ce tigre quand vous étiez très jeune, n'est-ce pas ? C'était en Inde. » Je regardai les autres trophées. « J'ai vu le tigre en rêve. »

Il ne répondit pas. Il semblait anxieux et perplexe.

« Je vous ai blessé, dis-je. Je vous ai entraîné dans les souvenirs de votre jeunesse. Je vous ai fait prendre conscience du temps, et vous ne vous en rendiez pas compte à ce point auparavant. »

Quelque chose se passa sur son visage. Avec ces mots, je l'avais blessé. Pourtant il secoua la tête.

« David, prenez mon sang avant que je parte ! murmurai-je soudain, désespéré. Il ne vous reste pas un an. Je m'en rends compte quand je suis près de vous ! J'entends la faiblesse de votre cœur.

— Vous ne le savez pas, mon ami, répondit-il avec

patience. Restez ici avec moi. Je vous parlerai du tigre, de cette époque révolue en Inde. J'ai ensuite chassé en Afrique, et puis une fois en Amazonie. Tant d'aventures. Je n'étais pas alors l'érudit poussiéreux que je suis aujourd'hui...

— Je sais », dis-je en souriant. Jamais il ne m'avait parlé ainsi, jamais il ne m'en avait tant offert. « C'est trop tard, David », dis-je. Je revis le rêve. Je vis la mince chaîne d'or autour du cou de David. Était-ce la chaîne que le tigre cherchait ? Ça ne rimait à rien. Ce qui restait, c'était le sentiment du danger.

Je contemplai la peau de bête. Quelle pure méchanceté exprimait son visage. « C'était amusant de tuer le tigre ? » interrogeai-je.

Il hésita. Puis il se força à répondre. « C'était un mangeur d'hommes. Il dévorait les enfants. Oui, je pense que c'était amusant. »

Je me mis à rire doucement. « Eh bien alors, nous avons cela en commun, le tigre et moi. Et Claudia m'attend.

— Vous ne le croyez pas vraiment, non ?

— Non. Je pense que si c'était le cas, j'aurais peur de mourir. » Je crus voir Claudia avec une parfaite netteté... Un petit portrait ovale sur de la porcelaine : l'or de ses cheveux, le bleu de ses yeux. Quelque chose de farouche et d'authentique dans l'expression, malgré les couleurs et le cadre ovale. Avais-je jamais eu en ma possession ce médaillon, car assurément c'était bien cela : un médaillon. Un frisson me parcourut. Je me rappelai la texture de ses cheveux. Une fois de plus, c'était comme si elle était tout près de moi. En me retournant, je pourrais la voir à mon côté dans l'ombre, avec ses mains sur le dossier de mon fauteuil. Et je me retournai. Rien. J'allais perdre mon calme si je ne partais pas tout de suite.

« Lestat ! » fit David avec insistance. Il me scrutait, s'efforçant désespérément de trouver autre chose à dire. Il désigna mon manteau. « Qu'y a-t-il dans votre poche ? Un billet que vous avez écrit ? Vous comptez me le laisser ? Lisez-le-moi maintenant.

— Oh, ça, cet étrange petit récit, dis-je, tenez, vous pouvez le garder. Je vous le lègue. Il devrait être à sa place dans une bibliothèque, peut-être coincé quelque part sur un de ces rayonnages. »

Je pris le petit paquet plié et j'y jetai un coup d'œil. « Oui, je l'ai lu. C'est assez amusant. » Je lançai le paquet sur ses genoux. « Un idiot de mortel me l'a donné. Quelque pauvre âme ignorante qui savait qui j'étais et qui a eu tout juste assez de courage pour le lancer à mes pieds.

— Expliquez-moi cela », fit David. Il déplia les feuillets. « Pourquoi avez-vous cela avec vous ? Bonté divine... Lovecraft. » Il secoua doucement la tête.

« Je viens de vous expliquer, dis-je. Ça ne sert à rien, David, on ne peut pas m'arrêter. Je pars. D'ailleurs, ce récit ne veut rien dire. Le pauvre idiot... »

Ses yeux brillaient d'une lueur si étrange. Qu'est-ce donc qui n'allait pas dans la façon dont il s'était précipité vers moi sur le sable de la plage ? Et dans sa retraite affolée ? Il prenait des airs si importants ! Ah ! mais c'était stupide. Je n'en avais cure, et je le savais. Je savais ce que je comptais faire.

« Lestat, fit David, restez ici ! Vous m'avez promis que la prochaine fois que nous nous rencontrerions, vous me laisseriez dire tout ce que j'ai à vous expliquer. Vous me l'avez écrit, Lestat, vous vous souvenez ? Vous n'allez pas revenir sur votre parole ?

— Eh bien, David, il va falloir que je revienne dessus. Et il vous faudra me pardonner parce que je pars. Peut-être n'y a-t-il pas de paradis ni d'enfer et vous reverrai-je de l'autre côté.

— Et si les deux existent ? Alors ?

— Vous avez trop lu la Bible. Lisez ce récit de Lovecraft. » De nouveau j'eus un rire bref. Je désignai les pages qu'il tenait à la main. « Ça vaudra mieux pour votre bel esprit. Et, au nom du ciel, évitez *Faust*. Vous croyez vraiment qu'à la fin des anges viendront nous emmener ? Enfin, pas moi, peut-être, mais vous ?

— Ne partez pas », dit-il, et sa voix était si douce et si implorante qu'elle m'en coupa le souffle.

Mais je partais déjà.

Ce fut à peine si je l'entendis me crier :

« Lestat, j'ai besoin de vous. Vous êtes le seul ami que j'aie. »

Comme ces mots étaient tragiques ! J'aurais voulu dire que tout cela me navrait. Mais c'était trop tard maintenant. Et d'ailleurs, je crois qu'il le savait.

Je m'élevai dans la nuit glacée, montant parmi les flocons de neige. Toute vie me semblait absolument insupportable, aussi bien dans son horreur que dans sa splendeur. La petite maison là-bas semblait douillette, sa lumière se répandant sur le sol blanc, sa cheminée projetant vers le ciel ce mince filet de fumée bleue.

Je repensai à David marchant seul dans les rues d'Amsterdam, et puis je songeai au visage de Rembrandt. Et je revis le visage de David auprès du feu dans la bibliothèque. Il ressemblait à un homme peint par Rembrandt. Il avait toujours eu cet air-là depuis que je le connaissais. Et à quoi ressemblions-nous, figés à jamais dans la forme que nous avions quand le Sang ténébreux était entré dans nos veines ? Claudia était depuis des décennies cette enfant peinte sur de la porcelaine. Et moi, j'étais comme une des statues de Michel-Ange, devenant blanc comme du marbre. Et tout aussi froid.

Je savais que je tiendrais parole.

Mais vous comprenez qu'il y a dans tout cela un épouvantable mensonge. Je ne croyais pas vraiment que le soleil pourrait encore me tuer. Enfin, j'allais assurément essayer de bon cœur.

CHAPITRE 3

Le désert de Gobi.

Voilà des éternités, à l'âge des dinosaures, comme les hommes ont appelé cette époque, des lézards géants sont morts par milliers dans cette étrange partie du monde. Personne ne sait pourquoi ils sont venus là ; ni pourquoi ils ont péri. Était-ce un royaume de végétation tropicale et de marécages fumants ? Nous n'en savons rien. Tout ce que nous avons maintenant à cet endroit, c'est le désert et des millions et des millions de fossiles, racontant l'histoire fragmentaire de reptiles gigantesques qui devaient faire trembler la terre à chacun de leurs pas.

Le désert de Gobi est donc un immense cimetière, lieu fort approprié à mes yeux pour regarder le soleil en face. Je restai allongé un long moment dans le sable avant le lever du soleil, à rassembler mes dernières pensées.

Il s'agissait de s'élever jusqu'à la limite même de l'atmosphère, pour ainsi dire dans le lever du soleil. Puis, quand j'aurais perdu conscience, je dégringolerais dans la terrible chaleur et mon corps se fracasserait dans sa chute sur le sol du désert. Comment alors ce corps pourrait-il creuser un abri sous la surface, comme il aurait pu le faire dans un effort pervers si j'étais exposé là, sur une terre au sol sans consistance ?

D'ailleurs, si l'éclatante lumière était assez forte pour me brûler, tout nu que je serais et si haut au-dessus de la terre, peut-être serais-je mort avant même que mes restes ne heurtent brutalement le lit de sable.

Comme on dit, sur le moment ça paraissait une bonne idée.

Pas grand-chose n'aurait pu saper ma détermination. Je me demandais quand même pourtant si les autres immortels savaient ce que j'avais l'intention de faire et si cela les préoccupait un tant soit peu. Je me gardai bien de leur envoyer des messages d'adieu ; et je ne projetai aucune image de ce que j'avais l'intention de faire.

La chaleur de l'aube se répandit enfin sur le désert. Je me mis à genoux, je me dépouillai de mes vêtements et j'entamai mon ascension, mes yeux brûlant déjà dans cette lumière naissante.

J'allai toujours plus haut, me propulsant bien au-delà de l'endroit où mon corps avait tendance à s'arrêter pour commencer à flotter tout seul. Finalement je ne pouvais plus respirer car l'air était très raréfié, et il me fallait un grand effort pour me maintenir à cette altitude.

Puis la lumière vint. Si immense, si brûlante, si aveuglante qu'elle me semblait être un vaste rugissement tout autant qu'une vision qui m'emplissait les yeux. Je vis un feu jaune et orange recouvrir toute chose. Je le regardai bien en face, même si cela me donnait la sensation d'une eau bouillante qu'on me versait dans les yeux. Je crois que j'ouvris même la bouche comme pour l'avaler, ce feu divin ! Le soleil soudain était mien. Je le voyais ; je tendais les mains vers lui. Et puis la lumière me recouvrit comme du plomb fondu, me paralysant et me torturant de façon insupportable, et mes propres cris emplirent mes oreilles. Malgré cela, je ne voulais pas détourner les yeux, malgré cela je ne tombais pas !

Ciel, je te mets au défi ! Et puis soudain il n'y eut plus de mot, plus de pensée. Je me tordais, je nageais dans cet embrasement. Et, tandis que les ténèbres montaient pour m'envelopper — ce n'était rien d'autre que la perte de conscience — je me rendis compte que j'avais commencé à tomber.

Le bruit que j'entendais était celui de l'air qui se ruait sur moi et il me semblait que les voix d'autres êtres m'appelaient et, dans cet abominable rugissement confus, j'entendis distinctement la voix d'un enfant.

Puis plus rien...

Est-ce que je rêvais ?

Nous étions dans un petit lieu clos, un hôpital qui sentait la maladie et la mort, et je désignais le lit avec l'enfant allongé la tête sur l'oreiller, pâle, menu et à demi mort.

Il y eut un bref éclat de rire. Je perçus l'odeur d'une lampe à huile — cet instant où la mèche vient de s'éteindre.

« Lestat », dit-elle. Que sa petite voix était belle.

J'essayai d'expliquer le château de mon père, la neige qui tombait et mes chiens qui attendaient là-bas. C'est là que j'avais voulu aller. Je l'entendais soudain, cette sourde clameur des dogues aux abois, dont les échos retentissaient sur les pentes enneigées, et je croyais presque voir les tours du château.

Mais alors elle dit :

« Pas encore. »

Il faisait de nouveau nuit quand je m'éveillai. Je gisais sur le sol du désert. Le vent avait répandu sur tous mes membres une fine couche de sable. Je me sentais endolori de partout. J'avais mal jusque dans les racines des cheveux. J'éprouvais une telle souffrance que je n'arrivais pas à me décider à faire un geste.

Des heures durant, je restai là. De temps en temps, je poussai un petit gémissement. Cela ne changeait rien à la douleur que je ressentais. Quand je bougeai le moins du monde mes membres, le sable était comme autant de minuscules éclats de verre qui me meurtrissaient le dos, les jarrets et la plante des pieds.

Je songeai à tous ceux que j'aurais pu appeler à l'aide. Mais je n'en fis rien. Ce fut seulement peu à peu que je compris que si je restais là, le soleil allait revenir tout naturellement, qu'il allait de nouveau s'abattre sur moi et de nouveau me brûler. Pourtant peut-être ne mourrais-je pas encore.

Il me fallait rester, n'est-ce pas ? Quel genre de lâche irait maintenant chercher abri ?

Mais il me suffisait de regarder mes mains à la lueur des étoiles pour voir que je n'allais pas mourir. J'étais brûlé, certes, ma peau était brune, fripée et horriblement douloureuse. Mais je n'étais absolument pas près de la mort.

Je roulai enfin sur moi-même et j'essayai de reposer mon visage contre le sable, mais ce n'était pas plus apaisant que de contempler les étoiles.

Puis je sentis le soleil arriver. Je sanglotais tandis que la grande lumière orange se répandait sur le monde entier. La douleur s'empara d'abord de mon dos, puis je crus que ma tête était en train de brûler, qu'elle allait exploser et que le feu me dévorait les yeux. J'étais fou quand les ténèbres de l'oubli revinrent, complètement fou.

Quand je m'éveillai le soir suivant, je sentis le sable dans ma bouche, le sable qui me recouvrait dans mon agonie. Dans ma folie, je m'étais apparemment enterré vivant.

Je restai ainsi des heures, pensant seulement que c'était là plus de douleur qu'aucune créature n'en pourrait supporter.

Je finis au prix de mille efforts par revenir à la surface, gémissant comme une bête, et je me mis debout, chaque geste éveillant et accentuant la douleur, et puis je me forçai à m'élever dans les airs et j'entamai mon lent voyage vers l'ouest en m'enfonçant dans la nuit.

Aucune diminution de mes pouvoirs. Allons, seule la surface de mon corps avait été sévèrement touchée.

Le vent était infiniment plus doux que le sable. Il m'apportait pourtant une autre forme de supplice, comme des doigts caressant partout ma peau brûlée et tirant sur les racines roussies de mes cheveux. Il piquait mes paupières irritées et irritait mes genoux brûlés par le feu.

Je voyageai doucement pendant des heures, me guidant une fois de plus vers la maison de David et éprouvant quelques instants le plus merveilleux soulagement lorsque je descendis dans la fraîcheur des flocons de neige.

En Angleterre, on était juste avant le matin.

J'entrai de nouveau par la porte de derrière, chaque pas une douloureuse épreuve. Presque à l'aveuglette, je retrouvai la bibliothèque, je tombai à genoux, ignorant la souffrance et je m'effondrai sur la peau de tigre.

Je posai ma tête auprès de celle du fauve et ma joue contre ses mâchoires béantes. Quelle fourrure magnifique et drue ! J'étendis mes bras sur ses pattes et je sentis sous mes poignets ses griffes dures et lisses. La douleur me traversait par vagues. Le pelage me semblait presque soyeux et, dans les ténèbres, la pièce était fraîche. Et en de faibles miroitements de visions silencieuses, je voyais les forêts de mangoustiers de l'Inde, je voyais des visages à la peau sombre et j'entendais des voix dans le lointain. Et pendant un instant, très clairement, je vis David jeune homme, comme je l'avais aperçu dans mon rêve.

Cela me semblait un tel miracle, ce jeune homme vivant, avec sa chair et son sang, des miracles comme ses yeux, un cœur qui battait et cinq doigts au bout de chacune de ses mains fines.

Je me vis arpentant les rues de Paris au bon vieux temps où j'étais vivant. Je portais ma cape de velours rouge, doublée de la fourrure des loups que j'avais tués dans mon Auvergne natale, sans jamais imaginer que des choses rôdaient dans l'ombre, des choses qui pouvaient vous voir et tomber amoureuses de vous simplement parce qu'on était jeune, des choses qui pouvaient vous prendre la vie, simplement parce qu'elles vous aimaient et que vous aviez massacré tout une meute de loups...

David le chasseur ! Avec sa ceinture kaki et ce superbe fusil.

Peu à peu je me rendis compte que la douleur déjà diminuait. Ce bon vieux Lestat, le dieu, guérissant avec une vitesse surnaturelle. La douleur était comme une lueur sombre qui rayonnait de mon corps. Je m'imaginais baignant toute la pièce d'une chaude lumière.

Je flairai une odeur de mortel. Un serviteur était entré dans la pièce et en était reparti précipitamment. Le pauvre. Cela me faisait rire tout seul dans mon demi-sommeil de penser à ce qu'il avait vu : un homme nu à la peau sombre, avec une tignasse de cheveux blonds en désordre, allongé sur la peau de tigre de David dans l'obscurité de la pièce.

Je perçus soudain l'odeur de David et j'entendis de nouveau le sourd grondement familier du sang dans des veines de mortel. Du sang. J'avais si soif de sang. Ma peau brûlée en réclamait à grands cris, tout comme mes yeux en feu.

On posa sur moi une douce couverture de flanelle, très légère et qui me parut fraîche. Puis suivit une série de petits bruits. David tirait devant les fenêtres les lourdes draperies de velours, ce qu'il n'avait pas pris la peine de faire de tout l'hiver. Il s'affairait sur le tissu pour que pas un rai de lumière ne filtrât.

« Lestat, chuchota-t-il. Laissez-moi vous descendre dans la cave où vous serez en sûreté.

— Peu importe, David. Puis-je rester dans cette pièce ?

— Oui, bien sûr que vous pouvez rester. » Tant de sollicitude.

« Merci, David. » Je me rendormis et la neige soufflait par la fenêtre de ma chambre au château, mais c'était tout à fait différent. Je revis le petit lit d'hôpital, et l'enfant s'y trouvait et, Dieu merci, l'infirmière n'était plus là mais s'en était allée en calmer un autre qui pleurait. Oh, quel terrible, terrible bruit. Je l'avais en horreur. J'aurais voulu être... où donc ? Chez moi au cœur de l'hiver de France, bien sûr.

Cette fois on allumait la lampe à huile au lieu de la laisser s'éteindre.

« Je t'ai dit que l'heure n'était pas venue. » Elle avait une robe d'une blancheur si parfaite et comme ses boutons de nacre étaient minuscules ! Et quelle belle couronne de roses autour de sa tête.

« Mais pourquoi ? demandai-je.

— Que disiez-vous ? interrogea David.

— Je parlais à Claudia », expliquai-je. Elle était assise dans le fauteuil en tapisserie, ses jambes allongées devant elle, les pieds joints et pointant vers le plafond. Étaient-ce des pantoufles de satin ? Je saisis sa cheville pour y poser un baiser et, quand je levai les yeux, j'aperçus son menton et ses sourcils tandis qu'elle renversait la tête en arrière en éclatant de rire. Un rire de gorge si exquis.

« Il y en a d'autres dehors », annonça David.

J'ouvris les yeux, même si c'était douloureux, douloureux d'apercevoir les formes confuses de la pièce. Le soleil n'était pas loin. Je sentis sous mes doigts les griffes du tigre. Ah ! la superbe bête. David était debout près de la fenêtre. Il regardait par un petit entrebâillement entre deux pans de draperie.

« Là, dehors, reprit-il. Ils sont venus s'assurer que vous alliez bien. »

Vous vous rendez compte. « Qui sont-ils ? » Je ne pouvais pas les entendre, je ne voulais pas les entendre. Était-ce Marius ? Sûrement pas les très anciens. Pourquoi s'intéresseraient-ils à pareil incident ?

« Je ne sais pas, dit-il. Mais ils sont là.

— Vous connaissez le vieux dicton, murmurai-je. Ignorez-les et ils disparaîtront. » C'était déjà presque l'aube. Il faut qu'ils s'en aillent. Et ils ne vous feront certainement pas de mal, David.

« Je sais.

— Ne lisez pas dans mes pensées si vous ne voulez pas que je lise dans les vôtres, dis-je.

— Ne vous énervez pas. Personne ne viendra vous déranger dans cette pièce.

— Mais si, même au repos, je peux être un danger... » Je voulais en dire davantage, lui prodiguer d'autres avertissements, puis je me rendis compte qu'il était l'unique mortel qui n'avait pas besoin de telles mises en garde. Le Talamasca. Des chercheurs du paranormal. Il savait.

« Dormez maintenant », dit-il.

Je ne pus m'empêcher de rire en entendant cela. Que puis-je faire d'autre quand le soleil se lève ? Même s'il brille en plein sur mon visage. Mais David semblait si sûr et si rassurant.

Dire que jadis j'avais toujours mon cercueil, que parfois je l'astiquais lentement jusqu'à donner au bois un doux éclat, et puis je frottais le petit crucifix du couvercle en souriant tout seul du soin avec lequel je polissais le petit corps tordu du Christ massacré, le Fils de Dieu. J'aimais autrefois le capitonnage de satin de la boîte. J'en aimais la forme et le geste crépusculaire de se lever d'entre les morts. Mais plus maintenant...

Le soleil arrivait vraiment, le froid soleil d'hiver d'Angleterre. J'en avais la certitude et soudain j'eus peur. Je sentais la lumière qui se glissait sur le sol dehors et venait frapper les carreaux. Mais l'obscurité persistait de ce côté des rideaux de velours.

Je vis monter la petite flamme de la lampe à huile. Cela m'effraya, simplement parce que je souffrais tant et que c'était une flamme. Les petits doigts arrondis de Claudia sur la clé d'or, et cette bague, cette bague que je lui avais donnée avec le petit diamant dans sa monture de perle. Et le médaillon ? Devrais-je lui demander pour le médaillon ? *Claudia, y a-t-il jamais eu un médaillon d'or... ?* La flamme montait de plus en plus haut. De nouveau cette odeur. Sa petite main potelée. Dans tout le vaste appartement de la rue Royale, on pouvait retrouver l'odeur de l'huile. Ah, ce vieux papier peint, les jolis meubles faits à la main et Louis écrivant à son bureau, avec l'âcre senteur de l'encre noire et le crissement étouffé de la plume d'oie...

La petite main de Claudia touchait ma joue, si délicieusement froide, et ce vague frisson qui me traverse quand un des autres me touche, le contact de *notre peau.*

« Pourquoi voudrait-on que *moi* je vive ? » demandai-je. Ce fut du moins la question que je commençais à poser... et puis je perdis tout simplement connaissance.

CHAPITRE 4

Le crépuscule. La douleur était encore très vive. Je n'avais pas envie de bouger. La peau sur ma poitrine et sur mes jambes était tendue et me picotait, ce qui ne faisait qu'apporter des variantes à la douleur.

Même la soif de sang, qui me dévorait, et l'odeur précisément du sang des serviteurs dans la maison ne parvenaient pas à me faire bouger. Je savais que David était là, mais je ne lui parlai pas. Il me semblait que si j'essayais de dire un mot, la souffrance allait me faire éclater en sanglots.

Je dormis et je sais que je rêvai, mais quand j'ouvris les yeux, je ne parvins pas à me rappeler mes rêves. Je revoyais la lampe à huile, et la lumière m'effrayait encore. Tout comme la voix de Claudia.

A un moment, je m'éveillai en lui parlant dans l'obscurité. « Pourquoi toi ? Pourquoi toi dans mes rêves ? Où est ton poignard ? »

J'étais heureux de voir venir l'aube. Parfois j'avais dû me mettre une main sur la bouche pour ne pas hurler de douleur

Quand je m'éveillai le second soir, la souffrance avait diminué. J'avais encore tout le corps endolori, peut-être ce que les mortels appellent à vif. Mais le supplice, de toute évidence, était passé. J'étais toujours allongé sur la peau de tigre et la pièce me semblait tout aussi désagréablement froide.

Il y avait des bûches disposées dans l'âtre, installées tout au fond de l'arche brisée, sous les briques noircies. Il y avait du petit bois avec quelques journaux froissés. Tout était prêt. Hmmm. Quelqu'un était venu dangereusement près de moi pendant mon sommeil. J'espérais ne pas avoir bondi, comme cela nous arrive parfois dans nos transes, et attaqué cette malheureuse créature.

Je fermai les yeux et tendis l'oreille. La neige tombait sur le toit, se faufilait dans la cheminée. Je rouvris les yeux et vis des gouttes d'humidité sur les bûches.

Je me concentrai alors et je sentis l'énergie jaillir de moi comme une longue langue mince et toucher le petit bois où jaillirent aussitôt de petites flammes dansantes. L'épaisse écorce des bûches commença à se réchauffer et à se cloquer. Le feu prenait.

Je sentis dans mes joues et sur mon front une bouffée d'exquise souffrance à mesure que la lumière devenait plus ardente. Intéressant. Je me mis à genoux, puis debout, seul dans la pièce. Je regardai la lampe de cuivre auprès du fauteuil de David. D'un petit effort silencieux de mon esprit, je l'allumai.

Il y avait des vêtements sur le fauteuil, un pantalon de flanelle sombre, une chemise de coton blanc et une veste un peu informe. Tous ces vêtements étaient légèrement trop grands. Ce devaient être ceux de David. Même les chaussons doublés de fourrure étaient trop larges. Mais j'avais envie de m'habiller. Il y avait aussi des sous-vêtements de coton, du genre de ceux qu'on porte au vingtième siècle, et un peigne pour me coiffer.

Je pris mon temps, ne remarquant qu'une vague irritation de ma peau lorsque j'enfilai les vêtements. J'avais le cuir chevelu endolori quand je me peignai. Je finis par tout simplement secouer la tête jusqu'au moment où je me fus débarrassé de tout le sable et la poussière qui tombèrent sur l'épais tapis, échappant ainsi au regard. C'était très agréable d'enfiler les chaussons. Mais ce que je voulais maintenant, c'était un miroir.

J'en trouvai un dans le vestibule, un vieux miroir sombre dans un lourd cadre doré. Assez de lumière venait de la porte ouverte de la bibliothèque pour me permettre de me voir distinctement. Un moment, je n'en crus pas mes yeux. Ma peau était parfaitement lisse, comme avant, sans la moindre marque. Mais elle avait pris une couleur ambrée, celle même du cadre du miroir et brillait à peine, pas plus que celle d'un mortel qui aurait passé un long et luxueux séjour dans les mers tropicales.

Mes sourcils et mes cils brillaient, comme c'est toujours le cas avec les cheveux blonds des gens bronzés par le soleil et les quelques rides de mon visage, souvenir du Don ténébreux, étaient un peu plus marquées qu'auparavant. Je fais ici allusion à deux petites virgules à la commissure des lèvres, résultat d'avoir tant souri quand j'étais vivant ; et aussi à quelques très fines rides au coin des yeux ainsi qu'à la trace d'une ou deux autres qui me sillonnaient le front. C'était très agréable de les retrouver, car je ne les avais pas vues depuis longtemps.

Mes mains avaient davantage souffert. Elles étaient plus sombres que mon visage, avec un air très humain, et de nombreux petits plis qui me rappelèrent aussitôt combien les mains des mortels sont sillonnées de fines rides.

Les ongles luisaient encore d'une façon qui pourrait inquiéter des humains, mais ce ne serait pas difficile de les frictionner avec un peu de cendre. Mes yeux, bien sûr, c'était autre chose. Jamais ils n'avaient paru si brillants et si iridescents. Tout ce qu'il me faudrait, ce serait une paire de lunettes à verres fumés. Je n'avais plus besoin d'énormes lunettes noires pour masquer une peau d'une blancheur étincelante.

Fichtre, me dis-je, en regardant mon reflet, c'est merveilleux. Tu as presque l'air d'un homme ! Presque l'air d'un homme ! Je ressentais encore une douleur sourde dans tous ces tissus brûlés, mais ce n'était pas désagréable, comme si cela me rappelait la forme de mon corps et ses limites humaines.

J'en aurais crié de plaisir. Au lieu de cela, je priai. Puisse tout cela durer, et si ce n'est pas le cas, je serai prêt à recommencer.

L'idée me vint, assez accablante, que j'étais censé me détruire, et non pas peaufiner mon apparence de façon à pouvoir plus facilement évoluer parmi les hommes. J'étais censé me tuer. Si le soleil du désert de Gobi n'y avait pas réussi... et si toute la longue journée passée à m'exposer au soleil, puis la seconde aube...

Ah ! triste lâche, songeai-je, tu aurais pu trouver un moyen de rester au-dessus de la surface pour ce second jour ! Tu ne crois pas ?

« Allons, Dieu merci vous avez choisi de revenir. »

Je me retournai et je vis David qui arrivait par le couloir. Il venait tout juste de rentrer, son lourd manteau sombre humide de neige, et il n'avait pas encore ôté ses bottes.

Il s'arrêta soudain et m'inspecta de la tête aux pieds, plissant les yeux pour voir dans l'obscurité. « Ah ! les vêtements iront, dit-il. Seigneur, vous ressemblez à un de ces moniteurs de ski, à ces surfers, à ces jeunes gens qui passent leur vie sur les plages ou à la neige. »

Je souris.

Il tendit le bras, assez courageusement me parut-il, me prit la main et m'entraîna dans la bibliothèque où le feu flambait maintenant avec vigueur. Il m'examina encore une fois.

« Vous ne souffrez plus, dit-il d'un ton hésitant.

— Il y a encore une sensation déplaisante, mais ce n'est pas précisément ce que l'on peut appeler la douleur. Je vais sortir un moment. Oh, ne vous inquiétez pas. Je reviendrai. Je suis assoiffé. Il faut que je chasse. »

Son visage devint pâle, mais pas au point de m'empêcher de voir le sang qui lui montait aux joues, ni les minuscules vaisseaux dans ses yeux.

« Allons, demandai-je, qu'est-ce que vous croyez ? Que j'avais renoncé ?

— Non, bien sûr que non.

— Eh bien alors, ça vous dit de venir regarder ? »

Il ne dit rien, mais je compris que je l'avais effrayé.

« Il faut vous souvenir de ce que je suis, dis-je. Quand vous m'aidez, vous aidez le diable. » J'eus un petit geste vers son exemplaire de *Faust*, toujours posé sur la table. Et il y avait à côté ce récit de Lovecraft. Hmmm.

« Vous n'avez pas besoin de prendre la vie pour faire ça, n'est-ce pas ? » demanda-t-il très sérieusement.

Quelle question brutale.

J'eus un petit ricanement. « J'aime bien prendre la vie », dis-je. Je montrai la peau de tigre. « Je suis un chasseur comme vous l'étiez jadis. Je trouve ça amusant. »

Il me regarda un long moment, le visage marqué d'une sorte d'étonnement troublé, puis il hocha lentement la tête comme s'il acceptait mes propos. Mais il en était très loin.

« Dînez pendant mon absence, dis-je. Je devine que vous

avez faim. Je sens de la viande qui cuit quelque part dans cette maison. Et vous pouvez être certain que je compte bien dîner avant de rentrer.

— Vous êtes bien déterminé à ce que je vous connaisse à fond, n'est-ce pas ? demanda-t-il. Qu'il n'y ait dans nos relations ni sentimentalité ni équivoque.

— Exactement. » Je retroussai les lèvres pour lui montrer une seconde mes crocs. En fait, ils sont très petits, rien du tout auprès de ceux du léopard et du tigre dont il aimait si manifestement la compagnie. Mais cette grimace effraie toujours les mortels. Cela fait plus que les effrayer. Cela les choque bel et bien. Je crois que c'est pour leur organisme un signal d'alarme primitif qui n'a pas grand-chose à voir avec le courage conscient ou la subtilité.

Il pâlit. Il resta parfaitement immobile à me regarder, puis peu à peu son visage retrouva sa chaleur et son expression.

« Très bien, dit-il. Je serai ici quand vous reviendrez. Si vous ne revenez pas, je serai furieux ! Je ne vous parlerai plus de toute ma vie, je le jure. Disparaissez ce soir et vous n'aurez plus jamais un signe de moi. Ce sera un crime contre l'hospitalité. Vous comprenez ?

— Très bien, très bien ! » dis-je en haussant les épaules, mais j'étais secrètement touché qu'il voulût m'avoir ici. Jusqu'alors je n'en étais pas vraiment sûr, et j'avais été si grossier avec lui. « Je reviendrai. D'ailleurs, je veux savoir.

— Quoi donc ?

— Pourquoi vous n'avez pas peur de mourir.

— Oh, *vous*-même n'en avez pas peur non plus, n'est-ce pas ? »

Je ne répondis pas. Je revis le soleil, la grosse boule ardente qui devenait la terre et le ciel, et je frissonnai. Puis je revis cette lampe à huile de mon rêve.

« Qu'y a-t-il ? interrogea-t-il.

— Mais si, dis-je en hochant la tête pour bien insister, si, *j'ai* peur de mourir. Toutes mes illusions se fracassent.

— Oh, demanda-t-il avec une grande franchise, vous avez des illusions ?

— Bien sûr que oui. L'une d'entre elles était que personne ne pouvait vraiment refuser le Don ténébreux, pas en sachant...

— Lestat, faut-il vous rappeler que vous-même l'avez refusé ?

— David, j'étais un enfant. On me forçait. J'ai résisté d'instinct. Mais cela n'avait aucun rapport avec le fait de savoir.

— Ne vous racontez pas d'histoires. Je crois que vous auriez refusé même si vous aviez pleinement compris.

— Maintenant, ce sont de vos illusions à vous que nous parlons. J'ai faim. Écartez-vous de mon chemin, ou je vais vous tuer.

— Je ne vous crois pas. Et vous feriez mieux de revenir.

— Je reviendrai. Cette fois je tiendrai la promesse que j'ai faite dans ma lettre. Vous pourrez dire tout ce que vous avez à dire. »

Je chassai dans les ruelles de Londres. J'errai dans les environs de la gare de Charing Cross, en quête de quelque criminel de bas étage qui me fournirait bien une gorgée de sang, même si ses mesquines petites ambitions venaient aigrir mon âme. Mais les choses ne se passèrent pas tout à fait ainsi.

Il y avait une vieille femme qui marchait par là, trottinant dans son manteau rapiécé, les pieds enveloppés de chiffons. Elle était furieuse, elle avait froid et était presque certaine de mourir avant le matin, s'étant échappée par la porte de derrière d'un endroit où on avait essayé de l'enfermer, du moins le hurlait-elle à tous les vents, bien décidée à ne jamais se faire reprendre.

Nous fîmes une paire de superbes amants ! Elle avait une foule de chauds souvenirs et nous étions là à danser tous deux dans le caniveau, elle et moi, et je la serrai longtemps dans mes bras. Elle était fort bien nourrie, comme tant de mendiants en ce siècle où la nourriture est si abondante dans les pays de l'ouest, et je bus lentement, si lentement, savourant son sang en le sentant déferler sous ma peau brûlée.

Quand ce fut terminé, je me rendis compte que je sentais très vivement le froid et que c'était le cas depuis le début. Je percevais avec une plus grande acuité toutes les variations de température. Intéressant.

Le vent me cinglait et j'avais horreur de cela. Peut-être avais-je eu en effet un peu de ma chair brûlée. Je n'en savais rien. Je sentais le froid humide sur mes pieds et j'avais si mal aux mains que je dus les enfouir dans mes poches. Je retrouvai ces souvenirs de l'hiver en France, de ma dernière année à la maison, du jeune seigneur mortel avec une paillasse et seulement ses chiens pour compagnons. Soudain, tout le sang du monde ne me parut pas suffisant. Le moment était venu de me nourrir encore et encore.

C'étaient tous des épaves, incités dans la nuit glacée à sortir de leurs cabanes de carton et condamnés, du moins me le disais-je, à gémir et à festoyer dans la puanteur de la sueur et de l'urine et des crachats. Mais le sang était le sang.

Quand dix heures sonnèrent, j'étais encore assoiffé, et les victimes ne manquaient pas, mais j'étais las de tout cela et peu m'importait désormais.

Je parcourus rue après rue l'élégant West End, puis j'entrai dans une petite échoppe sombre, pleine d'élégantes toilettes pour messieurs admirablement coupées — ah ! la richesse de la confection en ce temps-là — je m'équipai à mon goût d'un pantalon de tweed gris et d'une veste cintrée, avec un gros chandail de laine blanche et même une paire de lunettes de soleil d'un vert très pâle à la délicate monture dorée. Puis je repartis dans le froid de la nuit où tourbillonnaient les flocons de neige, chantonnant tout seul et dansant des claquettes sous le réverbère, tout comme je le faisais jadis pour Claudia et...

Vlan ! Bang ! Voilà que jaillit un farouche et beau jeune costaud à l'haleine avinée, divinement sordide, qui brandit devant moi un couteau, prêt à m'assassiner pour l'argent que je n'avais pas, ce qui me rappela que j'étais un misérable voleur qui venait de dérober tout une garde-robe de beaux vêtements irlandais. Hmm. Mais j'étais de nouveau perdu dans une ardente étreinte qui broyait les côtes de ce salopard, je le vidais de son sang, comme un rat mort dans un grenier, et il s'effondra, affolé et en pleine extase, une main douloureusement crispée jusqu'à l'ultime instant sur mes cheveux.

Il avait un peu d'argent dans ses poches. Quelle chance ! Je déposai cela chez le tailleur pour les vêtements que j'avais pris : cela me parut plus que convenable quand j'eus fait mes calculs, ce qui n'est pas mon fort, pouvoirs surnaturels ou non. Puis je rédigeai un petit mot de remerciement, sans le signer, bien sûr. Et je refermai soigneusement la porte à clé grâce à quelques menus efforts télépathiques et je repartis.

CHAPITRE 5

Minuit sonnait quand j'arrivai au Manoir Talbot. C'était comme si je n'avais jamais vu cet endroit. J'avais le temps maintenant de parcourir le labyrinthe dans la neige, d'examiner les buissons soigneusement taillés et d'imaginer ce que serait le jardin au printemps. Un endroit magnifique.

Et puis il y avait les petites pièces sombres, bâties pour supporter la froideur des hivers anglais, avec leurs fenêtres à petits carreaux dont beaucoup étaient maintenant éclairées, et bien attirantes par cette nuit de neige.

De toute évidence, David avait terminé son dîner et les domestiques — un vieil homme et une femme — étaient encore au travail dans la cuisine en sous-sol tandis que leur seigneur et maître se changeait dans sa chambre au premier étage.

Je le regardai passer par-dessus son pyjama une longue robe de chambre noire avec des revers de velours noir et une ceinture qui lui donnait un air très ecclésiastique encore que le tissu en fût bien trop chatoyant pour une soutane, surtout avec le foulard de soie blanche noué autour du cou.

Puis il descendit l'escalier.

J'entrai par ma porte favorite au bout du passage et je surgis derrière lui dans la bibliothèque au moment où il se penchait pour attiser le feu.

« Ah ! vous êtes quand même revenu, dit-il, en essayant de dissimuler son ravissement. Bonté divine, mais vous allez et venez si discrètement !

— Oui, c'est agaçant, n'est-ce pas ? » Je regardai la Bible sur la table, l'exemplaire de *Faust* et la petite nouvelle de

Lovecraft, toujours agrafée, mais dont on avait défroissé les pages. Il y avait aussi le carafon de whisky de David et un joli verre en cristal au cul épais.

Je regardai la nouvelle, qui évoquait pour moi le souvenir du jeune homme anxieux sur la plage. Il avait une façon si bizarre de se déplacer. Un vague frémissement me traversa à l'idée qu'il m'avait repéré dans trois endroits radicalement différents. Sans doute ne le reverrais-je jamais. D'un autre côté... mais il serait temps plus tard de m'intéresser à ce maudit mortel. C'était David maintenant qui occupait mes pensées et j'avais délicieusement conscience que nous avions toute la nuit pour nous parler.

« Où donc avez-vous trouvé ces belles toilettes ? » me demanda David. Son regard passa lentement sur moi, en s'attardant, et il ne parut pas remarquer l'attention que je portais à ses lectures.

« Oh ! dans une petite boutique quelque part en ville. Je ne vole jamais les vêtements de mes victimes, si c'est à cela que vous pensez. Et d'ailleurs, j'ai un penchant trop vif pour la racaille et ces gens-là ne s'habillent pas assez bien. »

Je m'installai dans le fauteuil en face du sien, qui maintenant était devenu le mien, me dis-je. Un cuir épais et souple, des ressorts qui grinçaient, mais un siège très confortable, avec un grand dossier à oreillette et de larges bras confortables. Son fauteuil à lui était différent, mais il était tout aussi bien, juste un peu plus usé et plissé.

Debout devant les flammes, David continuait à m'examiner. Puis il s'assit à son tour. Il ôta le bouchon du carafon de cristal, emplit son verre et le leva avec un petit salut.

Il avala une grande gorgée et tressaillit un peu au moment où le liquide de toute évidence venait lui réchauffer la gorge.

Soudain, et avec vivacité, je me rappelai cette sensation particulière. Je me souvenais d'être dans le grenier de la grange dans mon domaine de France à boire du cognac exactement de cette façon, faisant même cette grimace tandis que mon tendre ami mortel Nicki m'arrachait avidement la bouteille des mains.

« Je vois que vous êtes redevenu vous-même », fit David avec une chaleur soudaine, baissant un peu la voix en me dévisageant. Il se carra dans son fauteuil, le verre reposant sur le capitonnage du bras droit. Il avait l'air très digne, mais bien plus à l'aise que je ne l'avais jamais vu. Sa chevelure était drue et ondulée, et avait pris une magnifique nuance de gris foncé.

« J'ai l'air d'être moi-même ? demandai-je.

— Vous avez ce regard malicieux dans l'œil, répondit-il à voix basse, tout en me dévisageant attentivement. Vous avez un petit sourire aux lèvres. Mais il ne disparaît pas plus d'une seconde quand vous parlez. Et la peau... Cela constitue une différence remarquable. J'espère bien que ça ne vous fait pas mal. Non, n'est-ce pas ? »

D'un petit geste je chassai ses inquiétudes. J'entendais battre son cœur. Un battement imperceptiblement plus faible qu'à Amsterdam. Et, de temps en temps, un peu irrégulier.

« Combien de temps votre peau va-t-elle rester sombre ainsi ? interrogea-t-il.

— Des années, peut-être, c'est ce que m'a dit, me semble-t-il, un des anciens. Est-ce que je n'ai pas parlé de ça dans *La Reine des Damnés* ? » Je pensais à Marius et à sa façon de se mettre en colère contre moi. Comme il désapprouverait ce que j'avais fait.

« C'était Maharet, votre vieille amie aux cheveux roux, dit David. Dans votre livre, elle prétendait avoir fait cela simplement pour s'assombrir la peau.

— Quel courage, murmurai-je. Et vous ne croyez pas à son existence, n'est-ce pas ? Bien que je sois en ce moment assis auprès de vous.

— Oh ! si, je crois en elle. Bien sûr que oui ! Je crois à tout ce que vous avez écrit. Mais je vous *connais* ! Racontez-moi... Que s'est-il vraiment passé dans le désert ? Avez-vous vraiment cru que vous alliez mourir ?

— Ah ! David, soupirai-je, je m'attendais à vous entendre poser cette question. Eh bien, je ne peux pas prétendre que je l'aie vraiment cru. Je jouais sans doute à mes jeux habituels. Je jure devant Dieu que je ne raconte pas de mensonges à autrui. Mais je me mens à moi-même. Je ne pense pas que je puisse mourir maintenant, du moins pas par des moyens que je pourrais moi-même concevoir. »

Il poussa un long soupir.

« Alors, David, pourquoi *vous*, vous n'avez pas peur de

mourir ? Je n'ai pas l'intention de vous tourmenter avec cette proposition que je ne cesse de vous faire. Je n'arrive sincèrement pas à comprendre. Vraiment, sincèrement, vous n'avez pas peur de mourir, et c'est une chose que je ne comprends tout simplement pas. Parce que, bien sûr, vous *pouvez* fort bien mourir. »

Avait-il des doutes ? Il ne répondit pas tout de suite. Pourtant, il semblait fortement excité, je m'en rendais compte. Je croyais presque entendre le fonctionnement de son cerveau mais, bien sûr, je n'arrivais pas à entendre ses pensées.

« Pourquoi *Faust*, David ? Suis-je Méphistophélès ? demandai-je. Êtes-vous Faust ? »

Il secoua la tête. « Je suis peut-être Faust, finit-il par dire, après avoir bu une nouvelle gorgée de whisky, mais vous n'êtes pas le diable, c'est parfaitement clair. » Il poussa un soupir.

« J'ai quand même gâché les choses pour vous, n'est-ce pas ? Je le savais à Amsterdam. Vous ne restez pas à la maison-mère à moins d'y être obligé. Je ne vous rends pas fou, mais j'ai sur vous une très mauvaise influence, n'est-ce pas ? »

Cette fois encore, il ne répondit pas tout de suite. Il me regardait avec ses gros yeux un peu exorbités et de toute évidence considérait la question sous tous les angles. Les plis profonds de son visage — les rides de son front, les marques au coin de ses yeux et à la commissure des lèvres — renforçaient son expression cordiale et ouverte. Il n'y avait rien d'amer chez lui, et l'on sentait le malheur sous la surface, lié aux profondes réflexions de toute une longue vie.

« Ce serait arrivé de toute façon, Lestat, finit-il par dire. Il y a des raisons qui font que je ne suis plus si bon comme Supérieur Général. Ce serait arrivé de toute façon, j'en suis pratiquement certain.

— Expliquez-moi cela. Je croyais que vous étiez dans la matrice même de l'ordre, que c'était votre vie. »

Il secoua la tête. « J'ai toujours été un candidat bien peu fait pour le Talamasca. Je vous ai raconté comment j'avais passé ma jeunesse en Inde. J'aurais pu passer ma vie de cette façon. Je ne suis pas un érudit au sens conventionnel du terme, je ne l'ai jamais été. Néanmoins je *suis* bien comme

Faust dans la pièce. Je suis vieux et je n'ai pas déchiffré les secrets de l'univers. Pas le moins du monde. Je croyais l'avoir fait quand j'étais jeune. La première fois que j'ai eu... une vision. La première fois que j'ai reconnu une sorcière, la première fois que j'ai perçu la voix d'un esprit, la première fois que j'en ai évoqué un et que je l'ai contraint à m'obéir. Je croyais y être parvenu ! Mais tout cela n'était rien. Ce sont des créatures terre à terre, des mystères terre à terre. Ou des énigmes du moins que je ne résoudrai jamais. »

Il marqua un temps, comme s'il voulait ajouter autre chose, quelque chose de particulier. Mais il se contenta de lever son verre et de boire d'un air presque absent, et cette fois sans grimace, car c'était de toute évidence son premier verre de la soirée. Il le regarda et le remplit au carafon. J'étais furieux de ne pas pouvoir lire ses pensées, de ne pas percevoir la plus fugitive des émanations derrière ses propos.

« Vous savez pourquoi je suis devenu un membre du Talamasca ? demanda-t-il. Ça n'était pas du tout une question d'érudition. Je n'avais jamais rêvé d'être confiné dans la maison-mère, à nager au milieu des papiers, à informatiser des dossiers et à envoyer des fax à travers le monde. Rien de tout cela. Ça a commencé par une autre expédition de chasse, une nouvelle frontière en quelque sorte, un voyage dans le lointain Brésil. C'est là où, pourrait-on dire, j'ai découvert l'occulte, dans les petites rues tortueuses du vieux Rio et ça m'a paru tout aussi excitant et dangereux que l'avaient jamais été mes chasses au tigre d'autrefois. C'est cela qui m'attirait : le danger. Et comment j'ai pu m'en éloigner à ce point, je n'en sais rien. »

Je ne répondis pas mais une pensée m'apparut clairement : de toute évidence c'était dangereux pour lui de me connaître. Il devait bien aimer le danger. Je m'étais imaginé qu'il avait à ce propos une naïveté d'érudit, mais voilà maintenant que ce ne semblait pas être le cas.

« Oui, reprit-il aussitôt, souriant en ouvrant de grands yeux. Précisément. Même si je ne crois sincèrement pas que vous me feriez jamais du mal.

— Ne vous faites pas d'illusion, dis-je soudain. C'est pourtant le cas, vous savez. Vous commettez le vieux péché. Vous croyez à ce que vous voyez. Je ne suis pas ce que vous voyez.

— Comment cela ?

— Allons donc. J'ai l'air d'un ange, mais je n'en suis pas un. Les lois éternelles de la nature s'appliquent à bien des créatures comme moi. Nous sommes magnifiques comme le serpent aux écailles en losanges ou le tigre à rayures, et pourtant nous sommes des tueurs impitoyables. Vous laissez bel et bien vos yeux vous duper. Mais je n'ai pas envie de me quereller avec vous. Racontez-moi cette histoire. Qu'est-il arrivé à Rio ? J'ai hâte de savoir. »

Une certaine tristesse s'empara de moi tandis que je prononçais ces paroles. J'aurais voulu dire : si je ne peux pas vous avoir comme compagnon vampire, alors laissez-moi vous connaître comme mortel. Cela m'emplissait d'une excitation douce et palpable, que nous fussions assis là ainsi tous les deux.

« Très bien, dit-il, vous vous êtes expliqué, je le reconnais. Je me suis approché de vous voilà des années dans la salle où vous chantiez, quand je vous ai vu la toute première fois où vous êtes venu me trouver — cela avait en effet le sombre attrait du danger. Et aussi que vous me tentiez avec votre offre — cela aussi, c'est dangereux, car, nous le savons tous les deux, je ne suis qu'un être humain. »

Je me rencognai dans mon fauteuil, un peu plus heureux, levant la jambe pour enfoncer mon talon dans le siège de cuir du vieux fauteuil. « J'aime que les gens aient un peu peur de moi, fis-je en haussant les épaules. Mais qu'est-il arrivé à Rio ?

— Je me suis trouvé confronté à la religion des esprits, dit-il. Le candomblé. Vous connaissez le mot ? »

De nouveau je haussai les épaules. « Je l'ai entendu une ou deux fois, dis-je. J'irai là-bas un jour, peut-être bientôt. » Je pensai soudain aux grandes villes d'Amérique du Sud, à ces forêts tropicales et à l'Amazone. Oui, j'avais le désir de connaître pareille aventure et le désespoir qui m'avait entraîné au fond du désert de Gobi semblait bien loin. J'étais content d'être encore en vie et sans rien dire je refusais d'en avoir honte.

« Oh ! si je pouvais revoir Rio, murmura-t-il, plus pour lui-même que pour moi. Bien sûr, la ville n'est plus ce qu'elle était en ce temps-là. Aujourd'hui c'est un monde de gratte-ciel et de grands hôtels de luxe. Mais j'adorerais revoir cette côte incurvée, revoir le Pain de Sucre et la statue du Christ au sommet du Corcovado. Je ne crois pas qu'il y ait un paysage plus étonnant sur terre. Pourquoi ai-je laissé passer tant d'années sans retourner à Rio ?

— Qu'est-ce qui vous empêche d'y aller quand vous en avez envie ? » demandai-je. J'éprouvai soudain pour lui un vif sentiment de protection. « Ce n'est sûrement pas cette bande de moines à Londres qui peuvent vous empêcher de partir. D'ailleurs, c'est vous le patron. »

Il eut un rire de vrai gentleman. « Non, ils ne m'en empêcheraient pas, dit-il. La question est de savoir si j'ai ou non l'énergie, aussi bien mentale que physique. Mais la question n'est point là, je voulais vous raconter ce qui s'est passé. Peut-être au contraire la question est-elle là, je n'en sais rien.

— Vous avez les moyens d'aller au Brésil si l'envie vous en prend ?

— Oh, oui, ça n'a jamais été un problème. Mon père était un homme habile quand il s'agissait d'argent. Si bien que je n'ai jamais eu à penser beaucoup à ces choses-là.

— Je vous procurerais l'argent si vous ne l'aviez pas. »

Il me gratifia d'un de ses sourires les plus chaleureux, les plus tolérants. « Je suis vieux, dit-il, je suis quelqu'un de seul et d'un peu fou comme doit l'être n'importe quel homme qui a un peu de sagesse. Mais, Dieu merci, je ne suis pas pauvre.

— Alors que vous est-il arrivé au Brésil ? Comment cela a-t-il commencé ? »

Sur le point de parler, il se ravisa :

« Vous avez vraiment l'intention de rester ici ? Pour écouter ce que j'ai à dire ?

— Oui, dis-je aussitôt. Je vous en prie. » Je me rendais compte que je ne souhaitais rien plus vivement au monde. Je n'avais dans mon cœur aucun projet ni ambition, je ne pensais à rien d'autre qu'à être ici avec lui. La simplicité de la situation m'abasourdit quelque peu.

Il semblait pourtant répugner à se confier à moi. Puis un subtil changement s'opéra en lui, une sorte de détente, un peu comme s'il cédait.

Enfin il commença.

« C'était après la Seconde Guerre mondiale, dit-il. L'Inde

de mon enfance avait disparu, bel et bien disparu. D'ailleurs j'avais faim d'endroits nouveaux. Je montai avec mes amis une expédition pour aller chasser dans les jungles d'Amazonie. J'étais obsédé à l'idée de visiter cette région. Nous partions à la poursuite du grand jaguar d'Amérique du Sud... » Il désigna la peau tachetée d'un félin que je n'avais pas remarqué auparavant, montée sur un socle dans un coin de la pièce. « Comme j'avais envie de traquer cette bête.

— Il semble que vous y soyez parvenu.

— Pas tout de suite, fit-il avec un petit rire ironique. Nous décidâmes de faire précéder notre expédition de somptueuses vacances à Rio, deux semaines pour parcourir Copacabana et tous les vieux sites coloniaux, les monastères, les églises et tout cela. Et, comprenez-moi bien, le centre de la ville à cette époque était différent, c'était une garenne de petites ruelles, et quelles merveilles d'architecture ancienne ! J'avais tellement envie de visiter cela, ne serait-ce que pour ce qu'on trouve là-bas de si différent ! C'est ce qui nous envoie nous autres Anglais sous les Tropiques. Nous avons besoin de fuir toutes ces convenances, ces traditions — pour nous plonger dans une culture apparemment sauvage que nous ne pouvons jamais dompter ni vraiment comprendre. »

A mesure qu'il parlait, toute son attitude changeait ; il devenait encore plus vigoureux, plus rayonnant d'énergie, ses yeux brillaient et les mots coulaient plus vite avec cet accent britannique un peu cassant que j'aimais tant.

« Eh bien, évidemment, la ville a dépassé toutes mes espérances. Elle n'avait pourtant rien d'aussi fascinant que ses habitants. Les gens au Brésil sont comme je n'en ai vu nulle part ailleurs. D'abord, ils sont d'une exceptionnelle beauté et bien que tout le monde soit d'accord là-dessus, personne ne sait pourquoi. Non, je suis très sérieux, reprit-il en me voyant sourire. Peut-être est-ce le mélange de sang portugais et africain avec un peu de sang indien. Franchement, je ne saurais le dire. Mais le fait est qu'ils sont extraordinairement séduisants et qu'ils ont des voix extrêmement sensuelles. On pourrait tomber amoureux de leurs voix, on pourrait finir par embrasser leurs voix ; et la musique, la bossa nova, c'est vraiment leur langue.

— Vous auriez dû rester là-bas.

— Oh, non ! dit-il en prenant de nouveau une gorgée de whisky. Bon, continuons. Dès la première semaine je me suis pris de passion, dirons-nous, pour ce garçon, Carlos. J'étais absolument transporté ; tout ce que nous faisions c'était boire et nous aimer pendant des jours et des nuits sans fin dans ma suite du Palace Hotel. C'était tout à fait obscène.

— Vos amis ont attendu ?

— Non, ils m'ont imposé leur volonté. Venez avec nous maintenant ou nous vous laissons là. Mais ils ne voyaient aucun inconvénient à ce que Carlos nous accompagnât. » Il eut un petit geste de la main droite. « Ah ! c'était naturellement tous des gentlemen raffinés.

— Bien sûr.

— La décision d'emmener Carlos s'est pourtant révélée être une épouvantable erreur. Sa mère était une prêtresse candomblé, bien que je n'en eusse pas la moindre idée. Elle ne voulait pas voir son fils partir pour les jungles d'Amazonie. Elle voulait l'envoyer à l'école. Elle a donc lâché les esprits sur moi. »

Il s'arrêta en me regardant, cherchant peut-être à jauger ma réaction.

« Ça a dû être follement drôle, dis-je.

— Ils me bourraient de coups dans l'obscurité. Ils soulevaient le lit et me flanquaient par terre ! Ils tournaient les robinets de la douche si bien que je me retrouvais presque ébouillanté. Ils emplissaient mes tasses à thé d'urine. Au bout de sept jours de ce régime, j'ai cru que j'allais devenir fou. J'étais passé de l'agacement et de l'incrédulité à la pure terreur. Des assiettes s'envolaient de la table sous mon nez. Des cloches sonnaient à mes oreilles. Des bouteilles tombaient des étagères pour se fracasser sur le sol. Partout où j'allais, je voyais des individus au visage sombre qui m'observaient.

— Vous saviez que c'était cette femme ?

— Pas au début. Mais Carlos a fini par craquer et par tout m'avouer. Sa mère n'avait pas l'intention de lever la malédiction si je ne partais pas. Eh bien, je suis parti le soir même !

« Je suis rentré à Londres, épuisé et à demi fou. Et cela n'a servi à rien. Ils m'ont suivi. Les mêmes phénomènes ont commencé à se produire ici même au Manoir Talbot. Des portes claquaient, des meubles se déplaçaient, des sonnettes retentissaient à tout moment dans les chambres des domestiques au sous-sol. Tout le monde perdait la tête. Et ma mère — ma mère avait toujours été plus ou moins férue de spiritisme, traversant tout Londres pour courir chez un médium ou chez un autre. Elle a fait intervenir le Talamasca. Je leur ai raconté toute l'histoire et ils ont commencé à m'expliquer ce qu'était le candomblé et le spiritisme.

— Ils ont exorcisé les démons ?

— Non. Mais après une semaine environ d'études intenses dans la bibliothèque de la maison-mère et de longues entrevues avec les rares membres de la communauté qui s'étaient rendus à Rio, je suis parvenu moi-même à maîtriser les démons. Tout le monde était assez surpris. Et puis, quand j'ai décidé de retourner au Brésil, ils étaient stupéfaits. Ils m'ont averti que cette prêtresse était assez puissante pour me tuer.

« Justement, leur dis-je. Je veux avoir moi-même ce genre de pouvoir. Je m'en vais devenir son élève. Elle va m'enseigner. » Ils m'ont supplié de ne pas partir. Je leur ai promis que je leur remettrais un rapport écrit à mon retour. Vous pouvez imaginer dans quel état d'esprit j'étais. J'avais vu à l'œuvre ces entités invisibles. Je les avais senties me toucher. J'avais vu des objets projetés à travers les airs. Je pensais que le vaste monde de l'invisible s'ouvrait à moi. Je *devais* aller là-bas. Rien, absolument rien n'aurait pu m'en décourager. Rien du tout.

— Oui, je comprends, dis-je. *C'était* en fait aussi excitant que chasser le gros gibier.

— Exactement. » Il secoua la tête. « C'était le bon temps. Je m'imaginais sans doute que si la guerre ne m'avait pas tué, rien ne pouvait le faire. » Il s'interrompit soudain, perdu dans ses souvenirs, sans me les faire partager.

« Vous avez rencontré la femme ? »

Il acquiesça de la tête.

« Je l'ai rencontrée et impressionnée, puis je l'ai soudoyée au-delà de ses rêves les plus fous. Je lui ai expliqué que je voulais devenir son élève. Je lui ai juré à genoux que je voulais apprendre, que je ne partirais pas avant d'avoir pénétré ces mystères et appris tout ce que je pourrais. » Il eut un petit rire. « Je ne suis pas sûr que cette femme ait jamais rencontré un anthropologue, même amateur, et c'est sans doute ainsi qu'on aurait pu me qualifier. Quoi qu'il en soit, je restai un an à Rio. Et, je vous assure, ça a été l'année la plus extraordinaire de ma vie. J'ai fini par quitter Rio seulement parce que je savais que sans cela, j'y resterais à jamais. David Talbot l'Anglais aurait cessé d'exister.

— Vous avez appris à évoquer les esprits ? »

Il acquiesça de la tête. Une fois de plus, il se souvenait, évoquant des images que je ne pouvais pas voir. Il était troublé et un peu triste. « J'ai couché tout cela par écrit, dit-il enfin. C'est dans les archives de la maison-mère. Au long des années, bien des gens ont lu cette histoire.

— Vous n'avez jamais été tenté de la publier ?

— Je ne peux pas. C'est une des lois du Talamasca. Nous ne publions jamais à l'extérieur.

— Vous craignez d'avoir gâché votre vie, n'est-ce pas ?

— Non. Pas vraiment... Pourtant ce que j'ai dit tout à l'heure est vrai. Je n'ai pas percé les secrets de l'univers. Je n'ai même jamais dépassé le point que j'avais atteint au Brésil. Quoique, bien sûr, il y ait eu après cela des révélations bouleversantes. Je me souviens du premier soir où j'ai lu les dossiers sur les vampires, combien j'étais incrédule, et puis je me rappelle ces étranges moments où je suis descendu dans les caves pour y consulter les preuves. Mais au bout du compte, c'était comme le candomblé. Je ne suis allé que jusqu'à un certain point.

— Croyez-moi, je sais. David, le monde doit rester un mystère. S'il existe une explication, nous ne sommes pas faits pour la trouver, voilà une chose dont je suis sûr.

— Je pense que vous avez raison, dit-il avec tristesse.

— Et je pense, moi, que vous avez plus peur de la mort que vous ne voulez bien l'avouer. Vous avez adopté envers moi une attitude d'entêtement, un point de vue moral, et je ne vous le reproche pas. Peut-être êtes-vous assez vieux et assez sage pour savoir vraiment que vous ne voulez pas être l'un de nous. Mais n'allez pas parler de la mort comme si elle allait vous apporter des réponses. Je soupçonne la mort d'être épouvantable. Vous vous arrêtez tout d'un coup et il n'y a plus de vie et plus aucune chance de rien savoir du tout.

— Non. Je ne peux pas être d'accord avec vous là-dessus,

Lestat, dit-il. Je ne peux tout simplement pas. » Son regard était de nouveau fixé sur le tigre, puis il reprit : « Quelqu'un a créé cette terrible symétrie, Lestat. Il fallait la créer. Le tigre et l'agneau... ça n'aurait pas pu arriver tout seul. »

Je secouai la tête. « Il est entré plus d'intelligence dans la création de ce vieux poème, David, que dans toute la création du monde. A vous entendre on croirait être devant un épiscopalien. Mais je connais ce dont vous parlez. Je l'ai moi-même pensé de temps en temps. C'est d'une stupide simplicité. Il doit y avoir quelque chose derrière tout cela. Il le faut ! Il y a tant de pièces qui manquent. Plus vous y pensez, plus les athées commencent à prendre l'air de fanatiques religieux. Mais je crois que c'est une illusion. Tout cela n'est que système et rien de plus.

— Des pièces qui manquent, Lestat. Bien sûr ! Imaginez un instant que j'aie fabriqué un robot, une parfaite réplique de moi-même. Imaginez que je lui aie donné toutes les informations encyclopédiques que je pouvais — vous savez, que j'aie programmé tout cela dans l'ordinateur lui tenant lieu de cerveau. Eh bien, il ne faudrait pas longtemps avant qu'il ne vienne me dire : “David, où est le reste ? L'explication ! Comment tout ça a-t-il commencé ? Pourquoi avez-vous laissé de côté l'explication des raisons pour lesquelles il y a eu pour commencer un big bang, ou ce qui s'est précisément passé quand les minéraux et autres composants inertes ont soudain évolué pour devenir des cellules organiques ? Et ce grand hiatus dans l'histoire des fossiles ?” »

J'eus un rire ravi.

« Et je serais obligé d'annoncer au pauvre diable, dit-il, qu'il n'y a pas d'explication. Que je n'ai jamais eu les pièces manquantes.

— David, personne n'a les pièces manquantes. Personne ne les aura jamais.

— N'en soyez pas si sûr.

— Alors, c'est ce que vous espérez ? C'est pourquoi vous lisez la Bible ? Vous n'avez pas pu percer les grands secrets de l'univers, et maintenant vous êtes revenu à Dieu ?

— Mais Dieu *est* le grand secret de l'univers », dit David d'un ton songeur, le visage très détendu et presque jeune. Il fixait le verre qu'il tenait à la main, content peut-être de la façon dont la lumière se reflétait sur le cristal. Je n'en savais rien. Il me fallait attendre qu'il parle.

« Je crois que la réponse pourrait se trouver dans la Genèse, finit-il par dire, je le crois vraiment.

— David, vous me stupéfiez. Vous parlez de pièces manquantes. La Genèse n'est qu'un ramassis de fragments.

— Oui, mais il nous reste des fragments révélateurs, Lestat. Dieu a créé l'homme à sa propre image. Je suppose que c'est là la clé. Personne ne sait ce que ça veut vraiment dire, vous savez. Les Hébreux ne croyaient pas que Dieu était un homme.

— Et comment ça peut-il être la clé ?

— Dieu est une force créatrice, Lestat. Et nous aussi. Il a dit à Adam : "Croissez et multipliez." C'est ce qu'ont fait les premières cellules organiques, Lestat, elles ont crû et se sont multipliées. Elles n'ont pas simplement changé de forme, mais elles ont créé des répliques d'elles-mêmes. Dieu est une force créatrice. Il a créé tout l'univers à partir de lui-même par la division cellulaire. Voilà pourquoi les démons sont si envieux — je veux dire, les mauvais anges. Ils *ne* sont *pas*, eux, des êtres créateurs ; ils n'ont pas de corps, pas de cellules, ils ne sont qu'esprit. Et je soupçonne que ce n'était pas tant l'envie qu'une forme de méfiance : Dieu commettait une erreur en créant avec Adam un autre moteur de créativité qui Lui ressemblait tant. Je veux dire que les anges ont probablement eu l'impression que l'univers physique était assez catastrophique, avec toutes les cellules qui étaient des répliques d'elles-mêmes, mais des êtres pensants, parlants, qui pouvaient croître et se multiplier ? Ils ont sans doute été scandalisés par toute cette expérience. C'était là leur péché.

— Vous êtes donc en train de me dire que Dieu n'est pas un pur esprit.

— C'est exact. Dieu a un corps. Il en a toujours eu un. Le secret de la vie par division cellulaire est en Dieu. Et toutes les cellules vivantes ont en elles une part minuscule de l'esprit de Dieu, Lestat, voilà la pièce manquante qui fait que la vie commence, qui nous sépare de la non-vie. C'est exactement comme votre genèse des vampires. Vous nous avez raconté que l'esprit d'Amel — une entité maléfique — imprégnait les corps de tous les vampires... Eh bien, les hommes de la même façon communient dans l'esprit de Dieu.

— Bonté divine, David, vous perdez la tête ! Nous sommes des mutants.

— Ah ! oui, mais vous existez dans notre univers et votre forme de mutation reflète celle que nous représentons. D'ailleurs, d'autres ont énoncé la même théorie. Dieu est le feu et nous sommes tous de petites flammes ; et quand nous mourons, ces petites flammes retournent dans le feu de Dieu. Mais ce qui est important c'est de comprendre que Dieu lui-même est Corps *et* Ame ! Absolument.

« La civilisation occidentale s'est fondée sur une inversion. Mais je crois sincèrement que dans nos actions quotidiennes nous connaissons et nous honorons la vérité. C'est seulement quand nous parlons religion que nous disons que Dieu est pur esprit, qu'Il l'a toujours été, qu'Il le sera toujours et que la chair, c'est le mal. La vérité se trouve dans la Genèse, elle y est. Je vais vous dire ce qu'a été le big bang, Lestat. C'est quand les cellules de Dieu ont commencé à se diviser.

— C'est vraiment une théorie charmante, David. Dieu a-t-Il été surpris ?

— Non, mais les anges l'ont été. Je suis très sérieux. Je vais vous dire là où réside la vraie superstition : la croyance religieuse que Dieu est parfait. De toute évidence Il ne l'est pas.

— Quel soulagement, fis-je. Ça explique tant de choses.

— Maintenant vous vous moquez de moi. Je ne vous le reproche pas. Mais vous avez tout à fait raison. Ça explique tout. Dieu a commis bien des erreurs. Beaucoup, beaucoup d'erreurs. Comme Il le sait certainement Lui-même ! Et je soupçonne les anges d'avoir essayé de Le mettre en garde. Le diable est devenu le diable parce qu'il a essayé de mettre en garde Dieu. Dieu est amour. Mais je ne suis pas sûr que Dieu soit absolument intelligent. »

Je m'efforçai de réprimer mon rire, mais je n'y parvenais pas complètement. « David, si vous continuez comme ça, nous allons être frappés par la foudre.

— Absolument pas. Dieu tient vraiment à ce que nous comprenions.

— Non. Ça, je ne peux pas l'accepter.

— Vous voulez dire que vous acceptez le reste ? dit-il avec de nouveau un petit rire.

— Non, mais je suis très sérieux. La religion est primitive dans toutes ses conclusions illogiques. Imaginez un Dieu parfait permettant au diable d'exister. Voyons, ça n'a tout simplement aucun sens.

— Le défaut fondamental de la Bible c'est l'idée que Dieu est parfait. Ça représente un manque d'imagination de la part des premiers érudits. Cette erreur est responsable de toutes les impossibles questions théologiques sur le point de savoir où est le bien et où est le mal dont nous débattons depuis des siècles. Pourtant, Dieu est bon, merveilleusement bon. Oui, Dieu est amour. Mais aucune force créatrice n'est parfaite. C'est clair.

— Et le diable ? Y a-t-il chez lui une nouvelle intelligence ? »

Il me considéra un moment avec un rien d'impatience.

« Vous êtes un tel cynique, murmura-t-il.

— Pas du tout, fis-je. J'ai sincèrement envie de savoir. De toute évidence, je m'intéresse particulièrement au diable. Je parle de lui bien plus souvent que je ne parle de Dieu. Je n'arrive pas à comprendre vraiment pourquoi les mortels l'aiment tant, je veux dire, pourquoi ils aiment l'idée qu'ils se font de lui. Mais c'est pourtant le cas.

— Parce qu'ils ne croient pas en lui, répondit David. Parce qu'un diable parfaitement mauvais est encore plus absurde qu'un Dieu parfait. Vous vous rendez compte, le diable n'apprenant jamais rien durant tout ce temps, ne changeant jamais d'avis sur le fait qu'il est le diable. Une idée pareille, mais c'est une insulte à notre intelligence.

— Alors, quelle est selon vous la vérité derrière le mensonge ?

— La rédemption du diable n'est pas totalement impossible. Il fait simplement partie du plan de Dieu. C'est un esprit à qui on a permis de tenter et de mettre à l'épreuve les humains. Il n'approuve pas les humains, il n'approuve pas toute cette expérience. Vous comprenez, c'était cela la véritable chute du diable telle que je la vois. Le diable n'a pas cru que l'idée allait marcher. Mais la clé, Lestat, c'est de comprendre que Dieu est matière ! Dieu est physique, Dieu est le seigneur de la division cellulaire et le diable déteste cette pollution excessive que provoque toute cette division cellulaire. »

Il retomba dans un de ses silences exaspérants, ouvrant de grands yeux émerveillés, puis il reprit :

« J'ai une autre théorie à propos du diable.

— Dites.

— Il n'est pas tout seul. Et aucun de ceux qu'on a désignés n'aime beaucoup son poste. » Il dit cela presque dans un murmure. Il était troublé, comme s'il voulait en dire davantage, mais il n'en fit rien.

J'éclatai de rire.

« *Ça*, je peux le comprendre, dis-je. Qui aimerait un poste de diable ? Et se dire qu'on ne peut absolument pas sortir de là vainqueur. Surtout si l'on songe qu'au début le diable était un ange et censé être très malin.

— Exactement. » Il braqua son doigt sur moi. « Votre petite histoire à propos de Rembrandt. Le diable, s'il avait un cerveau, aurait dû reconnaître le génie de Rembrandt.

— Et la bonté de Faust.

— Ah ! oui, vous m'avez vu lire *Faust* à Amsterdam, n'est-ce pas ? Et résultat, vous vous en êtes acheté un exemplaire.

— Comment l'avez-vous su ?

— Le propriétaire de la librairie me l'a dit le lendemain après-midi. Un étrange jeune Français aux cheveux blonds est entré quelques instants après mon départ, m'a-t-il raconté, a acheté exactement le même livre et est resté planté dans la rue à le lire pendant une demi-heure sans bouger. Le libraire n'avait jamais vu une peau aussi blanche. Bien sûr, ce ne pouvait être que vous. »

Je secouai la tête en souriant. « Je fais de telles maladresses ! C'est une merveille que quelque savant ne m'ait pas encore capturé dans un filet.

— Ça n'est pas une plaisanterie, mon ami. Vous avez été très négligent à Miami voilà quelques nuits. Deux victimes entièrement vidées de leur sang. »

Cela suscita aussitôt chez moi une telle confusion que tout d'abord je ne répondis rien, puis je me contentai de dire que c'était étonnant que la nouvelle lui fût parvenue de l'autre côté de l'océan. Je sentais un désespoir familier m'effleurer de son aile noire.

« Les meurtres bizarres font les titres des journaux du

monde entier, répondit-il. D'ailleurs, le Talamasca reçoit des rapports sur toutes sortes de choses. Nous avons des gens qui recueillent pour nous des coupures de presse partout dans le monde, nous envoient des informations sur tous les aspects du paranormal pour nos archives. "Double crime de vampire à Miami." Nous avons reçu la nouvelle de plusieurs sources différentes.

— Mais ces gens ne croient pas vraiment qu'il s'agissait d'un vampire, vous le savez bien.

— Non, mais continuez encore et ils pourraient bien en arriver à le croire. C'est ce que vous vouliez voir arriver quand vous vous êtes lancé dans votre brève carrière de musicien de rock. Vous vouliez leur faire comprendre. Ce n'est pas inconcevable. Et votre chasse aux tueurs maniaques ! Vous laissez pas mal de traces de votre passage. »

Cette déclaration m'étonna vraiment. Ma chasse aux tueurs m'avait entraîné d'un continent à l'autre. Je n'avais jamais pensé que personne sauf Marius, bien sûr, n'irait faire le lien entre ces décès disséminés aux quatre coins du monde.

« Comment avez-vous deviné ?

— Je vous l'ai dit. Ces histoires parviennent toujours jusqu'à nous. Satanisme, vampirisme, vaudou, sorcellerie, rencontres avec des loups-garous ; tout ça passe par mon bureau. Naturellement, le plus gros va droit à la corbeille. Mais je sais reconnaître le grain de vérité quand je l'aperçois. Et vos meurtres sont très faciles à repérer.

« Cela fait quelque temps maintenant que vous pourchassez ce genre de tueurs. Vous abandonnez leurs corps bien en vue. Vous avez laissé le dernier dans un hôtel où on l'a découvert une heure seulement après sa mort. Quant à la vieille femme, vous avez été tout aussi négligent ! Son fils l'a trouvée le lendemain. Le médecin légiste n'a relevé aucune blessure sur ni l'une ni l'autre des victimes. Vous êtes une célébrité anonyme à Miami, éclipsant largement la notoriété du pauvre mort de l'hôtel.

— Je m'en fiche éperdument », dis-je avec fureur. Mais ce n'était naturellement pas le cas. Je déplorais ma négligence, et pourtant je ne faisais rien pour y remédier. Eh bien, il fallait que cela change. Avais-je fait mieux ce soir ? Cela me semblait lâche d'invoquer des excuses dans ces cas-là.

David m'observait avec attention. S'il y avait un trait de caractère bien marqué chez David, c'était sa vigilance. « Il n'est pas inconcevable, déclara-t-il, que vous puissiez être pris. »

J'eus un petit rire méprisant.

« Ils *pourraient* bien vous enfermer dans un laboratoire, vous étudier dans une cage d'un verre conçu selon les techniques spatiales.

— C'est impossible. Mais quelle idée intéressante.

— Je le savais ! Vous voulez que ça arrive. »

Je haussai les épaules. « Ça pourrait être amusant un moment. Vous savez pourtant que c'est une pure impossibilité. Le soir de mon unique apparition comme chanteur de rock, il est arrivé toute sorte de choses bizarres. Le monde des mortels a simplement fait le ménage après cela et fermé ses dossiers. Quant à la vieille femme de Miami, ça a été un terrible contretemps. Ça n'aurait jamais dû arriver... » Je m'arrêtai. Que dire de ceux qui étaient morts à Londres ce même soir ?

« Mais vous aimez bien prendre la vie, dit-il. Vous disiez que c'était drôle. »

J'éprouvai soudain une telle souffrance que j'eus envie de partir. Néanmoins, j'avais promis de n'en rien faire. Je restai donc assis là, à regarder le feu, à penser au désert de Gobi, aux ossements des grands lézards et à la façon dont la lumière du soleil avait envahi le monde entier. Je pensais à Claudia. Je sentais la mèche de la lampe.

« Pardonnez-moi, je ne veux pas être cruel envers vous, dit-il.

— Et pourquoi pas ? Je ne pourrais imaginer meilleure occasion de vous montrer cruel. D'ailleurs, je ne suis pas toujours si charitable envers vous.

— Qu'est-ce que vous voulez vraiment ? Quelle est la passion qui domine chez vous ? »

Je pensai à Marius et à Louis qui tous deux m'avaient posé plus d'une fois la même question.

« Qu'est-ce qui pourrait racheter ce que j'ai fait ? demandai-je. Je voulais supprimer le tueur. C'était un tigre mangeur d'hommes, mon frère. Je l'ai guetté. Quant à la vieille femme — elle était comme une enfant dans la forêt, rien de plus.

Quelle importance ? » Je songeai à ces malheureuses créatures à qui j'avais pris la vie plus tôt ce soir-là. J'avais laissé derrière moi un tel carnage dans les ruelles de Londres. « J'aimerais pouvoir me rappeler que cela n'a pas d'importance, dis-je. Je comptais la sauver. Mais à quoi me servirait un acte de miséricorde en face de tout ce que j'ai fait ? Qu'il y ait un Dieu ou un diable, je suis damné. Alors pourquoi ne poursuivez-vous pas vos discours religieux ? Ce qui est bizarre, c'est que, pour moi, parler de Dieu et du diable a quelque chose de remarquablement apaisant. Parlez-moi encore du diable. On peut le changer, assurément. Il est malin. Il doit sentir les choses. Pourquoi resterait-il à jamais statique ?

— Précisément. Vous savez ce qui est écrit dans le Livre de Job.

— Rappelez-le-moi.

— Eh bien, Satan est là-haut au ciel avec Dieu. Dieu dit : où étais-tu ? Et Satan répond : je parcourais la terre ! C'est une conversation banale. Et ils se mettent à discuter de Job. Satan estime que la bonté de Job repose entièrement sur sa bonne fortune. Et Dieu accepte de laisser Satan tourmenter Job. C'est l'image la plus proche de la vérité que nous possédons de la situation. Dieu ne sait pas tout. Le diable est un bon ami à lui. Tout cela n'est qu'une expérience. Et Satan est loin d'être *le* diable tel que nous le connaissons aujourd'hui, à travers le monde.

— Vous parlez vraiment de ces concepts comme si c'étaient des êtres réels...

— Je crois qu'ils sont réels », dit-il, sa voix s'éteignant peu à peu tandis qu'il retombait dans ses pensées. Puis il se secoua. « Je veux vous dire une chose. En fait, j'aurais dû l'avouer plus tôt. D'une certaine façon, je suis aussi superstitieux et religieux qu'un autre. Car tout cela est fondé sur une forme de vision : vous savez, le genre de révélation qui affecte votre raison.

— Non, je ne sais pas. J'ai des rêves, mais sans révélation, dis-je. Expliquez-moi, je vous prie. »

Il replongea dans sa rêverie en regardant le feu.

« Ne m'excluez pas de vos pensées, dis-je doucement.

— Hmmm. C'est vrai. Je pensais à la façon de m'y

prendre pour vous décrire cela. Eh bien, vous savez que je suis toujours un prêtre candomblé. Je veux dire que je peux encore évoquer les forces invisibles : les esprits de la peste, les vagabonds des astres, quel que soit le nom qu'on veuille leur donner... Les esprits frappeurs, les petits fantômes. Cela signifie que je dois toujours avoir la possibilité latente de voir des esprits.

— Oui. Je pense que oui...

— Eh bien, j'ai vu en effet quelque chose une fois, quelque chose d'inexplicable, avant même d'aller au Brésil.

— Ah oui ?

— Avant le Brésil, je n'en avais guère tenu compte. En fait, c'était troublant, si parfaitement inexplicable que, quand je suis parti pour Rio, je n'y pensais plus. Pourtant aujourd'hui j'y pense tout le temps. Je ne peux pas m'en empêcher. Et c'est pourquoi je me suis tourné vers la Bible, comme si j'allais trouver là quelque sagesse.

— Racontez-moi.

— Cela s'est passé à Paris juste avant la guerre. J'étais là avec ma mère. J'étais dans un café de la rive gauche, et je ne me rappelle même plus aujourd'hui quel café, seulement que c'était une belle journée de printemps et un moment merveilleux pour être à Paris, comme disent les chansons. Je buvais une bière, en lisant les journaux anglais, et je me suis rendu compte que j'étais en train de surprendre une conversation. » Ses pensées de nouveau dérivèrent. « J'aimerais bien savoir ce qui s'est passé vraiment », murmura-t-il.

Il se pencha en avant, prit le pique-feu dans sa main droite et attisa les bûches, projetant un panache d'étincelles sur les briques noircies.

J'avais une terrible envie de le ramener à notre conversation, mais j'attendis. Il reprit enfin.

« Comme je vous le disais, j'étais dans ce café.

— Oui.

— Et je me suis aperçu que je surprenais cette étrange conversation... ce n'était pas en anglais et pas non plus en français... et peu à peu j'en suis arrivé à comprendre que ce n'était vraiment dans aucune langue, et pourtant c'était parfaitement compréhensible pour moi. Je posai mon journal et je commençai à me concentrer. Cela se poursuivit longtemps.

C'était une sorte de discussion. Et tout d'un coup je ne savais pas si les voix étaient ou non audibles au sens conventionnel du terme. Je n'étais plus sûr que personne d'autre fût vraiment capable d'entendre cela ! Je levai les yeux et je me retournai lentement.

« Et ils étaient là... deux êtres, assis à la table en train de se parler et, l'espace d'un instant, cela me parut tout à fait normal : deux hommes en grande conversation. Je repris mon journal et cette impression de flotter m'envahit de nouveau. Il me fallait m'ancrer à quelque chose, fixer un moment mon regard sur le journal, puis sur le dessus de la table et faire cesser cette sensation de flotter. La rumeur du café me revint comme tout un orchestre. Et je compris que je venais de tourner la tête et de regarder deux individus qui n'étaient pas des êtres humains.

« Je me retournai de nouveau, me forçant à bien regarder, à prendre conscience des choses, à être aux aguets. Et voilà que je les retrouvais là, et, si pénible que ce fût, ils étaient des illusions. Car ils n'avaient tout simplement pas la même substance que tout le reste. Savez-vous ce que je suis en train de vous dire ? Je peux vous démonter cela en pièces détachées : ils n'étaient pas baignés dans la même lumière, par exemple, ils existaient dans un domaine où la lumière provenait d'une autre source.

— Comme la lumière chez Rembrandt.

— Oui, un peu comme cela. Leurs vêtements et leurs visages étaient plus lisses que chez les êtres humains. Bref, cette vision avait une texture différente et cette texture était uniforme dans tous ses détails.

— Vous ont-ils vus ?

— Non. Je veux dire, ils ne m'ont pas regardé, ils n'ont donné aucun signe de reconnaître ma présence. Ils se regardaient, ils ont continué à parler et j'ai aussitôt repris le fil. C'était Dieu qui s'adressait au diable et qui lui disait qu'il devait continuer son travail. Et le diable n'en avait pas envie. Il expliquait que ça avait assez duré. La même chose lui arrivait qui s'était produite pour tous les autres. Dieu disait qu'Il comprenait, mais que le diable devrait savoir combien il était important, qu'il ne pouvait absolument pas se soustraire à ses obligations, que ce n'était pas aussi simple, que Dieu avait besoin de lui et avait besoin qu'il fût fort. Et tout cela sur un ton très aimable.

— De quoi avaient-ils l'air ?

— C'est le pire de tout. Je n'en sais rien. Sur le moment je vis deux formes vagues, imposantes, résolument masculines, ou empruntant une forme masculine dirons-nous, plutôt agréables à regarder, rien de monstrueux, rien de vraiment extraordinaire. Je ne me rendais pas compte de l'absence de tout signe particulier : vous savez, couleur des cheveux, traits du visage, ce genre de choses. Les deux personnages avaient l'air tout à fait complets. Mais quand j'essayai par la suite de reconstituer l'événement, je n'arrivais à me rappeler aucun détail ! Je ne pense pas que l'illusion était aussi complète. Je pense qu'elle me satisfaisait mais que cette impression de plénitude venait d'autre chose.

— De quoi ?

— Du contenu, évidemment, de la signification.

— Ils ne vous ont jamais vu, ils n'ont jamais su que vous étiez là.

— Mon cher garçon, ils devaient bien savoir que j'étais là. Ils le savaient certainement. Ils avaient dû faire ça pour moi ! Comment sinon aurais-je pu voir cet épisode ?

— Je ne sais pas, David. Peut-être que ce n'était pas délibéré de leur part. Peut-être que certaines personnes peuvent voir et que certaines autres ne peuvent pas. C'était peut-être une petite déchirure dans l'autre texture, la texture de tout le reste du café.

— Ce pourrait être vrai. Mais je crains que ça n'ait pas été le cas. Je crains que j'étais destiné à le voir et que c'était destiné à avoir sur moi un certain effet. C'est là l'horreur de la chose, Lestat. Cela n'a pas eu un très grand effet sur moi.

— Vous n'avez pas changé votre vie à cause de cela.

— Oh, non, pas du tout. Figurez-vous que deux jours plus tard je doutais même d'avoir jamais vu la chose. Et, à chaque fois que je le racontais à une autre personne, à chaque petite confrontation verbale — "David, vous êtes devenu dingue" — cela devenait de plus en plus incertain et vague. Non, je n'ai jamais rien fait à ce propos.

— Qu'y avait-il à faire ? Qu'est-ce qu'on peut faire d'autre à cause d'une révélation que mener une bonne vie ?

David, vous avez sûrement parlé de la vision à vos frères de Talamasca.

— Oui, oui, je leur en ai parlé. Mais c'était beaucoup plus tard, après le Brésil, quand j'ai classé tous mes longs mémoires, comme doit le faire un bon membre de la communauté. Je leur ai raconté toute l'histoire, telle qu'elle s'était passée, bien sûr.

— Et qu'ont-ils dit ?

— Lestat, le Talamasca ne dit jamais grand-chose, il faut s'y faire. "Nous observons et nous sommes toujours là." A dire vrai, ce n'était pas une vision qui avait beaucoup de succès auprès des autres membres. Parlez des esprits au Brésil et vous avez un public. Mais le Dieu chrétien et son diable ? Non, je crains que le Talamasca ne soit quelque peu sujet à des préjugés, voire à des engouements, comme toute autre institution. Mon histoire a provoqué quelques haussements de sourcils. Je ne me souviens pas de grand-chose d'autre. C'est vrai que, quand on parle à des messieurs qui ont vu des loups-garous, qui ont été séduits par des vampires, qui ont combattu des sorcières et parlé à des fantômes, ma foi, à quoi peut-on s'attendre ?

— Mais Dieu et le diable, dis-je en riant. David, c'est un grand moment. Peut-être que les autres membres vous enviaient plus que vous ne vous en êtes rendu compte.

— Non, ils n'ont pas pris ça au sérieux, dit-il en reconnaissant mon humour avec un petit rire. Pour être tout à fait franc, je suis étonné que vous ayez pris ça au sérieux. »

Il se leva soudain, tout excité, et traversa la pièce jusqu'à la fenêtre, écartant d'une main la draperie. Il resta là à essayer de distinguer quelque chose dans la nuit pleine de neige.

« David, qu'est-ce que ces apparitions auraient pu vouloir vous faire faire ?

— Je n'en sais rien, dit-il d'un ton amer et découragé. C'est bien mon problème. J'ai soixante-quatorze ans et je ne sais pas. Je mourrai sans savoir. Et s'il n'y a pas d'illumination, ainsi soit-il. En soi, c'est une réponse, que je sois suffisamment conscient ou non pour m'en rendre compte.

— Revenez vous asseoir, si vous voulez bien. J'aime bien voir votre visage quand vous parlez. »

Il obéit, presque machinalement, revint s'asseoir et reprit son verre vide, son regard errant sur le feu dans la cheminée.

« Qu'en pensez-vous, Lestat, vraiment ? En votre for intérieur ? Existe-t-il un Dieu ou un diable ? Je veux dire : sincèrement, qu'est-ce que vous croyez ? »

Je réfléchis un long moment avant de répondre. Puis :

« Je pense vraiment que Dieu existe. Je n'aime pas l'avouer. Mais c'est vrai. Et sans doute une forme de diable existe-t-elle aussi. Je le reconnais : ça fait partie des pièces manquantes, dont nous parlions tout à l'heure. Et vous auriez fort bien pu voir l'Être Suprême et son Adversaire dans ce café de Paris. Mais ça fait partic de leur jeu exaspérant : nous ne pouvons jamais en être certains. Vous voulez une explication vraisemblable à leur comportement ? Pourquoi vous ont-ils laissé avoir un petit aperçu ? Ils voulaient que vous vous lanciez dans je ne sais quelle réaction religieuse ! Ils jouent ce jeu-là avec nous. Ils nous lancent des visions, des miracles, des bouts et des fragments de révélation divine. Et nous nous en allons pleins de zèle fonder une église. Ça fait partie de leur jeu, de leur discours sans fin. Et vous savez ? Je crois que l'idée que vous vous faites d'eux — d'un Dieu imparfait et d'un diable avide d'apprendre — est tout aussi valable que n'importe quelle autre interprétation. Je crois que vous avez mis dans le mille. »

Il me dévisageait d'un regard intense, mais ne répondit rien.

« Non, continuai-je. Nous ne sommes pas destinés à connaître les réponses. Nous ne sommes pas destinés à savoir si nos âmes passent d'un corps à un autre par la réincarnation. Ce n'est pas notre lot de savoir si Dieu a créé le monde. S'Il est Allah, Yahvé, Shiva oû le Christ. Il sème les doutes comme Il sème les révélations. Nous sommes tous Ses fous. »

Il ne répondait toujours pas.

« Quittez le Talamasca, David, dis-je. Allez au Brésil avant d'être trop vieux. Retournez en Inde. Voyez les endroits que vous envie de revisiter.

— Oui, murmura-t-il, je pense que je devrais faire ça. Et ils s'occuperont sans doute de tout pour moi. Les anciens se sont déjà réunis pour discuter du problème de David et de ses récentes absences loin de la maison-mère. Ils me mettront à la retraite avec une belle pension, évidemment.

— Savent-ils que vous m'avez vu ?

— Oh ! mais oui. Ça fait partie du problème. Les anciens ont interdit tout contact. C'est très amusant, vraiment, puisqu'ils ont si désespérément envie de vous voir eux-mêmes. Ils savent bien sûr quand vous venez à la maison-mère.

— Je sais bien, dis-je. Qu'entendez-vous par : ils ont interdit tout contact ?

— Oh ! rien que la mise en garde habituelle, dit-il, les yeux toujours fixés sur les bûches. Tout cela, en fait, est très médiéval et fondé sur une vieille directive : "Vous ne devez pas encourager cette créature ni engager la conversation avec elle ni la poursuivre ; si elle persiste à vous rendre visite, vous devez faire de votre mieux pour l'entraîner dans un endroit où il y a de la foule. Il est bien connu que ces créatures répugnent à attaquer quand elles sont entourées de mortels. Et jamais, jamais vous ne devez tenter d'apprendre des secrets de cet être, ni croire un instant qu'une émotion qu'il manifeste puisse être sincère, car ces créatures ont un remarquable don de dissimulation et on les a vues, pour des raisons impossibles à analyser, pousser des mortels à la folie. C'est arrivé aux enquêteurs les plus subtils aussi bien qu'à de malheureux innocents avec lesquels les vampires sont entrés en contact. Vous devez signaler sans délai aux anciens chaque occasion où il vous arrive d'en rencontrer ou d'en apercevoir un."

— Vous savez vraiment cela par cœur ?

— C'est moi qui ai écrit cette directive, dit-il avec un petit sourire. Au long des années, je l'ai récitée à bien d'autres membres.

— Ils savent que je suis ici en ce moment ?

— Non, bien sûr que non. Voilà longtemps que j'ai cessé de leur rapporter nos rencontres. » Il se replongea dans ses pensées et reprit : « Cherchez-vous Dieu ?

— Certainement pas, répondis-je. Je ne peux pas imaginer une plus grande perte de temps, même si on a des siècles à perdre. J'en ai fini avec toutes ces quêtes. Je regarde le monde autour de moi en cherchant des vérités, des vérités enracinées dans le physique et dans l'esthétique, des vérités que je puisse pleinement étreindre. Je m'intéresse à votre vision parce que vous l'avez eue, que vous me l'avez racontée, et que je vous aime. Mais c'est tout. »

Il se rassit, le regard de nouveau perdu dans les ténèbres de la pièce.

« Peu importe, David, le moment venu, vous mourrez. Et sans doute moi aussi. »

Son sourire retrouva quelque chaleur, comme s'il ne pouvait accepter cette idée que comme une sorte de plaisanterie.

Il y eut un long silence, durant lequel il se versa encore un peu de whisky et le but plus lentement que tout à l'heure. Il n'était même pas près d'être gris. Je compris que c'était ce qu'il avait prévu. Quand j'étais mortel, je buvais toujours pour m'enivrer. Mais il est vrai que j'étais très jeune et très pauvre, château ou pas château, et que presque tout ce que je buvais était de mauvaise qualité.

« Vous recherchez Dieu, dit-il avec un petit hochement de tête.

— Allons donc. Vous êtes trop imbu de votre propre autorité. Vous savez pertinemment que je ne suis pas le garçon que vous voyez ici.

— Ah, vous avez raison, il faut que je me souvienne de cela. Mais vous ne pourriez jamais supporter le mal. Si vous avez dit la vérité la moitié du temps dans vos livres, il est évident que, dès le début, le mal vous a fait horreur. Vous donneriez n'importe quoi pour découvrir ce que Dieu veut de vous et pour faire ce qu'Il veut.

— Voilà que vous radotez déjà. Faites donc votre testament.

— Oooh, vous êtes cruel », dit-il avec son sourire radieux.

J'allais ajouter quelque chose quand mon attention fut distraite. Quelque chose me tirait au fond de ma conscience. Des bruits. Une voiture passant très lentement sur l'étroite route traversant le village au loin dans une tempête de neige. Je cherchai à scruter, sans y parvenir, ne percevant que la neige qui tombait et la voiture qui progressait tant bien que mal. Quel pauvre et triste mortel pour rouler dans la campagne à cette heure : il était quatre heures du matin.

« Il est très tard, dis-je. Il faut que je parte. Je ne veux pas passer une nuit de plus ici, bien que vous ayez été fort aimable. Ce n'est pas par crainte qu'on vienne à l'apprendre. Je préfère simplement...

— Je comprends. Quand vous reverrai-je ?

— Peut-être plus tôt que vous ne le pensez, déclarai-je. Dites-moi, David. L'autre nuit, quand je suis parti d'ici, bien décidé à me faire griller dans le désert de Gobi, pourquoi avez-vous dit que j'étais votre seul ami ?

— Mais vous l'êtes. »

Nous restâmes un moment silencieux.

« Vous êtes mon seul ami aussi, David, dis-je.

— Où allez-vous ?

— Je ne sais pas. Je vais peut-être rentrer à Londres. Je vous dirai quand je retraverserai l'Atlantique. Cela vous convient ?

— Oui, prévenez-moi. Ne... n'allez jamais imaginer que je ne veux pas vous croire, ne m'abandonnez plus jamais.

— Si je pensais que je pouvais vous faire du bien, si je pensais que ce serait bon pour vous de quitter votre ordre et de vous remettre à voyager...

— Oh, mais c'est le cas. Je ne suis plus à ma place au Talamasca. Je ne suis même pas sûr d'y croire encore ou d'avoir foi en ses buts. »

J'aurais voulu en dire plus — lui dire à quel point je l'aimais, que j'étais venu chercher refuge sous son toit, qu'il m'avait protégé, que je ne l'oublierais jamais et que je ferais tout ce qu'il me demanderait, absolument tout.

Mais cela me semblait vain de le dire. Je ne sais s'il l'aurait cru, ni quelle valeur cela aurait pu avoir. J'étais toujours convaincu que ce n'était pas bon pour lui de me voir. Et il ne lui restait pas grand-chose dans cette vie.

« Je sais tout cela, dit-il doucement, en me gratifiant de nouveau de son merveilleux sourire.

— David, dis-je, le rapport que vous avez rédigé sur vos aventures au Brésil. En existe-t-il un exemplaire ici ? Pourrais-je le lire ? »

Il se leva et se dirigea vers le rayonnage fermé par une porte vitrée à côté de son bureau. Il examina un long moment les documents qui se trouvaient là, puis retira du rayonnage deux gros classeurs de cuir.

« Voici ma vie au Brésil — ce que j'ai écrit dans la jungle après, sur une petite machine à écrire portable délabrée, dans un campement, avant de rentrer en Angleterre. Je suis parti à la poursuite du jaguar, bien sûr. Il le fallait. Mais la chasse n'était rien comparée à mes expériences à Rio, absolument rien. Ça, ça a été le tournant, vous comprenez. Je crois que le fait même de coucher tout cela sur le papier était une tentative désespérée pour redevenir un Anglais, pour m'éloigner des gens du candomblé, de la vie que j'avais vécue avec eux. Mon rapport pour le Talamasca était fondé sur les documents que voici. »

Je pris les dossiers avec reconnaissance.

« Et ceci, dit-il en me tendant l'autre classeur, est un bref résumé du temps que j'ai passé en Inde et en Afrique.

— J'aimerais lire ça aussi.

— Ce sont pour la plupart de vieux récits de chasse. J'étais jeune quand j'ai écrit cela. C'est plein de gros fusils et d'action ! C'était avant la guerre. »

Je pris ce second classeur aussi. Je me levai, avec des gestes d'un gentleman.

« J'ai passé toute la nuit à parler, dit-il soudain. C'est grossier de ma part. Peut-être aviez-vous des choses à dire.

— Non, absolument pas. C'était exactement ce que je voulais. » Je lui tendis ma main et il la prit. C'était étonnant la sensation de sa peau contre ma chair brûlée.

« Lestat, dit-il, la petite nouvelle ici... le texte de Lovecraft. Voulez-vous le reprendre ou voulez-vous que je le garde pour vous ?

— Ah ! ça, c'est une histoire assez intéressante : je veux dire la façon dont je suis entré en possession de *cela.* »

Je lui repris la nouvelle et la fourrai dans ma poche de manteau. Peut-être la relirais-je. Ma curiosité se ranima en même temps qu'une sorte de méfiance craintive. Venise, Hong Kong, Miami. Comment cet étrange mortel m'avait-il repéré dans ces trois villes et avait-il réussi à voir que je l'avais repéré aussi !

« Vous voulez m'en parler ? demanda doucement David.

— Quand nous aurons plus de temps, dis-je, je vous raconterai. » Surtout si jamais je revois ce type, songeai-je. Comment a-t-il pu faire cela ?

Je sortis de façon fort civilisée, faisant même exprès un peu de bruit en refermant la porte de la maison.

C'était presque l'aube quand j'arrivai à Londres. Pour la

première fois depuis bien des nuits, j'étais heureux en fait de mes immenses pouvoirs et du profond sentiment de sécurité qu'ils m'apportaient. Je n'avais pas besoin de cercueil, ni de coin sombre où me cacher, simplement d'une chambre complètement isolée des rayons du soleil. Un hôtel élégant avec d'épais rideaux m'apporterait tout à la fois la paix et le confort.

J'avais un peu de temps pour m'installer à la douce lueur d'une lampe et commencer à lire les aventures brésiliennes de David, ce que j'avais grande hâte de faire.

Je n'avais presque plus d'argent sur moi, en raison de mon insouciance et de ma folie ; il me fallut donc faire usage de ma remarquable force de persuasion auprès des employés du vénérable Claridge's pour leur faire accepter le numéro de ma carte de crédit, même si je n'avais pas la moindre carte pour le justifier et, à la vue de ma signature — Sébastian Melmoth, un de mes pseudonymes favoris — on me conduisit jusqu'à une charmante suite dans les étages supérieurs avec un délicieux mobilier dans le style Queen Anne et tout le confort que je pouvais souhaiter.

J'accrochai à la porte la petite pancarte expliquant poliment qu'il ne fallait pas me déranger, je laissai la consigne à la réception qu'on ne vînt m'ennuyer que bien après le coucher du soleil, puis je fermai de l'intérieur toutes les portes au verrou.

Je n'avais vraiment pas le temps de lire. Le matin arrivait derrière les lourds nuages gris et la neige continuait à tomber à gros flocons. Je tirai tous les rideaux, à l'exception d'un seul, de façon à pouvoir regarder le ciel, et je restai là, sur le devant de l'hôtel, à attendre le retour de la lumière, un peu effrayé quand même de son déchaînement, et la douleur de ma peau s'en trouvant encore renforcée.

David occupait beaucoup mes pensées ; pas une seconde depuis que je l'avais quitté, je n'avais cessé de réfléchir à notre conversation. Je continuais à entendre sa voix et à essayer de me représenter sa vision fragmentaire de Dieu et du diable attablés dans ce café. Mais mon point de vue sur tout cela était simple et prévisible. Je croyais David en proie à la plus réconfortante des illusions. Et bientôt il m'aurait échappé. La mort s'emparerait de lui. Et tout ce que j'aurais, ce seraient ces manuscrits avec l'histoire de sa vie. Je n'arrivais pas à me forcer à croire qu'il saurait quoi que ce fût de plus quand il serait mort.

Tout cela néanmoins était fort surprenant : le tour qu'avait pris la conversation, l'énergie qu'il avait montrée et les choses bizarres qu'il avait dites.

J'étais confortablement installé au milieu de ces pensées à regarder le ciel couleur de plomb et la neige qui s'amassait tout en bas sur les trottoirs, quand j'éprouvai soudain un léger vertige — en fait, un instant de totale désorientation, comme si je m'endormais. C'était à vrai dire fort agréable, une subtile impression de vibration, accompagnée d'une sensation d'apesanteur, comme si je flottais en fuyant le monde physique pour me réfugier dans mes rêves. Puis je retrouvai cette pression que j'avais connue de façon si fugitive à Miami : que mes membres se contractaient, que toute ma personne était pressée vers l'intérieur, que je m'amincissais et que je me comprimais avec la brusque et terrifiante image de tout mon être contraint de sortir par le haut de mon crâne !

Pourquoi cela m'arrivait-il ? Je frissonnai comme je l'avais fait sur cette plage sombre et déserte de Floride quand cela s'était déjà produit. Et cette impression aussitôt se dissipa. J'étais de nouveau moi-même et vaguement agacé.

Y avait-il quelque chose qui fonctionnait mal dans ma belle et divine anatomie ? Impossible. Je n'avais pas besoin des vieux pour me rassurer là-dessus. Et je n'avais pas encore décidé si j'allais me laisser inquiéter par ce phénomène ou bien l'oublier. Ou au contraire essayer de le faire se reproduire, quand un coup frappé à la porte vint me tirer de mes préoccupations.

Extrêmement irritant.

« Un message pour vous, monsieur. Le gentleman a demandé que je vous le remette en main propre. »

Ce devait être une erreur. J'ouvris néanmoins la porte.

Le jeune homme me remit une enveloppe. Grosse, volumineuse. Pendant une seconde, je ne pus que la regarder fixement. J'avais encore dans ma poche un billet d'une livre, reste d'un petit larcin dont je m'étais rendu coupable un peu plus tôt, et je le tendis au chasseur puis je refermai la porte à clé.

C'était exactement le même genre d'enveloppe que m'avait

remise à Miami ce mortel dément qui s'était précipité en courant vers moi sur le sable. Et la sensation ! J'avais éprouvé cette étrange sensation au moment précis où mon regard s'était posé sur cette créature. Oh ! mais ce n'était pas possible...

Je déchirai fébrilement l'enveloppe. Mes mains soudain tremblaient. C'était encore une petite nouvelle imprimée, arrachée à un livre exactement comme la première, et agrafée dans le coin supérieur gauche précisément de la même façon !

J'étais abasourdi ! Comment diable cette créature m'avait-elle traqué jusqu'ici ? Personne ne savait que j'étais là ! David ne le savait même pas ! Oh ! il y avait bien le numéro de ma carte de crédit, mais bonté divine, il aurait fallu des heures à n'importe quel mortel pour me localiser de cette façon, même si pareille chose était possible, ce qui n'était pas vraiment le cas.

Et qu'est-ce que cette sensation avait à voir avec tout cela — ce bizarre sentiment de vibration et la pression qui semblait s'exercer à l'intérieur de mes membres ?

Mais je n'avais pas le temps de songer à tout cela. C'était presque le matin !

Le danger de la situation m'apparut aussitôt. Pourquoi diable ne l'avais-je pas vu plus tôt ? Cet être avait très certainement un moyen de savoir où j'étais — même là où je choisissais de me dissimuler pendant le jour ! Il me fallait quitter cet appartement. C'était scandaleux !

Tremblant d'agacement, je me forçai à parcourir cette nouvelle qui n'avait que quelques pages. *Les Yeux de la momie*, tel était le titre et l'auteur s'appelait Robert Bloch. Un habile petit récit, mais en quoi pouvait-il bien me concerner ? Je pensai au texte de Lovecraft, qui était beaucoup plus long et qui semblait tout à fait différent. Qu'est-ce que tout cela pouvait bien signifier ? L'apparente stupidité de cette affaire m'exaspéra davantage encore. Mais il était trop tard pour y réfléchir. Je rassemblai les manuscrits de David et je quittai la suite en me précipitant par un escalier d'incendie pour gagner le toit. Je scrutai la nuit dans toutes les directions. Je ne pus trouver le petit salopard ! Heureusement pour lui. Je l'aurais certainement anéanti sur place. Quand il s'agit de protéger ma tanière pendant le jour, je n'ai guère de patience ni de retenue.

Je m'élevai dans les airs, parcourant les kilomètres avec toute la vitesse dont j'étais capable. Je descendis enfin dans un bois couvert de neige loin, loin au nord de Londres et là je creusai ma tombe dans la terre gelée comme je l'avais déjà fait tant de fois.

J'étais furieux d'y être obligé. Positivement furieux. Je m'en vais tuer cet enfant de salaud, me dis-je, où qu'il puisse être. Comment ose-t-il me poursuivre et me fourrer ces récits sous le nez ! Oh ! oui, je vais faire ça, je le tuerai dès que je l'aurai attrapé.

Mais là-dessus la somnolence me gagna, l'engourdissement et très bientôt plus rien ne compta...

Une fois de plus je rêvais, et elle était là, allumant la lampe à huile et disant : « Ah ! la flamme ne te fait plus peur...

— Tu te moques de moi », dis-je misérablement. Je sanglotais.

« Ah ! Lestat, tu as une façon de te remettre terriblement vite de ces crises cosmiques de désespoir. Tu étais là à danser sous les lampadaires de Londres. Vraiment ! »

J'aurais voulu protester, mais je pleurais et je ne pouvais pas parler...

Dans un ultime sursaut de conscience, je revis ce mortel à Venise — sous les arcades de Saint-Marc — là où je l'avais remarqué pour la première fois — je vis ses yeux bruns et sa bouche lisse et juvénile.

Que voulez-vous ? demandai-je.

— *Mais la même chose que ce que vous voulez*, parut-il répondre.

CHAPITRE 6

Je n'en voulais plus tant à cette petite crapule quand je m'éveillai. A vrai dire, j'étais extrêmement intrigué. Mais à ce moment le soleil s'était couché et j'avais la supériorité.

Je décidai de tenter une petite expérience. Je me rendis à Paris, en effectuant la traversée très rapidement et par mes propres moyens.

Permettez-moi d'ouvrir ici une digression, ne serait-ce que pour expliquer que ces dernières années j'avais complètement évité Paris et qu'en fait je ne connaissais absolument pas la ville sous son aspect du vingtième siècle. Les raisons en sont sans doute évidentes. J'avais grandement souffert là-bas dans le passé, et je me gardai des visions des immeubles modernes se dressant autour du cimetière du Père-Lachaise ou de la grande roue avec ses ampoules électriques qui tournait dans le jardin des Tuileries. Mais j'avais toujours eu le secret désir de revenir à Paris, c'était bien naturel.

Cette petite expérience me donna du courage et me fournit une parfaite excuse. Cela me détournait de l'inévitable souffrance que m'imposaient mes observations, car j'avais un but. Mais, à quelques instants de mon arrivée, je me rendis compte que j'étais bel et bien à Paris — ce ne pouvait être nulle part ailleurs — et j'étais écrasé de bonheur tandis que j'arpentais les grands boulevards en ne manquant pas de passer à l'emplacement où se dressait jadis le Théâtre des Vampires.

Quelques théâtres de cette période avaient bien survécu jusqu'à l'époque moderne et ils étaient encore là, imposants, surchargés de décorations et attirant encore le public, entourés de tous côtés d'édifices plus modernes.

Je compris en déambulant sur les Champs-Élysées brillamment éclairés — encombrés de petites voitures qui fonçaient à toute allure aussi bien que de milliers de piétons — que Paris n'était pas une ville-musée, comme Venise. Elle était aussi vivante aujourd'hui qu'elle l'avait jamais été au cours des deux derniers siècles. C'était une capitale. C'était encore un endroit où l'on innovait et où on défendait de courageux changements.

Je m'émerveillai devant la splendeur sévère du Centre Georges-Pompidou, qui se dressait si hardiment tout près des vénérables arcs-boutants de Notre-Dame. Oh ! que j'étais content d'être venu.

J'avais une tâche à accomplir, n'est-ce pas ?

Je ne confiai à âme qui vive, mortel ou immortel, que j'étais là. Je n'appelai pas mon avocat parisien bien que ce fût fort incommode. Je préférai me procurer pas mal d'argent en recourant à la bonne vieille méthode qui consistait à me servir dans les rues sombres en puisant dans les poches de deux victimes qui n'étaient que des criminels profondément antipathiques mais bien nantis.

Je me dirigeai alors vers la place Vendôme tapissée de neige où se trouvaient les mêmes palais que de mon temps et, sous le nom de baron Van Kindergarten, je m'installai dans une somptueuse suite au Ritz.

Là, deux nuits durant, j'évitai la ville, baignant dans un luxe et dans un style en tout point digne du Versailles de Marie-Antoinette. J'en avais à vrai dire les larmes aux yeux d'admirer tout autour de moi cette excessive décoration parisienne, les somptueux fauteuils Louis-XVI et les charmants panneaux peints sur les murs. Ah ! Paris. Y a-t-il un autre endroit où l'on puisse peindre le bois en doré et qu'il ait encore un air magnifique !

Allongé sur une méridienne tapissée au petit point, je m'installai sans tarder à lire les manuscrits de David, ne m'interrompant que de temps en temps pour marcher de long en large dans le silence du salon et de la chambre, ou pour ouvrir une porte-fenêtre, avec sa poignée ovale incrustée et contempler le jardin de l'hôtel, si formel, si calme et si fier.

Les écrits de David me captivaient. Bientôt, je me sentis plus près de lui que jamais.

De toute évidence, David dans sa jeunesse avait été le parfait homme d'action, ne se retirant dans le royaume des livres que quand ils parlaient d'action, et trouvant toujours son plus grand plaisir dans la chasse. Il avait abattu son premier gibier quand il n'avait que dix ans. On sentait dans ses descriptions de la chasse au grand tigre du Bengale toute l'excitation de la poursuite et les risques aussi qu'il finissait par prendre. S'approchant toujours plus près du fauve avant de faire feu, il avait plus d'une fois manqué être tué.

Il aimait l'Afrique tout autant que l'Inde, chassant les éléphants à une époque où personne n'imaginait que l'espèce risquait d'être en voie d'extinction. Là aussi, il avait été chargé d'innombrables fois par les grands mâles avant de les abattre. Et, en traquant les lions de la plaine du Serengeti, il avait couru des risques analogues.

En fait, il s'était donné beaucoup de mal pour suivre des pistes qui grimpaient à travers les montagnes, pour nager dans des rivières dangereuses, pour poser la main sur la peau rugueuse d'un crocodile, pour surmonter la répugnance instinctive que lui inspiraient les serpents. Il aimait dormir en plein air ; griffonner des notes dans son journal à la lueur des lampes à pétrole ou des chandelles ; ne manger que la viande des animaux qu'il avait tués, même quand il n'y en avait que très peu ; et dépecer sans aide les pièces de gibier qu'il avait abattues.

Ses talents de conteur n'étaient pas aussi remarquables. Il n'était guère patient avec les mots, surtout quand il était jeune. On sentait pourtant dans ce mémoire la chaleur des tropiques ; on entendait le bourdonnement des moustiques. Il semblait inconcevable qu'un pareil personnage eût jamais apprécié l'ambiance hivernale du Manoir Talbot, ni le luxe des maisons-mères de l'ordre, auquel il était maintenant si bien habitué.

Plus d'un gentleman britannique avait connu de pareils choix et s'était résigné à ce qu'il jugeait convenable à sa position et à son âge.

Quant à l'aventure brésilienne, elle aurait aussi bien pu être écrite par un autre homme. Certes, on y retrouvait le même vocabulaire sec et précis, le même appétit du danger, naturellement, mais, avec ce penchant pour le surnaturel, un individu bien plus cérébral et plus habile avait pris la vedette. D'ailleurs, même le vocabulaire avait changé, incorporant une foule de termes surprenants, portugais et africains, pour évoquer des concepts et des sensations physiques que David de toute évidence n'arrivait pas à décrire.

L'essentiel, c'était que le cerveau de David avait acquis ses dons de télépathie à la suite d'une série de rencontres primitives et terrifiantes avec des prêtresses brésiliennes et aussi avec des esprits. Et le corps de David était devenu un simple instrument pour cette force psychique, préparant ainsi la voie à l'érudit qui était apparu les années suivantes.

Dans ces souvenirs brésiliens, il y avait beaucoup de descriptions physiques. On y parlait de petites baraques de bois à la campagne où les adeptes du candomblé se réunissaient, allumant des cierges devant leurs statues en plâtre de saints catholiques et de dieux du candomblé. On y évoquait les tambours et la danse ; les transes inévitables au moment où divers membres du groupe devenaient les hôtes inconscients des esprits et se paraient des attributs de telle ou telle divinité pour de longues périodes dont ils ne gardaient aucun souvenir.

On mettait maintenant l'accent totalement sur l'invisible — sur la perception de l'énergie intérieure et de la lutte avec les forces extérieures. L'aventureux jeune homme qui avait recherché la vérité strictement dans le physique — dans l'odeur de la bête, les sentiers de la jungle, le claquement d'un coup de fusil, la chute de la proie — ce jeune homme-là avait disparu.

Quand David avait quitté Rio de Janeiro, il n'était plus le même. Car même si son récit avait été resserré et amélioré plus tard, et certainement corrigé, il comprenait néanmoins une grande partie du journal qu'il avait tenu à l'époque. A n'en pas douter, il s'était trouvé au bord de la folie au sens conventionnel du terme. Partout où il regardait, il ne voyait plus des rues, des édifices et des gens ; il voyait des esprits, des dieux, des puissances invisibles émanant d'autrui et divers niveaux de résistance spirituelle opposée à tout cela par des humains, tant sur le plan du conscient que de l'inconscient. En fait, s'il ne s'était pas enfoncé dans les jungles de l'Amazonie, s'il ne s'était pas contraint à redevenir le Britannique, chasseur de gros gibier, il aurait pu être à jamais séparé de son univers d'autrefois. Des mois durant, il avait été une créature décharnée et brûlée par le soleil, errant dans Rio en manches de chemise et en pantalon maculé, en quête toujours d'expériences spirituelles plus poussées, sans avoir le moindre contact avec ses compatriotes malgré tous les efforts déployés par ceux-ci. Puis il avait endossé de nouveau sa tenue kaki de chasseur, avait repris ses fusils de chasse, rassemblé pour l'expédition ce que l'Angleterre pouvait fournir de mieux et s'en était allé se remettre en abattant le jaguar tacheté et en dépeçant et en vidant la carcasse de la bête avec son propre couteau.

Corps et âme !

Il n'y avait rien d'incroyable à ce que durant toutes ces années il ne fût jamais revenu à Rio de Janeiro, car si jamais il y était retourné, peut-être aurait-il été incapable d'en repartir. Manifestement la vie de l'adepte du candomblé n'était pas assez pour lui. Les héros cherchent l'aventure, mais l'aventure elle-même ne les engloutit pas complètement.

Comme cela aiguisa mon affection pour lui de découvrir ces expériences, et combien cela m'attrista de penser que depuis lors il avait passé toute sa vie au Talamasca. Cela ne semblait pas digne de lui, cela ne me semblait pas la meilleure solution pour le rendre heureux, malgré l'insistance avec laquelle il proclamait que c'était ce qu'il avait voulu. Cela ne me paraissait pas du tout ce qu'il lui fallait.

Et, bien sûr, je le plaignais d'autant plus que je le découvrais plus profondément. Je me dis une fois de plus que dans ma ténébreuse jeunesse surnaturelle, je m'étais trouvé des compagnons qui jamais ne pouvaient être de vrais compagnons : Gabrielle, qui n'avait aucun besoin de moi ; Nicolas, qui était devenu fou ; Louis, qui ne pouvait pas me pardonner de l'avoir entraîné dans le royaume des immortels, même si c'était lui-même qui l'avait voulu.

La seule exception avait été Claudia — mon intrépide petite Claudia, compagne de chasse et tueuse de victimes de hasard — vampire par excellence. Et ç'avait été sa force séduisante qui l'avait amenée en fin de compte à se retourner contre son créateur. Oui, elle avait été la seule à être vraiment comme moi. C'était peut-être la raison pour laquelle elle me hantait maintenant.

Il y avait assurément quelque rapport avec mon amour pour David ! et dire que jusqu'alors je ne m'en étais pas aperçu. A quel point je l'aimais ; et quel avait été le vide de mon existence quand Claudia s'était retournée contre moi et avait cessé d'être ma compagne.

Ces manuscrits éclairaient plus pleinement un autre point encore. David était celui-là même qui refusait le Don ténébreux et le seul à le refuser jusqu'au bout. Cet homme vraiment ne redoutait rien. Il n'aimait pas la mort, mais elle ne lui faisait pas peur. Il ne l'avait jamais crainte.

Je n'étais pas venu à Paris seulement pour lire ces souvenirs. J'avais un autre but en tête. Je quittai l'isolement béni et hors du temps de l'hôtel et je me mis à déambuler dans la ville, lentement, et visible.

Place de la Madeleine, je m'achetai de belles toilettes, dont un costume croisé bleu marine en cachemire. Ensuite je passai des heures sur la rive gauche, à visiter ses cafés animés et accueillants, tout en pensant à l'histoire que racontait David de Dieu et du diable et en me demandant ce qu'au nom du ciel il avait vraiment vu. Bien sûr, Paris serait l'endroit rêvé pour une rencontre entre Dieu et le diable, mais...

Je voyageai quelque temps dans le métro, étudiant les autres voyageurs, essayant de déterminer ce que les Parisiens avaient de si différent. Était-ce leur vivacité, leur énergie ? La façon dont ils hésitaient de se regarder ? Je n'arrivais pas à le déterminer. Mais ils étaient très différents des Américains — partout je m'en étais rendu compte — et je m'aperçus que je les comprenais. Je les trouvais sympathiques.

Que Paris fût une ville aussi riche, aussi pleine de somptueux manteaux de fourrure, de magnifiques bijoux et de boutiques innombrables me confondait quelque peu. La ville me semblait plus somptueuse que les cités américaines. Peut-être de mon temps ne m'avait-elle pas paru moins riche, avec ses carrosses de verre et ses dames et ses gentilshommes en perruque poudrée. Les pauvres étaient là aussi, partout, on les trouvait même mourant dans les rues. Voilà qu'aujourd'hui je ne voyais que les riches et, par moments, la ville tout entière avec ses millions d'automobiles, ses hôtels particuliers, ses palaces et ses résidences innombrables me semblait presque incroyable.

Évidemment, je chassai. Je devais bien me nourrir.

Au crépuscule du soir suivant, j'étais au dernier étage du Centre Pompidou sous un ciel d'un violet aussi pur que celui de ma chère Nouvelle-Orléans. Je regardais les lumières de la vaste capitale s'allumer une à une. Je contemplais la lointaine tour Eiffel dont la silhouette se dressait si nette dans la divine pénombre.

Ah ! Paris, je savais que j'y reviendrais, oh, oui ! et bientôt. Un de ces prochains soirs, j'installerais ma tanière dans l'île Saint-Louis, que j'avais toujours adorée. Au diable les grands immeubles de l'avenue Foch. Je retrouverais le bâtiment où jadis Gabrielle et moi avions pratiqué ensemble la magie des ténèbres, la mère guidant son fils afin qu'il fasse d'elle sa fille, et la libère de la vie mortelle.

J'allais ramener Louis avec moi — Louis qui avait tant aimé cette ville avant de perdre Claudia. Oui, il fallait l'inciter à l'aimer de nouveau.

En attendant, j'irais lentement à pied jusqu'au Café de la Paix, et jusqu'au grand hôtel où Louis et Claudia avaient habité durant cette année tragique du règne de Napoléon III ; et je resterais assis là avec mon verre de vin intact, me forçant à songer calmement à tout cela — et à me dire que c'était le passé.

Allons, de toute évidence, mon épreuve dans le désert m'avait redonné des forces. Et j'étais prêt à toute éventualité...

... Voilà qu'enfin aux premières heures du petit matin, alors que je commençais à sombrer dans la mélancolie, que je m'affligeais quelque peu devant les vieux immeubles croulants des années 1780, que la brume flottait au-dessus du fleuve à demi pris par les glaces et que je me penchais par-dessus la haute balustrade de pierre de la berge tout près du pont menant à l'île de la Cité, voilà que j'aperçus mon homme.

Vint d'abord cette sensation, et cette fois je la reconnus d'emblée pour ce qu'elle était. Je l'étudiai au moment même où elle se produisait en moi : cette impression d'être un peu désorienté que je m'accordais sans jamais perdre tout contrôle ; de douces et délicieuses vibrations ; et puis ce serrement profond qui s'attaquait à mon corps tout entier —

mains, doigts de pieds, bras, jambes, torse — comme auparavant. Oui, on aurait dit que mon corps entier, tout en conservant ses proportions, devenait de plus en plus petit et qu'on me forçait à quitter cette forme qui s'amenuisait ! A l'instant même où il me semblait pratiquement impossible de rester dans mon enveloppe corporelle, ma tête s'éclaircit et les sensations cessèrent.

C'était exactement ce qui m'était arrivé à deux reprises déjà. Je restai sur le pont à réfléchir à tout cela en essayant de m'en rappeler tous les détails.

J'aperçus alors une petite voiture délabrée qui s'arrêtait de l'autre côté du fleuve et voilà qu'en descendait le jeune homme aux cheveux bruns, toujours aussi maladroit, déployant d'un mouvement hésitant sa haute stature et me fixant de ses yeux brillant d'extase.

Il avait laissé tourner le moteur de sa petite machine. Je sentais comme auparavant l'odeur de sa peur. Il savait bien sûr que je l'avais vu, on ne pouvait en douter. J'étais ici depuis deux bonnes heures, à attendre qu'il me retrouve et j'imagine qu'il en était conscient.

Il finit par rassembler son courage et par traverser le pont dans le brouillard, imposante silhouette drapée dans un long manteau, avec une écharpe blanche autour du cou, moitié marchant, moitié courant, pour venir s'arrêter à quelques pas de moi qui, accoudé au parapet le dévisageais froidement. Il me lança encore une petite enveloppe. Je le saisis par la main.

« Pas de précipitation, monsieur de Lioncourt ! » murmura-t-il dans un souffle désespéré. Un accent britannique, de la haute société, ressemblant beaucoup à celui de David, et il avait prononcé presque à la perfection les syllabes françaises. Pour un peu, il serait mort de terreur.

« Qui diable êtes-vous ? interrogeai-je.

— J'ai une proposition à vous faire ! Vous seriez stupide de ne pas écouter. C'est quelque chose qui vous tentera beaucoup. Nul autre en ce monde ne peut vous l'offrir, soyez-en assuré ! »

Je le lâchai et il recula aussitôt, trébuchant presque dans sa hâte, une main tendue pour agripper le parapet de pierre. Qu'y avait-il donc dans les gestes de cet homme ? Il avait une forte stature, mais il évoluait comme s'il était une frêle créature hésitante. Je n'y comprenais rien.

« Expliquez-moi tout de suite cette proposition ! » dis-je ; et je sentis son cœur s'arrêter de battre dans sa large poitrine.

« Non, dit-il. Mais il faudra que nous en discutions très bientôt. » Quelle voix cultivée, raffinée.

Bien trop raffinée pour les grands yeux bruns au regard vitreux et pour ce jeune visage lisse et robuste. Était-ce quelque plante de serre qui se serait développée dans des proportions prodigieuses en compagnie de gens plus vieux, sans jamais avoir vu quelqu'un de son âge ?

« Pas de précipitation ! » cria-t-il encore, et il s'en alla en courant, trébuchant, puis se rattrapant, son grand corps maladroit s'introduisant enfin, non sans mal, dans la petite voiture qui démarra sur la neige verglacée.

Il allait si vite, quand il disparut sur le boulevard Saint-Germain, que je crus qu'il allait avoir un accident et se tuer.

Je regardai l'enveloppe. Encore une de ces maudites nouvelles, sans doute. Je l'ouvris d'une main rageuse, me disant que je n'aurais peut-être pas dû le laisser partir, et savourant en même temps ce petit jeu et même mon indignation devant son habileté et son talent à retrouver ma trace.

Je vis qu'en fait il s'agissait de la cassette d'un film récent, qui avait pour titre *Vice versa*. Au nom du ciel, qu'est-ce que... ? Je la retournai et je jetai un coup d'œil à l'étiquette. Un film comique.

Je rentrai à l'hôtel. Il y avait un autre paquet qui m'attendait à la réception. Une autre cassette vidéo. *Solo pour deux*, c'était le titre, et là encore la description que je lus au dos de l'étui de matière plastique me donna une idée assez claire de ce dont il s'agissait.

Je regagnai ma suite. Pas de magnétoscope ! pas même au Ritz. J'appelai David, bien que ce fût maintenant presque l'aube.

« Voudriez-vous venir à Paris ? Je prendrai toutes les dispositions pour vous. Rendez-vous pour dîner, demain à huit heures dans la salle à manger en bas. »

Cette fois je téléphonai à mon agent mortel, le tirant du lit et lui donnant pour instructions de s'occuper du billet de David, d'une limousine, d'une suite et de tout ce dont il pourrait avoir besoin. Il devrait y avoir de l'argent liquide à la disposition de David ; des fleurs ; et du champagne frappé. Puis je sortis pour trouver un endroit sûr où dormir.

Mais une heure plus tard, debout dans la cave humide et sombre d'une vieille maison abandonnée, je me demandai si ce salopard de mortel ne pouvait pas me voir même maintenant, s'il ne savait pas où je dormais dans la journée et s'il ne risquait pas de surgir en m'amenant le soleil, comme un pauvre chasseur de vampires dans un mauvais film, sans aucun respect pour le surnaturel.

Je m'enterrai profondément sous la cave. Nul mortel n'aurait pu me trouver là. Et même dans mon sommeil, s'il m'avait découvert, j'aurais pu l'étrangler sans jamais m'en rendre compte.

« Alors, dis-je à David, qu'est-ce que tout ça signifie ? » La salle à manger était décorée avec un goût exquis et à moitié vide. J'étais assis là à la lueur des bougies, en veste de smoking et chemise empesée, les bras croisés, savourant le fait qu'il me suffisait maintenant de mes lunettes au verre d'un violet pâle pour dissimuler mon regard. Je distinguais parfaitement les tentures de tapisserie et le jardin noyé d'ombre derrière les fenêtres.

David cependant dînait de bon appétit. Il était absolument ravi de ce voyage à Paris, il adorait sa suite qui donnait sur la place Vendôme, avec ses tentures de velours et les dorures du mobilier, et il avait passé tout l'après-midi au Louvre.

« Allons, vous voyez quand même bien le thème, non ? répondit-il.

— Je n'en suis pas sûr, répondis-je. Évidemment, je perçois bien des éléments communs, mais ces petits récits sont tous différents.

— Comment cela ?

— Eh bien, dans la nouvelle de Lovecraft, Asenath, cette femme diabolique, échange son corps avec celui de son mari. Elle parcourt la ville en utilisant l'enveloppe masculine de ce dernier, tandis que lui est coincé à la maison dans son corps à elle, malheureux et désemparé. J'ai trouvé en fait que c'était à se tordre. C'est d'une merveilleuse habileté, et Asenath évidemment n'est pas Asenath, si je me souviens bien, mais son propre père qui a fait un échange de corps avec sa fille. Et puis tout cela devient très Lovecraft, avec une profusion d'abominables démons à demi humains et des choses comme ça.

— Ce peut être la partie qui n'a rien à voir. Et le récit égyptien ?

— Radicalement différent. Le mort dont le corps tombe en poussière mais qui est encore en vie, vous savez...

— Oui, mais l'histoire ?

— Eh bien, l'âme de la momie parvient à s'emparer du corps de l'archéologue et lui, le pauvre diable, se retrouve dans le corps décomposé de la momie...

— Ah oui ?

— Bonté divine, je vois ce que vous voulez dire. Et puis le film *Vice versa*. Il s'agit de l'âme d'un jeune garçon et de l'âme d'un homme qui échangent leurs corps ! Et ça fait une effroyable pagaille jusqu'à ce qu'ils parviennent à refaire l'échange. Et le film *Solo pour deux* est aussi une histoire d'échange de corps. Vous avez parfaitement raison. Les quatre récits ont tous le même sujet.

— Exactement.

— Bon sang, David ! Tout s'éclaire ! Je ne sais pas pourquoi je n'avais pas compris. Mais...

— Cet homme cherche à vous faire croire qu'il sait quelque chose à propos de ces échanges de corps. Il cherche à vous attirer en vous laissant croire qu'une chose pareille est faisable.

— Bonté divine. Bien sûr. Ça explique tout, la façon dont il se déplace, dont il marche, dont il court.

— Quoi ? »

Je restai là, abasourdi, revoyant le petit monstre avant de répondre, évoquant dans mon esprit toutes les images de lui, sous tous les angles possibles, que me fournissait ma mémoire. Mais oui, même à Venise, il y avait chez lui cette évidente gaucherie.

« David, il *peut* le faire.

— Lestat, n'allez pas aboutir prématurément à une conclusion aussi folle ! Il s'imagine peut-être qu'il en est capable. Il a peut-être envie d'essayer. Peut-être vit-il totalement dans un monde d'illusions...

— Non. C'est ça, sa proposition, David, la proposition dont il affirme que j'aurais envie de l'entendre ! Il *peut* changer de corps avec les gens...

— Lestat, vous n'allez tout de même pas croire...

— David, c'est ce qui cloche chez lui ! J'essaie de comprendre depuis que je l'ai vu sur la plage de Miami. Ce n'est pas son corps à lui ! C'est pour ça qu'il ne peut pas en utiliser la musculature ni... ni la taille. C'est pour ça qu'il manque tomber quand il court. Il n'arrive pas à contrôler ces longues jambes puissantes. Bon sang, cet homme est dans le corps de quelqu'un d'autre. Et la voix, David, je vous ai parlé de sa voix. Ce n'est pas la voix d'un jeune homme. Ah, ça explique tout ! Et vous savez ce que je pense ? Je pense qu'il a choisi ce corps-là parce que je le remarquerais. Et je vais vous dire autre chose. Il a déjà essayé de faire cet échange avec moi et ça a échoué. »

J'étais incapable de continuer. J'étais trop abasourdi par cette possibilité.

« Qu'entendez-vous par : il a déjà essayé ? »

Je décrivis les sensations étranges — les vibrations, le resserrement, l'impression que littéralement on me forçait à sortir de mon enveloppe physique.

Il ne répondit rien à ce que je venais de dire, mais je voyais bien l'effet que mon affirmation avait sur lui. Il était assis là, immobile, les yeux plissés, la main droite à demi fermée et reposant auprès de son assiette.

« C'était une attaque contre moi, n'est-ce pas ? Il a cherché à me faire quitter mon corps ! Peut-être afin de pouvoir y pénétrer. Et naturellement il n'y est pas parvenu. Mais pourquoi prendrait-il le risque de m'offenser mortellement par une telle tentative ?

— Vous a-t-il mortellement offensé ? demanda David.

— Non, il m'a simplement rendu d'autant plus curieux, puissamment curieux !

— Eh bien, voilà votre réponse ! Je crois qu'il vous connaît trop bien.

— Comment ? » J'entendais ce qu'il disait mais pour l'instant je ne pouvais pas répondre. Je me laissais aller à l'évocation de ces sensations. C'était une impression si forte. « Oh ! vous ne comprenez donc pas ce qu'il fait ? Il me suggère qu'il peut échanger son corps avec moi. Il m'offre cette belle et jeune enveloppe mortelle.

— Oui, dit David froidement, je crois que vous avez raison.

— Pourquoi sinon resterait-il dans ce corps-là ? dis-je. Il y est manifestement très mal à l'aise. Il a envie de changer. Il affirme qu'il en est capable ! C'est pourquoi il a pris ce risque. Il doit savoir que ce serait facile pour moi de le tuer, de l'écraser comme une petite punaise. Je ne le trouve même pas plaisant — je parle de ses manières. Le corps est excellent. Bon, mais c'est ça. Il est capable de le faire, David, il sait comment s'y prendre.

— N'y pensez plus ! Vous ne pouvez pas en faire l'expérience.

— Comment ? Pourquoi pas ? Vous me dites que ça n'est pas faisable ? Dans toutes ces archives, vous n'avez aucune trace... ? David, je sais qu'il l'a fait. Il n'arrive simplement pas à m'y forcer. Mais il a fait l'échange avec un autre mortel, ça, j'en suis convaincu.

— Lestat, quand ce phénomène se produit, nous appelons cela de la possession. C'est un accident psychique ! L'âme d'une personne morte s'empare d'un corps vivant ; c'est un esprit qui possède un être humain ; il faut le persuader de partir. Vous ne trouvez pas de gens vivants qui le fassent délibérément et d'un commun accord. Non, je ne pense vraiment pas que ce soit possible. Je ne crois pas que nous ayons trace de pareille chose ! Je... » Il s'interrompit, de toute évidence en proie au doute.

« Vous savez que vous connaissez des cas de ce genre, dis-je. Vous devez en connaître.

— Lestat, c'est très dangereux, trop dangereux pour faire la moindre tentative.

— Écoutez, si ça peut arriver accidentellement, ça peut arriver de cette façon aussi. Si une âme morte peut le faire, pourquoi pas une âme vivante ? Je sais que cela veut dire voyager hors de mon corps. C'est une chose que vous savez faire : vous l'avez appris au Brésil. Vous l'avez décrit avec force détails. Il y a beaucoup, beaucoup d'êtres humains qui connaissent cette pratique. Voyons, ça faisait partie des religions antiques. Il n'est pas inconcevable qu'on puisse revenir dans un autre corps et s'y cramponner pendant que l'autre âme s'efforce en vain d'en reprendre possession.

— Quelle horrible pensée. »

Je lui parlai de nouveau des sensations que j'avais éprouvées et je lui dis combien elles étaient fortes. « David, c'est très possible qu'il ait volé ce corps !

— Oh, quelle charmante idée. »

Je me souvenais encore une fois de cette impression d'écrasement, de cette sensation terrible et étrangement agréable qu'on était en train de me presser pour me faire sortir par le haut de ma tête comme la pommade d'un tube. Comme ç'avait été une sensation forte ! Enfin, s'il pouvait me faire éprouver cela, il était sûrement capable d'amener un mortel à sortir de lui-même, surtout si ce mortel n'avait pas la moindre idée de ce qu'on était en train de lui faire.

« Calmez-vous, Lestat », fit David, un peu écœuré. Il reposa sa fourchette au bord de son assiette à moitié vide. « Réfléchissez bien. Peut-être pourrait-on procéder à un tel échange pour quelques minutes. Mais s'ancrer dans le nouveau corps, rester à l'intérieur et être fonctionnel jour après jour ? Non. Cela voudrait dire être fonctionnel quand vous dormez aussi bien que quand vous êtes éveillé. Vous parlez de quelque chose de radicalement différent et de manifestement dangereux. Vous ne pouvez pas faire ce genre d'expérience. Et si ça marchait ?

— Tout est là. Si ça marche, alors je peux m'introduire dans ce corps. » Je restai silencieux. Je pouvais à peine m'exprimer, puis je me lançai. J'avouai. « David, je peux devenir un mortel. »

Cela me coupa le souffle. Un moment de silence passa tandis que nous nous dévisagions. Cette vague terreur que je lisais dans son regard ne faisait rien pour apaiser mon excitation.

« Je saurais comment utiliser ce corps, dis-je dans un souffle. Je saurais me servir de ces muscles et de ces longues jambes. Oh ! oui, il a choisi ce corps-là parce qu'il savait que je considérerais cela comme une possibilité, une vraie possibilité...

— Lestat, vous ne pouvez pas poursuivre dans cette direction ! Il parle d'échange, de troc ! Vous ne pouvez pas laisser cet individu suspect avoir votre corps en retour ! C'est une idée monstrueuse. Il suffit de vous imaginer vous à l'intérieur de ce corps ! »

Je tombai dans une stupeur muette.

« Écoutez, dit-il, essayant d'accaparer mon attention. Pardonnez-moi de parler comme le Supérieur Général d'un ordre religieux, c'est une chose que vous ne pouvez tout bonnement pas faire ! Tout d'abord, où donc a-t-il trouvé ce corps ? Et si, en fait, il l'avait bel et bien volé ? Aucun beau jeune homme assurément ne l'a cédé de bon cœur sans le moindre regret ! Ce garçon est une créature sinistre et il faut le tenir pour telle. Vous ne pouvez pas lui confier un corps aussi puissant que le vôtre. »

J'entendais tout cela, je le comprenais, mais je n'arrivais pas à l'assimiler. « Songez un peu, David, dis-je, sachant que j'avais l'air d'un fou et que j'étais à peine cohérent. David, redevenir mortel.

— Pourriez-vous, je vous prie, avoir la bonté de vous réveiller et de me prêter attention ! Il ne s'agit pas d'un sujet de bande dessinée ni d'une histoire fantastique à la Lovecraft. » Il s'essuya la bouche avec sa serviette et avala nerveusement une gorgée de vin, puis tendit la main à travers la table et me saisit le poignet.

J'aurais dû le laisser faire. Mais je ne cédai pas et il comprit dans la seconde qu'il ne pourrait pas plus bouger mon poignet de la table qu'ébranler celui d'une statue de granit.

« Écoutez-moi bien ! déclara-t-il. Vous ne pouvez pas jouer avec ça. Vous ne pouvez pas prendre le risque que ça marche et que cet individu, quel qu'il puisse être, soit en possession de votre force. »

Je secouai la tête. « Je sais ce que vous êtes en train de dire mais, David, réfléchissez-y. Il faut que je lui parle ! Il faut que je le trouve et que je découvre si c'est faisable. Lui-même est sans importance. C'est la méthode qui compte. La chose est-elle faisable ?

— Lestat, je vous en supplie. N'explorez pas plus avant. Vous allez faire encore une épouvantable erreur !

— Que voulez-vous dire ? » C'était si difficile de prêter attention à ce qu'il disait. Où était donc maintenant ce rusé démon ? Je pensais à ses yeux, à la beauté qu'ils prendraient si ce n'était plus *lui* qui regardait à travers eux. Oui, c'était un corps superbe pour ce genre d'expérience ! Où donc l'*avait*-il trouvé ? Il fallait que je le sache.

« David, maintenant, je m'en vais.

— Non, il n'en est pas question ! Restez où vous êtes ou bien, Dieu me pardonne, je vais lancer sur vos traces une légion de *kobolds*, tous les abominables petits esprits avec lesquels j'ai eu commerce à Rio de Janeiro ! Maintenant, écoutez-moi.

— Parlez plus bas, dis-je en riant. On va nous jeter à la porte du Ritz.

— Très bien, nous allons conclure un marché. Je vais rentrer à Londres et pianoter sur l'ordinateur. Je vais dénicher tous les cas d'échange de corps qu'il y a dans nos archives. Qui sait ce que nous allons découvrir ? Lestat, peut-être qu'il est dans ce corps qui est en train de se désintégrer autour de lui, et peut-être n'arrive-t-il pas à en sortir ni à en arrêter le dépérissement. Avez-vous pensé à cela ? »

Je secouai la tête. « Il ne dépérit pas. J'aurais perçu l'odeur. Il n'y a rien qui cloche dans ce corps-là.

— Sauf peut-être qu'il l'a volé à son légitime propriétaire, que cette malheureuse âme se débat dans *son* corps à lui et que nous n'avons pas la moindre idée de l'aspect que peut avoir cette enveloppe mortelle.

— Calmez-vous, David, je vous en prie. Retournez à Londres et consultez les archives, comme vous l'avez proposé. Moi, je m'en vais retrouver ce petit salopard. Je m'en vais écouter ce qu'il a à dire. Ne vous inquiétez pas ! Je ne tenterai pas l'expérience sans vous consulter. Et, si je prends la décision...

— Vous ne déciderez rien ! Pas avant de m'avoir parlé.

— Entendu.

— C'est promis ?

— Sur mon honneur de meurtrier assoiffé de sang, oui.

— Je veux un numéro de téléphone à La Nouvelle-Orléans. »

Je le dévisageai longuement. « D'accord. Je n'ai encore jamais fait cela. Mais le voici. » Je lui donnai le numéro de téléphone de mon appartement en terrasse du Quartier Français. « Vous ne l'écrivez pas ?

— Je l'ai appris par cœur.

— Alors, adieu ! »

Je me levai de table, m'efforçant dans mon excitation d'évoluer comme un humain. Ah ! évoluer comme un humain. Songez un peu, être à l'intérieur d'un corps d'humain. Voir le soleil, le voir vraiment, une petite boule flamboyant dans un ciel bleu ! « Oh, David, j'allais oublier, tout est réglé ici. Appelez mon homme d'affaires. Il s'occupera de votre billet d'avion...

— Voilà qui m'importe peu, Lestat. Écoutez-moi. Fixons un rendez-vous maintenant pour que vous veniez me parler de tout cela ! Si jamais vous osez disparaître, jamais plus je... »

Je restai planté là et le regardai en souriant. Je devinais que je le tenais sous mon charme. Bien sûr, il ne me menacerait pas de ne plus jamais me parler. Comme c'était absurde. « D'épouvantables erreurs, dis-je, incapable de maîtriser mon sourire. C'est vrai, cela m'arrive, n'est-ce pas ?

— Que vous feront-ils... les autres ? Votre cher Marius, les anciens, si vous faites une chose pareille ?

— Ils pourraient bien vous surprendre, David. Peut-être que tout ce qu'ils veulent, c'est de redevenir humain. Peut-être est-ce ce que nous souhaitons tous. Une seconde chance. » Je pensai à Louis dans sa maison de La Nouvelle-Orléans. Seigneur Dieu, qu'est-ce que penserait Louis quand je lui raconterais tout cela ?

David marmonna quelque chose, furieux et impatient, et pourtant son visage exprimait affection et inquiétude.

Je lui envoyai un petit baiser et je disparus.

Il s'était écoulé à peine une heure quand je compris que je ne pourrais pas retrouver le rusé démon. S'il était à Paris, il était à tel point masqué que je ne pourrais pas percevoir la plus faible trace de sa présence. Et nulle part je ne trouvai une image de lui dans l'esprit de quelqu'un d'autre.

Cela ne signifiait pas qu'il n'était pas à Paris. La télépathie, c'est tout ou rien ; et Paris était une ville immense, grouillant de citoyens de tous les pays du monde.

Je finis par revenir à l'hôtel, où j'appris que David était déjà parti en me laissant tous ses divers numéros de fax, d'ordinateur et de téléphone.

« S'il vous plaît, contactez-moi demain soir, avait-il écrit. A ce moment-là j'aurai des informations pour vous. »

Je montai me préparer au voyage de retour. Je ne pouvais pas attendre de revoir ce mortel lunatique. Et Louis — il

fallait que j'explique tout cela à Louis. Bien sûr, il ne croirait pas que ce fût possible, ce serait la première chose qu'il dirait. Mais il comprendrait combien cela pouvait me séduire. Oh ! oui, il comprendrait.

Je n'étais pas depuis une minute dans la chambre, en essayant de décider s'il y avait quoi que ce fût ici que j'avais besoin d'emporter avec moi — ah ! oui, les manuscrits de David — quand j'aperçus une enveloppe ordinaire posée sur la table de chevet. Elle était appuyée contre un grand vase de fleurs. On pouvait lire sur l'enveloppe « Comte Van Kindergarten » tracé d'une écriture ferme et plutôt masculine.

Dès l'instant où je la vis, je compris que c'était un billet de lui. Le message à l'intérieur était manuscrit, de la même écriture ferme et appuyée.

Pas de précipitation. Et n'écoutez pas non plus votre idiot d'ami du Talamasca. Je vous verrai à la Nouvelle-Orléans demain soir. Ne me décevez pas. Jackson Square. Nous conviendrons alors d'un rendez-vous pour faire un peu d'alchimie tous les deux. Je crois que vous comprenez maintenant quel est l'enjeu.

Sincèrement vôtre.

Raglan James.

« Raglan James », murmurai-je tout haut. Raglan James. Je n'aimais pas le nom. Le nom lui ressemblait.

J'appelai le concierge.

« Ce système de fax qu'on vient d'inventer, dis-je en français, vous en avez un ici ? Expliquez-moi ce que c'est, s'il vous plaît. »

C'était bien ce que je pensais : on pouvait par une ligne téléphonique envoyer un fac-similé de ce petit billet depuis le bureau de l'hôtel jusqu'à la machine que David avait à Londres. David alors aurait non seulement cette information, il aurait aussi l'écriture, si cela pouvait lui être utile.

Je m'arrangeai pour que cela fût fait, je rassemblai les manuscrits, m'arrêtai à la réception avec le message de Raglan James, je le fis faxer, je le repris, puis je me rendis à Notre-Dame faire mes adieux à Paris avec une petite prière.

J'étais fou. Complètement fou. Quand avais-je jamais

connu un aussi pur bonheur ! J'étais là, dans la pénombre de la cathédrale, fermée maintenant à cause de l'heure, et je pensai à la première fois où j'y avais jamais pénétré voilà tant, tant de décennies. Il n'y avait pas alors de grand parvis devant les portes de l'église, seule la petite place de Grève l'entourait de constructions de guingois ; il n'y avait pas non plus à Paris de ces grands boulevards comme il y en a maintenant, rien que de larges rues non pavées que nous trouvions si imposantes.

Je songeai à tous ces ciels bleus et à ce que ç'avait été d'avoir faim, vraiment faim de pain et de viande et de s'enivrer de bon vin. Je songeai à Nicolas, mon ami mortel, que j'avais tant aimé, et je me rappelai comme il faisait froid dans notre petite mansarde. Nicki et moi discutant, tout comme David et moi l'avions fait ! Oh ! oui.

Ma grande et longue existence, semblait-il, était depuis ces jours-là un cauchemar, un immense cauchemar peuplé de géants, de monstres et d'horribles masques recouvrant le visage de créatures qui me menaçaient dans les ténèbres éternelles. Je tremblais. Je sanglotais. Être humain, me disais-je. Être de nouveau humain. Je crois que je prononçai même les mots tout haut.

Soudain un brusque rire étouffé me fit sursauter. C'était un enfant quelque part dans l'obscurité, une petite fille.

Je me retournai. J'étais presque certain de pouvoir la distinguer : une petite forme grise remontant précipitamment l'autre travée vers une chapelle du bas-côté, puis disparaissant. C'était à peine si j'avais pu entendre ses pas. Assurément, j'avais dû me tromper. Pas d'odeur, pas de vraie présence. Rien qu'une illusion.

Je criai néanmoins : « Claudia ! »

Et ma voix me revint en une multitude d'échos. Bien sûr, il n'y avait personne.

Je pensai aux paroles de David. « Vous allez commettre encore une épouvantable erreur ! »

Oui, j'avais fait d'épouvantables erreurs. Comment pourrais-je le nier ? Des erreurs terribles, vraiment terribles. Je retrouvai l'ambiance de mes rêves récents, mais elle ne se concrétisait pas, et il ne me restait plus qu'une impression évanescente de me trouver avec elle. Une histoire de lampe à huile, et elle qui riait de moi.

Je repensai à son exécution : le conduit d'aération aux parois de briques, le soleil qui approchait, et elle, toute petite ; puis le souvenir de mes souffrances dans le désert de Gobi vint se mêler à cette évocation et je ne pus la supporter davantage. Je m'aperçus que j'avais croisé les bras et que je tremblais, mon corps raidi comme s'il était traversé par une décharge électrique. Ah ! certainement elle n'avait pas souffert. Ç'avait dû être instantané pour une si petite et si tendre créature. La poussière retournant en poussière...

C'était de l'angoisse pure. Ce n'était pas de ces temps-là que je voulais garder le souvenir, même si je m'étais attardé tout à l'heure au Café de la Paix, même si j'avais cru être devenu si fort. C'était mon Paris d'avant le Théâtre des Vampires, quand j'étais innocent et vivant.

Je restai encore un peu dans le noir, me contentant de regarder les grands arcs se ramifiant au-dessus de ma tête. Quel magnifique et majestueux sanctuaire c'était — même aujourd'hui avec les pétarades et le vacarme des automobiles derrière les murs. C'était comme une forêt de pierre.

Je lui envoyai un baiser comme je l'avais fait à David. Et je partis pour entamer le long voyage de retour.

CHAPITRE 7

La Nouvelle-Orléans.

J'arrivai très tôt dans la soirée car j'étais remonté dans le temps en voyageant dans le sens inverse de la rotation de la terre. Il faisait un froid assez vif, mais pas cruellement mordant, bien qu'un vilain vent du nord fût en route.

Le ciel était sans un nuage et plein de petites étoiles très distinctes.

Je gagnai aussitôt mon petit appartement en terrasse du Quartier Français qui, malgré tout son prestige n'est pas très haut, puisqu'il se trouve au faîte d'un immeuble de quatre étages bâti bien avant la guerre de Sécession, mais d'où l'on a une assez belle vue sur le fleuve et ses superbes ponts jumeaux et qui recueille, quand les fenêtres sont ouvertes, les bruits de la foule joyeuse qui emplit le Café du Monde, ainsi que les boutiques et les rues animées autour de Jackson Square.

Ce n'était que le lendemain soir que Mr Raglan James entendait me rencontrer. Et, impatient que j'étais de voir arriver ce rendez-vous, l'heure me convenait car je voulais trouver Louis tout de suite.

Je commençai par m'octroyer le confort bien humain d'une douche brûlante, puis je passai un costume de velours noir, d'une sobre élégance, un peu comme les vêtements que j'avais portés à Miami, avec une paire de bottines noires neuves. Puis, refusant de céder à ma lassitude — si j'avais encore été en Europe, j'aurais été maintenant en train de dormir dans la terre — je m'en allai déambuler dans la ville comme un mortel.

Pour des raisons dont je n'étais pas trop sûr, je fis un détour pour passer devant l'ancienne adresse de la rue Royale où Claudia, Louis et moi avions autrefois vécu. A vrai dire, je le faisais assez souvent, sans jamais réfléchir avant d'être à mi-chemin de là.

Notre vie commune s'était poursuivie plus d'une cinquantaine d'années dans ce charmant appartement. C'est assurément un facteur à prendre en considération quand je me trouve condamné, soit par moi-même, soit par quelqu'un d'autre, pour mes erreurs. Louis et Claudia avaient tous deux été faits par moi et pour moi, j'en conviens. Notre existence néanmoins avait été étrangement flamboyante et satisfaisante avant que Claudia ne décide que je devais payer de ma vie mes créations.

La maison était bourrée de tous les ornements imaginables et de tout le luxe que l'on pouvait alors se procurer. Nous avions un équipage et des chevaux dans les écuries voisines, et des serviteurs vivaient dans les communs au fond de la cour. Mais les vieux bâtiments de brique étaient aujourd'hui quelque peu fanés et négligés, l'appartement était depuis peu inoccupé, à l'exception peut-être de fantômes, qui sait, et l'échoppe en dessous était louée à un libraire qui ne prenait jamais la peine d'épousseter les volumes en étalage dans la vitrine ni ceux qui se trouvaient sur ses rayons. De temps en temps il me procurait des livres — des ouvrages sur la nature du mal par l'historien Jeffrey Burton Russell, ou les admirables œuvres philosophiques de Mircea Eliade, ainsi que les premières éditions des romans que j'aimais.

Le vieil homme d'ailleurs était là à lire et je l'observai quelques minutes à travers la vitre. Comme les citoyens de La Nouvelle-Orléans étaient différents de tout le reste de l'Amérique ! Le profit ne signifiait absolument rien pour cette vieille créature aux cheveux gris.

Je reculai pour examiner les balustrades de fer forgé au-dessus. Je songeai à ces rêves troublants : la lampe à huile, la voix de Claudia. Pourquoi me hantait-elle plus inlassablement que jamais ?

En fermant les yeux, je croyais entendre de nouveau sa voix, qui me parlait, mais la substance de ses propos avait disparu. Je me pris à repenser à sa vie et à sa mort.

Disparu aujourd'hui totalement, le petit galetas où je l'avais vue pour la première fois dans les bras de Louis. Ç'avait été une maison de pestiférés et seul un vampire y aurait pénétré. Aucun voleur n'avait même osé voler la chaîne d'or au cou de sa mère morte. Et comme Louis avait eu honte d'avoir choisi pour victime une petite enfant ! Mais moi, j'avais compris. Il ne restait rien non plus du vieil hôpital où on l'avait emmenée ensuite. Quelle ruelle non pavée avais-je traversée avec ce tiède fardeau mortel dans mes bras et Louis, courant après moi en me suppliant de lui dire ce que je comptais faire.

Une rafale de vent glacé me fit soudain tressaillir.

J'entendais les éclats rauques et assourdis de la musique provenant des tavernes de la rue Bourbon, à seulement un bloc de là ; et les gens marchant devant la cathédrale — le rire d'une femme non loin de là. Le klaxon d'une voiture retentissant dans la nuit. Le grêle frémissement électronique d'un téléphone moderne.

Dans sa librairie, le vieil homme avait allumé la radio, tournant le bouton pour passer de la musique Dixieland à du classique et pour finir à une voix mélancolique chantant de la poésie aux accents de la musique d'un compositeur anglais...

Pourquoi étais-je venu devant cette vieille bâtisse, qui se dressait isolée et indifférente comme une pierre tombale avec toutes ses dates et ses caractères effacés ?

Finalement je ne voulais plus attendre.

Tout excité, je revivais dans ma tête ce qui venait juste de se passer à Paris et je me dirigeai vers les quartiers résidentiels pour retrouver Louis et tout lui raconter.

Une fois de plus, je choisis d'y aller à pied. Je choisis de sentir la terre, de l'arpenter.

De notre temps — à la fin du dix-huitième siècle —, ces quartiers de la ville n'existaient pas vraiment. C'était la campagne en amont du fleuve, où l'on trouvait encore des plantations et où les routes étaient étroites et d'un abord difficile, n'étant pavées que de coquillages dragués dans le fleuve.

Plus tard, au dix-neuvième siècle, une fois détruite notre petite famille, quand, blessé et brisé, j'étais parti pour Paris à la recherche de Claudia et de Louis, les quartiers résidentiels avec tous leurs petits faubourgs se trouvèrent absorbés par la grande ville et nombre de belles maisons de bois de style victorien s'édifièrent alors.

Certaines de ces constructions avec leurs boiseries sculptées sont vastes, aussi grandioses dans leur style surchargé que les immenses maisons néo-classiques d'avant la guerre de Sécession qu'on trouve dans le Garden District, et qui me rappelaient toujours les temples ou les imposants hôtels particuliers du Quartier Français.

Mais une grande partie de ces secteurs résidentiels avec leurs maisonnettes en planches, aussi bien que les grandes demeures, gardent encore pour moi l'aspect de la campagne, avec les énormes chênes et les magnolias jaillissant partout pour surplomber les petits toits, et tant de rues sans trottoir le long desquelles les caniveaux ne sont guère plus que des fossés envahis de fleurs sauvages qui s'épanouissent malgré le froid de l'hiver.

Même les petites rues commerçantes — une bande soudain, çà et là, de bâtiments attenant les uns aux autres — rappellent non pas le Quartier Français avec ses façades de pierre et son raffinement du Vieux Monde, mais plutôt les pittoresques « grandes rues » des bourgades rurales américaines.

C'est un merveilleux endroit pour se promener le soir ; on peut y entendre les oiseaux chanter comme nulle part dans le Vieux Carré ; et le crépuscule s'y éternise par-dessus les toits des entrepôts au bord du fleuve aux innombrables méandres, étincelant à travers les grandes et lourdes branches des arbres. On peut tomber sur de magnifiques demeures avec des galeries sans fin et une décoration surchargée, des maisons avec des tourelles, des pignons et de petits chemins de ronde. Il y a sur les grandes vérandas de bois des balancelles accrochées derrière des balustrades fraîchement peintes. Il y a des palissades blanches. De larges avenues bordées de belles pelouses bien tondues.

Les maisonnettes sont infiniment variées : les unes sont soigneusement peintes dans des couleurs vives suivant la mode du moment ; d'autres, plus délabrées mais non moins belles, ont les ravissantes tonalités grises du bois d'épave, un état auquel une maison peut aisément atteindre dans cette région tropicale.

Çà et là on trouve un ensemble de rues si envahies de végétation qu'on a du mal à croire qu'on est encore dans une ville. Des bougainvillées sauvages et des dentelaires à fleurs violettes masquent les clôtures qui délimitent les propriétés ; les grosses branches du chêne plient si bas qu'elles contraignent le passant à baisser la tête. Même dans ses hivers les plus froids, La Nouvelle-Orléans est toujours verte. Le gel ne peut tuer les camélias, même s'il les meurtrit parfois. Le jaune jasmin sauvage de Caroline et la bougainvillée pourpre recouvrent murs et clôtures.

C'est dans l'une de ces sections de douces ténèbres feuillues, par-delà une grande rangée de gigantesques magnolias que Louis avait installé sa secrète résidence.

La vieille demeure victorienne derrière les grilles rouillées était inoccupée, sa peinture jaune presque entièrement écaillée. Louis n'y venait rôder que de temps en temps, une chandelle à la main. Son vrai domicile, c'était une petite maison au fond — recouverte d'une grande masse informe de volubilis roses — envahie par ses livres et les objets de toutes sortes qu'il avait collectionnés au long des années. Les fenêtres en étaient parfaitement cachées de la rue. On peut douter en fait que qui que ce soit ait connu l'existence de cette maison. Les voisins ne pouvaient pas la voir à cause des hauts murs de brique, des vieux arbres touffus et des lauriers roses qui poussaient à l'état sauvage tout autour. Il n'y avait pas à proprement parler de sentier parmi les hautes herbes.

Quand je tombai sur lui, toutes les fenêtres et les portes des quelques pièces sans prétention étaient ouvertes. Il était à son bureau, lisant à la lueur d'une unique bougie.

Un long moment, je l'épiai. J'adorais faire cela. Souvent je le suivais quand nous allions chasser, simplement pour le regarder se nourrir. Le monde moderne ne signifie rien pour Louis. Il arpente les rues comme un fantôme, sans bruit, lentement attiré vers ceux qui font bon accueil à la mort ou qui en ont l'air. (Je ne suis pas sûr que personne jamais n'accueille volontiers la mort.) Et quand il se nourrit, c'est indolore, délicat et rapide. Pour se nourrir, il doit prendre la vie. Il ne sait pas comment épargner la victime. Il n'a jamais été assez fort pour le « petit coup » qui me permet de passer tant de nuits ; qui me le permettait avant que je ne devienne le dieu vorace.

Il est toujours vêtu à l'ancienne mode. Comme tant d'entre nous, il sait trouver les vêtements qui évoquent le style du temps où il était mortel. Ce qui lui plaît, ce sont de grandes chemises flottantes aux manches froncées avec de longs poignets et des pantalons moulants. Quand il porte une veste, ce qui est rare, elle est coupée comme celles que je choisis : une veste de cheval, très longue, et qui s'épanouit à l'ourlet. Ce sont ces tenues que je lui apporte parfois en cadeau, pour lui éviter de porter ses rares acquisitions jusqu'à ce qu'elles tombent en loques. J'avais été tenté de mettre de l'ordre dans sa maison, d'accrocher les tableaux, d'emplir les pièces de fanfreluches, de le pousser dans la griserie du luxe comme je le faisais jadis.

Je crois qu'il aurait voulu me voir agir ainsi, mais il refusait d'en convenir. Il subsistait sans électricité ni chauffage moderne, errant dans le chaos en prétendant être parfaitement satisfait.

Certaines des fenêtres de cette maison n'avaient pas de carreaux et c'était seulement de temps en temps qu'il fermait les persiennes à l'ancienne mode. Peu lui importait, semblait-il, que la pluie tombât sur ses possessions, car ce n'étaient pas vraiment des possessions. Rien qu'un bric-à-brac entassé çà et là.

Encore une fois, je crois qu'il aurait voulu que je fisse quelque chose à ce propos. C'est stupéfiant de songer au nombre de fois où il venait me rendre visite dans mon appartement en ville, surchauffé et brillamment éclairé. Là, il regardait pendant des heures mon écran de télévision géant. Parfois il apportait ses propres films sur disque ou sur cassette. *La Compagnie des Loups* était celui qu'il ne se lassait pas de passer. *La Belle et la Bête*, le film de Jean Cocteau, lui plaisait aussi énormément. Et puis il y avait *Gens de Dublin*, un film de John Huston d'après une nouvelle de James Joyce. Et comprenez bien que ce film n'a absolument rien à voir avec les créatures de notre espèce. Il s'agit d'un groupe assez ordinaire de mortels en Irlande au début de ce siècle qui se rassemblent pour un souper bien arrosé. Il y avait bien d'autres films qui le ravissaient. Mais je ne pouvais jamais lui imposer ces visites et elles ne duraient jamais très longtemps. Il déplorait souvent le « grossier matérialisme » dans lequel je me « vautrais » et tournait le dos à mes coussins de velours, à mes épaisses moquettes et à ma somptueuse baignoire de marbre. Il s'en retournait vers sa cabane perdue couverte de plantes grimpantes.

Ce soir-là, il était assis là-bas dans toute sa gloire poussiéreuse, une tache d'encre sur sa joue blanche, plongé dans une énorme biographie de Dickens, récemment écrite par un romancier anglais, tournant lentement les pages, car il ne lit pas plus vite que la plupart des mortels. En fait, de nous tous qui avons survécu, il est le plus proche de l'humain. Et il le reste par choix.

Bien des fois, je lui ai proposé mon sang plus riche. Toujours, il l'a refusé. Le soleil au-dessus du désert de Gobi l'aurait réduit en cendres. Il a les sens finement réglés, des sens de vampire, mais pas comme ceux d'un Enfant des Millénaires. Il ne réussit guère à lire les pensées d'autrui. Quand il met en transe un mortel, c'est toujours une erreur.

Et, bien sûr, je ne peux pas lire ses pensées car c'est moi qui l'ai créé et il n'y a jamais de communication entre les pensées du disciple et celles du maître, même si aucun de nous ne sait pourquoi. C'est à mon avis que nous en savons beaucoup sur les sentiments et les désirs les uns des autres ; seulement le grossissement est trop fort pour qu'on obtienne une image claire. C'est ma théorie. Peut-être un jour nous *étudiera*-t-on en laboratoire. A travers les épaisses parois vitrées de nos prisons, nous supplierons qu'on nous livre des victimes vivantes tandis qu'on nous harcèlera de questions et qu'on prélèvera dans nos veines des échantillons de sang. Ah ! mais comment faire cela à Lestat qui d'une seule pensée impérative peut réduire en cendres un autre être ?

Louis ne m'entendit pas arriver par les hautes herbes devant sa petite maison.

Je me glissai dans la pièce, comme une grande ombre fugitive et j'étais déjà installé en face de lui dans ma bergère préférée de velours rouge — voilà longtemps que je l'avais apportée là pour mon propre usage — quand il leva les yeux.

« Ah ! c'est toi ! » dit-il aussitôt, et il referma le livre.

Son visage, très mince et aux traits fins par nature, un visage d'une exquise délicatesse malgré son évidente énergie, était superbement gorgé de sang. Il avait chassé de bonne

heure, j'avais manqué cela. Je restai une seconde totalement accablé.

C'était néanmoins un vrai supplice de Tantale que de le voir si animé par la sourde palpitation du sang humain. J'en sentais d'ailleurs l'odeur, ce qui donnait une étrange dimension au fait d'être près de lui. Sa beauté m'a toujours rendu fou. Je crois que je l'idéalise dans mon esprit quand je ne suis pas avec lui ; mais, quand je le revis, je succombe.

Bien sûr, c'était sa beauté qui m'avait attiré dans mes premières nuits ici en Louisiane, quand le pays était une colonie sauvage et sans loi et qu'il était un fou téméraire et toujours ivre, jouant et cherchant querelle dans les tavernes, bref, tentant tout ce qu'il pouvait pour causer son propre trépas. Eh bien, il avait eu ce qu'il croyait vouloir, ou à peu près.

Un moment, je n'arrivai pas à comprendre l'expression d'horreur qui se peignit sur son visage quand il me regarda, ni pourquoi il se leva soudain pour se diriger vers moi, se pencher et toucher mon front. Puis je me souvins. Ma peau bronzée par le soleil.

« Qu'as-tu fait ? » murmura-t-il. Il s'agenouilla, me regarda, posant sur mon épaule une main légère. Adorable intimité, mais je n'allais pas avouer. Je restai impassible dans mon fauteuil. « Ce n'est rien, dis-je, c'est fini. Je suis allé dans un désert, je voulais voir ce qui arriverait...

— Tu voulais voir ce qui arriverait ? » Il se leva, recula d'un pas et me foudroya du regard. « Tu voulais te détruire, n'est-ce pas ?

— Pas vraiment, dis-je. Je suis resté allongé à la lumière toute une journée. Le second matin, j'ai dû m'enterrer dans le sable. »

Il me contempla un long moment, comme s'il allait exploser de réprobation, puis il revint à son bureau, s'assit un peu bruyamment pour un être aussi plein de grâce, croisa les mains sur le livre refermé et me lança un regard méchant et furieux.

« Pourquoi as-tu fait cela ?

— Louis, repris-je, j'ai quelque chose de plus important à te dire. Oublie tout cela. » D'un geste je désignai mon visage. « Il s'est passé un événement très remarquable et il faut que je t'en fasse le récit complet. » Je me levai, car je n'arrivais plus à me maîtriser. Je me mis à marcher de long en large, prenant soin de ne pas trébucher sur le bric-à-brac amoncelé qui jonchait la pièce, et un peu agacé par la faible lueur de la bougie, non pas parce que je n'y voyais rien, mais parce qu'elle était si faible, qu'elle éclairait une si petite surface et que j'aime la lumière.

Je lui racontai tout : comment j'avais vu cette créature, Raglan James, à Venise et à Hong Kong, puis à Miami, comment il m'avait envoyé le message à Londres puis m'avait suivi à Paris comme je pensais qu'il le ferait. Nous devions maintenant nous retrouver près de la place demain soir. Je lui parlai des nouvelles et de leur signification. J'expliquai l'étrangeté du jeune homme lui-même, en précisant qu'il n'était pas dans son propre corps, et que j'étais persuadé qu'il était capable d'effectuer un pareil transfert.

« Tu as perdu la tête, dit Louis.

— Ne conclus pas si vite, répondis-je.

— C'est à moi que tu cites les paroles de cet idiot. Détruis-le. Liquide-le. Trouve-le ce soir si tu le peux et débarrasse-toi de lui.

— Louis, pour l'amour du ciel...

— Lestat, cette créature peut te trouver quand elle le veut ? Cela signifie qu'elle sait où tu te terres. Voilà maintenant que tu l'as conduite jusqu'ici. Elle sait où je me cache. C'est le pire ennemi qu'on puisse concevoir ! Mon Dieu, pourquoi t'en vas-tu chercher l'adversité ? Rien sur terre ne peut te détruire maintenant, pas même les Enfants des Millénaires qui ont à eux tous la force d'y parvenir, et pas même le soleil à midi dans le désert de Gobi : alors tu t'en vas rechercher le seul ennemi qui ait un pouvoir sur toi. Un mortel qui peut marcher à la lumière du jour. Un homme qui peut exercer sur toi une domination complète quand toi-même n'as pas une étincelle de conscience ni de volonté. Non, détruis-le. Il est bien trop dangereux. Si je le vois, c'est moi qui le détruirai.

— Mais, Louis, cet homme peut me donner une enveloppe humaine. As-tu écouté ce que je t'ai dit ?

— Une enveloppe humaine ! Lestat, tu ne peux pas devenir humain en t'emparant simplement d'un corps humain ! Tu n'étais pas un être humain quand tu étais en vie ! Tu es né monstre, et tu le sais. Comment diable peux-tu te faire de pareilles illusions ?

— Si tu n'arrêtes pas, je vais éclater en sanglots.

— Eh bien, pleure. J'aimerais te voir pleurer. J'ai beaucoup lu sur tes pleurs dans les pages de tes livres, mais je ne t'ai jamais vu le faire de mes propres yeux.

— Ah ! tu es bien un menteur parfait, dis-je, furieux. Tu as décrit mes sanglots dans ton misérable mémoire lors d'une scène dont nous savons tous les deux qu'elle n'a pas eu lieu !

— Lestat, tue cette créature ! Tu es fou si tu la laisses t'approcher assez près pour te dire trois mots. »

J'étais confondu, absolument confondu. Je me laissai retomber dans le fauteuil et je regardai dans le vide. La nuit semblait respirer dehors sur un rythme doux et plaisant, le parfum des volubilis violets effleurant à peine l'air humide et frais. Une légère incandescence semblait émaner du visage de Louis, de ses mains croisées sur le bureau. Il était drapé dans son silence, attendant sans doute ma réponse mais pourquoi, je n'en avais aucune idée.

« Je ne me serais jamais attendu à cela de toi, dis-je, déconfit. Je m'attendais à quelque longue diatribe philosophique comme les sottises que tu as écrites dans ton "entretien", mais ça ? »

Il resta assis là, sans un mot, son regard fixé sur moi, la lumière faisant un instant étinceler ses yeux verts et songeurs. Il semblait profondément tourmenté, comme si mes paroles lui avaient causé quelque souffrance. Ce n'était certainement pas parce que je m'étais moqué de ses écrits. Je le faisais tout le temps. C'était une plaisanterie entre nous. Enfin, une sorte de plaisanterie.

Je ne savais plus que dire ni que faire. Il m'énervait. Lorsqu'il reprit la parole, ce fut d'une voix très douce.

« Tu n'as pas vraiment envie d'être humain, dit-il. Tu ne le crois pas, n'est-ce pas ?

— Mais si, je le crois ! » répondis-je, humilié par le sentiment que je percevais dans ma voix. « Comment pourrais-tu, toi, ne pas le croire ? » Je me levai et me remis à marcher de long en large. Je fis le tour de la petite maison, m'aventurai dans la jungle du jardin en écartant pour passer l'épais entrelacs des liserons. J'étais dans un tel état de désarroi que je ne pouvais plus lui parler.

Je pensais à ma vie mortelle, essayant vainement de ne pas la rendre mythique, mais je ne pouvais chasser ces souvenirs : la dernière chasse aux loups, mes chiens mourant dans la neige. Paris. Le théâtre du boulevard. Inachevé ! *Tu n'as pas vraiment envie d'être humain.* Comment pouvait-il dire une chose pareille ?

Il me sembla que je passais dans le jardin une éternité, mais en fin de compte, pour le meilleur ou pour le pire, je revins dans la maison. Je le retrouvai à son bureau, qui me regardait d'un air désespéré, presque comme s'il avait le cœur brisé.

« Écoute, dis-je, il n'y a que deux choses auxquelles je crois : la première est qu'aucun mortel ne peut refuser le Don ténébreux dès l'instant où il sait vraiment ce que c'est. Et ne me dis pas que David Talbot me le refuse. David n'est pas un homme ordinaire. La seconde chose que je crois c'est que, si nous pouvions, nous redeviendrions tous humains. Voilà mon opinion. Il n'y a rien d'autre. »

Il eut un petit geste las d'acceptation et se cala dans son fauteuil. Le bois grinça doucement sous son poids, et il leva d'un geste alangui sa main droite, totalement inconscient de la séduction qu'il y avait dans ce simple mouvement, et laissa ses doigts courir dans les mèches de ses cheveux bruns.

Le souvenir poignant me revint soudain de la nuit où je lui avais donné le sang, de la façon dont il m'avait affirmé au dernier moment que je ne devais pas le faire, et puis dont il avait ensuite cédé. Je lui avais tout expliqué auparavant — alors qu'il était encore le jeune planteur fébrile et ivrogne couché dans son lit de douleur, avec le rosaire enroulé autour de la colonne du lit. Mais comment expliquer une chose pareille ! Et il était si convaincu de vouloir venir avec moi, si certain que la vie mortelle n'avait rien à lui apporter — il était si amer, si épuisé par les excès et pourtant si jeune !

Que savait-il alors ? Avait-il jamais lu un poème de Milton ou écouté une sonate de Mozart ? Le nom de Marc Aurèle aurait-il évoqué quelque chose pour lui ? Selon toute probabilité, il l'aurait pris pour un nom de fantaisie donné à un esclave noir. Ah ! ces barbares seigneurs des plantations avec leurs airs de matamores, leurs rapières et leurs pistolets à crosse de nacre ! Oh ! ils appréciaient l'excès ; avec le recul, je dois leur rendre cette justice.

Mais Louis maintenant était loin de ce temps-là, n'est-ce pas ? L'auteur d'*Entretien avec un vampire*, quel titre ridicule ! J'essayai de me calmer. Je l'aimais trop pour ne pas me montrer patient, pour ne pas attendre qu'il parle de nouveau. Je l'avais façonné de chair et de sang humain pour être mon bourreau surnaturel, n'est-ce pas ?

« Cela ne peut pas se défaire aussi facilement », dit-il enfin, m'arrachant à mes souvenirs pour me ramener dans cette pièce poussiéreuse. Sa voix était délibérément douce, presque conciliante ou implorante. « Ça ne peut pas être aussi simple. On ne peut pas changer de corps avec un mortel. Pour parler franc, je ne crois même pas que ce soit possible, mais même si ce l'était... »

Je ne répondis pas. J'aurais voulu dire : Mais si, c'est faisable ! Mais si, je peux savoir de nouveau ce que ça veut dire que d'être vivant.

« Et puis pense un peu à ton corps, dit-il, suppliant, maîtrisant avec une telle habileté sa colère et sa rage. Tu ne peux tout de même pas mettre tous tes pouvoirs à la disposition de cette créature, de ce sorcier ou je ne sais quoi. Les autres m'ont dit qu'on ne peut même pas calculer les limites de ton pouvoir. Mais non. C'est une idée abominable. Dis-moi, comment sait-il te retrouver ? C'est cela, le plus important.

— C'est le moins important, répliquai-je. Mais de toute évidence, si cet homme peut changer de corps, alors il est capable de quitter le sien. Il peut évoluer comme un esprit assez longtemps pour retrouver ma trace et aller jusqu'à moi. Étant donné ce que je suis, je dois être très visible pour lui quand il est dans cet état. Ce n'est pas un miracle en soi, tu comprends.

— Je sais, fit-il. C'est du moins ce que je lis et ce que j'entends dire. Je pense que tu as découvert un être vraiment dangereux. C'est pire que ce que nous sommes.

— Pire en quoi ?

— Changer de corps, mais ça implique une autre tentative désespérée pour atteindre à l'immortalité ! Crois-tu que ce mortel, quel qu'il soit, a l'intention de vieillir dans ce corps-ci ou dans un autre et de se laisser mourir ! »

Je dus reconnaître que je voyais ce qu'il voulait dire. Puis je lui parlai de la voix de l'homme, de son accent britannique marqué, cultivé, et comment ce ne semblait pas être la voix d'un jeune homme.

Il frissonna. « Il vient sans doute du Talamasca, dit-il. C'est probablement là où il a tout appris sur toi.

— Il lui a suffi d'acheter un roman en édition de poche pour tout savoir sur moi.

— Ah ! mais pas pour y *croire*, Lestat, pas pour croire que c'était vrai. »

Je lui racontai que j'avais parlé à David. David saurait si cet homme appartenait à son ordre mais, pour ma part, je n'en croyais rien. Ces érudits n'auraient jamais fait une chose pareille. Et puis il y avait chez ce mortel quelque chose de sinistre. Les membres du Talamasca étaient sains au point d'en être presque agaçants. D'ailleurs, peu importait. Je parlerais à cet homme et je découvrirais tout moi-même.

Il redevint songeur et très triste. Cela me faisait presque mal de le regarder. J'avais envie de l'empoigner par les épaules et de le secouer, mais cela n'aurait fait que le rendre furieux.

« Je t'aime », fit-il avec douceur.

J'étais abasourdi.

« Tu cherches toujours un moyen de triompher, reprit-il. Tu ne renonces jamais. Mais il n'y a pas de voie vers le triomphe. C'est au purgatoire que nous sommes, toi et moi. Nous pouvons déjà nous estimer heureux que ce ne soit pas l'enfer.

— Non, je ne le crois pas, dis-je. Écoute, peu importe ce que tu dis ou ce que David a dit. Je m'en vais parler à Raglan James. Je veux savoir de quoi il s'agit ! Rien ne va m'en empêcher.

— Ah ! David Talbot aussi t'a donc mis en garde contre lui.

— Ne va pas choisir tes alliés parmi mes amis !

— Lestat, si cet humain s'approche de moi, si j'estime qu'il représente un danger pour moi, je le détruirai. Tu comprends ?

— Bien sûr que oui. Il ne voudrait pas t'approcher. C'est moi qu'il a choisi, et avec raison.

— Il t'a choisi parce que tu es insouciant, orgueilleux et flamboyant. Oh ! je ne dis pas ça pour te blesser. Vraiment pas. Tu brûles d'envie d'être vu, abordé, compris et de faire des bêtises, de tout agiter pour voir si ça ne va pas se mettre en ébullition et si Dieu ne va pas descendre t'empoigner par les cheveux. Eh bien, il n'y a pas de Dieu ! Tu pourrais aussi bien être Dieu.

— Toi et David... c'est toujours la même chanson, les mêmes exhortations, encore qu'il prétende avoir vu Dieu et que toi, tu ne croies pas à Son existence.

— David a vu Dieu ? demanda-t-il avec respect.

— Pas vraiment, murmurai-je avec un geste méprisant. Mais vous me réprimandez tous les deux de la même façon. Marius aussi.

— Oh ! bien sûr, tu choisis les voix qui te font la leçon. Tu l'as toujours fait, tout comme tu repères ceux qui vont se retourner contre toi et te plonger un poignard dans le cœur. »

C'était de Claudia qu'il parlait, mais il ne pouvait pas supporter de prononcer son nom. Je savais que je pourrais lui faire mal si je le disais, comme si je lui lançais une malédiction au visage. J'aurais voulu dire : tu y étais pour quelque chose ! Tu étais là quand je l'ai créée et là encore quand elle a brandi le couteau !

« Je ne veux pas en entendre davantage ! dis-je. Tu chanteras les vertus des limites tout au long de tes mornes années sur cette terre, n'est-ce pas ? Eh bien, je ne suis pas Dieu. Et je ne suis pas le diable, venu de l'enfer, même si je prétends parfois l'être. Je ne suis pas le rusé Iago. Je n'ourdis pas des intrigues abominablement maléfiques. Et je n'arrive pas à étouffer ma curiosité ni mon ardeur. Oui, je veux savoir si cet homme peut vraiment faire cela. Je veux savoir ce qui va se passer et je ne renoncerai pas.

— Et tu chanteras éternellement ton chant de victoire même s'il n'y en a pas à remporter.

— Ah ! mais si. Il doit y en avoir une.

— Mais non. Plus nous apprenons, plus nous savons qu'il n'y a pas de victoire. Ne pouvons-nous pas retomber sur la nature, faire ce que nous devons supporter et rien de plus ?

— Voilà la plus mesquine définition de la nature que j'aie jamais entendue. Regarde-la bien : pas dans la poésie, mais dans le monde extérieur. Que vois-tu dans la nature ? Qui a fait les araignées qui rôdent sous les planchers humides, qui a fait les papillons avec leurs ailes multicolores qui ressemblent dans la nuit à de grandes fleurs maléfiques ? Le requin dans la mer, pourquoi existe-t-il ? » Je m'avançai vers lui, posai les mains sur son bureau et le regardai droit dans les yeux. « J'étais si sûr que tu comprendrais cela. Et, au fait, je ne suis pas né monstre ! Je suis né enfant mortel, tout comme toi. Plus fort que toi ! Avec plus de volonté de vivre que toi ! C'était cruel de ta part de dire une chose pareille...

— Je sais. C'était mal. Parfois tu me fais si peur que je te lance des pierres et des coups de bâton. C'est stupide. Je suis heureux de te voir, même si je n'ose pas l'avouer. Je frémis à la pensée que tu aurais pu vraiment mettre fin à tes jours dans le désert ! Je ne peux pas supporter l'idée maintenant d'une existence sans toi ! Tu m'exaspères ! Pourquoi ne me ris-tu pas au nez ? Tu l'as déjà fait. »

Je me redressai et lui tournai le dos. Je regardais l'herbe qui s'agitait doucement sous la brise du fleuve et les vrilles des volubilis violets qui pendaient pour masquer la porte ouverte.

« Je ne ris pas, dis-je. Mais je m'en vais poursuivre ce projet, ce serait absurde de te mentir là-dessus. Seigneur Dieu, tu ne comprends donc pas ? Si je suis seulement cinq minutes dans un corps mortel, que ne pourrais-je apprendre ?

— Très bien, fit-il, désespéré. J'espère que tu vas t'apercevoir que cet homme t'a séduit avec un tissu de mensonges, que tout ce qu'il veut c'est le Don ténébreux, et que tu vas l'envoyer droit en enfer. Une fois de plus, laisse-moi te mettre en garde : si je le vois, s'il me menace, je le tuerai. Je n'ai pas ta force. Je compte sur mon anonymat, sur le fait que mon petit “mémoire”, comme tu dis toujours, était si loin du monde d'aujourd'hui que personne n'a pris cela pour des faits.

— Je ne le laisserai pas te faire du mal, Louis », dis-je. Je me retournai et lui lançai un regard mauvais. « Je n'aurais jamais laissé personne te faire du mal. »

Et, là-dessus, je partis.

Bien sûr, c'était une accusation, et il en sentit le tranchant, j'avais eu la satisfaction de m'en apercevoir avant de me tourner encore une fois et de sortir.

La nuit où Claudia s'était dressée contre moi, il était resté là, témoin impuissant, horrifié de ce qu'il voyait, mais ne songeant pas à intervenir, alors même que je l'appelais à l'aide.

Il avait pris ce qu'il croyait être mon corps sans vie et l'avait jeté dans le marais. Ah ! naïves petites créatures que vous êtes de croire pouvoir vous débarrasser si facilement de moi.

Mais pourquoi y penser maintenant ? Il m'aimait en ce temps-là, qu'il en fût conscient ou non ; de mon amour pour lui et pour cette misérable enfant coléreuse, je n'ai jamais le moins du monde douté.

Il avait pleuré ma disparition, je veux bien lui rendre cette justice. Mais il a un tel talent pour jouer les éplorés ! Il porte le chagrin comme d'autres portent du velours ; la tristesse lui va au teint comme la lumière des chandelles ; les larmes lui siéent comme des bijoux.

Eh bien, rien de cette camelote ne marche avec moi.

Je regagnai ma résidence sur les toits, j'allumai toutes mes belles lampes électriques et je restai une heure ou deux à me vautrer dans le grossier matérialisme, en regardant sur l'écran géant une interminable parade d'images vidéo, puis je dormis un moment sur mon confortable divan avant de m'en aller chasser.

J'étais fatigué, déboussolé à force d'errer. Et aussi j'avais soif.

Tout était calme au-delà des lumières du Quartier Français et des gratte-ciel éternellement illuminés des quartiers du centre. La Nouvelle-Orléans sombre très vite dans l'obscurité, que ce soit dans les rues pastorales que j'ai déjà décrites ou au milieu des immeubles de briques plus tristes et des maisons du centre.

Ce fut parmi ces zones commerciales abandonnées, avec leurs usines et leurs entrepôts fermés et leurs sinistres petites maisons que je vagabondais jusqu'à un endroit merveilleux, non loin du fleuve et qui n'avait peut-être de sens que pour moi seul.

C'était un champ vide, non loin des quais, s'étendant sous les immenses pylônes des autoroutes qui conduisaient aux grands ponts jumeaux sur le fleuve que j'ai toujours appelés, depuis le premier instant où je les ai vus, les Dixie Gates.

Je dois avouer qu'officiellement ils portent un autre nom

moins charmant. Mais je n'accorde guère d'attention au monde officiel. Pour moi, ces ponts seront toujours les Dixie Gates, et je n'attends jamais bien longtemps après être rentré au pays avant d'aller me promener dans les parages pour les admirer, avec leurs milliers de petites lumières qui clignotent.

Comprenez-moi, ce ne sont pas de magnifiques créations artistiques comme le pont de Brooklyn, qui a suscité l'enthousiasme du poète Hart Crane. Ils n'ont pas non plus la grandeur imposante du Golden Gate de San Francisco.

Ce sont néanmoins des ponts et tous les ponts sont beaux et incitent à la réflexion ; et quand ils sont complètement illuminés comme ceux-là, leurs entretoises et leurs poutres métalliques prennent une grandeur mystique.

Qu'on me permette d'ajouter ici que le même grand miracle de lumière se produit la nuit dans la campagne du sud noir, avec les immenses raffineries de pétrole et les centrales électriques qui s'élèvent dans une surprenante splendeur au-dessus de la terre plate et invisible. Et il s'y ajoute encore la gloire des cheminées qui fument et des flammes de gaz qui brûlent éternellement. La tour Eiffel aujourd'hui n'est plus un simple échafaudage de fer mais une sculpture d'étincelantes lumières électriques.

Mais c'est de La Nouvelle-Orléans que nous parlons et je déambulai maintenant jusqu'à ce terrain vague au bord de l'eau, bordé d'un côté par les maisonnettes sombres et sinistres et de l'autre par les entrepôts abandonnés et, au nord, par les admirables tas de ferrailles de machines au rebut et des clôtures formées de chaînes disparaissant sous les inévitables et magnifiques plantes grimpantes.

Ah ! champs de réflexion et champs de désespoir. J'adorais me promener ici, sur la douce terre stérile, parmi les bouquets de mauvaises herbes et les éclats de verre qui jonchaient le sol : même si je ne pouvais pas le voir, j'aimais écouter le pouls lent du fleuve et contempler au loin la lueur rosée de la ville.

Cela me semblait l'essence du monde moderne, cet horrible endroit oublié, cette grande brèche au milieu des vieilles constructions pittoresques, où seulement de temps en temps une voiture s'aventurait, par les rues abandonnées et qu'on disait dangereuses.

Il me faut préciser aussi que ce secteur, malgré les sombres sentiers qui y menaient, n'était jamais vraiment plongé dans l'obscurité. Un flot de lumière régulier se déversait des lampadaires des autoroutes, venait des rares réverbères des rues, créant une pénombre moderne et apparemment sans source.

Ça vous donne envie de vous précipiter là-bas, n'est-ce pas, d'aller rôder dans ces terrains vagues ?

Sérieusement, c'est d'une divine tristesse de s'arrêter là, minuscule personnage du cosmos, frissonnant aux bruits étouffés de la ville, des redoutables machines qui grondent dans les lointains complexes industriels, ou bien des camions qui de temps en temps passent en rugissant au-dessus de vous.

De là, on était à un jet de pierres d'un immeuble aux portes et aux fenêtres condamnées où, dans des chambres jonchées d'ordures, je découvris un couple de meurtriers, leurs cerveaux fiévreux abrutis par les narcotiques, et sur lesquels je me nourris lentement et tranquillement, les laissant tous deux sans connaissance mais en vie.

Puis je retournai au champ désert et isolé, traînant, les mains dans les poches, expédiant d'un coup de pied les boîtes de conserves que je trouvais sur mon chemin et tournant longuement en rond sous les autoroutes, puis bondissant et repartant par la branche nord du Dixie Gates le plus proche.

Comme il était profond et sombre, mon fleuve. L'air au-dessus de l'eau était toujours frais. Et, malgré la brume sinistre qui flottait sur tout le paysage, j'apercevais encore tout un trésor de cruelles et minuscules étoiles.

Je m'attardai longtemps, songeant à tout ce que Louis m'avait dit, à tout ce que m'avait raconté David et pourtant fou d'excitation à l'idée de rencontrer le lendemain soir l'étrange Raglan James.

Je finis par m'ennuyer, même auprès du grand fleuve. Je scrutai la ville en quête de cet étrange espion mortel, mais sans pouvoir le trouver. Je scrutai le centre sans plus de succès. Mais, malgré tout, je n'étais pas sûr.

Comme la nuit s'achevait, je regagnai la maison de Louis — maintenant sombre et abandonnée — et je déambulai dans les petites rues étroites, cherchant encore sans conviction mon espion mortel. Louis assurément ne risquait rien dans son secret sanctuaire, à l'abri du cercueil où il se retirait chaque jour bien avant l'aube.

Puis je retournai jusqu'au terrain vague, en chantant tout seul, je songeai combien les Dixie Gates avec toutes leurs lumières me rappelaient les jolis vapeurs du dix-neuvième siècle, qui glissaient sur l'eau avec l'air de grands gâteaux de mariage ornés de bougies. Est-ce que je m'embrouille dans mes métaphores ? Peu m'importe. J'entendais dans ma tête la musique des vapeurs.

J'essayai de penser au siècle suivant en me demandant quelles formes il allait nous amener et comment il allait mêler laideur et beauté avec une violence nouvelle, comme le fait chaque siècle. J'examinai les pylônes des autoroutes, gracieux arcs d'acier et de béton qui s'élèvent vers le ciel, lisses comme des sculptures, simples et monstrueux, comme des brins d'herbe incolores qui se courbent doucement.

Et voilà qu'enfin arriva le train, bringuebalant sur la voie au loin devant les entrepôts, avec son monotone cortège de wagons de marchandises encrassés de suie et son sifflet perçant aux accents affreux et lancinants qui éveillait des inquiétudes sans fin dans mon âme trop humaine.

La nuit revint brusquement avec son vide absolu quand le dernier fracas se fut dissipé. On ne voyait aucune voiture sur les ponts et un épais brouillard flottait sans bruit sur le fleuve, masquant les étoiles qui pâlissaient.

Je m'étais remis à pleurer. Je pensais à Louis et à ses mises en garde. Mais que pouvais-je faire ? J'ignorais la résignation. Ce ne serait jamais mon lot. Si ce misérable Raglan James ne venait pas demain soir, je parcourrais le monde à sa recherche. Je ne voulais plus parler à David, je ne voulais plus entendre ses avertissements, je ne pouvais pas l'écouter. Je savais que cette fois j'irais jusqu'au bout.

Je continuais à contempler les Dixie Gates. Je n'arrivais pas à chasser de mon esprit la beauté de leurs lumières clignotantes. J'avais envie de voir une église avec des cierges — une foule de petits cierges vacillants comme ceux que j'avais vus à Notre-Dame. Avec un peu de fumée qui montait de leurs mèches comme des prières.

Encore une heure avant le lever du soleil. J'avais le temps. Je me dirigeai lentement vers le centre de la ville.

La cathédrale Saint-Louis est fermée à clé toute la nuit, mais ces serrures-là n'étaient rien pour moi.

Je me plantai à l'avant de l'église, dans le foyer sombre, à fixer la rangée de cierges brûlant aux pieds de la statue de la Vierge. Les fidèles déposaient leurs offrandes dans le tronc de cuivre avant d'allumer les cierges. Ils appelaient cela des vigiles.

Souvent, je m'étais assis sur la place en début de soirée, à écouter ces gens aller et venir. J'aimais bien l'odeur de la cire ; j'aimais la petite église pleine d'ombre où rien semblait-il n'avait changé en plus d'un siècle. Je pris une profonde inspiration, puis je fouillai dans mes poches, en tirai deux ou trois dollars froissés que je fourrai dans la fente du tronc.

Je pris la longue mèche de cire, la trempai dans une flamme et apportai ce feu jusqu'à un cierge neuf, puis je regardai la petite langue devenir orange et se mettre à briller.

Quel miracle, pensai-je. Une toute petite flamme pouvait en faire tant d'autres ; une toute petite flamme pouvait mettre le feu au monde entier. Au fond, avec ce simple geste, n'avais-je pas augmenté la somme totale de lumière dans l'univers ?

Quel miracle et pour lequel il n'y aura jamais d'explication, pas de Dieu et de diable bavardant dans un café de Paris. Pourtant les théories insensées de David m'apaisaient quand j'y songeais dans mes rêveries. « Croissez et multipliez », a dit le Seigneur, le grand Seigneur, Yahvé : de la chair de deux êtres naît une multitude d'enfants, comme un grand feu de seulement deux petites flammes...

Il y eut un bruit soudain, net, distinct, qui résonna dans l'église comme un bruit de pas. Je me figeai sur place, très étonné de ne pas m'être aperçu que quelqu'un était là. Puis je me souvins de Notre-Dame et du bruit des pas de l'enfant sur les dalles. Une peur soudaine m'envahit. Elle était là, n'est-ce pas ? Si je regardais au coin, je la verrais cette fois, peut-être avec son bonnet sur la tête, ses boucles ébouriffées par le vent et ses mains enveloppées dans des mitaines de laine, et elle lèverait vers moi ses yeux immenses. Des cheveux d'or et des yeux magnifiques.

De nouveau un bruit. Comme je détestais cette peur !

Très lentement, je me retournai et je vis la silhouette bien reconnaissable de Louis émerger de l'ombre. Ce n'était que Louis. La lueur des cierges révéla peu à peu son visage placide et un peu émacié.

Il portait une méchante veste poussiéreuse, le col de sa chemise usée était ouvert et il semblait avoir un peu froid. Il s'approcha lentement de moi et posa sur mon épaule une main ferme.

« Il va encore t'arriver quelque chose d'épouvantable, dit-il, la lueur des cierges allumant d'exquis reflets dans ses yeux vert foncé. Tu vas y veiller. Je le sais.

— Je l'emporterai », dis-je avec un petit rire embarrassé, éprouvant une sorte de griserie à le voir. Puis je haussai les épaules. « Est-ce que tu ne sais pas encore ça ? Je l'emporte toujours. »

J'étais stupéfait qu'il m'eût trouvé ici, qu'il fût venu si près de l'aube. Et je tremblais encore de toutes mes folles imaginations, en songeant qu'elle était venue, venue comme dans mes rêves et que j'aurais bien voulu savoir pourquoi.

Soudain, je fus inquiet pour lui ; il semblait si fragile avec sa peau pâle et ses longues mains délicates. Et pourtant je sentais la force tranquille qui émanait de lui comme ç'avait toujours été le cas, la force de l'homme de réflexion qui ne fait rien impulsivement, de l'homme qui envisage tous les angles, qui choisit avec soin ses mots. De l'homme qui ne joue jamais avec le soleil qui va se lever.

Brusquement, il s'éloigna de moi et s'éclipsa sans bruit par la porte. Je sortis à sa poursuite, sans prendre la peine de refermer la porte derrière moi, ce qui était impardonnable, j'imagine, car il ne faut jamais troubler la paix des églises, et je le regardai marcher dans le froid noir du matin, en suivant le trottoir devant la Résidence Pontalba, de l'autre côté de la place.

Il se hâtait de son pas subtil et gracieux, à longues enjambées sans effort. La lumière arrivait, grise et mortelle, baignant d'un sourd éclat les vitrines au-dessus du toit en surplomb. Je pourrais la supporter pendant encore une demi-heure, peut-être. Pas lui.

Je me rendis compte que je ne savais pas où était caché son cercueil et s'il avait beaucoup de chemin à faire pour y arriver. Je n'en avais pas la moindre idée.

Avant d'arriver au coin le plus proche du fleuve, il se retourna. Il me fit un petit signe de la main et, dans ce geste, il y avait plus d'affection que dans tout ce qu'il avait dit.

Je m'en retournai pour fermer la porte de l'église.

CHAPITRE 8

Le soir suivant, je me rendis aussitôt à Jackson Square. Le terrible front froid avait fini par descendre jusqu'à La Nouvelle-Orléans, apportant avec lui un vent glacial. Ce genre de phénomène peut se produire à tout moment durant les mois d'hiver, même si certaines années on ne l'observe absolument pas. Je m'étais arrêté à mon appartement pour passer un gros manteau de lainage, ravi d'éprouver une telle sensation maintenant avec ma peau récemment bronzée.

Quelques rares touristes bravaient le mauvais temps pour se rendre dans les cafés et les pâtisseries encore ouvertes près de la cathédrale ; la circulation était bruyante et rapide. Derrière ses portes fermées, le vieux Café du Monde était plein à craquer.

Je le vis tout de suite. Quelle chance !

On avait fermé les grilles du square, comme on le faisait toujours maintenant à la tombée de la nuit, ce qui était bien agaçant, et il était dehors, tourné vers la cathédrale, jetant autour de lui des regards anxieux.

J'eus un moment pour l'examiner avant qu'il ne se rendit compte que j'étais là. Il était un peu plus grand que moi, sans doute 1,85 mètre, et, comme je l'avais déjà constaté, il était extrêmement bien bâti. Je ne m'étais pas trompé sur son âge. Le corps n'aurait pas pu avoir plus de vingt-cinq ans. Il portait des vêtements très luxueux : un imperméable doublé de fourrure, très bien coupé, et une grosse écharpe de cachemire rouge.

Quand il me vit, un spasme le traversa, de pure angoisse mêlée à du ravissement. Ce terrible sourire étincelant éclaira son visage et, essayant en vain de dissimuler son affolement, il me fixa tandis que je m'approchais du pas lent d'un humain.

« Ah ! mais c'est vrai que vous avez l'air d'un ange, monsieur de Lioncourt, murmura-t-il hors d'haleine, et comme votre peau bronzée est magnifique. Comme cela met en valeur votre beauté. Pardonnez-moi de ne pas vous l'avoir dit plus tôt.

— Ainsi, vous voici, Mr. James, dis-je en haussant les sourcils. Quelle est la proposition que vous avez à me faire ? Je ne vous aime pas, alors, faites vite.

— Ne soyez pas si grossier, monsieur de Lioncourt, dit-il. Ce serait une terrible erreur de m'offenser, vraiment. » Oui, il avait une voix exactement comme celle de David. Il était fort probablement de la même génération. Et, sans aucun doute, il y avait quelque chose en lui qui rappelait l'Inde.

« Vous avez tout à fait raison sur ce point, dit-il. J'ai passé bien des années en Inde. Et quelque temps également en Australie et en Afrique.

— Tiens, dis-je, vous pouvez donc lire très facilement mes pensées.

— Non, pas aussi facilement que vous pourriez le croire, et sans doute maintenant plus du tout.

— Je m'en vais vous tuer, repris-je, si vous ne me dites pas comment vous avez réussi à me suivre et ce que vous voulez.

— Vous savez ce que je veux, dit-il, en étouffant un rire sans joie, le regard fixé sur moi, puis se détournant. Je vous l'ai expliqué par l'intermédiaire des nouvelles, mais je ne peux pas parler ici dans ce froid glacial. C'est pire que Georgetown, au fait, c'est là que j'habite. J'espérais éviter ce genre de temps. Quelle idée vous a pris de me traîner à Londres et à Paris à cette époque de l'année ? » Nouvelle petite crise d'un rire sec et angoissé. De toute évidence, il ne pouvait pas me fixer plus d'une minute sans détourner les yeux, comme si j'étais une lumière aveuglante. « Il faisait un froid vif à Londres. J'ai horreur du froid. Ici, ce sont les tropiques, non ? Ah ! vous et vos nostalgies de neige hivernale. »

Cette dernière remarque m'abasourdit sans me laisser le

temps de le dissimuler. Un instant, je restai muet de rage, puis je me maîtrisai.

« Venez ; le café là-bas », dis-je en désignant le vieux Marché Français de l'autre côté de la place. Je traversai rapidement le trottoir. J'étais trop dérouté et trop excité pour risquer un mot de plus.

Le café était extrêmement bruyant, mais il y faisait bon. Je le précédai jusqu'à une table dans le coin le plus éloigné de la porte, commandai pour nous deux leur célèbre café au lait et m'assis là, dans un silence crispé, un peu distrait par le bois poisseux de la petite table et fasciné par l'homme qui, en frissonnant, dénoua nerveusement son écharpe rouge, puis la remit et ôta enfin ses gants de cuir fin, puis les fourra dans ses poches avant de les en ressortir et d'en passer un, puis de poser l'autre sur la table, de le reprendre ensuite et de l'enfiler aussi.

Il y avait quelque chose d'absolument horrible chez James, la façon dont ce corps splendide était envahi par son esprit tortueux et affolé, et par ses crises de rire. Je n'arrivais pourtant pas à détourner mes yeux de lui. J'éprouvais à l'observer je ne sais quel plaisir diabolique et je crois qu'il le savait.

Derrière ce beau visage sans défaut, se cachait une intelligence provocante. Il me fit comprendre combien j'étais devenu intolérant face à quelqu'un de vraiment jeune.

On déposa soudain le café devant nous et je posai mes mains nues autour de la tasse brûlante. Je laissai la vapeur monter vers mon visage. Il observait cela de ses grands yeux bruns clairs, comme si c'était lui qui était fasciné, et il s'efforçait maintenant de soutenir calmement mon regard, ce qui semblait lui être très difficile. Une bouche délicieuse, des cils fins, des dents parfaites.

« Bon sang, demandai-je, qu'est-ce qui vous prend ?

— Vous savez bien. Vous l'avez deviné. Je n'aime pas ce corps, monsieur de Lioncourt. Un voleur de corps a ses petits problèmes, vous savez.

— Et c'est ce que vous êtes ?

— Oui, un voleur de corps de première classe. Mais vous le saviez fort bien quand vous avez accepté de me voir, n'est-ce pas ? Il faut me pardonner si parfois je suis maladroit.

Presque toute ma vie j'ai été un homme mince, pour ne pas dire émacié. Jamais je n'ai été en aussi bonne santé. » Il poussa un soupir, une expression de tristesse passant un instant sur son visage juvénile.

« Mais ces chapitres-là sont maintenant clos, dit-il d'un ton soudain embarrassé. Laissez-moi en venir droit au fait, par respect pour votre extraordinaire intellect surnaturel et pour votre vaste expérience...

— Ne vous moquez pas de moi, petit pisseur ! murmurai-je. Si vous vous avisez de jouer avec moi, je vous mettrai lentement en pièces. Je vous l'ai dit, je ne vous aime pas. Même le petit titre dont vous vous parez ne me plaît pas. » Cela le réduisit au silence. Il se calma d'un coup. Peut-être sa colère s'était-elle apaisée, ou était-il pétrifié de terreur. C'était simplement, je crois, qu'il n'était plus aussi effrayé et qu'au lieu de cela une froide colère le gagnait.

« Très bien, dit-il doucement et calmement, toute frénésie disparue. Je veux faire un échange de corps avec vous. Je veux le vôtre pour une semaine. Je m'arrangerai pour que vous ayez ce corps-ci. Il a été minutieusement analysé et examiné juste avant que j'en prenne possession. Ou que je le vole. Il est très robuste : vous pouvez vous en rendre compte. De toute évidence il est robuste. Très robuste...

— Comment pouvez-vous faire cet échange ?

— Nous le ferons ensemble, monsieur de Lioncourt, dit-il très poliment, son ton devenant plus civil et plus courtois à chaque phrase qu'il prononçait. Il ne saurait être question de vol de corps quand j'ai affaire à une créature telle que vous.

— Mais vous avez essayé, n'est-ce pas ? »

Il m'examina un moment, ne sachant manifestement pas comment il devait répondre. « Oh ! vous ne pouvez pas me le reprocher maintenant, n'est-ce pas ? dit-il d'un ton implorant. Pas plus que je ne peux vous reprocher de boire du sang. » Il sourit en prononçant le mot « sang ». « En vérité, j'essayais simplement d'attirer votre attention, ce qui n'est pas chose facile. » Il paraissait songeur et parfaitement sincère. « D'ailleurs à un certain niveau il y a toujours coopération, même si c'est à un niveau très inconscient.

— Oui, répondis-je, mais il y a le problème mécanique, si le mot n'est pas trop vulgaire. Comment coopérerons-nous ! Soyez précis. Je ne crois pas que ce soit faisable.

— Oh, allons donc, bien sûr que vous le croyez », suggéra-t-il avec douceur, comme un professeur plein de patience. On aurait presque dit une imitation de David, mais sans la vigueur de celui-ci. « Comment sinon serais-je parvenu à m'emparer de ce corps ? » Il poursuivit avec un petit geste éloquent. « Nous nous retrouverons dans un endroit approprié. Puis nous sortirons de nos corps, ce que vous savez fort bien faire et que vous avez si éloquemment décrit dans vos ouvrages, et puis chacun prendra possession du corps de l'autre. Ça n'est vraiment pas grand-chose, il suffit d'un courage sans faille et de le décider. » Il souleva la tasse, sa main tremblant violemment et il but une gorgée du café brûlant. « Pour vous, l'épreuve ne demandera que du courage, rien de plus.

— Qu'est-ce qui me gardera bien ancré dans le nouveau corps ?

— Il n'y aura personne là-dedans, monsieur de Lioncourt, pour vous pousser dehors. C'est radicalement différent de la possession, vous comprenez. La possession est une bataille. Quand vous pénétrerez dans ce corps, vous n'y rencontrerez pas la moindre résistance. Vous pourrez y rester jusqu'au moment où vous choisirez de vous en dégager.

— C'est trop extraordinaire ! dis-je avec un agacement visible. Je sais qu'on a noirci des pages et des pages sur ces problèmes, mais il y a quelque chose qui ne va pas tout à fait...

— Permettez-moi d'essayer de mettre cela en perspective, dit-il, baissant la voix et sur un ton exquisement conciliant. C'est à la science que nous avons affaire ici, mais une science qui n'a pas encore été pleinement codifiée par des esprits scientifiques. Ce dont nous disposons, ce sont les mémoires de poètes et d'aventuriers de l'occulte, tout à fait incapables d'analyser ce qui se passe.

— Exactement. Comme vous l'avez observé, j'ai fait cela moi-même, j'ai voyagé hors de mon corps. Pourtant je ne sais pas ce qui se produit. Pourquoi le corps ne meurt-il pas quand on le quitte ? Je ne comprends pas.

— L'âme, tout comme le cerveau, se compose de plusieurs parties. Vous savez certainement qu'un enfant peut naître sans cervelet, pourtant le corps peut survivre s'il a ce qu'on appelle le tronc cérébral.

— Quelle horrible idée.

— Ça arrive tout le temps, je vous assure. Des victimes d'accidents au cours desquels le cerveau subit des dommages irréparables peuvent encore respirer et même bâiller dans leur sommeil tant que le cerveau inférieur fonctionne.

— Et peut-on posséder ce genre de corps ?

— Oh, non, il me faut un cerveau sain pour en prendre pleinement possession, je dois absolument disposer de toutes ses cellules en bon état de marche et capables de se souder à l'*esprit* envahisseur. Attention, monsieur de Lioncourt. Le cerveau n'est pas l'esprit. Je le répète, nous ne parlons pas de possession mais de quelque chose d'infiniment plus raffiné que cela. Permettez-moi, je vous prie, de continuer.

— Allez.

— Comme je le disais, l'âme se compose de plusieurs parties, tout comme le cerveau. La plus importante — identité, personnalité, conscience si vous voulez — c'est cela qui se libère et qui voyage ; mais il demeure une petite âme résiduelle. Elle garde le corps vide animé, en quelque sorte, car sinon cette vacuité, bien sûr, signifierait la mort.

— Je comprends. L'âme résiduelle anime le tronc cérébral ; c'est ce que vous voulez dire.

— Tout à fait. En vous sortant de votre corps, vous laisserez là une âme résiduelle. Et quand vous pénétrerez dans ce corps-ci, vous y trouverez également l'âme résiduelle. C'est la même que j'ai trouvée quand je suis entré en possession du corps. Et cette âme se soudera avec empressement à toute âme supérieure : elle a envie d'embrasser cette âme supérieure. Sans elle, elle se sent incomplète.

— Et quand survient la mort, les deux âmes s'en vont ?

— Précisément. Les deux âmes partent ensemble, l'âme résiduelle et l'âme plus grande dans une violente évacuation et le corps alors n'est plus qu'une coquille sans vie qui commence à se décomposer. » Il attendit, m'observant avec la même patience apparemment sincère, puis il reprit : « Croyez-moi, la véritable mort est un phénomène beaucoup plus fort. Il n'y a absolument aucun danger dans ce que nous nous proposons de faire.

— Si cette petite âme est si fichtrement réceptive, pourquoi ne puis-je pas, avec tout mon pouvoir, secouer hors de sa peau quelque petite âme mortelle et m'installer ?

— Parce que la partie plus importante de l'âme tenterait de recouvrer son corps, monsieur de Lioncourt ; même sans comprendre le processus, elle essaierait et essaierait encore. Les âmes ne veulent pas être sans corps. Et même si l'âme résiduelle fait bon accueil à l'envahisseur, quelque chose en elle reconnaît toujours l'âme particulière dont elle faisait jadis partie. S'il y a bataille, c'est cette âme-là qu'elle choisira. Et même une âme troublée est capable d'un grand effort pour recouvrer son enveloppe mortelle. »

Je ne dis rien, mais malgré les soupçons qu'il m'inspirait, en me rappelant de rester sur mes gardes, je trouvai dans tous ses propos une certaine logique.

« La possession est toujours une lutte sanglante, répéta-t-il. Regardez ce qui se passe avec des esprits mauvais, des fantômes et ce genre de choses. Ils finissent toujours par être chassés, même si le vainqueur ne sait jamais ce qui s'est passé. Quand l'exorciste arrive avec son encens, son eau bénite et tout son latin, il fait appel à cette âme résiduelle pour bouter dehors l'intruse et ramener l'âme d'autrefois.

— Mais avec cet échange fait en coopération, les deux âmes ont chacune un corps nouveau.

— Précisément. Croyez-moi, si vous pensez pouvoir sauter dans un corps humain sans mon assistance, eh bien, essayez donc et vous verrez ce que je veux dire. Vous n'aurez jamais vraiment l'expérience des cinq sens d'un mortel tant que la bataille fera rage à l'intérieur. »

Ses manières se firent encore plus prudentes, plus confidentielles ; « Regardez encore ce corps, monsieur de Lioncourt, dit-il avec une douceur enjôleuse. Il peut être à vous, absolument et authentiquement à vous. Voilà un an que vous l'avez vu pour la première fois à Venise. Depuis tout ce temps, il a donné l'hospitalité à un intrus. Il vous accueillera vous aussi.

— Où vous l'êtes-vous procuré ?

— Je l'ai volé, je vous l'ai dit, répondit-il. Son précédent propriétaire est mort.

— Il faut que vous soyez plus précis.

— Oh, vraiment ? Je déteste tant m'accuser.

— Je ne suis pas un mortel qui fait respecter la loi, Mr. James. Je suis un vampire. Exprimez-vous d'une façon que je puisse comprendre. »

Il eut un petit rire doucement ironique. « Le corps a été choisi avec soin, poursuivit-il. Son ancien propriétaire n'avait plus d'esprit. Oh ! il n'avait absolument aucune atteinte organique, pas la moindre. Comme je vous l'ai dit, il avait été minutieusement analysé. Il était devenu une sorte de grand animal tranquille de laboratoire. Il ne bougeait pas. Ne parlait pas. Sa raison avait été irrécupérablement brisée, même si les cellules saines du cerveau continuaient à fonctionner et à crépiter, comme elles ne demandent qu'à le faire. J'ai procédé à l'échange par étapes. Lui faire quitter son corps a été simple. Ce qui a demandé une certaine habileté, ça a été de l'attirer dans mon vieux corps et de le laisser là.

— Où est maintenant votre vieux corps ?

— Monsieur de Lioncourt, il n'y a absolument aucune possibilité que la vieille âme revienne jamais frapper à la porte ; ça, je vous le garantis.

— Je veux voir une image de votre vieux corps.

— Mais pourquoi donc ?

— Parce qu'elle me dira des choses sur vous, peut-être plus que vous-même n'êtes disposé à m'en confier. Je l'exige. Je ne poursuivrai pas sans cela.

— Ah non ? fit-il, conservant son sourire poli. Et si je me levais et que je m'en aille ?

— Dès que vous essaierez, je tuerai votre superbe corps tout neuf. Personne dans ce café ne s'en apercevra. On croira que vous êtes ivre et que vous avez trébuché dans mes bras. Je fais tout le temps ce genre de choses. »

Il resta silencieux, mais je sentais qu'il calculait fébrilement et puis je compris à quel point il savourait tout cela : c'était le cas depuis le début. Il était comme un grand acteur, profondément absorbé par le rôle le plus difficile de sa carrière.

Il me fit un sourire étonnamment séduisant puis, ôtant avec soin son gant droit, il prit un petit objet dans sa poche et le mit dans ma main. C'était une vieille photographie d'un homme décharné, à l'épaisse crinière blanche et bouclée. J'estimai qu'il avait une cinquantaine d'années. Il portait une sorte d'uniforme blanc avec un petit nœud papillon noir.

C'était en fait un homme tout à fait charmant, beaucoup plus délicat d'aspect que David, mais il avait le même genre d'élégance britannique et son sourire n'avait rien de déplaisant. Il était accoudé à la rambarde de ce qui aurait pu être le pont d'un navire. Mais oui, c'était bien un navire.

« Vous saviez que je vous demanderais cela, n'est-ce pas ?

— Tôt ou tard, dit-il.

— Quand cette photo a-t-elle été prise ?

— C'est sans importance. Pourquoi diable voulez-vous le savoir ? » Il trahit un rien d'agacement, mais le dissimula aussitôt. « C'était il y a dix ans, répondit-il en baissant légèrement le ton. Cela vous suffit-il ?

— Cela vous donne donc... quoi ? Dans les soixante-cinq ans, peut-être ?

— Je me contenterai de cela, dit-il avec un grand sourire complice.

— Comment avez-vous appris tout cela ? Pourquoi d'autres n'ont-ils pas mis au point ce petit tour ? »

Il me toisa, avec une certaine froideur, et je crus que son calme allait peut-être l'abandonner soudain. Puis il retrouva ses façons courtoises. « Bien des gens l'ont fait, dit-il, d'un ton très confidentiel. Votre ami David Talbot aurait pu vous le dire. Il ne l'a pas voulu. Il ment, comme tous ces sorciers du Talamasca. Ils sont religieux. Ils s'imaginent qu'ils peuvent contrôler les gens ; ils utilisent leurs connaissances pour cela.

— Comment connaissez-vous leur existence ?

— J'ai été membre de leur ordre, dit-il, une lueur de malice s'allumant dans ses yeux tandis qu'il souriait de nouveau. Ils m'ont flanqué dehors. Ils m'ont accusé d'utiliser mes pouvoirs pour mon profit personnel. Que faire d'autre, monsieur de Lioncourt ? A quoi utilisez-vous vos pouvoirs, sinon à votre profit ? »

Louis avait donc raison. Je ne dis rien. J'essayai de lire dans ses pensées, mais c'était inutile. Au lieu de cela, je ressentis fortement sa présence physique, l'ardeur qui émanait de lui, de la source brûlante de son sang. Succulent, voilà le mot qui convenait à ce corps, peu importait ce qu'on pouvait penser de son âme. Cette sensation me déplaisait car elle me donnait l'envie de le tuer maintenant.

« J'ai découvert votre existence par le Talamasca, continua-t-il en reprenant le même ton confidentiel. Bien sûr, je connaissais vos petits ouvrages de fiction. J'ai lu tout cela.

C'est pourquoi j'ai utilisé ces nouvelles pour communiquer avec vous. Mais c'est dans les archives du Talamasca que j'ai découvert que vos romans n'étaient en rien des fictions. »

J'enrageais sans rien dire en pensant que Louis avait deviné juste.

« Bon, dis-je. Je comprends tout ce que vous racontez sur la division du cerveau et la division de l'âme, mais imaginez que vous refusiez de me rendre mon corps après que nous aurons procédé à ce petit échange, et imaginez que je ne sois pas assez fort pour le recouvrer ; qu'est-ce qui vous empêchera de filer pour de bon avec mon corps ? »

Il resta un moment parfaitement silencieux, puis il répondit en articulant bien chaque mot :

« Un très gros enjeu.

— Ah !

— Dix millions de dollars sur un compte en banque qui m'attendront quand je reprendrai possession de ce corps-ci. » Il fouilla de nouveau dans la poche de son manteau et en tira une petite carte en plastique sur laquelle figurait une minuscule image de son nouveau visage. Il y avait, aussi, une empreinte bien nette, son nom, Raglan James, et une adresse à Washington.

« Vous pouvez certainement arranger cela. Une fortune qui ne peut être revendiquée que par l'homme à qui appartient ce visage et cette empreinte ? Vous ne vous imaginez pas que je voudrais perdre une fortune de cette ampleur, non ? D'ailleurs, je ne veux pas de votre corps pour toujours. Vous-même, *vous* ne le voulez pas pour toujours non plus, n'est-ce pas ? Vous avez été bien trop éloquent à propos de vos angoisses, de votre longue et bruyante descente en enfer, etc. Non. Je ne veux votre corps que pour un petit moment. Il y a bien des enveloppes charnelles de par le monde qui attendent que je prenne possession d'elles, bien des aventures qui m'attendent. »

J'examinai la petite carte.

« Dix millions, dis-je. C'est en effet une somme.

— Ça n'est rien pour vous, et vous le savez. Vous avez des milliards à l'abri dans des banques internationales sous tous vos pittoresques pseudonymes. Une créature dotée de vos redoutables pouvoirs peut acquérir toutes les richesses du monde. Il n'y a que les malheureux vampires de série B qui mènent à travers l'éternité une existence précaire : nous le savons tous les deux. »

Il essuya élégamment ses lèvres avec un mouchoir de lin, puis but une gorgée de café.

« J'ai été extrêmement intrigué, dit-il, par vos descriptions du vampire Armand dans *La Reine des Damnés*, la façon dont il utilisait ses précieux dons pour amasser une fortune et bâtir sa grande entreprise, l'Ile de Nuit, quel nom charmant. Cela m'a vraiment coupé le souffle. » Il sourit et poursuivit, d'un ton aussi aimable et suave qu'auparavant. « Je n'ai pas eu beaucoup de mal à retrouver la preuve de vos assertions et à les commenter, vous comprenez, même si, comme nous le savons tous deux, votre mystérieux camarade a depuis longtemps abandonné l'Ile de Nuit et a disparu du royaume des archives informatiques — du moins pour autant que je puisse en être certain... »

Je ne dis pas un mot.

« D'ailleurs, pour ce que je vous offre, dix millions, c'est une affaire. Qui d'autre vous a jamais fait pareille proposition ? Il n'y a personne à part moi — enfin, pour l'instant — qui le puisse ou qui le veuille.

— Et imaginez que moi, *je* n'aie pas envie de refaire l'échange à la fin de la semaine ? demandai-je. Imaginez que je veuille à jamais être humain ?

— Ça ne me gêne absolument pas, dit-il avec grâce. Je peux me débarrasser de votre corps à tout moment. Il y a une foule d'autres gens qui m'en délivreront. » Il me fit un sourire respectueux et admiratif.

« Qu'allez-vous faire de mon corps ?

— En profiter. Profiter de sa force, de sa puissance ! J'ai eu tout ce que le corps humain peut offrir : jeunesse, beauté, ressort, j'ai été dans le corps d'une femme, vous savez. Et soit dit en passant, je ne vous le recommande pas. J'ai envie maintenant de ce que *vous*, vous avez à offrir. » Il plissa les yeux et pencha la tête de côté. « S'il y avait des anges incarnés qui traînent, ma foi, je pourrais aborder l'un d'eux.

— Le Talamasca n'a pas trace d'ange dans ses archives ? »

Il hésita, puis eut un petit rire contenu. « Les anges sont de purs esprits, monsieur de Lioncourt, répliqua-t-il. C'est de corps que nous parlons, non ? J'aime m'adonner aux plaisirs de la chair. Et les vampires sont des monstres de chair, n'est-ce pas ? Ils s'engraissent de sang. » De nouveau, une lueur s'alluma dans ses yeux lorsqu'il prononça le mot « sang ».

« Qu'est-ce qui vous fait vibrer ? demandai-je. Je veux dire : vraiment. Quelle est votre passion ? Ce ne peut pas être l'argent. A quoi sert l'argent ? Qu'achèterez-vous avec ? Des expériences que vous n'avez pas connues ?

— Oui, je dirais que c'est cela. Des expériences que je n'ai pas eues. Je suis de toute évidence un sensualiste, faute d'un meilleur mot, mais si vous voulez savoir la vérité — et je ne vois pas pourquoi il y aurait entre nous de mensonges — je suis à tous égards un voleur. Je ne profite de quelque chose qu'à moins de l'avoir marchandé, subtilisé ou volé à quelqu'un. C'est ma façon de faire quelque chose à partir de rien, pourrait-on dire, qui me rend comparable à Dieu ! »

Il s'arrêta comme s'il était si impressionné par ce qu'il venait de dire qu'il lui fallait reprendre son souffle. Une lueur dansait dans ses yeux, puis il baissa son regard vers sa tasse de café à moitié vide et me lança un long sourire secret.

« Vous me suivez, n'est-ce pas ? demanda-t-il. Ces vêtements, je les ai volés, ajouta-t-il. Tout ce qu'il y a dans ma maison de Georgetown a été volé : chaque meuble, chaque tableau, le moindre objet d'art. La maison elle-même a été volée ou dirons-nous on m'en a signé l'acte de vente dans une fondrière d'impressions erronées et de faux espoirs. Je crois qu'on appelle ça de l'escroquerie ? Ou cela revient au même. » Il eut de nouveau un sourire orgueilleux et, avec une telle intensité, semblait-il, que j'en restai stupéfait. « Tout l'argent que je possède est de l'argent volé. Il en va de même pour la voiture que je conduis à Georgetown. Et des billets d'avion dont je me suis servi pour vous pourchasser à travers le monde. »

Je ne réagis pas. Comme il était étrange, songeai-je, intrigué par le personnage, qui pourtant me répugnait encore, malgré toute son aménité et son apparente franchise. C'était un numéro, mais proche de la perfection. Et puis ce visage ensorceleur, qui paraissait à chaque nouvelle révélation être plus mobile, plus expressif, plus accommodant. Je me secouai. Il me fallait en savoir plus.

« Comment avez-vous réussi à me suivre ainsi ? Comment saviez-vous où j'étais ?

— Pour être parfaitement franc avec vous, de deux façons. La première est évidente. Je peux quitter mon corps pour de brèves périodes et, dans ces moments-là je peux vous rechercher sur de grandes distances. Mais je n'aime pas du tout ce genre de voyage astral. Et puis, bien sûr, vous n'êtes pas facile à trouver. Vous vous cachez pendant de longues périodes ; puis vous flamboyez sans craindre d'être visible ; et, bien entendu, vous vous déplacez sans qu'on puisse deviner votre itinéraire. Souvent, le temps que je vous aie repéré et que j'aie amené mon corps sur place, vous aviez disparu.

« Il y a encore une autre méthode, presque aussi magique : les systèmes informatiques. Vous utilisez de nombreux pseudonymes. J'ai réussi à en découvrir quatre. Souvent je ne suis pas assez rapide pour vous rattraper grâce à l'ordinateur. Mais je peux examiner vos traces. Et quand vous revenez sur vos pas, je sais où aller. »

Je ne dis rien, m'émerveillant simplement encore une fois de voir combien il savourait tout cela.

« J'aime vos goûts en matière de villes, dit-il. J'aime votre goût en matière d'hôtels, le Hassler à Rome, le Ritz à Paris, le Stanhope à New York et, naturellement, le Park Central à Miami, ce ravissant petit hôtel. Oh ! n'ayez pas l'air si méfiant. Ce n'est rien du tout de traquer les gens par les systèmes informatiques. Il suffit d'acheter des secrétaires pour qu'elles vous montrent un reçu de carte de crédit, de houspiller des employés de banque pour leur faire révéler des informations qu'on leur a dit de garder pour eux. Ces tours-là marchent généralement parfaitement bien. Inutile d'être un tueur surnaturel pour y arriver. Non, pas du tout.

— Vous utilisez l'informatique pour voler de l'argent ?

— Quand je le peux, dit-il avec un petit sourire crispé. Je vole de n'importe quelle façon. Rien ne me paraît indigne. Mais je n'ai aucun moyen de voler dix millions de dollars. Si je le pouvais, je ne serais pas ici maintenant, n'est-ce pas ? Je ne suis pas malin à ce point-là. J'ai été pris deux fois. J'ai fait de la prison. C'est là où j'ai perfectionné les moyens de voyager hors du corps, puisqu'il n'y avait pas d'autres méthodes. » Il eut un sourire sarcastique.

« Pourquoi me racontez-vous tout cela ?

— Parce que votre ami David Talbot va le faire. Et parce que je crois que nous devrions nous comprendre. Je suis las de prendre des risques. Cette fois, c'est le gros coup : votre corps — et dix millions de dollars quand j'y renonce.

— Qu'est-ce que ça peut vous faire ? interrogeai-je. Tout ça me paraît si mesquin, si peu de chose.

— Dix millions, c'est peu de chose ?

— Mais oui. Vous avez échangé un vieux corps contre un neuf. Vous voilà de nouveau jeune ! Et la prochaine étape, si j'y consens, ce sera mon corps, mes pouvoirs. C'est l'argent qui vous importe. En fait, c'est juste l'argent et rien d'autre.

— Ce sont les deux ! dit-il d'un ton de défi. Les deux sont très similaires. » Au prix d'un effort délibéré, il retrouva son sang-froid. « Vous ne vous en rendez pas compte, parce que vous avez acquis simultanément votre fortune et votre pouvoir, dit-il. L'immortalité et un grand cercueil plein d'or et de joyaux. Ça n'était pas ça, l'histoire ? Vous êtes sorti immortel de la tour de Magnus et avec la rançon d'un roi. Ou bien ce récit est-il un mensonge ? Vous êtes assez réel, c'est évident. Mais je ne sais pas tout sur ces histoires que vous écrivez. Vous devriez pourtant comprendre ce que je dis. Vous êtes un voleur vous-même. »

Je sentis aussitôt la colère m'envahir. Tout d'un coup, il me dégoûtait encore plus profondément que quand il était dans cet état de tremblante inquiétude lorsque nous nous étions assis à cette table.

« Je ne suis pas un voleur, dis-je calmement.

— Mais si, répliqua-t-il avec une étonnante compassion. Vous volez toujours vos victimes, vous le savez bien.

— Non, je ne le fais jamais à moins... à moins d'y être obligé.

— Comme vous voudrez. Je pense que vous êtes un voleur. » Il se pencha en avant, les yeux de nouveau étincelants tandis qu'il poursuivait en pesant ses mots. « Vous volez le sang que vous buvez, vous ne pouvez pas dire le contraire.

— Que s'est-il vraiment passé entre vous et le Talamasca ? demandai-je.

— Je vous l'ai dit, répondit-il. Le Talamasca m'a expulsé. On m'a accusé d'utiliser mes dons afin d'obtenir des renseignements pour mon usage personnel. On m'a accusé de fraude. Et de vol, bien sûr. Ils ont été très stupides et imprévoyants, vos amis du Talamasca. Ils m'ont complètement sous-estimé. Ils auraient dû m'évaluer, m'étudier. Ils m'auraient supplié de leur enseigner ce que je sais.

« Au lieu de cela, ils m'ont mis à la porte. Avec six mois d'indemnités. Une misère. Et ils ont refusé ma dernière requête : un billet de première classe pour l'Amérique à bord du *Queen Elizabeth II*. Ç'aurait été si simple pour eux d'exaucer mon souhait. Ils me devaient bien cela, après tout ce que je leur avais révélé. Ils auraient dû le faire. » Il soupira, me lança un coup d'œil, puis baissa les yeux vers son café. « Ce sont de petits détails comme ça qui comptent en ce monde. Ils comptent beaucoup. »

Je ne répondis pas. Je regardai de nouveau la photo, le personnage sur le pont du navire, mais je ne suis pas sûr qu'il y fît attention. Son regard était perdu dans la salle bruyante du café, s'attardant sur les murs, le plafond et parfois les touristes mais sans remarquer aucun d'eux.

« J'ai essayé de marchander avec eux, dit-il, retrouvant un ton doux et mesuré. Au cas où ils auraient voulu le retour de quelques objets, ou la réponse à quelques questions... vous savez. Mais ils n'ont pas voulu en entendre parler, pas eux ! Et l'argent ne compte pas pour ces gens-là, pas plus que pour vous. Ils étaient trop mesquins pour même envisager cela. Ils m'ont donné un billet d'avion en classe touriste et un chèque représentant six mois de salaire. Six mois de salaire ! Oh ! j'en ai tellement assez de toutes ces petites vicissitudes !

— Qu'est-ce qui vous a fait croire que vous pourriez les duper ?

— Mais je les *ai* dupés bel et bien, dit-il, un petit sourire faisant briller ses yeux. Ils ne font pas très attention à leurs inventaires. Ils ne se doutent absolument pas de ce que j'ai réussi à m'approprier de leurs petits trésors. Ils ne s'en douteront jamais. Bien sûr, le vrai vol, c'était vous : le secret de votre existence. Ah ! découvrir ce petit coffre plein de reliques a été un tel coup de chance. Comprenez bien, je n'ai rien pris de vos possessions d'autrefois : redingotes pourries de vos placards de La Nouvelle-Orléans, parchemins avec votre belle signature, tenez, il y avait même un médaillon avec une miniature de cette maudite enfant...

— Surveillez vos paroles », murmurai-je.

Il se tut. « Je suis désolé. Vraiment, je ne voulais pas vous offenser.

— Quel médaillon ? » interrogeai-je. Pouvait-il entendre le battement de mon cœur qui s'accélérait soudain ? Je m'efforçai de le calmer, d'empêcher la chaleur de me monter une nouvelle fois au visage.

Quel air humble il prit pour me répondre. « Un médaillon d'or au bout d'une chaîne, avec une petite miniature ovale à l'intérieur. Oh ! je ne l'ai pas volé. Je vous le jure. Je l'ai laissé là-bas. Demandez à votre ami Talbot. Il est toujours dans le coffre. »

J'attendis, ordonnant à mon cœur de s'apaiser et chassant de mon esprit toute image de ce médaillon. Puis je repris : « Quand même, le Talamasca vous a surpris et vous a mis dehors.

— Vous n'avez pas besoin de continuer à m'insulter, dit-il humblement. Nous pouvons parfaitement conclure notre petit marché sans échanger des phrases désagréables. Je suis tout à fait navré d'avoir parlé de ce médaillon, je ne...

— Il faut que je réfléchisse à votre proposition, dis-je.

— Ça pourrait être une erreur.

— Pourquoi ?

— Lancez-vous ! Agissez vite. Agissez maintenant. Et n'oubliez pas, je vous prie, si vous me causez quelque tort, vous laisserez à jamais passer cette occasion. Je suis la seule clé de cette expérience ; utilisez-moi ou vous ne saurez jamais ce que c'est que de redevenir un être humain. » Il m'attira près de lui, si près que je sentais son haleine sur ma joue. « Vous ne saurez jamais ce que c'est que de marcher au soleil, de savourer tout un repas de vraie nourriture, de faire l'amour à une femme ou à un homme.

— Je veux que vous partiez d'ici maintenant. Quittez cette ville et ne revenez jamais. Quand je serai prêt, je viendrai vous trouver à votre adresse de Georgetown. Cet échange ne sera pas pour une semaine. En tout cas, pas la première fois. Ce sera...

— Puis-je suggérer deux jours ? »

Je ne répondis pas.

« Et si nous commencions par un seul jour ? proposa-t-il. Si ça vous plaît, nous pourrons alors prendre nos dispositions pour une période plus longue ?

— Un jour, dis-je, ma voix me paraissant très bizarre. Une période de vingt-quatre heures... pour la première fois.

— Un jour et deux nuits, dit-il avec calme. Permettez-moi de suggérer le mercredi qui vient, sitôt après le coucher du soleil, comme vous l'aimez. Nous ferons le second échange tôt vendredi, avant l'aube. »

Je ne répondis pas.

« Vous avez ce soir et demain soir pour faire vos préparatifs, dit-il d'un ton enjôleur. Après l'échange, vous aurez toute la nuit de mercredi et toute la journée de jeudi. Bien sûr, vous aurez aussi jeudi soir jusqu'à... disons deux heures avant le lever du soleil vendredi ? Voilà qui devrait vous laisser le temps. »

Il m'examina avidement, puis son angoisse le reprit : « Oh ! et apportez avec vous un de vos passeports. Peu m'importe lequel. Il me faut un passeport, quelques cartes de crédit et de l'argent dans mes poches en plus des dix millions. Vous comprenez ? »

Je ne dis rien.

« Vous savez que ça marchera. »

Je ne répondis pas davantage.

« Croyez-moi, tout ce que je vous ai dit est vrai. Demandez à Talbot. Je ne suis pas né dans le corps de ce bel individu que vous voyez devant vous. Et en cet instant même cette enveloppe charnelle vous attend. »

Je restai silencieux.

« Venez me trouver mercredi, dit-il. Vous ne le regretterez pas. » Il marqua un temps, puis ses manières devinrent encore plus douces. « Écoutez, je... j'ai l'impression de vous connaître, dit-il, d'une voix qui n'était plus qu'un murmure. Je sais ce dont vous avez envie ! C'est épouvantable d'avoir envie de quelque chose et de ne pas l'avoir. Ah ! et puis de savoir que c'est à votre portée. »

Je levai lentement la tête pour le regarder dans les yeux. Le beau visage était paisible, sans la moindre expression et les yeux avaient dans leur fragilité et la précision de leur regard quelque chose de miraculeux. La peau elle-même paraissait souple et sous mes doigts me faisait l'effet du satin. Puis la voix revint, dans un demi-murmure séducteur, les mots tintés de tristesse.

« C'est quelque chose que seuls vous et moi pouvons faire, reprit-il. Dans une certaine mesure, c'est un miracle que seuls vous et moi pouvons comprendre. »

Le visage soudain me parut monstrueux dans sa tranquille beauté. Même la voix semblait monstrueuse avec son timbre charmant et son éloquence conquérante, si vibrante de compassion et même d'affection, peut-être même d'amour.

J'éprouvais l'envie de saisir cette créature à la gorge ; l'envie de la secouer jusqu'à lui faire perdre son sang-froid et son apparence de sentiments profonds, mais je n'aurais pas rêvé de le faire en réalité. J'étais fasciné par son regard et par sa voix. Je me laissais être fasciné, comme j'avais laissé s'abattre sur moi ces premières impressions physiques d'être attaqué. Et l'idée me vint que je tolérais cela simplement parce que cet être me semblait si fragile, si stupide et que j'étais sûr de ma propre force.

Mais c'était un mensonge. J'avais envie de le faire ! J'avais envie de procéder à cet échange.

Ce fut seulement au bout d'un long moment qu'il détacha son regard pour le promener sur le café. Attendait-il son heure ? Que se passait-il dans son âme complice et fourbe ! Une créature qui pouvait voler des corps ! Qui pouvait vivre dans l'enveloppe charnelle d'autrui.

D'un geste lent, il prit un stylo dans sa poche, déchira une des serviettes en papier et écrivit le nom et l'adresse d'une banque. Il me donna le papier, je le pris et le glissai dans ma poche. Sans dire un mot.

« Avant que nous fassions l'échange, je vous donnerai mon passeport, dit-il, en me scrutant à chaque mot qu'il prononçait. Celui avec le visage correct, bien sûr. Vous serez confortablement installé dans ma maison. Je suppose que vous aurez de l'argent dans vos poches. Vous en avez toujours. Vous la trouverez tout à fait charmante, ma maison. Vous aimerez Georgetown. » Ses mots étaient comme des doigts légers pianotant sur le revers de ma main, agaçants mais avec en même temps quelque chose de vaguement excitant. « C'est un endroit tout à fait civilisé, une vieille demeure. Évidemment, il neige là-bas. Vous vous en rendez compte. Il fait très froid. Si vraiment vous ne voulez pas le faire dans un climat froid...

— La neige ne me gêne pas, murmurai-je.

— Non, bien sûr. Allons, je m'assurerai de vous laisser un bon assortiment de tenues d'hiver, dit-il du même ton conciliant.

— Aucun de ces détails ne compte », dis-je. Quel imbécile il était de croire qu'ils avaient de l'importance. Je sentais mon cœur battre.

« Oh, je n'en suis pas sûr, dit-il. Quand vous serez humain, vous découvrirez peut-être que beaucoup de choses ont de l'importance. »

Pour vous, peut-être, songeai-je. Tout ce qui m'importe, c'est d'être dans ce corps et d'être en vie. Je croyais revoir la neige de ce dernier hiver en Auvergne. Je revoyais le soleil ruisselant sur les montagnes... Je revoyais le petit prêtre de l'église du village, frissonnant dans la grande salle en se plaignant à moi des loups qui descendaient la nuit jusqu'au village. Bien sûr que j'irais chasser les loups. C'était mon devoir.

Peu m'importait qu'il eût ou non lu ces pensées.

« Ah ! n'avez-vous pas envie de goûter de la bonne chère ? N'avez-vous pas envie de boire du bon vin ? Et, au fait, que diriez-vous d'une femme, ou d'un homme ? Bien sûr, il vous faudra de l'argent et une maison plaisante. »

Je ne répondis rien. Je voyais le soleil sur la neige. Mon regard parcourut lentement son visage. Je songeai combien il me paraissait étrangement gracieux dans cette nouvelle tentative pour me persuader, combien en fait il ressemblait à David.

Il allait continuer son évocation des luxes de la vie quand d'un geste je lui imposai le silence.

« Bon, dis-je. Je crois que vous me verrez mercredi. Voulez-vous que nous disions une heure après la tombée de la nuit ? Oh ! et il faut que je vous prévienne. Cette fortune de dix millions de dollars, elle ne sera à votre disposition que pendant deux heures mercredi matin. Il faudra vous présenter en personne pour la réclamer. » En cet instant, je lui donnai une petite tape sur l'épaule. « Cette personne-ci, évidemment.

— Évidemment. J'attends cela avec impatience.

— Mais il vous faudra un code d'accès pour effectuer la transaction. Et vous ne l'apprendrez de moi que quand vous me rendrez mon corps comme convenu.

— Non. Pas de code d'accès. Le transfert des fonds doit être effectué irrévocablement avant la fermeture de la banque mercredi après-midi. Tout ce que j'aurai à faire le vendredi suivant sera de me présenter comme mandaté par vous, laisser prendre mes empreintes digitales si vous insistez et ensuite la banque transférera l'argent. »

Je restai silencieux ; je réfléchissais.

« Après tout, mon bel ami, dit-il, imaginez que votre journée comme être humain ne vous plaise pas ? Si vous n'aviez pas l'impression d'en avoir eu pour votre argent ?

— J'en aurai pour mon argent, murmurai-je, me parlant surtout à moi-même.

— Non, reprit-il avec patience mais en insistant. Pas de code d'accès. »

Je l'examinai. Il me sourit et il m'apparut presque innocent et vraiment jeune. Seigneur, cela avait dû représenter *quelque chose* pour lui cette vigueur juvénile. Comment n'aurait-elle pas pu l'éblouir, ne serait-ce qu'un moment ? Au début, peut-être, il avait déjà dû estimer qu'il avait atteint tout ce qu'il pourrait jamais désirer.

« Loin de là ! » s'écria-t-il soudain, comme s'il ne pouvait empêcher les mots de sortir de ses lèvres.

Je ne pus maîtriser mon rire.

« Laissez-moi vous dire un petit secret à propos de la jeunesse, déclara-t-il avec une brusque froideur. Bernard Shaw a dit que c'était du gâchis d'en faire profiter les jeunes, vous vous rappelez cette petite remarque amusante et un peu surfaite.

— Oui.

— Eh bien, pas du tout. Les jeunes savent combien la jeunesse peut être difficile et vraiment épouvantable. Leur jeunesse est un gâchis pour tous les autres, c'est cela l'horreur. Les jeunes n'ont pas d'autorité, pas de respect.

— Vous êtes fou, dis-je. Je ne pense pas que vous fassiez très bon usage de ce que vous volez. Comment pourriez-vous ne pas être excité par cette simple énergie de la jeunesse ?

Vous repaître de la beauté dont vous voyez le reflet dans les yeux de ceux qui vous regardent, partout où vous allez ? »

Il secoua la tête. « A vous d'en profiter. Le corps est jeune comme vous avez toujours été jeune. Sa pure énergie, comme vous dites, vous excitera. Vous allez vous repaître de ces regards adorateurs. » Il s'interrompit. Il but la dernière gorgée de son café et contempla le fond de sa tasse.

« Pas de code d'accès, dit-il poliment.

— Très bien.

— Ah ! bon, reprit-il avec un chaleureux sourire étonnamment rayonnant. Rappelez-vous, pour cette somme-là, je vous ai proposé une semaine, dit-il. C'est vous qui avez décidé de vous limiter à un jour plein. Peut-être après y avoir goûté voudrez-vous un temps beaucoup plus long.

— Peut-être », dis-je. De nouveau j'étais troublé de le voir, de voir cette grande main tiède maintenant gantée.

« Et un nouvel échange vous coûtera encore une belle somme, dit-il gaiement, tout sourire maintenant, en disposant son foulard sous ses revers.

— Oui, bien sûr.

— L'argent *ne* compte vraiment *pas* pour vous, n'est-ce pas ? demanda-t-il d'un ton songeur.

— Pas le moins du monde. » Quelle tragédie, songeai-je, qu'il compte tant pour toi.

« Allons, peut-être devrais-je prendre congé maintenant et vous laisser faire vos préparatifs. Je vous reverrai mercredi comme prévu.

— N'essayez pas de me faire faux bond », dis-je à voix basse, en me penchant un peu en avant puis en levant la main pour lui effleurer le visage.

Ce geste de toute évidence l'alarma. Il se figea, comme un animal qui dans un bois sentirait soudain un danger alors qu'il n'y en avait aucun auparavant. Mais son expression resta calme et je laissai mes doigts posés sur sa peau rasée de près.

Puis je les déplaçai lentement vers le bas, pour sentir la fermeté de sa mâchoire, et je posai ensuite ma main sur son cou. Là aussi, le rasoir était passé, laissant sa légère ombre bleutée. La peau était ferme, étonnamment musclée et il émanait d'elle un parfum pur et juvénile tandis que je voyais la sueur perler sur son front et ses lèvres esquisser un sourire gracieux.

« Vous avez sûrement savouré juste un peu le plaisir d'être jeune », murmurai-je sous cape.

Il sourit, comme s'il savait à quel point ce sourire pouvait être rayonnant et séducteur.

« Je fais les rêves des jeunes, répondit-il. Et ils rêvent toujours d'être plus vieux, plus riches, plus sages et plus forts, vous ne croyez pas ? »

J'eus un petit rire.

« Je serai là mercredi soir, dit-il avec la même sincérité persuasive. Vous pouvez en être certain. Allons, cela marchera, je vous le promets. » Il se pencha en avant et murmura : « Vous allez être à l'intérieur de ce corps ! » Et une fois de plus il me sourit de l'air le plus charmant et le plus prévenant. « Vous verrez.

— Je veux que vous quittiez maintenant La Nouvelle-Orléans.

— Ah ! mais oui, immédiatement », dit-il. Et, sans un mot de plus, il se leva, reculant devant moi, puis il s'efforça de dissimuler la peur qui l'envahissait soudain. « J'ai déjà mon billet, dit-il. Je n'aime pas votre sale petit trou des Caraïbes. » Il émit un petit rire modeste, presqu'un joli rire. Puis il poursuivit comme un sage professeur réprimandant un étudiant. « Nous bavarderons davantage quand vous viendrez à Georgetown. Et n'essayez pas de m'espionner d'ici là. Je le saurai si vous le faites. J'excelle à repérer ce genre de chose. Même le Talamasca est stupéfait de mes pouvoirs. Ils auraient dû me garder dans leur sein ! Ils auraient dû m'étudier. » Il s'arrêta.

« Je vous espionnerai de toute façon, dis-je du même ton sourd et prudent. Peu m'importe vraiment que vous le sachiez ou non. »

Il se remit à rire, d'un petit rire étouffé mais sous lequel on sentait couver la colère, puis il me fit un petit signe de tête et se précipita vers la porte. Il était redevenu la créature maladroite et gauche, bouillant d'une folle excitation. Et comme c'était tragique, car ce corps assurément, avec une autre âme à l'intérieur, pourrait avoir les mouvements d'une panthère.

Je le rattrapai sur le trottoir, le faisant sursauter, infligeant même une peur bleue à son petit esprit plein de pouvoirs psychiques. Nous nous regardions presque dans le blanc des yeux.

« Que voulez-vous faire de mon corps ? interrogeai-je. Je veux dire, à part fuir le soleil chaque matin comme si vous étiez un insecte nocturne ou une limace géante ?

— Qu'est-ce que vous croyez ? dit-il, jouant de nouveau le charmant gentleman anglais avec une totale sincérité. J'ai envie de boire du sang. » Il ouvrit de très grands yeux et se pencha plus près. « Je veux prendre la vie en le buvant. C'est bien le but, n'est-ce pas ? Vous ne leur volez pas seulement leur sang, mais leur existence. Je n'ai jamais rien volé d'aussi précieux à personne. » Il me lança un sourire entendu. « Le corps, oui, mais pas le sang ni la vie. »

Je le laissai aller, reculant aussi brusquement qu'il l'avait fait avec moi un instant plus tôt. Mon cœur battait à tout rompre et je sentais un frisson me parcourir tandis que je le contemplais, que je fixais ce beau visage apparemment innocent.

Il souriait toujours. « Vous êtes un voleur par excellence, dit-il. Chaque souffle qui vous emplit les poumons est volé ! Oh ! oui, il me faut votre corps. Il faut que je fasse cette expérience. Pénétrer dans les dossiers du Talamasca sur les vampires était un triomphe, mais posséder votre corps et voler du sang pendant que je me trouve à l'intérieur ! Ah, voilà qui dépasse mes plus beaux exploits ! Vous êtes le voleur absolu.

— Éloignez-vous de moi, murmurai-je.

— Oh ! allons, ne soyez pas si délicat, dit-il. Vous détestez quand d'autres gens vous font cela. Vous êtes quelqu'un de très privilégié, Lestat de Lioncourt. Vous avez trouvé ce que cherchait Diogène. Un homme ! » Encore un large sourire, puis une sourde volée d'un rire frémissant, comme s'il ne pouvait le contenir plus longtemps. « Je vous verrai mercredi. Il faudra que vous veniez de bonne heure. Je veux autant de la nuit que je peux. »

Il tourna les talons et sortit en hâte, hélant frénétiquement un taxi, puis fonçant dans le flot de la circulation pour monter de force dans une voiture qui venait tout juste de s'arrêter, manifestement pour quelqu'un d'autre. Une petite discussion s'ensuivit mais il l'emporta aussitôt, claquant la portière au visage de l'autre client tandis que la voiture s'éloignait rapidement. Je le vis me faire un clin d'œil à travers la vitre sale et un geste de la main. Puis son taxi et lui disparurent.

J'étais malade de désarroi. Je restai là, incapable de bouger. La nuit, malgré sa fraîcheur, était animée et emplie de la rumeur mêlée des touristes qui passaient et des automobiles ralentissant en traversant la place. Sans intention délibérée, sans utiliser de mots, je cherchai à la voir comme elle pouvait être en plein soleil, je cherchai à imaginer le ciel au-dessus de cet endroit d'un bleu révoltant.

Puis lentement je remontai le col de mon manteau.

Je marchai des heures. Je ne cessais d'entendre à mes oreilles cette belle voix cultivée.

Vous ne volez pas seulement leur sang, mais leur existence. Je n'ai jamais rien volé d'aussi précieux à personne. Le corps, oui, mais pas le sang ni la vie.

Je n'aurais pas pu affronter Louis. Je ne pouvais pas supporter l'idée de parler à David. Et si Marius avait vent de cette affaire, elle était terminée avant même d'être commencée. Qui savait ce que Marius me ferait pour même concevoir une pareille idée ? Et pourtant Marius, avec toute sa vaste expérience, devait bien savoir si c'était un projet réel ou imaginaire ! Grand Dieu, Marius n'avait-il jamais eu envie de le faire lui-même ?

Je retournai enfin à mon appartement, j'éteignis les lumières et je m'affalai sur le sofa de doux velours devant la paroi vitrée et sombre pour regarder la ville en contrebas.

Rappelez-vous, si vous me causez un tort, vous laisserez à jamais passer cette occasion... Recourez à moi ou bien vous ne saurez jamais ce que c'est d'être de nouveau un être humain... vous ne saurez jamais ce que c'est de marcher dans le soleil, de savourer tout un repas de vraie nourriture, de faire l'amour à une femme ou à un homme.

Je songeai à la faculté d'émerger de son enveloppe matérielle. Ce pouvoir-là ne me plaisait pas, et cela ne me venait pas spontanément, cette projection astrale, comme on l'appelait, cet esprit voyageur. A dire vrai, je l'avais utilisé si peu de fois que j'aurais pu les compter sur les doigts d'une main.

Et au milieu de toutes mes souffrances dans le désert de Gobi, je n'avais pas tenté de quitter mon enveloppe matérielle, pas plus que je n'en avais été expulsé ni que j'en eusse même envisagé la possibilité.

En fait, l'idée d'être détaché de mon corps — de flotter,

sans pouvoir quitter le monde des vivants et sans pouvoir trouver une porte vers le ciel ou l'enfer — me terrifiait absolument. Et que dans ce genre de déplacement, l'idée d'une âme désincarnée ne puisse pas franchir à son gré les portes de la mort m'était clairement apparue dès la première fois où j'avais tenté ce petit tour. Mais entrer dans le corps d'un mortel ! M'ancrer là, marcher, sentir, voir comme un mortel, ah ! je ne pouvais maîtriser mon excitation. Cela devenait une vraie souffrance.

Après l'échange vous aurez toute la nuit de mercredi et toute la journée de jeudi. Toute la journée de jeudi, toute la journée...

Pour finir, peu avant le matin, j'appelai mon agent de New York. Cet homme ignorait complètement l'existence de mon agent de Paris. Il ne me connaissait que sous deux noms. Et cela faisait bien des lunes que je ne m'étais servi ni de l'un ni de l'autre. Il était très peu probable que Raglan James eût connaissance de ces identités et de leurs diverses ressources. Cela me semblait la méthode la plus simple à suivre.

« J'ai du travail pour vous, un travail très compliqué. Et qu'il faut exécuter immédiatement.

— Bien monsieur, comme toujours, monsieur.

— Parfait, voici le nom et l'adresse d'une banque de Washington. Je veux que vous notiez... »

CHAPITRE 9

Le soir suivant, je remplis tous les documents nécessaires pour le transfert de dix millions de dollars américains et j'adressai les papiers par coursier à la banque de Washington ainsi que la carte d'identité avec photo de Mr. Raglan James, un récapitulatif complet de mes instructions écrit de ma propre main et avec la signature de Lestan Gregor qui, pour diverses raisons, était le meilleur nom à utiliser dans toute cette affaire.

Comme je l'ai mentionné, mon agent de New York me connaissait aussi sous un autre pseudonyme, et nous convînmes que ce nom-là ne figurerait nulle part dans cette transaction et que, si j'éprouvais le besoin de contacter mon agent, cet autre nom et deux nouveaux codes d'accès lui donneraient pouvoir d'effectuer les transferts d'argent sur de seules instructions verbales.

Quant au nom de Lestan Gregor, il ne devrait en rester aucune trace sitôt que Mr. James entrerait en possession de ces dix millions de dollars. Tous les autres avoirs de Mr. Gregor étaient maintenant transférés à mon autre nom — qui, au fait, était Stanford Wilde, encore que cela n'ait guère d'importance aujourd'hui. Tous mes agents sont habitués à ce genre de bizarres instructions — mouvements de fonds, disparition d'identités et autorisation de me câbler des fonds où que je puisse être dans le monde sur un simple coup de téléphone. Mais je perfectionnai le système. Je donnai des codes d'accès bizarres et difficiles à prononcer. En bref, je fis tout ce que je pouvais pour améliorer la sécurité protégeant mes diverses identités et pour fixer aussi fermement que possible les termes du transfert des dix millions.

A dater de mercredi midi, l'argent serait sur un compte spécial à la banque de Washington d'où il ne pourrait être retiré que par Mr. Raglan James, et seulement entre dix heures et midi le vendredi suivant. Mr. James fournirait la preuve de son identité en ayant un physique conforme à sa photo, en donnant l'empreinte de son doigt et en fournissant sa signature avant que l'argent fût versé sur son compte. A douze heures une, toute la transaction serait nulle et non avenue et l'argent serait renvoyé à New York. Mr. James devrait s'entendre expliquer toutes ces conditions le mercredi après-midi au plus tard, avec l'assurance que rien ne pourrait empêcher ce transfert si l'on suivait toutes les instructions prévues.

Cela me semblait un arrangement extrêmement strict mais il est vrai que je n'étais pas un voleur, contrairement à ce que croyait Mr. James. Et sachant que lui en était un, j'examinai inlassablement tous les aspects de l'affaire, afin de l'empêcher de prendre l'avantage.

Mais pourquoi, me demandai-je, essayais-je encore de m'imaginer que je n'allais pas poursuivre jusqu'au bout cette expérience ? Car assurément j'avais bien l'intention de le faire.

Cependant, le téléphone dans mon appartement sonnait et sonnait encore, tandis que David essayait désespérément de me joindre, et je restai assis là dans le noir, à réfléchir, refusant de répondre, vaguement agacé par la sonnerie si bien que je finis par débrancher le cordon.

C'était méprisable, ce que j'avais l'intention de faire. Mais cette vermine à n'en pas douter allait utiliser mon corps pour les crimes les plus sinistres et les plus cruels. Et j'allais laisser cela arriver, simplement afin de pouvoir être humain ? C'était tout à fait impossible à justifier.

Je frissonnais à chaque fois que j'imaginais les autres découvrant la vérité — peu importe lequel d'entre eux — et je chassais totalement cette pensée de mon esprit. Fasse le ciel qu'ils fussent trop occupés dans ce vaste monde hostile par leurs propres et inévitables activités.

Mieux valait penser avec une frénétique excitation à tout ce projet. Mr. James avait raison bien sûr à propos de l'argent. Dix millions de dollars ne représentaient absolument rien pour moi. J'avais amassé au long des siècles une grande fortune, l'augmentant par divers moyens, jusqu'au point de ne plus moi-même en connaître la véritable étendue.

Et j'avais beau savoir combien le monde était différent pour une créature mortelle, je n'arrivais toujours pas à comprendre tout à fait pourquoi l'argent était si important pour James. Après tout, nous avions affaire à des problèmes de puissante magie, d'immense pouvoir surnaturel, d'aperçus spirituels aux possibilités dévastatrices et à des actes démoniaques sinon héroïques. Mais ce que ce petit misérable voulait, c'était clairement l'argent. Malgré toutes ses insultes, le petit misérable ne voyait pas plus loin que l'argent. Et c'était peut-être aussi bien.

Qu'on songe combien il pourrait être dangereux s'il avait vraiment des ambitions grandioses. Mais ce n'était pas le cas. Et moi, je *voulais* ce corps humain. Et c'était le fond du problème.

Le reste, au mieux, était rationalisation. Et, à mesure que les heures passaient, je m'y adonnai fébrilement.

Par exemple, l'abandon de mon corps puissant était-il vraiment si méprisable ? Cette petite crapule ne pouvait même pas utiliser le corps humain qu'il avait. Il avait joué le parfait gentleman pendant une demi-heure à la table de café, puis il avait tout gâché avec ses gestes maladroits et sans grâce sitôt qu'il s'était levé. Il ne serait jamais capable d'utiliser ma force physique. Il ne parviendrait jamais non plus à contrôler mes pouvoirs télékinésiques, malgré tous les dons psychiques qu'il prétendait avoir. Peut-être se débrouillait-il bien en télépathie, mais quand il s'agissait de mettre en transe ou d'envoûter, je le soupçonnais de ne même pas commencer à utiliser ces dons-là. Je doutais qu'il fût capable d'avancer très vite. En fait, il serait maladroit, lent et inefficace. Sans doute ne serait-il même pas en mesure de voler. Peut-être même se mettrait-il dans un bien mauvais cas.

Oui, c'était une chance qu'il fût un si misérable et mesquin petit intrigant. Cela valait mieux assurément qu'un dieu déchaîné. Quant à moi, que comptais-je faire ?

La maison de Georgetown, la voiture, tout cela ne représentait rien ! Je lui avais dit la vérité. J'avais envie d'être vivant ! Bien sûr, il me faudrait un peu d'argent pour ma pitance. Mais voir la lumière du jour ne coûtait rien. L'expérience d'ailleurs ne nécessitait pas un grand confort matériel ni beaucoup de luxe. J'avais envie de l'expérience spirituelle et physique de me retrouver avec une chair mortelle. Je me considérais comme tout à fait différent de ce misérable Voleur de Corps !

Il subsistait cependant pour moi un doute. Et si dix millions de dollars ne suffisaient pas à faire revenir cet homme avec mon corps ? Peut-être devrais-je doubler la somme. Pour un individu à l'esprit aussi étroit, une fortune de vingt millions de dollars serait vraiment un appât. Dans le passé, j'avais toujours trouvé efficace de doubler les sommes que les gens demandaient en échange de leurs services, m'assurant ainsi de leur part une loyauté comme eux-mêmes n'en avaient jamais imaginé.

Je rappelai New York. Doublez la somme. Mon agent, c'est bien naturel, crut que je perdais l'esprit. Nous utilisâmes nos nouveaux mots de code pour confirmer que je l'autorisais à effectuer cette transaction. Puis je raccrochai. Il était temps maintenant de parler à David ou d'aller à Georgetown. J'avais fait une promesse à David. Je restai parfaitement immobile, attendant la sonnerie du téléphone et quand elle retentit je décrochai.

« Dieu merci, vous êtes là.

— Qu'y a-t-il ? demandai-je.

— J'ai tout de suite reconnu le nom de Raglan James, et vous avez parfaitement raison. L'homme n'est pas dans son propre corps ! L'individu à qui vous avez affaire a soixante-sept ans. Né en Inde, il a grandi à Londres et a été à cinq reprises en prison. C'est un voleur connu de toutes les polices d'Europe et un spécialiste de ce qu'on appelle le vol à l'américaine, un escroc. Il a aussi de puissants dons psychiques et pratique la magie noire : c'est une des canailles les plus astucieuses que nous ayons jamais connues.

— C'est ce qu'il m'a dit. Il a réussi à s'introduire dans l'ordre.

— Oui, en effet. Et ça a été une des pires erreurs que nous ayons jamais commises. Mais, Lestat, cet homme pourrait séduire la Vierge Marie et voler une montre de gousset au Seigneur. Pourtant en quelques mois, il a été l'artisan de sa propre perte. C'est l'essentiel de ce que j'essaie de vous dire maintenant. Alors, je vous en prie, écoutez bien. Ce type de sorcier ou d'adepte de la magie noire attire toujours le mal sur lui ! Avec les dons qu'il a, il aurait dû pouvoir nous duper à jamais ; au lieu de cela, il a utilisé son habileté pour tondre les autres membres et pour voler dans les coffres !

— Il m'a raconté cela. Et toute cette histoire d'échange de corps ? Peut-il y avoir le moindre doute ?

— Décrivez l'homme comme vous l'avez vu. »

Je m'exécutai. J'insistai sur la haute taille et la robuste nature de son enveloppe physique. Sur les cheveux drus et brillants, sur la peau d'une douceur et d'un satiné exceptionnels. Sur sa beauté sans pareille.

« Ah ! je suis en train en ce moment même de regarder une photo de cet homme.

— Expliquez-vous.

— Il a été brièvement enfermé dans un asile de Londres pour les fous dangereux. Une mère anglo-indienne, ce qui explique peut-être la remarquable beauté du teint que vous décrivez et que je distingue ici fort bien. Père chauffeur de taxi londonien mort en prison. Notre homme a été employé par un garage de Londres spécialisé dans les automobiles extrêmement chères. Il faisait du trafic de drogue comme à-côté afin de pouvoir s'offrir lui-même ces voitures. Un soir, il a massacré toute sa famille — femme, deux enfants, mère et beau-frère — puis il s'est rendu à la police. On a trouvé dans son sang un terrifiant mélange de drogues hallucinogènes ainsi qu'une grande quantité d'alcool. C'étaient les mêmes drogues qu'il vendait souvent aux jeunes du quartier.

— Un dérangement des sens, mais rien qui cloche avec le cerveau.

— Précisément, toute cette folie meurtrière, à en croire les autorités, a été provoquée par la drogue. L'homme n'a jamais prononcé un mot après son crime. Il est resté obstinément insensible à tout stimulus pendant trois semaines après son admission à l'hôpital, époque à laquelle il s'est mystérieusement évadé, laissant dans sa chambre le corps d'un infirmier assassiné. Pouvez-vous deviner qui s'est révélé être cet infirmier ?

— James.

— Exactement.

— L'identification posthume grâce aux empreintes digitales est confirmée par Interpol et Scotland Yard. James travaillait à l'hôpital sous un faux nom depuis un mois avant cet incident, attendant sans doute qu'un tel corps se présente !

— Là-dessus il a gaiement assassiné son propre corps. Quel sacré petit salaud !

— Oh ! c'était un corps très malade — mourant d'un cancer pour être précis. L'autopsie a révélé qu'il n'aurait pas survécu six mois de plus. Lestat, qui nous dit que James n'a pas contribué à l'accomplissement des crimes qui ont mis à sa disposition le corps du jeune homme. S'il n'avait pas volé ce corps, il en aurait trouvé un autre dans un état similaire. Dès l'instant où il a donné le coup fatal à son ancien corps, celui-ci a disparu dans la tombe, vous comprenez, emportant avec lui tout le dossier criminel de James.

— Pourquoi m'a-t-il donné son vrai nom, David ? Pourquoi m'a-t-il dit qu'il avait appartenu au Talamasca ?

— Pour que je puisse vérifier son récit, Lestat. Tout ce qu'il fait est calculé. Vous ne comprenez pas à quel point cette créature est habile. Il ticnt à ce que vous sachiez qu'il peut faire ce qu'il dit être capable de faire ! Et que l'ancien propriétaire de ce jeune corps n'est absolument pas en mesure d'intervenir.

— Mais, David, il y a dans cette affaire encore bien des aspects déconcertants. L'âme de l'autre homme. Est-elle morte dans ce vieux corps ? Pourquoi n'est-elle pas... sortie !

— Lestat, la pauvre créature n'a sans doute jamais su qu'une telle chose était possible. A n'en pas douter, James a manipulé l'échange. Écoutez, j'ai ici un dossier de témoignages d'autres membres de l'ordre expliquant comment ce personnage les a expulsés de leur enveloppe physique et a pris possession de leurs corps pour de brèves périodes de temps.

« Toutes les sensations que vous avez éprouvées — les vibrations, l'impression de resserrement — ont été signalées aussi par ces gens. Mais nous parlons ici de membres de l'ordre du Talamasca, de gens instruits. Ce mécanicien de garage n'avait aucun entraînement dans ce domaine.

« Toute son expérience du surnaturel avait un rapport avec la drogue. Et Dieu sait quelles idées se mélangeaient à tout cela. Et d'un bout à l'autre, James a eu affaire à un homme dans un grave état de choc.

— Et si tout cela n'était qu'une sorte de ruse habile, dis-je. Décrivez-moi James, l'homme que vous avez connu.

— Mince, presque émacié, les yeux au regard vibrant et des cheveux blancs très drus. Pas mal, une belle voix, me souvient-il.

— C'est notre homme.

— Lestat, la note que vous m'avez faxée de Paris... elle ne laisse aucun doute. C'est l'écriture de James. C'est sa signature. Vous ne comprenez donc pas qu'il a découvert la vérité sur vous à travers l'ordre, Lestat ! C'est ce qui me dérange le plus dans tout cela, qu'il ait localisé nos archives.

— C'est ce qu'il a dit.

— Il est entré dans l'ordre pour avoir accès à ce genre de secret. Il a pénétré le système informatique. Impossible de dire ce qu'il a pu découvrir. Mais il n'a pu résister à l'idée de voler une montre en argent à un des membres et un collier de diamants dans les coffres. Il a joué des tours pendables aux autres. Il a cambriolé leurs chambres. Vous ne pouvez plus avoir le moindre rapport avec cet individu ! C'est hors de question.

— David, on croirait maintenant entendre le Supérieur Général.

— Lestat, c'est d'échange que nous parlons en ce moment ! Cela signifie mettre votre corps, avec tous ses dons, à la disposition de cet homme.

— Je sais.

— Vous ne pouvez pas faire cela. Et permettez-moi une proposition choquante. Si vous aimez vraiment prendre la vie, Lestat, comme vous me l'avez dit, pourquoi ne pas tuer ce répugnant individu dès que vous pourrez ?

— David, c'est l'orgueil blessé qui parle. Et moi, je suis choqué.

— Ne vous moquez pas. Nous n'en avons pas le temps. Vous vous rendez compte que ce personnage est bien assez malin pour compter dans ce petit jeu sur votre caractère inconstant ? Il vous a choisi pour cet échange tout comme il avait porté son choix sur le pauvre mécanicien de Londres. Il a étudié les preuves de votre caractère impulsif, de votre curiosité, de votre témérité habituelle. Et il peut fort bien supposer que vous n'écouterez pas un mot de mise en garde de ma part.

— Intéressant.

— Parlez plus fort ; je ne vous entends pas.

— Que pouvez-vous me dire d'autre ?

— Que vous faut-il de plus !

— Je veux comprendre cette affaire.

— Pourquoi ?

— David, je suis sensible à votre argument à propos de ce malheureux mécanicien éméché ; néanmoins, pourquoi son âme ne s'est-elle pas libérée de ce corps rongé par le cancer quand James lui a assené un bon coup sur la tête ?

— Lestat, vous l'avez dit vous-même. C'était un coup sur la tête. L'âme était déjà prise au piège dans le nouveau cerveau. Il n'y a pas eu un moment de lucidité ni de volonté à la faveur duquel elle aurait pu se libérer. Même avec un habile sorcier comme James, si vous causez de graves lésions aux tissus du cerveau avant que l'âme ait l'occasion de se dégager, elle n'y parvient pas et la mort subite s'ensuivra, emportant avec elle l'âme tout entière hors de ce monde. Si vous décidez vraiment de supprimer cet abominable monstre, surtout prenez-le par surprise et veillez bien à lui écraser le crâne comme un œuf cru. »

J'éclatai de rire. « David, je ne vous ai jamais entendu tenir des propos aussi enflammés.

— C'est parce que je vous connais et que je crois que vous avez l'intention de procéder à cet échange et qu'il ne le faut pas !

— Répondez à quelques-unes encore de mes questions. Je veux bien réfléchir à tout cela.

— Non.

— Les expériences de vie après la vie, David. Vous savez, ces pauvres âmes qui ont une crise cardiaque, traversent un tunnel, aperçoivent une lumière, et puis reviennent à la vie. Qu'est-ce qui leur arrive ?

— J'en sais autant que vous.

— Je ne vous crois pas. » Je lui rapportai du mieux que je pus les propos de James à propos du tronc cérébral et de l'âme résiduelle. « Dans ces expériences précédant la mort, est-ce qu'un petit peu de l'âme n'est pas restée en arrière ?

— C'est possible, ou peut-être que ces individus se trouvent bel et bien confrontés à la mort — ils franchissent le pas — et pourtant l'âme, pleine et entière, s'en retourne. Je ne sais pas.

— Mais dans tous les cas, on ne peut pas tout simplement mourir en sortant de son corps, n'est-ce pas ? Si dans le désert de Gobi j'étais sorti de mon corps, je n'aurais pas su trouver le passage, n'est-ce pas ? Il n'aurait pas été là. Il ne s'ouvre que pour l'âme entière.

— Oui. Pour autant que je le sache, oui. » Il marqua un temps. Puis : « Pourquoi me demandez-vous cela ? Rêvez-vous encore de mourir ? Je ne le crois pas. Vous êtes trop désespérément attaché à l'idée d'être en vie.

— David, je suis mort depuis deux siècles. Et les fantômes ? Et les esprits qui n'arrivent pas à quitter le monde des vivants ?

— Ils n'ont pas réussi à trouver cette entrée, bien qu'elle se soit ouverte. Ou alors ils ont refusé de la franchir. Écoutez, nous pourrons discuter de tout cela un soir dans l'avenir, en nous promenant dans les ruelles de Rio ou en quelque endroit qu'il vous plaira. L'important est que vous devez me jurer de ne plus avoir de rapports avec ce sorcier si vous ne voulez pas aller jusqu'à suivre mon conseil de vous débarrasser de lui dès que vous le pourrez.

— Pourquoi avez-vous si peur de lui ?

— Lestat, il faut que vous compreniez à quel point cet individu peut être destructeur et malfaisant. Vous ne pouvez pas lui remettre votre corps ! Et c'est précisément ce que vous avez l'intention de faire. Écoutez, si vous vouliez posséder un moment un corps mortel, j'y serais violemment opposé, car c'est déjà un acte diabolique et contre nature ! Mais donner votre corps à ce dément ! Grand Dieu, voulez-vous, je vous prie, venir ici, à Londres ? Laissez-moi vous persuader de ne pas faire cela. Est-ce que vous ne me devez pas cette faveur !

— David, vous avez fait une enquête sur lui avant qu'il devienne membre de l'ordre, n'est-ce pas ? Quel genre d'homme est-il ? Je veux dire comment est-il devenu cette sorte de génie ?

— Il nous a dupés avec des documents falsifiés et de faux dossiers à une échelle que vous n'imagineriez pas. Il adore ce genre de choses. Et il est un peu un génie de l'informatique. Notre véritable enquête a eu lieu après son départ.

— Alors ? Où tout cela a-t-il commencé ?

— La famille était riche, des négociants. Ils ont perdu leur argent avant la guerre. La mère était un médium célèbre, apparemment tout à fait légitime et convaincue et elle faisait payer ses services une misère. Tout le monde à Londres la connaissait. Je me souviens d'avoir entendu parler d'elle bien avant de m'être jamais intéressé à ce genre de choses. Le Talamasca a reconnu plus d'une fois qu'elle était un authentique médium, mais elle a refusé de se laisser examiner. C'était une créature fragile et que son fils unique aimait beaucoup.

— Raglan, dis-je.

— Oui. Elle est morte d'un cancer. Dans d'horribles souffrances. Sa seule fille est devenue couturière, elle travaille encore pour une boutique de Londres. Elle fait un travail tout simplement exquis. Elle a été profondément affligée par la mort de son encombrant frère, mais soulagée de sa disparition. Je lui ai parlé ce matin. Elle m'a dit que son frère avait été anéanti quand il était tout jeune par le décès de leur mère.

— C'est compréhensible, fis-je.

— Le père a travaillé presque toute sa vie pour la Cunard, passant ses dernières années comme steward de cabine de première classe sur le *Queen Elizabeth II*. Très fier de ses états de service. Grand scandale et déshonneur il n'y a pas si longtemps quand James qui avait lui aussi été engagé grâce à l'influence de son père s'est empressé de soulager un des passagers de quatre cents livres en espèces. Le père l'a désavoué et a été réintégré par la Cunard avant sa mort. Il n'a plus jamais parlé à son fils.

— Ah, c'est la photo à bord du navire, dis-je.

— Quoi ?

— Et, quand vous l'avez chassé de l'ordre, il avait voulu se rendre en Amérique précisément sur ce bateau... en première classe, évidemment.

— Il vous a dit cela ? C'est possible. Je ne me suis pas moi-même vraiment occupé des détails.

— Continuez, c'est sans importance. Comment s'est-il intéressé à l'occultisme ?

— Il avait une excellente éducation, il avait passé des années à Oxford, même si parfois il devait vivre comme un indigent. Il a commencé à se mêler d'histoires de médium avant même la mort de sa mère. Il ne s'est installé à son compte que dans les années cinquante, à Paris, où il n'a pas tardé à s'acquérir une grande notoriété, sur quoi il a commencé à filouter ses clients de la façon la plus grossière et la plus évidente qu'on puisse imaginer et il est allé en prison.

« La même chose s'est ensuite plus ou moins passée à Oslo. Après avoir exercé toute sorte de métiers, y compris des besognes très serviles, il a fondé une sorte d'église spiritualiste, escroqué à une veuve les économies de toute une vie et a été expulsé. Ensuite, ça a été Vienne, où il a travaillé comme serveur dans un grand hôtel, jusqu'au moment où, en quelques semaines, il est devenu conseiller psychique des riches. Et bientôt un départ précipité. Il a échappé de justesse à l'arrestation. A Milan, il a soulagé de quelques centaines de milliers de livres un membre de la vieille aristocratie avant d'être démasqué et il a dû quitter la ville en pleine nuit. Son étape suivante a été Berlin, où il a été arrêté mais a réussi à se faire libérer, puis il est rentré à Londres où il s'est retourné en prison.

— Des hauts et des bas, dis-je me rappelant ses paroles.

— C'est toujours la même chose. Il part des emplois les plus modestes pour vivre dans un luxe extravagant, dépensant des sommes invraisemblables en somptueux vêtements, en automobiles, en excursions en jet ici et là, et puis tout s'effondre devant de menus larcins, des perfidies et des trahisons. Il est incapable de briser le cercle.

— On dirait.

— Lestat, il y a quelque chose de résolument stupide chez cette créature. Il parle huit langues, peut pénétrer n'importe quel réseau informatique et posséder le corps d'autres gens assez longtemps pour piller leurs coffres-forts — au fait, il est obsédé par les coffres-forts, de façon presque érotique ! — et pourtant il joue des tours idiots et se retrouve les menottes aux mains ! Les objets qu'il a pris dans nos caves étaient pratiquement impossibles à vendre. Il a fini par s'en débarrasser au marché noir pour une bouchée de pain. Il a vraiment tout d'un fieffé imbécile. »

Je ris sous cape. « Les vols sont symboliques, David. C'est une créature de contraintes et d'obsessions. C'est un jeu. C'est pourquoi il ne peut pas se cramponner à ce qu'il vole. Avec lui, c'est l'acte qui compte plus que tout autre chose.

— Mais, Lestat, c'est un jeu qui n'arrête pas de le détruire.

— Je comprends, David. Merci de ce renseignement. Je vous rappellerai bientôt.

— Attendez un instant, vous ne pouvez pas raccrocher. Je ne le permettrais pas, vous ne comprenez donc pas...

— Bien sûr que si, David.

— Lestat, dans le monde de l'occulte, il y a un dicton : qui se ressemble s'assemble. Savez-vous ce que ça signifie ?

— Qu'est-ce que je saurais de l'occulte, David ? C'est votre domaine, pas le mien.

— L'heure n'est pas aux sarcasmes.

— Pardonnez-moi. Qu'est-ce que cela veut dire ?

— Quand un sorcier utilise ses pouvoirs de façon mesquine et égoïste, la magie retombe toujours sur lui.

— C'est de superstition que vous parlez maintenant.

— Je parle d'un principe qui est aussi vieux que la magie elle-même.

— Ce n'est pas un magicien, David, c'est simplement une créature douée de certains pouvoirs psychiques mesurables et définissables. Il peut posséder d'autres gens. Dans un cas que nous connaissons, il a bel et bien effectué un échange.

— C'est la même chose ! Utilisez ces pouvoirs pour essayer de nuire à autrui et le mal retombe sur vous.

— David, je suis la preuve même qu'un tel concept est faux. Si nous continuons, vous allez m'expliquer le principe du karma et je vais lentement m'endormir.

— James est la quintessence du sorcier maléfique ! Il a déjà vaincu la mort une fois aux dépens d'un autre être humain ; il faut l'arrêter.

— Pourquoi n'avez-vous pas essayé de m'arrêter *moi*, David, quand vous en aviez l'occasion ? Au Manoir Talbot, j'étais à votre merci. Vous auriez pu trouver un moyen.

— N'essayez pas de me détourner avec vos accusations !

— Je vous aime, David. Je vous contacterai bientôt. » J'allais raccrocher quand une idée me vint. « David, repris-je, il y a autre chose que j'aimerais savoir.

— Oui, quoi donc ? » Il était tellement soulagé de m'avoir toujours en ligne.

« Vous avez dans vos coffres ces reliques... de vieilles affaires à nous.

— Oui. » Je sentais un malaise. C'était, me semblait-il, embarrassant pour lui.

« Un médaillon, dis-je, un médaillon avec un portrait de Claudia. Vous avez vu cet objet ?

— Je crois que oui, dit-il. J'ai vérifié l'inventaire de tous ces articles la première fois que vous êtes venu me trouver. Je crois bien qu'il y avait un médaillon. En fait, j'en suis presque sûr. J'aurais dû vous parler de cela, n'est-ce pas, avant aujourd'hui ?

— Non. Ça n'a pas d'importance. Était-ce un médaillon au bout d'une chaîne comme en portent les femmes ?

— Oui. Voulez-vous que je cherche ce médaillon ? Si je le trouve, je vous le donnerai, bien sûr.

— Non, ne le cherchez pas maintenant. Peut-être plus tard. Adieu, David. Je vous rappellerai bientôt. »

Je raccrochai et débranchai le téléphone. Ainsi, il y avait eu un médaillon, un médaillon de femme. Mais pour qui cet objet avait-il été fait ? Et pourquoi le voyais-je dans mes rêves ? Claudia n'aurait pas porté son propre portrait dans un médaillon. Assurément je m'en souviendrais si elle l'avait fait. Comme j'essayais de me le représenter ou de m'en souvenir, je fus envahi d'un étrange mélange de tristesse et d'appréhension. Il me semblait être tout proche d'un endroit sombre, d'un lieu de mort. Et, comme c'est si souvent le cas dans mes souvenirs, j'entendis un rire. Seulement, cette fois, ce n'était pas le rire de Claudia. C'était le mien. J'avais un sentiment de jeunesse surnaturelle et de possibilités sans fin. Autrement dit, je me souvenais du jeune vampire que j'avais été en ces jours anciens du dix-huitième siècle, avant que le temps n'eût assené ses coups.

Allons, que m'importait ce fichu médaillon ? Peut-être ai-je pris cette image dans le cerveau de James quand il me poursuivait. Ce n'avait été pour lui qu'un instrument pour me prendre au piège. Et le fait est que je n'avais même jamais vu pareil médaillon. Il aurait mieux fait de choisir quelque autre babiole qui m'avait autrefois appartenu.

Non, cette dernière explication paraissait trop simple. L'image était trop vivace. Je l'avais vue dans mes rêves avant que James se fût introduit dans mes aventures. Tout d'un coup, j'étais furieux. J'avais d'autres choses à penser pour le moment, n'est-ce pas ? Laisse-moi, Claudia. Je t'en prie, ma chérie, prends ton médaillon et va-t'en.

Un très long moment, je restai immobile dans l'ombre, conscient du tic-tac de la pendule sur la tablette de la cheminée et percevant par moment la rumeur de la circulation montant de la rue.

Je tentai de considérer les arguments que m'avait avancés David. J'essayai. Mais la chose à quoi je pensais c'était... James peut donc le faire, il peut vraiment le faire. Il est l'homme aux cheveux blancs de la photographie et il a bel et bien changé de corps avec le mécanicien à l'hôpital de Londres. C'est faisable !

De temps en temps je croyais revoir le médaillon — je voyais la miniature de Claudia peinte à l'huile avec tant de finesse. Mais je n'en éprouvais aucune émotion, ni tristesse, ni colère, ni chagrin.

C'était à James que mon cœur tout entier s'attachait. James peut le faire ! James ne ment pas. Je peux vivre et respirer dans ce corps-là ! Et, ce matin-là, quand le soleil se lèvera sur Georgetown, c'est avec ces yeux-là que je le verrai.

Il était une heure après minuit quand j'arrivai à Georgetown. La neige était tombée toute la soirée et les rues étaient couvertes d'un épais tapis blanc immaculé et magnifique ; la neige s'amassait contre les portes des maisons et gravait de blanc ici et là les balustrades en fer forgé et les appuis de fenêtres.

La ville elle-même était toute blanche et très charmante — avec ses élégants immeubles de style fédéral, pour la plupart en bois, qui avaient les lignes pures du dix-huitième siècle, marquées par son penchant pour l'ordre et l'équilibre, même si beaucoup avaient été bâtis dans les premières décennies du dix-neuvième siècle. Je me promenai un long moment sur M Street déserte, avec ses nombreux commerces, puis dans le campus silencieux de l'université voisine, puis je déambulai par les rues joyeusement éclairées au flanc de la colline.

L'hôtel particulier de Raglan James était un édifice particulièrement beau, en briques rouges et bâti juste sur la rue. Il avait un joli portail central avec un robuste heurtoir de cuivre et deux lampes à gaz à la flamme dansante l'encadraient. De solides volets à l'ancienne ornaient les fenêtres et la porte était surmontée d'une ravissante imposte.

Malgré la neige qui envahissait les tablettes, les fenêtres étaient propres et j'apercevais les pièces éclairées et bien rangées. L'intérieur ne manquait pas d'élégance : du mobilier en cuir blanc d'une sévérité extrêmement moderne et qui avait dû coûter fort cher. De nombreuses toiles au mur — Picasso, de Kooning, Jasper Johns, Andy Warhol — et au milieu de ces toiles qui valaient des millions de dollars, plusieurs grandes photographies de navires modernes montées dans de très beaux cadres. Il y avait d'ailleurs plusieurs maquettes de grands paquebots dans les vitrines du vestibule. Les planchers vitrifiés brillaient de tout leur éclat. Partout il y avait de petits tapis d'Orient sombres aux motifs géométriques et les nombreux bibelots disposés sur des tables en verre et des petits meubles en teck incrusté étaient presque exclusivement de l'art chinois.

Soignée, élégante, luxueuse et très personnelle, voilà quelle était l'ambiance de l'endroit. La maison ressemblait à toutes les habitations des mortels : une succession d'impeccables décors. Impossible de croire que je pourrais être mortel et me trouver chez moi dans une maison pareille, ne fût-ce que pour une heure ou un peu plus.

Les petites pièces en fait étaient si astiquées qu'il semblait impossible qu'elles fussent le moins du monde habitées. La cuisine était pleine de casseroles en cuivre étincelantes, d'appareils ménagers noirs à parois vitrées, de meubles à tiroirs sans poignées visibles et d'assiettes en céramique rouge vif.

En dépit de l'heure, nulle trace de James.

J'entrai dans la maison.

Le second étage abritait une chambre à coucher, avec un lit moderne bas, un simple cadre en bois entourant un matelas et couvert d'un édredon aux dessins géométriques très vifs avec une foule d'oreillers blancs — tout cela aussi austère et élégant que le reste. La penderie était bourrée de somptueux vêtements, tout comme les tiroirs de la commode chinoise et d'une autre plus petite et sculptée à la main auprès du lit.

D'autres pièces étaient vides mais on ne voyait nulle part la moindre trace d'abandon. Je ne vis pas ici non plus d'ordinateurs. Sans doute les avait-il installés ailleurs. Dans une de ces pièces, je dissimulai pas mal d'argent pour l'utiliser plus tard, en le cachant dans la cheminée inutilisée.

J'en cachai aussi dans une salle de bains vide, derrière un miroir fixé au mur.

C'étaient de simples précautions. Je n'arrivais pas vraiment à concevoir ce que ce serait que d'être humain. Peut-être me sentirais-je tout à fait désemparé. Je ne savais pas.

Après avoir pris ces dispositions, je montai sur le toit. J'aperçus James au pied de la colline, qui tournait le coin de M Street, les bras chargés de paquets. Sans doute était-il allé les voler, car il n'y avait aucun endroit où faire ses courses en ces heures alanguies d'avant l'aube. Je le perdis de vue au moment où il attaquait la montée.

Mais un autre étrange visiteur apparut, sans faire le moindre bruit perceptible à l'oreille d'un mortel. C'était un grand chien, s'étant apparemment matérialisé de nulle part, qui s'engagea dans la ruelle pour gagner l'arrière-cour.

J'avais perçu son odeur sitôt qu'il allait approcher, mais je ne vis l'animal que quand je m'avançai par le toit jusqu'à l'arrière de la maison. Je m'attendais à l'entendre plus tôt, car il ne manquerait certainement pas de flairer ma présence, de deviner instinctivement que je n'étais pas un être humain et il commencerait alors à émettre grognements et aboiements d'alarme.

Cela faisait des siècles que les chiens me faisaient cela, mais pas toujours. Parfois, je parviens à les mettre en transe et à leur donner des ordres. Mais je redoutais leur rejet instinctif et cela me faisait toujours un pincement au cœur.

Or, ce chien n'avait pas aboyé ni donné le moindre signe d'avoir conscience de ma présence. Il fixait la porte arrière de la maison et les carrés de lumière, jaunes comme du beurre, projetés sur l'épais tapis de neige.

J'eus tout le loisir de l'examiner dans un silence que rien ne venait troubler et c'était tout simplement un des plus beaux chiens que j'eusse jamais vus.

Il avait un pelage épais et doux, gris et doré par endroits et recouvert d'une légère toison de poils noirs plus longs. Il avait un peu la forme d'un loup, mais il était bien trop gros pour en être un, et il n'y avait chez lui rien de furtif ni de sournois. Bien au contraire, je remarquai une certaine majesté dans la façon dont il s'assit pour fixer la porte sans bouger.

En y regardant de plus près, je constatai qu'il ressemblait surtout à un berger allemand géant, avec le museau noir caractéristique et le visage en éveil.

A vrai dire, quand je m'approchai du bord du toit et qu'enfin il leva les yeux vers moi, je me trouvai vaguement excité par la furieuse intelligence qui brillait dans ses sombres yeux en amande.

Il continuait à ne pas aboyer ni grogner. On aurait dit qu'il y avait chez lui une compréhension quasi humaine. Mais comment cela pourrait-il expliquer son silence ? Je n'avais rien fait pour l'apprivoiser, pour séduire ni confondre son esprit de chien. Non, on ne percevait pas chez lui la moindre aversion instinctive.

Je sautai dans la neige devant lui et il se contenta de continuer à me regarder, avec ces yeux extraordinairement expressifs. A vrai dire, il était si énorme, si calme et si sûr de lui que je ris tout seul de ravissement en le regardant. Je ne pus résister à l'envie de tendre la main pour toucher le doux pelage entre ses oreilles.

Il pencha la tête de côté sans cesser de me regarder et je trouvai cela tout à fait charmant, puis, pour accroître mon étonnement, il souleva son énorme patte et vint caresser mon manteau. Il avait des os si gros et si lourds qu'il me rappela mes mâtins d'autrefois. Il avait dans ses mouvements leur grâce lente et pesante. Je m'approchai pour le serrer contre moi, car j'aimais sa force et sa lourdeur, et il se dressa sur son arrière-train en posant ses énormes pattes sur mes épaules, tandis qu'il passait sur mon visage sa grande langue couleur rose jambon.

Cette réaction m'emplit d'un merveilleux bonheur, j'étais vraiment au bord des larmes, puis je fus pris d'un rire à me donner le vertige. Je me blottis contre lui en le serrant et je le caressai, charmé de l'odeur propre de sa fourrure, l'embrassant sur son museau noir puis le regardant dans les yeux.

Ah ! pensai-je, voici ce qu'a vu le Petit Chaperon rouge quand il a contemplé le loup avec la chemise et le bonnet de nuit de sa grand-mère. C'était trop drôle, vraiment, l'expression extraordinairement vive de ce visage sombre.

« Pourquoi ne me reconnais-tu pas pour ce que je suis ? » demandai-je. Il reprit alors sa majestueuse position assise en me regardant d'un air presque docile et il me parut soudain que ce chien était un présage.

Non, « présage » n'est pas le mot qui convient. Il ne venait de personne, ce cadeau. C'était simplement quelque chose qui me rendait plus conscient de ce que je me proposais de faire, des raisons pour lesquelles je le voulais et combien je me souciais peu des risques encourus.

Je restai planté auprès du chien à le câliner et à le caresser, et de longs moments passèrent. C'était un petit jardin, la neige s'était remise à tomber, s'épaississant autour de nous et la morsure du froid sur ma peau s'accentuait aussi. Les arbres étaient nus et noirs dans cette tempête silencieuse. Ce qu'il avait pu y avoir de fleurs ou de gazon n'était naturellement plus visible ; mais quelques statues de jardin en béton noirci et des arbustes — qui n'étaient plus maintenant que branchages nus et neige — délimitaient un espace rectangulaire bien net.

Je devais être là avec le chien depuis peut-être trois minutes quand ma main découvrit la médaille d'argent ronde qui pendait à la chaîne de son collier, et je finis par la prendre entre mes doigts pour l'approcher de la lumière.

Mojo. Ah ! je connaissais ce mot. Mojo. Il avait un rapport avec le vaudou, les gris-gris, les charmes. Mojo était un bon charme, un charme protecteur. Cela me semblait un bon nom pour un chien ; c'était magnifique, en fait, et, quand je l'appelai Mojo, cela l'excita un peu et une fois de plus il me caressa lentement de sa grande et puissante patte.

« Mojo, c'est ça ? répétai-je. C'est très beau. » Je l'embrassai et je sentis la truffe noire de son nez. Il y avait autre chose d'écrit sur la médaille : c'était l'adresse de cette maison.

Très brusquement, le chien se crispa ; avec des gestes lents et gracieux, il abandonna sa position assise pour se mettre en alerte. James arrivait. J'entendis ses pas crisser sur la neige. J'entendis le bruit de sa clé dans la serrure de la porte de devant. Je le sentis s'apercevoir soudain que j'étais tout près.

Le chien poussa un grognement profond et rauque puis, lentement, s'approcha de la porte de derrière. On entendait le parquet craquer sous le pas lourd de James.

Le chien eut un aboiement furieux. James ouvrit la porte, fixa sur moi ses yeux fous, sourit, et lança à l'animal quelque chose de lourd que le chien esquiva sans mal.

« Content de vous voir ! Mais vous êtes en avance », dit-il.

Je ne lui répondis pas. Le chien continuait à grogner devant lui du même air menaçant et James tourna de nouveau son attention sur l'animal, avec un vif agacement.

« Débarrassez-vous de cette bête ! dit-il, absolument furieux. Tuez-la !

— C'est à moi que vous parlez ? » demandai-je froidement. Je posai de nouveau une main sur la tête de l'animal pour le caresser en lui murmurant de rester tranquille. Il s'approcha, frottant son flanc lourd contre moi puis vint s'asseoir à mes pieds.

James observa toute cette scène tendu et frissonnant. Soudain, il releva son col pour se protéger du vent et croisa les bras. La neige tourbillonnait autour de lui comme une poudre blanche, s'accrochant à ses sourcils bruns et à ses cheveux.

« Ce chien appartient à cette maison, n'est-ce pas ? dis-je froidement. Cette maison que vous avez volée. »

Il me considéra avec une haine évidente, puis arbora un de ces sourires maléfiques. J'aurais vraiment voulu qu'il reprenne son rôle de gentleman anglais. C'était tellement plus facile pour moi. L'idée me traversa que c'était absolument ignoble d'avoir affaire avec lui. Je me demandai si Saul avait trouvé aussi répugnante la sorcière d'Endor. Mais le corps, ah ! le corps, comme il était splendide.

Même dans sa colère, avec les yeux fixés sur le chien, il n'arrivait pas à gâter complètement la beauté de ce corps.

« Eh bien, on dirait que vous avez volé le chien aussi, dis-je.

— Je vais m'en débarrasser, murmura-t-il, en le regardant de nouveau avec mépris. Et vous, où en êtes-vous ? Je ne vais pas vous laisser une éternité pour vous décider. Vous ne m'avez donné aucune réponse ferme. J'en veux une maintenant.

— Allez à votre banque demain matin, dis-je. Je vous

verrai après la tombée de la nuit. Ah ! mais il y a une condition de plus.

— Quoi donc ? demanda-t-il, entre ses dents serrées.

— Nourrissez cet animal. Donnez-lui de la viande. »

Là-dessus, j'effectuai ma sortie si prestement qu'il ne s'en aperçut pas et, quand je jetai un coup d'œil derrière moi, j'aperçus Mojo qui me regardait, dans la nuit enneigée, et je souris en pensant que le chien avait suivi mon mouvement, si rapide qu'il eût été. Le dernier son que j'entendis, ce fut James qui jurait grossièrement en claquant la porte de derrière.

Une heure plus tard, j'étais allongé dans le noir à attendre le soleil et à repenser à ma jeunesse en France, aux chiens couchés auprès de moi, à ma chevauchée lors de cette dernière chasse avec ces deux énormes mâtins, qui se frayaient lentement un chemin à travers la neige épaisse.

Le visage du vampire me scrutant dans l'obscurité à Paris, m'appelant « tueur de loups » avec tant de respect, tant de respect insensé, avant de planter ses crocs dans mon cou.

Mojo, un présage.

Ainsi nous atteignons le chaos déchaîné, nous cueillons un petit objet brillant et nous nous y cramponnons en nous disant qu'il a une signification, que le monde est bon et que nous ne sommes pas mauvais, que nous finirons tous par arriver chez nous.

Demain soir, me dis-je, si ce misérable a menti, je lui ouvrirai la poitrine, je lui arracherai le cœur et je le donnerai à manger à ce superbe grand chien.

Quoi qu'il arrive, je garderai ce chien.

Et je le fis.

Et avant que cette histoire ne connaisse de nouveaux développements, laissez-moi vous dire une chose à propos de ce chien. Il ne va rien avoir à faire avec ce livre.

Il ne va pas sauver un bébé qui se noie ni se précipiter dans un bâtiment en feu pour tirer ses occupants d'un sommeil qui aurait pu leur coûter la vie. Il n'est pas possédé par un esprit mauvais ; ce n'est pas un chien vampire, il est dans ce récit simplement parce que je l'ai trouvé dans la neige derrière cet hôtel particulier de Georgetown, que je l'ai aimé et que, dès ce premier instant, il a semblé m'aimer aussi. Cela n'était que trop conforme aux lois aveugles et sans merci auxquelles je crois : les lois de la nature, comme disent les hommes ; ou les lois du Jardin Sauvage, comme je les appelle moi-même. Mojo aimait ma force ; j'aimais sa beauté. Et rien d'autre n'a jamais vraiment compté.

CHAPITRE 10

« Je veux les détails, dis-je, sur la façon dont vous l'avez chassé de son corps et dont vous avez réussi à le faire entrer de force dans le vôtre. »

Mercredi enfin. Il ne s'était pas passé une demi-heure depuis le coucher du soleil. Je l'avais fait sursauter en apparaissant sur le perron derrière la maison.

Nous étions assis maintenant dans la cuisine d'une blancheur immaculée, une pièce étrangement dépourvue de mystère pour une rencontre aussi ésotérique. Une unique ampoule dans un beau lustre de cuivre baignait la table entre nous d'une douce lueur rosée qui conférait à la scène une trompeuse intimité.

La neige tombait toujours et au sous-sol la chaudière émettait un rugissement sourd et continu. J'avais fait entrer le chien avec moi, au grand agacement du seigneur des lieux et, après quelques paroles rassurantes, l'animal était calmement couché maintenant comme un sphinx égyptien, les yeux levés vers nous, les pattes de devant allongées devant lui sur le sol ciré. De temps en temps, James lui jetait un coup d'œil inquiet, et non sans raison. On aurait dit que le chien avait le diable en lui et que le diable connaissait toute l'histoire.

James était bien plus détendu maintenant qu'il ne l'avait été à La Nouvelle-Orléans. Il était le parfait gentleman anglais, ce qui mettait merveilleusement en valeur le corps juvénile et élancé. Il portait un chandail gris qui moulait joliment son torse puissant et un pantalon sombre.

Il avait des bagues d'argent aux doigts. Et une méchante montre au poignet. Je ne me souvenais pas de ces détails. Il m'examinait avec un petit pétillement dans l'œil, bien plus facile à supporter que ces horribles sourires crispés. Je ne pouvais détourner mes yeux de lui, de ce corps qui bientôt peut-être allait devenir le mien.

Je sentais, bien sûr, le sang dans ce corps et cela allumait en moi une passion sourde et dévorante. Plus je le regardais, plus je me demandais ce que ce serait de boire son sang et d'en finir ici et maintenant. Essaierait-il d'échapper à ce corps pour ne me laisser qu'une simple coquille qui respirait encore ?

Je regardai ses yeux et je pensai : *sorcier*, et une excitation qui m'était peu familière me fit complètement oublier mon appétit. Je ne suis pas sûr pourtant d'avoir cru qu'il pourrait le faire. Je pensais que la soirée allait peut-être finir sur un succulent festin et rien de plus.

Je précisai ma question :

« Comment avez-vous trouvé ce corps ? Comment avez-vous forcé son âme à entrer dans le vôtre ?

— Je cherchais précisément un spécimen de ce genre : un homme qu'un choc psychologique avait privé de toute volonté et de toute possibilité de raisonnement, et pourtant sain de corps et d'esprit. Dans ces cas-là, la télépathie est une grande aide, car seul un télépathe aurait pu atteindre les vestiges d'intelligence encore enfouis en lui. Il me fallut le convaincre, pour ainsi dire, au niveau le plus profond de l'inconscient, que j'étais venu pour l'aider, que je savais qu'il était quelqu'un de bien, que j'étais de son côté. Et dès l'instant où je fus parvenu à ce noyau rudimentaire, ce ne fut pas trop difficile de piller ses souvenirs et de le manipuler pour l'amener à obéir. » Il eut un petit haussement d'épaules. « Le pauvre diable. Ses réactions étaient entièrement imprégnées de superstition. Je le soupçonne d'avoir pensé jusqu'au bout que j'étais son ange gardien.

— Et vous l'avez attiré hors de son corps ?

— Oui, par une série de suggestions bizarres et assez compliquées, c'est exactement ce que j'ai fait. Là encore, la télépathie est une puissante alliée. Il faut avoir vraiment des dons psychiques pour en manipuler autrui de cette façon. La première fois, il s'éleva peut-être de trente ou cinquante centimètres, puis, vlan, replongea dans la chair d'où il venait.

Plus par réflexe que par le fait d'une décision quelconque. Mais j'étais patient, oh ! très patient. Et quand je parvins enfin à l'attirer dehors l'espace de quelques secondes, cela me suffit pour m'installer en lui et pour aussitôt concentrer toute mon énergie à le pousser dans ce qui restait de ma vieille enveloppe.

— Comme c'est joliment dit.

— Ah ! vous savez, nous nous appartenons corps et âmes, dit-il avec un sourire tranquille. Mais pourquoi revenir sur tout cela maintenant ? Vous savez comment sortir de votre corps. Ça ne va pas être difficile pour *vous*.

— Je vais peut-être vous surprendre. Que lui est-il arrivé quand il s'est retrouvé dans votre corps ? A-t-il compris ce qui s'était passé ?

— Absolument pas. Il faut que vous compreniez que l'homme, sur le plan psychologique, était profondément estropié. Et, bien sûr, c'était un imbécile et un ignorant.

— Et vous ne lui avez même pas laissé un instant, n'est-ce pas ? Vous l'avez tué.

— Monsieur de Lioncourt, ce que j'ai fait était un acte de miséricorde ! Quelle horreur ç'aurait été de le laisser au fond de ce corps dans l'état de désarroi où il était ! Il ne se serait pas remis, vous comprenez, quel que soit le corps qu'il occuperait. Il avait massacré toute sa famille. Même le bébé dans son berceau.

— Y étiez-vous pour quelque chose ?

— Quelle triste opinion vous avez de moi ! Pas le moins du monde. Je surveillais les hôpitaux en quête d'un spécimen de ce genre. Je savais qu'il en arriverait un. Mais pourquoi ces dernières questions ? David Talbot ne vous a pas dit qu'il y a de nombreux cas prouvés d'échanges de corps dans les archives du Talamasca. »

David ne me l'avait pas dit. Mais il est vrai que je ne pouvais guère le lui reprocher.

« Est-ce que tous impliquaient un meurtre ? demandai-je.

— Non. Certains impliquaient des marchés comme vous et moi en avons conclu un.

— Je me demande. Nous faisons un couple bien bizarre, vous et moi.

— Oui, mais bien assorti, vous devez le reconnaître. C'est

un corps très agréable que j'ai pour vous, dit-il en posant sur son large torse une main ouverte. Pas aussi beau que le vôtre, bien sûr, mais très agréable ! Et exactement ce qu'il vous faut. Quant à votre corps, que puis-je ajouter d'autre ? J'espère que vous n'avez pas écouté ce que David Talbot dit de moi. Il a commis tant de tragiques erreurs.

— Que voulez-vous dire ?

— Il est l'esclave de cette horrible organisation, dit-il d'un ton vibrant de sincérité. Elle le contrôle complètement. Si seulement j'avais pu lui parler à la fin, il aurait compris la signification de ce que j'avais à offrir, de ce que je pouvais enseigner. Vous a-t-il parlé de ses escapades dans le vieux Rio ? Oui, c'est un être exceptionnel, quelqu'un que j'aimerais avoir connu. Mais je peux vous le dire, ce n'est pas un homme qu'il faut contrarier.

— Qu'est-ce qui vous empêche de me tuer dès l'instant où nous aurons échangé nos corps ? C'est précisément ce que vous avez fait à cette créature que vous avez attirée dans votre ancienne enveloppe, en lui assenant un coup brusque sur la tête.

— Ah, vous avez donc discuté avec Talbot, dit-il, sans se laisser démonter. Ou bien avez-vous simplement fait des recherches de votre côté ? Vingt millions de dollars vont m'empêcher de vous tuer. J'ai besoin du corps pour aller à la banque, vous vous souvenez ? C'est absolument merveilleux de votre part d'avoir doublé la somme. Mais j'aurais tenu parole pour dix. Ah, monsieur de Lioncourt, vous m'avez libéré. A dater du vendredi qui vient, à l'heure même où le Christ a été cloué sur la croix, je n'aurai plus jamais à voler. »

Il but une gorgée de son thé chaud. Quelle que fût sa façade, il était de plus en plus anxieux. Et un sentiment similaire et plus énervant commençait à naître en moi. *Et si ça marche vraiment ?*

« Oh, mais ça marchera, déclara-t-il de son ton grave et convaincu. Et il y a d'autres excellentes raisons pour lesquelles je ne voudrais pas tenter de vous nuire. Laissez-moi vous les énumérer.

— Je vous en prie.

— Eh bien, vous pourriez sortir de cette enveloppe mortelle si je m'y attaquais. J'ai déjà expliqué que vous devez coopérer.

— Et si vous étiez trop rapide ?

— C'est une question purement académique. Je n'essaierai pas de vous faire de mal. Vos amis le sauraient si je le faisais. Aussi longtemps que vous, Lestat, serez ici à l'intérieur d'un corps humain sain, vos compagnons ne songeraient pas à détruire votre corps surnaturel, même si c'est moi qui suis aux commandes. Ils ne vous feraient pas ça maintenant, n'est-ce pas ? Mais si je vous tuais — vous savez, si je vous fracassais le visage ou je ne sais quoi avant que vous ayez pu vous dégager... et Dieu sait que c'est une possibilité, j'en suis moi-même tout à fait conscient, je vous assure ! — vos compagnons découvriraient tôt ou tard que je suis un imposteur et je vous garantis qu'ils ne tarderaient pas à se débarrasser de moi. Voyons, ils sentiraient sans doute votre mort au moment où elle se produirait. Vous ne croyez pas ?

— Je ne sais pas. Mais ils finiraient par tout découvrir.

— Bien sûr !

— Il faut absolument que vous les évitiez tant que vous êtes dans mon corps, que vous n'approchiez pas La Nouvelle-Orléans, que vous vous teniez à l'écart de tous les buveurs de sang, même les plus faibles. Votre talent pour vous dissimuler, il faut l'utiliser, vous comprenez...

— Oui, certainement. J'ai envisagé tous les aspects de l'entreprise, soyez-en assuré. Si je m'avisais de brûler votre beau Louis de Pointe du Lac, les autres le sauraient immédiatement, n'est-ce pas ? Et je pourrais bien être moi-même la prochaine torche à brûler de tout son éclat au cœur de la nuit. »

Je ne répondis pas. Je sentais la colère bouger en moi comme si c'était un liquide glacé, chassant toute impatience et tout courage. Mais j'avais envie de cette aventure ! J'en avais envie et elle était presque à portée de ma main !

« N'allez pas vous embarrasser de telles absurdités », supplia-t-il. Ses manières ressemblaient tant à celles de David Talbot. Peut-être était-ce délibéré. Peut-être David était-il son modèle. Mais je pensais que c'était plus une affaire d'éducation similaire et d'un don de persuasion que même David ne possédait pas. « Je ne suis pas vraiment un meurtrier, vous savez, dit-il avec une soudaine intensité. C'est le fait d'acquérir qui représente tout. Je veux le confort, la beauté autour de moi, tout le luxe imaginable, la faculté d'aller vivre où bon me semble.

— Vous ne voulez pas d'instructions ?

— A propos de quoi ?

— De ce qu'il faudra faire quand vous serez à l'intérieur de mon corps.

— Vous m'avez déjà donné les instructions, mon cher. J'ai lu vos livres. » Il me gratifia d'un large sourire, penchant un peu la tête et me regardant comme s'il essayait de m'attirer dans son lit. « J'ai lu aussi tous les documents qui sont dans les archives du Talamasca.

— Quelles sortes de documents ?

— Oh ! des descriptions détaillées de l'anatomie du vampire — vos évidentes limites, ce genre de choses. Vous devriez les lire vous-même. Ça vous ferait peut-être rire. Les premiers chapitres ont été rédigés à l'époque du haut Moyen Age et sont bourrés d'extraordinaires absurdités qui auraient fait pleurer de rire Aristote lui-même. Mais les dossiers plus récents sont tout à fait scientifiques et précis. »

Je n'aimais pas la tournure que prenait la discussion. Je n'aimais rien de ce qui se passait. J'étais tenté d'en finir maintenant. Et puis, brusquement, je sus que j'allais poursuivre cette affaire jusqu'au bout. Je le savais.

Un calme étrange descendit sur moi. Oui, nous allions faire cela dans quelques minutes. Et ça allait marcher. Je sentis mon visage pâlir : un imperceptible rafraîchissement de la peau encore douloureuse après la terrible épreuve qu'elle avait subie au soleil.

Je doute qu'il eût remarqué ce changement ou constaté que mon expression s'était durcie, car il continua à discourir.

« Les observations rédigées dans les années 1970, après la publication d'*Entretien avec un vampire* sont fort intéressantes. Et puis les plus récents chapitres, inspirés de l'histoire fragmentaire et fantaisiste de votre espèce — mon Dieu ! Non, je sais tout de votre corps. J'en sais même peut-être plus sur lui que vous. Savez-vous ce que veut vraiment le Talamasca ? Un échantillon de votre tissu, un spécimen de vos cellules de vampire ! Vous seriez bien avisé de veiller à ce qu'ils ne s'en procurent jamais. Vous avez parlé trop librement avec Talbot, vraiment. Peut-être vous a-t-il rogné les ongles ou coupé une mèche de cheveux pendant que vous dormiez sous son toit. »

Une mèche de cheveux. N'y avait-il pas une mèche de cheveux blonds dans ce médaillon ? Ce devaient être des cheveux de vampire ! Les cheveux de Claudia. Je frissonnai, m'enfonçant plus profondément en moi-même et l'excluant. Voilà des siècles, il y avait eu une nuit terrible où Gabrielle, ma mère mortelle, et son rejeton nouveau-né lui avaient coupé ses cheveux de vampire. Durant les longues heures de la journée, alors qu'elle était allongée dans le cercueil, ils avaient tous repoussé. Je ne voulais pas me rappeler ses hurlements en découvrant la chose. Ces magnifiques tresses de nouveau longues et abondantes sur ses épaules. Je ne voulais pas penser à elle et à ce qu'elle pourrait me dire maintenant à propos de ce que je me proposais de faire. Cela faisait des années que je ne l'avais vue. Il pourrait s'écouler des siècles avant que je ne la revoie.

De nouveau je regardai James, assis là, rayonnant d'impatience, mais s'efforçant de prendre un air patient, son visage éclairé par la douce lumière.

« Oubliez le Talamasca, murmurai-je. Pourquoi avez-vous tant de mal avec ce corps ? Vous êtes maladroit. Vous n'êtes à l'aise que quand vous êtes assis dans un fauteuil et que vous pouvez laisser faire votre voix et votre visage.

— Vous êtes très perspicace, dit-il, avec une inébranlable courtoisie.

— Je ne crois pas. C'est assez évident.

— C'est simplement un corps trop grand, dit-il avec calme. Il est trop musclé aussi... dirons-nous, athlétique ? Mais pour vous, il est parfait. »

Il s'arrêta, regarda la tasse de thé d'un air songeur, puis releva les yeux vers moi. Ils semblaient si grands, si innocents.

« Allons, Lestat, fit-il. Pourquoi perdre notre temps avec cette conversation ? Je n'ai pas l'intention d'aller danser avec le Royal Ballet une fois que je serai en vous. Je compte simplement profiter de toute cette expérience, faire des tentatives, voir le monde par vos yeux. » Il jeta un coup d'œil à sa montre. « Ma foi, je vous offrirais bien un petit verre pour ranimer votre courage, mais au bout du compte ce serait frustrant, n'est-ce pas ? Oh ! au fait, le passeport. Avez-vous pu vous en procurer un ? Vous vous rappelez, je vous ai demandé de me trouver un passeport. J'espère que vous n'avez pas oublié et, évidemment, j'ai un passeport pour vous. Mais j'ai peur que vous n'alliez nulle part avec ce blizzard... »

Je posai mon passeport sur la table devant lui. Il plongea la main sous son chandail, prit le sien dans sa poche de chemise et le déposa dans ma main.

Je l'examinai. C'était un passeport américain et un faux. Même la date de délivrance, deux ans plus tôt, était fausse. Raglan James. 26 ans. Photo correspondante. Bonne photo d'ailleurs. Et cette même adresse à Georgetown.

Il examinait le passeport américain — faux lui aussi — que je lui avais donné.

« Ah, votre peau bronzée ! Vous avez fait préparer cela tout exprès... Ça a dû être la nuit dernière. »

Je ne pris pas la peine de répondre.

« Comme c'est habile de votre part, dit-il, et quelle bonne photo. » Il inspecta le document. « Clarence Oddbody. Où êtes-vous allé trouver un nom comme ça ?

— Une petite plaisanterie pour initiés. Qu'est-ce que ça fait ? Vous ne l'aurez que ce soir et demain soir, dis-je en haussant les épaules.

— C'est vrai. Tout à fait vrai.

— Je compte sur vous ici vendredi matin entre trois et quatre heures du matin.

— Excellent. » Il allait mettre le passeport dans sa poche, puis se reprit avec un rire bref. Ses yeux se fixèrent sur moi et une expression de pure délice se peignit sur son visage. « Êtes-vous prêt ?

— Pas tout à fait. » Je pris dans ma poche un portefeuille, l'ouvris et en tirai environ la moitié des billets qu'il contenait que je lui remis.

« Ah ! oui, l'argent de poche, comme c'est aimable à vous de vous en souvenir, dit-il. Dans mon excitation, j'oublie tous les détails importants. Inexcusable, et vous êtes un tel gentleman. »

Il rassembla les billets et une fois de plus se reprit avant de les fourrer dans ses poches. Il les reposa sur la table et sourit.

Je posai ma main sur le portefeuille. « Le reste est pour moi, dès l'instant où nous aurons fait l'échange. Je pense que la somme que je vous ai remise vous suffira ? Le petit voleur qu'il y a en vous ne va pas être tenté de rafler ce qui reste ?

— Je ferai de mon mieux pour me conduire comme il faut, dit-il avec bonne humeur. Maintenant, voulez-vous que je me change ? J'ai volé ces vêtements spécialement pour vous.

— Ils sont très bien.

— Faut-il que je vide ma vessie, peut-être ? Ou aimeriez-vous en avoir le privilège ?

— Certainement. »

Il acquiesça. « J'ai faim. J'ai pensé que cette solution vous plairait. Il y a un excellent restaurant en bas de la rue. Chez Paolo. Très bons spaghettis carbonara. Même dans la neige, vous pouvez y aller à pied.

— Merveilleux. Je n'ai pas faim. J'ai pensé que ce serait plus facile pour vous. Vous avez parlé d'une voiture. Où est-elle ?

— Oh ! oui, l'auto. Dehors, à gauche du perron. Une Porsche rouge, j'ai pensé que vous l'apprécieriez. Voici les clés. Mais prenez garde...

— A quoi ?

— Eh bien, à la neige, évidemment ; vous n'arriverez peut-être pas à la déplacer.

— Merci de l'avertissement.

— Je n'ai pas envie que vous vous blessiez. Ça me coûterait vingt millions si vous n'étiez pas ici vendredi comme prévu. Néanmoins, le permis de conduire avec la photo qui convient est dans le bureau du living-room. Qu'y a-t-il ?

— Des vêtements pour vous, dis-je. J'ai oublié de m'en procurer, à part ceux que j'ai sur moi.

— Oh, voilà longtemps que j'y ai pensé, quand je fouinais dans votre chambre d'hôtel à New York. J'ai ma garde-robe, vous n'avez pas à vous inquiéter, et j'aime bien ce costume de velours noir. Vous vous habillez vraiment très bien. Vous l'avez toujours fait, n'est-ce pas ? Mais il est vrai que vous venez d'une époque où les toilettes étaient si somptueuses. Notre époque doit vous sembler terriblement morne. Ce sont des boutons anciens ? Bah, j'aurai le temps de les examiner.

— Où comptez-vous aller ?

— Où j'ai envie d'aller, bien sûr. Vous perdez courage ?

— Non.

— Vous savez conduire la voiture ?

— Oui. Sinon, je trouverai.

— Vous pensez ? Vous croyez que vous aurez toujours votre intelligence surnaturelle quand vous serez dans ce corps-ci ? Je me demande. Je n'en suis pas sûr. Les petites synapses du cerveau mortel pourraient bien ne pas se connecter si vite.

— Je ne connais rien aux synapses, dis-je.

— Bon. Alors, commençons, dit-il.

— Oui, c'est le moment, je crois. » Mon cœur était noué, serré dans ma poitrine, mais James prit aussitôt des manières autoritaires et impérieuses.

« Écoutez attentivement, dit-il. Je veux que vous émergiez de votre corps, mais pas avant que j'aie fini de parler. Vous allez vous déplacer vers le haut. Vous l'avez déjà fait. Quand vous serez près du plafond et que vous nous regarderez tous les deux à cette table, vous vous concentrerez pour vous introduire dans ce corps. Il ne faudra penser à rien d'autre. Il ne faut pas laisser la peur briser votre concentration. Vous ne devrez pas vous demander comment cela s'effectue. Il faudra que vous descendiez dans ce corps, que vous raccordiez totalement et instantanément chaque fibre et chaque cellule. Imaginez-vous en train de le faire ! Imaginez-vous déjà à l'intérieur.

— Oui, je vous suis.

— Comme je vous l'ai dit, il y a dedans quelque chose d'invisible, quelque chose qui reste de l'occupant original et ce quelque chose est avide de se retrouver complet — avec votre âme. »

J'acquiesçai. Il poursuivit.

« Vous serez peut-être la proie de toute une gamme de sensations déplaisantes. Ce corps, quand vous vous glisserez dedans, vous paraîtra très compact, vous aurez l'impression qu'il vous serre. Ne vacillez pas. Représentez-vous votre esprit envahissant les doigts de chaque main, de chaque pied. Regardez par les yeux. C'est le plus important. Parce que les yeux font partie du cerveau. Quand vous regardez à travers eux, vous vous ancrez au cerveau. Vous ne risquerez pas de vous détacher, vous pouvez en être sûr. Une fois dedans, il faudra pas mal d'effort pour sortir.

— Est-ce que je vous verrai sous forme d'esprit au moment de l'échange ?

— Non, pas du tout. Vous pourriez, mais cela détournerait de votre but immédiat une grande partie de votre concentration. Il ne faudra rien voir d'autre que ce corps ; il faudra entrer dedans, commencer à bouger, à respirer et à voir à travers lui, comme je vous l'ai dit.

— Oui.

— Maintenant, une chose qui va vous effrayer, ce sera la vue de votre propre corps, inanimé, ou finalement habité par moi. Ne vous laissez pas obnubiler par le spectacle. A ce stade, il faut une certaine confiance et un peu d'humilité. Croyez-moi quand je vous dis que je prendrai possession de votre corps sans l'endommager, et puis je partirai aussitôt de façon à vous éviter de penser sans cesse à ce que nous avons fait. Vous ne me reverrez que vendredi matin, comme nous en sommes convenus. Je ne vous parlerai pas, car le son de ma voix sortant de votre bouche vous dérangerait, vous troublerait, vous comprenez ?

— Quel son aura votre voix ? Quel son aura la mienne ? »

Une fois de plus il regarda sa montre, puis se retourna vers moi. « Il y aura des différences, dit-il. La dimension du larynx n'est pas la même. Cet homme, par exemple, donnait à ma voix une légère profondeur que je n'ai pas en général. Mais, bien entendu, vous conserverez votre rythme de parole, votre accent, vos façons de parler. Seul le timbre ne sera plus le même. Oui, c'est le mot juste. »

Je le regardai longuement.

« Est-ce important que je sois persuadé que c'est faisable ?

— Non, dit-il avec un grand sourire. Il ne s'agit pas d'une séance. Vous n'avez pas besoin d'attiser le feu pour le médium avec votre foi. Vous allez le voir en un instant. Voyons, qu'y a-t-il d'autre à dire ? » Tendu, il se pencha en avant dans son fauteuil.

Le chien poussa soudain un sourd grognement.

Je le calmai de la main.

« Allez-y ! fit James, d'une voix qui n'était plus qu'un murmure. Sortez de votre corps maintenant ! »

Je me rassis, de nouveau ordonnant d'un geste au chien de rester tranquille. Puis je m'imposai de m'élever et je sentis soudain dans toute mon enveloppe une vibration qui allait de la tête aux pieds. Enfin vint la merveilleuse conscience que je m'élevais bel et bien, sous la forme d'un esprit, libre et en apesanteur, ma forme masculine encore visible à mes yeux avec ses bras et ses jambes, s'étalant juste au-dessous du plafond blanc, si bien qu'en regardant vers le bas j'eus le stupéfiant spectacle de mon propre corps assis immobile dans le fauteuil. Oh ! quelle magnifique impression, comme si en un instant je pouvais aller n'importe où ! Comme si je n'avais pas besoin de ce corps et que le lien que j'avais avec lui n'avait été qu'une duperie depuis l'instant de ma naissance.

L'enveloppe physique de James s'affaissa imperceptiblement en avant et ses doigts commencèrent à s'avancer sur le plateau blanc de la table. Il ne fallait pas me laisser distraire. L'essentiel, c'était l'échange !

« Descends, descends dans ce corps ! » dis-je tout haut. Mais on n'entendait aucune voix et puis, sans un mot, je me forçai à plonger et à me fondre avec cette nouvelle chair, cette enveloppe corporelle.

Un vacarme de torrent m'emplit les oreilles, puis la sensation d'être serré, comme si mon être tout entier se trouvait enfoncé de force dans un tuyau étroit et glissant. C'était atroce ! J'avais envie de liberté. Mais je me sentais emplir les bras et les jambes vides, la chair lourde et palpitante qui se refermait sur moi, tandis qu'un masque de sensations similaires me recouvrait le visage.

Je fis un effort pour ouvrir les yeux avant même de comprendre ce que je faisais, que je clignais des paupières ou en vérité les plissais, je regardais par des yeux mortels la pièce faiblement éclairée, que je contemplais mon ancien corps juste en face de moi, mes anciens yeux bleus me scrutant derrière les verres violets de mes lunettes, que je contemplais mon ancienne peau hâlée.

J'avais l'impression que j'allais suffoquer — il fallait que j'échappe à cela ! — mais l'idée me frappa soudain, j'étais dedans ! J'étais dans le corps ! L'échange avait eu lieu. Irrésistiblement, je pris une profonde inspiration, faisant mouvoir par là même cette monstrueuse enveloppe de chair, puis je me frappai la poitrine de la main, horrifié de la sentir aussi épaisse, et j'entendis le lourd clapotement du sang qui passait dans mon cœur.

« Mon Dieu, je suis dedans », m'écriai-je, luttant pour dissiper l'obscurité qui m'entourait, ce voile d'ombre qui m'empêchait de voir plus clairement la forme brillante devant moi, qui maintenant s'animait.

Mon ancien corps se dressa, les bras levés comme dans un geste d'horreur, une main heurtant le lustre et faisant exploser l'ampoule, tandis que le fauteuil en dessous se renversait sur le sol. Le chien se leva d'un bond et poussa une série d'aboiements rauques et menaçants.

« Non, Mojo, couché, mon garçon », m'entendis-je crier de cette grosse gorge de mortel, m'efforçant encore de voir dans l'obscurité et incapable d'y parvenir et me rendant compte que c'était ma main qui empoignait le collier du chien et qui le tirait en arrière avant qu'il puisse attaquer l'ancien corps de vampire, lequel fixait le chien avec une totale stupéfaction, ses yeux bleus étincelants, grands ouverts et le regard vide.

« Mais oui, tue-le », lança la voix de James, dans un rugissement assourdissant qui sortait de mon ancienne bouche surnaturelle.

Je portai aussitôt les mains à mes oreilles pour me protéger de ce fracas. Le chien de nouveau se précipita en avant et, une fois de plus, je l'empoignai par son collier, mes doigts douloureusement crispés sur les maillons, stupéfait de sa force et du peu qu'il semblait y avoir dans mes bras de mortel. Mon Dieu, dire qu'il fallait que je fasse fonctionner ce corps-là ! Et ce n'était qu'un chien et moi j'étais un mortel plutôt fort !

« Arrête, Mojo ! » le suppliai-je tandis qu'il m'entraînait hors du fauteuil et me faisait brutalement tomber à genoux. « Et vous, sortez d'ici ! » hurlai-je. J'avais terriblement mal aux genoux. La voix était chétive et sans éclat. « Sortez ! » criai-je encore.

La créature qui avait été moi passa en dansant, battant encore des bras et vint s'écraser contre la porte de derrière, fracassant les carreaux et laissant entrer une bouffée de vent glacial. Le chien était furieux et je n'arrivais presque plus à le maîtriser.

« Sortez ! » vociférai-je encore une fois et je regardai avec consternation la créature reculer tout droit maintenant à travers la porte, faisant voler des éclats de bois et de ce qui restait de verre, pour s'élever au-dessus des marches de la véranda dans la nuit enneigée.

Je l'aperçus un dernier instant, suspendu entre ciel et terre au-dessus du perron, hideuse apparition, avec la neige qui tourbillonnait autour de lui, ses membres s'agitant maintenant de concert comme s'il nageait dans une mer invisible. Ses yeux bleus étaient encore grands ouverts et son regard stupide, comme s'il n'arrivait pas à modeler de façon expressive la chair surnaturelle qui les entourait, et ils étincelaient comme deux joyaux incandescents. Sa bouche — mon ancienne bouche — s'élargissait en un rictus incompréhensible.

Puis il disparut.

J'avais le souffle coupé. Il faisait glacial dans la pièce, avec le vent qui s'engouffrait dans tous les coins, faisant se heurter les casseroles de cuivre sur leurs râteliers et battre la porte de la salle à manger. Brusquement le chien se calma.

Je me rendis compte que j'étais assis par terre auprès de lui, que j'avais le bras droit passé autour de son cou et le gauche enfoui contre la fourrure de son torse. Chaque inspiration me faisait mal, je clignotais au milieu des flocons de neige qui me volaient dans les yeux et j'étais prisonnier de ce corps inconnu rembourré de poids de plomb et de toile à matelas, et l'air glacé me mordait le visage et les mains.

« Bonté divine, Mojo, soufflai-je dans son oreille rose et douce. Bonté divine, ça y est. Je suis un mortel. »

CHAPITRE 11

« Très bien », dis-je bêtement, stupéfié encore une fois par la faible résonance de ma voix, si basse qu'elle fût. « C'est commencé, alors maintenant cramponne-toi. » Et cette idée me fit rire.

Le pire, c'était le vent glacé. Je claquais des dents. La sensation de morsure que j'éprouvais sur ma peau était tout à fait différente de la douleur que je ressentais comme vampire. Il fallait absolument réparer cette porte, mais je n'avais aucune idée sur la façon de m'y prendre.

En restait-il quelque chose d'ailleurs ? Je ne pouvais pas le dire. Autant essayer de voir à travers un nuage de fumée toxique. Je me remis lentement sur mes pieds, prenant aussitôt conscience de ma taille plus élevée et me sentant très peu stable sur mes jambes.

Tout ce qu'il y avait de chaleur s'était échappé de la pièce. D'ailleurs j'entendais la maison tout entière secouée par le vent qui s'engouffrait. A pas lents et prudents, je sortis sur le perron. Verglacé. Mes pieds me firent glisser sur la droite et je me heurtai au chambranle de la porte. La panique me saisit, mais je parvins à empoigner le bois humide de ces gros doigts tremblants et à m'empêcher de dévaler les marches. De nouveau j'écarquillai les yeux pour scruter l'obscurité mais je ne distinguais rien clairement.

« Calme-toi », me dis-je, me rendant compte que mes doigts tout à la fois s'engourdissaient et ruisselaient de sueur et que mes pieds eux aussi devenaient douloureusement gourds. « Il n'y a pas de lumière artificielle ici, voilà tout, et tu regardes avec des yeux de mortel. Maintenant fais quelque chose d'intelligent ! » Marchant avec les plus grandes précautions et manquant glisser encore, je revins à l'intérieur.

J'aperçus la vague silhouette de Mojo assis là, à me regarder, haletant, et il y avait un petit éclair lumineux dans un de ses yeux sombres. Je lui parlai doucement.

« C'est moi, mon vieux Mojo, tu comprends ? C'est moi ! » Et je caressai très doucement le pelage entre ses oreilles. Je trouvai à tâtons la table et je m'assis dans le fauteuil, très gauchement, encore une fois étonné de l'épaisseur de ma chair nouvelle et de sa mollesse, et je portai une main à ma bouche.

Ça y est vraiment, espèce d'idiot, me dis-je. Il n'y a pas de doute là-dessus. C'est un merveilleux miracle, voilà tout. Te voilà bel et bien libéré de ce corps surnaturel ! Tu es un être humain. Tu es un homme. Maintenant, assez de cet affolement. Pense comme le héros que tu te flattes d'être ! Il y a des problèmes pratiques à régler. La neige te tombe dessus. Cette enveloppe mortelle est en train de geler, bon sang. Alors occupe-toi de tout cela !

Je me contentai pourtant d'ouvrir plus grands mes yeux et de fixer ce qui me semblait être de la neige qui s'amassait en petits cristaux étincelants sur la surface blanche de la table, m'attendant à tout instant à constater que cette vision allait devenir plus distincte, alors que bien sûr, ce n'était pas le cas.

Mais c'est du thé renversé, n'est-ce pas ? Et du verre brisé. Ne va pas te couper sur des éclats de verre, tu ne cicatriseras pas ! Mojo s'approcha de moi, ma jambe tremblante accueillit avec plaisir son large flanc à la tiède fourrure. Mais pourquoi cette sensation me semblait-elle si distante, comme si j'étais enveloppé dans des couches de flanelle ? Pourquoi ne pouvais-je pas sentir sa merveilleuse odeur de laine bien propre ? D'accord, tes sens sont limités. Tu aurais dû t'y attendre.

Maintenant, va regarder dans un miroir ; constate le miracle. Oui, ferme bien toute cette pièce.

« Allons, mon garçon », dis-je au chien, et nous quittâmes la cuisine pour passer dans la salle à manger — chaque pas que je faisais me paraissant gauche, lent et pesant — et avec des doigts tâtonnants et maladroits, je fermai la porte. Le vent la heurta de plein fouet et un peu d'air se glissa par les interstices, mais le battant tenait bon.

Je me retournai, perdant une seconde l'équilibre, puis me redressant. Ce ne devrait pas être si dur d'attraper le tour de main pour faire tout ça, bonté divine ! Je retrouvai mon équilibre, puis je regardai mes pieds, étonné de les voir aussi grands, et ensuite mes mains, de bonne taille elles aussi. Pas mal, non, pas mal. Pas d'affolement ! La montre me gênait, mais j'en avais besoin. Bon, garde la montre. Quant aux bagues. Je n'en voulais absolument pas. Elles me grattaient. Je voulus les ôter. Impossible ! Elles ne bougeaient pas. Seigneur !

Allons, assez ! Tu vas te mettre en colère parce que tu n'arrives pas à retirer ces bagues. C'est ridicule. Doucement, le savon, ça existe, tu sais. Savonne-toi les mains, ces grandes mains sombres et glacées, et les bagues vont s'en aller.

Je croisai les bras et de mes mains je me tâtai les côtés, horrifié de sentir sous ma chemise la sueur humaine, rien de comparable à une sueur de sang, puis je pris une lente et profonde inspiration, sans m'occuper du poids qui m'écrasait la poitrine, de cette impression de déchirement que j'éprouvais au seul fait de respirer, et je m'obligeai à regarder la pièce.

Ce n'est pas le moment de pousser un hurlement de terreur. Regarde simplement la pièce.

Il faisait très sombre. Une lampe sur pied était allumée tout au fond, dans un coin et une autre petite lampe sur la cheminée, mais il faisait quand même terriblement sombre. J'avais l'impression d'être sous l'eau, que l'eau était opaque, peut-être même obscurcie par des nuages d'encre.

C'est normal. C'est mortel. C'est ainsi qu'ils voient. Comme tout cela me paraissait sinistre, comme cela me semblait une vue parcellaire, où je ne retrouvais rien des grands espaces où un vampire évoluait.

Quelle affreuse pénombre, avec l'éclat sombre des chaises, la table à peine visible, la pâle lumière dorée qui rôdait dans les coins, les moulures en haut des murs se perdant dans l'ombre, une ombre impénétrable, et combien épouvantable était l'obscurité déserte du vestibule !

N'importe quoi aurait pu se cacher dans ces ombres : un rat, n'importe quoi. Il aurait pu y avoir un autre être humain dans cette entrée. Je baissai les yeux vers Mojo et je fus stupéfait encore une fois de voir comme sa forme était indistincte, comme il me semblait mystérieux d'une façon radicalement différente. C'était cela, les choses perdaient leurs contours dans cette sorte d'obscurité. Impossible vraiment d'estimer leur grain ou leurs dimensions.

Ah ! il y avait le miroir au-dessus de la cheminée.

Je m'en approchai, frustré par la douleur de mes membres, par une peur soudaine de trébucher et par le besoin de regarder plus d'une fois où je mettais les pieds. Je posai la petite lampe sous le miroir et puis je regardai mon visage.

Ah ! oui. J'étais derrière lui maintenant et comme il avait l'air étonnamment différent. C'en était fini de la tension, de ce terrible éclat nerveux du regard. C'était un jeune homme qui me dévisageait et il semblait presque effrayé.

Je levai ma main pour tâter la bouche, les sourcils, le front, un peu plus haut que le mien, et puis la douce chevelure. Le visage était fort plaisant, infiniment plus que je ne m'en étais rendu compte, carré et sans ride marquée, fort bien proportionné et avec un regard dramatique. Mais je n'aimais pas l'expression de peur qu'il y avait dans ces yeux. Non, pas du tout. J'essayai de voir quelque chose de différent, de prendre possession de ces traits de l'intérieur pour leur faire exprimer l'émerveillement que je ressentais. Ce n'était pas chose facile. Et je ne suis pas sûr que j'éprouvais le moindre émerveillement. Hmm. Je ne distinguais rien sur ce visage qui vînt du dedans.

Lentement j'ouvris la bouche et je parlai. Je dis en français que dans ce corps j'étais Lestat de Lioncourt et que tout allait bien. L'expérience avait réussi ! J'en étais à la toute première heure, cette canaille de James avait disparu et tout avait bien fonctionné ! Un peu de ma propre ardeur apparut alors dans les yeux ; et quand je souris, je vis du moins pour quelques secondes ma propre nature espiègle avant que le sourire ne s'effaçât pour me laisser l'air vide et abasourdi.

Je me tournai pour regarder le chien, qui était tout près de moi, et qui me regardait, comme d'habitude, parfaitement satisfait.

« Comment sais-tu que je suis là-dedans ? demandai-je. Au lieu de James ? »

Il pencha la tête de côté et dressa une oreille.

« Allons, dis-je. Assez de toute cette faiblesse et de cette folie, secouons-nous ! » Je m'avançai vers les ténèbres du vestibule et soudain ma jambe droite se déroba sous moi et je m'affalai lourdement, ma main gauche glissant sur le plancher pour freiner ma chute, ma tête heurtant la cheminée de marbre et mon coude frappant avec violence l'âtre dans une explosion de douleur. Dans un grand fracas, pelles et pincettes dégringolèrent sur moi, mais ce n'était rien. Je m'étais cogné le nerf du coude et la souffrance était comme un feu qui me remontait le long du bras.

Je me retournai à plat ventre et je restai immobile en attendant que la douleur se calme. Ce fut seulement alors que je m'aperçus que j'avais des élancements dans la tête après ce heurt terrible contre le marbre. Levant la main, je sentis dans mes cheveux la poisseur du sang. Du sang !

Ah ! c'était beau. Louis trouverait cela si drôle, me dis-je. Je me relevai, la douleur se déplaçant pour passer à droite derrière mon front, comme si c'était un poids qui avait glissé du devant de mon crâne et je dus me cramponner à la tablette pour ne pas tomber.

Un de ces nombreux petits tapis gisait en boule sur le sol devant moi. Voilà le coupable. Je le repoussai d'un coup de pied, je me retournai et avec beaucoup de prudence et de lenteur, je m'avançai dans le vestibule.

Mais où allais-je ? Que comptais-je faire ? La réponse me vint tout d'un coup. J'avais la vessie pleine et l'inconfort avait empiré avec ma chute. J'avais envie de pisser.

N'y avait-il pas quelque part en bas des toilettes ? Je trouvai le commutateur du vestibule et j'allumai le grand lustre. Un long moment, je contemplai toutes les petites ampoules — et il devait bien y en avoir une vingtaine — m'apercevant que cela faisait quand même pas mal de lumière, mais personne n'avait dit que je ne pouvais pas allumer toutes les lampes de la maison.

J'entrepris de le faire. Je traversai le salon, la petite bibliothèque et le couloir du fond. Chaque fois, l'éclairage me déçut, cette impression d'obscurité refusait de me quitter, le contour indistinct des choses me laissait un peu inquiet et déconcerté.

Je finis par grimper prudemment l'escalier, craignant à

chaque instant de perdre l'équilibre ou de trébucher, et agacé de cette légère douleur que j'éprouvais dans les jambes. De si longues jambes.

Quand je me retournai pour regarder en bas de l'escalier, je restai abasourdi. Tu pourrais tomber et te tuer, me dis-je.

Je tournai les talons et j'entrai dans la petite salle de bains exiguë, où je ne tardai pas à trouver la lumière. J'avais envie de pisser, une terrible envie et cela faisait plus de deux cents ans que je n'avais pas fait cela.

Je fis glisser la fermeture de ce pantalon moderne et j'en sortis mon organe, qui me surprit aussitôt par sa mollesse et par sa taille. Sa taille, bien sûr, était convenable. Qui ne veut pas voir ces organes-là être de bonnes dimensions ? Il était circoncis, ce qui était un charmant détail. Cependant, cette mollesse me paraissait extraordinairement répugnante et je n'avais pas envie de toucher cette chose. Je dus me rappeler que cet organe se trouvait être le mien. Charmant !

Et que dire de l'odeur qui en émanait et de celle qui montait de la toison qui l'entourait ? Ah ! c'est à toi aussi, mon petit ! Maintenant fais fonctionner tout ça.

Je fermai les yeux, exerçai très maladroitement une certaine pression, peut-être avec trop de vigueur et un grand jet d'urine puante jaillit de l'objet, manquant complètement la cuvette pour venir arroser le siège blanc.

Révoltant. Je reculai, corrigeai le tir et regardai avec une fascination écœurée l'urine emplir la cuvette en même temps que des bulles se formaient à la surface et que l'odeur devenait de plus en plus forte et de plus en plus écœurante jusqu'au moment où je ne pus la supporter davantage. Enfin ma vessie fut vide. Je fourrai cet objet flasque et répugnant dans mon pantalon, remontai la fermeture à glissière et rabattis le couvercle des toilettes. Je tirai sur la poignée. L'urine s'en alla, sauf les éclaboussures qui avaient frappé le siège et le plancher.

Je tentai de prendre une profonde inspiration, mais cette répugnante odeur m'entourait de partout. Je levai les mains pour constater qu'elle était aussi sur mes doigts. Je fis aussitôt couler l'eau dans le lavabo, m'emparai du savon et me mis au travail. Je me savonnai inlassablement les mains sans pouvoir être sûr qu'elles étaient vraiment propres. La peau était bien plus poreuse que ma peau surnaturelle ; je me rendis compte qu'elle me paraissait sale ; et puis j'entrepris de tirer sur ces vilaines bagues d'argent.

Même avec toute cette mousse, elles ne s'en allaient pas. Je réfléchis un moment. Oui, le misérable les portait à La Nouvelle-Orléans. Sans doute ne pouvait-il pas les ôter non plus et voilà maintenant que j'étais coincé avec ces anneaux ! J'avais perdu toute patience, mais il n'y avait rien à faire à moins de pouvoir trouver un bijoutier qui sût comment les retirer avec une petite scie, des pinces ou quelque autre instrument. Cette seule pensée m'emplit d'une telle anxiété que j'avais tous les muscles tendus et qui se relâchaient avec des spasmes douloureux. Je me forçai à m'arrêter.

Je me rinçai les mains avec une insistance ridicule, et puis je pris la serviette pour les essuyer, dégoûté encore une fois par leur texture absorbante et par les petits cernes noirs autour des ongles. Bon sang, pourquoi cet idiot ne se lavait-il pas convenablement les mains ?

Je regardai alors dans le mur en glace au fond de la salle de bains et je vis s'y refléter un spectacle véritablement répugnant. Une grande tache d'humidité sur le devant de mon pantalon. Ce stupide organe n'était pas sec quand je l'avais fourré à l'intérieur !

Oh ! au bon vieux temps, je ne me serais jamais soucié de cela, n'est-ce pas ? Mais il est vrai que j'étais un gentilhomme campagnard crasseux qui se baignait en été ou quand l'envie le prenait de plonger dans un torrent de montagne.

Il était hors de question de garder cette tache d'urine sur mon pantalon ! Je sortis de la salle de bains passant devant le patient Mojo que je ne gratifiai que d'une petite caresse sur la tête, j'entrai dans la chambre de maître, ouvris toute grande la penderie où je trouvai un autre pantalon, de meilleure qualité, en flanelle grise ; je m'empressai d'ôter mes chaussures et de me changer.

Maintenant que devrais-je faire ? Eh bien, trouver quelque chose à manger, me dis-je. Je me rendis compte alors que j'avais faim ! Et, c'était bien là l'inconfort que j'avais éprouvé, en même temps que celui d'une vessie pleine, et d'une lourdeur générale depuis le début de cette petite saga.

Eh bien, mange ! Mais si tu manges, tu sais ce qui va

arriver ? Il faudra que tu retournes dans cette salle de bains, ou dans une autre, pour te soulager de toute cette nourriture digérée. Cette idée me donnait presque des haut-le-cœur.

En fait, je fus pris d'une telle nausée rien qu'à m'imaginer des excréments humains sortant de mon corps que je crus un moment que j'allais bel et bien vomir. Je restai assis au pied du lit, m'efforçant de maîtriser mes émotions.

Je me dis qu'il s'agissait là des aspects les plus simples de la condition humaine ; il ne me fallait pas les laisser masquer les questions plus importantes. Je me dis aussi que je me conduisais comme un parfait couard et non pas comme le ténébreux héros que je prétendais être. Oh ! comprenez moi, je ne crois pas vraiment que je sois un héros pour le monde. Mais j'ai décidé voilà longtemps que je devais vivre comme si j'en étais un — que je devais franchir toutes les difficultés auxquelles je me trouve confronté, car elles ne sont pour moi que d'inévitables cercles de feu.

Très bien, ce n'était là qu'un petit et misérable cercle de feu. Et je devais sans tarder mettre un terme à ma lâcheté. Manger, goûter, sentir, voir : c'était le nom de cette épreuve ! Oh ! mais quelle épreuve cela allait être.

Je me remis enfin debout, faisant des enjambées un peu plus longues pour m'adapter à ces nouvelles jambes, je revins à la penderie pour constater à ma stupéfaction qu'il n'y avait pas là beaucoup de vêtements. Deux pantalons de flanelle, deux vestes de lainage assez légères, toutes deux neuves, et peut-être trois chemises sur une étagère.

Hmm. Qu'était-il advenu de tout le reste ? J'ouvris le tiroir du haut de la commode. Vide. Tous les tiroirs d'ailleurs étaient vides. Comme le petit coffre auprès du lit.

Qu'est-ce que cela pouvait signifier ? Il avait emporté ses vêtements avec lui ou bien les avait fait envoyer quelque part, là où il était allé ? Pourquoi ? Ils n'iraient pas à son nouveau corps et il prétendait s'être occupé de tout cela. J'étais profondément troublé. *Cela pouvait-il vouloir dire que ce misérable ne comptait pas revenir ?*

C'était absurde. Il n'allait pas laisser passer la somme de vingt millions de dollars. Et je ne pouvais pas consacrer mon précieux temps de mortel à m'inquiéter heure après heure d'une pareille éventualité !

J'entrepris la périlleuse descente de l'escalier, Mojo avançant doucement auprès de moi. Je contrôlais maintenant à peu près sans effort ma nouvelle enveloppe, si lourde et inconfortable qu'elle me parût. J'ouvris la penderie du vestibule. Un vieux manteau était accroché à un cintre. Une paire de caoutchoucs. Rien d'autre.

J'allai jusqu'au bureau du salon. Il m'avait dit que je trouverais là le permis de conduire. Lentement j'ouvris le tiroir du haut. Vide. Vides aussi tous les autres. Ah ! mais il y avait des papiers dans un des tiroirs. Cela semblait avoir un rapport avec cette maison et nulle part le nom de Raglan James n'apparaissait. Je fis un effort pour comprendre ce qu'étaient ces documents. Mais le jargon officiel me déroutait. Je n'en percevais pas aussitôt la signification comme c'était le cas quand je regardais ces choses-là avec mes yeux de vampire.

Je me rappelai ce que James avait dit des synapses. Oui, ma pensée était plus lente. Oui, j'avais eu du mal à lire chaque mot.

Bah, quelle importance ? Donc, pas de permis de conduire. Ce qu'il me fallait, c'était de l'argent. Ah, oui, de l'argent. Je l'avais laissé sur la table. Bonté divine, le vent l'avait peut-être emporté dans la cour.

Je revins aussitôt dans la cuisine. Il faisait maintenant dans la pièce un froid horrible. La table, le fourneau et les casseroles de cuivre, tout était recouvert d'une fine couche blanche de givre. Le portefeuille avec l'argent n'était pas sur la table. Pas plus que les clés de voiture. Et l'ampoule, bien sûr, avait été fracassée.

Je me mis à genoux dans le noir et commençai à tâter par terre autour de moi. Je retrouvai le passeport. Mais pas de portefeuille. Pas de clé. Rien que des éclats de verre de l'ampoule explosée, qui me piquèrent les mains et me coupèrent en deux endroits. Un peu de sang perla sur mes mains. Aucune odeur. Pas véritablement de goût. J'essayai de voir sans tâtonner. Pas de portefeuille. Je sortis sur le perron, prenant garde cette fois de ne pas glisser. Pas de portefeuille. Impossible de voir dans l'épaisse couche de neige qui tapissait la cour.

Ah ! mais c'était inutile, n'est-ce pas ? Le portefeuille et les clefs étaient bien trop lourds pour avoir été emportés par le vent. C'était lui qui les avait pris ! Peut-être même était-il revenu les chercher ! L'abominable petit monstre ; et quand je compris qu'il était dans mon corps, dans mon superbe et puissant corps surnaturel au moment où il avait fait cela, je restai absolument pétrifié de rage.

Bon, tu pensais que ça pourrait t'arriver, n'est-ce pas ? C'était dans sa nature. Te voici de nouveau gelé, tu frissonnes. Retourne dans la salle à manger et ferme la porte.

C'est ce que je fis, mais je dus attendre Mojo qui prenait son temps comme s'il était absolument indifférent à la tourmente de neige. Il faisait froid maintenant dans la salle à manger puisque j'avais laissé la porte ouverte. En remontant précipitamment l'étage, je constatai d'ailleurs que la température de la maison tout entière avait chuté avec ce petit voyage jusqu'à la cuisine. Il fallait me souvenir de fermer les portes.

J'entrai dans la première des chambres inutilisées où j'avais caché l'argent dans la cheminée et, en tendant la main, je sentis non pas l'enveloppe que j'avais logée là, mais une unique feuille de papier. Je la retirai, déjà furieux, avant d'avoir allumé la lampe, ce qui me permit de lire les mots suivants :

> Vous êtes vraiment stupide de penser qu'un homme aussi doué que moi ne trouverait pas votre petite cachette. Pas besoin d'être un vampire pour déceler un peu d'humidité révélatrice sur le parquet et sur le mur. Amusez-vous bien. Je vous verrai vendredi. Faites attention à vous !
>
> Raglan James.

Un moment, j'étais trop en colère pour bouger. Je fumais littéralement. J'avais les mains crispées. « Sale petit mécréant ! » dis-je de cette petite voix sans timbre.

Je passai dans la salle de bains. Bien sûr, l'autre somme d'argent que j'avais planquée n'était pas derrière le miroir. Il n'y avait qu'un autre billet.

> Qu'est-ce que la vie humaine sans difficultés ? Il faut que vous compreniez que je ne peux pas résister à ces

petites découvertes. C'est comme laisser des bouteilles de vin traîner chez un alcoolique. Je vous verrai vendredi. Je vous en prie, marchez prudemment sur les trottoirs verglacés. Je ne voudrais pas que vous vous cassiez une jambe.

Avant d'avoir pu m'en empêcher, je frappai du poing dans le miroir. Ah ! bon. Joli coup ! Non pas un grand trou béant dans le mur, comme ç'aurait été le cas si Lestat le vampire avait fait cela, rien qu'un amoncellement de verre brisé. Voilà qui portait malheur. Sept ans de malheur !

Je tournai les talons, redescendis et retournai dans la cuisine, fermant cette fois la porte derrière moi et j'ouvris le réfrigérateur. Rien à l'intérieur ! Rien !

Ce petit démon, qu'est-ce que j'allais lui faire ! Comment pouvait-il s'imaginer qu'il allait s'en tirer de cette façon ? Croyait-il que j'étais incapable de lui verser vingt millions de dollars et ensuite de lui tordre le cou ? Qu'est-ce qu'il s'imaginait...

Hmm.

Était-ce aussi difficile à deviner ? Il ne reviendrait pas, n'est-ce pas ? Bien sûr que non.

Je retournai dans la salle à manger. Il n'y avait pas d'argenterie ni de porcelaine dans le vaisselier à porte vitrée. Mais il y en avait certainement hier soir. Je passai dans le vestibule. Pas de tableaux aux murs. J'inspectai le living-room. Pas de Picasso, de Jasper Johns, de de Kooning ni de Warhol. Tout avait disparu. Même les photographies des navires.

Les sculptures chinoises n'étaient plus là. Les rayonnages étaient à moitié vides. Et les tapis. Il n'en restait presque plus : un dans la salle à manger, grâce auquel j'avais failli me tuer ! Et un au pied des marches.

Cette maison avait été vidée de tous ses objets de valeur ! La moitié du mobilier avait disparu ! Le petit misérable n'allait pas revenir ! Cela n'avait jamais fait partie de son plan.

Je m'assis dans le fauteuil le plus proche de la porte. Mojo, qui m'avait fidèlement suivi, en profita pour s'allonger à mes pieds. Je plongeai la main dans son pelage, je tirai un peu sur sa fourrure, je la lissai et je songeai quel réconfort c'était que le chien fût là.

Bien sûr, James était stupide de me jouer ce tour. Pensait-il que je ne pouvais pas faire appel aux autres ?

Hmm. Appeler les autres à l'aide. Quelle idée parfaitement sinistre. Il ne fallait pas des trésors d'imagination pour deviner ce que dirait Marius si je lui racontais ce que j'avais fait. Selon toute probabilité il savait et il devait bouillir de désapprobation. Quant aux plus âgés, je frissonnais rien que d'y penser. Mon meilleur espoir à tout point de vue était qu'on ne remarquât pas l'échange de corps. Je l'avais compris dès le début. Le point capital en l'occurrence était que James ne savait pas à quel point les autres seraient furieux contre moi à cause de cette expérience. Il ne pouvait pas savoir. Et James ne connaissait pas non plus les limites du pouvoir qu'il possédait maintenant.

Ah ! mais tout cela était prématuré. Le vol de mon argent, le pillage de la maison : c'était l'idée que se faisait James d'une mauvaise plaisanterie, rien de plus, rien de moins. Il ne pouvait me laisser ici ni vêtements ni argent. Sa mesquine nature de petit voleur ne le lui permettait pas. Il avait besoin de tricher un peu, voilà tout. Bien sûr il comptait revenir et réclamer ses vingt millions de dollars. Il comptait sur le fait que je ne lui ferais aucun mal parce que j'aurais envie de tenter de nouveau cette expérience, parce que j'estimerais qu'il était le seul être à pouvoir la réussir.

Oui, c'était l'atout qu'il avait dans sa manche, me dis-je : je ne ferais rien à un mortel capable d'effectuer l'échange quand je voudrais recommencer.

Recommencer cela ! Je ne pus m'empêcher de rire. Je riais vraiment, et quel son étrange et bizarre c'était. Je fermai les yeux et je restai assis là un moment, détestant la sueur qui collait à mes côtes, la douleur qui me tenaillait le ventre et la tête, la sensation d'avoir les pieds et les mains capitonnés. Et quand je rouvris les yeux, tout ce que j'aperçus fut ce monde sinistre de contours flous et de couleurs pâles...

Refaire cela ? Ooooh ! maîtrise-toi, Lestat. Tu as serré les dents si fort que tu t'es blessé ! Tu t'es coupé la langue ! Tu te fais saigner la bouche ! Le sang a goût d'eau et de sel, rien que d'eau et de sel, d'eau et de sel ! Par l'enfer, maîtrise-toi. Arrête !

Au bout de quelques instants, je me calmai ; je me levai et me mis en quête d'un téléphone.

Il n'y en avait pas dans la maison.

Superbe !

Comme j'avais été stupide de ne pas prévoir avec soin toute cette expérience. Je m'étais laissé à ce point entraîner par les problèmes spirituels plus vastes que je n'avais pris aucune précaution élémentaire ! J'aurais dû avoir une suite au Willard et de l'argent dans le coffre de l'hôtel ! J'aurais dû prévoir une voiture.

Oh ! la voiture. Et la voiture, au fait ?

J'allai jusqu'à la penderie du vestibule, j'y pris le manteau, remarquai une déchirure dans la doublure — sans doute la raison pour laquelle il ne l'avait pas vendu — l'enfilai, navré qu'il n'y eût pas de gants dans les poches et sortis par-derrière, après avoir soigneusement fermé la porte de la salle à manger. Je demandai à Mojo s'il voulait m'accompagner ou rester là. Naturellement il voulut me suivre.

La neige dans l'allée avait près de trente centimètres d'épaisseur. Je dus patauger là-dedans et, quand je débouchai dans la rue, je m'aperçus que la couche était encore plus épaisse.

Bien entendu, pas de Porsche rouge. Ni à gauche du perron ni nulle part dans la rue. Pour être bien certain, je m'avançai jusqu'au coin puis je fis demi-tour et je revins. J'avais les pieds gelés, tout comme les mains, et la peau de mon visage me faisait mal.

Très bien, il me fallait partir à pied, du moins jusqu'à ce que j'eusse trouvé un téléphone public. Le vent poussait la neige dans ma direction, ce qui était une sorte de bénédiction, mais il est vrai que je ne savais pas où j'allais, n'est-ce pas ?

Quant à Mojo, il semblait adorer ce genre de temps, allant de l'avant résolument, la neige s'amoncelant et brillant en petits flocons sur sa longue robe grise. J'aurais bien changé de corps avec le chien, me dis-je. Et puis la pensée de Mojo à l'intérieur de mon corps de vampire me fit éclater de rire. Je fus pris d'une de mes crises habituelles. Je me mis à rire, à rire et à rire, tout en tournant en rond, et puis je finis par m'arrêter parce que je mourais littéralement de froid.

Tout cela était terriblement drôle. J'étais là, sous la forme d'un être humain, l'événement sans prix dont je rêvais depuis ma mort, et cela me faisait horreur jusqu'à la moelle de ces os humains ! Je sentais la faim éveiller des grondements dans mon estomac. Et puis une autre sensation que je ne pouvais appeler que des crampes d'estomac.

« Chez Paolo, il faut que je trouve le restaurant de Paolo, mais comment vais-je me procurer de quoi manger ? Car j'ai *besoin* de m'alimenter aussi, n'est-ce pas ? Je ne peux tout simplement pas me passer de nourriture. Je vais m'affaiblir si je n'en trouve pas. »

Quand j'arrivai au coin de Wisconsin Avenue, j'aperçus des lumières et des gens en bas de la colline. On avait débarrassé la rue de la neige et elle était ouverte à la circulation. Je distinguais des gens qui allaient et venaient sous les lampadaires, mais tout cela était, bien sûr, sombre à vous rendre fou.

Je me précipitai, les pieds maintenant douloureusement engourdis, les deux sensations n'ayant rien de contradictoire comme vous le savez certainement si vous avez jamais marché dans la neige, et je finis par apercevoir la vitrine éclairée d'un café. Chez Martini. Bon. Oublions Paolo. Martini fera l'affaire. Une voiture s'était arrêtée devant ; un jeune couple élégant descendit de l'arrière, courut jusqu'à la porte de l'établissement et s'y engouffra. Je m'approchai lentement de la porte et je vis une assez jolie jeune femme derrière le haut bureau de bois qui ramassait une paire de menus pour le jeune couple qu'elle entraîna dans l'ombre un peu plus loin. J'aperçus des bougies, des nappes à carreaux. Et je compris soudain que l'abominable odeur nauséabonde qui m'emplissait les narines était celle du gratin.

Je n'aurais pas aimé cette odeur-là en tant que vampire, non, pas le moins du monde ; mais elle ne m'aurait pas écœuré à ce point. Elle m'aurait été extérieure. Mais elle semblait maintenant liée à la faim qui me dévorait ; on aurait dit qu'elle tirait sur les muscles de ma gorge. En fait, l'odeur me parut soudain être dans mes entrailles et me donner la nausée par sa seule pression plutôt que par ses relents.

Curieux. Oui, il faut noter tous ces détails. C'est cela être vivant.

La jolie jeune femme était revenue. Je distinguai son pâle profil comme elle se penchait vers le papier posé sur son petit bureau et prenait son stylo pour cocher quelque chose. Elle avait de longs cheveux bruns ondulés et la peau très pâle. J'aurais voulu la voir mieux. Je fis un effort pour repérer son parfum, mais je n'y parvins pas. Je ne captai que le parfum du fromage fondu.

J'ouvris la porte, sans tenir compte de la puanteur qui me sauta au visage et je traversai cette pestilence jusqu'au moment où je me trouvai devant la jeune femme et où la chaleur bénie des lieux commença à s'enrouler autour de moi, odeurs et tout. Elle était terriblement jeune, avec des traits fins et aigus et de longs yeux noirs. Elle avait une grande bouche exquisement maquillée et un long cou gracieux. Le corps était bien du vingtième siècle : rien que des os sous sa robe noire.

« Mademoiselle, dis-je, avec un accent français à couper au couteau, j'ai très faim et il fait très froid dehors. N'y a-t-il rien que je puisse faire pour gagner ma pitance ? Si vous le désirez je laverai par terre, je nettoierai les casseroles et les marmites, je ferai tout ce qu'il faudra. »

Elle fixa un moment sur moi un regard sans expression. Puis elle recula, rejeta en arrière ses longs cheveux, leva les yeux au ciel et me regarda de nouveau avec froideur en disant : « Sortez. » Sa voix me parut métallique et plate. Elle ne l'était pas, bien sûr, c'était simplement mon ouïe de mortel. Les résonances décelées par un vampire m'échappaient complètement.

« Est-ce que je peux avoir un morceau de pain ? demandai-je. Juste un bout de pain. » Les odeurs de nourriture, si déplaisantes qu'elles fussent, me mettaient au supplice. J'étais incapable en fait de me rappeler le goût qu'avait la nourriture. Je ne me souvenais pas non plus de sa consistance ni de ce qu'étaient les aliments, mais une sensation purement humaine m'envahissait. J'avais désespérément envie de manger.

« Si vous ne sortez pas, dit-elle d'une voix qui tremblait un peu, je m'en vais appeler la police. »

J'essayai de scruter ses pensées. Rien. Je regardai autour de moi, clignotant dans l'obscurité. J'essayai de scruter les pensées des autres humains. Rien non plus. Dans ce corps-ci, je n'avais plus ce pouvoir. Oh ! mais ça n'est pas possible. Je la regardai encore. Rien. Pas même une lueur de ses pensées. Pas même une idée du genre d'être humain qu'elle était.

« Ah ! très bien, dis-je, en la gratifiant du plus doux sourire que je pus concevoir, sans avoir la moindre idée de l'aspect qu'il avait ni de l'effet qu'il pourrait lui faire. J'espère que votre manque de charité vous fera brûler en enfer. Mais Dieu sait que je n'en mérite pas plus. » Je tournai les talons et j'allais repartir quand elle posa une main sur ma manche.

« Écoutez, dit-elle, frémissant de colère et de gêne, vous ne pouvez tout de même pas venir ici en vous attendant à ce qu'on vous nourrisse ! » Le sang palpitait dans ses joues pâles. Je ne pouvais pas le sentir. Mais je pouvais percevoir une sorte de parfum musqué qui émanait d'elle, un peu humain, un peu commercial. Soudain je vis deux petits boutons de seins qui pointaient contre le tissu de sa robe. Comme c'était étonnant. Une fois encore, j'essayai de lire ses pensées. Je me dis que je devais en être capable, c'était un pouvoir inné. Mais en vain.

« Je vous ai dit que je travaillerais pour ma pitance, dis-je, en m'efforçant de ne pas regarder ses seins. Je ferai tout ce que vous me demanderez. Écoutez, je suis désolé. Je ne veux pas que vous brûliez en enfer. Quelle horrible chose à dire. C'est seulement que je traverse une mauvaise passe en ce moment. Il m'est arrivé des malheurs. Regardez, voilà mon chien. Comment vais-je le nourrir ?

— Ce chien-là ! » Elle regarda à travers la vitre Mojo majestueusement assis dans la neige. « Vous plaisantez », dit-elle. Quelle voix perçante elle avait. Totalement dépourvue de caractère. Tant de sons qui me parvenaient avaient cette même qualité. Métallique et grêle.

« Mais c'est mon chien, dis-je avec une certaine indignation. Je l'aime beaucoup. »

Elle éclata de rire. « Ce chien-là mange ici chaque soir à la porte de la cuisine.

— Ah ! c'est bien, c'est merveilleux. L'un de nous sera nourri. Je suis si heureux de l'entendre, mademoiselle. Peut-être devrais-je aller à la porte de la cuisine. Peut-être que le chien me laissera quelque chose. »

Elle eut un petit rire qui sonnait faux. Elle m'observait, de toute évidence, regardant avec intérêt mon visage et mes vêtements. De quoi donc avais-je l'air à ses yeux ? Je n'en savais rien. Le manteau noir n'était pas un vêtement bon marché, mais il n'était pas non plus élégant. Et ces cheveux bruns que j'avais maintenant sur ma tête étaient pleins de neige.

Elle-même avait une sorte de sensualité vibrante. Un nez très étroit, une jolie forme d'yeux. Une très belle ossature.

« Bon, fit-elle, asseyez-vous là au comptoir. Je vais vous faire apporter quelque chose. Qu'est-ce que vous voulez ?

— N'importe quoi, ça m'est égal. Je vous remercie de votre bonté.

— Bien, asseyez-vous. » Elle ouvrit la porte et cria au chien : « Fais le tour par-derrière. » Elle accompagna cet ordre d'un geste bref.

Mojo ne bougea pas mais resta assis là, comme une patiente montagne de fourrure. Je ressortis dans le vent glacial et lui dis d'aller à la porte de la cuisine en lui désignant la ruelle. Il me regarda un long moment puis se leva, s'engagea d'un pas lent dans l'allée et disparut.

Je rentrai dans le restaurant, heureux pour la seconde fois de ne plus être dans le froid, même si je me rendais compte que mes chaussures étaient pleines de neige fondue. J'évoluai dans l'obscurité de l'établissement, trébuchant sur un tabouret de bois que je n'avais pas vu et manquant tomber, puis je finis par m'asseoir là. On avait déjà dressé un couvert sur le comptoir de bois, avec un napperon de tissu bleu. L'odeur du fromage était suffocante. Ce n'était pas la seule : cela sentait aussi les oignons cuits, l'ail, la graisse brûlée. Tout cela, révoltant.

Je trouvai très inconfortable d'être assis sur ce tabouret. Le bord dur et rond du siège en bois m'entaillait les jambes et une fois de plus, cela m'agaçait de ne pas pouvoir voir dans le noir. Le restaurant paraissait très profond, il semblait même avoir plusieurs salles en enfilade. Mais j'étais incapable de voir jusqu'au fond. J'entendais des bruits épouvantables, comme de grandes marmites heurtant du métal et tout cela me blessait un peu les oreilles, ou pour être plus sincère, ce vacarme me déplaisait.

La jeune femme réapparut et déposa devant moi un grand verre de vin rouge avec un sourire charmant. Le verre dégageait une odeur âcre et quasiment écœurante.

Je la remerciai. Puis je levai le verre et pris une gorgée de vin, la gardant dans ma bouche avant de l'avaler. Aussitôt je commençai à m'étrangler. Je n'arrivais pas à comprendre ce qui s'était passé : si j'avais avalé de travers ou si, pour une raison quelconque, le liquide m'irritait la gorge. Tout ce que je savais, c'était que je toussais furieusement, et je saisis une serviette de toile posée auprès de la fourchette et la portai à ma bouche. J'avais en fait un peu de vin dans l'arrière-nez. Quant au goût, il était faible et acide. Je me sentais terriblement frustré.

Je fermai les yeux et appuyai ma tête contre ma main gauche, qui serrait frénétiquement la serviette.

« Tenez, essayez encore », dit-elle. J'ouvris les yeux et je vis qu'elle remplissait de nouveau le verre en versant d'une grande carafe.

« Ça va, dis-je, je vous remercie. » J'avais soif, une soif terrible. En fait, le seul goût du vin n'avait fait qu'accentuer cette soif. Cette fois, me dis-je, je n'allais pas avaler aussi goulûment. Je soulevai le verre, en bus une petite gorgée, essayai de la savourer bien que le vin me parût n'avoir presque aucun goût, puis j'avalai, lentement et le vin descendit comme il fallait. C'était léger, si léger, si radicalement différent d'une somptueuse gorgée de sang. Il faudrait que j'attrape ce coup-là. Je vidai le restant du verre. Puis je soulevai la carafe pour le remplir de nouveau et je bus encore.

Un moment, je n'éprouvai que de la déception. Puis, peu à peu, je commençai à me sentir vaguement malade. La nourriture va arriver, me dis-je. Ah ! la voici : une boîte en fer d'où dépassait de petites baguettes, du moins cela en avait-il l'air.

J'en pris une, la flairai prudemment pour bien m'assurer que c'était du pain puis je la grignotai très vite. On aurait dit du sable. Comme si le sable du désert de Gobi m'était entré dans la bouche. Du sable.

« Comment les mortels mangent-ils ceci ? interrogeai-je.

— Plus lentement, dit la jolie femme avec un petit rire. Vous n'êtes pas mortel ? De quelle planète êtes-vous donc ?

— Vénus, répondis-je en lui souriant de nouveau. La planète de l'amour. »

Elle m'examinait sans retenue et une légère rougeur monta à ses petites joues blanches.

« Eh bien, pourquoi ne pas rester là jusqu'à ce que je parte ? Vous pourrez me raccompagner.

— Très certainement », dis-je. Là-dessus, la signification possible de ses propos m'envahit en produisant chez moi le plus curieux effet. Peut-être pourrais-je coucher avec cette femme. Ah ! mais oui, en ce qui la concernait, c'était assurément une possibilité. Mon regard descendit jusqu'aux deux petits boutons de seins qui pointaient de façon si attirante à travers la soie noire de sa robe. Eh oui ! pensai-je, coucher avec elle, et comme semblait douce la chair de son cou.

L'organe s'agitait entre mes jambes. Allons, songeai-je, il y a quand même quelque chose qui marche. Mais combien cette sensation était étrangement locale. Ce durcissement et ce gonflement, et la façon bizarre dont cela consumait toutes mes pensées. Le besoin de sang n'était jamais local. Je regardai fixement devant moi. Je ne baissai pas les yeux quand on déposa à ma place une assiette de spaghettis avec une sauce bolonaise. Le chaud parfum monta jusqu'à mes narines : du fromage moisi, de la viande brûlée et de la graisse.

Descends, disais-je à l'organe. Ce n'est pas encore l'heure. Je finis par baisser mon regard jusqu'à l'assiette. La faim grinçait en moi comme si quelqu'un me tenait les intestins à deux mains et les tordait. Me souvenais-je d'une pareille sensation ? Dieu sait que j'avais eu faim dans ma vie mortelle. La faim était comme la vie même. Mais le souvenir m'en semblait si lointain, si dénué d'importance. Lentement je pris la fourchette, dont je ne m'étais jamais servi en ce temps-là, car il n'y avait dans notre monde grossier que des cuillers et des couteaux — et en plongeant les dents sous l'amoncellement de spaghettis détrempés, j'en soulevai un tas jusqu'à ma bouche.

Avant même que les pâtes me touchent la langue, je savais que c'était trop chaud, mais je ne m'arrêtai pas assez vite. Je me brûlai méchamment et laissai tomber la fourchette. Allons, me dis-je, c'est de la pure stupidité, et c'était peut-être mon quinzième geste de pure stupidité. Que devais-je faire pour aborder les situations avec plus d'intelligence, de patience et de calme ?

Je me rassis sur le tabouret inconfortable, pour autant qu'on puisse se livrer à cet exercice sans tomber par terre, et j'essayai de réfléchir.

Je m'efforçais de faire fonctionner ce corps nouveau, plein de faiblesse et sensations inhabituelles — des pieds péniblement froids, par exemple, des pieds mouillés dans un courant d'air qui passait au ras du sol — et je commettais, comme il fallait s'y attendre, de stupides erreurs. J'aurais dû prendre les caoutchoucs. J'aurais dû trouver un téléphone avant de venir ici pour appeler mon agent de Paris. Je ne raisonnais pas, me comportant obstinément comme si j'étais un vampire alors que je ne l'étais plus.

De toute évidence, cette nourriture fumante ne m'aurait pas brûlé dans ma peau de vampire. Mais je n'étais pas dans ma peau de vampire. C'est pourquoi j'aurais dû prendre les caoutchoucs. Réfléchis donc un peu !

Comme cette expérience était loin de ce à quoi je m'attendais. Oh ! mon Dieu oui ! Dire que j'étais là à parler de réfléchir quand j'avais cru que j'en savourerais chaque instant. Ah ! je m'étais imaginé que j'allais plonger dans des sensations, dans des souvenirs, dans des découvertes ; et maintenant tout ce que je pouvais faire c'était penser à ce que je pourrais éviter !

A la vérité, j'avais envisagé le plaisir, tout une variété de plaisirs : manger, boire, une femme dans mon lit, puis un homme. Jusqu'à maintenant rien de ce dont j'avais fait l'expérience n'était même vaguement agréable.

Oh ! j'étais le seul à blâmer de cette triste situation, et je pouvais la modifier. Je m'essuyai la bouche avec ma serviette, un bout rugueux de fibre artificielle, pas plus absorbant qu'un morceau de toile cirée, puis je levai le verre de vin et le vidai une fois de plus. Une nausée me traversa. Ma gorge se serra, j'éprouvai même un vertige. Bonté divine, trois verres et j'étais ivre ?

Je soulevai de nouveau la fourchette. Les pâtes collantes avaient refroidi maintenant et j'en enfournai une bonne quantité dans ma bouche. Je faillis encore m'étrangler ! Ma gorge se ferma convulsivement, comme pour empêcher cette masse gluante de m'étouffer. Il me fallut m'arrêter, respirer lentement par les narines, me dire que ce n'était pas du poison, que je n'étais pas un vampire, et puis mâcher avec prudence l'horrible mélange pour ne pas me mordre la langue.

Mais je l'avais déjà fait tout à l'heure et voilà que ce bout de peau endolori commençait à me faire mal. La douleur m'emplit la bouche et elle était bien plus perceptible que le goût des aliments. Je n'en continuai pas moins à mâcher mes spaghettis tout en songeant à leur fadeur, à leur amertume, à leur goût salé et à leur horrible consistance, puis j'avalai le tout, ressentant de nouveau un pénible resserrement puis comme un nœud dur plus bas dans ma poitrine.

Si Louis était à ta place et si, comme le vieux vampire content de toi que tu es, tu te trouvais assis en face de lui à l'observer, tu lui reprocherais tout ce qu'il était en train de faire et de penser, tu prendrais en horreur ses airs craintifs, la façon dont il gâchait cette expérience et son manque de discrimination.

Je repris la fourchette. Je mâchai une autre bouchée et l'avalai. Ma foi, il y avait là une sorte de goût. Ce n'était tout simplement pas le goût délicieusement piquant du sang. C'était bien plus fade, plus sableux et plus collant. Allons, encore une bouchée. Je veux arriver à aimer ça. D'ailleurs, ce n'est peut-être pas de la très bonne cuisine. Une bouchée encore.

« Eh, doucement », dit la jolie femme. Elle se penchait contre moi mais, à travers le manteau, je n'arrivais pas à sentir sa juteuse douceur. Je me retournai et la regardai de nouveau dans les yeux, m'émerveillant de ses longs cils noirs incurvés, de la douceur de sa bouche quand elle souriait. « Vous engloutissez vos pâtes.

— Je sais. J'avais très faim, dis-je. Écoutez, je sais que ça paraît horriblement ingrat. Mais avez-vous quelque chose qui ne soit pas une grande masse coagulée comme ça ? Vous savez, quelque chose de plus coriace — de la viande, peut-être ? »

Elle éclata de rire. « Vous êtes l'homme le plus étrange que j'aie rencontré, dit-elle. Vraiment, d'où êtes-vous ?

— De France, je viens de la campagne, précisai-je.

— Bon, je vais vous apporter autre chose. »

Sitôt qu'elle fut partie, je bus un autre verre de vin. Je commençai à être un peu étourdi, mais j'éprouvai aussi une chaleur assez agréable. J'avais aussi une brusque envie de rire et je savais que j'étais un peu gris.

Je décidai d'étudier les autres humains de la salle. C'était si bizarre de ne pas pouvoir repérer leur odeur, si bizarre de ne pas pouvoir entendre leurs pensées. Je n'arrivais même pas vraiment à percevoir leurs voix, mais seulement un brouhaha confus. Et c'était si étrange d'avoir à la fois chaud et froid, ma tête flottant dans l'air surchauffé et mes pieds glacés par le courant d'air qui passait au ras du sol.

La jeune femme déposa devant moi une assiette de viande — du veau, me dit-elle. Je pris entre mes doigts une petite tranche, ce qui parut l'étonner — j'aurais dû utiliser le couteau et la fourchette — je mordis dedans et je constatai que ça n'avait pas grand goût, comme les spaghettis ; mais c'était meilleur. Plus propre, me sembla-t-il. Je mâchai d'assez bon appétit.

« Merci, dis-je, vous avez été très bonne avec moi. Vous êtes vraiment charmante et je regrette mes paroles désagréables de tout à l'heure. Je regrette vraiment. »

Elle paraissait fascinée et, bien sûr, j'en rajoutais un peu. Je jouais les doux, ce que je ne suis pas.

Elle m'abandonna pour pouvoir prendre l'addition d'un couple qui s'en allait et je revins à mon repas — mon premier repas de sable, de colle et de bouts de cuir fortement salés. Je me mis à rire tout seul. Encore un peu de vin, me dis-je, c'est comme si je ne buvais rien, mais ça fait de l'effet.

Après avoir débarrassé, elle m'apporta une autre carafe. Et je restai assis là, dans mes chaussettes et mes chaussures mouillées, glacé et mal assis sur mon tabouret, écarquillant les yeux pour voir dans la pénombre et m'enivrant de plus en plus tandis qu'une heure s'écoulait, puis elle fut enfin prête à partir.

Je ne me sentais pas mieux à ce moment-là que quand tout avait commencé. A peine étais-je descendu de mon tabouret que je me rendis compte que je pouvais à peine marcher. Je n'avais plus aucune sensation dans les jambes. Je devais baisser les yeux pour être sûr qu'elles étaient toujours là.

La jolie femme trouva ça très drôle. Moi, je n'en étais pas si sûr. Elle m'aida à marcher sur le trottoir enneigé, s'adressant avec beaucoup d'égards à Mojo qu'elle appelait simplement « chien » et m'affirma qu'elle habitait « à deux pas ». Le seul bon côté de tout cela, c'était que le froid me gênait moins.

Je n'étais vraiment pas dans mon assiette. J'avais maintenant les jambes totalement en plomb. Même les objets les plus brillamment éclairés étaient flous. J'avais mal à la tête. J'étais certain que j'allais tomber. En fait, la peur de faire une chute tournait à la panique.

Mais par bonheur nous arrivâmes à sa porte et elle me fit monter un étroit escalier recouvert de moquette — une ascension qui me laissa si épuisé que mon cœur battait à tout rompre et que j'avais le visage baigné de sueur. Je ne voyais presque rien ! C'était de la folie. Je l'entendis mettre sa clé dans la serrure.

Une nouvelle et abominable odeur m'attaqua les narines. Ce petit appartement sinistre semblait une garenne de carton et de contre-plaqué, avec des affiches que je distinguais mal couvrant les murs. Qu'est-ce qui pouvait expliquer cette odeur ? Je compris soudain qu'elle venait des chats qu'elle gardait là et qu'on laissait se soulager dans un plat de sciure. J'aperçus la boîte pleine d'excréments de chats posée sur le sol d'une petite salle de bains dont la porte était ouverte et je crus vraiment que c'était la fin, que j'allais mourir ! Je restai immobile, faisant un grand effort pour m'empêcher de vomir. J'éprouvais une douleur qui me tenaillait le ventre, ce n'était pas la faim cette fois et ma ceinture me serrait douloureusement.

La douleur s'accentuait. Je me rendis compte que j'allais devoir me livrer à une opération comparable à celle qu'avaient déjà effectuée les chats. A vrai dire, il me fallait le faire maintenant ou me couvrir de honte. Et c'était précisément dans cette pièce que je devais entrer. J'avais le cœur au bord des lèvres.

« Qu'est-ce qui ne va pas ? demanda-t-elle. Vous êtes malade ?

— Je peux utiliser cette salle de bains ? dis-je en désignant la porte ouverte.

— Naturellement, fit-elle. Allez-y. »

Dix minutes, peut-être plus, passèrent avant que je ressorte. J'étais si profondément écœuré par le simple processus d'élimination — par l'odeur, la sensation, la vue de tout cela — que j'étais incapable de parler. Mais c'était fini, terminé. Il ne me restait plus que l'ivresse, la déplaisante expérience de chercher le commutateur et de le manquer, d'essayer de tourner le bouton de porte, de voir ma main — cette grosse main brune — passer à côté.

Je trouvai la chambre très douillette et encombrée de médiocre mobilier moderne en matière plastique et sans style particulier.

La jeune femme, maintenant entièrement nue, était assise au bord du lit. J'essayai de la voir clairement malgré les distorsions provoquées par la lampe de chevet. Mais son visage n'était qu'une masse de vilaines ombres et sa peau avait l'air jaunâtre. Elle baignait dans l'odeur de renfermé qui montait du lit.

La seule conclusion à laquelle je pus parvenir à son sujet c'est qu'elle était ridiculement maigre, — comme les femmes ont tendance à l'être de nos jours —, que tous les os de ses côtes se devinaient à travers la peau laiteuse, qu'elle avait des seins d'une petitesse presque anormale avec de délicats petits boutons roses et qu'elle n'avait tout simplement pas de hanche. On aurait dit une apparition. Pourtant elle était assise là, souriant, comme si c'était normal, avec ses jolis cheveux dont les longues mèches pendaient sur son dos, tandis qu'elle cachait sous une petite main timide l'ombre de son pubis.

Allons, il n'y avait pas de doute quant à la merveilleuse expérience humaine qui m'attendait. Mais je n'éprouvais rien pour elle. Rien du tout. Je souris et commençai à me déshabiller. J'ôtai mon manteau et tout de suite j'eus froid. Pourquoi n'avait-elle pas froid ? J'ôtai alors mon chandail et je fus aussitôt horrifié par l'odeur de ma propre sueur. *Doux Seigneur, était-ce vraiment comme ça avant ?* Et ce corps que j'occupais m'avait semblé si propre.

Elle ne parut rien remarquer. Je lui en fus reconnaissant. Je me débarrassai alors de ma chemise, de mes chaussures, de mes chaussettes et de mon pantalon. J'avais encore les pieds glacés. En fait, j'avais froid et j'étais nu, tout nu. Je ne savais pas si j'aimais cela ou non. Je me vis soudain dans le miroir au-dessus de la coiffeuse et je constatai que ce maudit organe était bien sûr totalement ivre et endormi.

Une fois de plus, elle n'eut pas l'air surpris.

« Viens ici, dit-elle. Assieds-toi. »

J'obéis. Je frissonnais de partout. Puis je me mis à tousser.

Ce fut d'abord un spasme qui me prit complètement au dépourvu. Puis suivit une quinte incontrôlable et qui finit si violemment que je sentis autour de mes côtes comme un cercle douloureux.

« Je suis désolé, lui dis-je.

— J'adore ton accent français », murmura-t-elle. Elle me caressa les cheveux et laissa ses doigts me griffer légèrement la joue.

Voilà qui était une sensation agréable. Je penchai la tête et l'embrassai sur la gorge. Ma foi, c'était agréable aussi. Rien d'aussi excitant que de fondre sur une victime, mais ça n'était pas mal. J'essayai de me rappeler le temps, quelque deux cents ans auparavant où j'étais la terreur des filles du village. Il semblait toujours y avoir quelques fermiers à la grille du château pour me maudire et brandir son poing vers moi en me racontant que si sa fille était enceinte de mes œuvres, il faudrait que je fasse quelque chose ! Tout cela m'avait paru follement drôle à l'époque. Et les filles, oh ! les charmantes filles.

« Qu'y a-t-il ? demanda-t-elle.

— Rien », dis-je. J'embrassai de nouveau sa gorge. Je sentais aussi la sueur sur son corps et ça ne me plaisait pas du tout. Mais pourquoi ? Ces odeurs n'étaient en rien aussi fortes que celles que percevait mon autre corps. Elles avaient un rapport avec quelque chose qui émanait de ce corps : c'était le côté déplaisant de la chose. Je ne me sentais nullement protégé contre ces odeurs ; elles ne me paraissaient pas des parfums artificiels mais quelque chose qui pouvait m'envahir et me contaminer. Par exemple, la sueur de son cou était maintenant sur mes lèvres. Je le savais, j'en sentais le goût et j'avais envie de m'éloigner d'elle.

Ah ! mais c'est de la folie. Elle était une créature humaine et j'étais une créature humaine. Dieu merci tout cela serait fini vendredi. Mais quelle raison avais-je de remercier Dieu !

Ses petits bouts de seins me frôlèrent la joue, brûlants et pointus, et la chair derrière eux était tendre et souple. Je glissai mon bras sous le creux de ses reins.

« Tu es brûlant, je suis sûre que tu as de la fièvre », me dit-elle à l'oreille. Elle m'embrassa le cou comme je l'avais fait avec elle.

« Mais non, je vais très bien », dis-je. Mais je ne savais absolument pas si c'était vrai ou non. Rude travail en vérité que tout cela !

Sa main soudain toucha mon organe, ce qui me surprit et provoqua une excitation immédiate. Je le sentis s'allonger et durcir. C'était une sensation totalement concentrée, et qui pourtant me galvanisa. Je regardai alors ses seins et plus bas la petite toison triangulaire entre ses jambes, et mon organe devint encore plus dur. Oui, je me souviens fort bien de cela, mes yeux sont fixés là-dessus et rien d'autre ne compte maintenant. Allons, très bien. Il n'y a qu'à l'allonger sur le lit.

« Ouah ! murmura-t-elle. Quel équipement !

— Tu trouves ? » Je regardai. Cette chose monstrueuse avait doublé de volume. Elle semblait absolument hors de proportion avec tout le reste. « Oui, sans doute. J'aurais dû savoir que James s'en serait assuré.

— Qui est James ?

— Oh ! c'est sans importance », marmonnai-je. Je tournai son visage vers moi, j'embrassai cette fois sa petite bouche humide, sentant ses dents derrière ses lèvres minces. Elle les entrouvrit pour accueillir ma langue. C'était bon, même si sa bouche avait mauvais goût. Peu importait. Mais voilà que mon esprit se mit soudain à penser au sang. A boire son sang.

Où était la frénétique intensité qu'on éprouve en approchant la victime, à l'instant précis où mes dents vont déchirer la peau et où le sang va se répandre sur ma langue ?

Non, ça ne va pas être si facile ni si passionnant. Ça va se passer entre les jambes et ce sera plus comme un frisson, mais un frisson peu banal, avouons-le.

La seule idée du sang avait avivé ma passion et je la poussai sans douceur sur le lit. J'avais envie d'en finir, rien d'autre ne comptait qu'en finir.

« Attends une minute, fit-elle.

— Attendre quoi ? » Je la montai et l'embrassai de nouveau, enfonçant plus profondément ma langue en elle. Pas de sang. Ah ! qu'elle était pâle. Pas de sang. Mon organe glissa entre ses cuisses brûlantes et je faillis éjaculer. Mais ce n'était pas assez.

« J'ai dit attends ! cria-t-elle, ses joues s'empourprant. Tu ne peux pas le faire sans préservatif.

— Qu'est-ce que tu racontes ? » murmurai-je. Je connaissais la signification de ces mots, mais ils ne voulaient pas dire grand-chose pour moi. J'avançai ma main vers le bas, je sentis l'ouverture poilue, puis la fente humide qui me parut délicieusement étroite.

Elle me hurla de m'ôter de là et me repoussa des paumes de ses mains. Elle était toute rouge et me parut soudain belle dans sa violence et dans sa rage, et quand elle me repoussa du genou, je me plaquai contre elle puis ne me soulevai que juste le temps d'enfoncer l'organe en elle et de sentir tout autour de moi cette étroite et douce enveloppe de chair brûlante, ce qui m'arracha un râle.

« Non ! Arrête ! j'ai dit arrête ! » s'écria-t-elle.

Mais je ne pouvais pas attendre. Qu'est-ce qui pouvait bien lui faire croire que c'était le moment de discuter, me demandai-je, dans un élan de démence. Puis, dans un instant d'aveuglante excitation, la jouissance arriva. Ma semence jaillit de l'organe !

Un instant, c'était l'éternité ; l'instant suivant, tout était fini, comme si cela n'avait jamais commencé. Je gisais épuisé sur elle, trempé de sueur, bien sûr, et un peu agacé par le côté poisseux de toute l'affaire ainsi que par ses hurlements affolés.

Je retombai enfin sur le dos. Ma tête était douloureuse et toutes les mauvaises odeurs de la chambre s'épaississaient — les relents souillés montaient du lit, avec son matelas défoncé ; et l'odeur écœurante des chats.

Elle sauta à terre. On aurait dit qu'elle était devenue folle. Elle pleurait et frissonnait, elle saisit une couverture sur la chaise et s'en drapa tout en me hurlant de m'en aller, de m'en aller, de m'en aller.

« Qu'est-ce qui te prend ? » demandai-je.

Elle me lança une volée d'injures modernes. « Pauvre cloche, misérable imbécile, triple crétin, abruti ! » ce genre de choses. J'aurais pu lui passer une maladie, dit-elle. Et elle en énuméra de fait un certain nombre ; j'aurais pu la mettre enceinte, j'étais un monstre, un salaud, une ordure ! Je devais débarrasser le plancher aussitôt. Comment avais-je osé lui faire ça ? Que je parte avant qu'elle appelle la police.

Une vague de somnolence s'abattit sur moi. Malgré l'obscurité, j'essayai de concentrer mon regard sur elle. Puis monta en moi une brusque nausée plus violente que je n'en avais jamais éprouvé. Je fis un effort pour me maîtriser et ce fut seulement par un prodige de volonté que je parvins à ne pas vomir là et sur-le-champ.

Je finis par me redresser et par me mettre debout. Je la regardai plantée là en larmes et m'injuriant, et je m'aperçus tout d'un coup qu'elle était très malheureuse, que je lui avais vraiment fait mal et que d'ailleurs elle avait un vilain bleu sur le visage.

Je compris peu à peu ce qui s'était passé. Elle avait voulu que j'utilise un prophylactique et je l'avais pratiquement prise de force. Elle n'y avait pris aucun plaisir, seulement de la peur. Je la revis au moment de mon orgasme, se débattant contre moi et je me rendis compte qu'elle ne pouvait absolument pas comprendre que j'eusse savouré la lutte, sa rage et ses protestations, que j'eusse trouvé du plaisir à la conquérir. Mais, de façon bien mesquine, je crois que ç'avait pourtant été le cas. Tout cela me parut horriblement consternant. Cela m'emplissait de désespoir. Le plaisir même n'avait été rien ! Je ne peux pas supporter cette idée, me dis-je, pas un instant de plus. Si j'avais pu joindre James, je lui aurais offert une autre fortune rien que pour retrouver aussitôt mon corps. Joindre James... J'avais complètement oublié de trouver un téléphone.

« Écoutez, ma chère, dis-je je suis absolument désolé. Je ne sais pourquoi les choses ont pris une mauvaise tournure. C'est vrai. Je suis navré. »

Elle allait me gifler mais je lui saisis le poignet et lui abaissai la main non sans lui faire un peu mal.

« Va-t'en, répéta-t-elle. Va-t'en ou j'appelle la police.

— Je comprends ce que vous me dites. Cela faisait une éternité que je n'avais pas fait cela. J'ai été maladroit. J'ai été mauvais.

— Tu es pire que mauvais ! » fit-elle d'une voix rauque.

Et cette fois elle me gifla bel et bien. Je ne fus pas assez rapide. Je fus stupéfait par la violence de sa gifle, étonné de voir combien cela me brûlait. Je tâtai mon visage là où elle m'avait frappé. Quelle agaçante petite douleur. C'était une douleur insultante.

« Va-t'en ! » cria-t-elle encore.

J'enfilai mes vêtements, mais c'était comme soulever des sacs de briques. Une sourde honte m'avait envahi, une impression de telle maladresse et de tel inconfort dans le moindre geste que je faisais, dans le moindre mot que je prononçais que j'aurais voulu tout simplement me cacher sous terre.

J'eus enfin tout boutonné et fermé comme il fallait, je retrouvai sur mes pieds mes misérables chaussettes mouillées et mes fines chaussures et j'étais prêt à partir.

Elle était assise sur le lit, en larmes, les épaules très maigres, avec la tendre ossature de son dos pointant sous sa chair pâle et ses cheveux ruisselant en épaisse cascade sur la couverture qu'elle maintenait contre sa poitrine. Comme elle paraissait fragile — comme elle était tristement sans beauté et repoussante.

Je m'efforçai de la voir comme si j'étais vraiment Lestat. Mais je n'y parvenais pas. Elle me paraissait une créature commune, absolument indigne et sans aucun intérêt. J'étais vaguement horrifié. Était-ce ainsi dans le village de mon enfance ? J'essayai de me souvenir de ces filles, ces filles mortes depuis des siècles, mais je n'arrivais pas à voir leurs visages. Ce que je me rappelais, c'était le bonheur, des sottises, une grande exubérance qui m'avait fait oublier par moments mon existence vide et désespérée.

Qu'est-ce que cela signifiait en cet instant ? Comment toute cette expérience avait-elle pu être si déplaisante, si apparemment absurde ? Si j'avais été moi-même, je l'aurais trouvée fascinante comme peut l'être un insecte ; même son petit logis aurait semblé pittoresque dans ses détails les plus affreux et les plus sordides ! Ah ! l'affection que j'éprouvais toujours pour tous ces tristes petits habitats de mortels. Pourquoi en était-il ainsi !

Et elle, la pauvre créature, elle aurait été belle à mes yeux, simplement parce qu'elle était vivante ! Je n'aurais pas pu être souillé par elle si je m'étais pendant une heure abreuvé de son sang. Alors qu'au contraire, je me sentais immonde d'avoir été avec elle et immonde de m'être montré cruel à son égard. Je comprenais sa peur des maladies ! Moi aussi, je me sentais contaminé ! Mais où était la vérité ?

« Je suis absolument désolé, repris-je. Il faut me croire. Ce n'était pas ce que je voulais. Je ne sais pas ce que je voulais.

— Tu es fou, murmura-t-elle d'un ton amer sans me regarder.

— Un soir je viendrai vous voir, bientôt, et je vous apporterai un présent, quelque chose de beau dont vous aurez vraiment envie. Je vous l'offrirai et peut-être alors que vous me pardonnerez. » Elle ne répondit pas. « Dites-moi, de quoi avez-vous vraiment envie ? L'argent ne compte pas. Qu'est-ce que vous voulez que vous ne pouvez pas avoir ? »

Elle leva les yeux d'un air plutôt maussade, le visage rouge et marqué, puis elle s'essuya le nez du revers de la main.

« Tu sais bien ce que je voulais, dit-elle d'une voix rauque et déplaisante qui était presque asexuée tant elle était sourde.

— Non, je ne sais pas. Dites-moi. »

Elle était si défigurée et sa voix était si étrange qu'elle me faisait peur. J'étais encore abruti par le vin que j'avais bu auparavant, et pourtant l'ébriété avait laissé mon esprit intact. Voilà qui semblait une charmante situation : ce corps-ci était ivre, mais pas moi.

« Qui êtes-vous ? » demanda-t-elle. Elle avait un air très dur maintenant, dur et amer. « Vous êtes quelqu'un, n'est-ce pas... vous n'êtes pas simplement... » mais elle ne termina pas sa phrase.

« Si je vous le disais, vous ne me croiriez pas. »

Elle tourna encore plus la tête de côté, m'examinant comme si la révélation allait brusquement lui venir. Elle allait deviner. Je ne pouvais pas imaginer ce qui se passait dans son esprit. Je savais seulement que je la plaignais et qu'elle ne me plaisait pas. Je n'aimais pas cette chambre sale et désordonnée avec son plafond bas, ce lit affreux, l'horrible tapis marron, la lumière tamisée et le bac à sciure qui empestait dans l'autre pièce.

« Je me souviendrai de vous, dis-je lamentablement mais avec une certaine tendresse. Je vous ferai la surprise. Je reviendrai et je vous apporterai quelque chose de merveilleux, quelque chose que vous ne pourriez pas vous procurer vous-même. Comme si c'était un cadeau d'un autre monde. Mais pour l'instant, il faut que je vous quitte.

— Oui, fit-elle, il vaut mieux que tu t'en ailles. »

Je me retournai pour faire précisément cela. Je pensai au froid dehors, à Mojo qui attendait dans le vestibule, à l'hôtel particulier avec la porte de derrière arrachée de ses gonds, et moi qui me retrouvais sans argent ni téléphone.

Ah ! oui, le téléphone.

Elle en avait un, je l'avais repéré sur le buffet.

Comme je tournais les talons et que je me dirigeais vers l'appareil, elle se mit à m'invectiver et me lança quelque chose. Je crois que c'était une chaussure. Elle me toucha à l'épaule, mais sans me faire mal. Je décrochai le combiné, je composai le numéro de l'inter et j'appelai mon agent de New York en PCV.

Cela sonna à n'en plus finir. Il n'y avait personne là-bas. Pas même son répondeur. C'était bien étrange et fichtrement mal commode.

Je l'apercevais dans la glace, qui me regardait dans un silence outragé, la couverture enroulée autour d'elle comme une élégante robe moderne. Comme tout cela était pitoyable, pitoyable jusqu'au bout.

J'appelai Paris. De nouveau cela sonna et sonna, mais j'entendis enfin la voix familière de mon agent tiré de son sommeil. Je lui expliquai rapidement en français que j'étais à Georgetown, que j'avais besoin de vingt mille dollars, non, mieux valait en envoyer trente et qu'il me les fallait tout de suite. Il m'expliqua que c'était à peine l'aube à Paris. Qu'il devrait attendre l'ouverture des banques, mais il me câblerait l'argent sitôt que possible. Peut-être serait-il midi à Georgetown avant que l'argent ne me parvienne. Je notai dans ma mémoire le nom de l'agence où je devais aller le chercher, et je l'implorai d'être prompt et de s'en occuper sans tarder. C'était une urgence, j'étais sans le sou. J'avais des obligations. Il m'assura que tout serait réglé immédiatement. Je raccrochai.

Elle me dévisageait. Je ne pense pas qu'elle avait compris la conversation. Elle ne parlait pas français.

« Je me souviendrai de vous, dis-je. Je vous en prie, pardonnez-moi. Je vais partir maintenant. Je vous ai causé assez d'ennuis. »

Elle ne répondit rien. Je la regardai longuement, essayant pour la dernière fois de sonder ce mystère. Pourquoi elle avait l'air si vulgaire et si peu intéressante. D'où regardais-je donc autrefois la vie pour qu'elle me parût si belle, pleine de créatures qui étaient autant de variations sur le même thème magnifique ? Même James avait une sinistre beauté étincelante comme un gros insecte ou un moustique.

« Adieu, ma chère, dis-je. Je suis navré... vraiment navré. »

Je trouvai Mojo assis patiemment devant l'appartement et je passai devant lui en courant, claquant des doigts pour qu'il me suive, ce qu'il fit aussitôt. Et nous dévalâmes l'escalier pour sortir dans la nuit glacée.

Malgré le vent qui s'engouffrait dans la cuisine et qui s'insinuait par la porte de la salle à manger, il faisait encore chaud dans les autres pièces de l'hôtel particulier. De l'air chaud soufflait des petites grilles en cuivre du parquet. C'était bien aimable à James de ne pas avoir coupé le chauffage, me dis-je. Mais ne compte-t-il pas quitter cet endroit sitôt qu'il aura les vingt millions de dollars ? La facture ne sera jamais payée.

Je montai à l'étage et traversai la chambre de maître pour gagner la salle de bains. Une pièce agréable au carrelage blanc tout neuf, aux miroirs sans une tache et à la cabine de douche aux portes vitrées étincelantes. J'essayai l'eau. Chaude et abondante. Délicieusement chaude. Je me dépouillai de tous mes vêtements humides et malodorants, posant les chaussettes sur la bouche de chaleur et pliant soigneusement le chandail, car c'était le seul que je possédais, puis je restai un long moment sous la douche brûlante.

La tête appuyée contre le carrelage, j'aurais fort bien pu m'endormir debout. Mais là-dessus je me mis à pleurer et puis, tout aussi spontanément, à tousser. Je ressentais une vive brûlure à la poitrine et la même au fond du nez.

Je finis par sortir, par m'essuyer et j'examinai de nouveau dans le miroir ce corps qui était le mien. Je n'y distinguai pas un défaut, pas une cicatrice. Les bras étaient puissants mais harmonieusement musclés, comme le torse. Les jambes étaient bien tournées. Le masque était vraiment beau, la peau sombre proche de la perfection, même si rien ne restait là du jeune garçon, pas plus que sur mon propre visage. C'était un vrai visage d'homme : rectangulaire, un peu dur, mais joli, très joli, peut-être à cause des grands yeux. Il avait aussi une certaine rudesse. Sa barbe poussait. Il me faudrait me raser. Quel ennui.

« Vraiment, dis-je tout haut, ce devrait être magnifique. Tu as le corps d'un garçon de vingt-six ans en parfaite condition. Pourtant ça a été un cauchemar. Tu as commis erreur sur erreur. Pourquoi n'es-tu pas à la hauteur de ce défi ? Où sont donc ta volonté et ta force ? »

Je me sentis frissonner. Mojo s'était endormi sur le sol au pied du lit. Voilà ce que je devrais faire, dormir, pensai-je. Dormir comme un mortel et, quand je m'éveillerai, la lumière du jour entrera dans cette chambre. Même si le ciel est gris, ce sera merveilleux. Ce sera le jour. Tu verras le monde diurne comme tu rêves de le voir depuis tant d'années. Oublie toute cette lutte sans fin, ces vétilles et cette crainte.

Cependant un terrible soupçon m'envahissait. Ma vie de mortel n'avait-elle pas été qu'une lutte sans fin, des vétilles et de la peur ? N'en allait-il pas ainsi pour la plupart des mortels ? N'était-ce pas cela le message d'une cohorte d'écrivains et de poètes modernes : que nous gaspillions notre vie dans de stupides préoccupations. *Tout cela n'était-il qu'un épouvantable cliché ?*

J'étais profondément ébranlé. Je m'efforçai de discuter une fois de plus avec moi-même, comme je l'avais toujours fait. Mais à quoi bon ?

C'était terrible d'être dans ce corps humain si maladroit ! C'était terrible d'être privé de mes pouvoirs surnaturels. Et le monde, à bien y regarder, était terne ou consternant, élimé sur les bords et cabossé de toutes parts. Allons donc, c'était à peine si je pouvais le distinguer. Quel monde ?

Ah ! mais demain ! Oh ! Seigneur, encore un affreux cliché ! Je me mis à rire et je fus pris d'une nouvelle quinte de toux. Cette fois la douleur était dans ma gorge, fort vive, et j'avais les yeux qui pleuraient. Mieux valait dormir, me reposer pour me préparer à mon unique et précieuse journée.

J'éteignis la lampe et je tirai les couvertures du lit. Les draps étaient propres, j'en remerciai le ciel. Je posai la tête sur l'oreiller de duvet, ramenai mes genoux contre ma poitrine, remontai les couvertures jusqu'à mon menton et m'endormis. J'eus la vague pensée que si la maison brûlait, je mourrais. Si des fumées toxiques sortaient des bouches de chaleur, je mourrais. Quelqu'un d'ailleurs pourrait fort bien entrer par la porte de derrière grande ouverte pour me tuer. En fait, toutes sortes de désastres étaient possibles. Mais Mojo était là, n'est-ce pas ? Et j'étais fatigué, si fatigué !

Des heures plus tard, je m'éveillai.

Je toussais avec violence et j'avais terriblement froid. Ayant besoin d'un mouchoir, je trouvai une boîte de serviettes en papier qui feraient l'affaire et je me mouchai peut-être une centaine de fois. Puis, ayant retrouvé la faculté de respirer, je retombai dans un étrange et fébrile épuisement, avec l'impression trompeuse que je flottais alors que j'étais bien allongé sur le lit.

Rien qu'un rhume de mortel, me dis-je. Voilà ce que c'était d'avoir ainsi pris froid. Cela va gâcher les choses, mais c'est une expérience aussi, une expérience que je dois poursuivre.

Quand je m'éveillai de nouveau, le chien était planté auprès du lit et me léchait le visage. Je tendis la main, tâtai son museau poilu et je me mis à rire, puis la toux me reprit, j'avais la gorge en feu et je me rendis compte que je toussais sans doute depuis quelque temps.

La lumière était terriblement vive. Merveilleusement vive. Dieu soit loué ! une lampe qui brillait enfin dans ce monde obscur. Je m'assis dans mon lit. Quelques instants je restai trop étourdi pour comprendre ce que je voyais.

Le ciel en haut des fenêtres était d'un bleu parfait, vibrant, et la lumière du soleil se déversait sur les parquets bien astiqués, le monde tout entier brillait de toute sa gloire : les branches nues des arbres avec leurs blanches garnitures de givre, le toit couvert de neige en face et la chambre elle-même, pleine de blancheur et de couleurs étincelantes, la lumière se reflétant sur le miroir, sur les flacons de cristal de la coiffeuse, sur le bouton de cuivre de la porte de la salle de bains.

« Mon Dieu, regarde cela, Mojo », murmurai-je en repoussant les couvertures et en me précipitant vers la fenêtre que j'ouvris toute grande. L'air froid me frappa, mais qu'importait ? Regarde la couleur profonde du ciel, les nuages blancs qui voyagent là-haut vers l'ouest, le vert somptueux du grand sapin dans la cour voisine.

Je me pris soudain à sangloter sans pouvoir me maîtriser et je fus de nouveau secoué d'une toux douloureuse.

« C'est un miracle », murmurai-je. Mojo me poussa de son museau avec un petit gémissement aigu. Peu importait les maux et les souffrances des mortels. Voilà que s'accomplissait la promesse biblique que j'attendais depuis deux cents ans.

CHAPITRE 12

J'avais à peine quitté l'hôtel particulier pour faire quelques pas dans la glorieuse lumière du jour, et déjà je comprenais que cette expérience vaudrait toutes les épreuves et toutes les souffrances que je pourrais endurer. Aucun frisson mortel, avec tout son cortège de symptômes débilitants, ne m'empêcherait d'aller gambader dans le soleil matinal.

Qu'importait si ma faiblesse physique me rendait fou ; si j'avais l'impression d'être en pierre en me traînant derrière Mojo ; si je n'arrivais pas à sauter à cinquante centimètres en l'air quand j'essayais, ni si pousser la porte de la boucherie me coûta un colossal effort ; ni si mon rhume ne faisait qu'empirer.

Sitôt que Mojo eut dévoré son petit déjeuner de déchets mendiés auprès du boucher, nous repartîmes tous deux nous repaître de la lumière qui brillait partout et je me sentis grisé à la vue des rayons du soleil qui tombaient sur les vitres et les trottoirs humides, sur les toits étincelants des automobiles à l'émail brillant, sur les flaques vitreuses où la neige avait fondu, sur les vitrines des magasins et sur les gens — ces milliers et ces milliers de gens heureux vaquant avec animation à leurs occupations de la journée.

Ils étaient différents du peuple de la nuit, car de toute évidence au grand jour ils se sentaient en sécurité, ils marchaient et bavardaient en toute liberté, poursuivant les nombreuses activités de la journée auxquelles on se livre rarement avec autant de vigueur une fois la nuit tombée.

Ah ! voir les mères affairées traîner derrière elles leurs petits enfants radieux, entasser des fruits dans leurs paniers à provisions, regarder les grands et bruyants camions de livraison se garer dans les rues bourbeuses de neige fondue tandis que de solides gaillards apportaient de grands cartons et des caisses de marchandises par les portes de service ! Voir des hommes déblayer la neige et nettoyer les vitres, voir les cafés s'emplir de créatures aimablement distraites qui engloutissaient d'énormes quantités de café et de grillades odorantes tout en lisant les journaux du matin, en parlant de la pluie et du beau temps ou en discutant du travail de la journée. Quel spectacle enchanteur que de regarder des bandes d'écoliers aux uniformes bien repassés bravant le vent glacé pour organiser leurs jeux sur l'asphalte inondé de soleil d'une cour de récréation.

Une grande vague de vibrant optimisme entraînait ensemble tous ces êtres ; on la sentait chez les étudiants qui se hâtaient entre les bâtiments de l'université ou qui se rassemblaient bien au chaud dans des restaurants pour déjeuner.

Comme des fleurs à la lumière, ces humains s'épanouissaient, leur allure et leurs discours s'accélérant. Et, lorsque je sentis sur mon visage et sur mes mains la chaleur du soleil, moi aussi je m'ouvris comme si j'étais une fleur. Je sentais la chimie de ce corps mortel qui réagissait, en dépit de ma tête congestionnée et de l'agaçante douleur que j'éprouvais dans mes mains et mes pieds gelés.

Sans me soucier de ma toux qui ne cessait de s'aggraver ni de ma vision brouillée qui me gênait vraiment, j'entraînai Mojo avec moi dans le brouhaha de M Street à Washington, capitale de la nation, je déambulai parmi les monuments commémoratifs et les édifices de marbre, les grands et impressionnants bâtiments et résidences officiels, pour arriver à la triste et douce beauté du cimetière d'Arlington avec ses milliers de petites pierres tombales identiques et jusqu'à la belle et poussiéreuse petite demeure du grand général confédéré Robert E. Lee.

A ce moment-là, je délirais. Et il est fort possible que tous mes maux physiques soient venus ajouter à mon bonheur — en me donnant un état d'esprit où la somnolence se mêlait à la frénésie, un peu comme chez quelqu'un d'ivre ou de drogué. Je n'en sais rien. Tout ce que je sais, c'est que j'étais heureux, très heureux, et que le monde à la lumière n'était pas le monde des ténèbres.

De nombreux, nombreux touristes bravaient comme moi le froid pour visiter la ville. Je me délectais en silence de leur enthousiasme, me rendant compte que toutes ces créatures étaient sensibles comme moi aux grandes perspectives de la capitale — que cela les réjouissait et les transformait de voir au-dessus de leurs têtes le vaste ciel bleu et les nombreux et spectaculaires monuments de pierre commémorant les exploits de l'humanité.

« Je suis l'un d'eux ! » compris-je soudain : je n'étais plus Caïn à jamais avide du sang de son frère. Je promenais autour de moi un regard ébloui. « Je suis un des vôtres ! »

Quand un long moment je contemplai la ville depuis les hauteurs d'Arlington, frissonnant de froid et versant même quelques larmes à ce stupéfiant spectacle — si ordonné, à l'image des principes du grand Age de la Raison — regrettant l'absence de Louis, celle de David et le cœur déchiré quand même à l'idée qu'ils ne manqueraient pas de désapprouver ce que j'avais fait.

Mais c'était la vraie planète que je contemplais, la vivante terre née de l'éclat du soleil et de sa chaleur, même sous son étincelant manteau de neige hivernal.

Je finis par redescendre la colline, Mojo de temps en temps courant devant moi, puis revenant sur ses pas pour m'accompagner, et je marchai le long de la rive du Potomac glacé, en m'émerveillant de voir le soleil se refléter sur la glace et la neige fondante. Même le spectacle de la neige qui fondait m'amusait.

Vers le milieu de l'après-midi, je me retrouvai une fois de plus sur les grandes dalles de marbre du Mémorial de Jefferson, un élégant et spacieux pavillon grec sur les murs duquel étaient gravées les maximes les plus solennelles et les plus émouvantes. J'avais le cœur qui éclatait à l'idée que durant ces précieuses heures je n'étais pas coupé des sentiments exprimés ici. En fait, pendant ce bref laps de temps, je me mêlais à la foule des hommes, sans qu'on pût me distinguer d'aucun d'entre eux.

Mais c'était une imposture, n'est-ce pas ? J'emportais en moi mon remords — dans la continuité de ma mémoire, dans mon âme irréductible : Lestat le tueur, Lestat le rôdeur de la nuit. Je songeai à la mise en garde de Louis : « Tu ne peux pas devenir un homme en t'emparant simplement d'un corps humain ! » Je revoyais l'expression tragique de son visage.

Seigneur Dieu ! et si Lestat le Vampire n'avait jamais existé, s'il n'était que la création littéraire, la pure invention de l'homme dans le corps duquel je vivais et je respirais maintenant ! Quelle magnifique idée !

Je restai un long moment sur les marches du Mémorial, la tête penchée, le vent fouettant mes vêtements. Une brave femme me dit que j'étais malade et que je devrais boutonner mon manteau. Je la regardai dans les yeux, me rendant compte qu'elle ne voyait devant elle qu'un jeune homme. Elle n'était ni éblouie ni effrayée. Je ne sentais rôder en moi aucune envie de mettre un terme à sa vie pour pouvoir mieux profiter de la mienne. Pauvre et charmante créature aux pâles yeux bleus et aux cheveux blanchissant ! Brusquement je pris sa petite main ridée et y déposai un baiser en lui disant en français que je l'aimais et je vis un sourire s'épanouir sur son petit visage fripé. Comme elle me semblait ravissante, aussi ravissante que toutes les créatures humaines que j'avais jamais pu contempler de mes yeux de vampire.

Tout le côté sordide de la nuit passée s'effaçait en ces heures de grand jour. Je crois que mes plus beaux rêves étaient exaucés.

Tout autour de moi l'hiver était pesant et rude. Même ragaillardis par le ciel bleu, les gens parlaient d'une nouvelle tempête pire que la précédente qui allait bientôt s'abattre. Les boutiques fermaient de bonne heure, les rues allaient de nouveau être infranchissables, on avait fermé l'aéroport. Un passant me conseilla de faire provision de bougies car l'électricité risquait d'être coupée. Un vieux monsieur, avec un gros bonnet de laine enfoncé sur ses oreilles me gronda de ne pas porter de chapeau. Une jeune femme me dit que j'avais l'air malade et que je devrais me dépêcher de rentrer.

Ça n'est qu'un rhume, répondis-je. Un bon sirop contre la toux et quelques remèdes d'aujourd'hui feraient fort bien l'affaire. Raglan James saurait quoi faire quand il récupérerait ce corps. Il ne serait peut-être pas trop content, mais il se consolerait avec ses vingt millions de dollars. D'ailleurs j'avais encore des heures pour me bourrer des médicaments qu'on trouvait dans le commerce et pour me reposer.

Pour l'instant, j'étais trop constamment mal fichu pour m'inquiéter d'une chose pareille. J'avais perdu assez de temps en activités sans intérêt. Et bien sûr j'avais à portée de la main de quoi remédier à tous les petits ennuis de la vie — de la vraie vie.

D'ailleurs, j'avais perdu toute notion du temps, n'est-ce pas ? Mon argent devait m'attendre à la banque. Je jetai un coup d'œil à une pendule dans une vitrine. Deux heures et demie. La montre que j'avais au poignet disait la même chose. Allons, il ne me restait que treize heures.

Treize heures dans cet épouvantable corps, avec la migraine et les membres endoloris ! Mon bonheur s'évanouit dans un soudain frisson de peur qui me glaça. Oh ! mais c'était une trop belle journée pour la laisser gâcher par la lâcheté ! Je chassai cette idée de mon esprit.

Des fragments de poèmes me revenaient... et de temps en temps un très vague souvenir de ce dernier hiver de mortel, quand j'étais blotti tout près de l'âtre dans la grande salle de la maison de mon père et que j'essayais désespérément de me réchauffer les mains auprès d'un feu mourant. Mais dans l'ensemble j'étais accroché à l'instant présent d'une façon tout à fait inhabituelle pour mon petit esprit fébrile, calculateur et malicieux. J'avais été si enchanté par ce qui se passait autour de moi que pendant des heures j'avais ignoré toute préoccupation, toute distraction.

C'était extraordinaire, absolument extraordinaire. Et, dans mon euphorie, j'étais certain que j'emporterais pour toujours avec moi le souvenir de cette simple journée.

Le retour à Georgetown me parut par moments un exploit impossible. Avant même que j'eusse quitté le Mémorial de Jefferson, le ciel avait commencé à s'assombrir et à prendre une couleur d'étain terni. La lumière semblait s'évaporer comme s'il s'agissait d'un liquide. Pourtant j'adorais ce phénomène dans ses manifestations les plus mélancoliques. J'étais fasciné par le spectacle de mortels anxieux bouclant leurs devantures et se hâtant dans la bourrasque avec des sacs de provisions, la vue de ces phares allumés qui brillaient d'un éclat presque joyeux dans les ténèbres qui s'épaississaient.

Il n'y aurait pas de crépuscule, je le compris aussitôt. Ah ! c'était bien triste. En tant que vampire, j'avais souvent contemplé le crépuscule. Alors pourquoi me plaindre ? Néanmoins, juste une seconde je regrettai d'avoir passé les précieuses heures dont je disposais à subir les assauts de ce rude hiver. Mais, pour des raisons que je pouvais à peine m'expliquer, c'était justement ce que je voulais. Un hiver aussi mordant que ceux de mon enfance. Aussi âpre que ce jour à Paris où Magnus m'avait emporté dans son antre. J'étais satisfait. J'étais content.

Lorsque j'arrivai à l'agence, même moi je savais que la fièvre et les frissons s'emparaient de mon corps et qu'il me fallait me mettre en quête d'un abri et de nourriture. Je fus heureux de constater que mon argent était bien arrivé. On m'avait préparé une nouvelle carte de crédit sous un de mes pseudonymes parisiens, Lionel Potter, ainsi qu'un carnet de chèques de voyage. Je fourrai tout cela dans mes poches et, devant l'employé horrifié qui m'observait en silence, j'enfouis aussi dans mes poches les trente mille dollars.

« Vous allez vous faire voler ! » chuchota-t-il en se penchant vers moi par-dessus le comptoir. Il me tint des propos que j'avais bien du mal à suivre pour m'expliquer que je devrais porter l'argent à la banque avant l'heure de fermeture. Et puis je devrais aller tout de suite chez un docteur avant que la tempête n'arrive. Des tas de gens avaient la grippe, semblait-il, c'était une véritable épidémie.

Pour simplifier les choses, je dis oui à tout, mais je n'avais pas la moindre intention de passer les heures de mortel qui me restaient entre les mains des docteurs. D'ailleurs, ce n'était pas nécessaire. Tout ce qu'il me fallait, estimais-je, c'était manger et boire chaud et profiter du calme d'un lit d'hôtel douillet. Ensuite, je pourrais rendre ce corps à James dans un état convenable et regagner sans problème le mien.

Tout d'abord il me fallait changer de vêtements. Il n'était que trois heures et quart et je disposais d'encore une douzaine d'heures et je ne pouvais supporter un moment de plus ces haillons sales et tristes !

J'arrivai au grand centre commercial de Georgetown juste au moment où les magasins fermaient pour permettre aux gens de fuir la tempête de neige, mais je persuadai le patron de me laisser entrer dans son élégante boutique de vêtements pour hommes où j'eus prestement amassé devant le vendeur impatient une pile de tout ce dont je croyais avoir besoin. Un vertige me prit quand je lui tendis la petite carte en plastique. Cela m'amusait de voir qu'il avait maintenant perdu toute impatience et qu'il s'efforçait de me vendre des assortiments de foulards et de cravates. C'était à peine si je comprenais ce qu'il me disait. Ah ! oui, taper tout cela à la caisse. Nous offrirons le tout à Mr. James à trois heures du matin. Mr. James adore avoir des choses pour rien. Bien sûr, cet autre chandail et pourquoi pas cette écharpe aussi.

Comme je parvenais à m'enfuir avec mon chargement de boîtes et de sacs luisants, une nouvelle crise d'étourdissement s'empara de moi. Une sorte de vague noire m'entourait ; pour un peu je me serais affalé à genoux avant de tomber. Une charmante jeune femme vint à mon secours. « On dirait que vous allez défaillir ! » Je transpirais abondamment et même dans la chaleur du centre commercial, j'étais glacé.

Ce qu'il me fallait, c'était un taxi, lui expliquai-je, mais on n'en trouvait aucun. Il n'y avait d'ailleurs pas grand monde sur M Street et la neige s'était remise à tomber.

J'avais repéré un bel hôtel de briques à seulement quelques blocs de là, qui portait le nom délicieusement romantique de Les Quatre Saisons et je me hâtai dans cette direction, avec un geste d'adieu à cette belle et compatissante jeune créature, courbant la tête dans les rafales de vent. J'allais être au chaud et à l'abri aux Quatre Saisons, songeai-je avec plaisir, ravi d'en prononcer le nom tout haut. Je pourrais dîner là-bas et je n'aurais pas besoin de retourner à cet horrible hôtel particulier avant que n'approche l'heure de l'échange.

Quand j'arrivai enfin dans le hall de l'hôtel, il me parut plus que satisfaisant et je laissai une somme importante pour garantir que Mojo durant notre séjour se conduirait en vrai gentleman. La suite était somptueuse, avec de grandes baies vitrées donnant sur le Potomac, des étendues apparemment sans fin de moquette pâle, des salles de bains dignes d'un empereur romain, des postes de télévision et des réfrigérateurs dissimulés dans de magnifiques armoires en bois et une foule d'autres petits accessoires de ce genre.

Je nous commandai aussitôt un festin pour Mojo et pour moi, puis j'ouvris le mini-bar, lequel était bourré de bonbons et autres friandises ainsi que d'alcools et je me servis un verre du meilleur whisky. Un goût absolument abominable ! Comment diable David pouvait-il boire ça ? La tablette de chocolat était meilleure. Tout à fait extraordinaire ! Je l'engloutis tout entière, puis je rappelai le restaurant et je fis ajouter à la commande que j'avais passée quelques instants plus tôt tous les desserts au chocolat figurant au menu.

David, il faut que j'appelle David, me dis-je. Mais il me semblait impossible de me tirer de mon fauteuil pour aller jusqu'au téléphone posé sur le bureau. Il y avait tant de choses auxquelles je voulais réfléchir, que je voulais fixer dans mon esprit. Au diable les inconforts, ç'avait été une formidable expérience ! Je commençais même à m'habituer à ces énormes mains qui pendaient deux ou trois centimètres plus bas que là où elles devraient être et à cette peau sombre et poreuse. Je ne devais pas m'endormir. Quel gâchis ce serait...

Là-dessus, la sonnette me fit sursauter ! J'avais dormi. Tout une demi-heure de temps mortel s'était écoulé. Je parvins à me mettre debout, comme si à chaque pas je soulevais des briques et je réussis je ne sais comment à ouvrir la porte à la femme de chambre de l'étage, une charmante créature d'un certain âge, du sexe féminin, aux cheveux d'un blond cendré et qui roula dans le salon de la suite une table couverte d'une nappe et chargée de victuailles. Je donnai le steak à Mojo, ayant déjà posé par terre à son intention une serviette de bain en guise de nappe et il attaqua la viande à belles dents, s'allongeant pour ce faire, comme ne le font que les très gros chiens, ce qui le fit paraître encore plus monstrueux : on aurait dit un lion rongeant paresseusement un chrétien désemparé entre ses énormes pattes.

Je bus aussitôt la soupe brûlante, incapable d'y trouver grand goût, mais il fallait s'y attendre avec un pareil rhume. Le vin était merveilleux, bien meilleur que le rouge ordinaire de la nuit dernière et, même s'il me paraissait encore un peu clair comparé au sang, j'en descendis deux verres et je m'apprêtais à dévorer les pastas, comme on les appelait ici, quand, en levant les yeux, je constatai que la femme de chambre était toujours là.

« Vous êtes malade, dit-elle, vous êtes très, très malade.

— Allons donc, ma chère, répondis-je, j'ai un rhume. Un

rhume mortel, ni plus ni moins. » Je fouillai dans ma poche de chemise pour y trouver ma liasse de billets, lui glissai quelques coupures de vingt dollars et lui dis de partir. Elle semblait très réticente.

« Vous avez une bien vilaine toux, dit-elle. Je crois que vous êtes vraiment malade. Vous êtes resté longtemps dehors, n'est-ce pas ? »

Je la dévisageai, totalement affaibli par sa sollicitude et me rendant compte que je risquais vraiment d'éclater stupidement en sanglots. J'aurais voulu la prévenir que j'étais un monstre, que ce corps-là n'était que volé. Mais comme elle était tendre, quel trésor d'une bonté qu'on sentait habituelle elle déployait.

« Nous sommes apparentés, lui dis-je, toute l'humanité. Nous devons nous aimer les uns les autres, n'est-ce pas ? » Je pensais qu'elle allait être horrifiée par des sentiments aussi sirupeux, exprimés avec une émotion d'ivrogne et qu'elle allait maintenant prendre congé. Mais pas du tout.

« Tout à fait, fit-elle. Laissez-moi vous appeler un docteur avant que la tempête n'empire.

— Mais non, très chère, allez maintenant », dis-je.

Et après m'avoir jeté un dernier regard inquiet, elle finit quand même par partir. Ayant terminé le plat de nouilles à la sauce au fromage, encore un mets salé et sans beaucoup de goût, je commençai à me demander si elle n'avait pas raison. Je passai dans la salle de bains et j'allumai les lumières. L'homme que je vis dans le miroir avait en effet un air épouvantable, les yeux injectés de sang, frissonnant de la tête aux pieds et sa peau naturellement sombre était d'une coloration jaunâtre pour ne pas dire d'une inquiétante pâleur.

Je me tâtai le front, mais à quoi bon ? Je ne vais quand même pas en mourir, me dis-je. Mais au fond, je n'en étais pas si sûr. Je me rappelai l'expression du visage de la femme de chambre et l'air inquiet des gens qui m'avaient adressé la parole dans la rue. Une nouvelle quinte de toux me secoua.

Il faut que je fasse quelque chose, me dis-je. Mais quoi ? Et si les médecins me prescrivaient quelque puissant sédatif qui m'abrutirait tant que je ne pourrais pas retourner à la résidence de James ? Et si leurs médicaments affectaient ma concentration à tel point que l'échange ne pourrait pas se faire ? Bonté divine, je n'avais même pas essayé de sortir de cette enveloppe humaine, un tour que je connaissais si bien dans ma forme précédente.

Je n'avais d'ailleurs pas envie de tenter l'expérience. Et si je n'arrivais pas à revenir ! Non, mieux valait attendre James pour ce genre d'expérience et éviter les médecins avec leurs aiguilles !

Une sonnette retentit. C'était la femme de chambre au cœur tendre et cette fois elle apportait un plein sac de médicaments : des flacons de liquides rouge vif et verts et des tubes de comprimés. « Vous devriez vraiment appeler un médecin, dit-elle en déposant tout cela sur la tablette en marbre de la commode. Voulez-vous que nous fassions venir un docteur ?

— Absolument pas », dis-je, en lui glissant d'autres billets dans la main et en la guidant jusqu'à la porte. Mais attendez, dit-elle. Est-ce que je voulais pas la laisser promener le chien puisqu'il venait de manger ?

Ah ! oui, quelle excellente idée. Je lui fourrai d'autres billets dans la main. Je dis à Mojo d'aller avec elle et de faire ce qu'elle dirait. Le chien semblait la fasciner. Elle murmura, me sembla-t-il entendre, qu'il avait une tête plus grosse que la sienne.

Je regagnai la salle de bains et j'examinai les petites fioles qu'elle avait apportées. Je me méfiais de tous ces médicaments ! D'un autre côté, ce n'était pas très bien élevé de ma part de rendre à James un corps malade. Et si James n'en voulait pas ? Non, c'était peu probable. Il empocherait les vingt millions de dollars et la toux et les frissons.

Je bus une révoltante gorgée du flacon vert, luttant contre une nausée convulsive, puis je m'obligeai à retourner dans le salon où je m'effondrai devant le bureau.

Il y avait là du papier à lettres de l'hôtel et un stylo à bille qui fonctionnait assez bien de cette façon un peu glissante et cursive qu'ont toujours ces instruments. Je me mis à écrire, découvrant que j'avais le plus grand mal avec ces gros doigts, mais persévérant, pour décrire en détails précipités tout ce que j'avais vu et ressenti.

J'écrivais et j'écrivais toujours, même si j'avais du mal à garder la tête levée et à respirer tant mon rhume s'aggravait. Finalement, quand il ne resta plus de papier et que je me retrouvai incapable de relire mes griffonnages, je fourrai ces pages dans une enveloppe que je léchai et cachetai, puis je me l'adressai à mon appartement de La Nouvelle-Orléans, après quoi je la rangeai dans ma poche de chemise, bien en sûreté sous mon chandail, à un endroit où je ne risquais pas de la perdre. Je finis par m'allonger sur le sol. Il fallait dormir maintenant. Je devrais passer ainsi un grand nombre des heures mortelles qui me restaient, car je n'avais pas la force de rien faire d'autre.

Je ne dormis pas d'un sommeil très profond. J'étais trop fiévreux et trop empli de peur. Je me souviens du retour de l'aimable femme de chambre avec Mojo, me répétant que j'étais malade.

Je me souviens d'une cameriste de nuit venant faire le lit et qui parut traîner là des heures. Je me rappelle Mojo allongé auprès de moi, avec sa douce chaleur et je me souviens m'être blotti contre lui, ravi de son odeur, de la merveilleuse odeur laineuse de son pelage, même si rien n'était aussi fort que ce l'aurait été pour moi dans mon corps d'autrefois, et je crus en effet un moment que j'étais de retour en France, au bon vieux temps.

Le souvenir de cette époque disparue s'était trouvé en quelque sorte effacé par cette expérience. De temps en temps, j'ouvrais les yeux, j'apercevais l'auréole de la lampe, les fenêtres noires où se reflétaient les meubles et je croyais pouvoir entendre la neige qui tombait dehors.

A un moment, je me mis debout et gagnai la salle de bains, me cognant violemment la tête contre le chambranle et tombant à genoux. Mon Dieu, tous ces petits tourments ! Comment les mortels supportent-ils cela ? Comment l'ai-je jamais supporté ? Quelle souffrance ! On aurait dit un liquide se répandant sous la peau.

Mais des épreuves plus redoutables m'attendaient. Je dus malgré mon désespoir utiliser les toilettes, comme mon corps l'exigeait, me nettoyer après cela soigneusement : c'était dégoûtant ! Et me laver les mains. Maintes et maintes fois, frissonnant de répugnance, je me lavai les mains ! Quand je découvris que le visage de ce corps était maintenant couvert d'une ombre vraiment marquée de barbe, j'éclatai de rire. Quelle croûte cela faisait au-dessus de ma lèvre supérieure, de mon menton et qui descendait même jusqu'au col de ma chemise. De quoi avais-je l'air ? D'un fou ; d'un vagabond. Mais je ne pouvais raser tout ce poil. Je n'avais pas de rasoir et assurément je me couperais la gorge si j'essayais.

Que ma chemise était sale ! J'avais oublié de passer les vêtements dont j'avais fait l'emplette, mais n'était-il pas trop tard maintenant pour cela ? Avec un étonnement un peu cotonneux, je vis à ma montre qu'il était deux heures. Mon Dieu, l'heure de la transformation était presque arrivée.

« Viens, Mojo », dis-je ; nous cherchâmes l'escalier plutôt que l'ascenseur, ce qui n'était pas un grand exploit puisque nous n'étions qu'à un étage au-dessus de la rue et, traversant le hall silencieux et presque désert, nous sortîmes dans la nuit. D'épais tas de neige s'amassaient partout. De toute évidence, les rues étaient impraticables et il y avait des moments où je tombais de nouveau à genoux, mes bras s'enfonçant dans la neige, tandis que Mojo me léchait le visage comme s'il cherchait à me réchauffer. Mais je continuai, remontant malgré tout la colline, jusqu'au moment où, ayant tourné le coin, j'aperçus devant moi les lumières de l'hôtel particulier qui m'était devenu familier.

La cuisine plongée dans l'obscurité était maintenant envahie d'une épaisse couche de neige. Cela semblait un jeu que de la traverser jusqu'au moment où je me rendis compte qu'elle reposait sur une croûte glacée, provenant de la tempête de la nuit précédente, et qu'elle était fort glissante.

Je réussis néanmoins à gagner sans encombre le salon et je m'allongeai en frissonnant sur le sol. Ce fut alors seulement que je m'aperçus que j'avais oublié mon manteau et tout l'argent que j'avais fourré dans ses poches. Il ne restait que quelques billets dans ma chemise. Mais qu'importe. Le Voleur de Corps serait bientôt ici. J'allais retrouver ma propre forme, et tous mes pouvoirs ! Et comme ce serait doux alors de réfléchir à tout cela, sain et sauf dans ma demeure de La Nouvelle-Orléans, quand la maladie et le froid ne voudraient plus rien dire ; quand les courbatures et les douleurs n'existeraient plus, quand je serais redevenu Lestat le Vampire, planant par-dessus les toits, tendant les mains vers les étoiles lointaines.

Auprès de l'hôtel, l'endroit paraissait glacé. Je me retournai un moment, pour inspecter la petite cheminée et j'essayai de faire prendre le feu par la force de mon esprit. Puis j'éclatai de rire en me souvenant que je n'étais pas encore Lestat, mais que James allait bientôt arriver.

« Mojo, murmurai-je, je ne peux supporter un instant de plus ce corps. » Le chien s'assit devant la fenêtre de la rue, regardant la nuit en haletant, son haleine faisant de la buée sur la vitre obscure.

J'essayai de rester éveillé, mais sans y parvenir. Plus le froid me gagnait, plus je me sentais ensommeillé. Et là-dessus une pensée tout à fait épouvantable s'empara de mon esprit. Et si je n'arrivais pas à sortir de cette enveloppe corporelle au moment voulu ? Si je n'étais pas capable d'allumer un feu, de lire dans les esprits, de...

A demi perdu dans ces rêves, j'essayai un petit tour psychique. Je laissai mon esprit s'enfoncer presqu'au bord des rêves. Je ressentis la sourde et délicieuse vibration prémonitoire qui précède souvent l'élévation du corps spirituel. Mais il ne se passa rien d'anormal. J'essayai encore une fois. « Monte », dis-je. J'essayai de me représenter ma forme éthérée se dégageant et s'élevant sans entrave jusqu'au plafond. Rien à faire. Autant essayer de me faire pousser des ailes. Et j'étais si las, si endolori. Je restai ancré dans ces membres désespérants, attaché à cette poitrine douloureuse, à peine capable de respirer sans effort.

Mais James serait bientôt ici. Le sorcier, celui qui connaissait le tour. Oui, James, avide de toucher ses vingt millions, allait certainement diriger tout le processus.

Quand je rouvris les yeux, il faisait jour.

Je me redressai tout droit en regardant devant moi. Pas d'erreur possible. Le soleil était haut dans le ciel et déversait un flot de lumière par les fenêtres et sur le parquet vernis. J'entendais dehors la rumeur de la circulation.

« My God », murmurai-je en anglais, car *mon Dieu* ne signifie tout simplement pas la même chose. « My God, my God, my God. »

Je me rallongeai par terre, le cœur battant et trop abasourdi sur le moment pour avoir une pensée ou une attitude cohérente ou pour décider si c'était de la rage que j'éprouvais ou une crainte aveugle. Puis lentement je levai mon poignet pour pouvoir regarder ma montre. Onze heures quarante-sept du matin. Dans moins de quinze minutes, la somme de vingt millions de dollars déposée à la banque en ville allait revenir à Lestan Gregor, un autre de mes pseudonymes abandonné ici dans ce corps par Raglan James, lequel n'était manifestement pas revenu avant le matin dans cette maison pour effectuer l'échange prévu par notre accord ; et maintenant qu'il avait renoncé à cette immense fortune, il avait très peu de chances de jamais revenir.

« Oh ! que Dieu m'assiste », dis-je tout haut, les mucosités aussitôt remontant dans ma gorge et la toux me secouant douloureusement la poitrine. « Mais je le savais, murmurai-je. Je le savais. » Quel imbécile j'avais été, quel extraordinaire imbécile.

Misérable canaille, songeai-je, méprisable Voleur de Corps, tu ne vas pas t'en tirer comme ça, je t'assure. Comment oses-tu me faire ça, comment oses-tu ! Ce corps ! Ce corps dans lequel tu m'as abandonné, qui est tout ce que j'ai avec quoi te poursuivre, ce corps est vraiment, vraiment malade.

Le temps de trébucher jusqu'à la rue, il était midi sonnant. Qu'importait ? J'étais incapable de me rappeler le nom ni l'adresse de la banque. D'ailleurs, j'aurais été bien en peine de donner une raison d'y aller. Pourquoi réclamer les vingt millions de dollars qui dans quarante-cinq secondes me reviendraient de toute façon. Où allais-je en fait emmener cette frémissante masse de chair ?

A l'hôtel pour reprendre mon argent et mes vêtements ?

A l'hôpital pour des soins dont j'avais grand besoin ?

Ou bien à La Nouvelle-Orléans, chez Louis, Louis qui devait m'aider, Louis qui était peut-être le seul être à pouvoir le faire. Et comment allais-je retrouver ce misérable pervers et suicidaire Voleur de Corps sans l'aide de Louis ! Oh ! mais que ferait Louis quand je l'aborderais ? Quel jugement porterait-il en comprenant ce que j'avais fait ?

Je tombais. J'avais perdu l'équilibre. Je cherchai trop tard à me rattraper à la balustrade de fer. Un homme se précipitait vers moi. La douleur explosa dans ma nuque au moment où elle heurta la marche. Je fermai les yeux, serrant les dents pour ne pas hurler. Puis je les rouvris et je vis au-dessus de moi le ciel bleu le plus serein.

« Appelez une ambulance », dit l'homme à quelqu'un auprès de lui. Rien que des formes sombres et sans visage se détachant sur le ciel éblouissant, ce ciel clair et pur.

« Non ! m'efforçai-je de crier, mais seul un murmure rauque sortit de mes lèvres. Il faut que j'aille à La Nouvelle-Orléans ! » Dans un torrent de mots, j'essayai de tout expliquer, l'hôtel, l'argent, les vêtements ; est-ce que quelqu'un voulait bien m'aider, appeler un taxi, il fallait que je quitte Georgetown pour aller sans tarder à La Nouvelle-Orléans.

Et puis je me retrouvai allongé, immobile dans la neige. Et je songeai combien le ciel au-dessus de ma tête était merveilleux, avec des minces nuages blancs qui couraient là-haut, et même ces ombres floues qui m'entouraient, ces gens qui échangeaient entre eux des murmures si doux et si furtifs que je n'arrivais pas à les entendre. Et Mojo qui aboyait, aboyait et aboyait encore. J'essayai, mais je n'arrivais pas à parler, pas même à lui dire que tout irait bien, parfaitement bien.

Une petite fille surgit. Je distinguai ses longs cheveux, ses petites manches bouffantes et un bout de ruban qui volait au vent. Elle me regardait comme les autres, son visage plein d'ombres et le ciel derrière elle brillant d'un éclat inquiétant et dangereux.

« Bonté divine, Claudia, la lumière du soleil, va-t'en ! criai-je.

— Restez tranquille, monsieur, on vient vous chercher.

— Ne bougez pas, mon vieux. »

Où était-elle ? Où s'en était-elle allée ? Je fermai les yeux, guettant le claquement de ses talons sur les pavés. Était-ce un rire que j'entendais ?

L'ambulance. Le masque à oxygène. Une aiguille. Et soudain je compris.

J'allais mourir dans ce corps-ci, et ce serait si simple ! Comme des millions d'autres mortels, j'allais mourir. Ah ! c'était l'explication de tout cela, la raison pour laquelle le Voleur de Corps s'était adressé à moi, l'Ange de la Mort pour me donner les moyens que j'avais recherchés à grand renfort de mensonges, d'orgueil et d'illusion. J'allais mourir.

Et je ne voulais pas mourir !

« Mon Dieu, je vous en prie, pas comme ça, pas dans ce corps. » Je fermai les yeux en murmurant : « Pas encore, pas maintenant. Oh ! je vous en prie, je ne veux pas ! Je ne veux pas mourir. Ne me laissez pas mourir. » Je pleurais, j'étais brisé, terrifié et en larmes. Oh ! mais c'était parfait, n'est-ce pas ? Seigneur Dieu, avais-je jamais vu la révélation d'un dessein plus parfait : le monstre affamé qui s'en était allé dans le désert de Gobi non pas pour rechercher le feu du ciel mais par orgueil, par orgueil, seulement par orgueil.

J'avais les yeux bien fermés. Je sentais les larmes ruisseler sur mon visage. « Ne me laissez pas mourir, je vous en prie, je vous en prie, ne me laissez pas mourir. Pas maintenant, pas comme ça, pas dans ce corps ! Aidez-moi ! »

Une petite main me toucha, s'efforçant de se glisser dans la mienne puis elle y parvint, me serrant d'une étreinte tendre et tiède. Ah ! si douce. Si petite. Et tu sais bien à qui est cette main, tu le sais, mais tu as bien trop peur pour ouvrir les yeux.

Si elle est là, alors tu es vraiment en train de mourir. Je n'arrive pas à ouvrir les yeux. J'ai peur, oh ! si peur. Frissonnant et sanglotant, je serrais si fort sa petite main que certainement j'allais la broyer, mais je ne voulais toujours pas ouvrir les yeux.

Louis, elle est ici. Elle est venue me chercher. Aide-moi, Louis, je t'en prie. Je ne peux pas la regarder. Je ne veux pas. Je ne peux pas dégager ma main ! Et toi, où es-tu ? Endormi dans la terre ? Profondément enfoui sous ton jardin sauvage et abandonné, avec le soleil d'hiver qui se déverse sur les fleurs, endormi jusqu'au retour de la nuit.

« Marius, aide-moi. Pandore, où que tu sois, aide-moi. Khayman, viens m'aider. Armand, pas de haine entre nous maintenant. J'ai besoin de toi ! Jesse, ne laisse pas une chose pareille m'arriver. »

Oh ! le sourd et triste murmure de la prière d'un démon sous le hurlement de la sirène. N'ouvre pas les yeux, ne la regarde pas. Si tu le fais, c'est fini.

As-tu appelé à l'aide dans tes derniers instants, Claudia ? Avais-tu peur ? Voyais-tu la lumière comme le feu de l'enfer emplissant le puits d'aération, ou bien était-ce la grande et magnifique lumière comblant le monde entier d'amour ?

Nous étions ensemble dans le cimetière, baignés dans la douce fragrance du soir plein d'étoiles lointaines et brillant d'une douce lumière violette. Oui, toutes les couleurs sans nombre de la nuit. Regarde sa peau brillante, la meurtrissure ensanglantée de ses lèvres et la couleur profonde de ses yeux. Elle tenait son bouquet de chrysanthèmes jaunes et blancs. Je n'oublierai jamais ce parfum.

« Est-ce que ma mère est enterrée ici ?

— Je ne sais pas, ma petite chérie. Je n'ai même jamais connu son nom. » Elle était toute pourrie et elle empestait quand je suis tombé sur elle, les fourmis grouillaient dans ses orbites et sa bouche béante.

« Tu aurais dû trouver son nom. Tu aurais dû faire ça pour moi. J'aimerais savoir où elle est enterrée.

— Il y a un demi-siècle de cela, ma chérie. Déteste-moi pour les choses plus graves. Déteste-moi, si tu veux, parce que tu ne gis pas maintenant auprès d'elle. Est-ce qu'elle te tiendrait chaud si c'était le cas ? C'est le sang qui est chaud, ma chérie. Viens avec moi boire du sang, comme toi et moi savons le faire. Nous pourrons boire du sang tous les deux jusqu'à la fin du monde.

— Ah ! tu as réponse à tout. » Comme son sourire était froid. Dans ces ombres, on sent presque la femme en elle, défiant l'empreinte permanente de la douceur enfantine, avec l'inévitable envie d'embrasser, d'étreindre, d'aimer.

« Nous sommes la mort, ma chérie, et la mort est la réponse ultime. » Je la pris dans mes bras, je la sentis qui se blottissait contre moi, je l'embrassai, je l'embrassai, je couvris de baisers sa peau de vampire. « Il n'y a plus de questions après cela. » Sa main toucha mon front.

L'ambulance fonçait, comme si la sirène la poursuivait, comme si la sirène était la force qui la poussait. La main de Claudia effleura mes paupières. *Je ne te regarderai pas !*

Oh ! je vous en prie, aidez-moi... La morne prière du diable à ses cohortes, tandis qu'il dégringole de plus en plus profondément vers l'enfer.

CHAPITRE 13

« Oui, je sais où nous sommes. Depuis le début, tu essaies de me ramener ici, à ce petit hôpital. » Comme il paraissait abandonné maintenant, si rudimentaire avec ses murs de torchis, ses fenêtres aux volets de bois, et les petits lits de bois blanc à peine apprêté. C'était pourtant elle, là dans ce lit, n'est-ce pas ? Je reconnais l'infirmière, oui, et le vieux docteur au dos voûté, je te vois : c'est bien toi, la petite avec les boucles qui dépassent de la couverture, et Louis là-bas...

Bon, pourquoi suis-je ici ? Je sais que c'est un rêve. Ce n'est pas la mort. La mort n'a pas d'égard particulier pour les gens.

« En es-tu certain ? » fit-elle. Elle était assise sur la chaise droite, ses cheveux d'or maintenus par un ruban bleu et ses petits pieds étaient chaussés de mules de satin bleu. Cela voulait donc dire qu'elle était là dans le lit, et aussi sur la chaise, ma petite poupée française, ma beauté, avec ses pieds bien cambrés et ses petites mains aux formes parfaites.

« Et toi, tu es ici avec nous et tu es dans un lit dans la salle des urgences à l'hôpital de Washington. Tu sais que tu es en train de mourir là-bas, n'est-ce pas ? »

« Sévère hypothermie, très probablement une pneumonie. Mais comment savoir à quelle affection nous avons affaire ? Le bourrer d'antibiotiques. Impossible de mettre cet homme maintenant sous une tente à oxygène. Si nous l'envoyons à l'Université, il finirait dans la salle là-bas aussi.

— Ne me laissez pas mourir. Je vous en prie... J'ai si peur.

— Nous sommes ici avec vous, nous nous occupons de vous. Pouvez-vous nous dire votre nom ? Avez-vous de la famille que nous puissions prévenir ? »

« Vas-y, dis-leur qui tu es vraiment », fit-elle avec un petit rire argentin, sa voix comme toujours si délicate et si jolie. Rien qu'à les regarder, je sens ses tendres petites lèvres. J'aimais à appuyer le doigt sur sa lèvre inférieure, en jouant, quand je couvrais de baisers ses paupières et son front lisse.

« Ne fais pas ta maligne ! soufflai-je entre mes dents. D'ailleurs, qui suis-je là-bas ?

— Pas un être humain, si c'est à ça que tu penses. Rien ne pourrait te rendre humain.

— Très bien, je vais te donner cinq minutes. Pourquoi m'as-tu amené ici ? Que veux-tu que je dise : que je regrette ce que j'ai fait, de t'avoir tirée de ce lit pour faire de toi un vampire ? Alors, veux-tu la vérité, la vérité ultime qu'on confesse sur son lit de mort ? Je ne sais pas si je le regrette. Je suis navré que tu aies souffert. Je regrette que n'importe qui doive souffrir. Je ne peux pas dire avec certitude que je regrette ce petit tour de passe-passe.

— Tu n'as absolument pas peur de te retrouver tout seul comme ça ?

— Si la vérité ne peut pas me sauver, alors rien ne le peut. » Comme j'avais horreur de cette odeur de maladie autour de moi, de tous ces petits corps fiévreux et moites sous leurs pauvres couvertures, de tout ce misérable et désespérant petit hôpital d'un si lointain passé...

« Mon père qui êtes en enfer, que Lestat soit votre nom.

— Et toi ? Après que le soleil t'a calcinée dans le puits de ventilation du Théâtre des Vampires, es-tu allée en enfer ? »

Elle éclata de rire, un rire si pur et si cristallin, comme le tintement de pièces qu'on fait tomber d'une bourse.

« Je ne le dirai jamais !

— Maintenant, je sais que c'est un rêve. C'est tout ce que cela a toujours été depuis le début. Pourquoi quelqu'un reviendrait-il d'entre les morts pour débiter des propos aussi stupides et aussi dépourvus d'intérêt ?

— Ça arrive tout le temps, Lestat. Ne t'énerve pas comme ça. Maintenant, je veux que tu fasses attention. Regarde ces petits lits, regarde ces enfants qui souffrent.

— C'est de là que je t'ai tirée, dis-je.

— Mais oui, tout comme Magnus t'a arraché à ta vie et t'a donné en retour quelque chose de monstrueux et de maléfique. Tu as fait de moi la meurtrière de mes frères et de mes sœurs. Tous mes péchés ont leur origine dans cet instant où tu es venu me tirer de ce lit.

— Non, tu ne peux pas tout me reprocher. Je ne l'accepte pas. Le père est-il parent des crimes de son enfant ? Bon, et si c'était vrai ? Qui donc est là pour tenir les comptes ? C'est ça le problème, tu ne comprends donc pas ? Il n'y a personne.

— Alors, c'est bien pour nous de tuer ?

— Je t'ai donné *la vie*, Claudia. Ce n'était pas pour l'éternité, non, mais c'était la vie, et même notre vie vaut mieux que la mort.

— Comme tu mens, Lestat. "Même notre vie", dis-tu. La vérité c'est que selon toi notre vie maudite vaut *mieux* que la vie elle-même. Avoue-le. Regarde-toi là, dans ton enveloppe humaine, comme tu l'as détestée.

— C'est vrai, j'en conviens. Mais maintenant, où nous t'écoutions un peu parler du fond du cœur, ma petite beauté, ma petite enchanteresse. Aurais-tu vraiment choisi la mort dans ce petit lit plutôt que la vie que je t'ai donnée ? Allons, dis-moi. Ou bien est-ce comme dans un tribunal mortel où le juge peut mentir, où les avocats peuvent mentir et où seuls ceux qui sont à la barre doivent dire la vérité ? »

Elle me regarda d'un air infiniment songeur, une main potelée jouant avec l'ourlet brodé de sa robe. Quand elle baissa les yeux, la lumière brillait de façon exquise sur ses joues, sur sa petite bouche sombre. Ah, quelle superbe création ! La poupée vampire.

« Que savais-je donc des choix possibles ? dit-elle, regardant droit devant elle, ses grands yeux au regard fixe pleins de lumière. Je n'avais pas atteint l'âge de raison quand tu as fait ta triste besogne. Et d'ailleurs, père, j'ai toujours voulu savoir : est-ce que tu as tiré du plaisir de me laisser sucer le sang de ton poignet ?

— Peu importe », murmurai-je. Je détournai mon regard d'elle pour le tourner vers l'orpheline mourante sous la couverture. Je vis l'infirmière avec sa blouse en haillons, les cheveux relevés sur la nuque, passer nerveusement de lit en lit. « Les enfants des mortels sont conçus dans le plaisir », dis-je, mais je ne savais plus si elle m'écoutait encore. Je ne voulais pas la regarder. « Je ne peux pas mentir. Peu importe qu'il y ait un juge ou des jurés. Je... »

« N'essayez pas de parler. Je vous ai donné un mélange de médicaments qui vont vous aider. Votre fièvre baisse déjà. Nous maîtrisons la congestion de vos poumons.

— Ne me laisse pas mourir, je t'en prie. Tout cela est inachevé et c'est monstrueux. J'irai en enfer s'il en existe un, mais je ne crois pas que ce soit le cas. S'il existe, c'est un hôpital comme celui-ci, seulement il est plein d'enfants malades, d'enfants mourants. Mais je crois qu'il n'y a que la mort.

— Un hôpital plein d'enfants ? »

« Ah ! regarde la façon dont elle te sourit, dont elle pose sa main sur ton front. Les femmes t'aiment, Lestat. Elle t'aime, même dans ce corps que tu as maintenant, regarde-la. Quelle tendresse.

— Pourquoi ne serait-elle pas compatissante à mon égard ? C'est une infirmière, n'est-ce pas ? Et je suis un mourant.

— Et un si beau mourant. J'aurais dû savoir que tu n'accepterais pas cet échange à moins qu'on ne t'ait offert un corps magnifique. Quel être superficiel et vain tu peux être ! Regarde-moi ce visage ! Plus beau que le tien.

— Je n'irai pas jusque-là ! »

Elle me gratifia du plus espiègle des sourires, son visage rayonnant dans la salle sinistre et sombre.

« Ne vous inquiétez pas, je suis avec vous. Je resterai assise ici à votre chevet jusqu'à ce que vous alliez mieux.

— J'ai vu tant d'humains mourir. J'étais la cause de leur mort. C'est si simple et si traître, le moment où la vie s'échappe du corps. Les humains s'esquivent tout simplement.

— Vous dites des choses absurdes.

— Non, je te dis la vérité, et tu le sais. Je ne peux pas affirmer que je ferai amende honorable si je vis. Je ne pense que ce soit possible. Pourtant j'ai une peur bleue de mourir. Ne lâche pas ma main. »

« Lestat, pourquoi sommes-nous ici ? »

Louis ?

Je levai les yeux. Il était planté dans l'encadrement de la

porte de ce petit hôpital rudimentaire, désemparé, un peu échevelé, comme je l'avais trouvé la nuit où je l'avais créé, non plus le jeune mortel aveuglé de colère, mais le sombre gentleman au regard calme, avec dans son âme l'infinie patience d'un saint.

« Aide-moi, dis-je. Il faut que je la tire de ce petit lit. »

Il tendit la main, mais il était si déconcerté. N'avait-il pas sa part dans ce péché ? Non, bien sûr que non, car il ne cessait d'accumuler les maladresses et de souffrir, expiant ainsi tout ce qu'il avait fait. C'était moi le diable. J'étais le seul à pouvoir la prendre dans ce petit lit. Le moment était venu maintenant de mentir au docteur. « Cet enfant-là, c'est mon enfant. » Et lui content, si content d'avoir un fardeau de moins.

« Prenez-la, monsieur, et grand merci. » Il regardait avec gratitude les pièces d'or que je jetais sur le lit. C'était sûrement vrai. Assurément je les aidais. « Oui, merci. Dieu vous bénisse. »

Je suis sûr qu'il le fera. Il l'a toujours fait. Je le bénis moi aussi.

« Dormez maintenant. Dès qu'il y aura une chambre de disponible, nous vous y installerons et vous serez plus à l'aise.

— Pourquoi y a-t-il tant de gens ici ? Je t'en prie, ne me quitte pas.

— Non, je vais rester avec vous. Je vais m'asseoir ici. »

Huit heures. J'étais allongé sur le chariot, avec l'aiguille dans mon bras et le sac en plastique empli d'un liquide qui captait si magnifiquement la lumière et je distinguais parfaitement la pendule. Lentement je tournai la tête.

Une femme était là. Elle avait un manteau maintenant, très noir contrastant avec ses bas blancs et ses grosses chaussures de toile blanche. Elle avait les cheveux ramenés en un épais chignon sur la nuque et elle lisait. Elle avait un visage large, avec une ossature très forte, une peau claire et de grands yeux noisette. Ses sourcils étaient sombres et parfaitement dessinés et, quand elle leva les yeux vers moi, son expression me plut. Elle referma sans bruit son livre et sourit.

« Vous allez mieux », dit-elle. Une voix douce et chaude. Un peu de cerne bleuté sous ses yeux.

« Vraiment ? » Le bruit me faisait mal aux oreilles. Tant de gens. Des portes qui s'ouvraient et se fermaient en chuintant.

Elle se leva, traversa le couloir et prit ma main dans la sienne.

« Oh ! oui, beaucoup mieux.

— Alors je vais vivre ?

— Oui », déclara-t-elle. Mais elle n'en était pas sûre. Voulait-elle me montrer qu'elle n'en était pas certaine ?

« Ne me laissez pas mourir dans ce corps-ci », dis-je, m'humectant les lèvres avec ma langue. Elle me paraissait si sèche ! Seigneur Dieu, comme je détestais ce corps, cette poitrine haletante, même la voix qui sortait de mes lèvres, et puis la douleur que je ressentais derrière les yeux était intolérable.

« Voilà que vous recommencez, dit-elle, avec un grand sourire.

— Asseyez-vous près de moi.

— Je suis là. Je vous ai dit que je ne vous quitterais pas. Je vais rester ici avec vous.

— Aidez-moi, et c'est le diable que vous aidez, murmurai-je.

— C'est ce que vous m'avez raconté, fit-elle.

— Vous voulez entendre toute l'histoire ?

— Seulement si vous restez calme en me la racontant, si vous prenez votre temps.

— Quel ravissant visage vous avez. Comment vous appelez-vous ?

— Gretchen.

— Vous êtes une religieuse, n'est-ce pas, Gretchen ?

— Comment l'avez-vous su ?

— J'ai deviné. Vos mains, tout d'abord, la petite alliance d'argent et quelque chose dans votre visage, un rayonnement — le rayonnement de ceux qui croient. Et le fait que vous soyez restée avec moi, Gretchen, quand les autres vous ont dit de vaquer à vos occupations. Je reconnais les religieuses quand j'en vois. Je suis le diable et quand je contemple la bonté, je le sais. »

Était-ce des larmes qui hésitaient dans ses yeux ?

« Vous me taquinez, dit-elle avec bonté. J'ai une petite

plaque ici sur ma poche. Elle dit que je suis une religieuse, n'est-ce pas ? Sœur Marguerite.

— Je ne l'ai pas vue, Gretchen. Je ne voulais pas vous faire pleurer.

— Vous allez mieux. Beaucoup mieux. Je crois que vous allez vous rétablir.

— Je suis le diable, Gretchen. Oh, pas Satan en personne, Fils du Matin, Ben Sharar. Mais je suis mauvais, très mauvais. Un démon du premier rang, certainement.

— Vous rêvez. C'est la fièvre.

— Est-ce que ce ne serait pas splendide ? Hier j'étais planté dans la neige et j'essayais d'imaginer une chose pareille : que toute ma vie de mauvaises actions n'était que le rêve d'un mortel. Pas de danger, Gretchen. Le diable a besoin de vous. Le diable est en larmes. Il veut que vous lui teniez la main. Vous n'avez pas peur du diable, non ?

— Pas s'il réclame un acte de miséricorde. Dormez maintenant. On vient vous faire une autre piqûre. Je ne pars pas. Tenez, je vais approcher la chaise du lit pour que vous puissiez me tenir la main. »

« Qu'est-ce que tu fais, Lestat ? »

Nous étions maintenant dans notre suite à l'hôtel, un endroit bien plus agréable que cet hôpital puant — je préfère toujours une bonne suite dans un hôtel à un hôpital minable — et Louis avait bu le sang de Claudia, pauvre malheureux Louis.

« Claudia, Claudia, écoute-moi. Reviens à toi, Claudia... tu es malade, tu m'entends ? Tu dois faire ce que je te dis pour guérir. » Je mordis la chair de mon poignet et, quand le sang commença à couler, je l'approchai de ses lèvres. « Voilà, ma chérie, encore... »

« Essayez de boire un peu de ça. » Elle glissa sa main derrière mon cou. Ah ! quelle douleur quand je soulevai la tête.

« C'est si clair. Ça n'est pas du tout comme du sang. »

Ses paupières étaient lourdes et lisses sur ses yeux baissés. On aurait dit une femme grecque peinte par Picasso, tant elle paraissait simple, bien charpentée, belle et forte. Avait-on jamais posé un baiser sur sa bouche de nonne ?

« Les gens meurent ici, n'est-ce pas ? C'est pourquoi les

couloirs sont encombrés. J'entends des gens pleurer. C'est une épidémie, non ?

— C'est une mauvaise période, dit-elle, ses lèvres virginales remuant à peine. Mais vous allez vous rétablir. Je suis là. »

Louis était si en colère.

« Mais pourquoi, Lestat ? »

Parce qu'elle était belle, parce qu'elle était en train de mourir, parce que je voulais voir si ça marcherait. Parce que personne ne la réclamait et qu'elle était là et que je l'avais prise et serrée dans mes bras. Parce que c'était quelque chose que je pouvais faire, comme la petite flamme du cierge dans l'église crée une autre flamme tout en conservant sa propre lumière : c'était ma façon de créer, la seule que je possédais, tu comprends ? Un instant, nous étions deux, et puis voilà que nous étions trois.

Il avait le cœur brisé, planté là dans son long manteau noir, et pourtant il ne pouvait s'empêcher de la regarder, de dévorer des yeux ses joues d'ivoire poli, ses poignets menus. Imaginez, un vampire enfant ! Une des nôtres.

« Je comprends. »

Qui avait parlé ? J'avais sursauté, mais ce n'était pas Louis, c'était David, David qui était là tout près avec son exemplaire de la Bible. Louis leva lentement les yeux. Il ne savait pas qui était David.

« Sommes-nous proches de Dieu quand nous créons quelque chose à partir de rien ? Quand nous prétendons être la petite flamme et que nous créons d'autres flammes ? »

David secoua la tête. « Une grave erreur.

— Alors il en va de même du monde entier. C'est notre fille...

— Je ne suis pas ta fille. Je suis la fille de ma maman.

— Non, ma chérie, plus maintenant. » Je regardai David. « Eh bien, réponds-moi.

— Pourquoi évoquez-vous des buts aussi nobles pour ce que vous avez fait ? » interrogea-t-il, mais avec tant de compassion, tant de douceur. Toujours horrifié, Louis la contemplait, regardait ses petits pieds blancs. De si séduisants petits pieds.

« Alors j'ai décidé de le faire, peu m'importait ce qu'il

faisait de mon corps s'il pouvait m'introduire dans cette forme humaine pour vingt-quatre heures de façon que je puisse voir la lumière du soleil, sentir ce qu'éprouvent les mortels, connaître leurs faiblesses et leurs souffrances. » Tout en parlant, je pressais sa main.

Elle hocha la tête, m'essuyant de nouveau le front, tâtant mon pouls de ses doigts tièdes et fermes.

« ... Et j'ai décidé de le faire, tout simplement. Oh ! je sais que c'était mal, mal de le laisser partir avec tout ce pouvoir, mais peut-on imaginer... Et maintenant, vous comprenez, je ne peux pas mourir dans ce corps-ci. Les autres ne sauront même pas ce qui m'est arrivé. S'ils savaient, ils viendraient...

— Les autres vampires, murmura-t-elle.

— Oui. » Là-dessus je me mis à tout lui raconter sur eux, sur ma quête d'autrefois pour trouver les autres, quand je pensais que si seulement je connaissais l'histoire des choses, cela expliquerait le mystère... Je lui parlai inlassablement, lui expliquant notre existence, ce que nous étions, racontant mon périple à travers les siècles, et puis l'attrait de la musique rock, le théâtre rêvé pour moi, et ce que j'avais voulu faire ; je lui parlai de David avec Dieu et le diable dans ce café de Paris, de David auprès du feu avec sa Bible à la main, déclarant que Dieu n'est pas parfait. Parfois j'avais les yeux fermés ; parfois ils étaient ouverts. Elle ne cessait de me tenir la main.

Des gens entraient et sortaient. Des médecins discutaient. Une femme pleurait. Dehors il faisait de nouveau jour. Je m'en aperçus quand la porte s'ouvrit et qu'un violent courant d'air glacé balaya le couloir. « Comment allons-nous baigner tous ces patients ? demanda une infirmière. Cette femme devrait être isolée. Appelez le médecin. Dites-lui que nous avons un cas de méningite à l'étage. »

« C'est de nouveau le matin, n'est-ce pas ? Vous devez être si fatiguée, vous êtes restée avec moi tout l'après-midi et toute la nuit. J'ai si peur, mais je sais que vous devez partir. »

On amenait de nouveaux malades. Le médecin s'approcha d'elle et lui expliqua qu'il allait falloir faire pivoter tous ces chariots pour qu'ils aient la tête contre le mur.

Le médecin lui dit qu'elle devrait rentrer. Plusieurs nouvelles infirmières venaient de prendre leur service. Elle devrait se reposer.

Est-ce que je pleurais ? La petite aiguille me faisait mal au bras et comme ma gorge était sèche et aussi mes lèvres.

« Nous ne pouvons même pas officiellement admettre tous ces patients.

— Vous m'entendez, Gretchen, demandai-je. Pouvez-vous suivre ce que je dis ?

— Vous m'avez posé cette question encore et encore, dit-elle, et chaque fois je vous ai dit que je pouvais vous entendre, que je pouvais vous comprendre. Je vous écoute. Je ne vous abandonnerai pas.

— Douce Gretchen. Sœur Gretchen.

— Je veux vous emmener loin d'ici avec moi.

— Qu'avez-vous dit ?

— Dans ma maison, avec moi. Vous allez beaucoup mieux maintenant. Votre fièvre est tombée, mais si vous restez ici... » La confusion se lisait sur son visage. Elle porta de nouveau la tasse à mes lèvres et je bus plusieurs gorgées.

« Je comprends. Oui, je vous en prie, emmenez-moi, je vous en prie. » J'essayai de m'asseoir dans mon lit. « J'ai peur de rester.

— Pas encore », dit-elle en me forçant à m'allonger sur le chariot. Puis elle ôta de mon bras le ruban adhésif qui maintenait cette horrible petite aiguille et la retira. Seigneur, que j'avais envie de pisser ! N'y avait-il donc pas de fin à ces révoltantes nécessités physiques ? Que diable était donc la condition de mortel ? Chier, pisser, manger, et le même cycle qui recommençait indéfiniment ! Est-ce que voir la lumière du soleil vaut tout cela ? Ça n'était pas assez d'être mourant, il fallait encore que je pisse ! Je ne pouvais supporter d'utiliser de nouveau cet urinoir, même si j'en gardais à peine le souvenir.

« Pourquoi n'avez-vous pas peur de moi ? demandai-je. Vous ne me croyez pas fou ?

— Vous ne faites mal aux gens que quand vous êtes vampire, dit-elle simplement, quand vous êtes dans votre corps habituel. Ce n'est pas vrai ?

— Si, fis-je. C'est vrai. Mais vous êtes comme Claudia. Vous n'avez peur de rien. »

« Tu la prends pour une idiote, dit Claudia. Tu vas lui faire du mal à elle aussi.

— Absolument pas, elle n'y croit pas », dis-je. Je m'assis sur le divan dans le salon du petit hôtel, examinant la pièce élégamment meublée, me sentant tout à fait chez moi au milieu de ces meubles anciens et ces dorures du dix-huitième siècle, mon siècle. Le siècle du filou et de l'homme rationnel. Mon époque la plus parfaite.

Des fleurs en tapisserie au petit point, du brocart, des épées dorées et le rire des ivrognes dans la rue en bas.

David était debout à la fenêtre, à regarder les toits bas de la ville coloniale. Était-il allé déjà dans ce siècle ?

« Non, jamais ! s'exclama-t-il. Chaque surface est travaillée à la main, chaque mesure est irrégulière. Comme elle est fragile l'emprise des choses créées sur la nature : on a le sentiment que tout pourrait si facilement s'enfoncer de nouveau dans la terre.

— Partez, David, fit Louis, ce n'est pas votre place ici. Nous, nous devons rester. Nous ne pouvons rien y faire.

— Oh ! c'est un peu mélo, fit Claudia. Vraiment. » Elle portait encore cette petite chemise tachée venant de l'hôpital. Bah, j'arrangerais cela bientôt. J'allais dévaliser pour elle les boutiques de dentelles et de rubans. Je lui achèterai des soieries, de fins bracelets d'argent et des perles montées en bague.

Je la pris par la taille. « Ah ! que c'est agréable d'entendre quelqu'un énoncer la vérité, dis-je. Quels beaux cheveux, et dire que maintenant ils resteront beaux pour toujours. »

Je voulus me rasseoir, mais cela me semblait impossible. On poussait précipitamment dans le couloir une urgence, deux infirmières de chaque côté, quelqu'un heurta mon chariot et la vibration me traversa de part en part. Puis le silence revint et les aiguilles de la grande pendule avancèrent avec une petite secousse. L'homme installé auprès de moi poussa un gémissement et tourna la tête. Il avait un gros pansement blanc sur les yeux. Sa bouche avait un air terriblement nu.

« Il faut isoler ces gens, dit une voix.

— Allons, venez, je vous emmène à la maison. »

Et Mojo, qu'était-il advenu de Mojo ? Si on était venu l'emmener ? C'était un siècle où on incarcérait les chiens simplement parce que c'étaient des chiens. Il fallait que j'explique cela à Gretchen. Elle me soulevait, ou du moins essayait, en glissant un bras autour de mes épaules. Mojo aboyant dans l'hôtel particulier. Était-il prisonnier ?

Louis était triste. « Il y a la peste en ville.

— Ça ne peut pas vous toucher, David, fis-je.

— Vous avez raison, dit-il, mais il n'y a pas que cela...

— Elle est amoureuse de toi, tu sais, fit Claudia en riant.

— Tu serais mort de la peste, dis-je.

— Ce n'était peut-être pas mon heure.

— Tu crois cela, que nous avons notre heure ?

— Non, à vrai dire non, reprit-elle. C'était peut-être simplement plus facile de tout te reprocher. Tu comprends, je n'ai jamais vraiment su la différence entre le bien et le mal.

— Tu as pourtant eu le temps d'apprendre, observai-je.

— Toi aussi, bien plus que moi. »

« Dieu merci, vous m'emmenez », murmurai-je. Je m'étais mis debout. « J'ai si peur, dis-je. Une vraie peur ordinaire. »

« *Un fardeau de moins pour l'hôpital* », *dit Claudia avec un rire sonore, ses petits pieds se balançant au bord de son siège. Elle avait de nouveau sa robe de bal avec les broderies. C'était quand même une amélioration.*

« Gretchen la belle, dis-je. Cela vous enflamme les joues quand je dis cela. »

Elle sourit en passant mon bras gauche autour de son épaule, tout en gardant son bras droit pour me soutenir la taille. « Je vais m'occuper de vous, me chuchota-t-elle à l'oreille. Ce n'est pas très loin. »

Auprès de sa petite voiture, dans le vent glacé, je restai à tenir cet organe malodorant en regardant l'arc jaune de pisse et la vapeur qui montait quand le liquide faisait fondre la neige. « Seigneur Dieu, fis-je. C'est presque agréable ! Que sont donc les êtres humains pour pouvoir prendre plaisir à des choses aussi horribles ! »

CHAPITRE 14

Un moment, je me mis à dormir d'un sommeil agité, conscient que nous étions dans une petite voiture et que Mojo était avec nous, haletant bruyamment auprès de mon oreille tandis que nous roulions à travers des collines aux bois enneigés. J'étais enroulé dans une couverture et les mouvements de la voiture me rendaient épouvantablement malade. En outre, j'étais secoué de frissons. Ce fut à peine si je me souvenais de notre retour à l'hôtel particulier pour trouver là-bas Mojo qui nous attendait si patiemment. Je me rendais vaguement compte que je risquais la mort dans ce véhicule propulsé à l'essence si un autre entrait en collision avec nous. Cela me semblait une pénible réalité, aussi réelle que la douleur qui me tenaillait la poitrine. Et le Voleur de Corps m'avait roulé.

Les yeux de Gretchen fixaient calmement la route qui sinuait devant elle, les taches de soleil faisant autour de sa tête une ravissante auréole avec tous les fins petits cheveux qui s'étaient détachés de sa grosse tresse et de jolies boucles qui poussaient sur ses tempes. Une religieuse, mais une belle religieuse, songeai-je, fermant les yeux et les ouvrant comme si c'étaient eux qui me l'ordonnaient.

Mais pourquoi cette religieuse est-elle si bonne avec moi ? Parce que c'est une nonne ?

Tout était silencieux autour de nous. Il y avait des maisons parmi les arbres, bâties sur des tertres, dans de petites vallées, et très proches les unes des autres. Sans doute était-ce une banlieue riche, avec ces maisons de bois que des mortels fortunés préfèrent parfois aux demeures vraiment grandioses du siècle dernier.

Nous nous engageâmes enfin dans une allée auprès d'une de ces propriétés, traversant un petit bois d'arbres aux branches dénudées pour venir nous arrêter sans heurt auprès d'une maisonnette aux bardeaux grisâtres, de toute évidence le logement des domestiques ou une sorte de maison d'amis, à quelque distance du bâtiment principal.

Les pièces étaient confortables et chaleureuses. J'aurais voulu m'effondrer dans le lit tout propre, mais j'étais trop sale pour cela et j'insistai pour qu'on me laissât baigner ce corps répugnant. Gretchen protesta vigoureusement. J'étais malade, déclara-t-elle. Je ne pouvais pas me baigner maintenant. Mais je ne voulus rien entendre. Je découvris la salle de bains et refusai d'en sortir.

Puis je me rendormis, adossé au carrelage tandis que Gretchen faisait couler l'eau. La vapeur me semblait douce. Je voyais Mojo allongé auprès du lit, sphinx aux airs de loup qui me surveillait par l'entrebâillement de la porte.

Je me sentais groggy et incroyablement faible, et pourtant je parlais à Gretchen, en essayant de lui expliquer comment je m'étais mis dans cette triste situation et comment il me fallait joindre Louis et La Nouvelle-Orléans pour qu'il pût me donner le sang vigoureux dont j'avais besoin.

A voix basse, je lui confiai bien des choses en anglais, n'utilisant le français que quand, pour une raison quelconque, je ne trouvais pas le mot qu'il me fallait, discourant sur la France de mon temps et sur la petite colonie de La Nouvelle-Orléans où j'avais vécu par la suite ; je lui racontai combien cette époque était merveilleuse et comment j'étais devenu pour une brève période une vedette du rock, car j'estimais qu'en tant de symbole du mal je ferais un peu de bien.

Était-ce humain de vouloir lui faire comprendre cette crainte désespérée que j'avais de mourir dans ses bras et que personne ne saurait jamais qui j'avais été ni ce qui s'était passé ?

Ah ! mais les autres, ils savaient, mais ils n'étaient pas venus à mon secours.

Je lui parlai de tout cela aussi. Je décrivis les anciens et leur désapprobation. Qu'y avait-il donc que je ne lui eusse pas dit ? Mais elle devait comprendre, une exquise religieuse comme elle, à quel point, comme quand j'étais chanteur de rock, j'aurais voulu faire le bien.

« C'est la seule façon dont le diable au sens propre du terme peut faire le bien, dis-je. Jouer son propre rôle de façon théâtrale pour dénoncer le mal. A moins qu'on ne croie qu'il fait le bien quand il est en train de faire le mal, mais alors cela ferait de Dieu un monstre, n'est-ce pas ? — Le diable fait tout simplement partie du plan divin. »

Elle parut écouter tout cela avec une attention critique. Mais je ne fus pas surpris de l'entendre répondre que le diable n'avait jamais fait partie du plan de Dieu. Elle parlait d'une voix basse et pleine d'humilité. Tout en discutant, elle ramassait mes vêtements sales et je ne crois pas qu'elle avait le moins du monde envie de faire la conversation, mais elle s'efforçait de me calmer. Le diable avait été le plus puissant des anges, reprit-elle, et il avait repoussé Dieu par orgueil. Le mal ne pouvait pas faire partie du plan divin.

Quand je lui demandai si elle connaissait tous les arguments contre cette thèse et combien son raisonnement était illogique, combien l'ensemble du christianisme était illogique, elle m'affirma calmement que cela n'avait pas d'importance. Ce qui comptait, c'était de faire le bien. Voilà tout. C'était simple.

« Ah ! oui, vous comprenez.

— Parfaitement », me dit-elle.

Mais je savais qu'il n'en était rien.

« Vous êtes bonne pour moi », dis-je. Je lui déposai un baiser léger sur la joue tandis qu'elle m'aidait à me glisser dans l'eau tiède.

Je m'allongeai dans la baignoire, en regardant Gretchen me baigner, en remarquant que c'était une sensation bien agréable, l'eau chaude contre ma poitrine, la douce caresse de l'éponge sur ma peau, c'était peut-être mieux que tout ce que j'avais connu jusqu'à maintenant. Mais comme ce corps d'humain me semblait long ! Combien mes bras me paraissaient d'une étrange longueur. Une image me revint d'un vieux film : du monstre de Frankenstein avançant d'un pas lourd, balançant les mains comme si elles n'étaient pas à leur place au bout de ses bras. J'avais l'impression d'être ce monstre. En fait, dire qu'en tant qu'humain je me sentais totalement monstrueux, exprimerait parfaitement la vérité.

Je notai quelque chose à ce propos, me semble-t-il. Elle

m'avertit de rester tranquille. Elle m'affirma que mon corps était robuste et beau, et n'avait rien d'anormal. Elle paraissait profondément soucieuse. Un peu honteux, je la laissai me laver les cheveux et le visage. Elle m'expliqua que c'était le genre de choses qu'une infirmière faisait tout le temps.

Elle avait passé sa vie, me raconta-t-elle, dans les missions étrangères, à soigner les malades, dans des endroits si sales et si mal équipés que même l'hôpital bondé de Washington semblait auprès d'eux un lieu de rêve.

Je suivis son regard qui parcourait mon corps, et puis je vis le rouge lui monter aux joues et son regard, plein de honte et de confusion. Comme elle était étonnamment innocente.

Je souris tout seul, mais je craignais que sa propre réaction charnelle ne la heurtât. Quelle cruelle plaisanterie pour nous deux qu'elle trouvât ce corps attirant. A n'en pas douter c'était bien le cas et, malgré ma fièvre et mon épuisement, cela me fouetta le sang, ce sang humain. Ah, vraiment, ce corps passait son temps à lutter pour une chose ou pour une autre !

C'est à peine si je pouvais rester debout quand elle me sécha partout avec la serviette, mais j'étais déterminé à faire cet effort. Je lui embrassai le haut de la tête et elle leva les yeux vers moi, d'un air un peu vague, intriguée et déconcertée. J'aurais voulu l'embrasser encore, mais je n'en avais pas la force. Elle mit beaucoup de soin à me sécher les cheveux et beaucoup de douceur à m'essuyer le visage. Personne ne m'avait touché de cette manière depuis bien longtemps. Je lui dis que tant de bonté me faisait l'aimer.

« Je déteste si fort ce corps ; c'est un enfer d'être dedans.

— C'est si terrible ? demanda-t-elle. D'être humain ?

— Vous n'avez pas besoin de me ménager, dis-je. Je sais que vous ne croyez rien de ce que je vous ai raconté.

— Ah, mais nos fantasmes sont comme nos rêves, dit-elle avec une petite moue sérieuse. Ils ont une signification. »

J'aperçus soudain mon reflet dans le miroir de l'armoire à pharmacie — ce grand gaillard à la peau caramel et aux cheveux bruns et drus, et la femme à la peau douce et à la solide ossature auprès de lui. Le choc fut si grand que mon cœur s'arrêta de battre.

« Mon Dieu, murmurai-je, aidez-moi. Je veux retrouver mon corps. » J'avais envie de pleurer.

Sur son insistance je m'allongeai sur les oreillers du lit. La chaleur de la chambre me faisait du bien. Dieu merci, elle se mit à me raser. J'avais horreur de me sentir des poils sur le visage. Je lui expliquai qu'à l'instant de ma mort j'étais rasé de près, comme l'étaient tous les hommes élégants, et qu'une fois devenu vampire nous restions à jamais les mêmes. Certes, nous devenions de plus en plus pâles et de plus en plus forts ; et notre visage de plus en plus lisse. Mais nos cheveux gardaient à jamais la même longueur tout comme nos ongles et ce que nous avions de barbe sur le visage ; précisément je n'en avais pas beaucoup.

« Est-ce que cette transformation a été pénible ? interrogea-t-elle.

— Ça a été pénible parce que je me suis débattu. Je ne voulais pas. Je ne savais vraiment pas ce qu'on était en train de me faire. Il me semblait qu'un monstre jailli du passé médiéval s'était emparé de moi et m'entraînait loin de la civilisation. Il faut vous rappeler qu'en ce temps-là Paris était un endroit merveilleusement civilisé. Oh ! si on vous transportait là-bas maintenant, la ville vous paraîtrait d'une barbarie qui dépasse l'imagination mais, pour un gentilhomme campagnard, arrivant de son manoir crasseux, c'était si excitant, avec les théâtres, l'Opéra et les bals de la Cour. Vous ne pouvez pas vous imaginer. Puis il y a eu cette tragédie, ce démon surgissant des ténèbres pour m'entraîner dans sa tour. Mais l'acte lui-même, le Don ténébreux ? Ça n'est pas pénible, c'est de l'extase. Et puis vos yeux sont ouverts, toute l'humanité vous semble belle comme jamais vous ne vous en étiez rendu compte. »

Je passai la chemise propre qu'elle me tendait et je me glissai sous les couvertures qu'elle me remonta jusqu'au menton. J'avais la sensation de flotter. A vrai dire, c'était une des impressions les plus agréables que j'eusse connues depuis que j'étais devenu mortel : celle d'être ivre. Elle me tâta le pouls et me posa une main sur le front. Je lisais la crainte en elle, mais je ne voulais pas y croire.

Je lui expliquai que la véritable souffrance pour moi en tant que créature maléfique était que je comprenais la bonté et que je la respectais. Je n'avais jamais été dépourvu de conscience. Mais toute ma vie — même dans mon enfance de jeune mortel — on m'avait toujours obligé à aller contre ma conscience pour obtenir n'importe quoi d'important ou de précieux.

« Mais comment ? Que voulez-vous dire ? » demanda-t-elle.

Je lui racontai que, quand j'étais jeune garçon, je m'étais enfui avec une troupe d'acteurs, me rendant ainsi coupable du péché de désobéissance. J'avais ensuite commis le péché de fornication avec une des jeunes femmes de la troupe. Pourtant ce temps-là, passé à jouer sur les scènes de villages et à faire l'amour, m'avait paru d'un prix inestimable. « Vous comprenez, c'est qu'à ces moments-là j'étais vivant, simplement vivant. Les péchés véniels d'un jeune garçon ! Après ma mort, chaque pas que j'ai fait dans le monde me faisait commettre un péché et pourtant, chaque fois je percevais ce qu'il y avait là de sensuel et de magnifique. »

Comment cela pouvait-il être ? lui demandai-je. Quand j'avais fait de Claudia un vampire enfant et de Gabrielle, ma mère, une beauté vampire, là encore je recherchais quelque chose d'intense ! Cela m'avait paru irrésistible. Et dans ces instants-là, l'idée de péché ne voulait rien dire.

Je lui en confiai davantage, parlant encore de David et de sa vision de Dieu et du diable attablés au café, je lui racontai comment David pensait que Dieu n'était pas parfait, que Dieu ne cessait d'apprendre et qu'en fait le diable en avait tant appris qu'il en était arrivé à prendre son travail en grippe et avait supplié qu'on l'en dispensât. Je savais que je lui avais raconté tout cela déjà à l'hôpital, lorsqu'elle me tenait la main.

Il y avait des moments où elle cessait de tapoter les oreillers, de chercher des comprimés et des verres d'eau pour simplement me regarder. Comme son visage était calme, son expression compatissante, avec les épais sourcils sombres entourant ses yeux pâles, sa grande bouche douce rayonnante de bonté.

« Je sais que vous êtes bonne, déclarai-je. C'est pour cela que je vous aime. Pourtant, je vous l'offrirais volontiers, le Sang ténébreux, pour vous rendre immortelle — pour vous avoir avec moi dans l'éternité parce que pour moi vous êtes si mystérieuse et si forte. »

Il y avait autour de moi une couche de silence, un sourd grondement dans mes oreilles et un voile devant mes yeux. Sans bouger je la regardai prendre une seringue, l'essayer apparemment en projetant en l'air quelques gouttes de liquide argenté, puis m'enfoncer l'aiguille dans la chair. La légère sensation de brûlure était très lointaine, sans aucune importance.

Quand elle me tendit un grand verre de jus d'orange, je le bus avec avidité. Hmmm. C'était là quelque chose qui avait du goût, épais comme le sang, mais plein de douceur et qui ressemblait étrangement à la lumière dévorante.

« J'avais oublié tout cela, dis-je. Comme c'est bon, meilleur que le vin, en fait. J'aurais dû en boire plus tôt. Et dire que je serais reparti sans le savoir. » Je m'enfonçai dans l'oreiller et levai les yeux vers les poutres nues du toit en pente. C'était une charmante petite chambre, toute blanche. Toute simple. Sa cellule de nonne. Dehors, la neige tombait doucement sur la minuscule fenêtre. Je comptai douze petits carreaux de vitres.

Je sombrais dans le sommeil et j'en émergeais. Je me souviens vaguement qu'elle essaya de me faire avaler de la soupe et que je n'y parvins pas. J'étais secoué de tremblements et terrifié à l'idée que ces rêves allaient revenir. Je ne voulais pas voir venir Claudia. La lumière de la petite chambre me brûlait les yeux. Je lui racontai comment Claudia me hantait et ce qui s'était passé au petit hôpital.

« Plein d'enfants », dit-elle. N'avait-elle pas déjà fait cette remarque ? Comme elle avait un air étonné. Elle parlait avec douceur de son travail dans les missions... avec des enfants. Dans les jungles du Venezuela et du Pérou.

« Ne parlez plus », fit-elle.

Je savais que je lui faisais peur. Je flottais de nouveau dans les ténèbres, pour en ressortir au bout d'un moment, je sentais un linge frais sur mon front et je riais de cette impression d'apesanteur. Je lui expliquai qu'avec mon corps habituel je pouvais voler dans les airs. Je lui racontai comment je m'étais exposé à la lumière du soleil qui brillait au-dessus du désert de Gobi.

De temps en temps, j'ouvrais les yeux en sursaut, stupéfait de me trouver ici. Dans sa petite chambre blanche.

Je distinguai un crucifix au mur, avec un Christ qui saignait ; et une statue de la Vierge Marie sur un petit rayonnage : la vieille image familière de la Médiatrice de Toutes les Grâces, la tête penchée et les mains tendues. Était-ce sainte Rita là-bas, avec sa plaie rouge au front ? Ah ! toutes ces anciennes croyances, et dire qu'elles vivaient dans le cœur de cette femme.

J'écarquillai les yeux, pour essayer de déchiffrer les titres des livres disposés sur les rayons : saint Thomas d'Aquin, Maritain, Teilhard de Chardin. Le simple effort de comprendre que ces divers noms étaient ceux de philosophes catholiques m'épuisa. Pourtant je lus d'autres titres, l'esprit fiévreux et incapable de demeurer en repos. Il y avait des ouvrages sur les maladies tropicales, les affections enfantines, la psychologie des enfants. J'aperçus une photo encadrée sur le mur auprès du crucifix, un groupe de religieuses voilées et en grande tenue, peut-être à l'occasion d'une cérémonie. Si elle figurait sur ce cliché, je n'aurais pas pu le dire, pas avec ces yeux de mortel et endoloris comme ils l'étaient. Les religieuses portaient de courtes robes bleues et des voiles bleus et blancs.

Elle me prit la main. Je lui répétai que je devais me rendre à La Nouvelle-Orléans. Il fallait que je vive pour joindre mon ami Louis, lequel m'aiderait à retrouver mon corps. Je lui décrivis Louis : comment il vivait hors d'atteinte du monde moderne dans une petite maison sans lumière au fond de son jardin délabré. J'expliquai qu'il était faible, mais qu'il pouvait me donner du sang de vampire et qu'alors je redeviendrais un vampire, que je pourchasserais le Voleur de Corps pour l'obliger à me rendre mon ancienne enveloppe corporelle. Je lui racontai combien Louis était humain, qu'il ne me donnerait pas beaucoup de forces de vampire, mais que sans un corps surnaturel je ne pourrais pas retrouver le Voleur de Corps.

« Ce corps-ci va donc mourir, dis-je, quand il me donnera le sang. Vous le préservez pour qu'il meure. » Je sanglotais. Je me rendis compte que je parlais français mais il semblait qu'elle comprenait, car elle me répondit dans la même langue que je devais me reposer, que je délirais.

« Je suis avec vous, dit-elle en français, très lentement et en articulant avec soin. » Sa main douce et tiède était posée sur la mienne. Avec une infinie douceur elle repoussa les mèches qui tombaient sur mon front.

La nuit tomba autour de la petite maison.

Du feu brûlait dans l'âtre et Gretchen était allongée auprès de moi. Elle avait passé une longue chemise de flanelle, blanche et très épaisse ; elle avait les cheveux dénoués et elle me serrait tandis que je frissonnais. J'aimais le contact de ses cheveux sur mon bras. Je me cramponnais à elle, craignant de lui faire mal. Inlassablement, elle m'essuyait le visage avec un linge frais. Elle m'obligea à boire du jus d'orange ou de l'eau froide. Les heures de la nuit s'épaississaient, tout comme ma panique s'accentuait.

« Je ne vais pas vous laisser mourir », me chuchota-t-elle à l'oreille. Mais je perçus la peur qu'elle ne parvenait pas à déguiser. Le sommeil déferla sur moi, fragile, si bien que la chambre gardait sa forme, sa couleur, sa lumière. Une fois de plus je fis appel aux autres, suppliant Marius de venir à mon secours. Je commençais à penser à des choses épouvantables : ils étaient tous là comme autant de petites statues blanches auprès de la Vierge et de sainte Rita, qui m'observaient et refusaient de m'aider.

Peu avant l'aube, j'entendis des voix. Un médecin était venu — un jeune homme épuisé au teint terreux et aux yeux rouges. Une fois de plus, on me planta une aiguille dans le bras. Je bus avidement quand on me donna de l'eau glacée. Je n'arrivais pas à suivre le murmure du docteur, que d'ailleurs je n'étais pas censé comprendre. Mais sa voix avait des accents calmes et manifestement rassurants. Je perçus les mots « épidémie », « blizzard » et « conditions impossibles ».

Quand la porte se referma, je suppliai Gretchen de revenir. « Tout près de votre cœur qui bat », lui murmurai-je à l'oreille, tandis qu'elle s'allongeait auprès de moi. Comme c'était doux, ses membres lourds et tendres, ses gros seins contre ma poitrine, sa jambe lisse contre la mienne. Était-je trop malade pour avoir peur ?

« Dormez maintenant, dit-elle. Essayez de vous calmer. » Un profond sommeil enfin tombait sur moi, profond comme la neige dehors, comme les ténèbres.

« Tu ne crois pas le moment venu de te confesser ?

demanda Claudia. Tu sais que ta vie comme on dit ne tient qu'à un fil. » Elle était assise sur mes genoux, me dévisageait, les mains sur mes épaules, son petit visage levé à quelques centimètres seulement du mien.

Mon cœur se serra, explosant de douleur, mais il n'y avait pas de poignard, rien que ces petites mains qui me serraient et le parfum de roses séchées qui montait de ses cheveux étincelants.

« Non. Je ne peux pas me confesser », lui dis-je. Comme ma voix tremblait. « Oh ! Seigneur Dieu, que me demandez-vous !

— Tu ne regrettes même pas ! Tu n'as jamais regretté ! Dis-le. Dis la vérité ! Tu méritais le couteau quand je te l'ai plongé dans le cœur, et tu le sais, tu l'as toujours su !

— Non ! »

Quelque chose en moi se brisa tandis que je la regardais, que je contemplais l'exquis visage encadré de sa fine chevelure. Je la soulevai pour venir la poser sur le fauteuil devant moi et je m'agenouillai à ses pieds.

« Claudia, écoute-moi bien. Ce n'est pas moi qui ai commencé. Ce n'est pas moi qui ai créé le monde ! Il a toujours été là, ce mal. Il rôdait dans l'ombre et il a fondu sur moi, il m'a pris dans son sein et j'ai fait ce qui me semblait être mon devoir. Ne ris pas de moi, je t'en prie, ne détourne pas la tête. Ce n'est pas moi qui ai fait le mal ! Je ne l'ai pas fait moi-même ! »

Quel air perplexe elle avait, à me dévisager, à m'observer, et puis sa petite bouche aux lèvres pleines s'épanouit en un magnifique sourire.

« Tout n'était pas qu'angoisse, dis-je, mes doigts pétrissant ses petites épaules. Ce n'était pas l'enfer. Dis-moi que ce ne l'était pas. Dis-moi qu'il y avait des moments de bonheur. Les démons peuvent-ils être heureux ? Seigneur Dieu, je ne comprends pas.

— Tu ne comprends pas, mais tu *fais* toujours quelque chose, n'est-ce pas ?

— Oui, et je ne le regrette pas. Pas du tout. Je le crierais sur les toits jusque sous la voûte du ciel. Claudia, je le referais ! » Je poussai un grand soupir. Je répétai mes paroles, d'une voix plus forte. « *Je le referais !* »

Le silence se fit dans la pièce.

Claudia restait impassible. Était-elle furieuse ? Surprise ? Impossible de le savoir en regardant ses yeux sans expression.

« Oh ! tu es mauvais, mon père, fit-elle d'une voix douce. Comment peux-tu le supporter ? »

David se détourna de la fenêtre. Par-dessus l'épaule de Claudia, il me regarda agenouillé à ses pieds.

« Je suis l'idéal dans mon genre, dis-je. Je suis le parfait vampire. Quand vous me regardez, vous regardez Lestat le Vampire. Personne n'éclipse ce personnage que vous voyez devant vous — personne ! » Lentement je me remis debout. « Je ne suis pas dupe du temps et pas davantage un dieu durci par les millénaires ; je ne suis pas l'escroc à la cape noire ni le vagabond mélancolique. J'ai une conscience. Je distingue le bien du mal. Je sais ce que je fais, oui, je le sais. Je suis Lestat le Vampire. Voilà votre réponse. Faites-en ce que bon vous semble. »

L'aube. Incolore et éblouissante sur la neige. Gretchen somnolait, en me berçant.

Elle ne se réveilla pas quand je m'assis pour prendre le verre d'eau. Insipide, mais frais.

Puis elle ouvrit les yeux et se redressa en sursaut, ses cheveux blond foncé tombant en cascade autour de son visage, baigné d'une faible lumière.

Je posai un baiser sur sa joue tiède et sentis ses doigts sur mon cou, puis de nouveau sur mon front.

« C'est vous qui m'avez tiré de là », dis-je, d'une voix rauque et mal assurée. Puis j'enfonçai ma tête dans l'oreiller pour sentir une fois de plus les larmes couler sur mes joues et, fermant les yeux, je murmurai : « Adieu, Claudia », en espérant que Gretchen n'entendrait pas.

Quand je rouvris les yeux, elle m'avait apporté un grand bol de bouillon que je bus, en le trouvant presque bon. Il y avait sur une assiette des pommes et des oranges coupées en quartiers et toutes brillantes. Je les dévorai avidement, surpris du côté croquant des pommes et de la texture un peu fibreuse des oranges. Puis suivit un breuvage brûlant composé d'une liqueur forte, de miel et de jus de citron, qui me plut tant qu'elle s'empressa d'aller m'en préparer d'autre.

Je pensai une fois de plus à quel point elle ressemblait aux femmes grecques de Picasso, grandes et gracieuses. Elle avait les sourcils brun foncé et les yeux clairs — presque vert pâle — ce qui lui donnait un air dévoué et innocent. Elle n'était pas jeune, cette femme, et cela aussi rehaussait considérablement sa beauté à mes yeux.

Elle semblait perpétuellement plongée dans ses pensées. Elle resta un long moment à me regarder comme si je l'étonnais, puis, très lentement, elle se pencha et pressa ses lèvres contre les miennes. Un frisson d'excitation me parcourut.

Puis je me rendormis.

Je ne fis pas de rêves.

On aurait dit que j'avais toujours été humain, toujours dans ce corps et, oh ! comme j'étais reconnaissant de ce lit doux et propre.

C'était l'après-midi. Des taches de bleu par-delà les arbres.

Dans une sorte de transe, me parut-il, je la regardai préparer le feu. J'observai le reflet des flammes sur ses pieds nus et lisses. Mojo dont le pelage gris était couvert d'une légère neige poudreuse, mangeait calmement et régulièrement, un plat entre ses pattes, levant de temps en temps la tête pour me regarder.

Mon lourd corps humain frémissait encore de fièvre, mais il était moins brûlant, en meilleure forme, les douleurs étaient moins aiguës, les frissons avaient presque complètement disparu maintenant. Ah ! pourquoi a-t-elle fait tout cela pour moi ? Pourquoi ? Et que puis-je faire pour elle, me demandai-je. Je n'avais plus peur de mourir. Mais quand je songeais à ce qui m'attendait — il fallait capturer le Voleur de Corps — j'éprouvais un élan d'affolement. Et pendant une nuit encore je serais trop malade pour partir d'ici.

De nouveau nous nous allongeâmes dans les bras l'un de l'autre, sommeillant, laissant la lumière dehors décliner, le seul bruit pénible étant la respiration lourde de Mojo. Le petit feu flambait dans la cheminée. Dans la chambre, il faisait chaud, tout était calme. Le monde entier semblait chaud et calme. La neige se mit à tomber ; et bientôt les douces et impitoyables ténèbres tombèrent sur la ville.

En regardant le visage endormi de Gretchen, je me sentis

traversé d'un élan protecteur, en pensant au doux regard un peu égaré que j'avais vu dans ses yeux. Même sa voix était empreinte d'une mélancolie profonde. Il y avait quelque chose en elle qui évoquait une immense résignation. Quoi qu'il arrivât, je ne l'abandonnerais pas, me dis-je, avant de savoir ce que je pouvais faire pour m'acquitter de ma dette. Et puis je l'aimais bien. J'aimais ce côté sombre chez elle, cette qualité cachée, la simplicité de ses propos et de ses mouvements, la candeur de son regard.

Quand je me réveillai, le docteur était revenu : toujours ce jeune gaillard au teint terreux et au visage fatigué, même s'il avait l'air un peu reposé et si sa blouse blanche était immaculée et bien repassée. Il avait posé contre ma poitrine un petit bout de métal froid et de toute évidence écoutait mon cœur, mes poumons ou quelque autre bruit émis par un organe pour obtenir de précieux renseignements. D'horribles gants de plastique lui recouvraient les mains. Et il s'adressait à Gretchen à voix basse, comme si je n'étais pas là, pour l'entretenir des problèmes qui continuaient à l'hôpital.

Gretchen était vêtue d'une simple robe bleue, un peu comme une robe de religieuse, me dis-je, sauf qu'elle était courte et que dessous elle portait des bas noirs. Elle avait les cheveux superbement ébouriffés et ils me faisaient penser à la paille que la princesse mêlait à l'or quand elle filait dans le conte de Rumpelstiltskin.

De nouveau me revint en mémoire le souvenir de Gabrielle, ma mère, de l'époque étrange et cauchemardesque que j'avais connue après avoir fait d'elle un vampire ; comment elle avait coupé ses cheveux blonds qui étaient devenus noirs en une journée tandis que, dans la crypte, elle dormait d'un sommeil semblable à la mort et comment elle était devenue presque folle en s'en apercevant. Je me souvenais de ses cris, de ses hurlements avant qu'on parvînt à la calmer. Je ne sais pas pourquoi je pensai à cela, sinon que j'aimais les cheveux de cette femme. Elle n'avait rien pourtant de Gabrielle. Absolument rien.

Le docteur acheva enfin de me palper, de me tripoter et de m'écouter et s'éloigna pour s'entretenir avec elle. Je maudis mon ouïe de mortel. Mais je savais que j'étais presque guéri. Et quand il revint se pencher sur moi en m'annonçant que j'allais maintenant être « bien » et qu'il ne me fallait que quelques jours encore de repos, je dis tranquillement que c'était le résultat des soins de Gretchen.

Il répondit à cela par un hochement de tête affirmatif et par une série de murmures inintelligibles, puis il s'enfuit dans la neige, sa voiture faisant dehors un léger crissement lorsqu'il traversa l'allée.

Je me sentais la tête si claire et en si bonne forme que j'en avais envie de pleurer. Au lieu de cela, je bus encore un peu du délicieux jus d'orange et je me mis à penser... à me souvenir.

« Il faut que je vous laisse juste un petit moment, dit Gretchen. Je dois aller faire quelques provisions.

— Oui, et je vous paierai ces provisions », dis-je. Je posai ma main sur son poignet. Bien que ma voix fût encore faible et rauque, je lui parlai de l'hôtel, lui expliquai que l'argent était là dans mon manteau. Il y en avait assez pour que je puisse lui payer mes soins aussi bien que les courses qu'elle aurait à faire et elle devait aller le chercher. La clé devait être dans mes vêtements, expliquai-je.

Elle les avait pendus à des cintres et elle trouva en effet la clé dans ma poche de chemise.

« Vous voyez ? fis-je avec un petit rire. Je vous ai dit la vérité sur tout. »

Elle sourit et son visage soudain s'éclaira. Elle me dit qu'elle irait à l'hôtel chercher mon argent si je lui promettais de rester tranquille. Ce n'était pas une si bonne idée de laisser de l'argent traîner, même dans un grand hôtel.

J'aurais voulu lui répondre, mais j'avais une telle envie de dormir. Puis, par la petite fenêtre, je la vis s'éloigner dans la neige vers la petite voiture. Je la vis y prendre place. Quelle énergique silhouette elle avait, avec des membres très robustes mais une peau claire et une douceur chez elle qui la rendait adorable à regarder et vous donnait envie de la serrer dans vos bras. Toutefois, l'idée qu'elle me quitte me faisait peur.

Quand je rouvris les yeux, elle était plantée là, avec mon manteau sur son bras. Il y avait beaucoup d'argent, dit-elle. Elle avait tout rapporté. Elle n'en avait jamais vu autant en liasses. Quelle étrange personne j'étais. Il y avait là quelque chose comme vingt-huit mille dollars. Elle avait réglé ma note à l'hôtel. Ils étaient très inquiets sur mon sort. Ils m'avaient vu partir en courant dans la neige. On lui avait fait signer un reçu pour tout. Elle me remit ce bout de papier comme si c'était important. Elle avait avec elle mes autres affaires, les vêtements que j'avais achetés, encore dans leurs sacs et leurs cartons.

Je voulais la remercier. Mais où trouver les mots ? Je la remercierais quand je serais de retour dans mon propre corps.

Après avoir rangé tous les vêtements, elle nous prépara un simple dîner avec encore du bouillon et des tartines beurrées. Nous dévorâmes tout cela ensemble, avec une bouteille de vin dont je bus plus qu'elle ne l'estimait acceptable. Je dois dire que ces tartines et ce vin étaient à peu près ce que j'avais jusqu'à maintenant trouvé de meilleur en fait de nourriture humaine. Je le lui dis. Et pourrais-je avoir encore un peu de vin, car cette griserie était absolument sublime.

« Pourquoi m'avez-vous amené ici ? » lui demandai-je.

Elle s'assit au bord du lit, les yeux fixés sur le feu tout en jouant avec ses cheveux, mais sans me regarder. Elle se remit à me parler de l'hôpital surpeuplé, de l'épidémie.

« Non, mais pourquoi avez-vous fait cela ? Il y en avait d'autres là-bas.

— Parce que je n'ai jamais connu personne comme vous, fit-elle. Vous m'avez fait penser à une histoire que j'ai lue autrefois... à propos d'un ange contraint de descendre sur terre dans un corps humain. » Avec un pincement au cœur, je pensai à Raglan James disant que j'avais l'air d'un ange. Je pensai à mon autre corps errant par le monde, avec tous ses pouvoirs et accablé sous le fardeau de son misérable occupant.

Elle soupira en me regardant. Elle était intriguée.

« Quand tout cela sera fini, je reviendrai vous voir dans mon vrai corps, dis-je. Je me révélerai à vous. Cela sera peut-être important pour vous de savoir que je ne vous ai pas trompée ; et vous êtes si forte que, à mon avis, la vérité ne vous blessera pas.

— La vérité ? »

Je lui expliquai que souvent, quand nous nous révélions à des mortels, nous les rendions fous — car nous étions des créatures surnaturelles et pourtant nous ne savions rien de l'existence ni de Dieu ni du diable. En bref, nous étions comme une vision religieuse sans révélation. Une expérience mystique, mais sans un noyau de vérité.

De toute évidence elle était fascinée. Une lueur subtile s'alluma dans ses yeux. Elle me demanda de lui expliquer quelle apparence j'avais dans mon autre forme.

Je lui racontai comment j'avais été transformé en vampire à l'âge de vingt ans. J'étais grand pour l'époque, blond, avec des yeux clairs. Je lui parlai encore de la façon dont je m'étais brûlé la peau dans le désert de Gobi. Je craignais que le Voleur de Corps n'eût l'intention de garder mon corps pour de bon ; sans doute était-il quelque part très loin, se cachant du reste de la tribu et tentant de mieux contrôler mes pouvoirs.

Elle me demanda de lui décrire comment c'était de voler.

« C'est plutôt comme flotter, c'est simplement s'élever à volonté — se propulser dans une direction ou dans une autre parce qu'on l'a décidé. Contrairement aux vols des créatures naturelles, c'est un défi aux lois de la gravité. C'est terrifiant. C'est le plus terrifiant de tous nos pouvoirs ; et je pense qu'il nous fait plus mal que tous les autres : il nous emplit de désespoir. C'est l'ultime preuve que nous ne sommes pas des êtres humains. Nous craignons peut-être de quitter un soir la terre pour ne jamais y revenir. »

Je songeai au Voleur de Corps utilisant ce pouvoir. Je l'avais vu opérer.

« Je ne sais pas comment j'ai pu être assez stupide pour le laisser s'emparer d'un corps aussi vigoureux que le mien, dis-je. J'étais aveuglé par le désir d'être humain. » Elle se contentait de me dévisager. Elle avait les mains crispées devant elle et elle me fixait du regard calme et insistant de ses grands yeux noisette.

« Croyez-vous en Dieu ? » demandai-je. Je désignai le crucifix pendu au mur. « Croyez-vous à ces philosophes catholiques dont les livres sont sur l'étagère ? »

Elle réfléchit un long moment. « Pas comme vous le demandez », dit-elle.

Je souris. « Comment alors ?

— D'aussi loin que je puisse m'en souvenir, mon existence a été une vie de sacrifice. Voilà en quoi je crois. Je crois que je dois faire tout ce que je peux pour diminuer la souffrance des hommes. Je ne suis pas capable de mieux mais c'est déjà considérable. Cela me semble un grand pouvoir, comme le pouvoir que vous avez de voler. »

J'étais déconcerté. Je me rendais compte que je ne pensais pas que le travail d'une infirmière eût un rapport avec un pouvoir. Mais je comprenais parfaitement son point de vue.

« Essayer de connaître Dieu, reprit-elle, ce peut être considéré comme un péché d'orgueil ou un manque d'imagination. Mais nous reconnaissons tous le malheur quand nous le voyons. Nous connaissons la maladie ; la faim ; les privations. Ce sont ces maux-là que j'essaie de diminuer. C'est le rempart de ma foi. Pour vous répondre sincèrement... oui, je crois en l'existence de Dieu et du Christ. Tout comme vous.

— Non, je n'y crois pas, fis-je.

— Quand vous aviez la fièvre, vous y croyiez. Vous parliez de Dieu et du diable comme je n'ai jamais entendu personne d'autre en parler.

— J'évoquais d'ennuyeux arguments théologiques, dis-je.

— Pas du tout, vous parliez de leur manque d'intérêt.

— Vous croyez ?

— Mais oui. Vous reconnaissez le bien quand vous le voyez. Vous l'avez dit vous-même. Moi aussi. Je consacre ma vie à essayer de faire le bien. »

Je poussai un soupir. « Oui, fis-je, je comprends. Est-ce que je serais mort si vous m'aviez laissé dans cet hôpital ?

— Peut-être bien, répondit-elle. Franchement, je n'en sais rien. »

C'était très agréable simplement de la regarder. Elle avait un visage large, avec peu de courbes et rien d'une élégante beauté aristocratique. Mais la beauté, elle n'en manquait pas. Et les années l'avaient ménagée. Sa vie de dévouement ne l'avait pas usée.

Je sentais en elle une tendre sensualité qui couvait, une sensualité à laquelle elle-même ne se fiait pas, qu'elle ne voulait pas encourager.

« Expliquez-moi encore ceci, reprit-elle. Vous m'avez raconté que vous aviez été chanteur de rock parce que vous vouliez faire le bien ? Vous vouliez faire le bien en incarnant un symbole du mal ? Précisez-moi un peu tout cela. »

Je lui répondis que oui. Je lui dis comment je m'y étais pris, en formant un petit groupe, Satan Sort en Ville et en faisant d'eux des professionnels. Je lui expliquai que j'avais échoué ; il y avait une guerre chez les nôtres, j'avais moi-même été enlevé de force et toute la débâcle s'était produite sans la moindre déchirure dans le tissu rationnel du monde des mortels. On m'avait contraint à retrouver l'invisibilité et l'éloignement.

« Il n'y a pas de place pour nous sur la terre, dis-je. Peut-être y en avait-il jadis, je ne sais pas. Le fait que nous existons ne justifie rien. Les chasseurs ont poussé les loups loin du monde. Je croyais que si je révélais notre existence, des chasseurs nous traqueraient aussi. Mais ce ne devait pas être le cas. Ma brève carrière a été une suite d'illusions. Personne ne croit en nous. Et c'est ainsi que cela doit être. Peut-être sommes-nous faits pour mourir de désespoir, pour disparaître du monde très lentement, et sans un bruit.

« Seulement, je ne peux pas le supporter. Je ne peux pas supporter d'être silencieux, d'être rien, de prendre la vie avec plaisir et de voir tout autour de moi les créations et les réussites des mortels sans pouvoir en faire partie mais en devant être Caïn. Le Caïn solitaire. Voilà ce qu'est le monde pour moi, vous comprenez — ce que les mortels font et ont fait. Ce n'est pas du tout le vaste monde de la nature. Si c'était cela, alors peut-être trouverais-je plus de plaisir à être immortel. Il s'agit des accomplissements des mortels. Les peintures de Rembrandt, les monuments de la capitale sous la neige, les grandes cathédrales. Nous sommes à jamais coupés de tout cela, à juste titre d'ailleurs, et pourtant nous les voyons avec nos yeux de vampire.

— Pourquoi avez-vous changé de corps avec un mortel ? interrogea-t-elle.

— Pour me retrouver un jour à marcher au soleil. Pour penser, sentir et respirer comme un mortel. Peut-être pour mettre à l'épreuve une croyance.

— Laquelle ?

— L'idée que redevenir mortel était ce que nous souhaitions tous, que nous regrettions d'avoir renoncé à notre condition humaine, que l'immortalité ne valait pas la perte de notre âme. Je sais maintenant que j'avais tort. »

Je pensai soudain à Claudia. Je songeai à mes rêves quand j'avais la fièvre. Une chape de plomb s'abattit sur moi. Quand je repris la parole, c'était au prix d'un acte de volonté délibéré.

« Je préfère de loin être un vampire, dis-je. Ça ne me plaît pas d'être mortel. Je n'aime pas être faible, malade, fragile ni sensible à la douleur. C'est parfaitement horrible. Je veux reprendre mon corps dès que j'aurai pu l'arracher à ce voleur. »

Cette déclaration parut la choquer un peu. « Même si vous tuez quand vous êtes dans votre autre corps, même si vous buvez du sang humain, si vous avez cela en horreur et si vous vous détestez.

— Je n'ai pas cela en horreur. Et je ne me déteste pas. Vous ne comprenez donc pas ? C'est là, la contradiction. Je ne me suis jamais détesté.

— Vous m'aviez dit que vous étiez un être maléfique, vous m'avez dit qu'en vous aidant j'aidais le diable. Vous ne diriez pas ces choses-là si tout cela ne vous faisait pas horreur. »

Je ne répondis pas tout de suite. Puis je dis : « Mon plus grand péché a toujours été de m'être toujours bien amusé à être moi-même. Mon remords est toujours présent ; l'horreur que je m'inspire est toujours là ; mais je prends du bon temps. Je suis fort ; je suis une créature de volonté et de passion. Voyez-vous, c'est pour moi le cœur du dilemme : comment puis-je trouver un tel plaisir à être un vampire, comment puis-je aimer cela si c'est mal ? Ah ! c'est une vieille histoire. Les hommes trouvent une solution en partant en guerre. Ils se disent qu'ils défendent une cause. Puis ils éprouvent le frisson de tuer, comme s'ils n'étaient que des bêtes. Les bêtes le savent, elles le savent vraiment. Les loups le savent. Ils connaissent la pure excitation de mettre leur proie en pièces. Je le sais. »

Un long moment elle parut perdue dans ses pensées. Je tendis la main pour toucher la sienne.

« Venez vous allonger et dormir, dis-je. Allongez-vous encore auprès de moi. Je ne vous ferai pas de mal. Je ne peux pas. Je suis trop malade. » J'eus un petit rire. « Vous êtes très belle, repris-je. Je ne songerais pas à vous faire du mal. J'ai simplement envie d'être près de vous. La fin de la nuit approche encore et j'aimerais que vous vous allongiez ici avec moi.

— Vous pensez tout ce que vous dites, n'est-ce pas ?

— Bien sûr.

— Vous vous rendez compte que vous êtes comme un enfant ? Il y a en vous une grande simplicité. La simplicité d'un saint. »

Je me mis à rire. « Très chère Gretchen, vous vous trompez terriblement sur mon compte. Mais là encore, peut-être que non. Si je croyais en Dieu, si je croyais au salut, alors il faudrait sans doute que je sois un saint. »

Elle réfléchit un long moment, puis elle me dit à voix basse que seulement un mois plus tôt elle avait pris un congé des missions. Elle avait quitté la Guyane française pour Georgetown afin d'étudier à l'université et elle ne travaillait à l'hôpital que comme volontaire. « Connaissez-vous la vraie raison pour laquelle j'ai pris ce congé ? me demanda-t-elle.

— Non ; dites-le-moi.

— J'avais envie de connaître un homme. La chaleur d'être près d'un homme. Juste une fois, je voulais connaître cela. J'ai quarante ans et je n'ai jamais connu d'homme. Vous parliez il y a un instant d'horreur morale. Ce sont les mots que vous avez utilisés. J'avais horreur de ma virginité — de la pure perfection de ma chasteté. Malgré tout ce qu'on peut croire, cela me semblait de la lâcheté.

— Je comprends, dis-je. Assurément faire le bien dans les missions n'a rien à voir en fin de compte avec la chasteté.

— Si, il y a un rapport, répondit-elle. Mais seulement parce que l'on ne peut travailler dur que si l'on ne se consacre qu'à une seule chose et si l'on n'a d'autre époux que le Christ. »

J'avouai savoir ce qu'elle voulait dire. « Mais si le sacrifice de soi devient un obstacle dans le travail, dis-je, alors, n'est-ce pas, mieux vaut connaître l'amour d'un homme ?

— C'est ce que j'ai pensé, répondit-elle. Connaître cette expérience, et puis retourner servir Dieu.

— Exactement. »

D'une voix lente et rêveuse, elle dit : « Depuis, je cherche l'homme. Le moment.

— Alors voilà pourquoi vous m'avez amené ici.

— Peut-être, fit-elle. Dieu sait, j'avais si peur de tous les autres. Je n'ai pas peur de vous. » Elle me regarda comme si ses propres paroles l'avaient surprise.

« Venez vous allonger et dormir. Il est temps que je guérisse et que vous soyez certaine que c'est ce dont vous avez vraiment envie. Je n'imaginerais pas de vous forcer, ni d'être crue avec vous.

— Mais pourquoi, si vous êtes le diable, pouvez-vous parler avec tant de bonté ?

— Je vous l'ai dit, c'est là le mystère. Ou bien c'est la réponse, l'un ou l'autre. Venez, venez vous allonger auprès de moi. »

Je fermai les yeux. Je la sentis se glisser sous les couvertures, je sentis la tiède pression de son corps auprès de moi, son bras qui s'allongeait sur ma poitrine.

« Vous savez, dis-je, cet aspect-là de la condition humaine est presque bien. »

J'étais à demi endormi quand je l'entendis murmurer : « Je crois qu'il y a une raison pour que vous aussi, vous ayez pris votre congé, dit-elle. Vous ne la connaissez peut-être pas.

— Vous ne me croyez sûrement pas », murmurai-je, les mots sortant paresseusement de mes lèvres. Comme c'était délicieux de passer mon bras de nouveau autour d'elle, de lui faire blottir la tête contre mon cou. Je couvrais ses cheveux de baisers, et j'aimais cette douce élasticité sur mes lèvres.

« Il y a une secrète raison qui vous a fait descendre sur terre, dit-elle, et vous introduire dans le corps d'un homme. La même raison qui a poussé le Christ à le faire.

— Et c'est ?

— La rédemption, fit-elle.

— Ah ! oui, être sauvé. N'est-ce pas que ce serait charmant ? »

J'aurais voulu en dire plus, expliquer combien c'était tout à fait impossible d'envisager même une chose pareille, mais je glissai dans un rêve. Et je savais que Claudia n'y serait pas.

Peut-être après tout n'était-ce pas un rêve, mais seulement un souvenir. J'étais avec David au Rijksmuseum et nous regardions une grande toile de Rembrandt.

Être sauvé. Quelle idée, quelle charmante, extravagante, et

impossible idée... Comme c'était merveilleux d'avoir trouvé la seule mortelle au monde qui envisageât sérieusement pareille chose.

Et Claudia ne riait plus. Parce que Claudia était morte.

CHAPITRE 15

Le matin de bonne heure, juste avant l'arrivée du soleil. Le moment où, autrefois, j'étais souvent en pleine méditation, fatigué et à demi amoureux du ciel changeant.

Je pris un long bain, la petite pièce autour de moi pleine de vapeur et envahie d'une lumière encore pâle. J'avais la tête claire et je me sentais heureux, comme si le simple répit après la maladie était une forme de joie. Je me rasai lentement jusqu'à avoir la peau parfaitement lisse puis, fouillant dans la petite armoire derrière le miroir, je trouvai ce que je voulais : les petits fourreaux de caoutchouc qui la mettraient à l'abri, qui m'empêcheraient de planter un enfant en elle, qui empêcheraient ce corps de lui donner quelque sombre semence susceptible de lui causer des torts que je ne pouvais prévoir.

C'étaient là d'étranges petits objets, ces gants pour l'organe. J'aurais aimé les jeter, mais j'étais bien décidé à ne pas faire les erreurs que j'avais commises autrefois.

Je refermai sans bruit la petite porte au miroir. Et ce fut seulement alors que j'aperçus un télégramme collé dessus avec du ruban adhésif, un rectangle de papier jauni où l'on pouvait lire en caractères d'imprimerie qui pâlissaient :

GRETCHEN, REVIENS, NOUS AVONS BESOIN DE TOI. ON NE TE POSERA PAS DE QUESTIONS. NOUS T'ATTENDONS.

La date du message était très récente : il remontait à seulement quelques jours. Et il provenait de Caracas, au Venezuela.

Je m'approchai du lit, prenant soin de ne faire aucun bruit, je posai tout préparés sur la table les petits dispositifs de sécurité et je m'allongeai de nouveau auprès d'elle et je commençai à couvrir de baisers sa tendre bouche endormie.

Lentement, je lui embrassai les joues, et la chair sous les yeux. Je voulais sentir ses cils sur mes lèvres. Je voulais sentir la chair de sa gorge. Pas pour tuer, mais pour déposer un baiser ; pas pour posséder, mais pour cette brève union physique qui ne demande rien à aucun d'entre nous et qui nous rapproche pourtant dans un plaisir si aigu qu'il est proche de la douleur.

Elle s'éveilla lentement sous mes caresses.

« Faites-moi confiance, murmurai-je, je ne vous ferai pas mal.

— Oh ! me dit-elle à l'oreille, mais je veux que vous me fassiez mal. »

Je la dépouillai doucement de sa chemise de flanelle. Elle se rallongea, en me regardant, sa poitrine aussi claire que le reste de sa personne, les aréoles de ses seins toutes petites et roses et les boutons durcis. Son ventre était lisse. Ses hanches larges. Une charmante ombre de poils bruns s'étendait entre ses jambes, luisant à la lumière qui filtrait par les fenêtres. Je me penchai pour embrasser cette toison. Je lui embrassai les cuisses, lui écartant les jambes de ma main jusqu'au moment où la tiède chair de l'intérieur s'ouvrit à moi et où mon organe fut raide et prêt. Je regardai ce lieu secret, avec ses plis, son air timide et sa tache rose foncé dans le doux voile du duvet. Une chaude et brutale vague d'excitation monta en moi, durcissant encore l'organe. J'aurais pu la forcer, tant ce que j'éprouvais était pressant.

Mais non, pas cette fois.

Je m'approchai d'elle, en tournant son visage vers moi, acceptant maintenant ses baisers, lents, maladroits et tâtonnants. Je sentis sa jambe se presser contre la mienne et ses mains remonter le long de mon corps, cherchant la chaleur sous mes aisselles et la toison humide de ce corps masculin, drue et sombre. C'était mon corps, il était prêt, il attendait. Ce qu'elle touchait là, c'était ma poitrine dont elle semblait aimer la musculature. Mes bras aussi, qu'elle couvrait de baisers comme si elle appréciait leur vigueur.

La passion en moi déclina légèrement pour reprendre aussitôt avec ardeur, puis de nouveau mourir, pour attendre et repartir d'un nouvel élan.

Pas un instant je ne songeai à boire son sang ; je ne pensai pas au grondement de la vie en elle qu'en d'autres circonstances j'aurais pu consommer en une sombre lampée. Ce moment me parut plutôt parfumé de la douce chaleur de sa chair bien vivante. Et il me semblait affreux que quelque chose pût lui faire du mal, que quelque chose pût souiller son mystère — le mystère de sa confiance, de son désir et de sa peur profonde.

Je laissai ma main glisser jusqu'au petit seuil ; comme je regrettais, comme c'était triste que cette union ne dût être que si partielle, si brève.

Puis, comme mes doigts exploraient avec douceur le passage vierge, son corps s'embrasa. Ses seins parurent gonfler contre moi et je la sentis s'ouvrir, pétale après pétale, tandis que sa bouche durcissait contre mes lèvres.

Mais les dangers, ne s'en souciait-elle pas ? Dans sa passion toute neuve, elle semblait imprudente et totalement à ma merci. Je me contraignis à m'arrêter, à sortir de son paquet le petit bouclier et à le dérouler par-dessus l'organe tandis que ses yeux passifs restaient fixés sur moi, comme si elle n'avait plus aucune volonté.

C'était cette capitulation dont elle avait besoin, c'était ce qu'elle demandait d'elle-même. Je retombai sur elle pour la couvrir de baisers. Elle était moite et prête à m'accueillir. Incapable de me maîtriser plus longtemps, je la chevauchai, non sans mal. L'étroit passage était douillet et chaud à vous rendre fou tandis que ses sucs s'écoulaient. Je vis le sang lui monter au visage en même temps que le rythme s'accélérait. Je penchai mes lèvres pour lui lécher les boutons de seins, pour reprendre sa bouche. Quand elle poussa enfin son dernier gémissement, ce fut un râle de souffrance. Voilà que je retrouvais le mystère : que quelque chose pût être si parfaitement achevé et complet en ayant duré si peu de temps. Vraiment si peu de temps.

Avait-ce été une union ? Étions-nous l'un avec l'autre dans ce silence fracassant ? Je ne crois pas que c'était une union. Tout au contraire, cela me paraissait la plus violente des séparations : deux êtres opposés se jetaient l'un contre l'autre dans l'ardeur et la maladresse, dans la confiance et la menace, les sentiments de chacun restant insondables pour l'autre : la douceur de l'acte aussi redoutable que sa brièveté ; sa solitude aussi douloureuse que son indéniable ardeur.

Et jamais elle ne m'avait paru si frêle que maintenant, les yeux clos, la tête enfoncée dans l'oreiller, ses seins non plus haletants mais soudain apaisés. Cela me paraissait une image susceptible de provoquer la violence, d'inciter dans un cœur masculin la cruauté la plus déchaînée.

Pourquoi en était-il ainsi ?

Je ne voulais pas qu'un autre mortel la touchât !

Je refusais que son remords la touchât non plus. Je ne voulais pas garder le regret de lui avoir fait mal ni qu'aucun des maux de l'esprit humain vînt jamais l'approcher.

Ce fut alors seulement que je repensai au Don ténébreux, et non pas à Claudia, mais à la douce et palpitante splendeur qu'avait été la création de Gabrielle. Gabrielle, depuis cet instant lointain, n'avait jamais regardé en arrière. Drapée dans sa force et sa certitude, elle avait commencé son errance, sans jamais connaître une heure de tourment moral tandis que l'entraînaient les complications sans fin du vaste monde.

Qui pouvait dire ce que le Sang ténébreux apportait à une âme humaine ? A celle-ci, une femme vertueuse, qui croyait aux impitoyables divinités d'antan, ivre du sang des martyrs et des grisantes souffrances d'un millier de saints. Assurément jamais elle ne demanderait le Don ténébreux pas plus qu'elle ne l'accepterait, pas plus que ne le ferait David.

Qu'importaient de telles questions tant qu'elle n'aurait pas la certitude que les mots que je prononçais étaient sincères ? Et si je ne parvenais jamais à lui donner la preuve de cette sincérité ? Et si je ne retrouvais jamais en moi le Sang ténébreux pour en faire don à autrui et si je restais pour toujours prisonnier de cette enveloppe mortelle ? Je demeurai immobile, à regarder la lumière du soleil envahir la chambre. Je la vis frapper le petit corps du Christ en croix au-dessus du rayonnage ; je la vis tomber sur la Vierge à la tête penchée.

Blottis dans les bras l'un de l'autre, nous nous rendormîmes.

CHAPITRE 16

Midi. J'avais revêtu les vêtements que j'avais achetés en ce dernier et fatal jour de mon errance : un chandail à manches longues de doux lainage blanc, des jeans délavés comme c'était la mode.

Nous avions fait une sorte de pique-nique devant une bonne petite flambée : couverture blanche étalée sur le tapis où nous avions pris notre petit déjeuner tardif, tandis que Mojo se bâfrait à sa façon sur le carrelage de la cuisine. C'étaient de nouveau du pain et du beurre avec du jus d'orange, des œufs coque et des fruits coupés en grosses tranches. Je dévorais, bien qu'elle me répétât que je n'étais pas encore tout à fait rétabli. Je m'estimais assez en forme. Même son petit thermomètre digital le confirmait.

Il me fallait repartir pour La Nouvelle-Orléans. Si l'aéroport était ouvert, j'aurais sans doute pu être là-bas pour la nuit tombée. Mais je n'avais pas envie de la quitter tout de suite. Je demandai du vin. J'avais envie de parler. Je voulais la comprendre, et puis j'avais peur de partir, peur de me sentir seul sans elle. Le voyage en avion m'inspirait une vive appréhension. Et d'ailleurs, j'aimais bien être en sa compagnie...

Elle avait longuement raconté sa vie dans les missions, expliquant comment dès le départ cela lui avait plu. Les premières années, elles les avait passées au Pérou, puis elle était partie pour le Yucatán. Elle revenait des jungles de la Guyane française, une région peuplée de tribus indiennes primitives. La mission de Sainte Marguerite-Marie — six heures de voyage pour remonter le Maroni en canot automobile depuis la ville de Saint-Laurent. Avec les autres sœurs, elle avait rénové la chapelle de béton, la petite école aux murs passés à la chaux et l'hôpital. Mais il leur fallait souvent quitter la mission proprement dite pour aller jusqu'aux peuplades dans leurs villages. C'était un travail qu'elle adorait, disait-elle.

Elle me montra un grand nombre de photographies : de petites images rectangulaires et colorées des bâtiments rudimentaires de la petite mission, des portraits d'elle, des sœurs et du prêtre qui venait dire la messe. Là-bas, aucune des religieuses ne portait le voile ni l'habit ; elles étaient en tenue kaki ou en cotonnade blanche et elles avaient les cheveux défaits : de vraies sœurs au travail, m'expliqua-t-elle. On la voyait sur ces clichés : rayonnante de bonheur, sans aucune trace chez elle de mélancolie. Sur un instantané, elle était entourée d'Indiens aux visages sombres, devant une curieuse petite construction aux murs couverts de sculptures. Sur un autre, elle faisait une piqûre à un vieil homme décharné assis sur un fauteuil à dossier droit peint de couleurs vives.

La vie dans ces villages de la jungle était la même depuis des siècles, me raconta-t-elle. Ces gens existaient bien avant que les Français ou les Espagnols ne viennent fouler le sol d'Amérique du Sud. C'était difficile de les amener à faire confiance aux sœurs, aux médecins et aux prêtres. Peu lui importait, à elle, s'ils apprenaient ou non leurs prières. Ce qui l'intéressait, c'étaient les injections et le nettoyage convenable des plaies infectées ; et aussi la réduction des fractures pour éviter que ces gens ne fussent à jamais invalides.

Bien sûr, on lui demandait de revenir. On avait accepté avec beaucoup de patience le petit congé qu'elle avait pris. On avait besoin d'elle. Son travail l'attendait. Elle me montra le télégramme que j'avais déjà vu, fixé au mur au-dessus du miroir de la salle de bains.

« De toute évidence, dis-je, ça te manque aussi. »

Je l'examinais, guettant des signes de remords à propos de ce que nous avions fait ensemble. Mais je ne voyais rien de tout cela. Le télégramme ne paraissait pas non plus la laisser accablée de remords.

« Bien sûr que j'y retourne, dit-elle simplement. Ça peut paraître absurde, mais ça a déjà été difficile de partir de là-bas. Mais cette histoire de chasteté, c'était devenue une obsession destructrice. »

Naturellement, je comprenais. Elle me regardait de ses grands yeux tranquilles.

« Et maintenant, tu sais, dis-je, ça n'a pas une telle importance que tu aies couché ou non avec un homme. Tu n'as pas remarqué ?

— Peut-être », dit-elle avec un léger sourire. Comme elle avait l'air forte, assise là sur la couverture, les jambes modestement pliées de côté, les cheveux encore défaits, et qui ressemblaient plus dans cette chambre à un voile de nonne que sur n'importe quelle photographie d'elle.

« Comment cela a-t-il commencé pour toi ? demandai-je.

— Tu crois que c'est important ? fit-elle. Je ne pense pas que tu approuveras mon récit si je te raconte.

— J'ai envie de savoir », répondis-je.

Elle avait grandi entre une mère institutrice catholique et un père comptable dans le quartier de Bridgeport à Chicago, et de très bonne heure elle avait fait montre d'un grand talent de pianiste. Toute la famille s'était sacrifiée pour lui payer des leçons avec un célèbre professeur.

« Tu vois, dit-elle avec de nouveau un petit sourire, de l'abnégation, dès le début. Seulement en ce temps-là, il s'agissait de musique et pas de médecine. »

Déjà à cette époque, elle était profondément religieuse, elle lisait les vies des saints et rêvait d'être une sainte — de travailler dans les missions étrangères quand elle serait grande. Sainte Rose de Lima, la mystique, la fascinait tout particulièrement. Tout comme saint Martin de Porres, qui avait davantage travaillé dans le monde séculier. Et sainte Rita. Elle aurait voulu un jour travailler avec les lépreux, vivre une vie de dévouement et d'héroïsme. Quand elle était jeune fille, elle s'était bâti un petit oratoire derrière la maison et elle restait agenouillée des heures au pied du crucifix, en espérant que les plaies du Christ allaient s'ouvrir dans ses mains et dans ses pieds : les stigmates.

« Je prenais ces histoires très au sérieux, déclara-t-elle. Pour moi, les saints font partie de la réalité. La possibilité d'être héroïque aussi.

— L'héroïsme », murmurai-je. C'était mon mot à moi.

Mais comme ma définition en était différente. Je ne l'interrompis pas davantage.

« Il semblait que jouer du piano était en conflit avec le développement spirituel de mon âme. J'avais envie de renoncer à tout pour les autres et cela voulait dire renoncer au piano, surtout au piano. »

Ces propos m'attristèrent. J'avais l'impression qu'elle n'avait pas souvent raconté cette histoire et, quand elle parlait, c'était d'une voix très basse.

« Mais le bonheur que tu donnais aux gens quand tu jouais ? demandai-je. Est-ce que ça n'avait pas une vraie valeur ?

— Maintenant, je peux affirmer que oui », dit-elle, baissant encore davantage le ton et ses paroles sortant de sa bouche avec une pénible lenteur. « Pourtant, en ce temps-là je n'en étais pas sûre. Je n'étais pas la personne qu'il fallait pour un talent de ce genre. Peu m'importait qu'on m'écoutât ; et surtout je n'aimais pas être vue. » Elle rougit un peu en me regardant. « Peut-être, si j'avais pu jouer dans une tribune d'église ou derrière un paravent, ç'aurait été différent.

— Je comprends, dis-je. Il y a bien des humains qui réagissent ainsi.

— Mais pas toi, n'est-ce pas ? »

Je secouai la tête.

Elle m'expliqua combien cela lui était pénible de s'habiller de dentelles blanches et de devoir jouer devant un public. Elle l'acceptait pour faire plaisir à ses parents et à ses professeurs. Participer aux différents concours était un supplice. Et presque invariablement elle remportait le prix. Quand elle eut seize ans, sa carrière était devenue une entreprise familiale.

« Mais la musique elle-même. Est-ce que tu aimais cela ? »

Elle réfléchit un moment. Puis elle reprit : « C'était de l'extase pure, répondit-elle. Quand je jouais seule... sans personne pour m'observer, je me perdais totalement dans la musique. C'était presque comme être sous l'influence d'une drogue. C'était... c'était presque érotique. Des mélodies parfois m'obsédaient. Elles me trottaient constamment dans la tête. Quand je jouais, je perdais la notion du temps. Aujourd'hui encore, je ne peux pas vraiment écouter de la musique sans être transportée d'enthousiasme. Tu ne vois ici aucun poste de radio ni magnétophone. Même maintenant je ne peux pas avoir ces choses-là près de moi.

— Mais pourquoi te refuser cela ? » Je regardai autour de moi. Il n'y avait pas de piano non plus dans cette pièce.

Elle secoua la tête. « Tu comprends, ça m'entraîne trop loin. Je peux trop facilement oublier tout le reste. Et dans ces cas-là, rien ne s'accomplit. La vie est pour ainsi dire en attente.

— Mais, Gretchen, est-ce vrai ? demandai-je. Pour certains d'entre nous, des sentiments aussi intenses *sont* la vie ! Nous recherchons l'extase. Dans ces moments-là, nous... nous transcendons tout ce qui est souffrance, mesquinerie, lutte. C'était comme ça pour moi quand j'étais vivant. C'est comme ça pour moi aujourd'hui. »

Elle réfléchit, le visage lisse et détendu. Quand elle reprit la parole, ce fut avec une calme conviction.

« Je veux plus que cela, déclara-t-elle. Je veux quelque chose de plus palpable et de plus constructif. Pour dire les choses autrement, je ne peux pas profiter d'un pareil plaisir quand d'autres sont victimes de la faim, de la souffrance ou de la maladie.

— Il y aura pourtant toujours ce genre de misère dans le monde. Et les gens ont besoin de musique, Gretchen, ils en ont autant besoin que de réconfort ou de nourriture.

— Je ne suis pas sûre d'être d'accord avec toi. En fait, je suis même certaine du contraire. Il faut que je passe ma vie à essayer de soulager la misère. Crois-moi, j'ai déjà eu bien des fois toutes ces discussions.

— Ah ! dis-je, choisir de soigner plutôt que de faire de la musique. Pour moi c'est incompréhensible. Bien sûr, c'est bien de soigner. » J'étais trop attristé et trop désemparé pour continuer. « Comment as-tu vraiment choisi ? interrogeai-je. Est-ce que ta famille n'a pas essayé de t'arrêter ? »

Elle poursuivit ses explications. Gretchen avait seize ans quand sa mère était tombée malade et, pendant des mois, on n'arrivait pas à déceler la cause de son mal. Sa mère était anémique ; elle avait constamment de la fièvre ; il devint évident à la fin qu'elle dépérissait. On multiplia les analyses, mais les médecins ne trouvaient aucune explication. Tout le monde était certain que sa mère allait mourir. L'atmosphère de la maison était empoisonnée de chagrin et même d'amertume.

« J'ai demandé à Dieu un miracle, me raconta-t-elle. J'ai promis de ne plus jamais toucher un clavier de piano aussi longtemps que je vivrais, si seulement Dieu voulait sauver ma mère. J'ai promis d'entrer au couvent dès que j'en aurais l'âge — et de consacrer ma vie à soigner les malades et les mourants.

— Et ta mère a guéri ?

— Oui. En un mois elle était complètement rétablie. Elle vit toujours aujourd'hui. Elle est retraitée, elle donne des leçons particulières à des enfants après l'école — dans un magasin d'un quartier noir de Chicago. Jamais depuis elle n'a été le moins du monde malade.

— Et tu as tenu ta promesse ? »

Elle acquiesça. « A dix-sept ans, je suis entrée dans l'ordre des Sœurs missionnaires et on m'a envoyée au collège.

— Et tu as tenu ton serment de ne plus jamais toucher un piano ? »

Elle hocha la tête. Il n'y avait chez elle pas une trace de regret, pas non plus de mélancolie ni de besoin de m'entendre dire que je comprenais ou que j'approuvais. En fait, je savais que ma tristesse était visible et qu'elle en était un peu navrée.

« Étais-tu heureuse au couvent ?

— Oh ! oui, fit-elle avec un petit haussement d'épaules. Tu comprends, une vie ordinaire est impossible pour quelqu'un comme moi. Il faut que je fasse quelque chose de dur. Que je prenne des risques. Je suis entrée dans cet ordre religieux, parce que leurs missions se trouvaient dans les régions les plus lointaines et les plus dangereuses d'Amérique du Sud. Je ne peux pas te dire à quel point j'aime ces jungles ! » Sa voix se fit plus douce et presque insistante. « Elles ne peuvent pas être assez brûlantes ni assez dangereuses pour moi. Il y a des moments où nous sommes tous surmenés et épuisés, où l'hôpital est bondé, où on installe les enfants malades dehors sous des appentis et dans des hamacs et où je me sens si vivante ! Je ne peux pas te dire. Je m'arrête peut-être le temps d'essuyer la sueur de mon visage, de me laver les mains, de boire un verre d'eau. Et je me dis : je suis vivante ; je suis ici. Je fais ce qui compte. »

Elle sourit encore. « C'est une autre forme d'intensité, dis-je, quelque chose qui ne ressemble pas du tout à faire de la musique. Je vois très bien la différence fondamentale. » Je pensais à ce que m'avait dit David de sa jeunesse — comment il recherchait alors le frisson du danger. Elle recherchait ce frisson dans la totale abnégation. Lui avait courtisé les périls de l'occulte au Brésil. Elle s'attaquait au défi de ramener à la santé des milliers d'anonymes et d'éternellement pauvres. J'en étais profondément troublé.

« Bien sûr, dit-elle, il y a de la vanité là-dedans aussi. La vanité est toujours l'ennemie. C'est ce qui me troublait le plus à propos de ma... de ma chasteté, expliqua-t-elle, l'orgueil que j'en tirais. Mais, tu comprends, même revenir de cette façon aux États-Unis, c'était un risque. J'étais terrifiée quand je suis descendue de l'avion, quand je me suis rendu compte que j'étais ici, à Georgetown et que, si j'en avais envie, rien ne pourrait m'empêcher d'être avec un homme. Je crois que je suis allée travailler à l'hôpital par peur. Dieu sait, ça n'est pas simple, la liberté.

— Ça, dis-je, je le comprends. Mais les membres de ta famille, comment ont-ils réagi à cette promesse que tu avais faite de renoncer à la musique ?

— A l'époque ils ne l'ont pas su. Je ne leur en ai pas parlé. J'ai annoncé ma vocation. Je n'ai pas voulu en démordre. Il y a eu beaucoup de récriminations. Après tout, mes frères et sœurs portaient des vêtements d'occasion pour que je puisse prendre des leçons de piano. C'est souvent le cas. Même dans une bonne famille catholique, l'annonce qu'une fille veut entrer au couvent n'est pas toujours accueillie avec des cris d'enthousiasme et des embrassades.

— Ils regrettaient à cause de ton talent, fis-je doucement.

— Oui, c'est vrai », dit-elle avec un petit haussement de sourcils. Comme elle avait l'air sincère et tranquille. Elle ne disait pas cela avec froideur ni dureté. « Mais je voyais quelque chose d'infiniment plus important qu'une jeune femme sur une scène, se levant de son tabouret de piano pour ramasser un bouquet de roses. Il a fallu longtemps avant que je leur parle de la promesse.

— Des années plus tard ? »

Elle hocha la tête. « Ils ont compris. Ils ont vu le miracle.

Comment aurait-il pu en être autrement ? Je leur ai expliqué que j'avais eu plus de chance que toutes celles que je connaissais qui étaient entrées au couvent. Dieu m'avait fait un signe sans équivoque. Il avait résolu tous les problèmes pour nous tous.

— Tu crois ça.

— Oui, je le crois, dit-elle. Mais, au fond, peu importe que ce soit vrai ou non. Et si quelqu'un devrait comprendre, c'est bien toi.

— Pourquoi donc ?

— Parce que tu parles de vérités religieuses, d'idées religieuses et que tu sais que tout cela compte, même si ce ne sont que des métaphores. C'est cela que j'ai entendu chez toi même quand tu délirais. »

Je soupirai. « Tu n'as jamais envie de rejouer du piano ? Tu n'as jamais envie de trouver une salle de concert vide, peut-être, avec un piano sur l'estrade, d'aller t'y asseoir et...

— Bien sûr que si. Mais je ne peux pas le faire et je ne le ferai pas. » Son sourire maintenant était vraiment magnifique.

« Gretchen, repris-je, au fond c'est une histoire terrible. Enfin, en tant que bonne catholique, est-ce que tu n'aurais pas pu considérer ton talent musical comme un don de Dieu, un don qu'il ne fallait pas gâcher ?

— Il me venait de Dieu, je le savais. Mais tu ne comprends pas ? Il y avait un embranchement sur la route ; sacrifier le piano, c'était l'occasion que m'offrait Dieu de Le servir de façon particulière. Lestat, qu'aurait pu représenter la musique à côté de l'aide que l'on peut apporter aux gens, aux centaines des gens ? »

Je secouai la tête. « La musique à mon avis peut être considérée comme tout aussi importante. »

Elle réfléchit un long moment avant de répondre. « Je ne pouvais pas continuer, dit-elle. Je me suis peut-être servie de la crise provoquée par la maladie de ma mère, je ne sais pas. Il fallait que je devienne infirmière. Il n'y avait pas d'autre voie pour moi. La simple vérité, c'est que je ne peux pas vivre quand je suis confrontée à la misère du monde. Je ne peux pas trouver de justification au confort ni au plaisir quand d'autres souffrent. Je ne sais pas comment les gens peuvent.

— Gretchen, tu ne t'imagines quand même pas que tu peux changer tout cela.

— Non, mais je peux passer ma vie à avoir de l'influence sur beaucoup, beaucoup d'existences individuelles. C'est ça qui compte. » Ce récit me bouleversa à tel point que je fus incapable de rester assis là. Je me levai, j'étirai mes jambes raides, je m'approchai de la fenêtre et je regardai le champ de neige.

Ç'aurait été facile de ne plus y penser si elle avait été quelqu'un de larmoyant ou de mentalement infirme, déchiré par d'âpres conflits, quelqu'un d'instable. Mais rien ne semblait plus éloigné de la vérité. Je trouvais en elle une profondeur presque insondable.

Elle m'était aussi étrangère que mon ami mortel Nicolas l'avait été voilà tant de décennies. Non pas parce qu'elle lui ressemblait ; mais parce que le cynisme, les ricanements et l'attitude d'éternel rebelle de Nicolas reflétaient un renoncement que je n'arrivais pas à vraiment comprendre. Mon Nicki, si excessif et si bouillonnant d'une apparente excentricité, et qui pourtant ne trouvait une satisfaction dans ce qu'il faisait que parce que cela agaçait les autres.

Le renoncement : c'était le cœur du problème.

Je me retournai. Elle se contentait de m'observer. J'avais une fois de plus la nette impression que peu lui importait ce que je disais. Elle ne me demandait pas de la comprendre. Dans une certaine mesure, c'était un des êtres les plus forts que j'eusse rencontré de toute ma longue vie.

Pas étonnant qu'elle m'eût fait sortir de l'hôpital ; une autre infirmière aurait fort bien pu ne pas assumer un tel fardeau.

« Gretchen, demandai-je, tu ne redoutes jamais d'avoir gâché ta vie : que la maladie et la souffrance vont tout bonnement continuer longtemps après que tu ne seras plus sur terre et que ce que tu auras fait ne représentera rien dans le vaste ordre des choses ?

— Lestat, dit-elle, c'est le grand ordre des choses qui ne représente rien. » Elle ouvrait de grands yeux au regard clair. « C'est le petit geste qui veut tout dire. Bien sûr que la maladie et la souffrance continueront après que je ne serai plus là. Ce qui est important, ce sera que j'ai fait tout ce que je pouvais. C'est mon triomphe, c'est ma vanité. C'est ma vocation et mon péché d'orgueil. C'est ma forme à moi d'héroïsme.

— Mais, chérie, ça ne marche de cette façon que si quelqu'un tient les comptes, si un Être Suprême ratifie ta décision, si tu es récompensée de ce que tu as fait ou du moins défendu.

— Non, dit-elle, en choisissant avec soin ses mots. Rien ne saurait être plus loin de la vérité. Pense à ce que je t'ai dit. Je t'explique quelque chose qui de toute évidence est nouveau pour toi. Peut-être est-ce un secret religieux.

— Comment cela ?

— Il y a bien des nuits où je reste sans dormir, me rendant parfaitement compte qu'il n'y a peut-être pas de Dieu personnel et que la souffrance des enfants dont je suis chaque jour témoin dans nos hôpitaux n'aura jamais de contrepartie ni de rachat. Je pense à ces vieux arguments : tu sais, comment Dieu peut-il justifier les souffrances d'un enfant ? C'est Dostoïevski qui posait cette question. Tout comme Albert Camus. Nous-même ne cessons de la poser. Mais au bout du compte, ça n'a pas d'importance.

« Dieu peut exister ou non. Mais la misère est réelle. Elle est absolument réelle, et on ne peut nier son existence. Et c'est dans cette réalité que réside mon engagement — le noyau même de ma foi. Il faut que je fasse quelque chose à ce propos !

— Et à l'heure de ta mort, s'il n'y a pas de Dieu...

— Ainsi soit-il. Je saurai que j'ai fait ce que je pouvais. L'heure de ma mort, ça pourrait être maintenant. » Elle eut un petit haussement d'épaules. « Ça ne changerait rien à mes sentiments.

— C'est pourquoi tu n'éprouves aucun remords à ce que nous soyons là tous les deux au lit. »

Elle réfléchit. « Du remords ? C'est du bonheur que j'éprouve quand j'y pense. Tu ne sais donc pas ce que tu as fait pour moi ? » Elle attendit et lentement ses yeux s'emplirent de larmes. « Je suis venue ici pour te rencontrer, pour être avec toi, dit-elle d'une voix qui devenait un peu rauque. Et je peux rentrer maintenant à la mission. »

Elle baissa la tête et lentement, sans un mot, retrouva son calme, et ses larmes s'arrêtèrent. Puis elle leva les yeux et reprit :

« Quand tu parlais de la création de cet enfant, Claudia...

quand tu racontais comment tu avais amené ta mère, Gabrielle, dans ton monde... tu évoquais un effort vers quelque chose. Appellerais-tu cela une transcendance ? Quand je travaille jusqu'à tomber de fatigue à l'hôpital de la mission, je transcende. Je transcende le doute et quelque chose... quelque chose de peut-être désespéré et de noir qui est en moi. Je ne sais pas.

— Désespéré et noir, oui, c'est bien là la clé, n'est-ce pas ? La musique n'a pas réussi à chasser cela.

— Si, elle y est parvenue, mais c'était une tromperie.

— Pourquoi une tromperie ? En quoi est-ce une tromperie de faire du bien en jouant du piano ?

— Parce que ce n'était pas en faire assez pour les autres, voilà.

— Oh, mais si. Ça leur donnait du plaisir, forcément.

— Du plaisir ?

— Pardonne-moi. Je fais fausse route. Tu t'es perdue dans ta vocation. Quand tu jouais du piano, tu étais toi-même, tu ne comprends donc pas ? Tu étais l'unique Gretchen ! C'est la signification même du mot "virtuose". Et tu voulais te perdre.

— Je crois que tu as raison. La musique n'était tout simplement pas ma voie.

— Oh, Gretchen, tu me fais peur !

— Mais je ne devrais pas. Je ne dis pas que l'autre voie était mauvaise. Si tu faisais du bien avec ta musique — quand tu étais chanteur de rock, cette brève carrière que tu as évoquée — c'était le bien que tu pouvais faire. Moi, je fais le bien à ma façon, voilà tout.

— Non, il y a en toi un ardent renoncement. Tu as faim d'amour comme nuit après nuit j'ai soif de sang. Tu te punis en étant infirmière, en niant tes désirs charnels et ton amour de la musique et tout ce qui dans le monde ressemble à la musique. Tu es bel et bien une virtuose, une virtuose de ta propre douleur.

— Tu as tort, Lestat, dit-elle avec encore un petit sourire et en secouant la tête. Tu sais que ce n'est pas vrai. C'est ce que tu as envie de croire à propos de quelqu'un comme moi. Écoute-moi, Lestat. Si tout ce que tu m'as dit est vrai, n'est-ce pas évident, à la lumière de cette vérité, que tu étais destiné à me rencontrer.

— Comment cela ?

— Viens ici t'asseoir auprès de moi et me parler. »

Je ne sais pas pourquoi j'hésitais, pourquoi j'avais peur. Je finis par retourner sur la couverture et par m'asseoir en face d'elle, en croisant les jambes. Je m'adossai au côté du rayonnage.

« Tu ne comprends pas ? demanda-t-elle. Je représente une voie contraire, une route que tu n'as jamais envisagé de prendre, et qui pourrait bien te conduire à la consolation même que tu cherches.

— Gretchen, tu ne crois pas un instant que je t'ai dit la vérité. Ça n'est pas possible. Je ne m'attends pas à ça de ta part.

— Mais si, je te crois ! Je crois chaque mot que tu as dit. Et la vérité littérale n'a pas d'importance. Tu recherches quelque chose que cherchaient les saints quand ils ont renoncé à leur existence normale, quand ils se sont lancés à tâtons au service du Christ. Et peu importe que tu ne croies pas au Christ. Cela ne compte pas. Ce qui est important, c'est que tu as été malheureux dans l'existence que tu as menée jusqu'à maintenant, malheureux jusqu'à la folie et que la voie que je t'indique t'offrirait une alternative.

— Tu parles de ça pour moi ? demandai-je.

— Bien sûr que oui. Tu ne vois pas comment les choses se sont déroulées ? Tu descends dans ce corps ; tu tombes entre mes mains ; tu me donnes les moments d'amour que je demande. Mais moi, qu'est-ce que je t'ai donné ? Qu'est-ce que je représente pour toi ? »

D'un geste de la main elle réclama le silence.

« Non, ne recommence pas à parler de l'ordre des choses. Ne me demande pas s'il existe bien un Dieu. Pense à tout ce que j'ai dit. Je l'ai dit pour moi, mais aussi pour toi. Combien de vies as-tu prises dans ton existence surnaturelle ? Combien de vies est-ce que j'ai sauvées — littéralement sauvées — dans les missions ? »

J'étais prêt à nier toute possibilité de suivre ses conseils quand je m'intimai soudain l'ordre d'attendre, de rester silencieux et de simplement réfléchir.

L'idée qui me donnait la chair de poule revint m'obséder, l'idée que je ne récupérerais peut-être jamais mon corps surnaturel, que toute ma vie j'allais être prisonnier de cette enveloppe de chair. Si je n'arrivais pas à rattraper le Voleur de Corps, si je ne réussissais pas à obtenir l'aide des autres, la mort dont je disais que je prétendais la rechercher allait m'échoir en temps voulu. J'étais retombé dans le temps.

Et s'il y avait un plan derrière tout cela ? S'il y avait un destin ? Et si je passais cette existence mortelle à travailler comme le faisait Gretchen, à consacrer aux autres tout mon être spirituel et physique ? Et si je m'en retournais tout simplement avec elle dans son avant-poste perdu au cœur de la jungle ? Oh, pas comme amant, bien sûr. De toute évidence, ces choses-là n'étaient pas pour elle. Mais si je partais comme assistant, comme aide ? Et si j'engloutissais ma vie mortelle dans le cadre même de l'abnégation ?

De nouveau je me contraignis à rester silencieux, pour bien examiner la situation.

Bien sûr, il y avait un autre élément dont elle ne savait rien : la fortune dont je pouvais faire profiter sa mission, et d'autres missions comme la sienne. Et bien que cette fortune fût si vaste que certains n'auraient même pas pu la calculer, moi, je le pouvais. Dans une vaste vision incandescente, j'en voyais les limites et les effets. Des villages entiers nourris et vêtus, des hôpitaux alimentés en médicaments, des écoles fournies en livres, en tableaux noirs, en radios et en pianos. Parfaitement. En pianos. Oh ! c'était un vieux, vieux conte. C'était un vieux, vieux rêve.

Je restai silencieux en y songeant. J'imaginais les instants de chaque jour de ma vie mortelle — ma possible vie mortelle — qui se passeraient avec toute ma fortune consacrée à ce rêve. J'imaginais cela comme du sable glissant par l'étranglement central d'un sablier.

Voyons, à cette minute même, tandis que nous étions assis ici, dans cette chambre coquette, des gens mouraient de faim dans les vastes taudis de l'Orient. Ils mouraient de faim en Afrique. A travers le monde, ils succombaient à des maladies et à des catastrophes. Des inondations balayaient leurs maisons ; la sécheresse ratatinait leurs aliments et leurs espoirs. La misère de même un seul pays était plus que l'esprit ne pouvait supporter, si on la décrivait ne serait-ce qu'avec de vagues détails.

Mais même si je faisais don à cette entreprise de tout ce que je possédais, qu'aurais-je accompli au bout du compte ? Comment pourrais-je même savoir si la médecine moderne dans un village de la jungle valait mieux que les méthodes d'antan ? Si l'éducation donnée à un enfant de la jungle signifiait pour lui le bonheur ? Si rien de tout cela valait le sacrifice de moi-même ? Comment pourrais-je me forcer à me demander si c'était vrai ou non ! C'était là l'horreur.

Je m'en moquais éperdument. Je pouvais pleurer sur une âme individuelle qui souffrait, oui, mais sacrifier ma vie aux millions d'anonymes du monde, ça non ! En fait, cela m'emplissait de terreur, d'une sombre terreur. C'était d'une tristesse qui dépassait la tristesse. Cela ne me semblait pas du tout une vie. Cela me paraissait le contraire même de la transcendance.

Je secouai la tête. D'une voix basse et balbutiante, je lui expliquai pourquoi cette vision me faisait si peur.

« Voilà des siècles, quand pour la première fois je me suis retrouvé sur la petite scène d'un théâtre de boulevard à Paris — quand j'ai vu les visages radieux, quand j'ai entendu les applaudissements — il m'a semblé que mon corps et mon âme avaient trouvé leur destin ; j'avais l'impression que toutes les promesses de ma naissance et de mon enfance avaient enfin commencé à porter leurs fruits.

« Oh ! il y avait d'autres acteurs, meilleurs ou pires ; d'autres chanteurs ; d'autres clowns ; il y en a eu des milliers depuis lors et il y en aura encore des milliers d'autres... Mais chacun de nous brille de son inimitable pouvoir ; chacun de nous se révèle en son unique et éblouissant instant ; chacun de nous a eu sa chance de vaincre à jamais les autres dans l'esprit du spectateur, et c'est la seule forme d'exploit que je puisse vraiment comprendre : le genre de réussite où le moi emporte un total triomphe.

« Oui, tu as raison, j'aurais pu être un saint, mais il m'aurait fallu trouver un ordre religieux ou mener une armée au combat ; il m'aurait fallu faire des miracles d'une telle ampleur que le monde entier serait tombé à genoux. Je suis celui qui doit oser même si j'ai tort — complètement tort. Gretchen, Dieu m'a donné une âme individuelle et je ne peux pas l'enterrer. »

Je fus étonné de voir qu'elle continuait à me sourire, un sourire doux et confiant et que son visage rayonnait d'un calme émerveillement.

« Il vaut mieux, demanda-t-elle, régner en enfer que servir au ciel ?

— Oh, non ! Si je le pouvais, je ferais le paradis sur terre. Mais je dois élever la voix ; je dois briller ; et je dois tenter d'atteindre à l'extase même que tu t'es refusée — à l'intensité même que tu as fuie ! Voilà pour moi ce qu'est la transcendance ! Quand j'ai créé Claudia, même si c'était une terrible erreur — eh bien, c'était de la transcendance. Quand j'ai créé Gabrielle, si pervers que cela ait pu paraître, oui, c'était de la transcendance. C'était un acte isolé, puissant et horrible, qui arrachait de moi mon pouvoir et mon audace sans égale. Ils ne mourront pas, ai-je dit, oui, ce sont peut-être les mots mêmes que tu emploies avec les enfants du village.

« Et c'était pour les amener dans mon monde surnaturel que j'ai prononcé ces mots-là. Mon but n'était pas seulement de les sauver, mais de faire d'eux ce que j'étais : une créature sans pareille et redoutable. C'était pour leur conférer l'individualité même que je chérissais. Nous vivrons, même dans cet état qu'on appelle la mort vivante, nous aimerons, nous sentirons, et nous défierons ceux qui voudraient nous juger et nous détruire. C'était cela, ma transcendance. Et l'abnégation et la rédemption n'y avaient pas place. »

Comme c'était frustrant de ne pas pouvoir lui faire comprendre cela, de ne pas réussir à la convaincre en termes précis. « Tu ne comprends donc pas, j'ai survécu à tout ce qui m'est arrivé parce que je suis qui je suis. Ma force, ma volonté, mon refus de renoncer — ce sont les seules composantes de mon cœur et de mon âme que je puisse sincèrement identifier. Cet ego, si tu veux l'appeler ainsi, c'est ma force. Je suis Lestat le Vampire et rien... pas même ce corps mortel... ne va me vaincre. »

Je fus stupéfait de la voir acquiescer de la tête, dans un geste de totale acceptation.

« Et si tu venais avec moi, fit-elle avec douceur, Lestat le Vampire périrait — n'est-ce pas ? — dans sa propre rédemption.

— Mais oui. Il connaîtrait une mort lente et horrible au

milieu des petites tâches ingrates, à soigner les hordes sans fin des anonymes, des gens sans visage, de ceux qui sont éternellement dans le besoin. »

Je me sentis soudain si triste que je ne pouvais pas poursuivre. J'éprouvais une terrible fatigue de mortel, l'esprit ayant fait agir sa chimie sur cette enveloppe corporelle. Je pensai à mon rêve, au discours que j'avais fait à Claudia, et que je venais de répéter à Gretchen, et je me reconnaissais comme jamais encore ce ne m'était arrivé.

Je relevai les genoux et y appuyai mes bras, puis j'y posai mon front. « Je ne peux pas faire ça, murmurai-je. Je ne peux pas m'enterrer vivant dans une vie comme la tienne. Et, ce qui est épouvantable, c'est que je n'en ai aucune envie. Je n'ai pas envie de le faire ! Je ne crois pas que ça sauverait mon âme. Je ne crois pas que ça aurait de l'importance. »

Je sentis ses mains sur mes bras. Elle recommençait à me caresser les cheveux, en les écartant de mon front.

« Même si tu as tort, dit-elle, je te comprends. »

J'eus un petit rire en levant les yeux vers elle. Je pris une serviette sur notre petit pique-nique pour m'essuyer le nez et les yeux.

« Mais je n'ai pas ébranlé ta foi, n'est-ce pas ?

— Non », fit-elle. Et son sourire cette fois était différent, plus chaleureux et plus rayonnant. « Tu l'as confirmée, dit-elle dans un souffle. Comme tu es étrange, et quel miracle que tu sois venu à moi. J'en arrive presque à croire que la voie que tu as choisie est celle qui te convient. Qui pourrais-tu être d'autre ? Personne. »

Je me radossai à la bibliothèque et bus une gorgée de vin. Il était tiède maintenant d'être resté auprès du feu, mais il avait encore bon goût et il fit passer dans mes membres engourdis un frisson de plaisir. J'en bus encore un peu. Puis je reposai le verre et je la regardai.

« Je veux te poser une question, fis-je. Réponds-moi du fond du cœur. Si je remporte mon combat — si je reprends possession de mon corps — veux-tu que je vienne te trouver ? Veux-tu que je te montre que je t'ai bien dit la vérité ? Réfléchis bien avant de répondre.

« J'ai vraiment envie de le faire. Vraiment. Mais je ne suis pas certain que ce soit la meilleure solution pour toi. Ta vie est presque parfaite. Ce n'est pas notre petit épisode charnel qui pourrait t'en détourner. J'avais raison — n'est-ce pas ? — de dire ce que je t'expliquais tout à l'heure. Tu sais maintenant que le plaisir érotique n'a pas vraiment d'importance pour toi et tu vas retourner à ton travail dans la jungle très bientôt, sinon tout de suite.

— C'est vrai, fit-elle. Mais il y a autre chose que tu devrais savoir aussi. Il y a eu un instant ce matin où j'ai cru que je pourrais tout rejeter — rien que pour être avec toi.

— Non, Gretchen, pas toi.

— Mais si, moi. Je sentais ce sentiment m'emporter, comme le faisait autrefois la musique. Et, si tu t'avisais de dire : "viens avec moi", même maintenant, peut-être que je le ferais. Si ce monde qui est le tien existait vraiment... » Elle s'interrompit avec un autre petit haussement d'épaules, rejetant ses cheveux en arrière et puis les lissant sur son épaule. « Ce que représente la chasteté, c'est de ne pas tomber amoureuse, dit-elle en me regardant droit dans les yeux. Je pourrais tomber amoureuse de toi. Je sais que je le pourrais. »

Elle s'arrêta puis reprit d'une voix sourde et troublée : « Tu pourrais devenir mon dieu. Je sais que c'est vrai. »

Cela me fit peur et pourtant j'éprouvai aussitôt un plaisir éhonté, de la satisfaction, un triste orgueil. Je m'efforçai de ne pas céder à cette sensation de lente excitation physique. Après tout, elle ne savait pas ce qu'elle disait. Elle ne pouvait pas savoir. Il y avait quelque chose de puissamment convaincant dans sa voix et dans son attitude.

« Je vais retourner là-bas, dit-elle de la même voix, pleine de certitude et d'humilité. Je partirai sans doute d'ici à quelques jours. Mais oui, si tu remportes cette bataille, si tu retrouves ta forme d'autrefois — pour l'amour de Dieu, viens me trouver. Je veux... je veux *savoir !* »

Je ne répondis pas. J'étais trop bouleversé. Puis j'exprimai ce que je ressentais.

« Tu sais, c'est horrible à penser, quand je viendrai à toi et que je te révélerai ce que je suis vraiment, tu seras peut-être déçue.

— Comment serait-ce possible ?

— Tu me prends pour un être humain sublime à cause du contenu spirituel de tout ce que je t'ai dit. Tu vois en moi une sorte de lunatique béni répandant la vérité en même temps que l'erreur tout comme pourrait le faire un mystique. Mais je ne suis pas humain. Et quand tu le sauras, peut-être cela te fera-t-il horreur ?

— Non, jamais tu ne pourrais me faire horreur. Savoir que tout ce que tu as dit est vrai ? Ce serait... un miracle.

— Peut-être, Gretchen. Peut-être. Mais n'oublie pas ce que j'ai dit. Nous sommes une vision sans révélation. Nous sommes un miracle sans signification. Veux-tu vraiment porter cette croix avec tant d'autres ? »

Elle ne répondit pas. Elle pesait mes mots. Je n'arrivais pas à imaginer ce qu'ils signifiaient pour elle. Je tendis le bras pour lui prendre la main et elle me laissa faire, repliant avec douceur ses doigts autour des miens, me regardant sans détourner un instant les yeux.

« Il n'y a pas de Dieu, n'est-ce pas, Gretchen ?

— Non, il n'y en a pas », murmura-t-elle.

J'avais envie de rire et de pleurer. Je me renversai en arrière, riant doucement sous cape et la regardant, admirant son air tranquille de statue, la lueur du feu jouant dans ses yeux noisette.

« Tu ne sais pas ce que tu as fait pour moi, dit-elle. Tu ne sais pas ce que cela a représenté. Je suis prête... prête à repartir maintenant. »

J'acquiesçai.

« Alors, ça n'aura pas d'importance, n'est-ce pas, ma toute belle, si nous nous remettons au lit. Car c'est assurément ce que nous devrions faire.

— Oui, répondit-elle. Nous devrions le faire, je le pense. »

Il faisait presque nuit quand je la quittai pour emporter le téléphone au bout de son long cordon jusque dans la petite salle de bains afin d'appeler mon agent de New York. Une fois de plus, cela sonna et sonna. J'allais renoncer et m'adresser de nouveau à mon agent de Paris quand on me répondit au bout du fil pour m'annoncer lentement, d'une voix un peu haletante, que mon représentant à New York n'était plus de ce monde. Il avait succombé de mort violente quelques jours plus tôt dans son bureau de Madison Avenue. Le vol, déclarait-on maintenant, était le mobile de l'agression ; on avait dérobé son ordinateur et tous ses dossiers.

J'étais si abasourdi que je fus incapable de répondre à la voix serviable que j'entendais. Je parvins enfin à reprendre suffisamment mes esprits pour poser quelques questions.

Le crime avait eu lieu mercredi soir, vers huit heures. Non, personne ne connaissait l'étendue des dégâts causés aux dossiers par le voleur. Oui, malheureusement le pauvre homme avait souffert.

« C'est une histoire terrible, absolument terrible, fit la voix. Si vous étiez à New York, vous seriez sûrement au courant. Tous les journaux de la ville en ont parlé. On a dit qu'il s'agissait d'un meurtre de vampire. Le corps du malheureux était entièrement vidé de son sang. »

Je raccrochai et je restai un long moment dans un silence crispé. Puis j'appelai Paris. Mon homme d'affaires là-bas répondit assez vite.

Heureusement que j'avais téléphoné, me dit-il. Mais si je voulais bien, il me fallait m'identifier. Non, les mots de code ne suffisaient pas. Si j'évoquais des conversations que nous avions eues dans le passé ? Ah ! oui, c'était cela. Parlez, parlez, dit-il. Je me lançai aussitôt dans une litanie de secrets que nous étions tous les deux seuls à connaître, et je perçus son immense soulagement quand enfin il se laissa aller.

Il s'était passé les choses les plus étranges, me raconta-t-il. A deux reprises, il avait été contacté par quelqu'un qui prétendait être moi et qui de toute évidence ne l'était pas. Cet individu connaissait même deux de nos mots de code de jadis et s'était lancé dans de longues explications sur les raisons qui l'empêchaient de connaître les plus récents. Entre-temps, les ordinateurs avaient ordonné plusieurs mouvements de fonds, mais dans chaque cas, les codes étaient faux. Mais pas totalement. Tout indiquait en fait que cette personne était en train de décrypter notre système.

« Mais, monsieur, laissez-moi vous donner les éléments les plus simples. Cet homme ne parle pas le même français que vous ! Je ne veux pas vous faire insulte, monsieur, mais votre français est plutôt... comment dirais-je, inhabituel ? Vous employez des mots démodés. Et vous les disposez dans un ordre également inhabituel. Je sais bien quand c'est vous.

— Je comprends très bien, dis-je. Maintenant croyez-moi quand je vous dis ceci : vous ne devez plus avoir de contact avec cet individu. Il est capable de lire vos pensées. Il s'efforce d'obtenir de vous par télépathie les mots de code. Nous allons, vous et moi, mettre au point un nouveau système. Vous allez transférer de l'argent tout de suite... à ma banque de La Nouvelle-Orléans. Après cela, tout doit être bouclé. Et quand je vous recontacterai, j'utiliserai trois mots démodés. Nous n'allons pas en convenir maintenant... mais ce seront des mots que vous m'avez entendu employer auparavant et que vous reconnaîtrez. »

Bien sûr, c'était risqué. Mais cet homme me connaissait ! J'entrepris de lui dire que le voleur en question était extrêmement dangereux, qu'il avait sauvagement agressé mon agent de New York et que lui, mon représentant, devait prendre toutes les précautions imaginables pour se protéger. Je paierais tout cela, bien sûr : le nombre de gardes qu'il faudrait, vingt-quatre heures sur vingt-quatre. Mieux valait en faire trop. « Je vous donnerai très bientôt de mes nouvelles. Rappelez-vous, des mots démodés. Vous me reconnaîtrez quand vous me parlerez. »

Je raccrochai le combiné. Je tremblais de rage, d'une rage insoutenable ! Ah ! le petit monstre. Cela ne lui suffit pas d'avoir le corps d'un dieu, voilà qu'il doit mettre au pillage les entrepôts du dieu. La petite canaille, la crapule ! Et dire que j'avais été assez stupide pour ne pas deviner que cela se passerait !

« Oh ! tu es bien humain, me dis-je. Tu es un idiot d'humain ! » Et penser aux remontrances dont Louis m'accablerait avant de consentir à m'aider !

Et si Marius savait ! Oh ! c'était trop horrible pour y penser. Que je me contente de joindre Louis le plus vite possible.

Il me fallait me procurer une valise et gagner l'aéroport. Mojo devrait à n'en pas douter voyager dans une cage et cela aussi devait être arrangé. Quand je prendrais congé de Gretchen, ce ne seraient pas les gracieux et lents adieux que j'avais imaginés. Mais assurément elle comprendrait.

Il se passait bien des choses dans le complexe monde d'illusions de son mystérieux amant. Le moment était venu de nous séparer.

CHAPITRE 17

Le voyage vers le sud fut un petit cauchemar. L'aéroport, tout juste réouvert après les orages répétés, était envahi de mortels anxieux attendant leurs vols longtemps retardés ou venus chercher les êtres chers qui devaient arriver.

Gretchen se laissa aller aux larmes, et moi aussi. Elle avait une peur terrible de ne jamais me revoir, et je ne pouvais pas lui donner d'assez grandes assurances de venir la retrouver à la mission de Sainte Marguerite-Marie dans les jungles de la Guyane française, en remontant le cours du Maroni au départ de Saint-Laurent. Elle glissa avec soin l'adresse dans ma poche avec tous les numéros de la maison-mère de Caracas d'où les sœurs pourraient me donner des indications si je ne parvenais pas à trouver tout seul l'endroit. Elle avait déjà retenu une place sur un vol à minuit pour la première étape de son voyage de retour.

« D'une façon ou d'une autre, il faut que je te revoie ! me dit-elle d'une voix qui me brisait le cœur.

— Tu me reverras, ma chère, dis-je, cela, je te le promets. Je trouverai la mission. Je te trouverai. »

Le vol fut un enfer. Je ne fis guère plus que rester allongé là, plongé dans une sorte de stupeur, en attendant que l'avion explose et que mon corps mortel vole en éclats. L'absorption de grandes quantités de gin tonic ne diminuèrent pas ma peur ; et, quand je parvenais de temps en temps à en libérer mon esprit, ce n'était que pour être obsédé par les difficultés qui m'attendaient. Mon appartement de La Nouvelle-Orléans, par exemple, était plein de vêtements qui ne m'allaient plus. J'avais l'habitude de passer à travers une porte de la terrasse.

Je n'avais pas de clé maintenant pour l'escalier de la rue non plus. A vrai dire, elle se trouvait dans mon lieu de repos nocturne sous le cimetière La Fayette, un réduit secret que je ne pourrais pas réussir à atteindre avec seulement la force d'un mortel, car le passage était barré en plusieurs points par des portes que même une bande de déménageurs n'aurait pas réussi à ouvrir.

Et si le Voleur de Corps était arrivé à La Nouvelle-Orléans avant moi ? Et s'il avait saccagé mon appartement et volé tout l'argent caché là-bas ? C'était peu probable. Non, mais s'il avait volé tous les dossiers de mon pauvre agent mortel de New York... Ah ! mieux valait encore penser à l'avion qui explosait. Et puis il y avait Louis. Et si Louis n'était pas là ? Et si... Et cela continua ainsi pendant près de deux heures.

Nous amorçâmes enfin une descente terrifiante, cahotante et brinquebalante au milieu d'une tempête de proportions bibliques. J'allai reprendre Mojo, je laissai là sa cage et le fis hardiment monter à l'arrière du taxi. Et puis nous partîmes dans les rafales qui faisaient rage, avec le chauffeur mortel prenant tous les risques, tandis que Mojo et moi ne cessions d'être jetés pratiquement l'un contre l'autre.

Il était près de minuit quand enfin nous arrivâmes dans les étroites rues du centre, la pluie tombant si fort et si régulièrement que c'était à peine si l'on distinguait les maisons derrière leurs grilles. Quand j'aperçus celle, sinistre et abandonnée de la propriété de Louis, perdue parmi les arbres sombres, je réglai sa course au chauffeur, m'emparai de ma valise et entraînai Mojo sous la pluie qui tombait à verse.

Il faisait froid, oui, très froid, mais ce n'était pas aussi terrible que l'air glacé de Georgetown. A vrai dire, même sous cette pluie glaciale, le sombre et riche feuillage des magnolias géants et des chênes verts semblait rendre le monde plus gai et plus supportable. D'un autre côté, je n'avais jamais regardé avec des yeux de mortel une demeure aussi lugubre que cette grande maison abandonnée qui se dressait devant la cabane où se terrait Louis.

Pendant un moment, comme je me protégeais les yeux de la pluie pour inspecter ces fenêtres sombres et vides, j'éprouvai une peur irraisonnée en pensant qu'aucune créature n'habitait ces lieux, que j'étais fou et destiné à rester pour toujours dans ce frêle corps humain.

Mojo sauta en même temps que moi par-dessus la petite grille de fer. De concert nous nous enfonçâmes parmi les hautes herbes, contournant les ruines de la vieille véranda et traversant le jardin humide et envahi de mauvaises herbes. La nuit retentissait du fracas de la pluie, qui résonnait à mes oreilles mortelles dans un bruit de tonnerre et je faillis éclater en sanglots en voyant la petite maison, une grande masse de vignes vierges luisante de pluie qui se dressait devant moi.

Sans trop élever la voix, j'appelai Louis. J'attendis. Aucun bruit ne venait de l'intérieur. L'endroit semblait même sur le point de s'effondrer de décrépitude. A pas lents j'approchai de la porte. « Louis, repris-je, Louis, c'est moi, Lestat ! »

Prudemment, je m'aventurai à l'intérieur, parmi les amoncellements d'objets couverts de poussière. Impossible de voir ! Je parvins quand même jusqu'au bureau, guidé par la blancheur du papier, la bougie plantée là et une petite boîte d'allumettes à côté. De mes doigts tremblants et humides, je m'efforçai de craquer une allumette, ce à quoi je ne parvins qu'après plusieurs efforts infructueux. Je finis par toucher la mèche et un petit filet de lumière emplit la pièce, éclairant le fauteuil de velours rouge qui était le mien et les autres objets usés et abandonnés.

Un puissant soulagement m'envahit. J'y étais ! J'étais presque sauvé ! Et je n'étais pas fou. C'était bien mon monde, cet abominable petit endroit encombré ! Louis allait venir. Louis n'allait pas tarder ; Louis était presque là. Je faillis m'effondrer dans le fauteuil de pur épuisement. Je posai mes mains sur Mojo, pour lui gratter la tête et lui caresser les oreilles.

« Nous y sommes, mon garçon, dis-je. Et bientôt nous allons nous mettre à la poursuite de ce démon. Nous trouverons un moyen de lui faire son affaire. » Je me rendis compte que j'étais repris de tremblements, d'ailleurs je sentais dans ma poitrine les frissons familiers de la congestion. « Bonté divine, cela ne va pas recommencer, dis-je. Louis, pour l'amour du ciel, viens, viens ! Où que tu sois, reviens maintenant, j'ai besoin de toi. »

J'allais chercher dans ma poche un des nombreux mouchoirs en papier que Gretchen y avait fourrés quand je m'aperçus qu'une silhouette était plantée juste sur ma gauche, à trois centimètres seulement du bras du fauteuil et qu'une main blanche très lisse se tendait vers moi. Au même instant, Mojo se leva d'un bond, en émettant ses grognements les plus menaçants, puis fit semblant de charger l'inconnu.

J'essayai de crier, de m'identifier, mais avant même d'avoir pu ouvrir la bouche, j'avais été précipité sur le sol, assourdi par les aboiements de Mojo et je sentais la semelle d'une botte de cuir qui appuyait sur ma gorge, pressant jusqu'aux cartilages de mon cou, les écrasant avec une telle force qu'assurément ils allaient céder.

J'étais incapable de parler ni de me libérer. Le chien poussa un grand cri perçant, puis lui aussi resta silencieux et j'entendis le bruit étouffé de son grand corps s'affalant sur le sol. Je sentis même son poids sur mes jambes et je me débattis frénétiquement mais en vain. Je perdais toute raison en griffant le pied qui me bloquait, en frappant la jambe puissante qui m'immobilisait, en m'efforçant de retrouver mon souffle, seuls des grognements rauques sortant de ma bouche.

Louis, c'est Lestat. Je suis dans le corps, le corps humain.

Le pied appuyait de plus en plus fort. Je m'étranglais tandis que les os allaient être broyés, et pourtant j'étais incapable d'émettre une syllabe pour me sauver. Et au-dessus de moi dans la pénombre, je vis son visage — la subtile blancheur de cette chair qui n'avait pas tout à fait l'air d'être de la chair, l'ossature exquisement symétrique et la main délicate à demi fermée, qui planait dans l'air, dans un geste parfait d'indécision, tandis que les yeux profondément enfoncés et brillant d'un vert subtil et incandescent, me considéraient sans la moindre trace d'émotion.

De toute mon âme, je criai encore les mots, mais quand avait-il jamais été capable de deviner les pensées de ses victimes ? Moi, je l'aurais pu, mais pas lui ! Oh ! que Dieu me protège, que Gretchen me protège, hurlai-je du fond de mon âme.

Comme le pied accentuait sa pression, peut-être pour la dernière fois, ayant balayé toute hésitation, je parvins à tourner la tête vers la droite, à aspirer dans mon désespoir une toute petite bouffée d'air et à faire sortir de ma gorge étranglée un seul mot rauque : « Lestat ! » Sans cesser de me désigner désespérément de ma main droite et de l'index.

Ce fut le dernier geste dont j'étais capable. Je suffoquai et les ténèbres déferlèrent sur moi. Elles amenaient avec elle une puissante nausée et, à l'instant précis où un merveilleux vertige dissipait en moi tout souci, la pression cessa, je roulai sur le côté et me remis à quatre pattes, secoué d'une abominable quinte de toux.

« Pour l'amour de Dieu, criai-je, crachant les mots entre deux crises de toux, je suis Lestat. C'est moi, Lestat, dans ce corps ! Est-ce que tu n'aurais pas pu me laisser une chance de parler ? Massacres-tu toujours les malheureux mortels qui s'aventurent dans ta petite cabane ? Et les antiques lois de l'hospitalité, espèce d'imbécile ! Pourquoi diable ne mets-tu pas des barreaux à tes portes ! » Je parvins à me mettre à genoux et soudain la nausée l'emporta. Je vomis un abominable flot de nourritures gâtées dans la saleté et la poussière, puis je m'écartai, tremblant et misérable, pour le dévisager.

« Tu as tué le chien, n'est-ce pas ! Espèce de monstre ! » Je me jetai sur le corps inerte de Mojo. Mais il n'était pas mort, seulement inconscient, et je sentis aussitôt le lent battement de son cœur. « Oh ! Dieu soit loué, si tu avais fait cela, jamais jamais jamais je ne t'aurais pardonné. »

Un petit gémissement monta de la gueule de Mojo, sa patte gauche s'agita et puis lentement sa droite. Je posai ma main entre ses oreilles. Oui, il revenait à lui. Il était indemne. Mais oh, quelle horrible expérience ç'avait été ! Dire qu'il avait fallu que ce fût ici que j'arrive au bord même de la mort ! De nouveau pris de rage, je tournai vers Louis un visage furibond.

Il était planté là, immobile, plein d'une stupéfaction silencieuse. Le martèlement de la pluie, les sombres rumeurs de la nuit d'hiver — tout parut soudain s'évaporer quand je le regardai. Jamais je ne l'avais vu avec des yeux de mortel. Jamais je n'avais contemplé cette beauté pâle et fantomatique. Comment les mortels pouvaient-ils croire qu'il s'agissait d'un humain quand leurs regards se posaient sur lui ? Ah ! les mains... comme celles des saints de plâtre venus à la vie dans l'ombre des grottes. Et comme le visage était totalement dépourvu de sentiment, avec ses yeux qui n'étaient pas les fenêtres de l'âme, mais deux pièges brillants comme des joyaux.

« Louis, dis-je. Le pire est arrivé. Vraiment le pire. Le Voleur de Corps a effectué l'échange. Il m'a volé mon corps et n'a aucune intention de me le rendre. »

Tandis que je parlais, rien de palpable ne frémit en lui. En fait, il semblait si dépourvu de vie et si menaçant que je me lançai soudain dans un torrent de français, déversant chaque image et chaque détail dont je pouvais me souvenir dans l'espoir de lui arracher quelque réaction. Je parlai de notre dernière conversation dans cette maison même et de notre brève rencontre dans la nef de la cathédrale. Je rappelai comme il m'avait mis en garde de ne pas parler au Voleur de Corps. Et j'avouai que j'avais trouvé impossible de résister à l'offre de cet homme, que j'étais parti vers le nord pour le rencontrer et accepter sa proposition. Toujours aucun signe de vie ne se manifestait sur ce visage impitoyable, et soudain je restai silencieux. Mojo essayait de se relever, poussant de temps en temps de petits gémissements, et lentement je passai mon bras droit autour de son cou et m'appuyai contre lui, m'efforçant de reprendre haleine et lui répétant d'une voix apaisante que tout allait bien maintenant, que nous étions sauvés. Il ne lui arriverait plus rien.

Le regard de Louis passa lentement sur l'animal puis revint à moi. Et peu à peu, sa bouche imperceptiblement s'adoucit. Puis il me tendit la main et me remit debout — absolument sans mon concours ni mon consentement.

« C'est vraiment toi, dit-il dans un murmure rauque.

— Je pense bien que c'est moi. Et tu as failli me tuer, tu te rends compte ! Combien de fois essaieras-tu ce petit tour avant que toutes les horloges de la terre n'aient fini d'égrener leurs tic-tac ? J'ai besoin de ton aide, bon sang ! Et voilà qu'une fois de plus, tu essaies de me tuer ! Maintenant, voudrais-tu, je te prie, fermer ce qui reste de volet devant ces fichues fenêtres et faire du feu dans cette misérable petite cheminée ! »

Je m'affalai de nouveau dans mon fauteuil de velours rouge, toujours essoufflé ; soudain, l'étrange bruit d'une créature qui lapait attira mon attention. Je levai les yeux. Louis n'avait pas bougé. A vrai dire, il me dévisageait comme si j'étais un monstre. Mais Mojo dévorait patiemment et sans rechigner toutes les vomissures que j'avais répandues sur le sol.

J'eus un petit rire ravi, qui menaçait de tourner au fou rire hystérique.

« Je t'en prie, Louis, le feu. Allume le feu, dis-je. Je gèle dans ce corps mortel ! Secoue-toi !

— Bon Dieu, murmura-t-il. Qu'as-tu encore fait ! »

CHAPITRE 18

Il était maintenant deux heures à ma montre. La pluie s'était calmée derrière les volets délabrés qui protégeaient aussi bien les portes que les fenêtres et j'étais pelotonné dans le fauteuil de velours rouge ; je savourais le petit feu qui brûlait dans la cheminée de briques, mais pourtant j'étais repris de frissons et secoué de la même toux déchirante. Mais le moment était proche, certainement, où de telles contingences ne m'importeraient plus.

J'avais raconté toute l'histoire.

Dans un débordement de sincérité comme en ont les mortels, j'avais décrit chacune de mes terribles et stupéfiantes expériences, depuis mes conversations avec Raglan James jusqu'au tout dernier et triste adieu à Gretchen. J'avais même raconté mes rêves, ceux où je me retrouvais avec Claudia dans le pauvre hôpital d'autrefois, ceux où nous avions des conversations dans l'élégant petit salon de l'hôtel, et je lui parlai aussi de la triste et épouvantable solitude que j'éprouvais en aimant Gretchen, car je savais qu'elle croyait du fond du cœur que j'étais fou, que c'était pour cette raison seulement qu'elle m'avait aimé. Elle avait vu en moi une sorte d'idiot béat, et rien de plus.

Tout cela était bel et bien terminé. Je n'avais aucune idée de l'endroit où retrouver le Voleur de Corps. Mais il fallait que je le trouve. Et cette quête ne pourrait commencer que quand je serais de nouveau un vampire, quand un sang surnaturel coulerait dans les veines de ce grand corps puissant.

Même en restant faible avec seulement l'énergie que Louis

pouvait me donner, je serais néanmoins une bonne vingtaine de fois plus fort que je ne l'étais maintenant et capable peut-être d'appeler à l'aide les autres car qui savait quel genre de novice j'allais devenir. Une fois le corps transformé, assurément, j'aurais certaines possibilités de communiquer par télépathie. Je pourrais supplier Marius de venir m'aider ; faire appel à Armand, ou même à Gabrielle — mais oui, ma bien-aimée Gabrielle — car elle ne serait plus ma disciple, et elle pourrait m'entendre, ce que dans le cours ordinaire des choses — si l'on peut employer pareille expression — elle ne pouvait pas faire.

Il était assis à son bureau, comme il l'avait été durant tout mon récit, sans se soucier, bien sûr, des courants d'air ni de la pluie qui crépitait sur les lattes des volets ; il m'avait écouté sans un mot, m'observant d'un air peiné et stupéfait tandis que tout en discourant j'arpentais la pièce dans mon excitation.

« Ne porte pas de jugement sur ma stupidité », l'implorai-je. Je lui parlai encore de mon supplice dans le désert de Gobi, de mes étranges conversations avec David et de la vision qu'avait eue celui-ci dans le café parisien. « J'étais plongé dans le désespoir quand j'ai fait cela. Tu sais pourquoi je l'ai fait. Je n'ai pas besoin de te le dire. Mais aujourd'hui, il faut défaire tout cela. »

Je toussais maintenant presque continuellement et je me mouchai frénétiquement dans ces misérables petits mouchoirs de papier.

« Tu ne peux pas imaginer à quel point c'est absolument révoltant de me retrouver dans ce corps-ci, dis-je. Alors, je t'en prie, fais-le vite, et mets-y tout ton talent. Voilà cent ans que tu ne l'as pas fait. Dieu soit loué ! Tu n'as pas dissipé ton énergie. Je suis prêt maintenant. Inutile de faire des préparatifs. Dès que j'aurai retrouvé ma forme habituelle, je flanquerai ce misérable dans cette enveloppe-ci et je le réduirai en cendres. »

Il ne répondit pas.

Je me levai et me remis à marcher, cette fois pour me réchauffer et aussi parce qu'une terrible appréhension montait en moi. Après tout, j'allais mourir, n'est-ce pas, et renaître, comme cela s'était passé voilà plus de deux cents ans. Il n'y aurait pas de souffrance cette fois. Non, pas de souffrance... juste ces terribles malaises qui n'étaient rien auprès de la douleur à la poitrine que je ressentais maintenant, et du froid qui me nouait les doigts et les pieds.

« Louis, au nom du ciel, fais vite », dis-je. Je m'arrêtai pour le regarder. « Qu'y a-t-il ? Qu'est-ce qui se passe ? »

Il me répondit d'une voix hésitante et très sourde :

« Je ne peux pas faire ça.

— Quoi ! »

Je le dévisageai, essayant de deviner ce qu'il voulait dire, quel doute pouvait bien l'habiter, quel éventuel obstacle il nous fallait maintenant surmonter. Et je me rendis compte que son visage étroit avait subi un redoutable changement : qu'il avait perdu toute sa douceur et qu'il n'exprimait plus qu'une totale affliction. Une fois de plus, je constatai que je le voyais comme les êtres humains le voyaient. Un léger chatoiement rouge voilait ses yeux verts. En fait, la forme tout entière, apparemment si solide et si puissante, tremblait.

« Je ne peux pas le faire, Lestat, répéta-t-il et toute son âme semblait derrière ces paroles. Je ne peux pas t'aider !

— Au nom du ciel, qu'est-ce que tu me racontes ! déclarai-je. C'est moi qui t'ai fait. Tu existes ce soir grâce à moi ! Tu m'aimes, tu me l'as dit en tes propres termes. Bien sûr que tu vas m'aider. »

Je me précipitai vers lui, plaquant mes mains sur le bureau et le regardant droit dans les yeux.

« Louis, réponds-moi ! Comment ça, tu ne peux pas le faire !

— Oh, je ne te reproche pas ce que tu as fait. Pas du tout. Mais tu ne comprends donc pas ce qui s'est passé ? Lestat, tu l'as fait. Tu as voulu renaître comme mortel.

— Louis, ce n'est pas le moment de faire du sentiment à propos de cette transformation. Ne me jette pas à la figure mes propres paroles ! J'ai eu tort.

— Non. Tu n'as pas eu tort.

— Qu'est-ce que tu cherches à me dire ? Louis, nous perdons du temps. Il faut que je me lance à la poursuite de ce monstre ! Il a mon corps.

— Lestat, les autres vont s'occuper de lui. Peut-être l'ont-ils déjà fait.

— Déjà fait ! Comment ça : déjà fait ?

— Ne penses-tu pas qu'ils savent ce qui est arrivé ? » Il était profondément désemparé mais en même temps furieux. Tandis qu'il parlait, c'était stupéfiant de voir des rides d'expression humaine apparaître et disparaître sur sa chair souple. « Comment une chose pareille aurait-elle pu se produire à leur insu ? dit-il comme s'il me suppliait de comprendre. Tu parlais de ce Raglan James comme d'un sorcier. Mais aucun sorcier ne peut se dissimuler entièrement aux yeux de créatures aussi puissantes que Maharet ou sa sœur, aussi puissantes que Khayman et Marius, ou même qu'Armand. Et quel sorcier maladroit : assassiner ton agent mortel de façon si cruelle et si sanglante. » Il secoua la tête, portant soudain les mains à ses lèvres. « Lestat, ils savent ! Ils doivent savoir. Et il se pourrait fort bien que ton corps ait déjà été détruit.

— Ils ne feraient pas cela.

— Et pourquoi pas ? Tu as livré à ce démon un engin de destruction...

— Mais il ne savait pas s'en servir ! Ce n'était que pour trente-six heures de temps de mortel ! Louis, dans tous les cas, il faut que tu me donnes le sang. Fais-moi la leçon après. Exécute le Tour ténébreux et je trouverai les réponses à toutes ces questions. Nous perdons des minutes précieuses.

— Non, Lestat. Absolument pas. C'est ce que je veux te faire comprendre ! Le problème de ce Voleur de Corps et du corps qu'il t'a volé n'est pas ce qui doit te préoccuper pour l'instant. Ce qui compte, c'est ce qui t'arrive à toi — à ton âme — dans cette enveloppe.

— Bon. Comme tu voudras. Maintenant fais de ce corps un vampire.

— Je ne peux pas. Ou plus sincèrement, je ne veux pas. »

Je me jetai sur lui. Je ne pouvais pas m'en empêcher. En un instant, j'eus saisi à deux mains les revers de son pauvre manteau noir poussiéreux. Je tirai sur le tissu, prêt à arracher Louis de son fauteuil, mais il restait absolument immobile, me regardant calmement, le visage encore accablé de tristesse. En proie à une fureur impuissante, je le lâchai et je restai là, m'efforçant de calmer mon désarroi.

« Tu ne peux pas penser ce que tu dis ! suppliai-je, en

frappant de nouveau du poing sur le bureau. Comment peux-tu me refuser cela ?

— Vas-tu me laisser être celui qui t'aime maintenant ? demanda-t-il, sa voix de nouveau chargée d'émotion, son visage empreint d'une tristesse tragique et profonde. Je ne le ferai pas si grande que soit ta souffrance, si énergiques tes supplications, et en dépit de cette terrible succession d'événements que tu viens de m'exposer. Je ne le ferai pas parce que je ne veux pas créer encore un de nous, pour rien au monde. Mais tu n'as pas exposé devant moi de bien grandes souffrances ! Tu n'es assailli par aucun terrible cortège de désastres ! » Et il secoua la tête, comme si l'accablement allait l'empêcher de poursuivre, puis il reprit : « Tu as triomphé dans cette affaire comme seulement toi en étais capable.

— Non, non, tu ne comprends pas...

— Oh, mais si, je comprends. Faut-il que je te pousse devant un miroir ? » Il se leva lentement de derrière le bureau et me regarda dans les yeux. « Dois-je t'obliger à t'asseoir pour te faire examiner les leçons du récit que je viens d'entendre de tes propres lèvres ? Lestat, tu as réalisé notre rêve ! Tu ne comprends donc pas. Tu l'as fait. Tu es parvenu à renaître sous la forme d'un homme mortel. Un solide et beau mortel !

— Non », fis-je. Je reculai, secouant la tête, levant les mains pour l'implorer. « Tu es fou. Tu ne sais pas ce que tu dis. J'exècre ce corps. J'ai horreur d'être humain. Louis, si tu as en toi une once de compassion, chasse toutes ces illusions et écoute mes paroles.

— Je t'ai entendu. J'ai tout entendu. Pourquoi ne peux-tu pas à ton tour entendre ce que je te dis ? Lestat, tu as gagné. Tu es libéré du cauchemar. Tu es de nouveau vivant.

— Je suis malheureux ! lui criai-je. Malheureux ! Doux Seigneur, que dois-je faire pour te convaincre ?

— Rien. C'est moi qui dois te convaincre. Combien de temps as-tu vécu dans ce corps ? Trois, quatre jours ? Tu parles d'inconforts comme s'il s'agissait d'une épouvantable calamité ; tu parles de limites physiques comme si c'étaient des contraintes perverses et répressives.

« Et pourtant, à travers toutes tes plaintes sans fin, tu m'as dit toi-même que je devais t'opposer un refus ! Tu m'as supplié moi-même de t'éconduire ! Lestat, pourquoi m'as-tu raconté l'histoire de David Talbot et de ses obsessions à propos de Dieu et du diable ? Pourquoi me raconter toutes les choses que t'a dites Gretchen, la religieuse ? Pourquoi décrire le petit hôpital que tu as vu dans ton rêve fiévreux ? Oh ! je sais que ce n'était pas Claudia qui est venue à toi. Je ne dis pas que c'est Dieu qui a mis sur ton chemin cette Gretchen. Mais tu aimes cette femme. De ton propre aveu, tu l'aimes. Elle attend ton retour. Elle peut te guider parmi les souffrances et les épreuves de cette vie mortelle...

— Non, Louis, tu t'es mépris sur tout. Je ne veux pas qu'elle me guide. Je ne veux pas de cette vie mortelle !

— Lestat, tu ne comprends donc pas la chance qu'on t'a offerte ? Tu ne vois donc pas la voie qui s'ouvre devant toi et la lumière au bout ?

— Je vais devenir fou si tu n'arrêtes pas de dire ces choses-là...

— Lestat, qu'est-ce qu'aucun de nous peut faire pour son rachat ? Et qui a été plus obsédé que toi par cette question précise ?

— Non, non ! » Je levai les bras au ciel, je les croisai, je les agitai sans cesse, comme si j'essayais d'écarter ce camion poubelle de philosophie démente qui roulait droit sur moi. « Non ! je te le dis, c'est faux. Le pire de tous les mensonges. »

Il se détourna de moi. De nouveau je me précipitai sur lui, incapable de me maîtriser, et j'allais l'empoigner par les épaules et le secouer mais d'un geste trop rapide pour mes yeux, il me poussa contre le fauteuil.

Abasourdi, une cheville douloureusement tordue, je m'effondrai sur les coussins, puis je crispai ma main droite et frappai un grand coup de poing dans la paume de ma main gauche. « Oh ! non, pas de sermon, pas maintenant. » Je pleurais presque. « Pas de platitudes ni de pieuses recommandations.

— Retourne auprès d'elle, dit-il.

— Tu es fou !

— Imagine un peu », reprit-il comme si je n'avais pas parlé ; il me tournait le dos, les yeux fixés peut-être sur la fenêtre au fond de la pièce, sa voix presque inaudible, sa forme sombre se découpant sur le rideau argenté de la pluie. « Toutes ces années d'appétits inhumains, de festins sinistres et sans remords. Et voilà que tu as pu renaître. Là-bas, dans ce petit hôpital perdu dans la jungle, tu pourrais sans doute sauver une vie humaine pour chacune de celles que tu as prises. Oh ! quels anges gardiens veillent sur toi. Pourquoi sont-ils si miséricordieux ? Et tu viens me trouver en me suppliant de te ramener à cette horreur, alors que chacune de tes paroles proclame la splendeur de tout ce que tu as souffert et de ce que tu as vu.

— Je dénude mon âme devant toi et tu l'utilises contre moi !

— Oh ! mais non, Lestat. Je cherche à te faire regarder en elle. Tu me supplies de te ramener à Gretchen. Suis-je peut-être le seul ange gardien ? Suis-je le seul qui puisse confirmer ce destin ?

— Misérable enfant de salaud ! Si tu ne me fais pas le Don du sang... »

Il se retourna, son visage comme celui d'un fantôme, les yeux grands ouverts et d'une beauté affreusement anormale. « Je ne le ferai pas. Ni maintenant, ni demain, ni jamais. Retourne auprès d'elle, Lestat. Mène cette existence de mortel.

— Comment oses-tu faire ce choix pour moi ! » J'étais de nouveau debout, j'en avais fini de geindre et de supplier.

« Ne reviens pas me voir, dit-il avec patience. Si tu le fais, je te ferai mal. Et cela, je ne le souhaite pas.

— Ah ! tu m'as tué ! Voilà ce que tu as fait. Tu t'imagines que je crois tous tes mensonges ! Tu m'as condamné à rester dans ce corps pourrissant, puant et douloureux, voilà ce que tu as fait ! Tu crois que je ne connais pas la profondeur de la haine qu'il y a en toi, le vrai visage de la vengeance quand je le vois ! Pour l'amour de Dieu, dis la vérité.

— Ce n'est pas la vérité. Je t'aime. Mais maintenant l'impatience t'aveugle, tu te laisses accabler par des maux simples et de petites douleurs. C'est toi qui ne me pardonneras jamais si je te prive de ce destin. Seulement il te faudra du temps pour percevoir la vraie signification de ce que j'ai fait.

— Non, non, je t'en prie. » Je me dirigeai vers lui, mais cette fois ce n'était pas dans un mouvement de colère. J'approchai lentement, jusqu'au moment où je pus poser mes mains sur ses épaules et sentir le léger parfum de poussière et de tombe qui collait à ses vêtements. Seigneur Dieu, qu'était donc notre peau pour attirer si exquisement à elle la lumière ? Et nos yeux. Ah ! regarder dans ses yeux.

« Louis, dis-je, je veux que tu me prennes. Je t'en prie, fais ce que je te demande. Laisse-moi le soin d'interpréter tous mes récits. Prends-moi, Louis, regarde-moi. » Je saisis sa main froide et sans vie et la posai sur mon visage. « Sens-tu le sang qu'il y a en moi, la chaleur. Tu as envie de moi, Louis, tu le sais. Tu as envie de moi, tu veux que je sois en ton pouvoir comme je t'ai eu en mon pouvoir il y a si, si longtemps. Je serai ton disciple, ton enfant, Louis. Je t'en prie, fais cela. Ne m'oblige pas à te supplier à genoux. »

Je sentais le changement en lui, soudain le regard du prédateur qui masquait ses yeux. Mais qu'est-ce qui était plus fort que sa soif ? Sa volonté.

« Non, Lestat, murmura-t-il. Je ne peux pas le faire. Même si j'ai tort et si tu as raison, si toutes tes métaphores ne veulent rien dire, je ne peux pas le faire. »

Je le pris dans mes bras, oh ! qu'il était froid, inflexible, ce monstre que j'avais créé à partir de chair humaine. Je pressai mes lèvres contre sa joue, en frissonnant, mes doigts glissant autour de son cou. Il ne s'écarta pas. Il n'arrivait pas à s'y contraindre. Je sentis le lent mouvement silencieux de sa poitrine contre la mienne.

« Fais-moi ce que je te demande, je t'en prie, mon beau, lui soufflai-je à l'oreille. Prends cette chaleur dans tes veines et redonne-moi tout le pouvoir que je t'ai donné jadis. » Je pressai mes lèvres contre sa bouche froide et sans couleur. « Donne-moi l'avenir, Louis. Donne-moi l'éternité. Descends-moi de cette croix. »

Du coin de l'œil, je vis sa main s'élever. Puis je sentis le satin de ses doigts sur ma joue. Je le sentis qui me caressait le cou. « Je ne peux pas le faire, Lestat.

— Tu peux, tu sais que tu peux », murmurai-je ; tout en lui parlant, je lui embrassais l'oreille, refoulant mes larmes, mon bras gauche se glissant autour de sa taille. « Oh ! ne me laisse pas dans ce malheur, ne fais pas cela.

— Ne me supplie pas davantage, fit-il avec tristesse. C'est inutile. Je pars maintenant. Tu ne me reverras pas.

— Louis ! fis-je en me cramponnant à lui. Tu ne peux pas me refuser.

— Ah ! mais si je peux, et je viens de le faire. »

Je le sentais qui se raidissait, qui essayait de se dégager sans me brutaliser. Je le serrais encore davantage, refusant de reculer.

« Tu ne me retrouveras plus ici. Mais tu sais où la trouver. Elle t'attend. Tu ne vois donc pas ta victoire ? Te revoilà mortel, et tellement, tellement jeune. Te revoilà mortel, et tellement, tellement beau. Te revoilà mortel, avec toutes tes connaissances et la même indomptable volonté. »

Fermement, mais sans brusquerie, il écarta mes bras et me repoussa, refermant ses mains sur les miennes en m'écartant de lui.

« Adieu, Lestat, dit-il. Peut-être les autres viendront-ils à toi. Le moment venu, quand ils auront le sentiment que tu as suffisamment payé. »

Je poussai un dernier cri, essayant de libérer mes mains, essayant de fixer mon regard sur lui, car je savais fort bien ce qu'il comptait faire.

Dans un mouvement vif comme l'éclair il avait disparu et je gisais sur le sol.

Sur le bureau la bougie renversée s'était éteinte. Seule la lueur du feu mourant emplissait la petite pièce. Les volets de la porte étaient ouverts et la pluie tombait, fine et silencieuse, mais régulière. Et je savais que j'étais totalement seul.

J'étais tombé sur le côté, les mains tendues devant moi pour amortir la chute. En me levant maintenant, je l'appelai au secours, en priant que d'une façon ou d'une autre il pût m'entendre, si loin qu'il fût parti.

« Louis, aide-moi. Je ne veux pas être vivant. Je ne veux pas être mortel ! Louis, ne m'abandonne pas ici ! Je ne peux pas le supporter ! Je n'en veux pas ! Je ne veux pas sauver mon âme ! »

Combien de fois je répétai ces phrases, je n'en sais rien. Je finis par être trop épuisé pour continuer ; et les échos de cette voix mortelle et de tout le désespoir qu'elle exprimait me blessaient les oreilles.

Je m'assis sur le sol, une jambe repliée sous moi, un coude appuyé sur mon genou, les doigts dans les cheveux. Mojo s'était avancé, craintivement ; il était couché auprès de moi et je me penchai pour presser mon front dans sa fourrure.

Le petit feu était maintenant presque éteint. La pluie sifflait, soupirait et redoublait de violence, mais elle tombait tout droit du ciel car il n'y avait pas un souffle de vent.

Je finis par lever les yeux dans cette petite pièce sombre et sinistre, pour examiner son bric-à-brac de livres et de vieilles statues, la poussière qui recouvrait tout et les braises rougeoyantes qui s'entassaient au fond de l'âtre. Comme j'étais fatigué ; combien ma propre colère m'avait marqué ; comme j'étais proche du désespoir. M'étais-je jamais dans tous mes malheurs retrouvé si complètement sans espoir ?

Mon regard se déplaça paresseusement jusqu'au seuil de la porte, jusqu'à l'averse incessante et aux ténèbres menaçantes qu'on apercevait. Oui, sortez donc là-dedans, toi et Mojo, il va bien sûr adorer cela comme il adorait la neige. Il faut que tu sortes. Il faut que tu quittes cette horrible petite maison pour trouver un abri confortable où tu puisses te reposer.

Mon appartement en terrasse, il devait bien y avoir un moyen me permettant d'y pénétrer. Sûrement... Et puis dans quelques heures le soleil allait se lever, n'est-ce pas ? Ah ! ma charmante ville, sous la chaude lumière du soleil.

Au nom du ciel, ne te remets pas à pleurer. Tu as besoin de te reposer et de réfléchir.

Mais tout d'abord, avant de partir, pourquoi ne mets-tu pas le feu à sa maison ? Ne touche pas à la grande bâtisse victorienne. Il ne l'aime pas. Mais brûle donc sa petite cabane ! Je sentais s'esquisser sur mon visage un sourire irrésistible et malicieux, alors même que les larmes m'emplissaient encore les yeux.

Oui, brûle-la ! Il le mérite. Bien sûr il a emporté ses écrits avec lui, oui, mais tous ses livres partiront en fumée ! Et c'est exactement ce qu'il mérite.

Aussitôt je rassemblai les toiles — un somptueux Monet, et un panneau rouge rubis à la détrempe de l'époque médiévale, tout cela évidemment en fort mauvais état — puis je me précipitai dehors pour gagner la vieille demeure victorienne abandonnée et j'entassai tout cela dans un coin sombre qui me parut à la fois sûr et sec.

Je regagnai la petite maison, je saisis la bougie et je la plongeai dans les vestiges du feu. Des braises monta aussitôt un jaillissement de minuscules étincelles qui vinrent s'accrocher à la mèche. « Oh, tu le mérites, traître ingrat ! » Bouillant de colère, j'approchai la flamme des livres entassés contre le mur, en feuilletant avec soin les pages pour les enflammer. Puis j'allai jusqu'à un vieux manteau jeté sur une chaise de bois qui prit feu comme de la paille, et ce fut le tour des coussins de velours rouge du fauteuil qui avait été le mien. Ah ! mais oui, que ça brûle, que tout ça brûle !

D'un coup de pied j'envoyai sous son bureau une pile de magazines qui tombaient en poussière et j'y mis le feu. Je collai la flamme contre un livre après l'autre et je les lançai comme des charbons qui se consumèrent dans tous les coins de la petite maison.

Mojo évitait ces petits feux de joie et finit par sortir sous la pluie où il se planta à une certaine distance, me regardant par la porte ouverte.

Ah ! mais tout allait bien trop lentement. J'espère que Louis a un tiroir plein de bougies ; comment avais-je pu les oublier — maudit soit ce cerveau mortel ! J'en pris une vingtaine et je me mis à faire brûler la cire, sans me soucier de la mèche, à les jeter sur le fauteuil de velours rouge pour faire une bonne flambée. Je les lançai sur les tas de débris qui restaient et j'envoyai des livres en train de se consumer sur les volets trempés, je mis le feu aux vieux lambeaux de rideaux qui çà et là pendaient oubliés à de vieilles tringles. A grands coups de pieds j'ouvris des trous dans le plâtre pourri et j'y fourrai des bougies allumées pour enflammer les vieilles lattes, puis je me penchai et je mis le feu aux vieux tapis usés jusqu'à la trame, en les froissant pour permettre à l'air de circuler par-dessous.

En quelques minutes, tout n'était qu'incendie, mais le fauteuil rouge et le bureau étaient les principaux foyers. Je sortis en courant sous la pluie et je vis les flammes qui dansaient à travers les lamelles brisées des persiennes.

Une fumée âcre et humide montait des volets détrempés,

sortait en volute par les fenêtres pour se perdre dans la masse humide des liserons ! Oh, maudite pluie ! Mais là-dessus, comme le flamboiement du bureau et du fauteuil prenait de l'ampleur, tout le petit bâtiment explosa dans un jaillissement de flammes oranges... Les volets furent soufflés dans les ténèbres ; un grand trou s'ouvrit dans le toit.

« Oui, oui, brûle donc ! » criai-je, la pluie me fouettant le visage et les paupières. Je bondissais presque de joie. Mojo revint vers la maison principale, tête basse. « Brûle, brûle, déclarai-je. Louis, j'aimerais pouvoir te brûler aussi ! Je le ferais ! Oh ! si seulement je savais où tu te terres dans la journée ! »

Malgré mon enthousiasme, je constatais que je pleurais. Je m'essuyais la bouche du revers de la main en criant : « Comment as-tu pu m'abandonner ainsi ! Comment as-tu pu faire cela ! Je te maudis. » Et fondant en larmes, je tombai à genoux sur la terre détrempée de pluie.

J'étais accroupi là, les mains jointes devant moi, abattu et misérable, à contempler le grand feu. Des lumières s'allumaient dans les maisons au loin. Je pouvais entendre le frêle hurlement d'une sirène qui approchait. Je savais qu'il me fallait partir.

Pourtant je restais agenouillé là et je me sentais presque abruti quand Mojo vint soudain me tirer de ma torpeur avec un de ses grognements les plus menaçants. Je m'aperçus qu'il était venu se planter auprès de moi et qu'il pressait son pelage mouillé contre mon visage tout en détournant les yeux vers la maison en feu.

Je fis un geste pour saisir son collier et je m'apprêtais à battre en retraite quand je perçus la raison de son inquiétude. Ce n'était pas un mortel accouru à l'aide. Mais plutôt une vague silhouette blanche et mystérieuse plantée comme une apparition auprès du bâtiment en flammes, violemment éclairée par l'incendie.

Même avec mes pauvres yeux de mortel, je vis que c'était Marius ! Et je vis l'expression de colère qui se peignait sur son visage. Jamais je n'ai vu se refléter une pareille fureur, et à n'en pas douter il tenait à ce que je m'en rendisse compte.

Mes lèvres s'écartèrent, mais ma voix s'étouffait dans ma

gorge. Je ne pouvais que tendre les bras vers lui, lui envoyer du fond de mon cœur un silencieux appel à la miséricorde et à l'aide.

Le chien de nouveau poussa son farouche grognement et parut prêt à bondir.

Tandis que j'observais la scène, désemparé, et secoué de tremblements que je ne parvenais pas à maîtriser, la silhouette me tourna lentement le dos et, après m'avoir lancé un ultime regard de colère et de mépris, elle disparut.

Ce fut alors que je sortis de ma torpeur pour crier son nom. « Marius ! » Je me remis debout en criant de plus en plus fort. « Marius, ne m'abandonne pas ici. Au secours ! » Je levai les bras vers le ciel. « Marius », hurlai-je.

Mais c'était inutile et je le savais.

La pluie traversait mon manteau. Elle imprégnait mes chaussures. J'avais les cheveux trempés et plaqués contre mon crâne, et peu importait maintenant que j'eusse ou non pleuré, car la pluie avait lavé mes larmes.

« Tu crois que je suis vaincu », murmurai-je. A quoi bon crier ? « Tu crois que tu as rendu ton jugement et que tout s'arrête là. Oh ! tu t'imagines que c'est aussi simple que cela. Eh bien, tu te trompes ! Jamais je ne me vengerai de ce refus. Mais tu me reverras. Tu me reverras. »

Je baissai la tête.

La nuit était pleine de voix de mortels, de bruits de pas qui couraient. Un grand engin bruyant s'était arrêté au coin de la rue. Il me fallut forcer à bouger ces misérables membres mortels.

Je fis signe à Mojo de me suivre et nous nous esquivâmes loin des ruines de la petite baraque qui brûlait toujours gaiement, nous franchîmes le muret d'un jardin, nous traversâmes une allée envahie par la végétation et nous disparûmes.

Ce fut seulement plus tard que je songeai à quel point nous avions sans doute été près d'être capturés : le mortel incendiaire et son chien féroce.

Mais quelle importance cela pouvait-il avoir ? Louis m'avait chassé, tout comme Marius — Marius, qui pourrait bien avant moi retrouver mon corps surnaturel et le détruire sur-le-champ. Marius, qui l'avait peut-être déjà fait si bien que j'étais abandonné à jamais avec cette carcasse mortelle.

Oh ! si j'avais connu pareil malheur dans ma jeunesse de mortel, je n'en gardais pas le souvenir. Et même si c'était le cas, ç'aurait été maintenant pour moi une piètre consolation. Quant à ma crainte, elle était indicible ! La raison ne pouvait l'appréhender. Je tournais en rond avec mes espoirs et mes pauvres plans.

« Il faut que je retrouve le Voleur de Corps, il faut que je le trouve et tu dois m'en laisser le temps, Marius, si tu ne veux pas m'aider, tu peux au moins m'accorder cela. »

Je répétai cela inlassablement comme l'Ave Maria d'un rosaire tout en avançant péniblement sous les rafales de pluie.

A une ou deux reprises je clamai même mes prières dans les ténèbres, planté sous un grand chêne dégoulinant, et m'efforçant de voir la lumière qui arrivait du ciel noyé de pluie.

Qui donc au monde allait m'aider ?

Mon seul espoir, c'était David, même si je ne pouvais pas imaginer ce qu'il pourrait faire pour m'aider. David ! Et si lui aussi me tournait le dos ?

CHAPITRE 19

J'étais assis au Café du Monde quand le soleil se leva, et je me demandais : comment vais-je entrer dans mon appartement là-haut ? Ce petit problème m'empêchait de perdre la tête. Était-ce cela, la clé de la survie des mortels ? Hmmm. Comment pénétrer par effraction dans mon luxueux petit appartement ? J'avais moi-même équipé l'accès du jardin suspendu d'une grille de fer infranchissable. J'avais aussi muni les portes de l'appartement en terrasse de serrures nombreuses et complexes. Les fenêtres en interdisaient d'ailleurs l'accès aux intrus mortels, même si je n'avais jamais songé à la façon dont ils auraient pu arriver jusque-là.

Bah ! il va falloir que je passe par la grille. Il va falloir que je trouve les mots magiques pour persuader les autres locataires de l'immeuble — tous locataires du Français blond Lestat de Lioncourt, qui les traite fort bien au demeurant. Je les convaincrai que je suis un cousin français du propriétaire, envoyé pour m'occuper en son absence de l'appartement, et qu'il faut à tout prix me laisser entrer. Qu'importe si je dois utiliser un ciseau à froid ! Ou une hache ! Ou une tronçonneuse. Ça n'est qu'un détail technique, comme on dit à notre époque. Il faut que j'entre.

Et ensuite, qu'est-ce que je ferai ? Je prendrai un couteau de cuisine — car l'appartement a ces choses-là, Dieu sait pourtant que je n'ai jamais eu besoin d'une cuisine — pour trancher ma gorge de mortel ?

Non. J'appellerai David. Il n'y a personne d'autre en ce monde à qui tu puisses t'adresser et, oh ! pense à toutes les horribles choses que va dire David !

Quand je cessai de penser à tout cela, je sombrai aussitôt dans un accablant désespoir.

Ils m'avaient chassé. Marius. Louis. Dans mon pire moment de folie, ils avaient refusé de m'aider. Oh ! c'est vrai, je m'étais moqué de Marius. J'avais refusé sa sagesse, sa compagnie, ses lois.

Oh ! oui, je l'avais bien cherché, comme le disent les mortels. Et j'avais fait cette chose méprisable : j'avais lâché dans la nature le Voleur de Corps armé de tous mes pouvoirs. C'était vrai. Coupable encore une fois d'erreurs spectaculaires et d'expériences douteuses. Mais avais-je jamais imaginé ce que cela signifierait vraiment que d'être totalement dépouillé de mes pouvoirs et de me retrouver dehors ? Les autres savaient ; ils devaient savoir. Et ils avaient laissé Marius venir pour rendre son jugement, pour me faire comprendre que, étant donné ce que j'avais fait, j'étais exclu de la communauté !

Mais Louis, mon beau Louis, comment avait-il *pu* m'éconduire ! J'aurais bravé le ciel pour aider Louis ! J'avais tellement compté sur Louis, j'étais si sûr de m'éveiller cette nuit avec le sang d'autrefois coulant avec force dans mes veines.

Oh ! Seigneur Dieu — je n'étais plus l'un d'eux. Je n'étais rien que ce mortel, assis là dans la chaleur étouffante du café, à boire mon expresso — ah ! oui, un excellent expresso, bien sûr — et à mâchonner des beignets sans espoir de retrouver jamais sa glorieuse place auprès du sombre Elohim.

Ah ! comme je les détestais. Comme j'aurais voulu leur nuire ! Et qui était responsable de tout cela ? Lestat — aujourd'hui haut d'un mètre quatre-vingt-cinq, avec des yeux bruns, la peau assez sombre et une belle crinière de cheveux bruns et bouclés ; Lestat, avec des bras musclés, des jambes solides et un mortel frisson qui l'affaiblissait ; Lestat, avec son fidèle chien, Mojo — Lestat se demandant comment il allait bien rattraper le démon qui s'était enfui, non pas avec son âme comme cela arrive si souvent, mais avec son corps, un corps qui aurait fort bien pu — n'y pensons pas — être déjà détruit !

La raison me disait qu'il était un peu trop tôt pour comploter quoi que ce soit. D'ailleurs, la vengeance ne m'intéressait pas vraiment. La vengeance intéresse ceux qui à un moment ou à un autre sont vaincus. Je ne le suis pas, me dis-je. Non, pas vaincu. Et la victoire est bien plus intéressante à envisager que la vengeance.

Ah ! mieux valait penser aux petites choses, des choses qu'on peut changer. Il fallait que David m'écoute. Il devait au moins me donner son avis ! Mais que pourrait-il me donner d'autre ? Comment deux mortels pouvaient-ils se lancer à la poursuite de cette méprisable créature. Ahhh...

Et Mojo avait faim. Il levait vers moi ses grands yeux bruns intelligents. Des gens du café le contemplaient ; ils l'évitaient, ils s'écartaient de cette menaçante créature avec sa truffe noire, ses tendres oreilles bordées de rose et ses énormes pattes. Il fallait vraiment que je nourrisse Mojo. Après tout, le vieux cliché était vrai. Mon seul ami, c'était cette grande masse de chair canine !

Satan avait-il un chien quand on l'avait précipité dans l'enfer ? Bah, le chien serait sans doute parti avec lui, j'en étais à peu près sûr.

« Comment m'y prendre, Mojo ? demandai-je. Comment un simple mortel attrape-t-il Lestat le Vampire ? Ou bien les anciens ont-ils réduit en cendres mon corps superbe ? Quel était le sens de la visite de Marius : me faire savoir que la chose était faite ? Oooh, mon Dieu ! Que dit donc la sorcière dans cet horrible film ? Comment as-tu pu faire ça à quelqu'un d'aussi beau et d'aussi pervers que moi ? Aaaah ! j'ai de nouveau la fièvre, Mojo. Les choses vont s'arranger d'elles-mêmes. JE VAIS MOURIR ! »

Mais Dieu du ciel, vois le soleil qui frappe sans bruit le trottoir sale, regarde ma Nouvelle-Orléans charmante et délabrée qui s'éveille à la belle lumière des Caraïbes.

« Allons, Mojo. Il est temps d'entrer par effraction. Et ensuite nous pourrons rester au chaud et nous reposer. »

M'arrêtant au restaurant en face du vieux Marché Français, j'achetai pour lui un horrible mélange d'os et de viande. Cela ferait sûrement l'affaire. D'ailleurs, l'aimable petite serveuse emplit un sac des restes de la veille, en affirmant avec conviction que le chien allait adorer ça ! Et moi ? Est-ce que je ne voulais pas un petit déjeuner ? N'avais-je pas faim par un beau matin d'hiver comme celui-ci ?

« Plus tard, ma chérie. » Je lui glissai un gros billet dans la main. J'étais encore riche, c'était toujours une consolation. Ou du moins je croyais l'être. Je ne le saurais avec certitude que quand j'aurais rejoint mon ordinateur et que j'aurais suivi moi-même les activités de ce méprisable escroc.

Mojo engloutit son repas dans le caniveau sans une plainte. Ça, c'est un chien ! Pourquoi n'étais-je pas né chien ?

Maintenant, où diable était mon appartement ! Je dus m'arrêter pour réfléchir puis m'égarer sur deux blocs et revenir sur mes pas avant de le trouver, ayant de plus en plus froid, même si maintenant le ciel était bleu et si le soleil brillait, car je n'étais presque jamais entré dans l'immeuble par la rue.

Pénétrer dans le bâtiment ne posa aucun problème. En fait, la porte qui donnait sur Dumaine Street était très simple à forcer et puis à refermer. Ah ! mais la grille, ce sera le plus difficile, me dis-je, en traînant mes lourdes jambes dans l'escalier, un étage après l'autre, Mojo attendant avec bonté à chaque palier que je l'eusse rattrapé.

J'aperçus enfin les barreaux de la grille et le délicieux soleil qui ruisselait dans la cage d'escalier depuis le jardin suspendu et le frémissement des grandes feuilles de colocases qui n'étaient qu'un peu meurtries sur les bords par le froid.

Et cette serrure, comment allais-je jamais forcer cette serrure ? J'étais en train de penser aux outils dont j'aurais besoin — si je prenais une petite bombe ? — quand je m'aperçus que je regardais la porte de mon appartement à une quinzaine de mètres de moi, et qu'elle n'était pas fermée.

« Ah, mon Dieu, le misérable est venu ici ! murmurai-je. Maudit soit-il, Mojo, il a saccagé ma tanière. »

Bien sûr, on pouvait considérer cela comme un signe encourageant. Le misérable était encore en vie ; les autres ne l'avaient pas supprimé. Et je pourrais encore l'attraper ! Mais comment ? Je donnai dans la grille un coup de pied qui déclencha dans toute ma jambe des ondes de douleur.

Puis je l'empoignai et la secouai sans merci, mais elle était bien fixée sur ses vieux gonds de fer, comme je l'avais prévu ! Un fantôme sans force tel que Louis n'aurait pas pu la briser, encore moins un mortel. A n'en pas douter, la canaille n'y avait même pas touché mais était entrée comme je le faisais, par la voie des airs.

Bon, assez ! Trouve-toi des outils et rapidement. Puis découvre l'étendue des dégâts causés par cette canaille.

Je m'apprêtais à tourner les talons, mais juste à cet instant, Mojo se redressa en grondant. Quelqu'un marchait dans l'appartement. Je vis une ombre danser sur le mur du vestibule.

Ça n'était pas le Voleur de Corps, cela ne se pouvait pas, Dieu merci. Mais qui alors ?

En un instant j'eus la réponse à ma question. David apparut ! Mon beau David, vêtu d'un costume et d'un manteau de tweed sombre, et qui me dévisageait depuis l'autre bout du jardin de son air comme toujours curieux et méfiant. Je ne crois pas avoir jamais été aussi heureux dans ma maudite vie d'avoir vu un autre mortel.

Je l'appelai aussitôt par son nom. Puis je déclarai en français que c'était moi, Lestat. Voulait-il ouvrir la grille ?

Il ne réagit pas immédiatement. En fait, jamais il ne m'avait paru si digne, si maître de lui ; jamais je ne lui avais trouvé un air aussi profondément élégant de gentleman britannique qu'en cet instant où il me regardait fixement, son étroit visage creusé de rides n'exprimant qu'une muette stupeur. Il contempla le chien. Son regard ensuite revint à moi. Puis, de nouveau, au chien.

« David, c'est Lestat, je vous le jure ! criai-je en anglais. C'est le corps du garagiste ! Souvenez-vous de la photographie ! James a réussi son coup, David. Je suis prisonnier de ce corps. Qu'est-ce que je peux vous dire pour vous convaincre de me croire ? David, laissez-moi entrer. »

Il restait immobile. Puis tout d'un coup, il avança d'un pas vif et résolu, et il s'arrêta devant la grille, le visage parfaitement impénétrable.

J'étais près de m'évanouir de bonheur. Je me cramponnais pourtant des deux mains aux barreaux, comme un prisonnier, et puis je m'aperçus que je le regardais droit dans les yeux — que pour la première fois nous avions la même taille.

« David, vous ne savez pas combien je suis heureux de vous voir, poursuivis-je en français. Comment avez-vous réussi à entrer ? David, c'est Lestat. C'est moi. Voyons, vous me croyez. Vous reconnaissez ma voix. David, Dieu et le diable dans le Café de Paris ! Qui d'autre que moi le sait ! »

Mais ce ne fut pas à ma voix qu'il réagit ; il me regardait droit dans les yeux et semblait écouter des sons lointains. Puis, brusquement, toute son attitude changea et je lus sur son visage qu'il m'avait reconnu.

« Oh ! Dieu soit loué », dit-il avec un léger soupir, très britannique, très poli.

Il chercha dans sa poche un petit étui dont il retira aussitôt un bout de métal qu'il inséra dans la serrure. J'ai assez l'habitude du monde pour savoir que c'était quelque outil de cambrioleur. Il m'ouvrit la grille et me tendit les bras.

Notre étreinte fut longue, chaleureuse et silencieuse, et je fis de furieux efforts pour ne pas m'abandonner aux larmes. Durant tout ce temps, je n'avais qu'à de très rares occasions touché vraiment cette créature. Mais le moment était chargé d'une émotion qui me prit quelque peu au dépourvu. La douce chaleur de mes étreintes avec Gretchen me revint. Je me sentis en sécurité. Et, l'espace d'un instant peut-être, je n'eus plus l'impression d'être si totalement seul.

Mais ce n'était pas le moment de savourer ce soulagement.

A regret, je m'écartai et je me dis une fois de plus combien David était magnifique. A vrai dire, il m'impressionnait si fort que j'aurais presque pu croire que j'étais aussi jeune que le corps que j'occupais maintenant. J'avais tant besoin de lui.

Toutes les petites flétrissures de l'âge que je percevais naturellement chez lui avec mes yeux de vampire étaient maintenant invisibles. Les rides profondes de son visage semblaient faire partie de son expression, tout comme la paisible lumière qui brillait dans ses yeux. Il me paraissait très vigoureux planté là dans son élégante tenue, la petite chaîne d'or de sa montre étincelant sur son gilet de tweed : il avait l'air si solide, si plein de ressources et si grave.

« Vous savez ce que ce salopard a fait, dis-je. Il m'a dupé et puis il m'a laissé là. Et les autres aussi m'ont lâché. Louis, Marius. Ils m'ont tourné le dos. Je suis abandonné dans ce corps, mon ami. Venez, il faut que je voie si le monstre a cambriolé mon appartement. »

Je me précipitai vers la porte, entendant à peine les quelques mots qu'il prononçait pour me préciser qu'à son avis on n'avait touché à rien.

Il avait raison. Le misérable n'avait rien pillé ! Tout était exactement comme je l'avais laissé, jusqu'à mon vieux manteau de velours accroché à la porte ouverte de la penderie. Il y avait le bloc jaune sur lequel j'avais pris des notes avant mon départ. Et l'ordinateur. Ah ! il fallait que je consulte sans tarder l'ordinateur pour découvrir l'étendue de ses vols. Et mon agent de Paris, le pauvre homme, était peut-être encore en danger. Il me fallait le contacter aussitôt.

Mais mon attention fut détournée par la lumière qui se déversait à travers les parois vitrées, par la douce et chaude splendeur du soleil déferlant sur les fauteuils et les canapés sombres et sur le somptueux tapis persan avec son médaillon pâle et ses guirlandes de roses, et même sur les quelques grandes toiles modernes — toutes furieusement abstraites — que j'avais voilà longtemps choisies pour ces murs. Je me sentis frémir à ce spectacle, émerveillé une fois encore de constater que l'éclairage électrique ne pouvait jamais produire cette sensation particulière de bien-être qui m'envahissait maintenant.

Je remarquai aussi qu'un feu ronflait dans la grande cheminée carrelée de blanc — à n'en pas douter, grâce à David — et qu'une odeur de café venait de la cuisine voisine, une pièce dans laquelle j'avais à peine mis les pieds durant les années où j'avais habité cet endroit.

David aussitôt se répandit en excuses. Il n'était même pas passé à son hôtel, si impatient qu'il était de me trouver. Il était venu ici directement de l'aéroport et n'était sorti que pour faire quelques provisions de façon à pouvoir passer une soirée confortable à monter la garde au cas où je pourrais arriver ou penser à téléphoner. « Merveilleux, que je suis content que vous l'ayez fait », dis-je un peu amusé par sa politesse britannique. J'étais si heureux de le voir, et voilà qu'il s'excusait de s'installer chez moi.

Je me débarrassai de mon manteau trempé et je m'assis devant l'ordinateur. « J'en ai juste pour un instant, dis-je en pianotant sur les touches, et ensuite je vous raconterai tout. Mais qu'est-ce qui vous a fait venir ? Vous doutiez-vous de ce qui s'était passé ?

— Bien sûr que oui, répondit-il. Vous n'êtes pas au courant du meurtre du vampire à New York ? Seul un monstre aurait pu saccager ainsi ces bureaux. Lestat, pourquoi ne m'avez-vous pas appelé ? Pourquoi n'avez-vous pas demandé mon aide ?

— Un instant », dis-je. Déjà les petites lettres et les chiffres apparaissaient sur l'écran. Mes comptes étaient en ordre. Si ce misérable s'était introduit dans ce système, j'aurais vu partout des signaux pré-programmés d'intrusion. Bien sûr, tant que je n'aurais pas consulté leurs dossiers, il n'y avait aucun moyen de savoir avec certitude s'il n'avait pas pioché dans les comptes que j'avais dans des banques européennes. Et, bon sang, je n'arrivais pas à me rappeler les mots de code et, en fait, j'avais quelque difficulté à manipuler les commandes les plus simples.

« Il avait raison, murmurai-je. Il m'a prévenu que mes mécanismes intellectuels ne seraient pas les mêmes. » Je passai du programme de finance à Wordstar, que j'utilisai pour le traitement de texte, et je tapai aussitôt un message destiné à mon agent de Paris, l'envoyant par module téléphonique et lui demandant par retour un rapport de situation tout en lui rappelant de veiller particulièrement à sa propre sécurité. Voilà qui était fait.

Je me carrai dans mon fauteuil, poussant un profond soupir, ce qui déclencha aussitôt une petite quinte de toux et je m'aperçus que David me contemplait comme si le spectacle que j'offrais était pour lui trop bouleversant. A vrai dire, la façon dont il me regardait était presque comique. Puis son regard revint à Mojo, qui inspectait silencieusement les lieux, tournant sans cesse les yeux vers moi en attendant un ordre.

Je claquai des doigts pour faire venir Mojo et je le serrai contre moi. David observait tout cela comme si c'était la chose la plus étrange du monde.

« Bonté divine, vous êtes vraiment dans ce corps, murmura-t-il. Non pas juste rôdant à l'intérieur, mais ancré à toutes ses cellules.

— Vous pouvez le dire, fis-je, écœuré. C'est abominable, tout ce gâchis. Et les autres ne veulent pas m'aider, David. Ils m'ont chassé. » Je grinçai des dents de rage. « Chassé ! » Je poussai un sourd grognement qui excita à ce point Mojo qu'il se mit aussitôt à me lécher le visage.

« Évidemment, je le mérite, ajoutai-je en caressant Mojo. Apparemment c'est toujours pareil avec moi. Je mérite perpétuellement le pire ! La pire déloyauté, la pire trahison, le pire abandon ! Lestat le scélérat ! Eh bien, on peut dire qu'ils ont laissé ce scélérat totalement livré à lui-même !

— J'ai eu un mal fou à vous joindre, dit-il d'un ton à la fois calme et déprimé. Votre agent de Paris m'a juré qu'il ne pouvait pas m'aider. J'allais essayer cette adresse à Georgetown. » Il me montra le bloc jaune sur la table. « Dieu merci, vous êtes ici.

— David, ma pire crainte est que les autres aient détruit James et mon corps avec lui. Cette enveloppe-ci est peut-être le seul corps que je possède aujourd'hui.

— Non, je ne pense pas, dit-il avec une tranquillité convaincante. Votre petit emprunteur de corps a laissé une piste derrière lui. Mais allons, ôtez ces vêtements trempés. Vous allez prendre froid.

— Qu'entendez-vous par piste ?

— Vous savez que nous suivons ce genre de crime à la trace. Maintenant, je vous en prie, vos vêtements.

— Il y a eu d'autres crimes après New York ? » demandai-je tout excité. Je le laissai m'entraîner vers la cheminée, aussitôt ravi de cette chaleur. J'ôtai mon chandail et ma chemise tout humides. Bien sûr, rien ne m'allait dans mes diverses penderies. Et je me rendis compte que j'avais oublié ma valise quelque part dans la propriété de Louis la veille au soir. « New York, c'était mercredi soir, n'est-ce pas ?

— Mes vêtements vous iront », fit David, captant aussitôt mes pensées. Il s'approcha d'une gigantesque valise de cuir posée dans le coin.

« Que s'est-il passé ? Qu'est-ce qui vous fait croire que c'est James ?

— Ça ne peut être que lui », répondit-il, ouvrant la valise et en retirant plusieurs vêtements soigneusement pliés puis un costume de tweed très comparable au sien, encore sur son cintre et qu'il posa sur la chaise la plus proche. « Tenez, passez cela. Vous allez attraper la mort.

— Oh ! David, dis-je, continuant à me déshabiller, je n'ai pas cessé de manquer attraper la mort. En fait, j'ai passé toute ma brève existence de mortel à frôler la mort. M'occuper de ce corps est une tâche profondément assommante ; comment les vivants supportent-ils ce cycle sans fin de manger, pisser, renifler, déféquer et manger de nouveau ! En y ajoutant la fièvre, la migraine, les quintes de toux et un nez qui coule, ça devient une vraie pénitence. Et les préservatifs, doux Seigneur. Oter ces horribles petites choses, c'est encore pire que d'avoir à les mettre ! Qu'est-ce qui a jamais pu me faire croire que j'avais envie de faire ça ! Les autres crimes... quand ont-ils eu lieu ! Savoir quand est plus important que savoir où. »

Il recommençait à me dévisager, trop profondément choqué pour répondre. Mojo maintenant lui lançait des œillades, le jaugeant et léchant amicalement de sa langue rose la main de David. Celui-ci le caressait affectueusement, mais continuait à me dévisager.

« David, dis-je, en ôtant mes chaussettes mouillées. Parlez-moi. Les autres crimes ! Vous disiez que James avait laissé une piste.

— C'est si étrange, dit-il d'un ton rêveur. J'ai une douzaine de photos de ce visage. Mais vous voir dedans. Oh ! je ne pouvais pas l'imaginer. Absolument pas.

— Quand cette canaille a-t-elle frappé pour la dernière fois ?

— Ah... le dernier rapport en date provenait de la République dominicaine. C'était, voyons, il y a deux soirs.

— La République dominicaine ! Pourquoi diantre irait-il là-bas ?

— C'est précisément ce que j'aimerais savoir. Avant cela, il a frappé près de Bal Harbour en Floride. Les deux fois, c'était dans un immeuble en copropriété d'une quinzaine d'étages, et il y a pénétré de la même façon qu'à New York : à travers les parois vitrées. Sur les trois lieux du crime, des meubles fracassés ; des coffres-forts descellés du mur ; des obligations, de l'or, des bijoux disparus. Un mort à New York, un cadavre exsangue, bien sûr. Deux femmes vidées de leur sang en Floride et une famille massacrée à Saint-Domingue, avec seulement le père saigné dans le style classique des vampires.

— Il est incapable de maîtriser sa force. Il casse tout comme un robot !

— C'est exactement ce que je me suis dit. C'est la combinaison de destruction et de pure force physique qui m'a d'abord alerté. Cette créature est d'une incroyable ineptie ! Tout cela est si stupide. Mais ce que je n'arrive pas à comprendre c'est pourquoi il a choisi trois endroits différents pour ses divers vols. » Il s'interrompit soudain et se détourna, d'un air presque intimidé.

Je me rendis compte que je m'étais dépouillé de tous mes vêtements et que j'étais là, tout nu : cela avait provoqué chez lui une étrange réticence et il en rougissait presque.

« Tenez, voici des chaussettes sèches, dit-il. Quelle idée de se promener dans des vêtements trempés ? » Il me lança les chaussettes sans lever les yeux.

« Je ne sais pas grand-chose, dis-je. Voilà ce que j'ai découvert. Je comprends ce que vous voulez dire à propos des lieux du crime. Pourquoi donc ferait-il le voyage jusqu'aux Caraïbes alors qu'il pourrait voler tout son soûl, dans la banlieue de Boston ou de New York ?

— En effet. A moins qu'il ne soit extrêmement sensible au froid, mais cela a-t-il un sens ?

— Non. Il n'a pas de sensations aussi vives. Simplement elles sont différentes. »

C'était bon d'enfiler une chemise et un pantalon secs. Ses vêtements m'allaient bien, même s'ils flottaient sur moi dans un style un peu démodé : ce n'étaient pas les vêtements cintrés si en vogue chez les jeunes. La chemise était en grosse popeline et le pantalon de tweed avait des pinces, mais le gilet me donnait une impression de confortable chaleur.

« Venez, je n'arrive pas à nouer cette cravate avec des doigts de mortel, déclarai-je. Mais pourquoi est-ce que je m'habille aussi élégamment, David ? Vous ne traînez jamais en négligé, comme on dit ? Bonté divine, on dirait que nous allons à un enterrement. Pourquoi faut-il que je porte ce nœud coulant autour du cou ?

— Parce que vous auriez l'air ridicule dans un costume de tweed sans cravate, annonça-t-il d'un ton un peu distrait. Attendez que je vous aide. » Une fois de plus, en s'approchant de moi, il eut cet air timide. Je m'aperçus qu'il était fortement attiré par ce corps-ci. Dans mon ancienne enveloppe, je le stupéfiais ; mais ce corps-ci enflammait littéralement sa passion. Et, en l'examinant de près, comme je sentais ses doigts s'affairer sur le nœud de cravate — cette petite pression insistante — je me rendis compte qu'il m'attirait beaucoup.

Je songeai à toutes les fois où j'avais eu envie de le prendre dans mes bras, de le serrer contre moi et d'enfoncer mes dents lentement et tendrement dans son cou pour boire son sang. Ah ! je pourrais maintenant l'avoir dans un certain sens sans l'avoir : dans le simple enchevêtrement humain des membres, avec toutes les combinaisons de gestes intimes et de délectables petites étreintes qui pourraient lui plaire. Et qui pourraient me plaire. L'idée me pétrifia. Un doux frisson parcourut la surface de ma peau humaine. Je me sentais *lié* à lui, lié comme je l'avais été à la triste et infortunée jeune femme que j'avais violée, aux touristes déambulant dans la capitale enneigée, mes frères et sœurs — lié comme je l'avais été à ma bien-aimée Gretchen.

A vrai dire, j'avais si fortement conscience de ce sentiment — d'être humain et d'être avec un humain — que je le redoutais soudain dans toute sa beauté. Et je comprenais que cette peur faisait partie de la beauté.

Ah ! oui, j'étais maintenant aussi mortel que lui. Je pliai les doigts et me redressai lentement, laissant le frisson devenir une sensation profondément érotique.

Il s'écarta brusquement de moi, inquiet et vaguement décidé, prit la veste sur la chaise et m'aida à la passer.

« Il faut que vous me racontiez tout ce qui vous est arrivé, dit-il. Et d'ici une heure environ nous aurons peut-être des nouvelles de Londres, enfin, si ce salopard a frappé encore. »

Je tendis le bras et posai sur son épaule ma faible main de mortel, je l'attirai à moi et l'embrassai doucement sur la joue. De nouveau, il recula.

« Cessez toutes ces bêtises, dit-il comme s'il réprimandait un enfant. Je veux tout savoir. Voyons, avez-vous pris un petit déjeuner ? Il vous faut un mouchoir. Tenez.

— Comment recevrons-nous ces nouvelles de Londres ?

— Par un fax de la maison-mère à l'hôtel. Maintenant venez, allons manger un morceau. Nous avons une journée entière devant nous pour éclaircir tout cela.

— S'il n'est pas déjà mort, dis-je avec un soupir. Il y a deux soirs à Saint-Domingue. » Un noir et accablant désespoir de nouveau m'envahissait. Cet élan érotique, délicieusement frustrant, s'en trouvait menacé.

David prit dans la valise une longue écharpe de laine. Il me la mit autour du cou.

« Vous ne pouvez pas rappeler Londres au téléphone ? demandai-je.

— Il est un peu tôt, mais je vais essayer. »

Il trouva le téléphone auprès du canapé et eut avec quelqu'un de l'autre côté de l'océan une rapide conversation qui dura environ cinq minutes. Toujours pas de nouvelles.

Les polices de New York, de Floride et de Saint-Domingue n'avaient apparemment pas pris contact puisqu'on n'avait pas encore établi de lien entre ces crimes.

Il finit par raccrocher. « Ils enverront par fax les informations à l'hôtel dès qu'ils en recevront. Allons là-bas, voulez-vous ? Moi-même, je meurs de faim. J'ai passé toute la nuit à attendre. Oh ! et ce chien. Qu'allez-vous faire de cette magnifique bête ?

— Il a pris son petit déjeuner. Il sera très bien sur la terrasse. Vous avez hâte de quitter cet appartement, n'est-ce pas ? Pourquoi n'allons-nous pas tout simplement au lit tous les deux ? Je ne comprends pas.

— Vous parlez sérieusement ? »

Je haussai les épaules. « Bien sûr. » Sérieusement ! Je commençais à être obsédé par cette simple petite possibilité. Faire l'amour avant que rien d'autre n'arrive. Voilà qui me semblait une merveilleuse idée !

De nouveau il se remit à me contempler dans un silence exaspérant.

« Vous vous rendez bien compte, dit-il, que c'est un corps absolument magnifique que vous avez là, n'est-ce pas ? Je veux dire, vous n'êtes pas insensible au fait qu'on vous a déposé dans... un échantillon fort impressionnant de jeune chair masculine.

— Je l'ai examiné bien avant l'échange, vous vous rappelez ? Pourquoi ne voulez-vous pas...

— Vous avez été avec une femme, n'est-ce pas ?

— Je regrette que vous lisiez mes pensées. C'est grossier. D'ailleurs, qu'est-ce que ça peut vous faire ?

— Une femme que vous aimiez.

— J'ai toujours aimé aussi bien les hommes que les femmes.

— Voilà un usage légèrement différent du mot “aimer”. Écoutez, nous ne pouvons tout bonnement pas faire ça maintenant. Alors soyez sage. Il faut que j’apprenne tout sur cette créature du nom de James. Il va nous falloir du temps pour élaborer un plan.

— Un plan. Vous pensez vraiment que nous pouvons l’arrêter ?

— Bien sûr que oui ! » Il me fit signe de venir.

« Mais comment ? » demandai-je. Nous avions franchi la porte.

« Nous devons réfléchir au comportement de cette créature. Nous devons évaluer ses faiblesses et ses points forts. N’oubliez pas que nous sommes deux contre lui. Et que nous avons un immense avantage.

— Mais lequel ?

— Lestat, débarrassez votre cerveau mortel de tout ce foisonnement d’images érotiques et venez. Je ne peux pas réfléchir avec l’estomac vide et, manifestement, vous n’avez pas les idées bien en place. »

Mojo trottina jusqu’à la grille pour nous suivre, mais je lui dis de rester.

Je déposai un tendre baiser sur le côté de son long museau noir, et il s’allongea sur le ciment humide, puis se contenta de me dévisager d’un air grave et déçu tandis que nous descendions l’escalier.

L’hôtel n’était qu’à quelques blocs de là et ces quelques pas sous le ciel bleu n’avaient rien d’insupportable, même avec l’âpre bise qui soufflait. J’avais trop froid toutefois pour commencer mon récit et puis le spectacle de la ville baignée de soleil ne cessait de m’arracher à mes pensées.

Une fois de plus, je fus impressionné par l’attitude insouciante des gens qui circulaient de jour. Le monde tout entier semblait béni sous cette lumière, quelle que fût la température. Et la tristesse m’envahissait quand je regardais cela, car, si beau fût-il, je n’avais vraiment pas envie de rester dans ce monde ensoleillé.

Non, me disais-je, qu’on me rende ma vision surnaturelle. Qu’on me rende la sombre beauté du monde de la nuit. Qu’on me rende ma force et mon endurance surnaturelles et je sacrifierais de bon cœur à jamais ce spectacle. Lestat le Vampire... *c'est moi.*

S'arrêtant à la réception, David annonça que nous serions à la cafétéria et que tout fax arrivant devrait nous être apporté sur l'heure.

Nous nous installâmes alors à une table tranquille dans le coin de la vaste pièce démodée avec ses moulures au plafond et ses tentures de soie blanche, et nous attaquâmes un énorme petit déjeuner style Nouvelle-Orléans composé d'œufs, de biscuits, de viandes frites, de sauces et d'épais porridge.

Je devais avouer qu'avec ce voyage vers le sud ma situation s'était améliorée sur le plan de l'alimentation. Puis je m'y prenais mieux maintenant pour manger, je ne m'étranglais pas si souvent, pas plus que je ne m'éraflais la langue sur mes dents. L'épais café sirupeux de ma ville natale était parfait. Et les bananes flambées qu'on nous servit comme dessert auraient suffi à mettre à genoux tout être humain raisonnable.

Malgré ces succulentes douceurs et mon espoir désespéré que nous n'allions pas tarder à recevoir un rapport de Londres, mon principal souci était de raconter à David toute ma triste aventure. Inlassablement il me demandait des détails, m'interrompait avec des questions, si bien que cela finit par être un compte rendu bien plus complet que celui que j'avais donné à Louis et bien plus pénible aussi pour moi.

Ce fut un supplice que de revivre ma conversation avec James dans son hôtel particulier, d'avouer que je ne m'étais pas assez méfié de lui, me contentant d'estimer qu'un simple mortel ne pourrait jamais me duper.

J'en arrivai ensuite au viol déshonorant, à la poignante évocation du temps que j'avais passé avec Gretchen, aux terribles cauchemars où apparaissait Claudia et à mes adieux à Gretchen pour retourner chez Louis ; Louis qui avait mal compris tout ce que je lui avais raconté et insisté sur son interprétation personnelle de mes paroles en refusant de m'accorder ce que je recherchais.

Ma souffrance était d'autant plus vive que ma colère m'avait quitté et que j'éprouvais seulement un accablant chagrin. Il me semblait revoir Louis et ce n'était plus tant mon tendre amant à la douce étreinte qu'un ange insensible qui m'avait interdit l'accès de la Cour des Ténèbres.

« Je comprends pourquoi il a refusé, dis-je d'une voix sourde, à peine capable d'en parler. J'aurais peut-être dû savoir. Et, très sincèrement, je n'arrive pas à croire qu'il m'en voudra à jamais. Il se laisse tout simplement emporter par cette idée sublime que je devrais penser au salut de mon âme. C'est ce qu'il voudrait faire, vous comprenez. Et pourtant, au fond, lui-même ne le ferait jamais. Et il ne m'a jamais compris. Pas un instant. C'est pourquoi il m'a décrit inlassablement dans son livre sous des couleurs si vives et pourtant si fausses. Si je suis prisonnier de ce corps-ci, s'il finit par se rendre compte que je n'ai pas l'intention de m'en aller dans la jungle de la Guyane française avec Gretchen, je crois qu'il finira par céder à ma demande. Même si j'ai bel et bien mis le feu à sa maison. Bien sûr, cela pourrait prendre des années ! Des années dans cette misérable...

— Voilà que vous vous remettez en colère, fit David. Calmez-vous. Au nom du ciel, que voulez-vous dire : vous avez incendié sa maison ?

— J'étais furieux ! murmurai-je d'un ton crispé. Mon Dieu. Furibond. Ce n'est même pas le mot. »

Je croyais être trop malheureux pour être en colère. Je me rendis compte qu'il n'en était rien. Mais je souffrais trop pour continuer là-dessus. Je pris une autre vivifiante gorgée de cet épais café noir et, du mieux que je pus, j'entrepris de décrire comment j'avais vu Marius à la lueur de la cabane en flammes. Marius avait tenu à se montrer à moi. Marius avait rendu un jugement et je ne savais pas vraiment quelle était sa sentence.

Le froid désespoir maintenant m'accablait, effaçant presque complètement la colère et je fixai sans la voir l'assiette posée devant moi, le restaurant à moitié vide avec son argenterie étincelante et ses serviettes pliées comme des petits chapeaux sur toutes ces tables inoccupées. Mon regard alla plus loin jusqu'aux lumières tamisées du hall, avec cette terrible pénombre qui tombait sur toute chose, puis il revint à David qui, malgré toute sa force de caractère, sa compassion et son charme n'était pas l'être merveilleux qu'il aurait été pour moi vu par mes yeux de vampire, mais rien qu'un autre mortel, fragile et vivant, tout comme moi au bord de la mort.

Je me sentais triste et misérable. Je ne pouvais en dire davantage.

« Écoutez-moi, fit David. Je ne crois pas que votre Marius ait détruit cette créature. Il ne se serait pas montré à vous s'il avait fait une chose pareille. Je suis incapable d'imaginer les pensées ni les sentiments d'un être pareil. Je n'arrive même pas à imaginer les vôtres et je vous connais comme je connais mes plus chers et mes plus anciens amis. Mais je ne pense pas qu'il ferait cela. Il est venu vous manifester sa colère, vous refuser toute assistance, oui. Mais je parie qu'il va vous laisser le temps de récupérer votre corps. Et n'oubliez surtout pas : même si vous avez perçu son expression, vous l'avez vue avec les yeux d'une créature humaine.

— J'ai réfléchi à tout cela, dis-je d'un ton abattu. A dire vrai, que puis-je faire d'autre sinon croire que mon corps est encore là pour que je le revendique ? » Je haussai les épaules. « Je ne sais pas renoncer. »

Il me sourit, un charmant sourire chaleureux et profond.

« Vous avez connu une magnifique aventure, dit-il. Maintenant, avant que nous fassions nos plans pour attraper ce pickpocket de haut vol, permettez-moi de vous poser une question. Et, je vous en prie, ne vous mettez pas en colère. Je vois bien que vous ne connaissez pas plus votre force dans cette enveloppe-ci que ce n'était le cas dans l'autre.

— Ma force ? Quelle force ! Ce corps n'est qu'une répugnante, molle et flasque collection de nerfs et de ganglions. Ne prononcez même pas le mot “force”.

— Allons donc. Vous êtes un grand et robuste jeune mâle de près de quatre-vingt-dix kilos, sans une once de graisse. Vous avez cinquante années d'existence mortelle devant vous. Au nom du ciel, soyez conscient des avantages que vous possédez.

— Bon, bon. C'est merveilleux. Je suis si content d'être en vie ! murmurai-je, car si je n'avais pas chuchoté, j'aurais hurlé. Et à midi et demi aujourd'hui, je pourrais être écrasé dans la rue par un camion ! Bon Dieu, David, ne croyez-vous pas que je me méprise d'être incapable d'endurer ces simples épreuves ? J'ai horreur de cela. J'ai horreur d'être cette créature faible et lâche ! »

Je me carrai sur mon siège, mon regard parcourant le plafond, m'efforçant de ne pas tousser, éternuer, crier ni crisper ma main droite pour frapper du poing la table ou peut-être le mur voisin. « J'abhorre la lâcheté ! murmurai-je.

— Je sais », fit-il avec bonté. Il m'examina quelques instants sans rien dire, puis s'essuya les lèvres avec sa serviette et prit sa tasse de café. Il poursuivit : « A supposer que James coure encore dans votre ancien corps, vous êtes bien certain de vouloir refaire l'échange — de *vouloir* absolument être de nouveau Lestat dans son ancien corps ? »

J'eus un petit rire triste. « Comment puis-je être plus clair ? demandai-je d'un ton las. *Comment* diable *parviendrai*-je à refaire l'échange ! Cette seule idée me rend fou.

— Eh bien, tout d'abord nous devons localiser James. Il nous faut consacrer toute notre énergie à cela. Nous ne renoncerons que quand nous aurons la conviction qu'il n'y a pas de James à trouver.

— Une fois de plus, cela paraît si simple à vous entendre ! Mais comment y arriver ?

— Pas si fort, vous attirez inutilement l'attention, dit-il avec une calme autorité. Buvez votre jus d'orange. Vous en avez besoin. Je vais en commander un autre.

— Je n'ai pas besoin de jus d'orange et je n'ai pas besoin qu'on joue les nounous avec moi, dis-je. Pensez-vous sérieusement que nous avons une chance d'attraper cette canaille ?

— Lestat, comme je vous l'ai déjà dit, songez à la restriction la plus évidente et la plus immuable de votre ancienne condition. Un vampire ne peut pas circuler de jour. Dans la journée un vampire est presque totalement impuissant. Certes, il a le réflexe de chercher à nuire à quiconque vient troubler son repos. Mais à part cela, il est désarmé. Et, pendant huit à douze heures, il doit demeurer au même endroit. Voilà qui nous donne l'avantage, surtout que nous en savons si long sur le personnage. Tout ce qu'il nous faut, c'est une occasion d'être confronté à ce misérable et de le bouleverser suffisamment pour qu'on procède à l'échange.

— Nous pouvons l'y obliger ?

— Oui, je sais que nous le pouvons. On peut en l'assommant lui faire quitter ce corps assez longtemps pour que vous vous y introduisiez.

— David, je dois vous dire une chose. Dans ce corps-ci, je n'ai aucun pouvoir psychique. Je n'en avais pas quand j'étais un jeune mortel. Je ne pense pas que je puisse... sortir de ce corps. J'ai essayé une fois à Georgetown. Je n'ai pas pu bouger de cette enveloppe.

— N'importe qui peut réussir ce petit tour, Lestat ; c'est simplement que vous aviez peur. Et vous avez conservé en vous un peu de ce que vous avez appris quand vous étiez vampire. Manifestement, les cellules surnaturelles vous donnaient un avantage, mais l'esprit n'oublie pas. James assurément a gardé ses facultés mentales d'un corps à l'autre. Vous aussi vous avez dû emporter une partie de vos connaissances avec vous.

— Oh, j'avais sans doute peur. Je n'ai pas osé essayer depuis... J'ai craint, si je sortais, de ne plus pouvoir revenir.

— Je vous apprendrai à sortir de votre corps. Je vous montrerai comment vous attaquer à James. Et souvenez-vous, Lestat, nous sommes deux. C'est vous et moi de concert qui lui donnerons l'assaut. Et, pour tout dire, je possède bel et bien des pouvoirs psychiques assez considérables. Il y a beaucoup de choses que je suis capable de faire.

— David, en échange de cela, je serai votre esclave pour l'éternité. Tout ce que vous souhaiterez, je vous le procurerai. Pour vous, j'irai jusqu'au bout de la terre. Si seulement cette opération est faisable. »

Il hésita comme s'il avait envie de lancer une plaisanterie, mais il se ravisa. Et il continua.

« Dès que nous le pourrons, nous commencerons nos leçons. Plus j'y pense, plus je crois que le mieux est de le secouer hors de ce corps. Je peux y parvenir avant même qu'il s'aperçoive que vous êtes là. Oui, c'est ainsi qu'il faut agir. Il ne se méfiera pas en me voyant. Je peux sans grand mal lui dissimuler mes pensées. Voilà une autre chose que vous devez apprendre, c'est à dissimuler vos pensées.

— Mais s'il vous reconnaît. David, il sait qui vous êtes. Il se souvient de vous. Il a parlé de vous. Qu'est-ce qui va l'empêcher de vous brûler vif dès l'instant où il vous verra ?

— L'endroit même où aura lieu la rencontre. Il ne voudra pas risquer un incendie trop près de sa personne. Et nous nous efforcerons de l'attirer dans un lieu où il n'osera absolument pas faire usage de ses pouvoirs. Cela demande quelque réflexion. Tant que nous ne savons pas comment le trouver, ma foi, cette partie du plan peut attendre.

— Nous l'aborderons au milieu d'une foule ?

— Ou juste avant l'aube, au moment où il ne peut pas risquer de voir un incendie éclater près de son repaire.

— Exactement.

— Maintenant, essayons d'évaluer exactement ses pouvoirs d'après les renseignements dont nous disposons. »

Il s'interrompit tandis que d'un geste large le serveur déposait sur la table une de ces magnifiques cafetières argentées que possèdent toujours les hôtels de qualité. Elles ont une patine qu'on ne voit sur aucune autre argenterie et sont toujours plus ou moins cabossées. Je regardai le noir breuvage se déverser par le petit bec.

Je m'aperçus d'ailleurs que, si anxieux et malheureux que je fusse, j'observais pas mal de petits détails. Le seul fait d'être avec David me redonnait espoir.

Comme le serveur s'éloignait, David prit une petite gorgée de café, puis fouilla dans la poche de sa veste. Il me mit dans la main une petite liasse de minces feuilles de papier. « Ce sont des coupures de presse concernant les meurtres. Lisez-les attentivement. Dites-moi tout ce qu'elles vous inspirent. »

Le premier article : « Meurtre de vampire en plein centre de New York » m'exaspéra au-delà de toute expression. Je remarquai le vandalisme auquel David avait fait allusion. Il fallait être bien maladroit pour fracasser aussi stupidement du mobilier. Et le vol, c'était d'une grande bêtise. Quant à mon malheureux agent, tout en ayant été vidé de son sang, il avait eu le cou brisé. Encore un geste maladroit...

« C'est étonnant qu'il puisse utiliser le pouvoir de voler dans les airs, dis-je, furieux. Et pourtant il est passé à travers le mur du trentième étage.

— Ça ne veut pas dire, répondit David, qu'il puisse utiliser ce pouvoir sur des distances vraiment grandes.

— Mais alors comment est-il allé de New York à Bal Harbour en une seule nuit et, ce qui est plus important, pourquoi ? S'il utilise des vols commerciaux, pourquoi aller à Bal Harbour au lieu de Boston ? Ou Los Angeles, ou Paris. Songez à ce que cela pourrait lui rapporter s'il s'avisait de cambrioler un grand musée ou une banque ? Saint-Domingue, je ne comprends pas. Même s'il a maîtrisé le don de voler, ça n'est sans doute pas facile pour lui. Alors pourquoi diable aller là-bas ? Cherche-t-il simplement à disséminer les meurtres de façon que personne ne fasse le rapprochement entre toutes ces affaires ?

— Non, fit David. S'il voulait vraiment le secret, il n'opérerait pas de cette façon spectaculaire. Il accumule les erreurs. Il se conduit comme s'il était grisé !

— Oui. Et c'est bien l'impression qu'on a au début, c'est vraiment cela. On est ébloui de constater qu'on a les sens aussi affûtés.

— Est-ce possible qu'il voyage à travers les airs et qu'il se contente de frapper là où les vents l'emportent ? interrogea David. Qu'il n'y ait aucun plan derrière tout cela ? »

Je réfléchissais à la question tout en lisant lentement les autres rapports, frustré de ne pas pouvoir les parcourir d'un trait comme je l'aurais fait avec mes yeux de vampire. Oui, c'était cela, plus de maladresse, plus de stupidité. Des corps humains fracassés par « un instrument contondant », qui bien sûr était tout bonnement son poing.

« Il aime bien casser du verre, n'est-ce pas ? fis-je. Il aime surprendre ses victimes. Il doit savourer leur terreur. Il ne laisse pas de témoins. Il vole tout ce qui semble avoir une certaine valeur. Et rien de tout cela n'en a beaucoup en fait. Comme je le hais. Pourtant, j'ai fait moi-même des choses aussi épouvantables. »

Je me souvenais des conversations que j'avais eues avec ce misérable. Comme j'avais été incapable de découvrir son vrai visage sous ses manières de gentleman ! Mais les premières descriptions que m'avait faites de lui David, parlant de sa stupidité, de son instinct d'autodestruction, cela aussi me revenait en mémoire. Et sa maladresse, comment pourrais-je jamais oublier cela ?

« Non, dis-je enfin. Je ne crois pas qu'il soit capable de couvrir de telles distances. Vous ne pouvez pas vous douter combien ce don de voler peut être terrifiant. C'est vingt fois plus effrayant que de voyager hors de son corps. Tous autant que nous sommes, nous détestons cela. Même le rugissement du vent provoque un désarroi, une sorte de dangereux abandon. »

Je me tus. Nous connaissons cette sorte de vol dans nos rêves, peut-être parce que nous en avons fait l'expérience dans quelque royaume céleste par-delà cette terre avant même notre naissance. Mais nous sommes incapables de le concevoir en tant que créatures terrestres, et seul je savais à quel point cela avait abîmé et déchiré mon cœur et mon âme.

« Continuez, Lestat. J'écoute. Je comprends. »

Je poussai un petit soupir. « J'ai acquis ce pouvoir seulement parce que j'étais entre les mains d'un être intrépide, dis-je, pour qui ce n'était rien. Il y en a parmi nous qui n'utilisent jamais ce don. Non. Je n'arrive pas à croire qu'il l'ait maîtrisé. Il doit utiliser un autre mode de déplacement et puis ne prendre l'air que quand la proie est toute proche.

— Oui, cela semblerait correspondre aux preuves, si seulement nous savions... »

Son attention se détourna soudain. Un employé d'hôtel venait d'apparaître sur le seuil de la porte. Il s'approcha de nous avec une exaspérante lenteur, un brave homme qui tenait une grande enveloppe à la main.

David aussitôt tira de sa poche un billet qu'il s'apprêtait à lui donner.

« Un fax, monsieur, ça vient d'arriver.

— Ah ! merci beaucoup. »

Il ouvrit l'enveloppe.

« Nous y voilà. Une dépêche d'agence *via* Miami. Une villa au sommet d'une colline sur l'île de Curaçao. Heure probable du crime, de bonne heure hier soir, mais découvert seulement à quatre heures du matin. On a trouvé cinq personnes mortes.

— Curaçao ! Où diable est-ce donc ?

— Voici qui est encore plus déconcertant. Curaçao est une île hollandaise — très loin au sud dans les Caraïbes. Voyons, ça ne rime vraiment à rien. »

Nous parcourûmes le texte ensemble. Une fois de plus, le vol était le motif apparent. Le voleur avait pénétré en fracassant une verrière et avait saccagé deux pièces. Toute la famille avait été massacrée. D'ailleurs la simple perversité du crime avait laissé l'île en proie à la terreur. On avait retrouvé deux corps exsangues, dont l'un était celui d'un petit enfant.

« Ce démon assurément ne va pas simplement vers le sud !

— Même dans les Caraïbes, il y a des endroits beaucoup plus intéressants, observa David. Il a négligé toute la côte d'Amérique centrale. Venez, il faut que je trouve une carte. Examinons un peu ses déplacements. J'ai repéré une petite agence de voyage dans le hall. Il doit y avoir là des cartes. Nous allons tout rapporter chez vous. »

L'employé de l'agence se montra extrêmement obligeant ; c'était un homme d'un certain âge, au crâne chauve avec une voix douce et cultivée, qui se mit à chercher à tâtons sur son bureau diverses cartes. Curaçao ? Oui, il avait une ou deux brochures sur cet endroit. Pour les Caraïbes, ça n'était pas une île très intéressante.

— Pourquoi les gens vont-ils là-bas ? demandai-je.

— Ma foi, dans l'ensemble ils n'y vont pas, avoua-t-il en se frottant le haut du crâne. A l'exception, bien sûr, des bateaux de croisière. Ces dernières années, ils recommencent à faire escale là-bas. Tenez. » Il me mit dans la main un dossier concernant un petit navire baptisé la *Couronne des Mers*, très joli sur la photo et qui zigzaguait au milieu de toutes ces îles, sa destination finale étant Curaçao d'où il repartait pour son port d'attache.

« Les croisières ! » murmurai-je en contemplant la photo. Mon regard se posa sur les grandes affiches de navires qui tapissaient les murs du bureau. « Tiens, il avait des photos de bateaux sur tous les murs de sa maison de Georgetown, dis-je. C'est ça, David. Il est à bord d'un navire ! Vous ne vous souvenez pas de ce que vous m'avez dit ? Son père travaillait pour une compagnie de navigation. Lui-même a parlé de l'envie qu'il avait eue de se rendre en Amérique à bord d'un grand paquebot.

— Mon Dieu, fit David, vous avez peut-être raison. New York, Bal Harbour... » Il se tourna vers l'agent. « Les navires de croisière font-ils escale à Bal Harbour ?

— A Port Everglade, répondit l'agent. C'est tout à côté. Mais il n'y en a pas beaucoup qui partent de New York.

— Et Saint-Domingue ? demandai-je. S'arrêtent-ils là ?

— Oui, c'est une escale régulière. Ils ont tous des itinéraires différents. A quel genre de navire pensez-vous ? »

David nota rapidement les divers renseignements ainsi que les soirs où les agressions avaient eu lieu, sans donner bien sûr la moindre explication.

Il avait quand même l'air dépité.

« Allons, fit-il, je vois bien moi-même que c'est impossible. Quel navire de croisière pourrait bien faire le trajet de Floride jusqu'à Curaçao en trois nuits ?

— Ma foi, il y en a un, dit l'agent, et d'ailleurs il a

appareillé de New York mercredi soir. C'est le navire amiral de la Cunard, le *Queen Elizabeth II*.

— C'est ça, dis-je. Le *Queen Elizabeth II*. David, c'est précisément le paquebot dont il m'a parlé. Vous disiez que son père...

— Mais, fit David, je croyais qu'il faisait la traversée de l'Atlantique.

— Pas en hiver, expliqua l'agent. Il est aux Caraïbes jusqu'en mars. Et c'est sans doute le navire le plus rapide à voguer sur les mers. Il peut faire vingt-huit nœuds. Tenez, nous pouvons vérifier tout de suite l'itinéraire. »

Il se lança dans une autre quête apparemment sans espoir parmi les papiers étalés sur son bureau et finit par exhiber une grande brochure superbement imprimée qu'il ouvrit et aplatit de sa main droite. « Voilà, départ de New York mercredi. Il a fait escale à Port Everglade vendredi matin, pour appareiller avant minuit, puis destination Curaçao, où il est arrivé hier matin à cinq heures. Mais il n'a pas fait escale en République dominicaine, je ne peux malheureusement pas vous aider sur ce point.

— Peu importe, il est passé devant ! fit David. Il est passé devant la République dominicaine exactement la nuit précédente ! Regardez la carte. C'est ça, bien sûr. Oh ! le petit imbécile. Il vous a pratiquement tout raconté lui-même, Lestat, avec son bavardage obsédé ! Il est à bord de ce navire qui avait tant d'importance pour son père, celui sur lequel le vieil homme a passé sa vie. »

Nous nous confondîmes en remerciements auprès de l'agent pour nous avoir trouvé toutes ces cartes et ces brochures, puis nous nous dirigeâmes vers la station de taxis dehors.

« Oh, c'est tellement son style ! s'exclama David tandis que la voiture nous emmenait vers mon appartement. Avec ce fou, tout est symbole. Lui-même a été congédié du *Queen Elizabeth II* dans des conditions scandaleuses. Je vous ai raconté cela, vous vous rappelez. Oh ! vous aviez tout à fait raison. C'est une véritable obsession, et ce petit démon vous a lui-même fourni les indices.

— Oui. Parfaitement. Et le Talamasca n'a pas voulu l'envoyer en Amérique à bord du *Queen Elizabeth II*. Il ne vous l'a jamais pardonné.

— Je le déteste, murmura David, avec une violence qui me stupéfia même étant donné les circonstances.

— Mais ça n'est pas si stupide que cela, David, repris-je. C'est d'une diabolique habilité, vous ne comprenez pas ? C'est vrai, il m'a montré ses cartes à Georgetown, en me racontant cette histoire et nous pouvons mettre cela sur le compte de son instinct d'autodestruction, mais je ne pense pas qu'il s'attendait à ce que je devine la vérité. Et franchement, si vous ne m'aviez pas montré les articles de journaux concernant les autres meurtres, peut-être n'y aurais-je jamais pensé tout seul.

— C'est possible. Je pense qu'il a envie qu'on l'attrape.

— Non, David. Il se cache. De vous, de moi et des autres. Oh ! il est très habile. Voyez ce monstrueux sorcier, capable de se dissimuler totalement, et où va-t-il se cacher : au milieu d'un petit monde grouillant de mortels dans les entrailles d'un paquebot rapide. Regardez-moi cet itinéraire ! Tenez, chaque nuit le paquebot navigue. Ce n'est que de jour qu'il reste au port.

— Comme vous voudrez, fit David, mais je préfère le considérer comme un idiot ! Et nous allons le prendre ! Voyons, vous m'avez dit que vous lui aviez donné un passeport, n'est-ce pas ?

— Au nom de Clarence Oddbody. Il ne s'en est sûrement pas servi.

— Nous n'allons pas tarder à le savoir. Je le soupçonne de s'être embarqué à New York dans des conditions normales. Ça a dû être crucial pour lui d'être reçu avec toute la pompe et la considération qu'il faut, de retenir la plus belle suite, de s'en aller parader sur le pont supérieur, avec les stewards qui s'inclinent bien bas devant lui. Ces suites-là sont gigantesques. Pas le moindre problème pour lui d'avoir une grande malle comme cachette pour la journée. Aucun garçon de cabine ne s'inquiéterait d'une chose pareille. »

Nous étions revenus devant mon immeuble. Il prit quelques billets pour régler la course et nous gravîmes l'escalier.

A peine avions-nous regagné l'appartement que nous nous assîmes avec l'itinéraire imprimé, les articles de journaux et que nous établîmes l'horaire des différents meurtres.

De toute évidence le monstre ne s'était attaqué à mon agent de New York que quelques heures avant que le navire appareille. Il avait eu largement le temps d'embarquer avant onze heures du soir. Le meurtre près de Bal Harbour n'avait été commis que quelques heures avant l'arrivée du paquebot. De toute évidence, il avait en volant parcouru une petite distance, pour regagner sa cabine ou quelque autre cachette avant le lever du soleil.

Pour le meurtre de Saint-Domingue, il avait quitté le navire pendant peut-être une heure, puis l'avait rattrapé alors qu'il voguait vers le sud. Là encore, les distances n'étaient rien. Il n'avait même pas besoin d'une vue surnaturelle pour repérer le gigantesque *Queen Elizabeth II* voguant en haute mer. Les meurtres de Curaçao n'avaient eu lieu que peu avant l'appareillage du navire. Sans doute avait-il rattrapé le paquebot en moins d'une heure, chargé de son butin.

Le navire faisait maintenant de nouveau route vers le nord. Voilà seulement deux heures, il avait fait escale à La Guaira, sur la côte du Venezuela. S'il mouillait ce soir à Caracas ou dans ses environs, nous savions avec certitude que nous le tenions. Mais nous n'avions pas l'intention d'attendre de nouvelles preuves.

« Très bien, réfléchissons, dis-je. Allons-nous prendre le risque d'embarquer nous-mêmes sur ce paquebot ?

— Bien sûr, absolument.

— Alors il nous faut pour cela de faux passeports. Nous allons peut-être laisser derrière nous pas mal de confusion. David Talbot ne doit pas être impliqué. Et je ne peux pas me servir non plus du passeport qu'il m'a donné. D'ailleurs, je ne sais même plus où il est. Il est peut-être resté dans la maison de Georgetown. Dieu sait pourquoi il a utilisé son propre nom, peut-être pour m'attirer des ennuis la première fois que je passerais une frontière.

— Vous avez tout à fait raison. Je peux m'occuper des papiers avant que nous quittions La Nouvelle-Orléans. Voyons, nous ne pouvons pas arriver à Caracas avant le départ du bateau à cinq heures. Non. Nous devrons monter à bord demain à Grenade. Nous aurons jusqu'à cinq heures de l'après-midi. Selon toute probabilité, il y a des cabines disponibles. Il y a toujours des annulations de dernière minute, parfois même des décès. D'ailleurs, sur un navire aussi coûteux que le *Queen Elizabeth II* il y a toujours des décès. A n'en pas douter, James sait cela. Il peut se nourrir quand il veut à condition de faire attention.

— Mais pourquoi ? Pourquoi des morts à bord ?

— Les passagers âgés, expliqua David. Ça fait partie de la vie de croisière. Il y a même un grand hôpital à bord pour les urgences. Un paquebot de cette taille, c'est un univers flottant. Mais peu importe. Nos enquêteurs éclairciront tout cela. Je vais prendre contact avec eux immédiatement. Nous pouvons sans mal gagner Grenade depuis La Nouvelle-Orléans et nous aurons le temps de préparer ce que nous devons faire.

« Maintenant, Lestat, examinons tout cela en détail. Supposons que nous confrontions cette canaille juste avant le lever du soleil. Et imaginons que nous le renvoyions droit dans cette enveloppe mortelle et qu'après cela nous ne puissions plus le contrôler. Il nous faut une cachette pour vous... une troisième cabine, retenue sous un nom qui n'a pas le moindre rapport avec aucun de nous deux.

— Oui, une cabine en plein milieu du bateau, sur un des ponts inférieurs. Pas celui qui est tout en bas. Ce serait trop voyant. Quelque chose d'intermédiaire, à mon avis.

— Mais avec quelle rapidité pouvez-vous vous déplacer ? Pouvez-vous gagner en quelques secondes un pont inférieur ?

— Sans aucun problème. Ne vous inquiétez même pas d'un détail pareil. Une cabine qui ne donne pas sur la mer, c'est important, et assez grande pour y faire entrer une malle. Bah, la malle n'est pas vraiment indispensable, pas si j'ai au préalable posé un verrou sur la porte, mais ce serait quand même une bonne précaution.

— Ah ! je vois. Je vois très bien. Voici ce que nous devons faire. Vous vous reposez, vous buvez votre café, vous prenez une douche, vous faites ce que vous voulez. Je m'installe dans la pièce voisine et je passe les coups de fil que je dois donner. Il s'agit du Talamasca, et vous devrez me laisser seul.

— Vous ne parlez pas sérieusement, dis-je. Je tiens à entendre ce que vous...

— Vous allez faire ce que je vous dis. Oh ! et trouvez quelqu'un pour s'occuper de ce magnifique chien ! Nous ne pouvons pas l'emmener avec nous ! Ce serait tout à fait ridicule. Et on ne doit pas négliger un chien qui a une telle personnalité. »

Il sortit en hâte, me laissant dans la chambre pour pouvoir donner tout seul tous ses passionnants petits coups de téléphone.

« Et juste au moment où ça commençait à m'amuser », dis-je.

Je m'empressai d'aller trouver Mojo qui dormait dans la froide humidité de la terrasse comme si c'était la chose la plus naturelle du monde. Je le descendis avec moi chez la vieille femme du rez-de-chaussée. De tous mes locataires, elle était la plus aimable, et trouverait certainement l'usage d'une paire de billets de cent dollars pour prendre en pension un chien charmant.

Quand je le lui proposai, elle était folle de joie. Mojo pourrait avoir accès à la cour derrière l'immeuble, elle-même serait ravie d'avoir un peu d'argent et de la compagnie, et n'est-ce pas que j'étais un charmant jeune homme ? Tout aussi charmant que mon cousin, monsieur de Lioncourt, qui était comme un ange gardien pour elle, ne prenant jamais la peine d'encaisser les chèques qu'elle lui donnait pour son loyer.

Je remontai jusqu'à l'appartement pour découvrir que David était toujours au travail et refusait de me laisser écouter. Il me dit de préparer du café, ce que bien entendu j'étais incapable de faire. Je bus le café froid qui restait et j'appelai Paris.

Ce fut mon agent qui répondit au téléphone. Il était justement en train de m'envoyer le rapport de situation que j'avais demandé. Tout allait bien. Il n'y avait pas eu de nouvelles tentatives du mystérieux cambrioleur. En fait, la dernière en date s'était produite vendredi soir. Peut-être le gaillard avait-il renoncé. Une énorme somme d'argent m'attendait à ma banque de La Nouvelle-Orléans. Je renouvelai à ce brave homme tous mes conseils de prudence et je lui dis que je le rappellerais bientôt.

Vendredi soir. Cela signifiait que James avait tenté sa dernière attaque avant que le *Queen Elizabeth II* ne quitte les États-Unis. En mer, il n'avait aucun moyen de préparer son escroquerie informatique. Et il n'avait assurément pas l'intention de faire du mal à mon agent parisien. Du moins si James était encore satisfait de ses petites vacances à bord du *Queen Elizabeth II*. Rien ne pouvait l'empêcher de quitter le paquebot quand l'envie l'en prendrait.

Je me remis devant mon ordinateur et j'essayai d'accéder aux comptes de Lestan Gregor, le pseudonyme sous lequel j'avais fait virer les vingt millions de dollars à la banque de Georgetown. C'était bien comme je m'y attendais. Lestan Gregor existait toujours, mais il était pratiquement sans le sou. Un relevé de compte en banque à zéro. Les vingt millions virés à Georgetown à l'attention de Raglan James étaient bien revenus à Mr. Gregor le vendredi à midi, puis avaient été aussitôt retirés de son compte. L'opération de retrait avait été préparée le soir précédent. A une heure de l'après-midi vendredi, l'argent avait disparu sans qu'on pût en retrouver la trace. Toute l'histoire était là, en codes numériques, en jargon de banque, comme le premier imbécile venu pouvait le constater.

Et en cet instant même il y en avait assurément un en train de contempler cet écran d'ordinateur.

Le petit monstre m'avait prévenu qu'il était capable de voler en utilisant l'informatique. A n'en pas douter il avait soutiré les informations aux gens de la banque de Georgetown, ou bien il avait forcé grâce à ses dons télépathiques leur esprit sans méfiance pour obtenir les codes et les chiffres dont il avait besoin.

Dans tous les cas, il avait à sa disposition une fortune qui jadis avait été la mienne. Je l'en détestais d'autant plus. Je le détestais pour avoir tué mon représentant à New York. Je le détestais pour avoir démoli tout le mobilier comme il l'avait fait et pour avoir volé tout ce qu'il y avait d'autre dans le bureau. Je le détestais pour sa mesquinerie et pour son astuce, pour sa brutalité et son culot.

Je m'assis à boire le café froid en pensant à ce qui nous attendait.

Je comprenais bien sûr ce que James avait fait, si stupide que cela parût. Dès l'abord j'avais deviné que son goût du vol avait quelque chose à voir avec un désir profond de son âme. Et ce *Queen Elizabeth II* avait été l'univers de son père, l'univers dont, surpris en flagrant délit de vol, il avait été *chassé*.

Oh ! oui, chassé, comme les autres l'avaient fait avec moi. Et comme il avait dû avoir envie d'y retourner avec ses nouveaux pouvoirs et sa richesse toute neuve. Sans doute avait-il prévu cela à l'heure près, dès que nous nous étions mis d'accord sur une date pour procéder à l'échange. Sans doute, s'il avait reculé ce moment, aurait-il rattrapé le paquebot à une escale suivante. En fait il avait pu commencer son voyage près de Georgetown et frapper mon agent mortel avant que le navire lève l'ancre.

Ah ! la façon dont il était assis dans cette petite cuisine de Georgetown sinistrement éclairée, à regarder et regarder encore sa montre. Je veux dire : cette montre que je portais maintenant au poignet.

David émergea enfin de la chambre, un carnet à la main. Tout était arrangé.

« Il n'y a pas de Clarence Oddbody à bord du *Queen Elizabeth II*, mais un mystérieux jeune Anglais du nom de Jason Hamilton a retenu la somptueuse suite Reine Victoria deux jours seulement avant que le paquebot ne quitte New York. Nous devons supposer pour l'instant que c'est notre homme. Nous aurons des renseignements complémentaires sur lui avant d'arriver à Grenade. Nos enquêteurs sont déjà au travail.

« Nous-mêmes avons réservé au départ de Grenade deux appartements sur le pont supérieur, le même que celui de notre mystérieux ami. Nous devrons embarquer demain avant que le navire ne quitte le port à cinq heures de l'après-midi.

« Notre vol quitte La Nouvelle-Orléans dans trois heures. Il nous faudra au moins une heure pour obtenir deux faux passeports d'un gentleman qu'on m'a chaleureusement recommandé pour ce genre de transactions et qui d'ailleurs nous attend maintenant. J'ai l'adresse ici.

— Parfait. J'ai plein d'argent liquide.

— Très bien. Ensuite, un de nos enquêteurs nous accueillera à Grenade. C'est un personnage fort astucieux et voilà des années que je travaille avec lui. Il a déjà retenu la troisième cabine — qui ne donne pas sur la mer, pont cinq. Et il parviendra à introduire dans cette cabine deux armes de poing de petit calibre mais très sophistiquées, ainsi que la malle dont nous aurons besoin par la suite.

— Ces armes ne seront rien pour un homme évoluant dans mon ancien corps. Mais ensuite, bien sûr...

— Précisément, fit David. Après l'échange, j'aurai besoin d'un pistolet pour me protéger contre ce beau jeune corps ici présent. » Il fit un geste dans ma direction. « Continuons. Mon enquêteur quittera discrètement le bateau après avoir officiellement embarqué, nous laissant la cabine et les armes. Nous-mêmes suivrons le processus normal d'embarquement sous notre nouvelle identité. A propos, j'ai déjà choisi nos noms. Il a malheureusement fallu que je le fasse. J'espère que vous n'y verrez pas d'inconvénient. Vous êtes un Américain du nom de Sheridan Blackwood. Et moi, je suis un chirurgien anglais à la retraite du nom d'Alexander Stoker. C'est toujours mieux de se faire passer pour un médecin dans ces petites missions. Vous verrez ce que je veux dire.

— Je vous remercie de ne pas avoir choisi H.P. Lovecraft, dis-je avec un grand soupir de soulagement. Ce n'est pas l'heure de partir ?

— Si. J'ai déjà commandé le taxi. Il faut que nous nous procurions quelques vêtements tropicaux avant de partir, sinon nous aurons l'air parfaitement ridicule. Il n'y a pas un instant à perdre. Maintenant, si vous voulez bien utiliser vos robustes jeunes bras pour m'aider à porter cette valise, je vous en serais à jamais obligé.

— Je suis déçu.

— Par quoi ? » Il s'arrêta, me dévisagea, puis rougit presque comme il l'avait fait un peu plus tôt. « Lestat, le moment n'est pas à ce genre de choses.

— David, à supposer que nous réussissions, c'est peut-être notre dernière chance.

— Bon, fit-il, nous aurons tout le temps d'en discuter ce soir à l'hôtel de Grenade. Cela dépendra évidemment de la rapidité avec laquelle vous assimilez vos leçons de projections astrales. Maintenant, je vous en prie, déployez quelque juvénile vigueur sous une forme constructive et aidez-moi à porter cette valise. Je suis un homme de soixante-quatorze ans.

— Magnifique. Mais avant notre départ, je voudrais savoir quelque chose.

— Quoi donc ?

— Pourquoi m'aidez-vous ?

— Oh ! au nom du ciel, vous le savez bien.

— Non, pas du tout. »

Il me considéra gravement un long moment, puis dit : « Je tiens à vous ! Peu m'importe le corps dans lequel vous êtes. C'est vrai. Mais, pour être parfaitement sincère, cet abominable Voleur de Corps, comme vous l'appelez, me fait peur. Oui, il m'effraie jusqu'à la moelle des os.

« Certes, c'est un idiot et il est toujours l'artisan de sa propre ruine. Mais cette fois je crois que vous avez raison. Il n'a pas du tout envie de se faire arrêter, si même il l'a jamais eue. Il prévoit une longue suite de succès et peut-être va-t-il se lasser très vite du *Queen Elizabeth II*. C'est pourquoi nous devons agir. Maintenant, prenez cette valise. J'ai failli me tuer en la hissant dans ces escaliers. »

J'obéis.

Mais j'étais attristé par ce qu'il venait de dire et je plongeai dans une série d'images de toutes les petites choses que nous aurions pu faire dans ce grand lit douillet de l'autre chambre.

Et si le Voleur de Corps avait déjà quitté le paquebot ? Ou s'il avait été détruit ce matin même après que Marius m'avait considéré avec un tel mépris ?

« Alors nous continuerons jusqu'à Rio, déclara David en me précédant jusqu'à la grille. Nous arriverons à temps pour le carnaval. Excellentes vacances pour nous deux.

— Je mourrai s'il faut que je vive aussi longtemps ! dis-je en le précédant dans l'escalier. L'ennui avec vous, c'est que vous vous êtes habitué à être humain parce que vous faites ça depuis si longtemps.

— J'y étais habitué à l'âge de deux ans, répliqua-t-il sèchement.

— Je ne vous crois pas. Voilà des siècles que j'observe avec intérêt des humains de deux ans. Ils sont malheureux. Ils courent dans tous les sens, ils tombent et hurlent presque constamment. Ils ont horreur d'être humains ! Ils savent déjà que c'est un sale tour qu'on leur a joué. »

Il rit sous cape mais ne me répondit pas. Il ne voulait pas me regarder non plus.

Quand nous arrivâmes à la porte donnant sur la rue, le taxi nous attendait déjà.

CHAPITRE 20

Le voyage en avion aurait été un autre absolu cauchemar mais j'étais si épuisé que je dormis. Vingt-quatre heures s'étaient écoulées depuis mon dernier repos, un repos de rêve dans les bras de Gretchen, et je sombrai dans un sommeil si profond que, lorsque David m'éveilla pour le changement d'avion à Porto Rico, c'est à peine si je savais où nous étions ni ce que nous faisions et, pendant un moment bizarre, cela me parut tout à fait normal de trimballer ce grand corps pesant dans un état de totale confusion et en obéissant sans réfléchir aux ordres de David.

Pour cette correspondance, nous ne sortîmes pas du terminal. Et quand enfin nous atterrîmes au petit aéroport de Grenade, je fus surpris par la délicieuse chaleur des Caraïbes et le ciel clair du crépuscule.

Le monde tout entier semblait transformé par les douces brises embaumées qui nous accueillirent. Je me félicitai de notre expédition dans la boutique de Canal Street à La Nouvelle-Orléans, car les épais vêtements de tweed n'étaient vraiment pas ce qu'il fallait. Comme le taxi bringuebalait sur l'étroite petite route pour nous amener à notre hôtel du front de mer, je regardais, pétrifié, la forêt luxuriante autour de nous, les grands hibiscus rouges qui fleurissaient derrière de petites barrières, les gracieux cocotiers penchés au-dessus de petites maisons bâties à flanc de coteaux et j'avais hâte de voir tout cela, non pas avec cette pâle vision nocturne si décevante de mortel, mais sous la lumière magique du soleil matinal.

Il n'y avait pas de doute, ma transformation dans l'horrible froid de Georgetown avait été une véritable pénitence.

Et pourtant, quand j'y songeais — à cette ravissante neige blanche, à la chaleur de la petite maison de Gretchen —, je ne pouvais vraiment pas me plaindre. C'était seulement que cette île des Caraïbes me paraissait être le vrai monde, le monde de la vraie vie ; et je m'émerveillais, comme toujours quand j'étais dans ces îles, que ce pays pût être si beau, si chaud et si pauvre.

Ici, on voyait la pauvreté partout : aux maisons de bois perchées de façon bien précaire sur des pilotis, chez les piétons marchant au bord de la route, aux vieilles automobiles rouillées et à l'absence totale de tout signe de prospérité ; tout cela bien sûr était pittoresque aux yeux du visiteur, mais ce devait être une existence difficile pour les indigènes qui n'avaient jamais réuni assez de dollars pour quitter cet endroit, ne serait-ce que pour un seul jour.

Le ciel du soir était d'un bleu profond et étincelant, comme c'est souvent le cas dans cette partie du monde, aussi incandescent qu'il peut l'être au-dessus de Miami, et les doux nuages blancs formaient le même spectaculaire panorama à l'horizon de la mer miroitante. Spectacle enchanteur et ce n'est qu'un coin minuscule des grandes Caraïbes. Pourquoi vais-je donc toujours errer sous d'autres climats ?

L'hôtel était en fait une petite pension de famille poussiéreuse et négligée, en stuc blanc sous un assemblage complexe de toits en tôle rouillée. Il n'était connu que de quelques Britanniques, et il était très paisible, avec toute une aile de chambres assez démodées donnant sur le sable de la plage de Grande Anse. Se répandant en excuses parce que la climatisation était en panne et parce que nous étions logés si à l'étroit — nous devions partager une chambre avec des lits jumeaux, et je faillis éclater de rire quand David leva les yeux au ciel comme pour dire en silence que son martyre ne se terminerait jamais ! — le propriétaire nous montra que le ventilateur qui grinçait au plafond provoquait en effet une petite brise. De vieilles persiennes blanches protégeaient les fenêtres. Le mobilier était en osier peint en blanc et le sol en vieux carrelage.

Tout cela me parut très charmant, mais surtout à cause de la douceur de l'air et du bout de jungle qui entourait le bâtiment, avec son inévitable foisonnement de feuilles de bananiers et ses guirlandes de volubilis. Ah ! ces plantes grimpantes. On devrait toujours avoir pour principe de ne jamais vivre dans une partie du monde où ne pousse pas ce genre de plantes.

Puis nous entreprîmes aussitôt de nous changer. J'ôtai mon tweed pour passer un léger pantalon de coton et la chemise que j'avais achetés à La Nouvelle-Orléans avant notre départ, ainsi que des chaussures blanches de tennis ; puis, renonçant à me jeter sur David qui se changeait en me tournant le dos, je m'en allai sous les gracieuses frondaisons des cocotiers et je descendis sur le sable de la plage.

Jamais je n'avais connu une nuit plus douce et plus calme. Tout mon amour des Caraïbes me revint — mêlé à de pénibles et bienheureux souvenirs. Mais j'avais hâte de voir cette nuit avec mes yeux d'autrefois. J'avais hâte de voir au-delà des ténèbres qui s'épaississaient et des ombres qui enveloppaient les collines. J'avais hâte, avec mon ouïe surnaturelle, de capter les chants de la jungle, de m'aventurer avec la vitesse d'un vampire jusqu'aux montagnes de l'intérieur pour découvrir les petites vallées secrètes et les cascades comme seul Lestat le Vampire aurait pu le faire.

Toutes mes découvertes m'emplissaient d'une terrible, terrible tristesse. Et peut-être me rendis-je compte pleinement pour la première fois que tous mes rêves de vie mortelle n'avaient été que mensonge. Non pas que cette vie n'eût pas été magique ; non pas que cette création n'eût pas été un miracle ; non pas que le monde n'eût pas été fondamentalement bon. Mais je disposais depuis si longtemps de mon ténébreux pouvoir que j'avais perdu confiance en l'avantage qu'il m'avait conféré. Je n'avais pas réussi à estimer mes dons à leur juste valeur. Et je voulais les retrouver.

Oui, c'était un échec, de toute évidence. La vie mortelle aurait dû me suffire !

Je levais les yeux vers les petites étoiles insensibles, comme autant de méprisables gardiennes, et je priai les dieux ténébreux qui ne sont pas là pour comprendre.

Je pensai à Gretchen. Avait-elle déjà rejoint ses forêts tropicales et tous les malades qui attendaient le réconfort de ses douces mains ? J'aurais bien voulu savoir où elle était.

Peut-être se trouvait-elle déjà au travail dans un dispensaire de la jungle, au milieu de flacons de médicaments, ou bien cheminant jusqu'à des villages voisins avec un sac à dos plein de miracles. Je pensais à son calme bonheur quand elle m'avait décrit la mission. La chaleur de ces étreintes me revint, leur douceur ensommeillée et l'atmosphère douillette de cette petite chambre. Je revis la neige qui tombait de derrière les fenêtres. Je vis ses grands yeux noisette fixés sur moi et j'entendis le rythme lent de ses paroles.

Et puis, de nouveau, je vis au-dessus de moi le ciel du soir d'un bleu profond ; je sentis la brise qui soufflait sur moi comme de l'eau ; et je pensai à David, David qui maintenant était ici avec moi.

Je pleurais quand David me toucha le bras.

Un moment, je ne parvins pas à distinguer les traits de son visage. La plage était sombre et le bruit du ressac si fracassant que rien en moi ne semblait fonctionner comme il le devrait. Puis je compris que bien sûr c'était David qui était planté là à me regarder, David en chemise de coton blanc, en jeans délavé et en sandales, qui parvenait on ne sait comment à avoir l'air élégant même dans cette tenue — David qui me demandait doucement de bien vouloir regagner la chambre.

« Jake est là, dit-il ; notre homme de Mexico. Je pense que vous devriez venir. »

Le ventilateur du plafond tournait bruyamment et l'air frais entrait par les persiennes quand nous arrivâmes dans la minable petite chambre. Un léger bruissement venait des palmes des cocotiers, un son plutôt plaisant, qui montait et descendait avec la brise.

Jake était assis sur un des étroits petits lits au sommier défoncé : c'était un grand gaillard dégingandé en short kaki et en polo blanc, qui tirait sur un petit cigare malodorant. Il avait la peau très bronzée et une crinière informe de cheveux blonds grisonnants. Il avait une attitude parfaitement détendue mais, sous cette façade, il était aux aguets, méfiant, et il avait les lèvres serrées.

Nous échangeâmes une poignée de main tandis qu'il se cachait à peine de me toiser de la tête aux pieds. Il avait un petit regard rapide et furtif, des yeux qui ressemblaient un peu à ceux de David, mais plus petits. Dieu sait ce qu'il vit.

« Les armes ne poseront pas de problème, dit-il avec un fort accent australien. Il n'y a pas de détecteur d'objets métalliques dans des ports comme celui-ci. J'embarquerai vers dix heures, j'installerai votre malle et vos armes dans votre cabine du pont 5, puis je vous retrouverai au Café du Centaure à Saint-George. J'espère que vous savez ce que vous faites, David, en introduisant des armes à feu à bord du *Queen Elizabeth II*.

— Évidemment je sais ce que je fais, répondit David avec une exquise courtoisie et un petit sourire espiègle. Maintenant, qu'avez-vous pour nous sur notre homme ?

— Ah ! oui. Jason Hamilton. Un mètre quatre-vingts, hâlé, de longs cheveux blonds, des yeux bleus au regard perçant. Un type mystérieux. Très Britannique, très poli. Les bruits les plus divers courent sur sa véritable identité. Il distribue d'énormes pourboires, il dort dans la journée et ne se donne apparemment pas la peine de quitter le bord quand le navire est au port. Chaque matin il donne à son stewart de cabine de petits paquets à poster, très tôt, avant de disparaître pour la journée. Je n'ai pas pu réussir à découvrir la boîte postale, mais c'est une question de temps. On ne l'a pas encore vu à un seul repas au gril. On raconte qu'il est gravement malade. Mais ça, personne n'en sait rien. Il est l'image même de la santé, ce qui ne fait qu'ajouter au mystère. Tout le monde en parle. C'est un grand gaillard gracieux et bien bâti, avec, semble-t-il, une garde-robe éblouissante. Il joue gros à la roulette et danse pendant des heures avec les dames. En fait il a l'air d'aimer les très vieilles. Ce détail suffirait à éveiller les soupçons s'il n'était pas lui-même si horriblement riche. Il passe beaucoup de temps à simplement déambuler dans le bateau.

— Excellent. C'est tout à fait ce que je voulais savoir, fit David. Vous avez nos billets ? »

L'homme désigna un dossier en cuir noir sur la coiffeuse en osier. David en vérifia le contenu puis lui fit un signe de tête approbateur.

« Il y a eu des décès à bord jusqu'à maintenant ?

— Ah ! voilà un point intéressant. Ils en ont eu six depuis le départ de New York, ce qui est un peu plus que d'habitude. Toutes des femmes très âgées et toutes apparemment mortes d'une défaillance cardiaque. C'est le genre de renseignements que vous vouliez ?

— Certainement », fit David.

C'est le « petit coup », songeai-je.

« Maintenant vous devriez jeter un coup d'œil à ces armes à feu, dit Jack, et apprendre à vous en servir. » Il ramassa sur le plancher un petit sac de marin usé, exactement le genre de vieille sacoche en toile où on dissimulerait des armes coûteuses, me dis-je. Il sortit les armes coûteuses en question : l'une était un revolver Smith and Wesson de gros calibre ; l'autre un petit automatique qui aurait tenu dans la paume de ma main.

« Oui, je connais bien ce modèle », fit David, en prenant le gros revolver argenté et en le braquant vers le plancher. « Pas de problème. » Il ôta le chargeur, puis le remit en place. « Espérons pourtant que je n'aurai pas à l'utiliser. Ça fera un boucan épouvantable. »

Il me le tendit.

« Lestat, soupesez-moi ça, dit-il. Bien sûr, nous n'avons pas le temps de nous entraîner. J'ai demandé une détente très sensible.

— Vous l'avez, dit Jake en me regardant d'un air froid. Alors, je vous en prie, attention.

— Redoutable petite chose », dis-je. L'arme était très lourde. Une vraie petite machine à détruire. Je fis tourner le barillet. Six balles. Le revolver avait une odeur bizarre.

« Les deux sont des neuf millimètres, dit l'homme, d'un ton un peu dédaigneux. Ça vous arrête son homme sur place. » Il me montra une petite boîte en carton. « Vous aurez pas mal de munitions à votre disposition pour ce que vous avez l'intention de faire sur ce bateau.

— Ne vous inquiétez pas, Jake, fit David d'un ton ferme. Tout se passera probablement sans accroc. Et je vous remercie de votre efficacité habituelle. Maintenant, allez passer une bonne soirée sur l'île. Et je vous reverrai au Café du Centaure avant midi. »

L'homme me lança un regard extrêmement méfiant, puis hocha la tête, ramassa les revolvers et la petite boîte de balles, remit le tout dans son sac de toile, nous serra la main, puis sortit.

J'attendis qu'il eût refermé la porte. « Je crois que je ne lui plais pas, dis-je. Il est persuadé que je vous entraîne dans Dieu sait quelle sorte de crime sordide. »

David eut un petit rire. « Je me suis déjà trouvé dans des situations bien plus compromettantes que celle-ci, déclara-t-il. Et si je me préoccupais de ce que nos enquêteurs pensent de nous, il y a belle lurette que j'aurais pris ma retraite. Maintenant, que savons-nous de plus ?

— Eh bien, il se nourrit de vieilles femmes. Il doit les dépouiller aussi. Et il expédie chez lui ce qu'il leur vole dans des paquets trop petits pour éveiller les soupçons. Ce qu'il fait du butin plus encombrant, nous ne le saurons jamais. Sans doute le jette-t-il dans l'océan. J'imagine qu'il a plusieurs boîtes postales. Mais peu nous importe.

— Exact. Maintenant, fermez la porte à clé. C'est l'heure de faire un peu de sorcellerie. Ensuite, un bon dîner. Il faut que je vous enseigne d'abord à masquer vos pensées. Jake pouvait trop facilement lire en vous. Et moi aussi. Le Voleur de Corps repérera votre présence quand il sera encore à deux cents milles au large.

— Ma foi, dis-je, quand j'étais Lestat, je le faisais par un acte de volonté. Je ne sais plus du tout maintenant comment je dois m'y prendre.

— De la même façon. Nous allons nous entraîner. Jusqu'au moment où je ne pourrai plus lire chez vous une seule image ni un mot qui vous traverse l'esprit. Nous passerons alors au voyage hors du corps. »

Il regarda sa montre, ce qui me rappela soudain James dans cette petite cuisine. « Mettez le verrou. Je ne veux pas voir une femme de chambre arriver ici sans crier gare. »

J'obéis. Puis je m'assis sur le lit en face de David, qui avait pris une attitude très détendue et pourtant pleine d'autorité, remontant les manchettes empesées de sa chemise, ce qui révéla la sombre toison qui lui couvrait les bras. Il avait aussi sur la poitrine pas mal de poils bruns qui bouillonnaient par le col ouvert de sa chemise. Il n'y en avait que quelques-uns de gris, comme ceux qu'on apercevait çà et là dans sa grande barbe bien taillée. Je n'arrivais pas à croire qu'il fût un homme de soixante-quatorze ans.

« Ah, j'ai capté ça, dit-il avec un petit haussement de

sourcils. Je vous capte beaucoup trop. Écoutez ce que je dis. Il vous faut ancrer dans votre esprit que vos pensées restent en vous, que vous ne tentez pas de communiquer avec d'autres créatures — ni par l'expression de votre visage, ni par vos attitudes corporelles, ni rien ; qu'en fait vous êtes impénétrable. Imaginez-vous votre esprit scellé s'il le faut. Ah ! voilà qui est bien. Derrière votre jeune et beau visage, c'est le blanc. Même vos yeux ont imperceptiblement changé. Parfait. Maintenant je vais essayer de lire en vous. Continuez votre effort. »

Au bout de quarante-cinq minutes, j'avais appris le truc sans trop de mal, mais je ne parvenais à surprendre aucune des pensées de David, même quand il faisait tous ses efforts pour les projeter vers moi. Dans ce corps-ci, je n'avais tout simplement pas les dons psychiques qu'il possédait. Nous étions toutefois parvenus à ce que je cache mes pensées, et c'était une étape cruciale. Nous continuerions à travailler là-dessus durant toute la nuit.

« Vous êtes prêt à commencer le voyage hors du corps, dit-il.

— Ça va être infernal, dis-je. Je ne pense pas que je puisse sortir de ce corps. Comme vous pouvez le voir, je n'ai tout bonnement pas vos dons.

— Allons donc », fit-il. Il changea un peu d'attitude, croisant les chevilles et se carrant un peu plus profondément dans le fauteuil. Je ne sais comment, quoi qu'il fît, il conservait toujours l'attitude du professeur, l'autorité du prêtre. Cela se sentait dans ses gestes et surtout dans sa voix.

« Allongez-vous sur le lit et fermez les yeux. Et écoutez chacune de mes paroles. »

J'obéis. Et je me sentis aussitôt un peu endormi. Sa voix devenait encore plus autoritaire dans sa douceur, un peu comme celle d'un hypnotiseur, m'ordonnant de me détendre complètement et de m'imaginer un double spirituel de cette enveloppe corporelle.

« Est-ce que je dois me représenter avec ce corps-ci ?

— Non. C'est sans importance. Ce qui compte c'est que vous — votre esprit, votre âme, votre sentiment d'identité — soyez lié à la forme que vous concevez. Imaginez-la conforme à ce qu'est votre corps, et puis dites-vous que vous voulez vous extraire de ce corps — que vous voulez vous élever vers le plafond ! »

Pendant une trentaine de minutes, David poursuivit sans hâte son instruction, répétant à sa façon les leçons que depuis des millénaires les prêtres avaient dispensées à leurs initiés. Je connaissais l'antique formule. Je connaissais aussi la totale vulnérabilité des mortels, j'avais un sentiment accablant de mes limites et j'étais envahi d'une peur qui me crispait et m'affaiblissait.

Nous nous escrimions depuis peut-être quarante-cinq minutes quand je finis par sombrer dans ce délicieux état de vibration à la pointe même du sommeil. Mon corps semblait être devenu cet exquise sensation de vibration et rien de plus ! Et au moment précis où je prenais conscience de cela et où j'aurais pu en faire la remarque, je me sentis soudain me détacher et commencer à m'élever dans les airs.

J'ouvris les yeux ; ou je crus du moins que je le faisais. Je m'aperçus que je flottais juste au-dessus de mon corps ; à vrai dire, je n'arrivais même pas à voir cette enveloppe de chair et de sang. « Monte ! » dis-je. Et aussitôt je m'élevai jusqu'au plafond avec l'exquise légèreté et la vitesse d'un ballon gonflé à l'hélium ! Ce fut un jeu d'enfant de me retourner complètement pour regarder vers le bas de la pièce.

Tiens, j'étais passé à travers les pales du ventilateur ! En fait, il se trouvait au milieu de mon corps, même si je ne pouvais rien sentir. En bas, sous moi, se trouvait la forme mortelle endormie que j'avais occupée si lamentablement durant tous ces jours étranges. Elle avait les yeux clos, tout comme la bouche.

J'aperçus David assis dans son fauteuil d'osier ; sa cheville droite posée sur son genou gauche, les mains détendues sur ses cuisses il regardait cet homme endormi. Savait-il que j'avais réussi ? Je n'entendais pas un mot de ce qu'il disait. Il me semblait être dans une sphère totalement différente de celle où se trouvaient ces deux personnages, même si j'avais l'impression d'être mon moi complet et réel.

Oh, que c'était merveilleux ! C'était si proche de la liberté que j'avais connue en tant que vampire que je faillis de nouveau éclater en sanglots. Je plaignais si fort les deux créatures esseulées que je voyais en bas. J'aurais voulu passer à travers le plafond et plonger dans la nuit.

Lentement je m'élevai, puis j'émergeai sur le toit de l'hôtel jusqu'au moment où je me retrouvai flottant au-dessus du sable blanc.

Voilà qui suffisait, n'est-ce pas ? La peur m'étreignit, la peur que j'avais connue quand j'effectuais autrefois ce petit tour. Au nom du ciel, qu'est-ce qui me maintenant vivant dans cet état ? J'avais besoin de mon corps ! Aussitôt je replongeai aveuglément dans l'enveloppe charnelle. Je m'éveillai, avec des picotements partout, dévisageant David qui me regardait du fond de son fauteuil.

« Je l'ai fait », annonçai-je. J'étais bouleversé de sentir ces enveloppes de chair et d'os m'enfermer de nouveau, de voir mes doigts s'agiter quand je leur en donnais l'ordre, de sentir mes pieds vivants dans mes chaussures. Seigneur Dieu, quelle expérience ! Et dire que tant, tant de mortels s'étaient efforcés de la décrire. Et tant d'autres, dans leur ignorance, ne croyaient pas que pareille chose fût possible.

« N'oubliez pas de masquer vos pensées, dit soudain David. Si grisé que vous soyez. Fermez bien votre esprit !

— Bien, maître.

— Et maintenant, recommençons. »

Vers minuit, quelque deux heures plus tard, j'avais appris à m'élever à mon gré. C'était même devenu une passion, cette impression de légèreté, cette frémissante ascension ! La délicieuse facilité avec laquelle je passais à travers les murs et plafond ; et puis le brusque choc du retour. Je trouvais là un plaisir qui me faisait palpiter, un plaisir pur et étincelant, comme une forme d'érotisme intellectuel.

« Pourquoi un homme ne peut-il mourir de cette façon, David ? Je veux dire : pourquoi ne peut-on tout simplement pas monter dans les cieux et quitter la terre ?

— Avez-vous vu une porte ouverte, Lestat ? demanda-t-il.

— Non, fis-je avec tristesse. J'ai vu ce monde où nous sommes. Il était si clair, si beau. Mais c'était ce monde-ci.

— Venez maintenant, il faut apprendre à donner l'assaut.

— Mais je croyais que c'était vous qui le feriez, David. Que vous alliez le secouer et le forcer à sortir de son corps et...

— Oui, et imaginez qu'il me repère avant que j'aie pu le faire et qu'il me transforme en une charmante petite torche.

Que faisons-nous alors ? Non, il faut que vous appreniez ce tour-là aussi. »

C'était bien plus difficile. Cela exigeait tout le contraire de la passivité et de la détente qui nous avaient servi auparavant. Il me fallait maintenant concentrer toute mon énergie sur David afin de l'obliger par la force à sortir de son corps — un phénomène que je ne pouvais espérer voir dans la réalité — et puis m'introduire dans son corps à lui. Cela exigeait de ma part une concentration terrible. La synchronisation des gestes était essentielle. Et ces efforts répétés provoquaient chez moi un intense épuisement nerveux, un peu comme chez un droitier qui essaie d'écrire parfaitement avec la main gauche.

Plus d'une fois, je me retrouvai au bord de pleurer des larmes de rage et de frustration. David insistait absolument pour continuer et affirmait que j'y arriverais. Non, une bonne rasade de whisky ne m'aiderait pas. Non, nous ne pourrions dîner que plus tard. Non, nous ne pouvions pas faire une pause pour aller nous promener sur la plage ou prendre un bain.

La première fois où je réussis, j'étais absolument horrifié. Je me précipitai vers David et je sentis l'impact de la même façon purement mentale dont je ressentais la liberté de voler. Puis je me retrouvai à l'intérieur de David et, pendant une fraction de secondes, je m'aperçus par les yeux de David, bouche bée et le regard éteint.

J'éprouvai alors la frissonnante impression de ne plus savoir où j'étais et je ressentis un coup invisible comme si quelqu'un avait posé une grande main sur ma poitrine. Je compris que David était revenu et qu'il m'avait poussé dehors. Je planai dans l'air, puis je regagnai mon propre corps baigné de sueur, secoué d'un rire presque hystérique de folle excitation et de pur épuisement.

« C'est tout ce qu'il nous faut, annonça-t-il. Je sais maintenant que nous pouvons y parvenir. Allons, encore un coup ! Nous allons répéter ça vingt fois s'il le faut, jusqu'au moment où nous aurons la certitude de pouvoir y arriver sans faute. »

Au cinquième assaut réussi, je restai dans son corps trente bonnes secondes, absolument fasciné par les sensations différentes que j'éprouvais : les membres plus légers, la vision moins bonne et l'étrange son de ma voix sortant par sa gorge.

Baissant les yeux je vis ses mains — maigres, sillonnées de vaisseaux sanguins et je touchai les petites touffes de poils bruns sur le dessus des doigts — et c'étaient mes mains ! J'avais du mal à les contrôler. Tiens, l'une d'elles avait un tremblement prononcé que je n'avais pas remarqué auparavant.

Puis ce fut de nouveau la secousse, je m'envolais vers le haut, et le plongeon pour me retrouver dans mon corps de vingt-six ans.

Nous dûmes le faire une douzaine de fois avant que cet esclavagiste de prêtre candomblé ne déclarât que le moment était venu pour lui de résister vraiment à mon attaque.

« Maintenant, vous devez vous en prendre à moi avec une détermination bien plus acharnée. Votre objectif est de revendiquer ce corps que j'occupe ! Et attendez-vous à de la résistance. »

Nous bataillâmes une heure durant. Quand je fus enfin parvenu à le faire sortir et à le maintenir dehors pendant dix secondes, il déclara que cela suffirait.

« Il a dit la vérité à propos de vos cellules. Elles vous reconnaîtront. Elles vous accueilleront et s'efforceront de vous garder. N'importe quel humain adulte sait se servir de son propre corps beaucoup mieux que l'intrus. Et, bien sûr, vous savez utiliser ces dons surnaturels de diverses façons que je ne peux même pas concevoir en rêve. Je crois que nous pourrons y arriver. En fait, j'ai maintenant la certitude que nous le pourrons.

— Mais dites-moi une chose, fis-je. Avant que nous nous arrêtions, n'avez-vous pas envie de me faire sortir de mon corps pour y entrer ? Je veux dire, rien que pour voir l'impression que cela fait ?

— Non, fit-il doucement. Non.

— Vous n'êtes pas curieux ? lui demandai-je. Vous ne voulez pas savoir... »

Je me rendais compte que je mettais sa patience à l'épreuve.

« Écoutez, la vérité c'est que nous n'avons pas le temps de faire cette expérience. Et peut-être que je n'ai pas envie de savoir. Je me souviens bien assez de ma jeunesse. Trop bien, à dire vrai. Tout ceci n'est pas un jeu. Vous êtes capables de donner l'assaut maintenant. C'est cela qui compte. » Il regarda sa montre. « Près de trois heures. Nous allons dîner et puis nous dormirons. Nous avons toute une journée devant nous pour explorer le navire et fixer définitivement nos plans. Nous devons être reposés et avoir le plein contrôle de toutes nos facultés. Tenez, voyons ce que nous pouvons dénicher pour nous restaurer un peu. »

Nous sortîmes et longeâmes l'allée jusqu'à la petite cuisine, une drôle de petite pièce humide et passablement en désordre. Dans le réfrigérateur rouillé et gémissant, l'aimable propriétaire nous avait laissé deux assiettes avec une bouteille de vin blanc. Nous nous attablâmes et entreprîmes de dévorer tout ce qu'il y avait de riz, d'ignames et de viande épicée, sans nous soucier le moins du monde que tout cela fût très froid.

« Pouvez-vous lire mes pensées ? demandai-je après avoir bu deux verres de vin.

— Rien, vous avez saisi le truc.

— Mais comment m'y prendre pendant mon sommeil ? Le *Queen Elizabeth II* ne peut être à plus de deux cents milles maintenant. Le navire doit arriver au port dans deux heures.

— De la même façon que quand vous êtes éveillé. Vous fermez tout. Vous vous bouclez. Parce que, vous comprenez, on n'est jamais complètement endormi. Même les gens qui sont dans le coma ne sont pas totalement endormis. La volonté fonctionne toujours. Et c'est une question de volonté. »

Je le regardai. Il était manifestement fatigué, mais il n'avait pas l'air hagard ni le moins du monde affaibli. Son épaisse chevelure noire, de toute évidence, ajoutait à cette impression de vigueur ; et ses grands yeux sombres brillaient de la même lueur ardente qu'ils avaient toujours.

Je terminai rapidement, posai les assiettes dans l'évier et sortis sur la plage sans prendre la peine d'annoncer ce que je comptais faire. Je savais qu'il dirait que nous devrions nous reposer maintenant, et je ne voulais pas me priver de ma dernière nuit d'humain sous les étoiles.

Descendant jusqu'au bord de l'eau, je me débarrassai de mes vêtements de cotonnade et je plongeai dans les vagues. L'eau était fraîche mais attirante, j'allongeai les bras et me mis à nager. Certes, ce n'était pas facile. Cependant, ce n'était pas trop dur non plus, dès l'instant où je me résignai au fait que les humains procédaient de cette façon : une brasse après l'autre contre la force du courant, puis laissant ce corps maladroit flotter dans l'eau, ce qu'il était tout à fait disposé à faire.

Je nageai assez loin, puis me retournai sur le dos pour regarder le ciel. Il était encore plein de nuages blancs cotonneux. Un moment de paix m'envahit, malgré la fraîcheur sur ma peau dénudée, l'obscurité qui m'entourait et l'étrange sentiment d'être vulnérable que j'éprouvais en flottant sur cette mer sombre et traîtresse. A l'idée de me retrouver dans mon ancien corps, je ne pouvais qu'être heureux et, une fois de plus, je compris que j'avais échoué dans mon aventure humaine.

Je n'avais pas été le héros de mes propres rêves. J'avais trouvé l'existence humaine trop dure.

Je finis par revenir à la nage jusqu'à l'endroit où j'avais pied, puis je remontai jusqu'à la plage. Je ramassai mes vêtements, les secouai pour faire tomber le sable et regagnai la petite chambre.

Seule une lampe était allumée sur la coiffeuse. David était assis sur son lit, le plus près de la porte, vêtu seulement d'une longue veste de pyjama blanche et fumant un de ses petits cigares. J'en aimais bien l'odeur, sombre et douce.

Il était comme toujours, très digne, les bras croisés, les yeux pleins d'une curiosité bien normale en me regardant prendre une serviette sur la baignoire pour m'essuyer les cheveux et la peau.

« Je viens d'appeler Londres, m'annonça-t-il.

— Quelles nouvelles ? » Je m'essuyai le visage avec la serviette, puis la lançai sur le dossier du fauteuil. L'air me paraissait délicieux sur ma peau nue maintenant qu'elle était sèche.

« Un cambriolage dans les collines au-dessus de Caracas. Cela ressemble beaucoup aux crimes de Curaçao. Une grande villa pleine d'œuvres d'art, de bijoux et de tableaux. Une grande partie brisée en morceaux ; on n'a volé que de petits objets transportables ; il y a trois morts. Nous devrions remercier les dieux de la pauvreté de l'imagination humaine — de la mesquinerie des ambitions de cet homme — et aussi de ce que l'occasion de l'arrêter nous soit offerte si vite. Avec le temps, il aurait pris conscience de ses monstrueuses possibilités. Pour l'instant, il est toujours l'idiot prévisible que nous connaissons.

— Est-ce qu'aucune créature utilise les dons qu'elle possède ? interrogeai-je. Peut-être quelques courageux génies connaissent-ils leurs véritables limites. Que fait le reste d'entre nous sinon se plaindre ?

— Je ne sais pas », dit-il, un petit sourire triste passant sur son visage. Il secoua la tête et détourna les yeux. « Un soir, quand tout cela sera fini, vous me raconterez encore comment c'était pour vous. Comment vous avez pu être dans ce magnifique jeune corps et détester autant ce monde.

— Je vous le dirai, mais vous ne comprendrez pas. Vous êtes du mauvais côté du miroir. Seuls les morts savent combien c'est terrible d'être vivant. »

Je pris dans ma petite valise un T-shirt de coton un peu vague, mais je ne l'enfilai pas. Je m'assis sur le lit auprès de David. Puis je me penchai et, comme je l'avais fait à La Nouvelle-Orléans, je posai doucement un baiser sur son visage, savourant le contact de cette barbe mal rasée, tout comme j'appréciais ce genre de choses quand j'étais vraiment Lestat et comme je le ferais de nouveau bientôt dès que j'aurais retrouvé dans mes veines ce sang viril et énergique.

Je m'approchai de lui, mais soudain il me saisit la main et je le sentis me repousser avec douceur.

« Pourquoi, David ? » lui demandai-je.

Il ne répondit pas. Il leva la main droite et écarta une mèche qui me tombait dans les yeux.

« Je ne sais pas, murmura-t-il. Je ne peux pas. Je ne peux tout simplement pas. »

Il se leva d'un mouvement gracieux et sortit dans la nuit.

J'étais trop enflammé d'une pure passion réprimée pour faire quoi que ce fût pendant un moment. Puis je le suivis dehors. Il était descendu sur le sable et il était planté là tout seul, comme moi tout à l'heure.

Je m'approchai par-derrière.

« Dites-moi, je vous en prie, pourquoi non ?

— Je ne sais pas, répéta-t-il. Tout ce que je sais, c'est que je ne peux pas. J'en ai envie. Croyez-moi. Je ne peux pas.

Mon passé est... si proche de moi. » Il poussa un long soupir et resta de nouveau silencieux un moment. Puis il reprit : « Mes souvenirs de ce temps-là sont si vivaces. C'est comme si je me retrouvais en Inde, ou à Rio. Ah ! oui, Rio. Comme si j'étais de nouveau ce jeune homme. »

Je savais que j'étais responsable de l'état dans lequel il était. Je le savais, et je n'ignorais pas qu'il était inutile de prononcer des paroles d'excuses. Je sentais aussi quelque chose d'autre. J'étais une créature maléfique et, même quand j'étais dans ce corps-ci, David sentait cette présence du mal. Il devinait la puissante avidité du vampire. C'était une vieille et terrible malédiction. Gretchen ne l'avait pas perçue. Je l'avais trompée avec ce corps tiède et accueillant. Quand David me regardait, lui, il voyait ce démon blond aux yeux bleus qu'il connaissait si bien.

Je ne dis rien. Je me contentai de regarder vers le large. Rendez-moi mon corps. Laissez-moi être ce diable, pensai-je. Éloignez de moi ce misérable désir et cette faiblesse. Ramenez-moi dans les cieux ténébreux où est ma place. Il me sembla soudain que ma solitude et ma souffrance étaient aussi terribles qu'elles l'avaient jamais été avant cette expérience, avant ce petit séjour dans une chair plus vulnérable. Oui, laissez-moi m'en échapper, je vous en prie. Laissez-moi être un observateur. Comment ai-je pu être aussi bête ?

J'entendis David me dire quelque chose, mais je n'entendais pas vraiment ses paroles. Je levai lentement les yeux, m'arrachant à mes pensées ; je vis alors qu'il s'était retourné vers moi et je m'aperçus qu'il avait posé doucement sa main sur mon cou. J'aurais voulu dire quelque chose de désagréable — ôtez votre main, ne me tourmentez pas — mais je restai muet.

« Non, vous n'êtes pas le mal, ce n'est pas cela, murmura-t-il. C'est moi, vous ne comprenez donc pas. Voilà ce que je redoute ! Vous ne savez pas ce que cette aventure a signifié pour moi ! Me retrouver ici dans cette partie du vaste monde — et avec vous ! je vous *aime*, vous savez. Je vous aime désespérément et follement, j'aime l'âme qui est en vous et vous ne voyez donc pas qu'elle n'est pas mauvaise. Qu'elle n'est pas avide. Elle est immense. Elle domine même ce corps juvénile à cause de votre âme, farouche et indomptable et qui échappe au temps — l'âme du véritable Lestat. Je ne peux pas lui céder. Je ne peux pas... Si je le fais, je me perdrai à jamais, aussi sûrement que si... que si... »

Il s'interrompit, visiblement trop ébranlé pour continuer. J'étais consterné de la souffrance que je percevais dans sa voix, du léger tremblement qui sapait sa fermeté intérieure. Comment pourrais-je jamais me pardonner ? Je restai immobile, le regard perdu dans les ténèbres. On n'entendait que le doux fracas du ressac et le léger bruissement des palmes de cocotiers. Comme les cieux étaient vastes ; comme elles étaient délicieuses, profondes et calmes, ces heures juste avant l'aube.

Je revis le visage de Gretchen. J'entendis sa voix.

Il y a eu un instant ce matin où j'ai cru que je pouvais tout rejeter — rien que pour être avec toi... Je sentais cette envie qui m'emportait ; comme le faisait autrefois la musique. Et si tu t'avisais de dire : « Viens avec moi », même maintenant, peut-être que je le ferais... Ce que représente la chasteté c'est de ne pas tomber amoureuse... Je pourrais tomber amoureuse de toi. Je sais que je le pourrais.

Par-delà cette image brûlante, un peu floue mais indéniable, j'aperçus le visage de Louis et j'entendis des mots prononcés par sa voix que je voulais tant oublier.

Où était David ? Fasse le ciel que je m'arrache à ces souvenirs. Je n'en veux pas. Je levai les yeux et je le vis de nouveau avec son éternelle dignité, sa retenue, sa force imperturbable. Je vis aussi la douleur.

« Pardonnez-moi », murmura-t-il. Il avait la voix encore mal assurée tout en luttant pour maintenir sa belle et élégante façade. « Quand vous avez bu le sang de Magnus, vous avez bu à la fontaine de jouvence. Vraiment. Vous ne saurez jamais ce que cela signifie d'être le vieil homme que je suis aujourd'hui. Dieu me pardonne, je déteste ce mot, mais c'est vrai. Je suis vieux.

— Je comprends, dis-je. Ne vous inquiétez pas. » Je me penchai et l'embrassai de nouveau. « Je vais vous laisser tranquille. Venez, il faut que nous dormions. Je promets de vous laisser en paix. »

CHAPITRE 21

« Bonté divine, regardez, David ! » Je venais de descendre du taxi sur le quai envahi par la foule. L'énorme masse bleue et blanche du *Queen Elizabeth II* était bien trop grande pour entrer dans la petite rade. Le paquebot était à l'ancre à un mille ou deux au large — je ne pouvais pas l'estimer avec précision — d'une taille si monstrueuse qu'on aurait dit un vaisseau sorti d'un cauchemar, figé sur les eaux immobiles de la baie. Seules ses rangées superposées de myriades de petits hublots l'empêchaient d'avoir l'air d'être le bateau d'un géant.

La drôle de petite île avec ses collines vertes et son rivage incurvé s'avançait vers le paquebot, comme pour s'efforcer de le rapetisser et de le rapprocher, mais en vain.

En le regardant, je sentis un frisson d'excitation. Je n'étais jamais monté à bord d'un navire moderne. Voilà qui allait être amusant.

Sous nos yeux, une petite chaloupe en bois, arborant son nom peint en grosses lettres sur la coque et ne transportant manifestement qu'un seul contingent de ses nombreux passagers, s'approcha du quai.

« Voilà Jake à la proue du canot, fit David. Venez, entrons dans le café. »

Nous avançâmes sans hâte sous le soleil brûlant, à l'aise dans nos pantalons de toile et nos chemises à manches courtes — comme deux touristes —, passant devant les vendeurs à la peau sombre qui proposaient leurs coquillages, leurs poupées de chiffon, leurs petits tambours d'acier et autres souvenirs. Comme l'île paraissait jolie. Ses collines boisées étaient parsemées de petites habitations et les immeubles plus importants de la ville de Saint-George étaient massés sur la falaise abrupte à l'extrême gauche, par-delà le tournant du quai. Tout ce paysage avait une coloration presque italienne, avec tous ces murs sombres et rougeâtres et les toits rouillés en tôle ondulée à qui le brûlant soleil donnait un air trompeur de tuiles. Cela semblait un endroit charmant à explorer — une autre fois.

Il faisait frais dans ce café sombre où il n'y avait que quelques tables peintes dans des couleurs vives et quelques chaises. David commanda des bouteilles de bière fraîche et, quelques minutes plus tard, Jake entra d'un pas nonchalant — portant le même short kaki et le même polo blanc — et choisit soigneusement une place d'où il pourrait surveiller la porte ouverte. Dehors le monde semblait n'être qu'eau étincelante. La bière avait un goût de malt plutôt agréable.

« Bon, c'est fait », dit Jake à voix basse, le visage plutôt crispé et l'air distrait comme s'il était plongé dans ses pensées. Il but une gorgée de la canette de bière, puis glissa à travers la table deux clés vers David. « Il y a plus de mille passagers à bord. Personne ne remarquera que Mr. Eric Sampson n'est pas revenu. La cabine est petite, ne donnant pas sur la mer comme vous l'avez demandé, mais sur une coursive, au milieu du navire, pont cinq, comme vous le savez.

— Parfait. Et vous vous êtes procuré deux jeux de clés. Excellent.

— La malle est ouverte, avec la moitié de son contenu étalé sur le lit. Vos pistolets sont à l'intérieur des deux livres dans la malle. J'ai évidé moi-même les pages. Les verrous sont là-bas. Vous devriez pouvoir fixer sans mal le plus gros à la porte, mais je ne sais pas si le personnel sera très content de voir ça. Une fois de plus, je vous souhaite bonne chance. Oh ! et vous avez entendu la nouvelle à propos du cambriolage ce matin sur la colline ? On dirait que nous avons un vampire à Grenade. Vous devriez peut-être envisager de rester ici, David. Ça m'a l'air d'être tout à fait votre tasse de thé.

— Ce matin ?

— A trois heures. Juste là-haut sur la falaise. La grande maison d'une riche Autrichienne. Tout le monde a été massacré. Un sacré gâchis. On ne parle que de ça sur l'île. Bon, il faut que j'y aille. »

Ce fut seulement quand Jake nous eut laissés que David reprit la parole. « Ça n'est pas bon, Lestat. Nous étions dehors sur la plage à trois heures ce matin. S'il a perçu même un reflet de notre présence, peut-être n'est-il plus à bord. Ou peut-être nous attendra-t-il quand le soleil sera couché.

— Il était bien trop occupé ce matin, David. D'ailleurs, s'il avait senti notre présence, il aurait fait un feu de joie de notre petite chambre. A moins qu'il ne soit pas capable de faire ce genre de choses, mais nous n'avons aucun moyen de le savoir. Embarquons sur ce maudit bateau. J'en ai assez d'attendre. Tenez, il commence à pleuvoir. »

Nous rassemblâmes nos bagages, y compris la monstrueuse valise en cuir que David avait apportée de La Nouvelle-Orléans et nous nous hâtâmes vers la chaloupe. Maintenant que la pluie commençait vraiment à tomber, une foule de fragiles mortels d'un certain âge semblait surgir de partout — des taxis, des abris voisins et des boutiques —, et il nous fallut quelques minutes pour nous embarquer sur l'instable petite chaloupe et trouver une place sur le banc de plastique humide.

Sitôt que le canot eut tourné sa proue vers le *Queen Elizabeth II*, j'éprouvai une grisante excitation : c'était amusant de voguer sur cette mer chaude dans une si petite embarcation. J'étais ravi quand nous prîmes de la vitesse.

David, lui, était très tendu. Il ouvrit son passeport, lut pour la vingt-septième fois les renseignements qui y figuraient, puis le rangea. Nous avions revu nos identités ce matin après le petit déjeuner, mais en espérant que nous n'aurions jamais à en utiliser les divers détails.

Ainsi, le docteur Stocker était retraité et en vacances dans les Caraïbes, mais très inquiet à propos de son cher ami Jason Hamilton, qui voyageait dans la suite Reine Victoria. Il avait hâte de voir Mr. Hamilton, et il en ferait part aux stewarts de cabine tout en les prévenant bien de ne pas laisser Mr. Hamilton deviner son inquiétude.

J'étais simplement un ami qu'il avait rencontré à l'hôtel la veille au soir et dont il avait fait connaissance puisque nous étions tous les deux passagers du *Queen Elizabeth II*. Il ne devait y avoir aucun autre lien entre nous, car James se retrouverait dans ce corps-ci une fois l'échange effectué, et David pourrait avoir à dire sur lui des choses déplaisantes au cas où on ne parviendrait pas à contrôler notre Voleur de Corps.

Nous avions d'autres détails, si jamais on nous interrogeait sur une querelle qui pourrait surgir. Dans l'ensemble, nous ne pensions pourtant pas que notre plan pouvait aboutir à ce genre de situations.

La chaloupe arriva enfin auprès du navire, accostant devant une large ouverture au milieu même de l'immense coque bleue. Vu sous cet angle, le paquebot paraissait ridiculement énorme ! J'en avais vraiment le souffle coupé.

Je ne fis même pas attention quand nous tendîmes nos billets aux membres de l'équipage qui nous attendaient. On apporterait nos bagages dans nos cabines. On nous donna quelques indications sur la façon d'atteindre le pont des signaux, puis nous nous retrouvâmes à errer dans une coursive sans fin, très basse de plafond, et bordée de chaque côté d'une porte après l'autre. Il nous suffit de quelques minutes pour nous apercevoir que nous étions complètement perdus.

Nous continuâmes à marcher jusqu'au moment où nous débouchâmes soudain devant une grande salle à laquelle on accédait en descendant quelques marches et où trônait, étrange spectacle, un piano à queue blanc, posé sur ses trois pieds comme pour un concert, et cela au fond même des entrailles de ce paquebot !

« C'est le hall central, dit David, en désignant un grand plan en couleurs du navire encadré sur le mur. Maintenant je sais où nous sommes. Suivez-moi.

— Comme tout cela est absurde, dis-je, en contemplant la moquette de couleur vive, les chromes et le plastique que j'apercevais partout où je posais les yeux. Comme tout cela est synthétique et hideux.

— Chut, les Anglais sont très fiers de ce navire, vous allez vexer quelqu'un. On ne peut plus utiliser de bois à cause des règlements d'incendie. » Il s'arrêta devant un ascenseur et pressa le bouton. « Voilà qui va nous conduire au pont des embarcations. N'est-ce pas par là que nous devons trouver le gril ?

— Je n'en ai aucune idée », dis-je. J'entrai comme un zombie dans l'ascenseur. « C'est inimaginable !

— Lestat, il y a des paquebots géants comme celui-ci depuis le début du siècle. Vous avez vraiment vécu dans le passé. »

Le pont des embarcations me fit découvrir tout une série de merveilles. Le navire abritait un grand théâtre ainsi que toute une mezzanine d'élégantes boutiques. En dessous, il y avait une piste de danse avec une petite estrade pour l'orchestre et un vaste bar avec des tables basses et de gros et confortables fauteuils de cuir. Les boutiques étaient fermées puisque le bateau était au port, mais on pouvait facilement distinguer ce qu'elles proposaient à travers les légers grillages qui en assuraient la fermeture. De somptueuses toilettes, de superbes bijoux, de la porcelaine, des vestes de smoking noir et des chemises à plastron, des souvenirs et des cadeaux s'étalaient dans les vitrines.

Partout il y avait des passagers qui se promenaient — pour la plupart des hommes et des femmes très âgées en tenue de plage légère, et beaucoup étaient rassemblés dans le calme du bar éclairé par la lumière du jour.

« Venez, voici les cabines », fit David en m'entraînant.

Apparemment, les appartements de luxe du pont supérieur, vers lesquels nous nous dirigions, étaient un peu à l'écart. Nous dûmes nous glisser par le gril, un restaurant tout en longueur et réservé aux passagers du pont supérieur, puis trouver un ascenseur plus ou moins secret pour nous mener jusqu'à nos cabines. Le restaurant avait de très grandes baies vitrées, par lesquelles on découvrait les admirables eaux bleues et le ciel.

Tout cela, pour les traversées transatlantiques, était du domaine des premières classes. Ici, dans les Caraïbes, on ne le précisait pas, même si le bar et le restaurant séparaient cette partie du reste de ce petit monde flottant.

Nous débouchâmes enfin sur le plus long pont du navire et nous prîmes un couloir décoré avec plus de raffinement que ceux d'en bas. Les lampes en plastique et les charmantes moulures des portes avaient un petit air art déco. L'éclairage aussi était plus généreux et plus gai. Un aimable stewart — un homme d'une soixantaine d'années — émergea d'une petite cuisine fermée par un rideau et nous conduisit jusqu'à nos suites presque au bout de la coursive.

« Où est la suite Reine Victoria ? » demanda David.

Le steward répondit aussitôt avec le même accent très britannique que la suite Victoria n'était qu'à deux cabines plus loin. Il en désigna la porte.

Je sentis en la regardant mes cheveux se hérisser sur ma nuque. Je savais, j'avais l'absolue certitude que le misérable était à l'intérieur. Pourquoi se donnerait-il le mal de chercher une cachette plus difficile ? On n'avait pas besoin de me le dire : nous trouverions dans cette suite une grande malle posée contre la cloison. Je me rendais vaguement compte que David déployait toute son autorité et tout son charme sur le steward, pour expliquer qu'il était médecin et qu'il comptait bien aller voir son cher ami Jason Hamilton sitôt qu'il le pourrait. Mais il ne voulait pas inquiéter ce dernier.

Bien sûr que non, dit l'aimable stewart, qui précisa que Mr. Hamilton dormait toute la journée. A vrai dire, il dormait actuellement dans sa cabine. Il n'y avait qu'à regarder la pancarte « prière de ne pas déranger » accrochée au bouton de porte. Enfin, ne voulions-nous pas nous installer ? Justement nos bagages arrivaient.

Nos cabines me surprirent. J'eus un aperçu des deux quand on ouvrit les portes et avant de me retirer dans la mienne.

Une fois de plus, je repérai des matériaux synthétiques, une abondance de matière plastique et l'absence totale de la chaleur du bois. Les pièces étaient spacieuses, manifestement luxueuses et une porte communicante permettait d'en faire une suite grandiose. Porte qui était pour l'instant fermée.

Chaque cabine était meublée de façon identique, à part de légères différences de couleur et, comme les chambres d'hôtel modernes, on y trouvait des lits bas gigantesques, avec des couvre-lits dans les tons pastel et d'étroites coiffeuses aménagées entre des parois de miroirs. Il y avait là le poste de télévision géant de rigueur, le réfrigérateur habilement dissimulé et même un petit coin salon avec un canapé tapissé de couleur pâle, une table basse et un fauteuil de cuir.

La vraie surprise, toutefois, c'étaient les vérandas. Un grand mur de verre avec des portes coulissantes donnait sur ces petites terrasses privées assez grandes pour y loger une table et des fauteuils. Quel luxe c'était de s'avancer dehors pour venir s'accouder au bastingage et contempler cet île ravissante et sa baie aux eaux étincelantes. Et, bien sûr, cela signifiait que la suite Reine Victoria devait avoir une véranda par laquelle le soleil matinal brillerait de tout son éclat !

Je ne pus m'empêcher de rire en me souvenant de nos vieux vaisseaux du dix-neuvième siècle avec leurs minuscules hublots. Et même si je n'appréciais guère les couleurs pâles et sans âme du décor et l'absence totale de toute surface en matériaux naturels, je commençais à comprendre pourquoi James avait toujours été fasciné par ce petit univers très spécial.

Pendant ce temps, j'entendais distinctement David bavarder avec le steward, l'accent britannique semblant s'aiguiser quand il répondait à l'autre, leur débit devenant si rapide que je n'arrivais pas à suivre complètement ce qui se disait.

Tout cela, semble-t-il, concernait ce pauvre Mr. Hamilton qui était souffrant ; le docteur Stoker tenait beaucoup à se glisser dans sa cabine pour l'examiner pendant son sommeil, mais le steward n'osait pas permettre une chose pareille. En fait, le docteur Stoker souhaitait avoir une clé de la suite, de façon à pouvoir surveiller de très près son patient au cas où...

Peu à peu, en défaisant ma valise, je compris que cette petite conversation, avec toute son exquise politesse, évoluait vers le problème d'un pourboire. David finit par déclarer de la façon la plus courtoise et la plus aimable qu'il comprenait fort bien l'embarras de son interlocuteur et, tenez, il voulait que ce brave homme s'en allât dîner à ses frais la première fois que le navire toucherait au port. Et si les choses tournaient mal et si Mr. Hamilton n'était pas content, eh bien, David en assumerait l'entière responsabilité. Il raconterait qu'il avait pris la clé dans la cuisine. Le steward ne serait en rien impliqué.

La bataille semblait gagnée. David paraissait utiliser son pouvoir quasi hypnotique de persuasion. Il s'ensuivit pourtant quelques banalités polies et fort convaincantes sur la gravité de l'état de Mr. Hamilton, sur la façon dont le docteur Stoker avait été envoyé par la famille pour s'occuper de lui et combien il tenait à jeter un coup d'œil à la peau du malade. Eh oui ! la peau. A n'en pas douter le steward en conclut à une affection qui mettait en péril la vie du patient.

Il finit par avouer que tous les autres stewards étaient en train de déjeuner, que pour l'instant il était seul sur le pont supérieur et que, ma foi oui, il tournerait le dos si le docteur Stoker était absolument certain...

« Mon cher, je prends la responsabilité de tout. Tenez, il faut que vous preniez cela pour tout le mal que vous vous êtes donné. Vous irez dîner dans un agréable... Non, non, ne protestez pas. Maintenant laissez-moi faire. »

Quelques secondes plus tard, l'étroite coursive était déserte. Avec un petit sourire de triomphe, David me fit signe de sortir pour le rejoindre. Il brandissait la clé de la suite Reine Victoria. Nous traversâmes le passage et il introduisit la clé dans la serrure. L'appartement était immense et aménagé sur deux niveaux séparés par quatre ou cinq marches recouvertes de moquette. Le lit était au niveau inférieur et il était très en désordre, avec les oreillers gonflant les couvertures pour donner l'impression que quelqu'un dormait à poings fermés, enfoui sous les draps.

Le niveau supérieur abritait le salon avec les portes donnant sur la véranda, dont on avait tiré les lourdes tentures si bien qu'il ne filtrait presque aucune lumière. Nous nous glissâmes et allumâmes le plafonnier après avoir refermé la porte. Les oreillers entassés sur le lit constituaient une excellente ruse pour quelqu'un qui passerait la tête par la porte de la coursive mais, en y regardant de près, cela ne faisait guère illusion. On aurait simplement dit un lit en désordre.

Où donc était cette canaille ? Où était la malle ?

« Ah ! là-bas, chuchotai-je. De l'autre côté du lit. » Je l'avais prise pour une sorte de table, car elle était entièrement drapée d'un tissu décoratif. Je m'apercevais maintenant qu'il s'agissait d'une grande malle de cabine en métal noir, avec des serrures en cuivre bien astiquées et largement assez spacieuse pour qu'un homme pût s'y loger, les genoux pliés et couché sur le côté. L'épais tissu qui la recouvrait était sans nul doute maintenu en place sur le couvercle avec un peu de colle. J'avais souvent jadis utilisé moi-même ce truc-là.

Tout le reste était absolument immaculé, et les penderies regorgeaient littéralement de superbes vêtements. Une fouille rapide des tiroirs de la commode, et de la coiffeuse ne révéla aucun document important. C'était manifestement sur sa personne qu'il avait les quelques papiers dont il avait besoin et cette personne était dissimulée à l'intérieur de la malle. Au premier abord, il n'y avait ni bijoux ni or caché dans la pièce, mais nous découvrîmes la pile d'enveloppes timbrées d'avance que le misérable utilisait pour se débarrasser des trésors volés, et elles étaient grandes et matelassées.

« Cinq boîtes postales », dis-je après les avoir examinées. David nota tous les numéros dans son petit calepin relié de cuir, puis le remit dans sa poche et inspecta la malle.

Je le prévins en chuchotant de faire attention. La canaille peut sentir le danger même dans son sommeil. Il ne fallait pas songer à toucher la serrure.

David acquiesça. Il s'agenouilla sans bruit auprès de la malle, colla doucement l'oreille contre le couvercle puis se recula précipitamment et le regarda d'un air tout excité.

« Il est bien là-dedans, dit-il, les yeux toujours fixés sur la malle.

— Qu'est-ce que vous avez entendu ?

— Les battements de son cœur. Allez écouter vous-même si vous voulez. Après tout, c'est votre cœur.

— Je veux le voir, dis-je. Écartez-vous, mettez-vous là.

— Je ne pense pas que vous devriez le faire.

— Ah, mais c'est que j'en ai envie. D'ailleurs, il faut que j'inspecte cette serrure à tout hasard. » J'approchai de la malle et je constatai en la regardant de près que la serrure n'était même pas fermée à clé. Ou bien il ne savait pas le faire par télépathie, ou bien il ne s'en était pas donné la peine. Posté de côté, je tendis la main droite et soulevai brusquement la languette de cuivre qui fermait le couvercle. Puis je le repoussai avec violence contre la cloison.

Il la heurta avec un bruit sourd, en restant ouvert, et je m'aperçus que je regardais une masse de tissu noir replié et qui dissimulait complètement le contenu de la malle. Rien ne bougeait là-dessous.

Aucune puissante main blanche ne chercha soudain à me prendre à la gorge !

Restant aussi loin que je pouvais, je tendis la main, je saisis le tissu et tirai une bonne longueur de soie noire. Mon cœur mortel battait follement et je faillis perdre l'équilibre en reculant de quelques pas. Mais le corps qui était allongé là, bien visible, les genoux repliés tout comme je l'avais imaginé et les bras croisés autour des genoux, ce corps ne bougeait pas.

Le visage hâlé était aussi immobile que celui d'un mannequin, avec ses yeux fermés et son profil familier se détachant sur le capitonnage funèbre de soie blanche. Mon profil. Mes yeux. Mon corps en tenue de soirée — un vampire en smoking, si vous voulez — avec une chemise blanche à plastron et un nœud papillon noir au cou. Mes cheveux, abondants et dorés dans la pénombre.

Mon corps !

Et moi, planté là dans ma tremblante enveloppe mortelle, avec cette pièce de soie noire pendant au bout de ma main tremblante comme la cape d'un matador.

« Vite ! » souffla David.

Au moment même où ses lèvres prononçaient ces syllabes, je vis le bras replié dans la malle commencer à bouger. Le coude se crispa. La main glissait le long du genou plié. Je rejetai aussitôt le tissu sur le corps et je le vis reprendre comme tout à l'heure son rôle de couverture. Alors, d'un geste preste de mes doigts de la main gauche, je tirai sur le couvercle qui se referma avec un choc sourd.

Dieu merci, le tissu qui recouvrait la malle ne se coinça pas mais retomba en place, masquant le fermoir. Je reculai, presque malade de peur et de surprise et je sentis alors la pression rassurante de la main de David sur mon bras.

Nous restâmes tous les deux là un long moment sans rien dire, jusqu'à ce que nous fussions certains que le corps surnaturel était de nouveau en repos.

J'avais fini par recouvrer assez mes esprits pour jeter encore un calme coup d'œil. Je tremblais toujours, mais j'étais fortement excité par la tâche qui m'attendait.

Même avec tous ces matériaux synthétiques, ces appartements étaient tout à fait somptueux. Ils représentaient le genre de luxe que seuls très peu de privilégiés peuvent connaître. Comme il avait dû s'en délecter. Il n'y avait qu'à regarder toutes ces magnifiques tenues de soirée. Des vestes de smoking en velours noir, ainsi que d'autres d'un style plus classique, et même une cape : il ne s'était rien refusé. Le plancher de la penderie était jonché de chaussures vernies et toute une collection de liqueurs coûteuses s'étalait sur le bar.

Entraînait-il les femmes ici pour prendre un verre tandis qu'il leur soutirait quelques petites gorgées de sang ?

Je regardai la grande paroi vitrée, très visible à cause du rai de lumière qui filtrait au bord supérieur et inférieur des tentures. Je m'aperçus seulement alors que cette cabine était exposé au sud-est.

David me serra le bras. N'était-il pas prudent maintenant de partir ?

Nous quittâmes aussitôt le pont supérieur sans rencontrer de nouveau le steward. David avait la clé dans la poche de son veston.

Nous descendîmes alors au pont cinq, qui était le tout dernier pont de cabines, mais pas le dernier du paquebot, et nous découvrîmes la petite cabine de Mr. Eric Sampson, qui n'existait pas, et où une autre malle attendait d'être occupée par ce corps endormi là-haut quand j'en aurais repris possession.

Charmante petite pièce sans hublot. Bien sûr, elle avait la serrure habituelle, mais où étaient passées les autres, que, sur notre demande, Jake avait introduites à bord ?

Elles étaient beaucoup trop encombrantes. Je m'aperçus qu'on pouvait toutefois rendre la porte absolument infranchissable à condition de pousser la malle contre le montant. Voilà qui tiendrait à l'écart tout steward gênant, ou même James, s'il parvenait à rôder dans les parages après l'échange. Il serait tout à fait incapable d'ouvrir cette porte. En fait, si je coinçais la malle entre elle et l'extrémité de la couchette, personne ne pourrait la bouger. Parfait. Voilà donc encore un élément du plan qui était au point.

Il fallait maintenant préparer un itinéraire depuis la suite Reine Victoria jusqu'à ce pont-ci. Comme des plans du navire étaient accrochés dans chaque petit hall et vestibule, cela ne posait aucun problème.

Je compris tout de suite que l'escalier A était le meilleur chemin. Peut-être était-ce le seul à aller directement jusqu'au pont cinq. A peine arrivé en bas, j'eus la certitude que ce ne serait rien pour moi que de sauter d'en haut jusque-là par la cage d'escalier. Il me fallait maintenant grimper jusqu'au pont-promenade et voir comment y parvenir depuis le pont supérieur.

« Ah, faites donc cela, mon jeune ami, dit David. Moi, je prends l'ascenseur pour monter ces huit étages. »

Quand nous nous retrouvâmes dans le calme du gril, j'avais prévu chaque étape. Nous commandâmes des gin-tonic — une boisson que je trouvais à peu près tolérable — et nous passâmes en revue le plan tout entier dans ses derniers détails.

Nous attendrions cachés toute la nuit jusqu'au moment où James aurait décidé de se retirer à l'approche du jour. S'il rentrait tôt, nous attendrions le moment crucial avant de foncer sur lui en relevant le couvercle de sa malle.

David aurait le Smith and Wesson braqué sur lui tandis que nous nous efforcerions tous les deux de faire sortir son esprit du corps, après quoi je me précipiterais à l'intérieur. Tout devait être synchronisé. Il sentirait le danger de la lumière du soleil et saurait qu'il ne pouvait absolument pas rester dans son corps de vampire ; il ne faudrait pas lui laisser l'occasion de nous blesser l'un ou l'autre.

Si le premier assaut échouait et qu'une discussion s'ensuivait, nous lui expliquerions clairement combien sa situation était précaire. S'il essayait de nous détruire l'un ou l'autre, nos cris et nos hurlements ne tarderaient pas à faire accourir des secours. Si nous nous retrouvions avec un cadavre, il resterait dans la cabine de James. Où donc à la onzième heure James chercherait-il refuge ? Sans doute ne savait-il pas combien de temps il pouvait rester conscient tandis que le soleil se levait. C'était même certain qu'il n'avait jamais poussé les choses jusqu'à la limite, comme je l'avais fait plus d'une fois.

Assurément, étant donné son désarroi, une seconde attaque serait couronnée de succès. Tandis que David garderait le gros revolver braqué sur le corps mortel de James, je me précipiterais avec une vivacité surnaturelle par la coursive du pont supérieur, j'emprunterais alors l'escalier intérieur jusqu'au pont d'en bas, je le traverserais d'un bout à l'autre en courant, je déboucherais de l'étroite coursive dans une autre plus large, derrière le gril où je trouverais le haut de l'escalier A ; je ferais un saut de huit étages jusqu'au pont cinq, je m'engouffrerais dans le couloir, j'entrerais dans la petite cabine intérieure et je fermerais la porte au verrou. Je n'aurais plus qu'à pousser la malle entre le lit et la porte et je m'y introduirais en rabattant le couvercle.

Même si je rencontrais sur mon chemin une horde de mortels qui traînaient par là, tout cela ne me prendrait pas plus de quelques secondes et, pendant presque tout ce temps, je serais en sûreté à l'intérieur du bateau, protégé de la lumière du soleil.

James — de retour dans cette enveloppe mortelle et, à n'en pas douter, furibond — n'aurait pas la moindre idée de l'endroit où j'étais allé. Même s'il maîtrisait David, il ne parviendrait certainement pas à repérer ma cabine sans une fouille prolongée qu'il n'aurait pas les moyens d'entreprendre. Et David lancerait à ses trousses le personnel de sécurité du bord en l'accusant de toute sorte de crimes abominables.

David, bien sûr, n'avait pas l'intention de se laisser maîtriser. Il garderait le puissant Smith and Wesson braqué sur James jusqu'au moment où le paquebot accosterait à la Barbade, et il escorterait alors l'homme jusqu'à la passerelle en l'invitant à débarquer. David monterait alors la garde pour s'assurer que James ne revenait pas. Au coucher du soleil, j'émergerais de la malle pour retrouver David et nous savourerions de concert la navigation de nuit jusqu'à l'escale suivante.

David se renversa dans son fauteuil vert pâle, à boire ce qui restait de son gin-tonic, en réfléchissant manifestement à notre plan.

« Vous comprenez, bien sûr, que je ne peux pas exécuter cette petite canaille, dit-il. Avec ou sans revolver.

— Ma foi, vous ne pouvez pas le faire à bord, c'est certain, dis-je. On entendrait le coup de feu.

— Et s'il s'en rend compte ? Et s'il cherche à m'arracher l'arme ?

— Alors il se trouve dans la même situation. Il est sûrement assez malin pour comprendre cela.

— Je l'abattrai si j'y suis obligé. C'est la pensée qu'il peut lire en moi avec tous ses dons psychiques. Je le ferai si j'y suis contraint. Ensuite, je lancerai les accusations qu'il faut : il essayait de cambrioler votre cabine ; je vous attendais quand il y a pénétré.

— Écoutez, et si nous procédions à cet échange assez tôt avant le lever du soleil pour que je puisse le précipiter par-dessus bord ?

— Impossible. Il y a des officiers et des passagers partout. Quelqu'un ne manquera pas de le voir et ce sera « Un homme à la mer » et la pagaille partout.

— Bien sûr, je pourrais lui briser le crâne.

— Il faudrait alors que je cache le corps. Non, espérons que ce petit monstre se rendra compte de la chance qu'il a et qu'il descendra à terre sans faire d'histoire. Je ne veux pas avoir à... Je n'aime pas l'idée de...

— Je sais, je sais, mais vous pourriez tout simplement le fourrer dans cette malle. Personne ne le trouverait.

— Lestat, je ne veux pas vous effrayer, mais nous avons d'excellentes raisons pour ne pas essayer de le tuer ! Il vous a exposé lui-même ces raisons. Vous ne vous souvenez pas ? Menacez ce corps-là et il en sortira pour tenter un nouvel assaut. A vrai dire, nous ne lui laisserions pas le choix. Et nous prolongerions la lutte psychique au plus mauvais moment possible. Il n'est pas inconcevable qu'il puisse suivre votre trace jusqu'au pont cinq et qu'il essaie de se réintroduire dans votre corps. Bien sûr, il serait stupide de le faire sans disposer d'une cachette. Imaginez qu'il en ait une de rechange. Pensez à cela.

— Vous avez sans doute raison.

— Et nous ne connaissons pas l'étendue de ses dons psychiques, dit-il. Nous ne devons pas oublier non plus que c'est sa spécialité : l'échange de corps et la possession ! Non. N'essayez pas de le noyer ni de l'assommer. Laissez-le réintégrer cette enveloppe mortelle. Je garderai le revolver braqué sur lui jusqu'à ce que vous ayez eu le temps de disparaître de la scène, et lui et moi aurons une petite conversation sur ce qui l'attend.

— Je comprends.

— Alors, si je dois quand même l'abattre, très bien. Je le ferai. Je le mettrai dans la malle en espérant que personne n'entende la détonation. Qui sait ? Ce serait possible.

— Mon Dieu, je vous laisse avec ce monstre, vous vous rendez compte ? David, pourquoi ne pas nous attaquer à lui sitôt le soleil couché.

— Non. Absolument pas. Cela voudrait dire une lutte psychique totale ! Et il peut s'accrocher suffisamment à son corps pour prendre son vol et nous laisser tout bonnement à bord de ce bateau qui sera en mer toute la nuit. Lestat, j'ai réfléchi à tout cela. Chaque détail du plan est crucial. Nous voulons le surprendre au moment où il est le plus faible, juste avant l'aube, avec le bateau sur le point d'accoster si bien que, dès l'instant où il aura regagné son corps mortel, il pourra débarquer tout content. Il faut que vous me fassiez confiance : je saurai maîtriser ce gaillard. Vous ne savez pas à quel point je le méprise ! Si vous vous en doutiez, peut-être ne vous inquiéteriez-vous pas le moins du monde.

— Soyez certain que je le tuerai quand je le retrouverai.

— Raison de plus pour qu'il débarque de son plein gré. Il voudra avoir de l'avance et je lui conseillerai de faire vite.

— La chasse au gros gibier. Je sens que je vais adorer cela. Je le retrouverai. Même s'il se cache dans un autre corps. Quel merveilleux jeu cela va être. »

David resta un moment silencieux.

« Lestat, il y a évidemment une autre possibilité...

— Laquelle ? Je ne vous comprends pas. »

Il détourna les yeux comme s'il cherchait à choisir les mots justes. Puis il me regarda droit dans les yeux. « Nous pourrions détruire cette créature, vous savez.

— David, vous êtes fou de même envisager... ?

— Lestat, à nous deux nous pourrions y parvenir. Il y a des moyens. Avant le coucher du soleil, nous pourrions détruire ce monstre et vous seriez...

— N'en dites pas plus ! » J'étais furieux. Quand je vis la tristesse sur son visage, l'inquiétude, le désarroi moral évident, je poussai un soupir, je me rassis et je pris un ton plus doux. « David, dis-je, je suis Lestat le Vampire. C'est mon corps. Nous allons le récupérer pour moi. »

Pendant un moment, il ne répondit pas, puis il hocha longuement la tête et dit dans un murmure : « Oui. Exact. »

Un silence s'abattit entre nous, durant lequel je me mis à passer en revue chaque étape du plan.

Quand je relevai les yeux vers lui, il semblait tout aussi songeur, plongé même dans de profondes réflexions.

« Vous savez, dit-il, je crois que tout ira sans accroc. Surtout quand je me souviens de la façon dont vous me l'avez décrit dans ce corps-ci. Gauche, emprunté. Et, bien sûr, nous ne devons pas oublier quel genre d'humain il est : son âge véritable, sa façon classique d'opérer, pour ainsi dire. Hmmm. Il ne va pas m'arracher ce revolver des mains. Oui, je crois vraiment que tout va se passer comme prévu.

— Moi aussi, dis-je.

— Et, ajouta-t-il, tout bien considéré, ma foi, c'est notre seule chance ! »

CHAPITRE 22

Pendant les deux heures suivantes, nous continuâmes à explorer le navire. Nous devions impérativement pouvoir nous y cacher pendant la nuit, quand James rôderait peut-être sur les divers ponts. Pour cela, il fallait bien connaître les lieux et je dois avouer que ma curiosité concernant le bateau était extrême.

Nous quittâmes le calme du gril pour regagner la partie principale du paquebot, en passant devant bien des portes de cabines avant d'arriver à la mezzanine circulaire, avec son village de boutiques de luxe. Puis nous descendîmes un grand escalier, nous gagnâmes et traversâmes une vaste piste de danse pour arriver au grand salon ; de là nous rencontrâmes d'autres bars à l'éclairage tamisé, chacun avec ses étendues de moquette et sa musique électronique qui vous cassait les oreilles, puis nous longeâmes une piscine intérieure autour de laquelle des centaines de passagers déjeunaient à de grandes tables rondes ; nous sortîmes ensuite pour trouver une autre piscine à l'air libre où des gens se faisaient bronzer dans des fauteuils de plage, sommeillant ou lisant leurs journaux ou des livres de poche.

Nous finîmes par tomber sur une petite bibliothèque, pleine de lecteurs paisibles à côté d'une salle de jeu plongée dans l'ombre, qui ne devait ouvrir que quand le navire aurait quitté le port. Là s'alignaient des rangées de machines à sous encore éteintes et des tables de black jack et de roulette.

Un moment, nous jetâmes un coup d'œil dans la salle de cinéma, ce qui nous permit de constater qu'elle était énorme, même si seulement quatre ou cinq spectateurs regardaient le film sur un écran géant.

Venaient ensuite un autre salon, puis un autre encore, les uns avec des fenêtres, les autres plongés dans l'obscurité, et un beau restaurant auquel on parvenait par un escalier en colimaçon. Un troisième encore — lui aussi fort bien aménagé —, accueillait les clients des ponts inférieurs. Nous descendîmes, passant devant la cabine qui me servirait de cachette. Et là nous découvrîmes non pas un mais deux centres de remise en forme, avec leurs appareils de culture physique et leurs salles où l'on nettoyait les pores de la peau avec des jets de vapeur.

Nous découvrîmes au passage le petit hôpital avec des infirmières en blouses blanches et des chambres brillamment éclairées ; à un autre endroit nous remarquâmes une grande pièce sans fenêtre pleine d'ordinateurs devant lesquels plusieurs personnes travaillaient en silence. Il y avait un institut de beauté pour femmes et un établissement similaire pour hommes. A un endroit, nous aperçûmes une agence de voyage et, plus loin, ce qui semblait être une sorte de banque.

Nous suivions toujours d'étroites coursives dont nous ne parvenions pas à voir le bout. Nous cheminions sans fin entre des murs et des plafonds d'un beige terne. Une moquette de couleur hideuse cédait la place à une autre. Parfois les motifs modernes criards nous sautaient aux yeux avec une telle violence que c'était tout juste si je n'éclatais pas de rire. Je perdis le compte des nombreux escaliers dont nous gravîmes les marches capitonnées. Je n'arrivais plus à distinguer une batterie d'ascenseurs d'une autre. Partout où je regardais, il y avait des portes de cabines numérotées. Les tableaux et les gravures encadrés étaient fades et indiscernables les uns des autres. Je dus maintes et maintes fois consulter les plans pour déterminer exactement où je me trouvais et où je pourrais aller maintenant, ou comment éviter de tourner en rond, comme cela semblait être le cas.

David trouvait cela extrêmement amusant, surtout qu'à presque chaque tournant nous rencontrions d'autres passagers, perdus eux aussi. Six fois au moins, nous aidâmes ces très vieilles personnes à trouver leur chemin vers tel ou tel endroit. Pour ensuite nous reperdre nous-mêmes.

Pour finir, par je ne sais quel miracle, nous nous retrouvâmes au gril, puis sur le pont supérieur et nous regagnâmes enfin nos cabines. Il n'était qu'une heure avant le coucher du soleil et les énormes machines rugissaient déjà.

Dès que j'eus passé mes vêtements pour la soirée — un chandail blanc à col roulé et une veste de cotonnade à rayures — je sortis sur la véranda pour voir la fumée se déversant par la grande cheminée au-dessus de nous. Le navire tout entier avait commencé à vibrer sous la puissance des machines. Et la douce lumière des Caraïbes déclinait au-dessus des lointaines collines.

J'étais en proie à une terrible appréhension. On aurait dit que mes organes entraient en résonance avec la vibration des machines. En fait, cela n'avait rien à voir. Je songeais seulement que je ne reverrais jamais cette brillante lumière naturelle. Je ne verrais désormais que rarement la lumière — au crépuscule — mais jamais cet éclaboussement du soleil couchant sur l'eau scintillante, jamais ces reflets d'or sur les fenêtres lointaines ni le ciel bleu brillant d'un éclat si clair dans sa dernière heure au-dessus des bancs de nuages.

J'aurais voulu me cramponner à ce moment, en savourer tous les doux et subtils changements. Je n'en fis rien. Voilà des siècles, je n'avais pas dit adieu aux heures du jour. Comme le soleil se couchait sur mon ultime journée, je n'aurais même pas imaginé ne jamais le revoir avant cette fois. Jamais !

Je devrais assurément rester ici, à sentir les dernières vagues de sa douce chaleur, à savourer ces précieux instants de lumière.

Je n'en avais pas vraiment envie. Cela ne m'intéressait pas. J'avais vu tout cela dans des moments bien plus précieux et plus merveilleux. C'était fini, non ? Bientôt je serais de nouveau Lestat le Vampire.

Je retraversai lentement la cabine. Je me regardai dans le grand miroir. Oh ! voilà qui allait être la plus longue nuit de mon existence, me dis-je — plus longue encore que cette terrible nuit où le froid et la maladie m'accablaient à Georgetown. Et si nous échouions !

David m'attendait dans la coursive, très digne dans son costume de toile blanche. Il nous faut partir d'ici, dit-il, avant que le soleil ne disparaisse derrière les vagues. Je n'étais pas si pressé. Je ne pensais pas que cette créature idiote allait jaillir aussitôt de sa malle dans le flamboiement du crépuscule comme j'aimais tant le faire. Tout au contraire, il allait sans doute quelque temps se terrer craintivement dans l'ombre avant d'émerger.

Que ferait-il alors ? Allait-il ouvrir les tentures de sa véranda, quitter ainsi le navire pour aller dépouiller quelques familles condamnées au loin, sur la rive ? Ah ! mais il avait déjà frappé à Grenade. Peut-être comptait-il se reposer.

Impossible de le savoir. Nous redescendîmes discrètement jusqu'au gril puis nous sortîmes sur le pont éventé. De nombreux passagers étaient sortis pour voir le paquebot quitter le port. L'équipage s'apprêtait. Une épaisse fumée grise sortait de la cheminée dans la lumière déclinante.

Je m'accoudai au bastingage et tournai mon regard vers la courbe lointaine de la terre. Les vagues infiniment changeantes captaient et retenaient la lumière en faisant jouer mille reflets différents. Comme tout cela me paraîtrait plus varié quand demain viendrait la nuit ! Pourtant, en regardant ce paysage, je cessai de penser à l'avenir. Je me perdis dans la pure majesté de l'océan et dans le rose embrasement de la lumière qui baignait et modifiait l'azur du ciel sans fin.

Autour de moi les mortels semblaient apaisés. On ne parlait guère. Les passagers étaient assemblés sur la proue exposée au vent pour rendre hommage à cet instant. La brise à cet endroit était douce et parfumée. Le soleil d'un orange sombre, visible comme un œil qui lorgnait à l'horizon, disparut soudain aux regards. Une glorieuse explosion de lumière jaune s'alluma sous le flanc des grandes masses nuageuses. Une lumière rosée s'éleva de plus en plus haut dans les cieux étincelants et sans limite et, dans cette superbe brume de couleur, on aperçut le premier scintillement des étoiles.

L'eau s'assombrissait ; les vagues frappaient la coque avec une violence plus grande. Je m'aperçus que le grand navire se déplaçait. Et soudain, un violent coup de sifflet lui échappa, une sorte de cri qui éveilla dans mes os tout à la fois de la peur et de l'excitation. Il se déplaçait avec une lenteur si régulière qu'il me fallait garder les yeux fixés sur la côte au loin pour l'évaluer. Nous mettions cap à l'ouest vers la lumière mourante.

Je vis que David avait le regard vitreux. De sa main droite, il empoignait le bastingage. Il regardait l'horizon, les nuages qui s'élevaient et le ciel d'un rose profond au-delà.

J'aurais voulu lui dire quelque chose — quelque chose de beau et d'important, et qui témoignerait du profond amour que j'éprouvais. Un amour qui semblait soudain faire éclater mon cœur : je me tournai lentement vers lui et posai ma main gauche sur sa droite cramponnée au bastingage.

« Je sais, murmura-t-il. Croyez-moi, je sais. Mais vous devez être raisonnable maintenant. Gardez cela enfermé à l'intérieur. »

Ah ! oui, il fallait abaisser le voile. Parmi les centaines innombrables, être coupé de tout, silencieux et esseulé. Être seul. Et ainsi mon dernier jour de mortel touchait à son terme.

Une fois de plus, un grand coup de sirène retentit.

Le bateau avait fait presque complètement demi-tour. Il se déplaçait vers la haute mer. Le ciel maintenant s'assombrissait rapidement et le moment était venu pour nous de regagner les ponts inférieurs et de trouver quelque coin dans un bar bruyant où l'on ne nous observerait pas.

Je jetai un dernier regard au ciel, constatant que la lumière avait maintenant disparu totalement, et que mon cœur devenait froid. Un sombre frisson me parcourut. Mais je n'arrivais pas à regretter la disparition de la lumière. Je ne pouvais pas. Tout ce que je voulais de toute mon âme monstrueuse, c'était retrouver mes pouvoirs de vampire. Pourtant la terre semblait réclamer quelque chose de plus beau : que je pleure ce à quoi je renonçais.

Je ne pouvais pas le faire. J'éprouvais de la tristesse et l'accablant échec de mon escapade humaine pesait sur moi dans le silence tandis que j'étais là immobile, à sentir sur moi la brise tiède et tendre.

Je sentis la main de David qui me tirait doucement par le bras.

« Oui, allons-y », dis-je, et je tournai le dos au doux ciel des Caraïbes. La nuit était déjà tombée. Et mes pensées allaient à James, seulement James.

Oh ! comme j'aurais voulu pouvoir apercevoir cet imbécile quand il se lèverait de sa cachette soyeuse. Mais c'était bien trop risqué. Il n'y avait aucun endroit d'où nous pourrions l'observer en sécurité. Tout ce que nous avions à faire, c'était maintenant de nous cacher.

Le paquebot lui-même avait changé avec la tombée de la nuit.

Les petites boutiques étincelantes de la mezzanine étaient en pleine activité quand nous passâmes devant. Des hommes et des femmes vêtus de tissus brillants pour la soirée s'installaient déjà au bar du Théâtre en bas.

Les lumières des machines à sous s'étaient allumées dans la salle de jeu ; une foule se pressait autour de la table de roulette. Et de vieux couples dansaient aux doux accents d'un slow que jouait l'orchestre dans la grande salle de la Reine.

Quand nous eûmes trouvé un petit coin qui nous convenait dans la pénombre du club Lido et commandé deux consommations pour nous tenir compagnie, David m'ordonna de rester là tandis qu'il s'aventurait seul jusqu'au pont supérieur.

« Pourquoi ? Que voulez-vous dire : rester ici ? fis-je aussitôt furieux.

— Dès l'instant où il vous verra, il saura », dit-il d'un ton définitif, comme s'il s'adressait à un enfant. Il chaussa une paire de lunettes de soleil. « Il ne risque pas de me remarquer.

— Très bien, patron », dis-je, écœuré. J'étais scandalisé d'avoir à attendre ici en silence pendant qu'il s'en allait courir l'aventure !

Je me carrai dans mon fauteuil, bus une autre gorgée de mon gin-tonic glacé et antiseptique et m'efforçai de voir dans cette agaçante obscurité tandis que plusieurs jeunes couples évoluaient sur la piste de danse illuminée d'éclairs. La musique était intolérablement bruyante. En revanche, la subtile vibration du paquebot géant était délicieuse. Il avait déjà pris de la vitesse. D'ailleurs, quand je regardai vers la gauche par une des nombreuses grandes baies vitrées, j'aperçus le ciel empli de nuages, encore éclairé par la lumière du soir tombant, qui défilait tout simplement sous mes yeux.

Un puissant navire, me dis-je. Il faut lui rendre cette justice. Malgré toutes ses petites lampes criardes et sa moquette affreuse, ses plafonds bas qui vous oppressent et ses salles d'un ennui sans fin, c'est quand même un puissant bateau.

Je réfléchissais à cela, m'efforçant de ne pas devenir fou d'impatience et de voir les choses du point de vue de James quand mon attention fut attirée par l'apparition au bout de la coursive d'un jeune homme blond d'une magnifique beauté.

Il était en tenue de soirée, à l'exception de lunettes aux verres violets bien incongrus et je me gorgeais de ce spectacle quand je m'aperçus soudain avec une horreur qui me pétrifia que c'était moi-même que je contemplais !

C'était James en veste de smoking noir et chemise à plastron, qui scrutait les lieux derrière ces élégantes lunettes et qui s'avançait lentement vers le bar où je me trouvais.

Je sentis ma poitrine se serrer de façon insupportable. Chacun de mes muscles commença à se crisper d'angoisse. Très lentement, je levai la main pour soutenir mon front et j'inclinai légèrement la tête pour regarder de nouveau vers la gauche. Comment pouvait-il ne pas me voir avec ces yeux surnaturels au regard perçant. Cette obscurité n'était rien pour lui. Il pouvait certainement repérer l'odeur de peur qui émanait de moi tandis que la sueur ruisselait sous ma chemise.

Pourtant le misérable ne me vit pas. Il s'était installé au bar, me tournant le dos, et il regardait vers la droite. Je ne distinguai que le contour de sa joue et de sa mâchoire. Et comme il semblait visiblement se détendre, je constatai que c'était une attitude qu'il prenait, son coude gauche appuyé au bois bien astiqué, son genou droit imperceptiblement fléchi, son talon accroché à la barre de cuivre du tabouret sur lequel il était juché.

Il agitait doucement la tête au rythme du slow. Et il émanait de lui un charmant orgueil, un sublime contentement à être ce qu'il était et à être où il était.

Je pris une profonde inspiration. A travers la vaste salle et bien plus loin que lui, je vis la silhouette reconnaissable de David s'arrêter un instant sur le seuil. Puis elle avança. Dieu merci, il avait vu le monstre, qui aux yeux de tous devait avoir l'air aussi complètement normal — à part son excessive et voyante beauté — qu'il le semblait à mes yeux.

Quand la peur monta de nouveau en moi, j'imaginai délibérément un travail que je n'avais pas, dans une ville où je n'avais jamais vécu. Je pensai à une fiancée du nom de Barbara, une ensorcelante beauté, et à une dispute entre nous qui bien sûr n'avait jamais eu lieu. Je m'encombrai l'esprit de pareilles images, je pensai à un million d'autres choses : aux poissons tropicaux que j'aimerais avoir un jour dans un petit aquarium, et si j'allais ou non me rendre à la salle de cinéma pour voir le film.

Le voleur ne m'avait pas remarqué. Je ne tardai pas à m'apercevoir d'ailleurs qu'il ne remarquait personne. Il avait quelque chose de presque poignant dans sa façon d'être assis, le visage un peu levé, savourant apparemment cet endroit sombre, assez ordinaire et d'une laideur certaine.

Il adore ça, me dis-je. Ces salons avec leur matière plastique et leur clinquant sont pour lui un pinacle d'élégance et le simple fait d'être ici l'emplit d'une joie silencieuse. Il n'a même pas besoin qu'on le remarque. Il ne prête attention à personne qui serait susceptible de le remarquer. Il est un petit univers à lui tout seul, exactement comme ce navire, qui vogue à si grande allure dans ces mers chaudes.

Malgré ma peur, cela me parut soudain déchirant et tragique. Et je me demandai si je n'avais pas semblé aux autres être le même raté pitoyable quand j'avais cette forme-là ? N'avais-je pas paru tout aussi triste ?

Secoué d'un violent tremblement, je pris mon verre et le vidai d'un trait, comme s'il s'agissait d'un médicament, me réfugiant de nouveau derrière ces images forcées, pour masquer mes appréhensions ; j'allai même jusqu'à fredonner avec la musique, en suivant d'un regard un peu absent le jeu des lumières tamisées sur cette ravissante tête blonde.

Il descendit soudain de son tabouret et, prenant à droite, longea très lentement le bar plongé dans l'obscurité, passa devant moi sans me voir et s'avança sous les lumières plus vives qui entouraient la piscine couverte. Il relevait le menton ; il marchait à pas si lents et si précautionneux qu'ils semblaient douloureux, tournant la tête de droite à gauche pour inspecter les lieux qu'il traversait. Puis, avec les mêmes manières prudentes, des manières qui trahissaient plus la faiblesse que la force, il poussa la porte vitrée donnant sur le pont et disparut dans la nuit.

Il me fallait le suivre ! Je ne devrais pas et je le savais, mais avant d'avoir pu me maîtriser, j'étais debout et je lui emboîtai le pas, la tête encombrée du même brouillard de fausses images, puis je m'arrêtai sur le seuil de la porte. Je l'apercevais très loin tout au bout du pont, accoudé au bastingage, le vent ébouriffant ses cheveux fous. Il regardait le ciel et une fois de plus il me parut perdu dans son orgueil et son contentement, savourant peut-être le vent et les ténèbres et se balançant juste un peu, comme le font les musiciens aveugles quand ils jouent, avec l'air de trouver du plaisir à chaque seconde qu'il vivait dans ce corps, et de nager tout simplement en plein bonheur.

J'éprouvai une fois de plus cet accablant sentiment d'identification : est-ce que je paraissais le même idiot pathétique à ceux qui m'avaient connu et qui m'avaient condamné ? Oh ! quelle pitoyable créature d'avoir précisément choisi pour passer sa vie surnaturelle cet endroit, si affreusement artificiel, avec ses vieux passagers tristes, dans un décor sans intérêt de fanfreluches de mauvais goût, isolé du vaste monde dont les vraies splendeurs s'étendaient partout.

Ce fut seulement après un long moment qu'il pencha légèrement la tête et qu'il passa lentement les doigts de sa main droite sur le revers de son veston. Un chat en train de se lécher n'aurait pas eu l'air plus détendu ni plus content de lui. Avec quel amour il caressait ce bout de tissu sans importance ! Plus que tout autre geste qu'il avait pu faire, celui-là était révélateur.

Sur ce, tournant la tête d'un côté puis de l'autre et n'apercevant qu'un couple de passagers loin sur sa droite qui regardaient dans une tout autre direction, il s'éleva soudain au-dessus des planches et disparut aussitôt !

Bien sûr, il ne s'était rien passé de tel en réalité. Il s'était simplement envolé. Je restai là à frissonner derrière la porte vitrée, le visage et le dos baignés de sueur à regarder l'espace vide devant moi quand je sentis David me parler rapidement à l'oreille.

« Venez, mon ami, allons donc dîner au gril. »

Me retournant j'aperçus l'expression faussement désinvolte de son visage. Bien sûr James était encore à portée pour nous entendre tous les deux ! Pour entendre tout ce qui sortait de l'ordinaire sans même avoir à scruter délibérément.

« Mais oui, au gril », dis-je, m'efforçant de ne pas penser consciemment aux propos de Jake la veille du soir, lorsqu'il disait que personne n'avait encore vu notre homme venir prendre un repas là-bas. « Je n'ai pas vraiment faim, mais c'est assommant, vous ne trouvez pas, de rester ici à traîner ? »

David tremblait, lui aussi. En même temps il était formidablement excité.

« Oh ! il faut que je vous dise », lança-t-il, continuant sur le même ton tandis que nous retraversions le bar pour nous diriger vers l'escalier voisin. « Ils sont tous en tenue de soirée, là-bas, mais on va quand même nous servir puisque nous venons d'embarquer.

— Je me fiche qu'ils soient même tout nus. Ça va être une soirée mémorable. »

La fameuse salle à manger des premières classes était un peu plus calme et plus civilisée que les autres endroits que nous avions traversés. Tout en capitonnage de cuir blanc et laque noire, c'était un lieu fort agréable avec son éclairage chaud et généreux. Il y avait dans le décor une certaine fragilité, d'ailleurs, il en allait ainsi de tout à bord du navire ; pourtant l'endroit n'était pas laid, et la cuisine était excellente.

Quand il se fut écoulé vingt-cinq minutes depuis l'envol de notre sombre oiseau, je risquai quelques brèves remarques. « Il est incapable d'utiliser un dixième de sa force ! Elle le terrifie.

— Oui, je suis d'accord avec vous. Il a tellement peur qu'il se déplace en fait comme s'il était ivre.

— Ah ! c'est tout à fait cela. Vous savez qu'il est passé à cinq mètres de moi, David, et il ne s'est absolument pas rendu compte que j'étais là.

— Je sais, Lestat, croyez-moi, je sais. Mon Dieu, il y a tant de choses que je ne vous ai pas enseignées. J'étais là à vous observer, terrifié à l'idée qu'il essaie quelques mauvais tours de télékinésie alors que je ne vous avais pas donné le moindre conseil sur la façon d'y parer.

— David, s'il utilise vraiment son pouvoir, rien ne saurait être une véritable parade. Vous comprenez, il ne sait pas l'utiliser. Et s'il avait tenté un coup de poignard, j'aurais dégainé d'instinct, car c'est tout ce que vous m'avez appris à faire.

— Oui, c'est vrai. Il s'agit toujours des mêmes tours que vous connaissiez sous votre autre forme. J'ai eu l'impression la nuit dernière que vous remportiez vos victoires les plus définitives quand vous ne pensiez plus que vous étiez mortel et que vous retombiez dans le comportement que vous aviez autrefois.

— Peut-être bien, dis-je. Franchement, je n'en sais rien. Oh ! rien que de le voir dans mon corps !

— Chut, prenez votre dernier repas et parlez moins fort.

— Mon dernier repas, fis-je avec un petit ricanement. Quand j'aurai fini par l'attraper, c'est lui qui me servira de repas. » Puis je m'arrêtai, m'apercevant avec dégoût que c'était de ma propre chair que je parlais. Je regardai la longue main brune qui tenait le couteau d'argent. Est-ce que j'éprouvais la moindre affection pour ce corps ? Non. C'était le mien que je voulais, et je pouvais supporter l'idée que nous avions huit heures à attendre avant qu'il fût de nouveau mien.

Nous ne le revîmes que bien après une heure du matin.

J'avais eu la prudence d'éviter le petit club Lido, car c'était le meilleur endroit pour danser, activité qu'il aimait, et il y régnait aussi une pénombre confortable. Je m'attardai plutôt dans les grands salons, mes lunettes noires bien en place, mes cheveux enduits d'une généreuse dose de graisse qu'un jeune steward un peu surpris m'avait obligeamment remis sur ma demande. Peu m'importait d'avoir l'air si épouvantable. Je me sentais plus anonyme et plus en sûreté.

Quand nous le repérâmes, il était de nouveau dans une des coursives, se dirigeant cette fois vers la salle de jeu. Ce fut David qui se lança à sa poursuite pour le surveiller et surtout parce qu'il ne pouvait pas y résister.

J'aurais voulu lui rappeler que nous n'avions pas besoin de suivre le monstre. Il nous suffisait de surgir dans la suite Victoria au moment voulu. Le petit journal du bord, déjà imprimé pour le matin suivant, précisait que le soleil se levait à six heures vingt et une précises. Je me mis à rire en voyant cela : allons, à six heures vingt et une, je serais de nouveau moi-même.

David regagna enfin son fauteuil auprès de moi et reprit son journal.

« Il est à la table de roulette, et il gagne. Cette petite canaille utilise son pouvoir télékinésique pour gagner ! Quelle stupidité !

— Oui, vous n'arrêtez pas de répéter cela, dis-je. Si nous parlions un peu maintenant de nos films préférés ? Je n'ai rien vu récemment avec Rutger Hauer. Je le regrette. »

David eut un petit rire. « Oui, j'aime assez moi aussi ce comédien hollandais. »

Nous bavardions encore tranquillement à trois heures vingt-cinq quand nous vîmes repasser devant nous le beau Mr. Jason Hamilton. Si lent, si rêveur, tellement maudit. Quand David fit mine de le suivre, je le retins.

« Pas la peine, l'ami. Plus que trois heures. Racontez-moi donc l'intrigue de ce vieux film : *Body and Soul*, vous vous rappelez, cette histoire de boxeur, et puis est-ce qu'il n'y a pas dedans une réplique à propos du tigre de Blake ? »

A six heures dix, une lumière laiteuse emplissait déjà le ciel. C'était exactement l'instant où d'ordinaire je regagnais mon lieu de repos, et je ne pouvais pas imaginer qu'il ne l'eût pas déjà fait. Nous devrions le trouver dans sa malle noire luisante.

Nous ne l'avions pas vu depuis un peu plus de quatre heures, alors qu'il dansait de son pas lent et un peu éméché sur la petite piste du club Lido désert, avec une femme menue et grisonnante vêtue d'une ravissante robe du soir rouge pâle. Nous étions restés à une certaine distance, à l'entrée du bar, tournant le dos au mur, et écoutant le débit saccadé de sa voix britannique si... oh ! si classe. Puis nous nous étions éclipsés tous les deux.

Le moment maintenant approchait. Plus question de l'éviter. La longue nuit touchait à sa fin. L'idée me vint à plusieurs reprises que j'allais peut-être périr dans les minutes suivantes ; jamais dans ma vie pareille pensée ne m'avait arrêté. En revanche, si je pensais que David risquait d'être blessé, j'allais complètement perdre la tête.

David n'avait jamais été plus déterminé. Il venait de prendre son gros revolver argenté dans la cabine du pont cinq et l'avait fourré dans la poche de son veston. Nous avions laissé la malle ouverte là-bas, prête à m'accueillir ; et, sur la porte, la petite pancarte « prière de ne pas déranger » pour éloigner les stewards. Nous avions décidé aussi que je ne pouvais pas avoir sur moi le revolver noir car, une fois l'échange effectué, l'arme se trouverait alors dans les mains de James. Nous quittâmes la petite cabine sans fermer la porte à clé. Les clés d'ailleurs étaient à l'intérieur, car je ne pouvais pas prendre le risque de les avoir avec moi. Si un steward bien intentionné fermait quand même la porte à clé, il me faudrait faire fonctionner la serrure avec mon esprit, ce qui ne poserait aucun problème au vieux Lestat.

Ce que, par contre, j'avais maintenant sur moi, c'était le faux passeport au nom de Sheridan Blackwood dans ma poche de veste, avec assez d'argent pour permettre à cette canaille de quitter la Barbade et d'aller dans Dieu sait quelle partie du monde où il choisirait de fuir. Le paquebot entrait déjà en rade de la Barbade. Si Dieu le voulait, nous serions bientôt à quai.

Comme nous l'avions espéré, le large passage brillamment éclairé du pont supérieur était désert. Je soupçonnai le steward de s'être réfugié derrière les rideaux de la petite cuisine pour faire un somme.

Nous nous dirigeâmes sans bruit vers la porte de la suite Victoria et David introduisit la clé dans la serrure. Nous entrâmes aussitôt. La malle était ouverte et vide. Les lampes étaient allumées. Le misérable n'était pas encore arrivé.

Sans un mot, j'éteignis une à une toutes les lumières puis je m'approchai des portes de la véranda et je tirai les tentures. Le ciel avait encore le bleu étincelant de la nuit mais pâlissait de seconde en seconde. Une douce lumière commençait à envahir la pièce. Elle lui brûlerait les yeux quand il la verrait. Cela déclencherait une douleur immédiate sur sa peau non protégée.

A n'en pas douter il était en route maintenant, il le fallait, à moins qu'il ne disposât d'une autre cachette dont nous ignorions l'existence.

Je revins à la porte et me plantai sur le côté gauche. Il ne me verrait pas quand il entrerait car le battant me dissimulerait quand il le pousserait.

David avait gravi les marches pour gagner le salon surélevé et s'était posté, le dos à la paroi vitrée, tourné vers la porte de la cabine, tenant solidement le gros revolver à deux mains.

J'entendis soudain des pas rapides qui approchaient. Je n'osai pas le signaler à David mais je pus voir que lui aussi avait entendu. La créature courait presque. Son audace me surprit. Puis David prit le revolver et le braqua vers l'entrée tandis que la clé tournait dans la serrure.

Le battant de la porte me heurta puis claqua tandis que James entrait presque en trébuchant. Il avait un bras levé pour protéger ses yeux de la lumière qui se déversait par la paroi vitrée et il poussa un juron à demi étranglé, maudissant manifestement les stewarts de ne pas avoir tiré les rideaux comme ils en avaient reçu la consigne.

De son habituel pas maladroit, il se tourna vers les marches puis s'immobilisa. Il vit David au-dessus de lui, braquant le revolver sur sa poitrine, puis David cria :

« C'est le moment ! »

De tout mon être, je me lançai à l'assaut, la partie invisible de moi jaillissant de mon enveloppe mortelle et se précipitant vers ma forme d'autrefois avec une force incalculable. Immédiatement, je fus repoussé en arrière ! Je retombai dans mon corps mortel avec tant de violence que l'enveloppe elle-même vint violemment heurter le mur.

« Encore ! » cria David, mais une nouvelle fois je fus repoussé avec une stupéfiante rapidité, luttant pour reprendre le contrôle de mes pesants membres de mortel et me remettre tant bien que mal sur mes pieds.

Je vis mon ancien visage de vampire penché au-dessus de moi, les yeux bleus rougis et clignotant tandis que la lumière se faisait de plus en plus vive dans la pièce. Ah ! je savais les souffrances qu'il endurait ! Je connaissais son désarroi. Le soleil brûlait cette peau tendre qui ne s'était jamais complètement remise de l'épreuve du désert de Gobi ! Ses membres sans doute commençaient déjà à s'affaiblir avec l'inévitable engourdissement qui accompagne la venue du jour.

« Allons, James, la partie est finie, dit David manifestement furieux. Utilisez donc votre petite cervelle ! »

La créature se retourna comme si la voix de David avait soudain attiré son attention, puis recula jusqu'à la table de nuit, faisant s'effondrer avec un vilain bruit le petit meuble en matière plastique, son bras de nouveau levé pour protéger ses yeux. Affolé, il vit les dégâts qu'il venait de commettre, et il essaya de regarder de nouveau David qui se tenait le dos au soleil levant.

« Alors, que comptez-vous faire ? interrogea David. Où pouvez-vous aller ? Où pouvez-vous vous cacher ? Attaquez-vous à nous et la cabine sera fouillée sitôt qu'on aura découvert les corps. C'est terminé, mon ami. Renoncez maintenant. »

Un grondement profond sortit de la bouche de James. Il pencha la tête comme un taureau aveugle qui va charger. J'étais absolument désespéré de le voir crisper les poings.

« Renoncez, James », cria David.

Tandis qu'une volée de jurons sortait des lèvres de ce monstre, je m'attaquai une fois de plus à lui, l'affolement me poussant aussi sûrement que le courage et la simple volonté d'un mortel. Le premier brûlant rayon de soleil passa au-dessus de l'eau ! Mon Dieu, c'était maintenant ou jamais et je ne pouvais pas échouer. Je ne pouvais pas. Je le heurtai de plein fouet, sentant une secousse électrique paralysante au moment où je passai à travers lui, puis je ne vis plus rien et j'eus la sensation d'être aspiré comme par un vide immense qui m'entraînait dans les ténèbres tandis que je criais : « Oui, en lui, en moi ! Dans mon corps, oui ! » Puis je me retrouvai fixant directement un flamboiement de lumière dorée.

J'éprouvais dans les yeux une douleur insupportable. C'était la chaleur du désert de Gobi. C'était la grande et ultime illumination de l'enfer. J'avais atteint mon but ! J'étais dans mon propre corps ! Et ce flamboiement, c'était le soleil levant, qui brûlait mon visage et mes mains surnaturels.

« David, nous avons gagné ! » m'écriai-je et les mots jaillirent avec une étrange ampleur. Je me levai d'un bond du sol où j'étais tombé, retrouvant toute ma délicieuse et glorieuse force et toute ma vivacité. Je me ruai aveuglément vers la porte, percevant une dernière fois l'image vacillante de mon ancien corps mortel se traînant à quatre pattes vers les marches.

Au moment où j'arrivais dans la coursive, la cabine connut une véritable explosion de chaleur et de lumière. Je ne pouvais rester là une seconde plus, même si je venais d'entendre le gros revolver claquer avec un fracas assourdissant.

« Dieu vous aide, David », murmurai-je. Je me retrouvai aussitôt au pied de la première volée de marches. Le soleil, Dieu merci, ne pénétrait pas dans cette coursive, mais mes membres que je retrouvais perdaient déjà de leur force. Quand retentit le second coup de feu, j'avais sauté la balustrade de l'escalier A et plongé jusqu'au pont cinq, où je touchai la moquette en courant déjà.

J'entendis encore une détonation avant de parvenir à la

petite cabine. Mais elle était si faible. Ma main sombre et brûlée par le soleil qui tentait d'ouvrir la porte était presque incapable de tourner le bouton. Je me débattais de nouveau contre un froid aussi pénétrant que si j'errais dans les rues enneigées de Georgetown. Enfin la porte s'ouvrit brutalement, je tombai à genoux dans la petite pièce. Et même si je m'effondrais, j'étais à l'abri de la lumière.

Dans un ultime élan de volonté, je claquai la porte et je poussai en place la malle ouverte dans laquelle je me précipitai. Puis tout ce que je fus capable de faire, ce fut de chercher à tâtons le couvercle. Je ne sentais plus rien au moment où je l'entendis retomber en place. J'étais blotti là, immobile, un soupir échappant à mes lèvres.

« Dieu vous protège, David », murmurai-je. Pourquoi avait-il tiré ? Pourquoi ? Et pourquoi tant de coups de feu de ce puissant revolver ? Comment tout le monde n'avait-il pas pu entendre le fracas de cette arme !

Nul pouvoir sur terre ne me permettait plus dorénavant de l'aider. Mes yeux se fermaient. Je me retrouvais à flotter dans les profondeurs veloutées des ténèbres que je n'avais pas connues depuis cette fatale rencontre de Georgetown. C'était fini, terminé. J'étais de nouveau Lestat le Vampire, et rien d'autre ne comptait. Rien.

Je crois que mes lèvres esquissèrent une dernière fois le mot « David », comme une prière.

CHAPITRE 23

Sitôt éveillé, je sentis que David et James n'étaient pas à bord du navire.

Je ne sais pas très bien comment, mais j'en avais la certitude.

Après avoir quelque peu rajusté mes vêtements et m'être permis quelques instants de grisant bonheur en regardant dans le miroir et en faisant jouer les merveilles de mes mains et de mes doigts de pied, je sortis pour m'assurer que les deux hommes n'étaient pas à bord. James, je n'espérais pas le trouver. Mais David, si. Qu'était-il advenu de David après ces coups de feu ?

Trois balles assurément auraient dû tuer James. Et, bien sûr, tout cela s'était passé dans *ma* cabine — je trouvai d'ailleurs *mon* passeport au nom de Jason Hamilton bien en sécurité dans ma poche — et je m'aventurai donc sur le pont supérieur avec la plus grande prudence.

Les stewards s'affairaient en tout sens, apportant les cocktails du soir et remettant de l'ordre dans les cabines de ceux qui étaient déjà sortis pour la soirée. J'eus recours à tous mes talents pour me déplacer prestement dans la coursive et j'entrai dans la suite Victoria sans être vu.

De toute évidence, on avait mis de l'ordre dans la suite. La grande malle de cabine noire qui servait à James de cercueil était fermée, et le tissu en recouvrait le fermoir. On avait retiré les débris de la table de nuit, ce qui laissait une marque sur la cloison.

Pas trace de sang sur la moquette. En fait, il ne restait pas le moindre vestige de cette horrible lutte. Et, par la porte vitrée qui donnait sur la véranda, je voyais que nous quittions la rade de la Barbade sous la lumière glorieuse et voilée du crépuscule, pour gagner la haute mer.

Je sortis un moment sur la véranda, rien que pour contempler la nuit infinie et retrouver avec joie ma vieille vision de vampire. Sur le miroitement lointain de la côte, je distinguai un million de menus détails qu'aucun mortel ne pourrait jamais voir. J'étais si excité de sentir ma légèreté d'autrefois, cette impression de grâce et de dextérité que pour un rien je me serais mis à danser. Ç'aurait été charmant de faire un peu de claquettes sur un côté du navire et puis sur l'autre, en frappant dans mes mains et en chantant des chansons.

Je n'avais pas le temps. Il me fallait découvrir sans tarder ce qui était arrivé à David.

Ouvrant la porte donnant sur la coursive, j'eus tôt fait de manipuler sans bruit la serrure de la cabine de David en face de la mienne. Puis, avec une vitesse surnaturelle, j'y pénétrai, sans avoir été vu par ceux qui passaient dans le couloir.

Tout avait disparu. On avait entièrement fait le ménage dans la cabine pour un nouveau passager. David de toute évidence avait été contraint de quitter le paquebot. Peut-être se trouvait-il maintenant à la Barbade ! Et si c'était le cas, je pourrais le découvrir assez rapidement.

Mais l'autre cabine — celle qui était occupée par mon moi mortel ! J'ouvris la porte de communication sans y toucher et je constatai que cette cabine aussi avait été vidée et nettoyée.

Que faire ? Je ne voulais pas rester sur ce navire plus qu'il ne le fallait, car je ne manquerais certainement pas d'être le centre de toutes les attentions dès qu'on repérerait ma présence. Car c'était dans ma suite que s'était produit le terrible incident.

J'entendis le pas facilement identifiable du steward qui nous avait rendu de tels services un peu plus tôt, et j'ouvris la porte juste au moment où il allait passer devant. En me voyant, il parut extrêmement confus et excité. Je lui fis signe d'entrer.

« Oh, monsieur, on vous cherche partout ! On croyait que vous aviez débarqué à la Barbade. Il faut que je contacte immédiatement la sécurité.

— Ah ! mais racontez-moi ce qui s'est passé », dis-je, le regardant droit dans les yeux. Je vis bientôt le charme agir sur lui : il se radoucit et tomba dans un état de totale confiance.

Il y avait eu une scène épouvantable dans ma cabine au lever du soleil. Un gentleman britannique d'un certain âge — qui, soit dit en passant, avait auparavant prétendu être mon médecin — avait tiré plusieurs coups de feu sur un jeune agresseur qui, prétendait-il, avait tenté de l'assassiner, mais aucune de ses balles n'avait touché leur cible. Personne d'ailleurs n'avait pu repérer le jeune agresseur en question. A en croire la description du gentleman anglais, le jeune homme avait occupé cette même cabine où nous nous trouvions maintenant, et il s'était embarqué sous un faux nom.

Il en allait d'ailleurs de même du vieux monsieur britannique. En fait, la confusion des noms était un des éléments importants de toute l'affaire. Le steward ne savait pas vraiment ce qui s'était passé, sauf que le vieux monsieur anglais avait été placé sous bonne garde jusqu'au moment où on avait fini par l'escorter à terre.

Le steward semblait déconcerté. « Je crois qu'ils étaient plutôt soulagés de le voir débarquer. Mais, monsieur, il faut appeler l'officier chargé de la sécurité. On est très inquiet à votre propos. C'est étonnant qu'on ne vous ait pas arrêté quand vous êtes remonté à bord à la Barbade. On vous a cherché toute la journée. »

Je n'étais pas tout à fait sûr d'avoir envie de subir un interrogatoire serré de la part des officiers de sécurité, mais le problème fut rapidement tranché quand deux hommes en uniforme blanc se présentèrent à la porte de la suite Victoria.

Je remerciai le steward, j'abordai ces deux messieurs et, les invitant à entrer dans la suite, je reculai dans l'ombre comme j'en avais l'habitude lors de ce genre de rencontre et je les priai de me pardonner de ne pas allumer. Pour tout dire, la lumière qui passait par les portes de la véranda était tout à fait suffisante, expliquai-je, compte tenu du triste état dans lequel j'avais la peau.

Les deux hommes étaient profondément troublés, très méfiants et je fis une fois de plus de mon mieux pour les convaincre.

« Qu'est-il arrivé au docteur Alexander Stoker ? demandai-je. C'est mon médecin personnel, et je suis très inquiet. »

Le plus jeune des deux, un homme au visage rougeaud avec un accent irlandais, de toute évidence ne croyait pas un mot de ce que je lui disais et il sentait que quelque chose n'allait pas du tout dans mon attitude et dans mes propos. Mon seul espoir était de faire sombrer ce personnage dans la confusion la plus totale pour le contraindre à rester silencieux.

L'autre, le grand Anglais bien élevé, était beaucoup plus facile à ensorceler, et il se mit tout de go à me raconter l'histoire en détail.

« Il semble que le docteur Stoker n'était pas vraiment le docteur Stoker mais un homme venant d'Angleterre, répondant au nom de David Talbot, bien qu'il refusât d'expliquer pourquoi il avait utilisé un faux nom.

— Vous savez, monsieur, ce Mr. Talbot avait une arme à bord ! » me déclara le plus grand des deux officiers tandis que l'autre continuait à me dévisager avec une profonde méfiance. « Bien sûr, cette organisation de Londres, ce Talamasca ou Dieu sait quoi, s'est confondue en excuses et a tenu à arranger tout cela. Cela a fini par se régler avec le commandant et des gens de la direction de la Cunard. La compagnie n'a pas porté plainte contre Mr. Talbot quand celui-ci a accepté de faire ses bagages, de se laisser escorter à terre et conduire jusqu'à un avion qui décollait immédiatement pour les États-Unis.

— Pour quelle destination aux États-Unis ?

— Pour Miami, monsieur. D'ailleurs, c'est moi qui l'ai accompagné à l'aéroport. Il a insisté pour que je vous transmette un message de sa part, monsieur, en disant que vous devriez le retrouver à Miami à votre convenance. Au Park Central Hotel. Il m'a répété ce message je ne sais combien de fois.

— Très bien, répondis-je. Et l'homme qui l'a attaqué ? L'homme sur qui il a tiré ?

— Nous n'en avons pas trouvé trace, monsieur, bien qu'à n'en pas douter cet homme ait été vu à bord précédemment par un certain nombre de passagers et, semble-t-il en compagnie de Mr. Talbot ! D'ailleurs, la cabine du jeune monsieur est là-bas, et je crois bien que vous y étiez, en train de parler au stewart, quand nous sommes arrivés ?

— Toute cette affaire est extrêmement surprenante, dis-je de mon ton le plus assuré. Vous pensez que ce jeune homme aux yeux bruns n'est plus à bord ?

— Nous en sommes pratiquement certains, monsieur, bien

qu'il soit évidemment tout à fait impossible de procéder à une fouille complète d'un paquebot comme celui-ci. Les affaires du jeune homme étaient toujours dans la cabine quand nous l'avons ouverte. Il a bien fallu le faire, évidemment, puisque Mr. Talbot affirmait qu'il avait été attaqué par le jeune homme et que ce dernier voyageait lui aussi sous un faux nom ! Nous avons évidemment mis ses bagages sous clé. Monsieur, si vous voulez bien venir avec moi jusqu'au bureau du commandant, je pense que vous pourriez peut-être jeter quelque lumière sur... »

Je m'empressai de déclarer qu'en vérité je ne savais rien de tout cela. Je ne me trouvais pas dans la cabine à ce moment-là. A vrai dire, j'étais descendu hier à terre à Grenade sans savoir le moins du monde qu'aucun de ces deux hommes était à bord. Et j'avais débarqué ce matin à la Barbade pour une journée de tourisme sans me douter que cette fusillade avait eu lieu.

Tout ce calme et habile discours de ma part n'était qu'une couverture pour les efforts de persuasion que je continuais à déployer pour eux : ils devaient me laisser maintenant pour que je puisse me changer et prendre quelque repos.

Quand j'eus refermé la porte sur eux, je savais qu'ils allaient droit chez le commandant et que je ne disposais que de quelques minutes avant leur retour. Peu importait véritablement. David était sain et sauf ; il avait quitté le navire et s'était rendu à Miami où je devais le retrouver. C'était tout ce que je voulais savoir. Heureusement, il avait trouvé un vol pour quitter la Barbade. Car Dieu seul savait où James pouvait se trouver maintenant.

Quant à Mr. Jason Hamilton, dont j'avais le passeport dans ma poche, il avait encore dans sa suite une penderie pleine de vêtements, et je comptais bien faire usage sans tarder de quelques-uns d'entre eux. J'ôtai ma veste de smoking froissée et autres atours de soirée — la tenue de vampire par excellence — et je trouvai une chemise de popeline, une veste de toile convenable et un pantalon. Tout cela bien sûr était exactement aux mesures de ce corps-ci. Même les chaussures de toile m'allaient à merveille.

Je pris le passeport avec moi, ainsi qu'une somme appréciable en dollars américains que j'avais trouvée dans les vieux vêtements.

Puis je ressortis sur la véranda et je restai un moment à me faire caresser par la douce brise, mes yeux passant rêveusement sur la mer d'un bleu profond et lumineux.

Le *Queen Elizabeth II* fonçait maintenant à la vitesse de vingt-huit nœuds qui avait fait sa gloire, les vagues translucides se fracassant sur sa proue puissante. L'île de la Barbade avait totalement disparu à l'horizon. Je levai les yeux vers la grande cheminée noire qui dans son immensité semblait être la cheminée même de l'enfer. C'était un magnifique spectacle que de voir l'épais panache de fumée qui en sortait pour se recourber et descendre jusqu'au niveau de l'eau sous le souffle continu du vent.

Mon regard se porta de nouveau vers l'horizon lointain. Le monde tout entier semblait baigné d'une belle lumière azurée. Par-delà une légère brume que des mortels n'auraient pas pu déceler, je distinguai le scintillement des constellations et les formes sombres des planètes dérivant avec lenteur. J'étirai mes membres, ravi de les sentir et d'apprécier les douces vagues qui parcouraient mes épaules et mon dos. Je m'ébrouai, charmé de sentir mes cheveux sur ma nuque, puis je m'accoudai au bastingage.

« Je vous rattraperai, James, murmurai-je. Vous pouvez en être certain. Mais pour l'instant j'ai d'autres choses à faire. Pour le moment, préparez donc en vain vos petits complots. »

Puis je m'élevai lentement vers le ciel — aussi lentement que je le pouvais — jusqu'au moment où je me trouvai très haut au-dessus du navire et où je pus le contempler, admirant ses divers ponts entassés les uns sur les autres et festonnés de si nombreuses petites lumières jaunes. Comme le paquebot avait un air de fête et comme il semblait loin de tout souci ! Il avançait bravement dans la houle, silencieux et puissant et emportant avec lui tout son petit royaume peuplé de gens qui dansaient, dînaient et bavardaient, d'officiers de sécurité affairés, de stewards empressés, de centaines et de centaines d'heureuses créatures qui ne savaient pas le moins du monde que nous avions jamais été là pour venir les troubler avec notre petit drame, ni que nous avions disparu aussi prestement que nous étions venus, ne laissant dans notre sillage qu'un tout petit peu de confusion. Paix au bienheureux *Queen Elizabeth II*, dis-je, et je compris alors pourquoi le Voleur de Corps avait aimé ce bateau et s'y était caché, si triste et clinquant qu'en fût le décor.

Après tout, qu'est donc tout notre monde du point de vue des étoiles ? Que pensent-elles de notre minuscule planète, me demandai-je, avec ses folles juxtapositions, ses événements imprévisibles et ses luttes sans fin ; avec ses civilisations insensées qui en occupent la surface et qui subsistent non pas par la volonté, la foi, ni quelque commune ambition, mais par ce don qu'ont ses millions d'habitants à rêver, à pouvoir oublier les tragédies de l'existence pour se replonger dans le bonheur, tout comme le faisaient les passagers de ce petit bateau — comme si le bonheur était aussi naturel pour tous ces êtres que la faim, le sommeil, l'amour de la chaleur et la crainte du froid.

Je m'élevai de plus en plus haut jusqu'au moment où je ne vis plus le navire. Au-dessous de moi, des nuages couraient à la surface du monde. Et, au-dessus, les étoiles brûlaient dans toute leur glaciale majesté et, pour une fois, je ne les haïssais pas ; non, je ne pouvais pas les haïr ; je ne pouvais rien haïr ; j'étais trop empli de joie et d'un sombre et amer triomphe. J'étais Lestat, flottant entre le ciel et l'enfer et content qu'il en fût ainsi — *peut-être pour la première fois.*

CHAPITRE 24

La forêt tropicale d'Amérique du Sud — cet immense et profond enchevêtrement de bois et de jungles qui couvre des kilomètres et des kilomètres du continent, recouvrant les pentes montagneuses et emplissant le creux des vallées, ne s'interrompant que pour laisser la place à de larges fleuves étincelants et à des lacs scintillants — cette forêt douce verdoyante et luxurieuse semble inoffensive quand on la voit de tout en haut à travers les nuages qui passent.

Quand on a les pieds sur son sol humide et doux, les ténèbres sont impénétrables. Les arbres sont si haut qu'il n'y a pas de ciel au-dessus d'eux. A vrai dire, la création n'est rien que lutte et menace dans ces ombres épaisses et moites. C'est l'ultime triomphe du Jardin Sauvage, et tous les savants de nos civilisations ne parviendront jamais à classer la totalité des espèces de papillons multicolores, de félins tachetés, de poissons carnivores ou de serpents géants qui foisonnent en ces lieux.

Des oiseaux au plumage de la couleur du ciel d'été ou de l'ardent soleil volent parmi les branches humides. Les singes en poussant des cris saisissent de leurs petites mains habiles des lianes épaisses comme des cordages. Des mammifères sinistres et au pelage luisant, de toutes formes et de toutes tailles, se traquent sans répit les uns les autres parmi des racines monstrueuses et des tubercules à demi enfouies, sous d'immenses feuilles bruissantes et sur les troncs tourmentés de jeunes pousses qui meurent dans les ténèbres fétides, alors même qu'elles puisent leur ultime nourriture dans ce terreau empesté.

Dément et d'une vigueur sans fin, tel est le cycle qui pousse ces créatures affamées ou rassasiées vers une mort violente et horrible. Des reptiles aux yeux aussi durs et aussi brillants que des opales festoient sans fin sur l'univers grouillant d'insectes chitineux comme ils le font depuis l'époque où aucune créature à sang chaud ne foulait la terre. Et les insectes — avec leurs ailes et leur dard, gorgés de venin mortel et étincelants dans leur hideuse et terrible beauté et usant de ruses insondables — finissent, eux, par se repaître de tout cela.

La pitié n'existe pas dans cette forêt. Ni pitié, ni justice, ni admiration pour sa beauté, ni cri de joie devant le superbe spectacle de la pluie qui tombe. Même le sagace petit singe est au fond du cœur un idiot.

Du moins en était-il ainsi jusqu'à l'arrivée de l'homme.

Combien y a-t-il de milliers d'années de cela, nul ne peut vous le dire avec certitude. La jungle dévore les ossements de ceux qui la peuplent. Elle engloutit en silence les manuscrits sacrés en même temps qu'elle ronge les pierres plus obstinées des temples. Les textiles, les vanneries, les poteries et même les ornements d'or martelé finissent par se dissoudre sur sa langue.

Les petits indigènes à la peau sombre sont là depuis bien des siècles, c'est incontestable, érigeant leurs fragiles petits villages aux huttes en frondaisons de palmes et les feux enfumés sur lesquels ils font leur cuisine, chassant le gibier abondant et redoutable avec leurs lances rudimentaires et leurs redoutables flèches à la pointe empoisonnée. Dans certains endroits, ils aménagent leurs petites fermes comme ils l'ont toujours fait, pour cultiver les ignames épais, les gros avocats verts, le piment et le maïs. Beaucoup d'épis jaunes et tendres de maïs. De petites poules picorent la poussière devant les maisonnettes construites avec soin. De gros porcs luisants reniflent et se vautrent dans leurs enclos.

Ces humains sont-ils ce qu'il y a de mieux dans ce Jardin Sauvage, guerroyant entre eux comme ils le font depuis si longtemps ? Ou bien n'en sont-ils qu'un élément indifférencié, pas plus complexe au bout du compte que la scolopendre, le svelte jaguar au pelage satiné ou la silencieuse grenouille aux gros yeux si terriblement toxique qu'un simple contact avec son dos tacheté provoque une mort certaine ?

Qu'ont donc à voir les innombrables tours de verre et de béton du grand Caracas avec ce vaste monde sans fin qui en est si proche ? D'où est venue cette métropole d'Amérique du Sud, avec ses ciels chargés de brouillard et ses immenses tandis qui grouillent au flanc des coteaux ? La beauté reste la beauté, où qu'on la trouve. La nuit, même ces *ranchitos*, comme on les appelle — ces milliers et ces milliers de cabanes qui recouvrent les pentes abruptes de chaque côté du grondement des autoroutes — même elles sont belles car, même si elles n'ont pas d'eau ni d'égout et si les gens s'y entassent dans un total manque d'hygiène et de confort, elles sont néanmoins toujours entourées de chapelets d'étincelantes petites lumières électriques.

Il semble parfois que la lumière soit capable de transformer n'importe quoi ! Mais les gens des *ranchitos* le savent-ils ? Est-ce pour la beauté qu'ils font cela ? Ou bien veulent-ils simplement éclairer leurs petites cahutes ?

Peu importe.

On ne peut pas s'empêcher de créer la beauté. On ne peut pas arrêter le monde.

Regardez le fleuve qui coule devant le minuscule avant-poste de Saint-Laurent-du-Maroni, un ruban de lumière entraperçu ici ou là du haut des arbres tandis qu'il s'enfonce au plus profond de la forêt, pour réapparaître enfin devant la petite mission de Sainte Marguerite-Marie : un groupement d'habitations dans une clairière autour de laquelle la jungle attend patiemment. N'est-ce pas beau, ce petit groupe de constructions aux toits de tôle ondulée, avec leurs murs blanchis à la chaux et leurs croix rudimentaires, avec leurs petites fenêtres allumées et le bruit d'une unique radio jouant la grêle mélopée d'un chant indien accompagné du joyeux battement de tambours ?

Comme elles sont jolies les profondes vérandas des petits bungalows, avec leurs balancelles en bois peint, leurs bancs et leurs chaises. Les moustiquaires sur les fenêtres donnent aux pièces une ambiance douce et somnolente, car elles font un grillage serré par-dessus la multitude des couleurs et des formes, les rehaussant on ne sait comment et les rendant plus visibles et plus vibrantes, en leur donnant un air plus voulu — comme les intérieurs d'un tableau d'Edward Hopper ou l'illustration d'un livre d'enfant.

Bien sûr, il y a moyen d'arrêter l'expansion effrénée de la beauté. Il y a toujours l'embrigadement, le conformisme, l'esthétique à la chaîne et le triomphe du fonctionnel sur le fortuit.

Mais vous n'en trouverez pas beaucoup ici !

C'est le destin de Gretchen, dont elle a illuminé toutes les subtilités du monde moderne — un laboratoire, une expérience morale et répétitive — Faire le Bien.

C'est en vain qu'autour de ce petit campement la nuit lance son chant de chaos, de faim et de destruction. Ce qui compte ici, c'est de soigner un petit nombre d'êtres humains venus se faire vacciner, opérer, traiter aux antibiotiques. Comme Gretchen elle-même l'a dit : penser à une vision plus vaste est un mensonge.

Pendant des heures, j'errai dans un grand cercle à travers la jungle épaisse, évoluant, insouciant et fort, à travers un feuillage infranchissable, escaladant les racines d'une hauteur fantastique des arbres de la forêt tropicale, m'arrêtant ici et là pour prêter l'oreille au chœur confus de la nuit sauvage. Si tendres sont les fleurs pâles et moites qui poussent sur les branches les plus hautes et les plus verdoyantes, assoupies dans la promesse de la lumière du matin.

Une fois de plus, j'étais au-delà de toute crainte, devant la laideur moite et croulante de cette nature. La puanteur de la pourriture dans une poche marécageuse. Les choses qui glissaient sous mes pieds ne pouvaient pas me faire de mal et ne me dégoûtaient donc pas. Oh ! que l'anaconda vienne me chercher, j'adorerais sentir son étreinte sans cesse mouvante. Comme je savourais le cri aigu et profond des oiseaux, conçu assurément pour frapper de terreur un cœur plus simple. Dommage que les petits singes aux bras velus dorment aux heures les plus sombres, car j'aurais aimé les tenir assez longtemps pour couvrir de baisers leur front soucieux ou leur bouche bavarde.

Et ces pauvres mortels, paisiblement assoupis dans les nombreuses petites maisons de la clairière, non loin de leurs champs labourés avec soin et tout près de l'école, de l'hôpital et de la chapelle, semblaient dans le moindre détail un divin miracle de la création.

Hmmm. Mojo me manquait. Pourquoi n'était-il pas ici, à

rôder avec moi dans cette jungle ? Il faudrait que je le dresse à devenir un chien de vampire. Je l'imaginais gardant mon cercueil durant les heures de jour — une sentinelle à l'égyptienne, ayant pour instruction d'égorger tout intrus mortel qui aurait jamais trouvé son chemin dans l'escalier descendant au sanctuaire.

Je ne tarderais guère à le revoir. Le monde entier m'attendait par-delà ces jungles. En fermant les yeux et en faisant de mon corps un subtile récepteur, je pouvais entendre à des kilomètres la bruyante rumeur de la circulation à Caracas, les accents chantants des voix amplifiées, la lourde musique rythmée de ces repaires climatisés où, comme les papillons vont vers la flamme des bougies, j'attire les tueurs pour pouvoir me nourrir.

Ici régnait la paix tandis que les heures s'écoulaient dans le doux ronronnement du silence tropical. Un chatoyant rideau de pluie tombait du ciel bas et chargé de nuages, pilonnant la poussière de la clairière, mouchetant les marches bien balayées de l'école et crépitant doucement sur les toits de tôle ondulée.

Des lumières clignotaient dans les petits dortoirs et dans les maisons à l'écart. Seule une lueur rougeâtre dansait dans l'obscurité de la chapelle, avec son clocher bas et sa grosse cloche luisante et silencieuse. Dans les allées bien dégagées et le long des murs blanchis à la chaux, de petites ampoules jaunâtres brillaient dans leurs abat-jour ronds de métal.

Il n'y avait pas beaucoup d'éclairage dans le premier des bâtiments du petit hôpital, où Gretchen travaillait seule.

De temps en temps, j'apercevais son profil derrière les moustiquaires. Je la vis un instant sur le seuil, où elle s'installa à un bureau assez longtemps pour griffonner quelques notes, la tête penchée, les cheveux ramenés en chignon sur sa nuque.

Je finis par m'approcher sans bruit de la porte et par me glisser dans le petit bureau encombré, avec son unique lampe, pour gagner la porte de la salle proprement dite.

Un hôpital pour enfants ! Il n'y avait que des petits lits. Simples et rudimentaires, alignés sur deux rangées. Est-ce que j'imaginais des choses dans cette épaisse pénombre ? Ou bien les lits étaient-ils faits de bois brut, ligaturés et protégés par un voile de tulle ? Et au milieu de la petite table incolore, n'était-ce pas un bout de chandelle que j'apercevais sur une petite assiette ?

Soudain, je me sentis pris de vertige ; je ne distinguai plus les choses avec autant de clarté. *Non, pas cet hôpital !* Je clignai des yeux, m'efforçant de séparer les éléments éternels de ceux qui avaient un sens. Des poches en plastique pour des goutte-à-goutte, étincelant sur leurs supports chromés au chevet des lits, des tuyaux de nylon léger et luisant qui descendaient jusqu'aux minuscules aiguilles enfoncées dans les petits bras maigres et fragiles !

Ce n'était pas La Nouvelle-Orléans. Ce n'était pas ce petit hôpital ! Et pourtant regarde les murs ! Ne sont-ils pas en pierre ? J'essuyai la mince couche de sueur ensanglantée qui perlait sur mon front, et je regardai la tache sur mon mouchoir. N'était-ce pas une enfant aux cheveux blonds allongée dans ce petit lit là-bas ? Le vertige me reprit. Je crus entendre un rire haut perché, plein de gaieté et de moquerie. C'était sûrement un oiseau dans les ténèbres du dehors. Il n'y avait pas de vieille infirmière, en longue jupe de lainage tissé à la maison, avec un fichu sur les épaules. Elle avait disparu depuis des siècles, en même temps que ce petit bâtiment.

L'enfant geignait ; la lumière brillait sur sa petite tête ronde. Je vis sa main potelée sur la couverture. J'essayai une fois encore d'y voir plus clair. Une ombre épaisse s'étendait sur le sol devant moi. Regarde l'alarme déclenchée par l'apnée, avec ses petits chiffres qui brillent, et les casiers vitrés pleins de médicaments ! Non, ce n'est pas cet hôpital-là, mais celui-ci.

Alors, Père, tu es venu me chercher. Tu disais que tu le referais.

« Non, je ne lui ferai pas de mal ! Je ne veux pas lui faire de mal. » Était-ce moi qui chuchotais si fort ?

Loin, tout au fond de l'étroite salle, elle était assise sur la petite chaise, ses pieds menus s'agitant d'avant en arrière, ses cheveux tombant en boucles folles jusqu'à ses manches bouffantes.

Oh, vous êtes venu la chercher. Vous le savez bien !

« Chut, vous allez réveiller les enfants ! Allez-vous-en. Vous n'êtes pas là ! »

Tout le monde savait que vous remporteriez la victoire. On savait que vous triompheriez du Voleur de Corps et vous voici... vous êtes venu la chercher.

Non, ça n'est pas pour lui faire du mal. Mais pour la laisser prendre la décision.

« Monsieur ? Je peux vous aider ? »

Je levai les yeux vers le vieil homme planté devant moi, le docteur, avec ses favoris tachetés de gris et ses petites lunettes. Non, pas ce docteur-ci ! D'où était-il venu ? J'examinai la petite plaque qu'il portait avec son nom dessus. Nous sommes en Guyane française. C'est pourquoi il parle français. Et il n'y a pas d'enfant au fond de la salle, assise dans une chaise.

« Je viens voir Gretchen, murmurai-je. Sœur Marguerite. » J'avais cru qu'elle était dans ce bâtiment, j'avais cru l'apercevoir à travers la vitre. Je savais qu'elle était ici.

Des bruits sourds tout au fond de la salle. Lui ne peut pas les entendre, mais moi, je peux. Elle arrive. Je perçus soudain son odeur, mêlée à celle des enfants et du vieil homme.

Mais même avec ces yeux-ci, je n'arrivais pas à voir dans l'intolérable pénombre. D'où venait donc la lumière ? Gretchen venait d'éteindre la petite ampoule électrique à la porte du fond, elle descendait la longueur de la salle, passant d'un lit à l'autre, d'un pas rapide et décidé, la tête baissée. Le docteur eut un petit geste las et s'éloigna en traînant les pieds.

Ne regarde pas les favoris, ne regarde pas les lunettes, ni la bosse arrondie de son dos voûté. Enfin, tu as bien vu la petite plaque en plastique avec son nom sur sa poche. Ce n'est pas un fantôme !

La porte grillagée se referma doucement derrière lui tandis qu'il s'éloignait.

Elle apparut dans les ténèbres qui se dissipaient. Comme elle était belle avec ses cheveux ondulés, tirés en arrière au-dessus de son front lisse, et ses grands yeux tranquilles. Elle aperçut mes chaussures avant de me voir. Elle se rendit compte soudain de la présence d'un étranger, d'une pâle silhouette silencieuse — il n'y a même pas un souffle qui émane de moi — dans le calme absolu de la nuit, auquel il n'appartient pas.

Le docteur avait disparu. Comme si les ombres l'avaient

englouti, mais il était sûrement là quelque part au cœur des ténèbres.

Je me dressai dans la lumière qui venait du bureau. Son odeur me subjuguait : odeur du sang et doux parfum d'un être vivant. Dieu, la voir avec ces yeux-ci — voir l'éclatante beauté de ses joues. Je bloquais la lumière, n'est-ce pas, car la porte était toute petite. Pouvait-elle distinguer assez nettement les traits de mon visage ? Pouvait-elle voir l'étrange couleur surnaturelle de mes yeux ?

« Qui êtes-vous ? » C'était un murmure méfiant et étouffé. Elle se tenait loin de moi, au milieu de l'allée entre les lits, et elle me regardait par-dessous ses sourcils bruns froncés.

« Gretchen, répondis-je. C'est Lestat. Je suis venu comme je l'avais promis. »

Rien ne bougeait dans la longue salle étroite. Les lits semblaient figés derrière leurs voiles de tulle. La lumière pourtant jouait sur les poches de plasma, comme autant de petites lampes argentées scintillant dans la pénombre. J'entendais le souffle léger et régulier des petits corps endormis. Et un bruit sourd et rythmé, comme une enfant qui tape en jouant le pied d'une chaise avec l'arrière de son petit talon.

Lentement, Gretchen leva la main droite et, d'un geste instinctif, posa les doigts comme pour se protéger sur sa poitrine, à la base de la gorge. Son pouls s'accéléra. Je vis ses doigts se refermer comme sur un médaillon et puis je vis la lumière qui étincelait sur le mince fil d'une chaîne d'or.

« Qu'est-ce que tu as autour du cou ?

— Mais qui êtes-vous ? » répéta-t-elle, dans un murmure rauque, ses lèvres tremblant comme elle parlait. La pâle lumière du bureau derrière moi se reflétait dans ses yeux. Elle considéra mon visage, mes mains.

« C'est moi, Gretchen. Je ne vais pas te faire de mal. Rien n'est plus éloigné de mon esprit. Je suis venu parce que j'avais promis que je viendrais.

— Je... je ne vous crois pas. » Elle recula sur le plancher, ses talons de caoutchouc caressant le sol en un frôlement à peine perceptible.

« Gretchen, n'aie pas peur de moi. Je voulais que tu saches que ce que je t'avais dit était vrai. » Je parlais très doucement. Pouvait-elle m'entendre ?

Je la voyais faire un effort pour y voir plus clair, comme moi quelques secondes auparavant. Son cœur battait à tout rompre, ses seins s'agitant superbement sous le coton blanc empesé, le sang montant soudain à son visage.

« Je suis là, Gretchen. Je suis venu te remercier. Tiens, laisse-moi te donner cela pour ta mission. »

Stupidement, je fouillai dans mes poches ; j'en retirai ce qu'avait rapporté le goût du lucre du Voleur de Corps, je le lui donnai à pleines poignées, mes doigts tremblant tout autant que les siens pour lui tendre tous ces billets souillés et ridicules, comme si c'étaient des choses sans valeur.

« Prends, Gretchen. Tiens. Cela aidera les enfants. » En me retournant, je revis la chandelle... cette même chandelle ! Pourquoi la bougie ? Je posai l'argent à côté, et j'entendis les lames du plancher craquer sous mon poids tandis que j'approchais de la petite table.

Comme je me retournais pour la regarder, elle s'approcha de moi, craintive, et ouvrant de grands yeux.

« Qui êtes-vous ? » murmura-t-elle pour la troisième fois. Comme ses yeux étaient grands, comme ses pupilles étaient sombres, quand elles se fixaient sur moi en dansant, comme des doigts attirés par quelque chose qui allait les brûler. « Je vous demande encore une fois de me dire la vérité !

— Lestat, que tu as soigné dans ta propre maison, Gretchen. Gretchen, j'ai repris ma véritable forme. Je suis venu parce que je t'avais promis de venir. »

C'était à peine si je pouvais le supporter, ma colère familière s'embrasant à mesure que la peur s'intensifiait chez elle, que ses épaules se crispaient, qu'elle croisait les bras et que la main cramponnée à la chaînette autour de son cou commençait à trembler.

« Je ne vous crois pas, dit-elle, du même murmure étranglé, tout son corps reculant bien qu'elle n'eût pas même fait un pas.

— Non, Gretchen, n'aie pas ce regard affolé, méprisant. Que t'ai-je donc fait pour que tu aies ces yeux-là ? Tu connais ma voix. Tu sais ce que tu as fait pour moi. Je suis venu te remercier...

— *Menteur !*

— Non, ça n'est pas vrai. Je suis venu parce que... parce

que je voulais te revoir. » Seigneur Dieu, est-ce que je pleurais ? Mes émotions étaient-elles maintenant aussi incontrôlables que mon pouvoir ? Et elle allait voir le sang ruisseler sur mon visage, ce qui l'effraierait encore davantage. Je ne pouvais pas supporter le regard qui brillait dans ses yeux.

Je me retournai et je fixai la petite bougie. De ma volonté invisible, je touchai la mèche et je vis la flamme bondir comme une petite lampe jaune. *Mon Dieu, ce même jeu d'ombre sur le mur*. Elle eut un sursaut en la voyant, puis ses yeux revinrent vers moi, tandis qu'il faisait de plus en plus clair autour de nous, que pour la première fois elle voyait distinctement et sans erreur possible le regard fixé sur elle, les cheveux encadrant le visage tourné vers elle, les ongles luisants de mes mains, les dents blanches à peine visibles peut-être derrière mes lèvres entrouvertes.

« Gretchen, n'aie pas peur de moi. Au nom de la vérité, regarde-moi. Tu m'as fait promettre que je viendrais. Gretchen, je ne t'ai pas menti. Tu m'as sauvé. Je suis ici. Il n'y a pas de Dieu, Gretchen, c'est toi qui me l'as dit. Venant de n'importe qui, ça n'aurait pas eu d'importance, mais c'est toi-même qui me l'as dit. »

Portant ses mains à ses lèvres, elle recula, la petite chaîne retombant autour de son cou si bien qu'à la lueur de la bougie je vis la croix d'or. Oh ! Dieu merci, c'était une croix, non pas un médaillon ! Elle fit encore un pas en arrière. Elle ne pouvait s'en empêcher.

Les mots montèrent à sa bouche comme un sourd gémissement :

« Éloigne-toi de moi, esprit impur ! Sors de cette maison de Dieu !

— Je ne te ferai pas de mal !

— Éloignez-vous de ces petits innocents !

— Gretchen, je ne ferai pas de mal aux enfants.

— Au nom de Dieu, éloignez-vous de moi... partez ! » Sa main droite chercha de nouveau la croix et elle la brandit dans ma direction, le visage congestionné, les lèvres humides, entrouvertes et tremblantes dans son hystérie, le regard fou. Je vis que c'était un crucifix avec le petit corps torturé du Christ mort.

« Sortez de cette maison ! Dieu lui-même la protège. Il protège les enfants. Partez !

— Au nom de la vérité, Gretchen, répondis-je, d'une voix aussi étouffée que la sienne et aussi vibrante de sentiment. Je suis avec toi ! Je suis là.

— Menteur, siffla-t-elle. Menteur ! » Son corps tremblait avec une telle violence qu'on aurait dit qu'elle allait perdre l'équilibre et tomber.

« Non, c'est la vérité. Si rien d'autre n'est vrai, cela, c'est la vérité. Gretchen, je ne ferai pas de mal aux enfants. Je ne te ferai pas de mal. »

Dans un instant assurément elle allait perdre totalement la raison, des hurlements désemparés allaient jaillir d'elle, la nuit tout entière l'entendrait et toutes les pauvres âmes du village allaient se précipiter à son appel, et reprendre peut-être le même cri.

Mais elle restait là, tremblant de tous ses membres, et seuls des sanglots sans larmes sortaient soudain de sa bouche béante.

« Gretchen, je vais m'en aller, je vais te laisser si c'est ce que tu veux vraiment. J'ai seulement tenu ma promesse envers toi ! Y a-t-il rien de plus que je puisse faire ? »

Un petit cri monta d'un des lits derrière elle, puis un gémissement d'un autre et elle tourna frénétiquement la tête de ce côté-ci puis de celui-là.

Elle se précipita et passa devant moi pour s'engouffrer dans le petit bureau, des papiers s'envolant sur son passage, la porte grillagée claquant derrière elle tandis qu'elle disparaissait dans la nuit.

J'entendis ses sanglots au loin quand, abasourdi je me retournai.

Je vis la pluie qui tombait en une bruine silencieuse. Je vis Gretchen déjà à l'autre bout de la clairière et qui courait vers les portes de la chapelle.

Je t'ai dit que tu lui ferais mal.

Je me retournai et je regardai la longueur de la salle plongée dans l'ombre.

« Tu n'es pas là. J'en ai fini avec toi ! » murmurai-je.

La lumière de la bougie la révélait clairement maintenant, même si elle était tout au bout de la salle. Elle balançait toujours sa jambe couverte d'un bas blanc, le talon de sa pantoufle noire frappant le pied de la chaise.

« Va-t'en, dis-je aussi doucement que je le pouvais. C'est fini. »

Des larmes *coulaient* bien sur mon visage, des larmes de sang. Gretchen les avait-elle vues ?

« Va-t'en, répétai-je. C'est fini, et je pars aussi. »

Il me sembla qu'elle souriait, mais non. Son visage devint l'image même de l'innocence, le visage du médaillon de mes rêves. Et dans le silence, comme je restais là pétrifié à la regarder, son image tout entière resta sur place mais sans faire un geste. Puis elle s'évanouit.

Je ne vis plus qu'une chaise vide.

Je me retournai lentement vers la porte. J'essuyai de nouveau mes larmes, horrifié, et je remis le mouchoir dans ma poche.

Des mouches bourdonnaient contre le grillage de la porte. Comme la pluie était claire, qui maintenant martelait le sol. J'entendais ce doux bruissement qui gonflait à mesure qu'elle redoublait de violence, comme si le ciel avait lentement ouvert la bouche et soupiré. J'avais oublié quelque chose. Qu'était-ce donc ? Ah ! la chandelle, souffle la chandelle, pour éviter qu'un feu ne prenne et ne blesse ces tendres petits !

Et regarde tout au fond — cette petite enfant blonde sous la tente à oxygène, la feuille de plastique froissée brillant comme si elle était faite de petits fragments de lumière. Comment as-tu pu être assez stupide pour allumer une flamme dans cette pièce ?

J'éteignis la bougie en pinçant la mèche entre mes doigts. Je vidai mes poches. Je posai sur la table tous les billets sales et froissés, des centaines et des centaines de dollars et aussi toutes les pièces que je pus trouver.

Puis je sortis et je passai lentement devant la chapelle avec ses portes ouvertes. Sous l'averse, je l'entendis qui priait, je perçus ses chuchotements sourds et brefs et, par l'entrebâillement, je la vis agenouillée devant l'autel, la flamme rougeoyante d'un cierge tremblant derrière elle, tandis qu'elle déployait ses bras en croix.

J'aurais voulu partir. Il me semblait dans les profondeurs de mon âme meurtrie que je ne voulais rien de plus. Mais quelque chose encore me retenait. J'avais senti l'odeur violente et reconnaissable du sang frais.

Cela venait de la chapelle et ce n'était pas le sang qui circulait dans ses veines, c'était du sang qui coulait librement d'une blessure toute fraîche.

J'approchai, prenant garde de ne faire aucun bruit, je m'arrêtai sur la porte. L'odeur était plus forte. Je vis alors le sang qui ruisselait de ses mains tendues. Je le vis sur le sol, qui coulait en ruisseaux de ses pieds.

« Délivre-moi du Mal, ô Seigneur, emporte-moi jusqu'à Toi, Sacré Cœur de Jésus, prends-moi dans Tes bras... »

J'approchais, mais elle ne me voyait pas, elle ne m'entendait pas. Son visage baignait dans une douce lumière, provenant du cierge vacillant et aussi de son rayonnement intérieur, de cette extase dont elle était la proie maintenant et qui l'excluait de tout ce qui l'entourait, y compris la silhouette sombre à son côté.

Je regardai l'autel. J'aperçus le crucifix géant au-dessus, et en bas, le petit tabernacle étincelant et la bougie qui brûlait derrière sa vitre rouge, ce qui signifiait que le Saint-Sacrement était là. Une bouffée de brise s'engouffra par les portes ouvertes de la chapelle.

Je contemplai Gretchen encore une fois, son visage levé avec ses yeux à demi fermés, et sa bouche pendante bien que des mots sortissent encore de ses lèvres.

« Christ, mon Christ bien-aimé, prends-moi dans Tes bras. »

A travers la brume de mes larmes, je vis le sang rouge qui se gonflait et ruisselait en flots épais de ses paumes ouvertes.

Du village venaient des voix étouffées. Des portes s'ouvraient et se fermaient. J'entendis des gens qui couraient sur la terre battue. En me retournant, je m'aperçus que des formes sombres s'étaient rassemblées à l'entrée : des silhouettes de femmes inquiètes. Quelqu'un murmura en français un mot qui signifiait « étranger ». Et puis ce cri étouffé :

« Le diable ! »

Je descendis la travée centrale, marchant droit sur elles, les forçant peut-être à se disperser, mais sans jamais les toucher ni les regarder, puis je passai et sortis sous la pluie.

Je me retournai alors. Je la vis toujours agenouillée, tandis que les femmes l'entouraient et j'entendis leurs douces exclamations de révérence « Miracle ! » et « Des stigmates ! »

Elles faisaient le signe de la croix et s'écroulaient à genoux autour d'elle, tandis que les prières continuaient à tomber de ses lèvres de cette voix sourde, comme si elle était en transe.

« Et le Verbe était avec Dieu et le Verbe était Dieu et le Verbe fut fait chair. »

« Adieu, Gretchen », murmurai-je.

Et là-dessus je disparus, seul et libre, dans la tiède étreinte de la nuit sauvage.

CHAPITRE 25

J'aurais dû partir pour Miami cette nuit-là. Je savais que David avait peut-être besoin de moi. Et, bien sûr, je n'avais pas la moindre idée de l'endroit où pouvait bien être James.

Je n'avais pourtant pas le cœur à le faire — j'étais trop violemment secoué — et je me retrouvai avant le matin très loin dans l'est de ce petit pays de Guyane française, toujours au milieu de ces jungles avides et immenses et toujours assoiffé de vengeance, mais sans espoir de pouvoir la satisfaire sur-le-champ.

Environ une heure avant l'aube, je tombai sur un très vieux temple — un grand rectangle de pierres grêlées — tellement recouvert de plantes grimpantes et d'autres feuillages étouffants qu'il était sans doute absolument invisible même aux mortels qui pourraient passer à quelques pas de là. Comme il n'y avait pas de route ni même de sentier qui traversait cette partie de la jungle, j'avais le sentiment que personne n'était passé ici depuis des siècles. Cet endroit-là, c'était mon secret.

Sauf pour les singes, qui s'étaient éveillés à l'approche du jour. Une véritable tribu avait mis le siège devant l'édifice rudimentaire, poussant des cris, des hurlements et grouillant tout le long du toit plat et des parois inclinées. Je les observais avec indifférence, souriant même de leurs cabrioles. La jungle tout entière était en pleine renaissance. Le chœur des oiseaux était bien plus bruyant qu'aux heures de totale obscurité et, comme le ciel pâlissait, je vis s'éveiller tout autour de moi des myriades de nuances de vert. Et je compris avec un choc que je n'allais pas voir le soleil.

Ma stupidité sur ce point me surprit quelque peu. Quelles

créatures d'habitudes nous sommes ! Ah ! ces premières lueurs matinales ne suffisaient-elles pas ? C'était une pure joie que d'être dans mon corps d'autrefois...

... Jusqu'au moment où je me rappelai l'expression de pure répulsion du visage de Gretchen.

Un brouillard épais montait du sol de la jungle, captant cette précieuse lumière et la diffusant jusque dans les plus petits recoins sous le frissonnement des fleurs et des feuilles.

Comme je regardais autour de moi, ma tristesse s'accentua ou, plus précisément, je me sentais à vif comme si on m'avait écorché vivant. Le mot « tristesse » est trop doux et trop faible. Je ne cessais de penser et de repenser à Gretchen, mais seulement en images muettes. Et, quand je songeais à Claudia, j'éprouvais une sorte de torpeur, je gardais un souvenir obstiné des mots que je lui avais dits dans mes rêves fiévreux.

Comme le cauchemar du vieux docteur aux favoris souillés. Comme l'enfant poupée sur sa chaise. Non, pas là ! Pas là ! Pas là !

Et qu'importait s'ils avaient bien été là ? Cela n'avait aucune importance.

En proie à ces émotions débilitantes, je n'étais pas malheureux ; et m'en rendre compte, le savoir vraiment, c'était peut-être une chose admirable. Ah ! oui, je retrouvais mon moi d'autrefois.

Il fallait que je parle à David de cette jungle ! David devait aller à Rio avant de rentrer en Angleterre. Peut-être irais-je avec lui.

Peut-être.

Je trouvai deux portes dans le temple. La première était bloquée par de grosses pierres irrégulières. Mais l'autre était grande ouverte, car les dalles effondrées formaient depuis longtemps un amoncellement confus. En grimpant par-dessus, j'atteignis un escalier qui s'enfonçait sous terre puis, après avoir traversé plusieurs passages, je débouchai dans des salles où aucune lumière ne pénétrait. Ce fut dans l'une de celles-ci, très fraîche et loin de toutes les rumeurs de la jungle, que je m'allongeai pour dormir.

De petites créatures rampantes vivaient là. Le visage posé contre le sol humide et froid, je sentais ces petites bêtes qui me coulaient autour des doigts. J'entendais leurs bruissements. Et puis le fardeau lourd et soyeux d'un serpent se déplaça sur ma cheville. Tout cela me faisait sourire.

Comme mon ancien corps mortel se serait crispé et aurait été secoué de tremblements. Il est vrai que mes yeux mortels n'auraient jamais pu voir dans l'obscurité de cette salle.

Je me mis à trembler soudain, je recommençai à pleurer doucement, en songeant à Gretchen. Je savais que plus jamais je ne rêverais de Claudia.

« Que voulais-tu de moi ? murmurai-je. Croyais-tu vraiment pouvoir sauver mon âme ? »

Je l'aperçus comme elle m'était apparue dans mon délire, au fond de ce vieil hôpital où je l'avais prise par les épaules. Ou bien étions-nous dans le vieil hôtel ? « Je t'avais dit que je recommencerais. Je te l'avais dit. »

Quelque chose en cet instant avait été préservé. La damnation ténébreuse de Lestat resterait désormais à jamais intacte.

« Adieu, mes chéries », murmurai-je encore.

Puis je sombrai dans le sommeil.

CHAPITRE 26

Miami — Ah ! ma belle métropole du Sud, alanguie sous le ciel étincelant des Caraïbes, quoi qu'en disent les atlas ! L'air semblait même plus doux que dans les îles — passant doucement sur les foules qui envahissent toujours Ocean Drive.

Je traversai rapidement le grand hall art déco du Park Central, je gagnai l'appartement que je gardais là à l'année, je me dépouillai de mes vêtements fatigués par mes déambulations dans la jungle et je pris dans ma penderie un chandail blanc à col roulé, une veste kaki cintrée et un pantalon assorti ainsi qu'une paire de souples chaussures de cuir marron. C'était bon de me sentir libéré des vêtements achetés par le Voleur de Corps, qu'ils fussent à ma taille ou non.

Et j'appelai aussitôt la réception pour apprendre que David Talbot était à l'hôtel depuis la veille et qu'il m'attendait en ce moment même dans la véranda du restaurant Bailey, sur la rue.

Je n'étais pas d'humeur à me retrouver dans des lieux publics encombrés. J'allais le persuader de remonter dans ma suite. A n'en pas douter, il était encore épuisé par toute cette épreuve. Avec la table et les fauteuils installés ici devant les grandes baies vitrées l'endroit serait plus agréable pour bavarder comme il en avait sûrement l'intention.

Je sortis et remontai le trottoir jusqu'au Bailey, avec l'inévitable enseigne au néon au-dessus de son beau vélum de toile blanche, et toutes ses petites tables aux nappes roses, dont beaucoup étaient occupées déjà par la première vague de la foule du soir. J'aperçus la silhouette familière de David tout au fond de la véranda, très digne dans le costume de toile blanche qu'il portait sur le bateau. Il guettait ma venue avec son expression habituelle où la vivacité s'alliait à la curiosité...

Malgré mon soulagement, je le pris délibérément par surprise, en me glissant dans le fauteuil en face de lui si rapidement qu'il sursauta.

« Ah ! espèce de démon », murmura-t-il. Je vis sa bouche se crisper un instant, comme s'il était vraiment agacé, puis il sourit. « Dieu merci, vous n'avez rien.

— Vous croyez vraiment que c'est le mot qui convient ? » demandai-je.

Quand le jeune et beau serveur apparut, je lui dis, pour m'en débarrasser, que je voulais un verre de vin. David s'était déjà fait servir je ne sais quelle boisson exotique aux couleurs abominables.

« Que diable s'est-il vraiment passé ? demandai-je, me penchant un peu plus sur la table pour échapper au brouhaha général.

— Eh bien, ça a été infernal, dit-il. Il a essayé de m'attaquer et je n'avais pas d'autre choix que d'utiliser mon arme. Il s'est d'ailleurs échappé par la véranda, car, avec ce fichu revolver, je n'arrivais pas à viser. Il était beaucoup trop gros pour ces vieilles mains-là. » Il soupira. Il semblait fatigué, à bout de nerfs. « Après cela, il a suffi en fait d'appeler la maison-mère pour qu'on me tire de là. Quelques échanges de coups de fil avec la Cunard à Liverpool. » Il eut un geste vague. « A midi, j'étais dans un avion en partance pour Miami. Bien sûr, je n'avais pas envie de vous laisser tout seul à bord du paquebot, mais je n'avais vraiment pas le choix.

— Je n'ai jamais couru le moindre danger, dis-je. C'est pour vous que j'avais des craintes. Je vous avais dit de ne pas vous inquiéter pour moi.

— Ma foi, je me suis pourtant fait du souci... Bien sûr, je les ai lancés à la poursuite de James, en espérant lui faire quitter le navire. J'ai vite compris qu'ils n'envisageaient même pas d'entreprendre une perquisition à bord cabine par cabine. Alors j'ai pensé qu'on vous laisserait tranquille. Je suis presque certain que James a débarqué juste après la bagarre. Sans cela, on l'aurait appréhendé. Je leur ai donné naturellement un signalement détaillé. »

Il s'arrêta, prit en hésitant une petite gorgée de son étrange mélange et le reposa.

« Vous n'aimez pas vraiment ça, n'est-ce pas ? Où est votre répugnant whisky ?

— C'est une boisson des îles. Non, je n'aime pas ça, mais peu importe. Comment cela s'est-il passé pour vous ? »

Je ne répondis pas. Bien sûr, je le voyais maintenant avec ma vision d'autrefois. Sa peau était plus translucide et toutes ses petites infirmités apparaissaient clairement. Il possédait pourtant l'aura du merveilleux, comme c'est le cas de tous les mortels aux yeux d'un vampire.

Il paraissait épuisé, il avait les yeux rouges et un rictus de fatigue lui crispait la bouche. Je remarquai aussi qu'il avait les épaules voûtées. Cette terrible épreuve l'avait-elle encore vieilli ? Je ne pouvais pas supporter de voir cela. Mais, quand il me regarda, son visage était soucieux.

« Il vous est arrivé quelque chose de pénible », dit-il, d'une voix encore plus douce et en tendant le bras à travers la table pour poser ses doigts sur ma main. Comme ils me parurent doux. « Je le vois dans vos yeux.

— Je n'ai pas envie d'en parler ici, dis-je. Venez donc dans ma suite à l'hôtel.

— Non, dit-il avec beaucoup de douceur. Restons ici. Après tout ce qui s'est passé, je me sens anxieux. Vous savez, ça a été très dur pour un homme de mon âge. Je suis épuisé. J'espérais que vous viendriez hier soir.

— Je suis désolé de ne pas l'avoir fait. J'aurais dû. Je savais que ç'avait été pour vous une terrible épreuve, même si sur le moment ça vous a fait très plaisir.

— C'est ce que vous avez cru ? » Il eut un sourire lent et triste. « Il me faut un autre verre. Que disiez-vous ? Du whisky ?

— Qu'est-ce que je disais, moi ? Je croyais que c'était votre boisson favorite.

— De temps en temps », dit-il. Il fit un geste au serveur. « Parfois c'est un peu trop sérieux. » Il demanda s'ils avaient du *single malt*. Ils n'en avaient pas. Un Chivas Regal ferait l'affaire. « Merci de céder à mon caprice. J'aime bien cet endroit. J'aime cette tranquille animation. J'aime être au grand air. »

Même sa voix paraissait lasse. Il y manquait je ne sais quelle étincelle. De toute évidence, ce n'était guère le moment de suggérer un voyage à Rio de Janeiro. Et tout cela était ma faute.

« Comme vous voudrez, dis-je.

— Maintenant, racontez-moi ce qui s'est passé, dit-il avec sollicitude. Je vois que cela vous pèse. »

Je compris alors à quel point j'avais envie de lui parler de Gretchen, de lui expliquer que c'était à cause d'elle que je m'étais précipité ici, autant que par inquiétude sur son sort à lui. J'avais honte, et pourtant, je ne pouvais pas m'empêcher de le lui dire. Je me tournai vers la plage, mon coude sur la table et le regard un peu embué si bien que les couleurs du soir s'atténuaient et devenaient plus lumineuses qu'auparavant. Je lui expliquai que j'étais allé voir Gretchen parce que j'avais promis de le faire, même si au fond de mon cœur j'espérais et je priais le ciel de pouvoir la ramener avec moi dans mon univers. Je lui parlai aussi de l'hôpital, de cette étrange atmosphère — de la ressemblance qu'il y avait entre ce médecin là-bas et celui que j'avais rencontré des siècles plus tôt, je lui parlai de la petite salle et de cette folle impression que j'avais eue que Claudia était là-bas.

« C'était déconcertant, murmurai-je. Jamais je n'aurais rêvé, imaginé que Gretchen me repousserait. Vous savez ce que j'ai cru ? Cela paraît si stupide maintenant. J'ai pensé qu'elle me trouverait irrésistible ! J'étais convaincu qu'il ne pourrait absolument pas en être autrement. Je me disais qu'en regardant dans mes yeux — mes yeux de maintenant, pas ces yeux de mortels ! — elle verrait l'âme véridique qu'elle avait aimée ! Jamais je n'aurais imaginé qu'il y aurait chez elle une telle répulsion, si totale — aussi bien morale que physique — et qu'en cet instant de retrouvailles, elle allait se replier ainsi et se détourner. Je n'arrive pas à comprendre comment j'ai pu être aussi stupide, comment je persiste dans mes illusions ! Est-ce de la vanité ? Ou suis-je simplement fou ? Vous ne m'avez jamais trouvé repoussant, n'est-ce pas, David ? Ou bien est-ce que je me fais des illusions là-dessus aussi ?

— Vous êtes superbe, murmura-t-il, d'une voix chargée d'émotion, mais vous êtes contre nature, et c'est ce que cette femme a vu. » Il semblait en plein désarroi. Jamais il ne m'avait paru plus débordant de sollicitude dans toutes ses patientes conversations avec moi. On aurait même dit qu'il ressentait la douleur que j'éprouvais — d'une façon aiguë et totale. « Elle n'était pas la compagne qu'il vous fallait, vous comprenez ? fit-il avec bonté.

— Oui, je vois. Je comprends. » J'appuyai mon front contre ma main. Je regrettais que nous ne fussions pas dans le calme de mon appartement, mais je n'insistai pas. Il était de nouveau mon ami, et nul être sur terre ne l'avait jamais été vraiment ; j'agirais donc selon ses souhaits. « Vous savez que vous êtes le seul, dis-je soudain d'une voix qui me parut rauque et lasse. Le seul qui me soutiendra dans la défaite sans se détourner.

— Comment donc ?

— Oh ! Tous les autres doivent me condamner pour mon mauvais caractère, mon impétuosité, mon autorité ! En fait, cela les ravit. Quand je montre de la faiblesse, ils me ferment leur porte. » Je pensais alors à la façon dont Louis m'avait rejeté. Je me disais que j'allais très bientôt le revoir et une satisfaction perverse m'envahissait. Ah ! il allait être surpris. Et puis un peu de crainte se glissa en moi. Comment allais-je lui pardonner ? Comment empêcherais-je mon caractère irascible d'exploser ?

« Nous voudrions faire de nos héros des êtres superficiels, répondit-il, parlant très lentement et presque avec tristesse. Nous les voudrions fragiles. C'est eux qui doivent nous rappeler le vrai sens de la force.

— Ah ! bon ? » fis-je. Je me retournai vers lui et croisai les bras sur la table, les yeux fixés sur le verre délicat où luisait un vin jaune pâle. « Vous pensez que je suis vraiment fort ?

— Oh ! oui, la force, vous n'en avez jamais manqué. Et c'est pourquoi ils vous envient, ils vous méprisent et ils vous en veulent tant. Je n'ai pas besoin de vous dire tout cela. Oubliez cette femme. Ç'aurait été mal, si mal.

— Et vous, David ? Ce ne serait pas mal avec vous. » Je levai la tête et, à ma surprise, je vis qu'il avait les yeux humides et vraiment rouges et je remarquai de nouveau cette crispation de sa bouche. « Qu'y a-t-il ? demandai-je.

— Non, ce ne serait pas mal, dit-il. Je ne pense pas maintenant que ce serait mal.

— Vous voulez dire...

— Entraînez-moi dans cette aventure, Lestat », murmura-t-il, puis il eut un mouvement de recul, en parfait gentleman anglais qu'il était, choqué par des émotions qu'il allait jusqu'à désapprouver, et son regard se perdit sur la foule qui se pressait dans la rue et sur la mer lointaine.

« Vous le pensez vraiment, David ? Vous en êtes certain ? » En vérité, je n'avais pas envie de lui poser la question. Je ne voulais pas dire un mot de plus. Et quand même, pourquoi ? Pourquoi était-il arrivé à cette décision ? Que lui avais-je fait dans cette folle escapade ? Sans lui, je ne serais pas maintenant Lestat le Vampire. Mais quel prix il avait dû payer.

Je pensai à lui sur la plage de Grenade et à la façon dont il avait refusé le geste simple de faire l'amour. Il souffrait maintenant comme il avait souffert alors. Et soudain je ne voyais plus de mystère dans les raisons qui l'avaient poussé. Je l'y avais amené grâce à notre petite aventure partagée pour vaincre le Voleur de Corps.

« Venez, lui dis-je. Il est vraiment temps de partir maintenant, loin de tout cela, pour aller dans un endroit où nous pourrons être seuls. » Je tremblais. Combien de fois avais-je rêvé de cet instant ?

Et cependant, cela s'était fait si vite, et il y avait tant de questions que je devrais poser.

Une terrible timidité s'abattit soudain sur moi. Je n'osais pas le regarder. Je pensais à l'intimité que nous allions bientôt partager, et je ne pouvais pas soutenir son regard. Mon Dieu, je me conduisais comme lui à La Nouvelle-Orléans, quand j'occupais ce robuste corps de mortel et que je lui avais lancé au visage mon désir effréné.

Mon cœur battait d'impatience. David, David dans mes bras. Le sang de David passant en moi. Le mien dans le corps de David, et ensuite nous serions là ensemble au bord de la mer, comme de ténébreux frères immortels. C'était à peine si je pouvais parler ou même penser.

Je me levai sans le regarder, je traversai la véranda et descendis les marches. Je savais qu'il me suivait. J'étais comme Orphée. Un regard en arrière et on me l'arracherait à jamais. Peut-être les phares d'une voiture qui passait allaient-ils allumer dans mes cheveux ou dans mes yeux de tels reflets qu'il serait soudain paralysé de frayeur.

Je l'entraînai sur le trottoir, croisant le lent défilé des mortels dans leur tenue de plage, passant devant les petites tables en terrasse des cafés. J'allai droit jusqu'au Park Central, je traversai de nouveau le hall avec ses décorations étincelantes et je montai l'escalier jusqu'à ma suite.

Je l'entendis refermer la porte derrière moi.

Planté devant les baies vitrées, je contemplai encore une fois ce brillant ciel du soir. Calme-toi, mon cœur ! Pas trop de hâte. C'est trop important et il faut faire chaque pas avec prudence.

Regarde les nuages dans leur course folle loin du paradis. Les étoiles ne sont que des points étincelants luttant dans le flot pâle de la lumière du soir.

Il y avait des choses que je devais lui dire, que je devais lui expliquer. Pour l'éternité, il resterait le même qu'en cet instant précis ; y avait-il quelque détail physique qu'il souhaitait changer ? La barbe rasée de plus près, les cheveux moins longs, peut-être ?

« Rien de tout cela ne compte, dit-il de cette douce voix d'Anglais cultivé. Qu'est-ce qui ne va pas ? » Tant de bonté, comme si c'était moi qui avais besoin d'être rassuré. « N'est-ce pas ce que vous vouliez ?

— Oh ! si, absolument. Mais vous devez être sûr de le vouloir aussi », dis-je, et ce fut seulement alors que je me retournai.

Il était là dans l'ombre, si calme dans son impeccable costume de toile blanche, sa cravate de soie pâle nouée avec soin. La lumière de la rue faisait briller ses yeux et alluma un instant un éclair sur la petite épingle d'or de sa cravate.

« Je n'arrive pas à l'expliquer, murmurai-je. Tout s'est passé si précipitamment, de façon si soudaine, quand j'étais sûr que cela n'arriverait pas. J'ai peur pour vous. Peur que vous ne commettiez une terrible erreur.

— Je le veux, dit-il, mais comme sa voix était tendue, sombre et sans cette joyeuse note lyrique. Je le veux plus que vous ne pouvez savoir. Faites-le maintenant, je vous en prie. Ne prolongez pas mon supplice. Venez à moi. Que puis-je faire pour vous convaincre ? Pour vous rassurer ? Oh ! j'ai eu plus de temps que vous ne pensez pour méditer cette décision. Rappelez-vous comme je connais depuis longtemps vos secrets, à vous tous. »

Comme son visage paraissait étrange, comme son regard était dur et comme un pli amer crispait sa bouche.

« David, quelque chose ne va pas, dis-je. Je le sais. Écoutez-moi. Il faut que nous en discutions tous les deux. C'est la conversation peut-être la plus cruciale que nous aurons jamais. Que s'est-il passé pour vous décider à le vouloir ? Qu'était-ce donc ? Le temps que nous avons passé ensemble sur l'île ? Expliquez-moi. Il faut que je comprenne.

— Vous perdez du temps, Lestat.

— Oh ! pour ceci, on doit prendre son temps, David, c'est la dernière fois que le temps compte vraiment. »

Je l'attirai à moi, laissant délibérément son odeur emplir mes narines, le parfum de son sang venir jusqu'à moi et éveiller ce désir qui se souciait peu de savoir qui il était ni qui j'étais : ce désir impérieux de lui qui ne voulait que sa mort. Une soif qui se tordait et claquait en moi comme un gigantesque fouet.

Il recula d'un pas. Dans ses yeux je lus la crainte.

« Non, n'ayez pas peur. Vous croyez que je voudrais vous faire du mal ? Sans vous, comment aurais-je pu vaincre ce stupide petit Voleur de Corps ? »

Son visage tout entier se crispa, ses yeux rapetissant, sa bouche esquissant ce qui me parut une grimace. Oh ! comme il avait l'air terrible et comme il se ressemblait peu. Qu'est-ce au nom du ciel qui se passait dans son esprit ? Tout allait mal en cet instant, en ce moment de décision ! Il n'y avait pas de joie, pas d'intimité. Tout allait de travers.

« Ouvrez-vous à moi ! » murmurai-je.

Il secoua la tête, ses yeux lançant des éclairs et de nouveau se plissant. « Est-ce que ça ne se passera pas quand le sang va couler ? » Comme sa voix était frêle !

« Lestat, donnez-moi une image que je garde à l'esprit. Une image pour me protéger de la peur. »

J'étais déconcerté. Je n'étais pas sûr de savoir ce qu'il voulait dire.

« Faut-il que je pense à vous et à votre beauté, dit-il tendrement, que je me dise que nous allons être ensemble, compagnons pour toujours ? Cela me suffira-t-il pour franchir le pas ?

— Pensez à l'Inde, chuchotai-je. Pensez à la forêt de palétuviers et à ce moment où vous avez été si heureux... »

J'aurais voulu en dire plus, j'aurais voulu dire : non, pas ça, mais je ne savais pas pourquoi ! Et le désir montait en moi, mêlé d'un sentiment de solitude brûlante, et je revis soudain Gretchen, je revis la pure horreur qui s'était peinte sur son visage. Je m'approchai de lui. David, David enfin... *Fais-le* ! Tu as assez parlé, à quoi bon les images, fais-le ! Qu'est-ce qui te prend donc que tu n'oses pas ?

Et cette fois, je l'étreignis avec force.

Voilà que sa peur revint, comme un spasme, mais il ne se débattit pas vraiment contre moi et je savourai un moment cette grisante intimité physique, la présence dans mes bras de ce grand corps royal. Je promenai mes lèvres sur ses cheveux gris foncé, j'en humai le parfum familier, je laissai mes doigts lui caresser la tête. Et puis mes dents rompirent la surface de la peau avant même que je n'en eusse formulé l'intention, le sang chaud et salé se déversa sur ma langue et m'emplit la bouche.

David, David enfin.

Dans un torrent, les images se précipitèrent : les immenses forêts de l'Inde, les grands éléphants gris qui passaient dans un bruit de tonnerre, les genoux maladroitement levés, agitant leur gigantesque tête, leurs oreilles battant comme des feuilles flottant au vent. La lumière du soleil frappant la forêt. *Où est le tigre ? Oh, bonté divine, Lestat, c'est toi le tigre ! Tu l'as fait ! C'est pourquoi tu ne voulais pas qu'il pense à cela !* Et dans un éclair je le vis qui me dévisageait dans la clairière baignée de soleil, le David d'il y a bien des années, dans sa splendide jeunesse, souriant et soudain, l'espace d'une seconde, se superposant à cette image ou en jaillissant comme une fleur qui s'épanouit, voilà qu'apparut un autre personnage, un autre homme. C'était une créature maigre et émaciée aux cheveux blancs et au regard sournois. Et je sus, avant qu'elle ne disparût de nouveau dans l'image tremblotante et sans vie de David, que c'était James !

Cet homme dans mes bras, c'était James !

Je le repoussai violemment, portant une main à mes lèvres pour en essuyer le sang qui ruisselait.

« James ! » m'écriai-je dans un rugissement.

Il s'effondra contre le montant du lit, le regard hébété, un filet de sang coulant sur son col, une main brandie vers moi. « Oh ! pas de précipitation ! » s'écria-t-il de cette voix un peu hachée que je reconnaissais bien, la poitrine haletante, la peur luisant sur son visage.

« Maudit soyez-vous ! » criai-je de nouveau, en fixant ses yeux frénétiques qui brillaient sur le visage de David.

Je me précipitai sur lui, je l'entendis partir d'un rire fou et désespéré, et puis des mots se précipitèrent, un peu brouillés.

« Pauvre idiot ! c'est le corps de Talbot ! Vous ne voulez pas faire de mal au corps de Talbot... » C'était trop tard. J'essayai de m'arrêter, mais ma main s'était refermée autour de sa gorge et j'avais déjà lancé son corps contre le mur !

Horrifié, je le vis heurter violemment la cloison. Je vis le sang jaillir de sa nuque et j'entendis l'horrible bruit du mur qui se brisait derrière lui et, quand je tendis le bras pour le rattraper, il retomba dans mes bras. Il fixa sur moi un regard fixe de bovin, sa bouche s'agitant désespérément pour articuler les mots.

« Regardez ce que vous avez fait, imbécile. Regardez... regardez ce que...

— Restez dans ce corps, espèce de monstre ! dis-je entre mes dents serrées. Maintenez-le en vie ! »

Il haletait. Un mince filet de sang ruisselait de son nez et jusque dans sa bouche. Ses yeux roulaient dans leurs orbites. Je le relevai, mais ses pieds pendaient comme s'il était paralysé. « Espèce... espèce d'idiot ! Appelez Mère, appelez-la... Mère, Mère, Raglan a besoin de vous... n'appelez pas Sarah. Ne dites rien à Sarah. Appelez ma Mère... » Là-dessus, il perdit connaissance, sa tête tombant en avant tandis que je le soutenais pour aller l'allonger sur le lit.

J'étais désespéré. Qu'allais-je faire ! Pouvais-je guérir ses plaies avec mon sang ! Non, la blessure était interne, dans sa tête, dans son cerveau ! Ah ! mon Dieu ! Le cerveau de David !

J'empoignai le téléphone, balbutiai le numéro de la suite et annonçai qu'il y avait une urgence. Un homme était grièvement blessé. Il était tombé. Il avait eu une attaque ! Il fallait tout de suite faire venir une ambulance.

Puis je raccrochai et je revins vers lui. Le visage et le corps de David gisant là, impuissants ! Ses paupières battaient, sa main gauche s'ouvrit, puis se referma, s'ouvrit encore. « Mère, chuchota-t-il. Prévenez Mère. Dites-lui que Raglan a besoin d'elle... Mère.

— Elle arrive, dis-je, il faut l'attendre ! » Avec douceur, je tournai sa tête sur le côté. Mais à la vérité, quelle importance ? Qu'il s'envole et qu'il quitte cette enveloppe s'il le pouvait ! Ce corps n'allait pas se remettre ! Ce corps ne pourrait plus jamais convenablement abriter David !

Et où diable était David ?

Du sang se répandait sur tout le couvre-lit. Je me mordis le poignet. Je laissai les gouttes tomber sur les morsures du cou. Peut-être leur contact avec les lèvres de la plaie servirait-il à quelque chose. Mais que pouvais-je faire pour le cerveau ! Oh ! Dieu, comment avais-je pu faire cela...

« Idiot, murmura-t-il, c'est si bête. Mère ! »

La main gauche commença à s'agiter sur le lit. Puis je m'aperçus que tout son bras gauche était secoué de convulsions, et d'ailleurs un rictus tirait inlassablement le côté gauche de sa bouche, tandis que ses yeux fixaient le plafond et que ses pupilles s'immobilisaient. Le sang continuait à couler du nez jusque dans la bouche et sur les dents blanches.

« Oh ! David, je ne voulais pas faire ça, murmurai-je. Oh, Seigneur Dieu, il va mourir ! »

Je crois qu'il dit encore une fois le mot « Mère ».

J'entendais maintenant les sirènes qui hurlaient sur Ocean Drive. Quelqu'un frappait à la porte. Je me glissai sur le côté au moment où elle s'ouvrit toute grande et je m'esquivai sans avoir été vu. D'autres mortels montaient en hâte l'escalier. Ils ne virent qu'une ombre furtive au moment où je passai. Je m'arrêtai un instant dans le hall et, hébété, je regardai les employés s'affoler en tous sens. Le redoutable hurlement de la sirène prenait de l'ampleur. Je tournai les talons et dévalai le perron en trébuchant presque pour regagner la rue.

« Oh ! Seigneur Dieu, David, qu'est-ce que j'ai fait ? »

Un klaxon de voiture me fit sursauter, puis un autre m'arracha à ma stupeur. J'étais planté en plein milieu de la circulation. Je reculai jusqu'à la plage.

Soudain une grande ambulance toute blanche s'arrêta juste

devant l'hôtel. Un robuste jeune homme sauta de la banquette avant et se précipita dans le hall, tandis que l'autre allait ouvrir les portières arrière. Quelqu'un criait à l'intérieur de l'hôtel. J'aperçus une silhouette à la fenêtre de ma chambre là-haut.

Je reculai encore, les jambes tremblantes comme si j'étais un simple mortel, mes mains serrant stupidement ma tête tandis que j'observais l'horrible scène à travers mes lunettes de soleil ; je regardai l'inévitable rassemblement qui se formait : les gens s'arrêtaient dans leur promenade, se levaient des tables des restaurants voisins et s'approchaient des portes de l'hôtel.

Il était absolument impossible maintenant à des yeux normaux de voir quoi que ce soit, mais la scène se matérialisa devant moi au fur et à mesure que je captais des images des esprits des mortels : le lourd chariot qui traversait le hall, le corps inerte de David attaché dessus, les infirmiers écartant les gens pour passer.

Les portes de l'ambulance se refermèrent en claquant. La sirène reprit son épouvantable hurlement et la voiture démarra en trombe, emportant dans ses flancs le corps de David, l'emportant Dieu sait où !

Il fallait agir ! Que pouvais-je faire ? Pénétrer dans cet hôpital ; procéder à l'échange sur le corps ! Quoi d'autre pouvait le sauver ? Et puis avoir James dans cette enveloppe ? Où est David ? Seigneur, aidez-moi ! Mais pourquoi le feriez-vous ?

Je finis quand même par me décider à agir. Je remontai la rue en hâte, dépassant sans mal les mortels qui pouvaient à peine me voir, je trouvai une cabine téléphonique vitrée, m'y engouffrai et claquai la porte.

« Il faut que j'appelle Londres », dis-je à l'opératrice, en lui donnant les renseignements : le Talamasca, en PCV. Pourquoi était-ce si long ? Dans mon impatience, je martelai la vitre de mon poing droit, le récepteur collé contre mon oreille. Enfin une de ces voix patientes et pleines de bonté du Talamasca accepta l'appel.

« Écoutez-moi, dis-je, en commençant par balbutier mon nom tout entier. Cela va vous paraître insensé, mais c'est terriblement important. On vient de transporter d'urgence dans un hôpital de la ville de Miami le corps de David Talbot. Je ne sais même pas dans quel hôpital ! Le corps est grièvement blessé. Le corps risque de mourir. Cela dit, il faut que vous compreniez une chose : David n'est pas à l'intérieur de ce corps. Vous m'écoutez ? David est quelque part... »

Je m'arrêtai.

Une forme sombre avait surgi devant moi de l'autre côté de la paroi vitrée. Et, comme mon regard se posait sur elle, comme je m'apprêtais à congédier cet intrus — car qu'est-ce que cela pouvait me faire si quelque mortel me demandait de faire vite ? — je m'aperçus que c'était mon ancien corps mortel qui était planté là, ma grande et jeune enveloppe corporelle aux cheveux bruns, dans laquelle j'avais assez longtemps vécu pour en connaître chaque petit détail, chaque faiblesse et chaque point fort. J'étais en train de contempler le visage même que j'avais vu dans le miroir voilà à peine deux jours ! Seulement il avait maintenant cinq centimètres de plus que moi. Je levai la tête pour regarder ces yeux marron que je connaissais si bien.

Le corps portait le même costume de toile dont je l'avais vêtu pour la dernière fois. C'était aussi le même chandail blanc à col roulé que j'avais enfilé par-dessus sa tête. Et une main familière se levait maintenant dans un geste d'apaisement, un geste aussi calme que l'expression du visage, me donnant clairement l'ordre de raccrocher.

Je remis le combiné en place.

D'un mouvement silencieux et fluide, le corps glissa jusque devant la cabine et ouvrit la porte. La main droite se referma sur mon bras, m'entraînant sans résistance de ma part sur le trottoir et dans la douce brise.

« David, dis-je, savez-vous ce que j'ai fait ?

— Je crois que oui, dit-il avec un petit haussement de sourcils, cette voix britannique familière sortant avec assurance de cette bouche jeune. J'ai vu l'ambulance arriver à l'hôtel.

— David, c'était une erreur, une horrible, une horrible erreur !

— Venez, partons d'ici », dit-il. Et c'était bien la voix dont je me souvenais, réconfortante, impérieuse et douce tout à la fois.

« Mais, David, vous ne comprenez pas, votre corps...
— Venez, vous allez me raconter tout cela, dit-il.
— David, il est en train de mourir.
— Eh bien alors, nous ne pouvons pas y faire grand-chose, n'est-ce pas ? »

Et à ma totale stupéfaction, il me prit par les épaules et m'entraîna avec lui jusqu'au coin de la rue où il héla un taxi.

« Je ne sais pas quel hôpital », avouai-je. J'étais encore secoué de violents tremblements. Je n'arrivais pas à maîtriser le tremblement de mes mains. Et j'étais bouleversé de le voir me regarder d'un air si serein, surtout quand de ce visage hâlé et tendu sortit la voix familière.

« Nous n'allons pas à l'hôpital », dit-il, comme s'il s'efforçait de calmer un enfant hystérique. Il désigna le taxi. « Montez, voulez-vous. »

Se glissant sur la banquette de cuir auprès de moi, il donna au chauffeur l'adresse du Grand Bay Hotel à Coconut Grove.

CHAPITRE 27

J'étais encore dans un véritable état de choc quand nous entrâmes dans le grand hall dallé de marbre. Je vis comme à travers une brume l'ameublement somptueux, les immenses vases de fleurs et les touristes élégamment vêtus qui passaient. Avec patience, le grand gaillard aux cheveux bruns qui était mon ancien moi me guida jusqu'à l'ascenseur et nous montâmes dans un chuintement assourdi jusqu'à un étage élevé.

J'étais incapable de détacher de lui mon regard, et pourtant mon cœur battait encore après ce qui venait de se passer. Je sentais toujours dans ma bouche le sang de ce corps blessé !

La suite dans laquelle nous pénétrâmes était spacieuse, peinte dans des tons pastels et elle s'ouvrait sur la nuit par une grande paroi de baie vitrée d'où l'on découvrait les nombreuses tours éclairées le long des rives de la sombre et sereine baie de Biscayne.

« Vous comprenez bien ce que j'ai essayé de vous dire, dis-je, heureux de me retrouver enfin seul avec lui et le dévisageant tandis qu'il s'installait en face de moi auprès de la petite table ronde. Je l'ai blessé, David, je l'ai blessé dans ma rage. Je... Je l'ai jeté contre le mur.

— Vous et votre fichu caractère, Lestat », dit-il, mais là encore c'était la voix qu'on utilise pour calmer un enfant.

Un grand sourire chaleureux éclairait le visage au modelé magnifique, avec son ossature nette et gracieuse et sa grande bouche paisible — le sourire bien reconnaissable de David.

J'étais incapable de réagir. Lentement, je baissai les yeux du visage rayonnant jusqu'aux épaules puissantes et droites, carrées contre le fond du fauteuil, puis contre ce corps tout entier détendu.

« Il m'a fait croire qu'il était vous, dis-je en essayant de faire le point. Il a fait semblant d'être vous. Oh ! mon Dieu, j'ai déversé sur lui toute ma peine, David. Il était assis là à m'écouter, à boire mes paroles. Et puis il m'a demandé le Don ténébreux. Il m'a dit qu'il avait changé d'avis. Il m'a entraîné jusqu'à l'appartement pour que je le fasse, David ! C'était horrible. C'était tout ce que je voulais depuis longtemps, et pourtant je savais que quelque chose n'allait pas ! Il avait en lui quelque chose de tellement sinistre. Il y avait des indices, et je ne les ai pas vus ! Quel idiot j'ai été.

— Corps et âme », dit le jeune homme tranquille et à la peau lisse assis en face de moi. Il ôta sa veste de toile à rayures, la jeta sur le fauteuil le plus proche et se rassit, les bras croisés sur sa poitrine. Le chandail à col roulé faisait ressortir sa musculature et la blancheur du coton donnait à sa peau une couleur plus riche encore, d'un brun doré presque sombre.

« Oui, je sais, reprit-il, sa voix au charmant accent britannique s'écoulant tout naturellement. C'est vraiment un choc. J'ai connu la même expérience voilà quelques jours seulement à La Nouvelle-Orléans quand le seul ami que j'ai au monde est apparu devant moi dans ce corps-ci ! Je compatis pleinement. Et je comprends bien — inutile de me le redemander — que mon corps d'autrefois est sans doute en train de mourir. Seulement je ne sais pas ce que nous pouvons y faire, ni l'un ni l'autre.

— Oh ! nous ne pouvons pas en approcher, c'est certain ! Si vous vous avanciez à seulement quelques mètres, James pourrait sentir votre présence et se concentrer suffisamment pour sortir de cette enveloppe.

— Vous pensez que James est encore dans le corps ? » demanda-t-il, haussant les sourcils exactement comme le faisait toujours David quand il parlait, la tête légèrement penchée en avant et la bouche esquissant un sourire.

David derrière ce visage ! Le timbre de la voix était presque exactement le même.

« Ah... quoi donc... Ah ! oui, James. Oui, James est dans ce corps ! David, c'est un coup sur la tête que je lui ai donné !

Vous vous souvenez de notre discussion. Si je devais le tuer, ce devait être d'un coup sur la tête. Il balbutiait je ne sais quoi à propos de sa mère. Il la réclamait. Il répétait qu'on devait lui dire que Raglan avait besoin d'elle. Quand j'ai quitté la pièce, il était dans ce corps-là.

— Je vois. Cela veut dire que le cerveau fonctionne mais qu'il a subi de graves lésions.

— Exactement ! Vous ne comprenez donc pas ? Il croyait qu'il allait m'empêcher de lui faire du mal parce que c'était votre corps. C'est dans votre corps qu'il s'était réfugié ! Oh ! comme il a mal calculé ! Très mal ! Et essayer de m'amener à lui faire le Don ténébreux ! Quelle vanité ! Il aurait dû savoir à quoi s'en tenir. Il aurait dû avouer son petit subterfuge dès l'instant où il m'a vu. Le diable l'emporte. David, si je n'ai pas tué votre corps, je l'ai blessé irrémédiablement. »

Il était plongé dans ses pensées, exactement comme il le faisait toujours au milieu d'une conversation, les yeux grands ouverts et perdus dans le lointain, contemplant par les grandes baies vitrées les eaux sombres de la baie.

« Il faut que j'aille à l'hôpital, n'est-ce pas ? murmura-t-il.

— Au nom du ciel, surtout pas ! Vous avez envie de vous trouver plongé dans ce corps au moment où il meurt ? Vous ne parlez pas sérieusement. »

Il se mit debout d'un geste souple et gracieux et s'approcha des fenêtres. Il resta là à contempler la nuit et je retrouvai chez lui cette attitude caractéristique, je vis l'expression bien reconnaissable de David se refléter sur ce nouveau visage.

C'était magique de voir cette créature dont tout le calme et la sagesse rayonnaient depuis cette jeune enveloppe corporelle. De voir la douce intelligence derrière les jeunes yeux clairs tournés vers moi.

« Ma mort m'attend, n'est-ce pas ? murmura-t-il.

— Qu'elle attende ! C'était un accident, David. Ce n'est pas une mort inévitable. Bien sûr, il y a une alternative. Nous la connaissons tous deux.

— Quoi donc ? demanda-t-il.

— Nous allons là-bas ensemble. Nous trouvons un moyen d'entrer dans la chambre en ensorcelant quelque membre du personnel médical. Vous chassez de ce corps le misérable qui s'y est installé, vous y prenez place et ensuite je vous fais le

Don du Sang. Je vous amène à moi. Il n'existe pas de blessure concevable qu'une transfusion complète de sang ne puisse guérir.

— Non, mon ami. Vous devriez savoir maintenant qu'il n'est pas question de me faire une pareille proposition. Je ne peux pas l'envisager.

— Je savais que vous diriez cela, répondis-je. Alors n'approchez pas de l'hôpital. Ne faites rien qui puisse le tirer de sa torpeur ! »

Là-dessus nous restâmes tous deux silencieux à nous regarder. Mon inquiétude se calmait rapidement. Je ne tremblais plus. Et je compris brusquement que lui n'avait jamais été inquiet.

Il ne l'était pas en ce moment. Il n'avait même pas l'air triste. Il me regardait, comme s'il me demandait silencieusement de comprendre. Ou peut-être ne pensait-il pas du tout à moi.

Il avait soixante-quatorze ans ! Et il était sorti d'un corps en proie à des maux et à des douleurs prévisibles, et dont la vue déclinait pour entrer dans cette robuste et belle enveloppe.

A dire vrai, je n'avais pas la moindre idée de ce qu'étaient vraiment ses sentiments ! J'avais échangé le corps d'un dieu pour ces membres-là ! Il avait échangé la carcasse d'un être vieillissant, avec la mort toujours présente derrière son dos, le corps d'un homme pour qui la jeunesse était une collection de souvenirs douloureux et torturants, si ébranlé par eux que sa paix d'esprit ne tarderait pas à s'écrouler totalement, menaçant de le laisser vivre dans l'amertume et le découragement les quelques années qui lui restaient.

Et voici qu'on lui avait rendu sa jeunesse ! Il avait peut-être encore tout une vie devant lui ! Et c'était un corps que lui-même avait trouvé attirant, beau, voire magnifique — un corps pour lequel il avait lui-même éprouvé un désir charnel.

Et moi, j'étais fou d'angoisse à l'idée de ce corps vieillissant, maltraité et dont la vie s'écoulait goutte après goutte, gisant en ce moment même sur un lit d'hôpital.

« Oui, fit-il, je dirais que c'est exactement la situation. Et je sais pourtant que je devrais retourner dans ce corps ! Je sais que c'est le domicile qui convient à cette âme-ci. Je sais qu'avec chaque moment que je laisse passer, je risque l'inimaginable — il va expirer et il me faudra rester dans ce corps-ci. Pourtant je vous ai amené ici. Et c'est ici que j'ai l'intention de rester. »

Je frémis de la tête aux pieds, le dévisageant, clignant des yeux comme pour m'éveiller d'un cauchemar, puis me remettant à frissonner. Je finis par éclater de rire, un rire ironique et dément. Et puis je dis :

« Asseyez-vous, versez-vous un peu de votre abominable whisky et racontez-moi comment cela s'est passé. »

Il n'avait pas envie de rire. Il semblait désorienté, ou alors extrêmement passif, et il me dévisageait, il considérait le problème et le monde tout entier de l'intérieur de cette merveilleuse enveloppe corporelle.

Il resta encore un moment près des fenêtres, son regard balayant les collines au loin, si blanches et si propres avec leurs centaines de petits balcons, puis descendant jusqu'à l'eau qui s'étendait vers l'horizon.

Il se dirigea ensuite vers le petit bar dans le coin de la pièce, sans la moindre maladresse dans ses gestes, il prit la bouteille de whisky avec un verre et apporta le tout sur la table. Il se versa une grande rasade de cette liqueur qui sentait si mauvais et il en but la moitié, en faisant avec la nouvelle peau bien tendue de son visage cette charmante petite grimace, tout comme jadis, puis il braqua sur moi son regard irrésistible.

« Eh bien, commença-t-il, il cherchait un refuge ! C'est exactement ce que vous aviez annoncé. J'aurais dû savoir qu'il le ferait ! Bon sang, l'idée ne m'en est jamais venue. Nous étions déjà assez occupés à effectuer l'échange. Et Dieu sait, je n'avais jamais pensé qu'il essaierait de vous amener à faire le Don ténébreux. Qu'est-ce qui lui a faire croire qu'il pourrait vous duper quand le sang aurait commencé à couler ? »

J'eus un petit geste désespéré.

« Racontez-moi ce qui s'est passé, dis-je. Il vous a chassé de votre corps !

— Absolument. Et pendant un moment, je n'arrivais pas à comprendre ce qui s'était passé ! Vous ne pouvez pas imaginer quel pouvoir il a ! Bien sûr, il était désespéré, comme nous l'étions tous ! Naturellement, j'ai tenté de reprendre aussitôt mon corps, mais il m'a repoussé et puis il s'est mis à tirer sur vous !

— Sur moi ? Mais, David, ce n'est pas avec cela qu'il aurait pu me blesser !

— Je n'en étais pas certain, Lestat. Imaginez qu'une de ses balles vous ait frappé à l'œil ! Je ne savais pas s'il ne parviendrait pas à vous ébranler d'une balle bien placée, ce qui lui permettrait de reprendre sa place à l'intérieur de son corps ! Et je ne peux pas prétendre avoir une grande expérience des voyages spirituels. Certainement pas autant que lui. J'étais pétrifié de crainte. Là-dessus, vous avez disparu, et moi, je n'arrivais toujours pas à reprendre possession de mon propre corps, et il braquait son arme sur l'autre, qui gisait sur le sol.

« Je ne savais même pas si je pouvais m'en emparer. Je n'ai jamais fait cela. Je n'essaierais pas même si vous m'invitiez à le faire. La possession d'un autre corps : pour moi, c'est aussi moralement méprisable que de prendre délibérément la vie humaine. Mais il s'apprêtait à faire sauter la tête de ce corps — enfin, s'il parvenait à bien maîtriser le revolver. Et où étais-je ? Et qu'allait-il advenir de moi ? Ce corps-là était ma seule chance de faire ma rentrée dans le monde physique.

« Je me lançai à l'intérieur exactement comme je vous avais conseillé d'entrer dans votre corps à vous. Aussitôt j'étais debout, le renversant en arrière et lui arrachant presque le revolver des mains. A ce moment-là, la coursive était envahie de passagers et de stewards affolés ! Il a tiré encore une balle, je me suis enfui sur la véranda et j'ai sauté sur le pont inférieur.

« Je ne crois pas qu'il ait compris ce qui s'était passé jusqu'au moment où j'ai heurté ces planches. Dans mon corps d'autrefois, la chute m'aurait brisé la cheville ! Sans doute même la jambe. Je m'apprêtais à ressentir cet inévitable et déchirante souffrance et tout d'un coup je m'aperçus que je n'étais pas le moins du monde blessé, que je m'étais remis debout presque sans effort, et je dévalai en courant toute la longueur du pont pour franchir la porte donnant sur le gril.

« Bien sûr, ce n'était pas la direction qu'il fallait prendre. Le personnel de sécurité traversait cette salle pour gagner l'escalier menant au pont supérieur. J'étais persuadé qu'ils allaient l'appréhender. Ce n'était pas possible autrement. Et il avait été si maladroit avec ce revolver, Lestat. C'était tout à fait comme vous l'aviez décrit. Il ne sait pas vraiment évoluer dans ces corps qu'il vole. Il reste beaucoup trop lui-même ! »

Il s'arrêta, but encore une gorgée de whisky, puis remplit le verre. J'étais fasciné de l'observer et de l'écouter : cette voix autoritaire et ce visage rayonnant d'innocence. A vrai dire, l'adolescence s'achevait à peine dans ce jeune corps masculin, même si je n'y avais pas pensé plus tôt. A tous égards, il était à peine achevé, comme une pièce qui vient d'être frappée et qui ne porte pas la moindre petite éraflure que lui inflige l'usage.

« Vous ne vous enivrez pas aussi facilement dans ce corps-ci, n'est-ce pas ? demandai-je.

— Non, fit-il. Pas du tout. En fait, rien n'est pareil. Absolument rien. Laissez-moi continuer. Je ne comptais pas vous abandonner sur le bateau. J'étais terriblement inquiet pour votre sécurité. Mais je devais le faire.

— Je vous avais dit de ne pas vous faire de souci pour moi, dis-je. Oh ! Seigneur Dieu, ce sont presque les mêmes mots que j'ai employés avec lui... quand je croyais que c'était vous. Mais continuez, je vous en prie. Que s'est-il passé alors ?

— Eh bien, j'ai reculé dans le couloir derrière le gril, d'où je pouvais encore voir l'intérieur de la salle par la petite vitre de la porte. Je me disais qu'ils seraient bien obligés de le faire passer par là. Je ne connaissais pas d'autre chemin. Et il fallait absolument que je sache s'il avait été arrêté. Comprenez-moi, je n'avais pris aucune décision sur ce que j'allais faire. En quelques secondes, tout un groupe d'officiers apparut, avec moi, David Talbot, au milieu d'eux, et ils l'ont poussé — mon ancien moi — vers le gril et vers l'avant du navire. Et quel choc de le voir se débattre pour conserver sa dignité, en leur parlant d'un ton rapide et presque joyeux, comme s'il était un gentleman influent et fortuné, pris dans quelque sordide et agaçante petite affaire.

— Je l'imagine très bien.

— Quel jeu joue-t-il ? me dis-je. Je ne me rendais pas compte évidemment qu'il pensait à l'avenir, à la façon de se mettre à l'abri de vos recherches ultérieures. Tout ce que je pouvais penser, c'était : où veut-il en venir maintenant ? Puis l'idée me vint qu'il allait les envoyer à ma poursuite. C'était naturellement moi qu'il rendrait responsable de tout l'épisode.

« Je vérifiai aussitôt le contenu de mes poches. J'avais le passeport de Sheridan Blackwood, l'argent que vous aviez laissé pour l'aider à quitter le bateau et la clé de votre ancienne cabine. J'essayai de réfléchir à ce que je devais faire. Si je montais jusqu'à cette cabine, ils viendraient me chercher. Ils ne connaissaient pas le nom figurant sur le passeport. Bien entendu, les stewards de cabines feraient sans mal le rapprochement.

« J'étais encore profondément troublé quand j'entendis son nom lancé par les haut-parleurs. Une voix calme demandait à Mr. Raglan James de se présenter immédiatement à n'importe quel officier du bord. Il m'avait donc impliqué, persuadé que j'avais ce passeport qu'il vous avait donné. Et il ne faudrait pas longtemps avant que n'apparût le nom de Sheridan Blackwood. Sans doute était-il en train de leur donner maintenant mon signalement.

« Je n'osais pas descendre au pont cinq pour voir si vous aviez pu gagner sans encombre votre cachette. Je risquerais de les mener là-bas si j'essayais. Il n'y avait à mon avis qu'une chose à faire, c'était de me cacher quelque part jusqu'au moment où j'aurais la certitude qu'il avait débarqué.

« Il me semblait tout à fait logique de conclure qu'il allait être emprisonné à la Barbade à cause de l'arme à feu. Et puis sans doute ne savait-il pas quel nom figurait sur son passeport et les autorités du bord l'auraient examiné avant qu'il ait eu le temps de le regarder.

« Je descendis au pont du Lido, où la grande majorité des passagers prenaient leur petit déjeuner, je pris une tasse de café et je m'installai discrètement dans un coin mais, comme les minutes passaient, je savais que ça n'allait pas marcher. Deux officiers apparurent, qui de toute évidence cherchaient quelqu'un. Ils faillirent m'apercevoir. J'engageai la conversation avec deux braves femmes assises auprès de moi et je parvins à m'introduire plus ou moins dans leur petit groupe.

« Quelques secondes après le passage de ces officiers, une autre annonce fut faite dans les haut-parleurs. Cette fois ils avaient le bon nom. Mr. Sheridan Blackwood voudrait-il se présenter d'urgence à un officier du navire ? Et une autre horrible possibilité me vint ! J'étais dans le corps de ce garagiste londonien qui avait massacré toute sa famille et qui s'était échappé d'une maison de fous. Les empreintes de ce corps-ci figuraient sans doute dans un dossier. James était tout à fait homme à révéler cela aux autorités. Et dire que nous allions aborder à la Barbade, colonie britannique ! Même le Talamasca ne parviendrait pas à faire sortir ce corps de prison si j'étais arrêté. Malgré toutes les craintes que j'éprouvais à vous abandonner, il me fallait tenter de quitter le navire.

— Vous auriez dû savoir que je n'aurais aucun problème. Pourquoi ne vous a-t-on pas arrêté sur la passerelle de débarquement ?

— Oh ! ils ont bien failli, mais il régnait la plus totale confusion. Le port de Bridgetown est très grand et nous étions à quai. Pas besoin d'utiliser le petit canot. Et les fonctionnaires des douanes avaient mis si longtemps à terminer les formalités de débarquement qu'il y avait des centaines de passagers attendant dans les coursives du pont inférieur pour descendre à terre.

« Les officiers contrôlaient les cartes d'embarquement du mieux qu'ils pouvaient, mais je réussis une fois encore à me glisser avec un petit groupe de dames anglaises et je me mis à leur parler d'une voix forte de tout ce qu'il y avait à voir à la Barbade, du temps merveilleux qu'il y faisait toujours et je parvins à passer.

« Je descendis jusqu'au quai et me dirigeai vers le bâtiment des douanes. Je craignis alors qu'on ne contrôlât mon passeport dans ces bureaux-là avant qu'on m'autorise à débarquer.

« Et puis, bien sûr, n'oubliez pas que cela faisait moins d'une heure que j'étais dans ce corps ! Chaque pas me faisait un effet tout à fait bizarre. Je baissais sans arrêt les yeux, j'apercevais ces mains et alors c'était le choc : qui suis-je ? Je dévisageais les gens, comme si je regardais par deux trous dans un mur aveugle. Je n'arrivais pas à imaginer ce qu'ils voyaient !

— Je connais, croyez-moi.

— Oh ! mais il y a la force aussi, Lestat. Cela, vous ne pouvez pas le connaître. On aurait dit que j'avais bu quelque extraordinaire stimulant qui avait saturé chaque fibre de mon corps ! Et ces jeunes yeux ! ah, comme ils peuvent voir loin et clair. »

J'acquiesçai.

« Pour être tout à fait franc, continua-t-il, c'est à peine si je raisonnais. Les bureaux des douanes étaient très encombrés. A vrai dire, il y avait plusieurs bateaux de croisière au port. Le *Wind Song* était là, et aussi le *Rotterdam.* Et je crois que le *Royal Viking Sun* était à quai lui aussi, juste en face du *Queen Elizabeth II.* L'endroit grouillait de touristes et je compris rapidement qu'on ne contrôlait les passeports que pour ceux qui regagnaient leur navire.

« J'entrai dans une des boutiques — vous savez, ces magasins pleins de ces choses horribles — j'achetai une grande paire de lunettes de soleil dont les verres faisaient miroir, un peu comme celle que vous portiez quand votre peau était si pâle, et je fis l'emplette aussi d'une chemise hideuse avec un perroquet peint dessus.

« Ensuite, ôtant ma veste et mon chandail à col roulé, je passai cette abominable chemise, je chaussai les lunettes et je m'installai à un endroit d'où, par la porte ouverte, j'apercevais toute la longueur du quai. Je ne savais pas quoi faire d'autre. J'étais terrifié à l'idée qu'ils allaient se mettre à fouiller les cabines ! Que feraient-ils quand ils ne parviendraient pas à ouvrir cette petite porte du pont cinq, ou s'ils finissaient pas découvrir votre corps dans cette malle ? D'un autre côté, comment pourraient-ils procéder à une telle fouille ? Et qu'est-ce qui les y pousserait ? Ils tenaient l'homme au revolver. »

Il marqua de nouveau un temps pour boire une gorgée de whisky. Il avait un air si parfaitement innocent dans son désarroi quand il décrivait tout cela, une innocence qu'il n'aurait jamais pu avoir dans son enveloppe charnelle d'autrefois.

« J'étais fou, absolument fou. Je tentai d'utiliser mes vieux pouvoirs télépathiques, et il me fallut quelque temps pour les retrouver, et puis le corps y jouait un plus grand rôle que je n'aurais cru.

— Cela ne m'étonne pas, dis-je.

— Alors tout ce que je pouvais capter, c'étaient des pensées et des images provenant des passagers les plus proches de moi. Cela ne m'avançait à rien. Heureusement, mon supplice arriva brusquement à son terme.

« On amena James à terre. Il était escorté du même énorme contingent d'officiers. On avait dû le prendre pour le plus dangereux criminel de l'hémisphère occidental. Il avait mes bagages avec lui. Et il était de nouveau l'image même du Britannique digne et convenable, pérorant avec un charmant sourire, même si les officiers, de toute évidence, se montraient extrêmement méfiants et semblaient particulièrement mal à l'aise en l'amenant aux gens des douanes et en leur remettant son passeport.

« Je compris qu'on l'obligeait à quitter définitivement le paquebot. On fouilla même ses bagages avant de laisser passer le petit groupe.

« Pendant tout ce temps, j'étais collé au mur du bâtiment, comme une jeune vagabond, si vous voulez, avec mon chandail sur mon bras, tandis qu'à l'abri de ces épouvantables lunettes je dévisageais mon ancien moi si digne. Quel jeu joue-t-il ? me demandais-je. Pourquoi veut-il ce corps ! Comme je vous l'ai dit, l'idée ne m'est jamais venue que c'était une démarche fort habile.

« Je suivis la petite troupe dehors, où attendait une voiture de police, dans laquelle on chargea son bagage tandis qu'il était à discuter et à serrer la main des officiers qui devaient rester là.

« J'approchai suffisamment pour l'entendre prodiguer ses remerciements et ses excuses, déverser un flot d'euphémismes et de formules creuses, déclarer avec enthousiasme combien il avait été ravi de sa brève croisière. Il avait vraiment l'air d'apprécier cette mascarade.

— Oui, dis-je, avec consternation. Cela lui ressemble bien.

— Là-dessus vint le moment le plus étrange. Il interrompit son bavardage tandis qu'on lui ouvrait la portière de sa voiture et il se retourna. Il me regarda droit dans les yeux comme s'il avait toujours su que j'étais dans les parages. Seulement il déguisa fort adroitement ce geste, laissant son regard balayer la foule qui allait et venait, puis me lança de nouveau un bref coup d'œil, et il sourit.

« Ce fut seulement quand la voiture eut démarré, que je compris ce qui s'était passé. Il était délibérément parti dans mon ancien corps, me laissant avec cette carcasse de vingt-six ans. »

Il leva de nouveau son verre, but une gorgée et me regarda.

« L'échange dans un moment pareil aurait sans doute été impossible. Je ne sais pas vraiment. Le fait est là pourtant, il voulait ce corps. Et je restai là, devant l'immeuble des douanes, et j'étais... j'étais redevenu un jeune homme ! »

Il regarda fixement son verre, manifestement sans le voir, et puis ses yeux se vrillèrent sur les miens.

« C'était *Faust*, Lestat. J'avais acheté la jeunesse. Ce qu'il y avait de bizarre, c'était... c'était que je n'avais pas vendu mon âme ! »

J'attendis et il restait assis là dans un silence confondu, il secoua un peu la tête et parut sur le point de recommencer. Puis il finit par dire :

« Pouvez-vous me pardonner d'être parti à ce moment-là ? Je n'avais aucun moyen de regagner le navire. Et, bien sûr, James était en route pour la prison, du moins était-ce ce que je croyais.

— Bien sûr que je vous pardonne. David, nous savions que cela pourrait arriver. Nous avions envisagé la possibilité que vous soyez arrêté comme cela a été le cas pour lui ! C'est absolument sans importance. Qu'avez-vous donc fait ? Où êtes-vous allé ?

— Je suis allé à Bridgetown. Ce n'était même pas à proprement parler une décision. Un très jeune et charmant chauffeur de taxi noir m'a abordé, pensant que j'étais un passager en croisière, ce qui naturellement était le cas. Il m'a proposé de me faire le tour de la ville pour un bon prix. Il avait vécu des années en Angleterre. Il avait une voix agréable. Je ne crois même pas lui avoir répondu. J'ai simplement hoché la tête et je me suis installé sur la banquette arrière de la petite voiture. Des heures durant, il m'a promené dans l'île. Il a dû penser que j'étais un très bizarre personnage.

« Je me souviens, nous avons traversé des champs de canne à sucre absolument magnifiques. Il m'expliqua que la petite route avait été construite pour les voitures à chevaux. Et je songeai que ces champs ressemblaient probablement à ce qu'ils étaient deux cents ans plus tôt. Lestat pourrait me le dire. Lestat saurait. Et puis de nouveau je regardais mes mains. Je bougeais mon pied ou je tendais mes bras, je faisais n'importe quel geste ; et je sentais la force et la vigueur de ce corps ! Et je retombais dans mon émerveillement, totalement indifférent à la voix du pauvre homme comme aux paysages que nous traversions.

« Nous arrivâmes enfin à un jardin botanique. Mon chauffeur noir aux allures de gentleman gara sa petite voiture et me proposa d'entrer. Que m'importait ? J'achetai un ticket avec de l'argent que vous aviez si obligeamment laissé dans vos poches pour le Voleur de Corps, puis je me suis promené dans le jardin et je me suis bientôt trouvé dans un des plus beaux endroits que j'avais jamais vus au monde.

« Lestat, tout cela était comme un rêve d'une force extraordinaire !

« Il faudra que je vous emmène à cet endroit, il faut que vous le voyiez — vous qui aimez tant les îles. D'ailleurs, là-bas je ne pensais... je ne pensais qu'à vous !

« Il faut que je vous explique une chose. Jamais depuis le temps où vous êtes venu me trouver pour la première fois, jamais je n'ai regardé dans vos yeux ni entendu votre voix, ni même pensé à vous, sans éprouver de la douleur. C'est la douleur liée à la condition de mortel : quand on se rend compte de son âge et de ses limites et de ce qu'on n'aura plus jamais. Vous voyez ce que je veux dire ?

— Oui. Et en vous promenant dans le jardin botanique, vous pensiez à moi. Et vous n'éprouviez pas cette douleur.

— Non, murmura-t-il. Je ne l'éprouvais pas. »

Il attendit. Il était assis sans rien dire ; il but une grande gorgée de whisky, puis il repoussa le verre. Le grand corps musclé était parfaitement maîtrisé par son esprit élégant qui le faisait évoluer avec ses gestes raffinés, et une fois de plus j'entendis les accents calmes et mesurés de sa voix.

« Il faudra aller là-bas, dit-il. Il faudra que nous allions sur cette colline qui domine la mer. Vous vous rappelez le bruit des palmes des cocotiers à Grenade, ce petit claquement quand elles étaient agitées par le vent ? Vous n'avez jamais entendu une musique comme celle que vous entendrez dans ce jardin de la Barbade et, oh ! ces fleurs, ces folles fleurs sauvages ! C'est votre Jardin Sauvage, et pourtant il est si domestiqué, si calme, on s'y sent à ce point en sécurité ! J'ai vu le palmier géant du voyageur avec ses branches qui semblaient tressées en sortant du tronc ! Et la pince de homard, une plante monstrueuse ; et les gingembres géants, oh ! vous devez les voir ! Même à la lumière de la lune, tout cela doit être beau, beau à vos yeux.

« Je crois que je serais resté là des heures. C'est l'arrivée d'un car de touristes qui m'a tiré de ma rêverie. Figurez-vous qu'ils venaient de notre bateau ! C'étaient les voyageurs du *Queen Elizabeth II*. » Il eut un rire joyeux et son visage devint trop exquis pour le décrire. Tout son corps puissant était secoué d'un petit rire. « Oh ! je vous assure que je ne me suis pas attardé.

« Je suis ressorti. J'ai trouvé mon chauffeur et je me suis fait conduire sur la côte ouest de l'île, du côté des grands hôtels. Il y a des Anglais qui passent leurs vacances là. C'est le luxe, la solitude — et les terrains de golf. Et puis, j'ai vu cet endroit — une station juste au bord de l'eau qui était tout ce dont je rêve quand j'ai envie de quitter Londres pour aller à l'autre bout du monde dans un endroit chaud et ravissant.

« J'ai dit à mon chauffeur de prendre l'allée pour que je puisse jeter un coup d'œil. C'était une énorme bâtisse en stuc rose, avec une charmante salle à manger sous un toit de palmes donnant sur la plage de sable blanc. J'ai réfléchi tout en visitant les lieux, ou plutôt j'ai essayé, et j'ai décidé que, pour l'instant, j'allais rester dans cet hôtel.

« J'ai payé le chauffeur et j'ai pris une belle petite chambre avec vue sur la plage. On m'a fait traverser les jardins pour m'y rendre, puis on m'a fait entrer dans un petit bâtiment et je me suis trouvé dans une construction dont les portes ouvraient sur une petite véranda d'où un sentier descendait droit jusqu'au sable. Il n'y avait rien entre moi et le bleu des Caraïbes que les cocotiers et quelques grands buissons d'hibiscus, couverts de fleurs d'un rouge incroyable.

« Lestat, j'ai commencé à me demander si je n'étais pas mort et si tout cela n'était pas le mirage avant que le rideau ne retombe enfin ! »

Je hochai la tête en signe d'acquiescement.

« Je m'effondrai sur le lit, et vous savez ce qui m'est arrivé ? Je me suis endormi. J'étais allongé là dans ce corps-ci et je me suis endormi.

— Ce n'est pas étonnant, dis-je avec un petit sourire.

— Eh bien, c'est étonnant pour moi ! Vraiment. Comme vous adoreriez cette petite chambre ! On aurait dit une coquille silencieuse tournée vers les alizés. Quand je me suis éveillé au milieu de l'après-midi, la première chose que j'ai vue, c'est l'eau.

« Puis vint le choc de constater que j'étais toujours dans ce corps ! Je me rendis compte que j'avais toujours craint que James ne me retrouve pour m'en chasser et que je passerais mon temps à errer, invisible et incapable de trouver un abri physique. J'étais certain qu'il allait m'arriver quelque chose comme ça. L'idée m'est même venue que j'allais tout simplement dériver sans but et sans fin.

« Mais j'étais bien là, et il était trois heures à cette horrible montre que vous portiez. J'ai aussitôt appelé Londres. Naturellement, ils avaient cru que James était David Talbot quand il avait appelé auparavant, et ce fut seulement en écoutant avec patience que j'ai pu reconstituer ce qui s'était passé : que nos avocats s'étaient rendus aussitôt aux bureaux de la Cunard, qu'ils avaient tout arrangé pour lui et qu'il était en fait en route pour les États-Unis. A vrai dire la maison-mère croyait que j'appelais du Park Central Hotel de Miami Beach, pour annoncer que j'étais arrivé sans encombre et que j'avais reçu leur virement télégraphique.

— Nous aurions dû nous douter qu'il penserait à cela.

— Oh ! oui, et quelle somme ! Ils l'ont envoyée aussitôt, parce que David Talbot est toujours le Supérieur Général. Bref, j'ai écouté tout cela, patiemment, comme je vous le disais, puis j'ai demandé à parler à mon fidèle assistant et je lui ai expliqué plus ou moins la situation. Un homme qui me ressemblait trait pour trait et capable d'imiter ma voix avec beaucoup de talent se faisait passer pour moi. Raglan James était le nom de ce monstre mais, s'il rappelait, il ne fallait pas le laisser se rendre compte qu'il était démasqué, mais faire semblant plutôt d'accéder à ses demandes.

« Je n'imagine pas qu'il existe une autre organisation au monde où on accepterait comme un fait réel une histoire pareille, même venant du Supérieur Général. J'ai d'ailleurs dû faire quelques efforts pour me convaincre moi-même. Au fond c'était beaucoup plus simple qu'on ne l'imaginerait. Il y avait tant de petits détails connus de moi seul et de mon assistant. L'identification ne posait pas de vrai problème. Et puis, bien sûr, je ne lui révélai pas que j'étais solidement installé dans le corps d'un homme de vingt-six ans.

« Je lui expliquai qu'il me fallait obtenir sans délai un nouveau passeport. Je n'avais pas l'intention d'essayer de quitter la Barbade avec le nom de Sheridan Blackwood accolé à ma photo. Mon assistant reçut pour instruction d'appeler ce bon vieux Jake à Mexico, où celui-ci me fournirait le nom de quelqu'un à Bridgetown qui pourrait faire le nécessaire l'après-midi même. Et puis j'avais moi-même besoin d'un peu d'argent.

« J'allais raccrocher quand mon assistant me dit que l'imposteur avait laissé un message pour Lestat de Lioncourt : celui-ci devait le retrouver dès que possible au Park Central de Miami. L'imposteur avait dit que Lestat de Lioncourt appellerait certainement et qu'il faudrait surtout bien lui transmettre le message. »

Il s'interrompit encore, et cette fois avec un soupir.

« Je sais que j'aurais dû aller à Miami. J'aurais dû vous prévenir que le Voleur de Corps était là-bas. Mais une idée m'est venue en apprenant cette nouvelle. Je savais que je pouvais atteindre le Park Central Hotel et confronter le Voleur de Corps, sans doute avant que vous n'en ayez la possibilité, à condition d'y aller tout de suite.

— Et vous n'avez pas voulu le faire.

— En effet.

— David, c'est bien compréhensible.

— Vous trouvez ? fit-il en me regardant.

— C'est à un petit démon comme moi que vous posez la question ? »

Il eut un pâle sourire. Puis il secoua de nouveau la tête avant de poursuivre :

« J'ai passé la nuit à la Barbade et la moitié de la journée. Le passeport était prêt hier bien à temps pour que je puisse prendre le premier vol à destination de Miami. Cependant je ne suis pas parti. Je suis resté dans ce magnifique hôtel de bord de mer. J'ai dîné là, je me suis promené dans la petite ville de Bridgetown. Je n'en suis parti qu'à midi aujourd'hui.

— Je vous l'ai dit, je comprends.

— C'est vrai ? Et si le misérable s'était de nouveau attaqué à vous ?

— Impossible ! Nous le savons tous les deux. S'il avait pu réussir par la force, il l'aurait fait la première fois. Cessez de vous tourmenter, David. Je ne suis pas venu non plus hier soir, et pourtant je pensais que vous pouviez avoir besoin de moi. J'étais avec Gretchen. » J'eus un triste petit haussement d'épaules. « Cessez de vous inquiéter pour ce qui n'a pas d'importance. Vous savez ce qui compte. C'est ce qui est en train d'arriver en ce moment même à votre ancien corps. Vous ne vous en êtes pas encore rendu compte, mon ami. J'ai assené à ce corps un coup mortel ! Non, je vois bien que vous n'avez pas assimilé cette idée. Vous croyez avoir compris, mais vous êtes encore dans le brouillard. »

Ces mots avaient dû le frapper durement.

Cela me brisait le cœur de voir la douleur dans ses yeux, de les voir s'embuer et de découvrir des plis soucieux sur cette peau neuve et lisse. Mais une fois de plus, le mélange d'une âme ancienne et d'une enveloppe juvénile était si merveilleux et si séduisant que je ne pouvais que le dévisager, en me rappelant vaguement la façon dont il m'examinait à La Nouvelle-Orléans et à quel point il m'avait rendu impatient.

« Il faut que j'aille là-bas, Lestat. A cet hôpital. Il faut que je voie ce qui s'est passé.

— C'est moi qui vais y aller. Vous pouvez venir avec moi. Mais j'entrerai seul dans la chambre d'hôpital. Voyons, où est le téléphone ? Il faut que j'appelle le Park Central pour savoir où on a transporté Mr. Talbot ! Et je pense aussi qu'ils me recherchent ; cela ne fait aucun doute : l'incident s'est passé dans ma chambre. Peut-être devrais-je simplement appeler l'hôpital.

— Non ! fit-il en tendant le bras pour me toucher la main. Ne faites pas cela ! Nous devrions y aller. Nous devrions... voir... par nous-mêmes. Il faut que je voie moi-même. J'ai... j'ai un pressentiment.

— Moi aussi », dis-je. Mais c'était plus que cela. Après tout, j'avais vu ce vieil homme aux cheveux grisonnants secoué de convulsions silencieuses sur ce lit taché de sang.

CHAPITRE 28

C'était un grand hôpital où l'on amenait toutes les urgences et, même à cette heure avancée de la nuit, des ambulances arrivaient et repartaient, des médecins en blouse blanche s'affairaient à recevoir les victimes d'accidents de la circulation, de crises cardiaques, de coups de couteaux ou de vulgaires pistolets.

David Talbot avait été transporté très loin des lumières aveuglantes et du bruit incessant, vers les locaux silencieux d'un étage supérieur simplement baptisés Réanimation.

« Attendez ici, dis-je à David d'un ton ferme, en le dirigeant vers un petit salon stérile au mobilier moderne consternant, avec des magazines fatigués répandus sur les tables basses. Ne bougez pas d'ici ! »

Le large couloir était absolument silencieux. Je me dirigeai vers les portes tout au fond.

Je revins juste quelques instants plus tard. David était assis, le regard perdu dans le vide. Les jambes allongées devant lui, les bras de nouveau croisés sur sa poitrine.

Comme s'il s'éveillait d'un rêve, il finit par lever les yeux vers moi.

Une fois de plus, des tremblements me saisirent, presque incontrôlables, et le calme serein de son visage ne fit qu'aggraver mes craintes et le terrible remords qui me torturait.

« David Talbot est mort, murmurai-je, faisant un effort pour articuler. Il est mort voilà une demi-heure. »

Il ne réagit absolument pas. Comme si je n'avais rien dit. Et moi, je ne pouvais que penser : c'est moi qui ai pris cette décision pour vous ! C'est ma faute. Malgré tous vos avertissements, j'ai amené dans votre univers le Voleur de Corps. Et c'est moi qui ai détruit cet autre corps ! Et Dieu sait ce que vous allez éprouver quand vous vous rendrez compte de ce qui s'est passé. Vous ne savez pas vraiment.

Lentement, il se mit debout.

« Oh ! mais je sais », dit-il d'une petite voix paisible. Il s'approcha de moi et posa ses mains sur mes épaules, dans une attitude qui ressemblait tellement à celle de son ancien moi que c'était comme si je regardais deux êtres qui avaient été fondus en un seul. « C'est *Faust* mon ami bien-aimé, dit-il. Vous n'étiez pas Méphistophélès. Vous n'étiez que Lestat, qui frappait dans sa colère. Et maintenant, c'est fait ! »

Il fit calmement un pas en arrière et reprit ce regard fixe, toute trace de détresse s'effaçant aussitôt de son visage. Il était plongé dans ses pensées, isolé, coupé de moi qui étais planté là à trembler, à essayer de me maîtriser, à m'efforcer de croire que c'était ce qu'il souhaitait.

De nouveau je vis la chose de son point de vue. Comment pouvait-il ne pas le souhaiter ? Et je compris autre chose aussi.

Je l'avais perdu pour toujours. Jamais, jamais il ne consentirait maintenant à venir avec moi. Ce miracle avait totalement anéanti toute chance qui pouvait me rester d'y parvenir. Comment pouvait-il ne pas en être ainsi ? Je sentis cette certitude pénétrer en moi, profondément, silencieusement. Je repensai à Gretchen et à l'expression de son visage. Et, l'espace d'un instant, je me retrouvai dans la chambre avec le faux David, il me regardait de ses beaux yeux sombres en me disant qu'il voulait le Don ténébreux.

Un frisson de douleur me traversa, puis ma souffrance devint plus vive et plus forte, comme si un abominable feu intérieur consumait tout mon corps.

Je ne dis rien. Je fixai les horribles tubes fluorescents incrustés dans le carrelage du plafond ; je contemplai cet absurde ameublement, avec ses taches et ses tissus effilochés ; mon regard se posa sur un magazine chiffonné avec un enfant qui souriait sur la couverture. Je regardai David. La souffrance peu à peu se dissipa pour n'être plus qu'une douleur sourde. J'attendis. Pour l'instant, rien au monde n'aurait pu me faire prononcer un mot.

Après un long moment de rêverie silencieuse, il parut émerger. La calme grâce féline de ses gestes m'ensorcela une fois de plus comme elle l'avait toujours fait. Il me dit dans un murmure qu'il devait voir le corps. Cela pouvait sûrement s'arranger.

J'acquiesçai. Puis il fouilla dans sa poche et en tira un petit passeport britannique — sans doute le faux qu'il s'était procuré à la Barbade — et on aurait dit qu'il cherchait à sonder un petit mystère, mais d'une grande importance. Puis il me tendit le document, bien que je fusse incapable d'imaginer pourquoi. Je vis le jeune et beau visage, rayonnant de connaissances accumulées ; pourquoi devais-je voir la photo ? Mais je la regardai, comme de toute évidence il le souhaitait, et je vis là — sous ce nouveau visage — l'ancien nom. David Talbot.

Il avait utilisé son propre nom sur le faux passeport, comme si...

« Oui, dit-il, comme si je savais que jamais, jamais plus je ne serais le vieux David Talbot. »

On n'avait pas encore transporté à la morgue le défunt Mr. Talbot, car un de ses chers amis arrivait de La Nouvelle-Orléans — un nommé Aaron Lightner, qui arrivait par avion-taxi et qui ne devrait pas tarder à être là.

Le corps reposait dans une petite chambre immaculée. Un vieil homme aux cheveux gris foncés, immobile comme s'il dormait, avec sa grande tête sur un simple oreiller, et ses bras le long du corps. Déjà les joues s'étaient un peu creusées, allongeant le visage, et le nez à la lueur de la lampe semblait un peu plus busqué qu'il ne l'était vraiment, et dur comme s'il était fait non pas de cartilages mais d'os.

On avait dépouillé le corps du costume de toile, on l'avait peigné, coiffé et revêtu d'une simple chemise de coton. On avait tiré sur lui les couvertures, l'ourlet du drap bleu pâle venant par-dessus la couverture blanche et parfaitement lisse tendue sur la poitrine. Les paupières moulaient de trop près les yeux, comme si la peau déjà s'aplatissait et commençait même à fondre. Pour les sens aiguisés d'un vampire, ce corps dégageait déjà le parfum de la mort.

Cela, David ne le savait pas, pas plus qu'il ne percevait cette odeur.

Il se planta au chevet du lit à regarder le corps, son propre visage immobile à la peau légèrement jaunie, et dont la barbe avait déjà quelque chose de mal soigné. Il posa une main hésitante sur ces cheveux gris qui avaient été les siens, laissant ses doigts s'attarder sur les mèches bouclées juste au-dessus de l'oreille droite. Puis il se reprit et retrouva son sang-froid, se contentant de regarder, comme s'il était venu présenter ses respects avant un enterrement.

« Il est mort, murmura-t-il. Vraiment et tout à fait mort. » Il poussa un profond soupir et son regard s'éleva vers le plafond, passa sur les murs de la petite chambre, sur la fenêtre aux stores tirés, puis sur les ternes carreaux de linoléum du sol. « Je ne sens aucune vie dans ce corps ni près de lui, dit-il de la même voix déprimée.

— Non. Il n'y a rien, répondis-je. Le processus de décomposition a déjà commencé.

— Je croyais qu'il serait ici ! chuchota-t-il. Comme une traînée de fumée dans cette chambre. Je pensais que sûrement j'allais le sentir près de moi, luttant pour revenir dans son corps.

— Peut-être est-il ici, dis-je et qu'il n'y arrive pas. Comme c'est épouvantable, même pour lui.

— Non, dit-il. Il n'y a personne ici. » Puis il fixa son ancien corps comme s'il n'arrivait pas à en détacher son regard.

Les minutes s'écoulaient. Je guettai la subtile tension de son visage, la belle peau souple pénétrée d'émotion et puis qui redevenait lisse. Était-il résigné maintenant ? Il se fermait à moi comme il l'avait toujours fait et il semblait plus profondément perdu dans ce nouveau corps, même si son âme y brillait d'une si belle lumière.

Il soupira de nouveau, recula et nous sortîmes ensemble de la chambre.

Nous restâmes tous les deux dans le couloir d'un beige éteint, sous les sinistres tubes fluorescents. Derrière la vitre, Miami scintillait ; un grondement assourdi parvenait de l'autoroute voisine, les phares en cascades glissant dangereusement proches avant que la chaussée ne s'incurvât et ne s'élevât sur ses longues et minces jambes de béton pour disparaître à l'horizon.

« Vous vous rendez compte, dis-je, que vous avez perdu le Manoir Talbot. Il appartenait à cet homme qui gît là.

— Oui, j'y ai pensé, répondit-il d'un ton distrait. Je suis le genre d'Anglais à songer à ces détails. Et dire que la propriété va à un abominable petit cousin qui n'aura qu'une idée c'est de la mettre aussitôt sur le marché.

— Je la rachèterai pour vous.

— L'ordre peut le faire. D'après mon testament, la quasi-totalité de ce que je possède lui revient.

— N'en soyez pas si sûr. Même le Talamasca pourrait bien n'être pas prêt à cela ! Et d'ailleurs, les humains peuvent être de vrais monstres quand il s'agit d'argent. Appelez mon agent à Paris. Je lui donnerai pour instruction de vous donner absolument tout ce que vous désirez. Je veillerai à ce que vous retrouviez votre fortune jusqu'au dernier sou, et assurément le manoir. Vous pouvez disposer de tout ce qui est à moi. »

Il eut l'air un peu surpris et puis profondément ému.

Je ne pouvais m'empêcher de me demander : est-ce que moi j'avais jamais paru si parfaitement à l'aise dans ce grand corps souple ? Mes mouvements sûrement avaient été plus impulsifs et même un peu violents. A vrai dire, la force m'avait inspiré une certaine insouciance. Lui semblait connaître à fond chaque tendon et chaque os.

Je le revis dans mon esprit, le vieux David, arpentant les étroites rues pavées d'Amsterdam, évitant les bicyclettes qui passaient à toute vitesse. Déjà il avait cette assurance.

« Lestat, dit-il, vous n'êtes pas responsable de moi maintenant. Ce n'est pas à cause de vous que c'est arrivé. »

Comme j'étais soudain misérable ! Mais il y avait des mots, n'est-ce pas, qu'il fallait dire.

« David, commençai-je, en m'efforçant de ne pas montrer ma peine, je n'aurais pas pu le vaincre sans vous. Je vous ai dit à La Nouvelle-Orléans que, si seulement vous m'aidiez à lui reprendre mon corps, je serais votre esclave pour l'éternité. Vous l'avez fait. » Ma voix tremblait. Cela me faisait horreur. Pourquoi ne pas tout dire maintenant ? Pourquoi prolonger la souffrance ? « Bien sûr, David, je sais que je vous ai perdu pour toujours. Je sais que jamais vous n'accepterez de moi maintenant le Don ténébreux.

— Et pourquoi dire que vous m'avez perdu, Lestat ? dit-il d'une voix sourde et fervente. Pourquoi faut-il que je meure pour vous aimer ? » Il serra les lèvres, pour tenter de maîtriser l'émotion qui soudain montait en lui. « Pourquoi payer un tel prix, surtout maintenant que je suis vivant comme je ne l'ai jamais été ? Seigneur Dieu, vous devez certainement comprendre l'ampleur de ce qui s'est passé ! J'ai connu une renaissance. »

Il posa sa main sur mon épaule, ses doigts cherchant à se refermer sur ce corps étranger et dur qui sentait à peine son contact, ou qui le sentait plutôt d'une façon totalement différente qu'il ne connaîtrait jamais. « Je vous aime, mon ami, continua-t-il dans le même ardent murmure. Je vous en prie, ne m'abandonnez pas maintenant. Tout cela nous a tellement rapprochés.

— Non, David. Pas du tout. Dans ces quelques derniers jours, nous étions proches parce que nous étions tous deux des mortels. Nous avons vu le même soleil et le même crépuscule, nous avons senti la même attraction de la Terre sous nos pieds. Nous avons bu ensemble et nous avons rompu le pain ensemble. Nous aurions pu faire l'amour si seulement vous l'aviez accepté. Tout cela a changé. Vous avez votre jeunesse, certes, et toute la vertigineuse merveille qui accompagne ce miracle. Quand je vous regarde, David, je vois toujours la mort. Je vois quelqu'un qui marche au soleil avec la mort derrière lui. Je sais maintenant que je ne peux pas être votre compagnon pas plus que vous ne pouvez être le mien. Cela me fait simplement trop de peine. »

Il baissa la tête sans rien dire, luttant vaillamment pour se maîtriser. « Ne me quittez pas encore, murmura-t-il. Qui d'autre au monde peut comprendre ? »

J'eus envie soudain de le supplier. *Songez, David, l'immortalité sous cette forme jeune et belle*. J'aurais voulu lui parler de tous les endroits où nous pourrions aller, tous deux immortels, et des merveilles que nous pourrions voir. J'aurais voulu lui décrire ce temple sombre que j'avais découvert dans les profondeurs de la forêt tropicale, lui raconter ce que ç'avait été d'errer dans la jungle, sans peur, et avec une vision capable de pénétrer les recoins les plus obscurs... Oh ! tout cela menaçait de jaillir de moi dans un torrent de mots, et je ne faisais aucun effort pour masquer mes pensées ni mes sentiments. Oh ! oui, vous voici redevenu jeune maintenant et vous pouvez l'être pour l'éternité. C'est le plus beau mode de locomotion qu'on aurait pu façonner pour vous permettre de voyager dans les ténèbres ; c'est comme si les esprits ténébreux avaient fait tout cela pour vous préparer ! La sagesse et la beauté sont toutes deux vôtres. Nos dieux ont accompli ce sortilège. Venez, venez donc avec moi maintenant.

Je ne dis rien. Je ne suppliai pas. Silencieux et immobile dans le couloir, je m'abandonnai à respirer l'odeur de sang qui montait de lui, cette odeur qui émane de tous les mortels et qui chez chacun est différente. Quel tourment pour moi de sentir cette vitalité nouvelle, cette chaleur plus vive et les battements de cœur plus lents et plus robustes que je pouvais percevoir comme si c'était le corps lui-même qui me parlait d'une façon qu'il ne pouvait pas utiliser avec lui.

Dans ce café de La Nouvelle-Orléans, j'avais perçu chez cette créature la même vive odeur de vie, mais ce n'était pas du tout la même. Non, absolument pas la même.

Je n'eus aucun mal à réprimer ces pensées. Je me réfugiai dans le calme fragile et solitaire d'un homme ordinaire. J'évitai ses yeux. Je ne voulais plus entendre d'autres excuses imparfaites.

« Je vous verrai bientôt, dis-je. Je sais que vous aurez besoin de moi. Vous aurez besoin de votre unique témoin quand l'horreur et le mystère de tout cela seront trop pour vous. Je viendrai. Laissez-moi le temps. Et n'oubliez pas : appelez mon agent à Paris. Ne comptez pas sur le Talamasca. Vous n'avez quand même pas l'intention de leur consacrer cette vie-ci aussi ? »

En tournant les talons pour m'en aller, j'entendis le bruit sourd et lointain des portes de l'ascenseur. Son ami était arrivé : un petit homme aux cheveux blancs, vêtu comme si souvent David d'un costume digne et démodé, un costume trois-pièces. Comme il avait l'air soucieux en se dirigeant vers nous d'un pas vif et souple. Et puis je vis ses yeux s'arrêter sur moi et il ralentit son allure.

Je m'éloignai en hâte, sans vouloir admettre l'agaçante certitude que cet homme me connaissait, qu'il savait ce que j'étais et qui j'étais. Tant mieux, me dis-je, car il croira sûrement David quand celui-ci entamera son étrange récit.

La nuit m'attendait comme toujours. Et ma soif, elle, ne pouvait plus attendre. Je restai un moment, la tête renversée en arrière, les yeux clos et la bouche ouverte, à sentir ma soif avec une envie de rugir comme un fauve affamé. Oui, encore du sang quand il n'y a rien d'autre. Quand le monde malgré toute sa beauté semble vide, impitoyable, et que je suis moi-même désemparé. Rendez-moi ma vieille amie, la mort, et le sang qui coule à flot avec elle. Lestat le Vampire est ici, il a soif, et cette nuit entre toutes les nuits, on ne refusera pas d'accéder à sa demande.

Je savais, tout en cherchant une petite ruelle sordide, en quête des cruelles victimes que j'aimais tant, je savais que j'avais perdu ma belle ville méridionale de Miami. Du moins pour quelque temps.

Je ne cessais de revoir en esprit cette élégante petite chambre du Park Central, avec ses fenêtres ouvertes sur la mer et le faux David m'assurant qu'il voulait recevoir de moi le Don ténébreux ! Et Gretchen. Évoquerais-je jamais ces moments sans me souvenir de Gretchen ; sans me rappeler que j'avais raconté l'histoire de Gretchen à l'homme que je croyais être David, tandis que mon cœur battait en moi à grands coups et que je pensais : enfin ! enfin !

Amer, furieux et l'esprit vide, je ne voulais plus jamais revoir les jolis hôtels de South Beach.

II

Hors nature

LES POUPÉES

par W.B. Yeats

Une poupée, chez le marionnettiste
Regarde le berceau et s'exclame :
« C'est une insulte pour nous. »
Mais l'aînée de toutes les poupées,
Qui avait vu la scène, attendant la représentation,
Et aussi âgée que son créateur,
Braille plus fort que toute l'étagère : « Même si
Nul ne peut dire du mal de cet endroit,
L'homme et la femme apportent ici
Pour notre disgrâce
Une chose bruyante et sale. »
L'entendant gémir et s'étirer,
La femme du marionnettiste comprend
Que son mari a entendu la misérable
Et, blottie contre le bras de son fauteuil,
Elle lui murmure à l'oreille
La tête penchée contre son épaule
« Mon cher, mon cher, ô cher mari,
C'était un accident. »

CHAPITRE 29

Deux nuits plus tard, je revins à La Nouvelle-Orléans. J'avais vagabondé dans les Keys de Floride et, en passant par de pittoresques petites villes de la côte sud, j'avais marché pendant des heures sur des plages, et même enfoncé voluptueusement mes doigts de pieds nus dans le sable blanc.

Enfin j'étais de retour et les vents habituels avaient chassé le temps froid. L'air était redevenu presque doux — je retrouvais ma Nouvelle-Orléans — le ciel clair au-dessus de la course des nuages.

Je me rendis aussitôt chez ma chère vieille locataire et j'appelai Mojo qui dormait dans la cour, car il trouvait l'appartement trop chaud. Il ne grogna pas quand je m'avançai. Ce fut le son de ma voix qui le fit me reconnaître. A peine eus-je dit son nom qu'il était de nouveau mon chien.

Il vint aussitôt vers moi, sautant pour poser ses lourdes et douces pattes sur mes épaules et me lécher le visage avec sa grande langue couleur rose jambon. Je le serrai contre moi et l'embrassai. J'enfouis mon visage dans la douceur de son pelage gris. Je le retrouvai comme il m'était apparu ce premier soir à Georgetown : avec son ardente énergie et son énorme douceur.

Avait-on jamais vu une bête si effrayante d'aspect et pourtant si débordante de calme et tendre affection ? Cela me semblait une merveilleuse combinaison. Je m'agenouillai sur les vieilles dalles, luttant avec lui, le faisant rouler sur le dos et enfouissant ma tête dans le grand collier de fourrure sur sa poitrine. Il poussait tous les petits gémissements, toutes les plaintes et tous les glapissements des chiens quand ils vous aiment. Et comme je l'aimais en retour !

Quant à ma locataire, la chère vieille femme qui avait suivi toute la scène depuis le seuil de sa cuisine, elle était en larmes à l'idée de le voir partir. Nous conclûmes aussitôt un marché. Elle serait sa gardienne et j'irais le voir en passant par la porte du jardin chaque fois que j'en aurais envie. C'était un merveilleux arrangement, car ce n'aurait pas été juste de le faire dormir dans une crypte avec moi, et d'ailleurs je n'avais pas besoin d'un tel protecteur, si appropriée que me parût de temps en temps cette image.

J'embrassai tendrement la vieille dame, sans m'attarder, pour qu'elle ne sentît pas qu'elle était toute proche d'un démon, puis je m'en fus avec Mojo flâner dans les jolies rues étroites du Quartier Français ; je riais tout seul de voir comment les mortels dévisageaient Mojo, s'écartaient sur son passage et semblaient même terrifiés par sa présence : ce n'était pourtant pas lui qu'ils auraient dû redouter...

Mon arrêt suivant fut l'immeuble de la rue Royale où Claudia, Louis et moi avions passé tous les trois ces cinquante ans magnifiques et lumineux d'existence terrestre dans la première moitié du siècle précédent — une maison en partie en ruine, comme je l'ai décrite.

Un jeune homme avait été prié de m'accueillir sur les lieux, un habile personnage qui avait la réputation de transformer les taudis en palais et je l'entraînai dans l'escalier jusqu'à l'appartement délabré.

« Je veux tout cela comme c'était voilà cent ans, lui expliquai-je. Attention, rien d'américain, rien d'anglais. Rien de victorien. Ce doit être totalement français. » Puis je lui fis visiter au pas de charge une pièce après l'autre, tandis qu'il griffonnait hâtivement dans son petit calepin, y voyant à peine dans l'obscurité ; en même temps, je lui disais quel papier je voulais ici sur les murs, quelle nuance d'émail sur cette porte et quel genre de bergère il pourrait trouver pour ce coin ici, quel tapis d'Inde ou de Perse il pourrait acheter pour ce parquet-ci ou celui-là.

Comme mes souvenirs étaient vivaces.

Je lui répétai inlassablement de noter tout ce que je lui disais. « Il faudra que vous trouviez un vase grec. Non, une reproduction ne fera pas l'affaire, et il devra avoir cette hauteur et être décoré de danseuses. » Ah ! n'était-ce pas l'ode de Keats qui avait jadis inspiré cette acquisition ? Où l'urne avait-elle disparue ? « Et cette cheminée, ce n'est pas le chambranle d'origine. Il faudra en trouver une en marbre blanc, avec des volutes comme ceci et une voussure au-dessus de l'âtre. Oh ! et puis il faut me réparer ces foyers : on doit pouvoir y brûler du charbon.

« Je me réinstallerai ici dès que vous aurez terminé, lui annonçai-je. Alors il faut vous dépêcher. Et, encore une chose. Tout ce que vous découvrez sur place — caché derrière le plâtre ancien — il faudra me le donner. »

Quel plaisir de me retrouver sous ces hauts plafonds et quelle joie ce serait de les voir quand la douceur des moulures croulantes aurait été réparée ! Comme je me sentais libre et tranquille ! Le passé était ici, mais il n'était pas ici. Plus de fantômes chuchotants, si jamais il y en avait eu.

Je décrivis avec minutie les lustres que je désirais ; quand les détails techniques me faisaient défaut, je lui expliquai ce qui autrefois était là. Je voulais avoir des lampes à pétrole ici et là, même si évidemment il devait y avoir une installation électrique complète, et nous dissimulerions les divers écrans de télévision dans de beaux buffets pour ne pas gâcher le décor. Là, un placard pour mes cassettes et mes disques laser et nous trouverions aussi quelque chose d'acceptable : un coffre oriental peint ferait l'affaire. Pour cacher les téléphones.

« Et un télécopieur ! Il me faut une de ces petites merveilles ! Trouvez un endroit pour le dissimuler aussi. Tenez, vous pouvez utiliser cette pièce comme bureau, mais qu'elle soit belle et gracieuse. On ne doit rien voir qui ne soit pas de cuivre poli, de beaux tissus ou de bois verni, de dentelles, de soie ou de coton. Et puis je veux dans cette chambre une peinture murale. Tenez, je vais vous montrer. Regardez, vous voyez le papier peint ? Voilà la peinture murale. Faites venir un photographe, relevez toutes ces surfaces puis commencez toutes vos restaurations. Travaillez non seulement avec diligence mais avec une extrême rapidité. »

Nous en eûmes enfin terminé pour l'intérieur humide et sombre. Le moment était venu de discuter de la cour derrière la maison, avec sa fontaine brisée, et de la façon dont il faudrait restaurer la vieille cuisine. Je voulais avoir des bougainvillées et des volubilis — j'adore les volubilis — un hibiscus géant, oui, je venais de découvrir cette fleur magnifique aux Caraïbes et, bien sûr, des belles de jour. Des bananiers, plantez-m'en aussi. Ah ! les vieux murs s'écroulent. Réparez-les ! Étayez-les ! Et sur le fond de la véranda, je veux des fougères, toutes sortes de délicates fougères. Le temps se réchauffe, n'est-ce pas ; elles pousseront très bien.

De nouveau encore une fois dans les étages, en traversant la longue coquille vide de la maison jusqu'au perron de l'entrée, j'ouvris toutes grandes les portes-fenêtres et m'aventurai sur les planches pourries. La vieille balustrade en fer forgé n'était pas si terriblement rouillée. Naturellement, il faudrait refaire le toit. Bientôt je serais assis là comme je m'y installais parfois au bon vieux temps, pour regarder les passants de l'autre côté de la rue.

Bien sûr, les fidèles lecteurs de mes livres me repéreraient ici de temps en temps. Ceux qui, après avoir lu les souvenirs de Louis, étaient venus voir l'appartement où il avait vécu, ne manqueraient pas assurément de reconnaître la maison.

Qu'importe. Ils croyaient à son récit, mais ce n'est pas la même chose que de croire à sa réalité. D'ailleurs quel était ce jeune homme blond qui leur souriait du haut d'un balcon, accoudé à la balustrade ? Jamais je ne me nourrirais du sang de ces créatures innocentes et tendres — même quand ils m'exposeraient leur gorge, en disant : « Ici, Lestat ! » (Cela m'est arrivé, ami lecteur, sur Jackson Square, et plus d'une fois.)

« Il faudra faire vite », dis-je au jeune homme qui griffonnait toujours, prenait des mesures et murmurait des bouts de phrases à propos de couleurs et de tissus, découvrant de temps en temps Mojo auprès de lui ou bien devant ou à ses pieds, ce qui le faisait sursauter. « Je veux que tout soit terminé avant l'été. » Il était assez affolé quand je pris congé de lui. Je restai seul dans la vieille maison avec Mojo.

Ah ! le grenier. Au temps jadis, je n'allais jamais là-haut. Mais il y avait un vieil escalier un peu caché derrière la véranda du fond, juste après le petit salon, la pièce même où Claudia avait jadis entaillé ma délicate peau blanche avec son grand couteau. J'allai donc là et je grimpai jusqu'aux pièces mansardées sous le toit en pente. C'était quand même assez haut de plafond pour permettre à un homme d'un mètre quatre-vingts d'y évoluer. Et la lucarne sur la façade laissait pénétrer à flot la lumière de la rue.

C'est ici que je devrais installer ma tanière, dis-je, dans un sarcophage tout simple avec un couvercle qu'aucun mortel ne pourrait espérer bouger. Ce serait assez facile d'installer une petite salle sous le pignon, équipée de lourdes portes de bronze que je dessinerais moi-même. Et, en me levant, je descendrais dans la maison pour la retrouver comme elle était en ces années fantastiques, sauf que j'aurais partout autour de moi les merveilles technologiques dont j'avais besoin. On ne retrouvera pas le passé. Il sera parfaitement éclipsé.

« N'est-ce pas, Claudia ? » murmurai-je, planté dans le petit salon. Rien ne me répondit. Pas un accord de harpe, pas un trille lancé par un canari chantant dans sa cage. J'aurais de nouveau des chants d'oiseaux, oh oui ! en abondance, et la maison retentirait des somptueux accents de Haydn ou de Mozart.

Oh ! ma chérie, comme je voudrais que tu sois là !

Et mon âme ténébreuse retrouve le bonheur, car elle ne sait pas être longtemps dans d'autres dispositions et parce que la souffrance est une mer profonde et sombre où j'aurais tôt fait de me noyer si je ne pilotais pas d'une main ferme ma petite embarcation, le cap droit sur un soleil qui ne se lèvera jamais.

Il était maintenant minuit passé ; j'entendais autour de moi la douce rumeur de la petite ville, avec des voix qui se mêlaient, le cliquetis étouffé d'un train au loin, le cri lancinant d'une sirène sur le fleuve et le grondement de la circulation dans la rue de l'Esplanade.

Je passai dans le vieux salon pour contempler les pâles taches de lumière qui tombaient par les vitres des portes. Je m'allongeai sur le parquet nu, Mojo vint se coucher à mes côtés et ce fut là que nous dormîmes.

Je ne rêvai pas d'elle. Alors pourquoi pleurais-je doucement quand vint enfin le temps d'aller me réfugier dans la sécurité de ma crypte ? Et où était mon Louis, mon Louis traître et entêté ? Quelle souffrance. Ah ! ce serait pire, n'est-ce pas, quand je le reverrais, bientôt.

Je sursautai en constatant que Mojo léchait les larmes de

sang qui coulaient sur mes joues. « Non. Tu ne dois jamais faire ça ! dis-je, en lui fermant la gueule avec ma main. Jamais, jamais ce sang-là. Ce sang maléfique. » J'étais très secoué. Et lui, docile aussitôt, recula de quelques pas, sans précipitation et toujours très digne.

De quel air parfaitement démoniaque ses yeux semblaient me fixer. Quelle supercherie ! Je l'embrassai de nouveau, sur la partie la plus tendre de sa longue tête velue, juste sous les yeux.

Je repensai à Louis et la douleur me frappa comme si un des anciens m'avait asséné un coup violent en pleine poitrine.

Mon émotion d'ailleurs était si vive et si incontrôlable que la crainte me saisit, et qu'un instant je ne songeai à rien, je n'éprouvai rien d'autre que cette douleur.

Dans mon esprit, je revis tous les autres. J'évoquai leurs visages comme si j'étais la sorcière d'Endor plantée devant son chaudron à invoquer les images des morts.

Maharet et Mekare, les jumeaux roux, je les voyais tous les deux : les plus vieux d'entre nous, qui n'avaient peut-être même pas été au courant de mon dilemme, tant ils étaient lointains dans leur grand âge et leur sagesse, et si profondément plongés dans leurs préoccupations inévitables et éternelles ; Eric, Mael et Khayman, je me les représentai, eux qui me portaient quelque intérêt, même s'ils avaient délibérément refusé de venir à mon aide. Ils n'avaient jamais été mes compagnons. Je me fichais pas mal d'eux. Puis je vis Gabrielle, ma bien-aimée mère, qui assurément n'avait pas su la terrible situation dans laquelle je m'étais mis, qui à n'en pas douter errait sur quelque lointain continent, déesse en haillons ne communiant qu'avec les choses inanimées, comme elle l'avait toujours fait. Je ne savais pas si elle continuait à se nourrir d'humains ; il me revenait un vague souvenir où elle étreignait quelque sombre bête des bois. Était-elle folle, ma mère, où qu'elle eût disparu ? Je ne le pensais pas. Qu'elle existât encore, j'en étais certain. Que je ne pourrais jamais la retrouver, je n'en doutais pas davantage.

Ce fut Pandore que je m'imaginai ensuite. Pandore, l'amante de Marius, avait peut-être péri voilà longtemps. Créée par Marius du temps des Romains, la dernière fois que je l'avais vue, elle était au bord du désespoir. Voilà des années, elle s'en était allée sans crier gare, quittant notre dernier vrai sabbat sur l'Île de la Nuit — une des premières à partir.

Quant à Santino, l'Italien, je ne savais presque rien de lui. Je n'en attendais pas grand-chose. Il était jeune. Peut-être mes cris n'étaient-ils jamais parvenus jusqu'à lui. Et quand bien même, pourquoi les écouterait-il ?

Puis je m'imaginai Armand. Mon vieil ennemi et ami Armand. Mon éternel adversaire et mon compagnon de toujours. Armand, l'angélique enfant qui avait créé l'Île de la Nuit, notre dernière résidence.

Où était donc Armand ? M'avait-il délibérément laissé n'en faire qu'à ma tête ? Et pourquoi pas ?

Laissez-moi maintenant me tourner vers Marius, le grand maître d'autrefois qui voilà bien des siècles avait créé Armand dans l'amour et la tendresse ; Marius que j'avais cherché pendant de si nombreuses décennies ; Marius, le véritable enfant de deux millénaires, qui m'avait entraîné dans les profondeurs de notre absurde Histoire et qui m'avait ordonné de célébrer le culte devant l'autel de Ceux Qu'il Faut Garder.

Ceux Qu'il Faut Garder. Morts et disparus comme Claudia. Car, chez nous, les rois et les reines peuvent périr aussi sûrement que les tendres et puérils disciples.

Pourtant je continue. Je suis ici. Je suis fort.

Et Marius, comme Louis, avait su ma souffrance ! Il avait su et il avait refusé de m'aider.

La rage en moi se faisait plus forte, plus dangereuse que jamais. Louis était-il dans les parages, quelque part dans ces rues mêmes ? Je serrai les poings, luttant contre cette rage, contre cet inévitable besoin de l'exprimer que je sentais monter en moi.

Marius, tu m'as tourné le dos. Cela ne m'a pas vraiment surpris. Tu as toujours été le professeur, le père, le grand prêtre. Je ne te méprise donc pas de m'avoir abandonné. Mais Louis ! Mon Louis, jamais je n'ai rien pu te refuser et tu t'es écarté de moi !

Je savais que je ne pouvais pas rester ici. Je n'osais pas porter les yeux sur lui. Pas encore.

Une heure avant l'aube, je ramenai Mojo à son petit jardin, je déposai sur son oreille un baiser d'adieu. Je m'en allai alors d'un pas vif jusqu'à la lisière de la vieille ville, je traversai le faubourg Marigny pour m'enfoncer dans les marécages ; et puis je levai les bras vers les étoiles, qui flottaient si brillantes par-delà les nuages et je montai, montai et montai encore jusqu'à me perdre dans la chanson du vent et culbuter dans ses remous, tandis que la joie que j'éprouvais à retrouver mes dons emplissait mon âme tout entière.

CHAPITRE 30

Je dus passer tout une semaine à voyager à travers le monde. Je m'étais d'abord rendu à Georgetown sous la neige et j'avais retrouvé cette frêle et pathétique jeune femme que sous l'enveloppe de mon moi mortel j'avais violée de façon si impardonnable. Comme un oiseau exotique, elle me regardait maintenant, faisant un effort pour bien me voir dans l'ombre odorante de ce pittoresque petit restaurant de mortels, sans vouloir reconnaître que cette rencontre avec « mon ami français » avait jamais eu lieu ; mais elle fut abasourdie quand je lui glissai dans la main un rosaire ancien serti d'émeraudes et de diamants. « Vends-le si tu veux, chérie, dis-je. Il voulait que tu l'aies pour en faire ce que tu voudras. Dis-moi une chose. As-tu conçu un enfant ? »

Elle secoua la tête et murmura le mot « non ». J'aurais voulu l'embrasser, de nouveau elle me paraissait belle, mais je n'osai pas prendre le risque. Ce n'était pas seulement que je l'aurais effrayée, c'était que le désir de la tuer était presque irrésistible. Un farouche instinct purement masculin en moi voulait la posséder maintenant, simplement parce que je l'avais possédée d'une autre façon auparavant.

Au bout de quelques heures, j'avais quitté le Nouveau Monde et, nuit après nuit, je vagabondai : je chassai dans les faubourgs grouillants de l'Asie — à Bangkok, à Hong Kong, à Singapour — puis dans Moscou, sinistre et glacé, et dans les vieilles cités pleines de charme de Vienne et de Prague. J'allai pour une brève période à Paris. Pas à Londres. Je poussai ma vitesse jusqu'à ses limites ; je m'élevais et je plongeais dans les ténèbres, atterrissant parfois dans des îles dont je ne savais même pas le nom. Je ne cessais de me nourrir chez les désespérés et les méchants et, de temps en temps, chez les âmes perdues, les fous et les vrais innocents sur qui tombait mon regard.

Je m'efforçais de ne pas tuer. Je faisais vraiment un effort. Sauf quand le sujet était presque irrésistible, un malfaiteur de première classe. Alors la mort était lente et cruelle, et j'étais tout aussi affamé quand c'était fini si bien que je repartais pour en trouver un autre avant le lever du soleil.

Jamais je n'avais autant profité de mes pouvoirs. Jamais je ne m'étais élevé aussi haut dans les nuages, jamais je n'avais voyagé si vite.

Je marchai pendant des heures au milieu des mortels dans les vieilles rues étroites de Heidelberg, de Lisbonne et de Madrid. Je traversai Athènes, Le Caire et Marrakech. Je me promenai sur les rives du golfe Persique, de la Méditerranée et de l'Adriatique.

Que faisais-je ? A quoi pensais-je ? Je me disais que le vieux cliché était vrai : *Le monde m'appartenait.*

Partout où j'allais, je laissais des traces de ma présence. Je laissais mes pensées émaner de moi comme des notes jouées sur une lyre.

Lestat le Vampire est ici. Lestat le Vampire passe. Mieux vaut lui laisser la place.

Je n'avais pas envie de voir les autres. Je ne les cherchais vraiment pas. Pas plus que je ne leur ouvrais mon esprit ni mes oreilles. Je n'avais rien à leur dire. Je voulais seulement leur faire savoir que j'étais venu.

Je captai bien le son de quelques anonymes dans divers endroits, des vagabonds inconnus, de hasardeuses créatures de la nuit qui avaient échappé au récent massacre. Parfois, je n'avais qu'un bref aperçu mental d'un être puissant qui, aussitôt, masquait son esprit. D'autres fois, c'était le son clair d'un monstre cheminant à travers l'éternité sans ruse, sans histoire, sans but. Peut-être ces choses-là existeront-elles toujours !

J'avais maintenant l'éternité pour rencontrer ces créatures si jamais le désir m'en venait. Le seul nom sur mes lèvres, c'était Louis.

Louis.

Je ne pouvais pas oublier un instant Louis. C'était comme si quelqu'un d'autre me chantonnait son nom à l'oreille. Que ferais-je si jamais mon regard de nouveau tombait sur lui ? Comment pourrais-je maîtriser ma colère ? Essaierais-je même ?

Je finis par me lasser. Mes vêtements étaient en lambeaux. Je ne pouvais plus rester loin de chez moi. J'avais envie de rentrer.

CHAPITRE 31

J'étais assis dans les ombres de la cathédrale. Cela faisait des heures qu'on l'avait fermée à clé, et j'étais entré subrepticement par une des portes de devant, en faisant taire les systèmes d'alarme. Et en laissant le passage ouvert pour lui.

Cinq nuits s'étaient écoulées depuis mon retour. Les travaux progressaient à merveille dans l'appartement de la rue Royale et, bien sûr, il avait dû le remarquer. Je l'avais vu, planté sous la véranda d'en face, contempler les fenêtres, et j'étais apparu au balcon au-dessus, juste un instant — pas même assez pour être vu d'un œil mortel.

Depuis lors, je jouais avec lui au chat et à la souris.

Ce soir-là, je l'avais laissé m'apercevoir près du vieux Marché Français. Et quel choc ç'avait été pour lui de me voir, de reconnaître Mojo auprès de moi, et de constater, comme je lui lançais un petit clin d'œil, que c'était vraiment Lestat qu'il avait vu.

Qu'avait-il pensé à ce moment-là ? Que c'était Raglan James installé dans mon corps et venu le détruire ? Que James allait emménager rue Royale ? Non, il avait su dès le début que c'était Lestat.

Ensuite, je m'étais dirigé à pas lents vers la cathédrale, Mojo sur mes talons, Mojo qui me maintenait ancré à notre bonne vieille terre.

J'aurais voulu qu'il me suivît, cependant je n'allais même pas tourner la tête pour voir s'il venait ou non.

Il faisait doux cette nuit-là, et il avait plu assez tôt pour assombrir les beaux murs roses des immeubles du vieux Quartier Français, pour accentuer le brun des briques et laisser sur les dalles et les pavés un bel éclat brillant. Une nuit parfaite pour se promener à La Nouvelle-Orléans. Humides et parfumées, les fleurs s'épanouissaient par-dessus les murs des jardins.

Pour le revoir, il me fallait le calme et le silence de l'église plongée dans l'ombre.

Mes mains tremblaient un peu, comme elles le faisaient de temps en temps depuis que j'avais regagné mon ancienne enveloppe. Il n'y avait pas à cela de causes physiques, c'était seulement la colère qui me prenait et qui se dissipait, suivie de longues périodes de satisfaction, puis un vide terrifiant qui s'ouvrait autour de moi, et enfin le bonheur qui revenait, total et pourtant fragile, comme un mince vernis. Était-il juste de dire que je ne connaissais pas tous les dédales de mon âme ? Je songeais à la rage effrénée avec laquelle j'avais fracassé la tête de David Talbot, et je frissonnais. Avais-je encore peur ?

Hmmm. Regardez plutôt ces doigts hâlés par le soleil avec leurs ongles étincelants. Je les sentais frémir quand je portais à mes lèvres le bout de mes doigts de la main droite.

Je m'assis sur un banc noyé dans l'ombre, à quelques rangées de l'autel, à regarder les formes sombres des statues, les tableaux et tous les ornements dorés de ce lieu vide et froid.

Il était minuit passé. Le bruit qui venait de la rue Bourbon ne s'apaisait pas. Il y avait tant de chair mortelle qui grouillait là-bas. Je m'y étais déjà nourri. Je m'y nourrirais encore.

Les rumeurs de la nuit étaient apaisantes. Dans les ruelles du Quartier, dans les petits appartements et les tavernes pleines d'ambiance, dans les bars élégants et dans les restaurants, d'heureux mortels riaient, bavardaient, s'embrassaient et s'étreignaient.

Je me carrai confortablement sur le banc, j'allongeai mes bras sur le dossier comme si j'étais dans un jardin public. Mojo s'était déjà endormi dans la travée près de moi, son long museau posé sur ses pattes.

Comme j'aurais voulu être toi, mon ami. L'air du diable incarné et débordant d'une immense bonté. Ah ! oui, de la bonté. C'était de la bonté que je sentais quand je nouais mes bras autour de lui et que j'enfonçais mon visage dans sa fourrure.

Mais voilà que *Louis* était entré dans l'église.

Je sentis sa présence, même si je ne captais aucun reflet de pensée ni de sentiment émanant de lui, pas plus que je n'entendais son pas. Je n'avais pas entendu non plus la porte du sanctuaire s'ouvrir ni se fermer. Je savais quand même qu'il était là. Puis je vis l'ombre se déplacer sur ma gauche. Il s'approcha du banc et vint s'asseoir auprès de moi, un peu à l'écart.

Nous restâmes assis là sans rien dire pendant de longs moments, puis il parla.

« Tu as incendié ma maison, n'est-ce pas ? demanda-t-il d'une voix frêle et vibrante.

— Peux-tu me le reprocher ? dis-je avec un sourire, sans cesser de regarder l'autel. D'ailleurs, j'étais un humain quand j'ai fait cela. C'était une faiblesse humaine. Veux-tu venir habiter avec moi ?

— Cela veut dire que tu m'as pardonné ?

— Non, cela signifie que je joue avec toi. Il se peut même que je te détruise pour ce que tu m'as fait. Je n'ai pas encore décidé. Tu n'as pas peur ?

— Non. Si tu comptais te débarrasser de moi, ce serait déjà fait.

— N'en sois pas si certain. Je ne le suis pas moi-même : à certains moments oui, et puis de nouveau plus du tout. »

Un long silence, que seul troublait le souffle rauque et profond de Mojo dans son sommeil.

« Je suis content de te voir, dit-il. Je savais que tu l'emporterais. Mais je ne savais pas comment. »

Je ne répondis pas. Soudain je bouillais de colère intérieure. Pourquoi fallait-il utiliser contre moi aussi bien mes vertus que mes défauts ?

A quoi bon lancer des accusations, l'empoigner, le secouer et exiger de lui des réponses ? Mieux valait peut-être ne pas savoir.

« Raconte-moi ce qui s'est passé, dit-il.

— Sûrement pas, répondis-je. Pourquoi donc as-tu envie de savoir ? »

Nos murmures éveillaient des échos étouffés dans la nef. La lueur tremblotante des cierges jouait sur les chapiteaux dorés des colonnes, sur les visages des statues au loin. Oh !

comme j'aimais ce silence et cette fraîcheur. Et tout au fond de mon cœur, force m'était de reconnaître que j'étais très heureux qu'il fût venu. Parfois la haine et l'amour servent exactement le même but.

Je me tournai pour le regarder. Il était face à moi, un genou sur le banc et un bras appuyé sur le dossier. Il était toujours aussi pâle.

« Tu avais raison à propos de toute cette expérience », dis-je. Du moins, me sembla-t-il, ma voix était ferme.

« Comment cela ? » Il n'y avait pas de méchanceté dans son ton, pas de défi non plus, rien que la subtile envie de savoir. Et quel réconfort c'était : la vue de son visage, la légère odeur de poussière de ses vêtements usagés, la fraîcheur de la pluie encore accrochée à ses cheveux sombres.

« Ce que tu m'avais dit, mon cher vieil ami et amant, repris-je. Que je ne voulais pas vraiment être humain. Que c'était un rêve, un rêve bâti sur des idées fausses, des illusions stupides et de la vanité.

— Je ne peux pas prétendre avoir compris, dit-il. Aujourd'hui, je ne le comprends toujours pas.

— Oh ! mais si, tu avais compris. Tu comprends très bien. Tu l'as toujours fait. Peut-être as-tu vécu assez longtemps ; peut-être as-tu toujours été le plus fort de nous deux. Mais tu savais. Je ne voulais pas de la faiblesse ; je ne voulais pas des limites ; je ne voulais pas des besoins révoltants et de la vulnérabilité sans fin ; je ne voulais pas être trempé de sueur ni brûlé de froid. Je ne voulais pas des ténèbres aveuglantes, des bruits qui me fracassaient les oreilles, ni de l'aboutissement rapide et frénétique de la passion érotique ; je ne voulais pas de détails sans intérêt ; je ne voulais pas de la laideur. Je ne voulais pas non plus de l'isolement ni de l'épuisement constant.

— Tu m'as expliqué tout cela auparavant. Il a bien dû y avoir quelque chose... si infime que ce soit... qui était bon !

— A quoi penses-tu ?

— A la lumière du soleil.

— Précisément. La lumière du soleil sur la neige ; la lumière du soleil sur l'eau, la lumière du soleil... qu'on sent sur ses mains et sur son visage, et qui fait s'ouvrir tous les plis secrets du monde entier comme une fleur qui s'épanouit, comme si tout cela faisait partie d'un seul vaste organisme qui pousse un grand soupir. La lumière du soleil... sur la neige. »

Je m'interrompis. Je n'avais vraiment pas envie de lui raconter. J'avais le sentiment de m'être trahi.

« Il y avait d'autres choses, dis-je. Oh ! il y en avait. Seul un imbécile ne les aurait pas vues. Un soir, peut-être, quand nous nous retrouverons tous les deux au chaud et dans le confort comme si rien n'était jamais arrivé, je te raconterai.

— Mais ça ne suffisait pas.

— Pas pour moi. Pas maintenant. »

Le silence retomba entre nous.

« Peut-être cela a-t-il été la meilleure part, cette découverte. Et de ne plus me bercer d'illusions. Savoir maintenant que j'aime sincèrement être le petit démon que je suis. »

Je me tournai pour lui faire mon plus joli, mon plus méchant sourire.

Il était bien trop malin pour se laisser prendre au piège. Il poussa un long soupir à peine audible, ses paupières s'abaissèrent un instant, puis il me regarda de nouveau.

« Il n'y a que toi qui aurais pu aller là-bas, dit-il. Et en revenir. »

J'aurais voulu dire que ça n'était pas vrai, mais qui d'autre aurait été assez stupide pour faire confiance au Voleur de Corps ? Qui d'autre se serait lancé dans l'aventure avec une telle témérité ? Et, en y réfléchissant, je compris ce qui aurait dû déjà m'apparaître clairement. Que j'avais toujours su le risque que je prenais. Que cela m'avait paru le prix à payer. La canaille m'avait dit qu'il était un menteur, qu'il était un tricheur. J'avais fait l'échange parce qu'il n'y avait tout simplement pas d'autre solution.

Bien sûr, ce n'était pas vraiment ce que Louis entendait en disant cela ; mais, dans une certaine mesure, ce l'était pourtant. Cela représentait la vérité plus profonde.

« As-tu souffert de mon absence ? » demandai-je en me retournant vers l'autel.

Très simplement il répondit : « Ça a été un véritable enfer. »

Je ne dis rien.

« Chaque risque que tu prends me fait mal, déclara-t-il. Mais c'est moi que cela regarde et c'est ma faute.

— Pourquoi m'aimes-tu ? interrogeai-je.

— Tu le sais, tu l'as toujours su. Je voudrais pouvoir être toi. J'aimerais pouvoir connaître la joie que tu éprouves tout le temps.

— Et la douleur, tu veux cela aussi ?

— Ta douleur ? fit-il en souriant. Certainement. Une douleur comme la tienne ? Sans le moindre problème.

— Espèce de sale menteur cynique et autosatisfait, murmurai-je, la colère gonflant soudain en moi et le sang me montant même au visage. J'avais besoin de toi et tu m'as chassé ! Tu m'as enfermé dans la nuit mortelle. Tu m'as repoussé. Tu m'as tourné le dos ! »

L'ardeur de mon ton le surprit. Elle m'étonna aussi. C'était ainsi, je ne pouvais pas le nier, mes mains de nouveau tremblaient, ces mains qui avaient échappé à mon contrôle pour sauter sur le faux David, alors même que tous les autres redoutables pouvoirs qu'il y avait en moi étaient tenus en échec.

Il ne dit pas un mot. Son visage trahit seulement ces petits changements que produit un choc : le frémissement d'une paupière, une légère crispation de la bouche, une brève lueur d'amertume dans les yeux disparaissant aussi vite qu'elle était apparue. Il soutint mon regard accusateur puis lentement détourna la tête.

« C'est David Talbot, ton ami mortel, qui t'a aidé, n'est-ce pas ? » demanda-t-il.

A la simple mention de son nom, c'était comme si la pointe d'un fil chauffé à blanc était venue effleurer tous mes nerfs. J'avais assez souffert. Je ne pouvais plus parler de David. Je n'avais pas envie de parler de Gretchen. Et je compris soudain que ce que je désirais le plus au monde, c'était me tourner vers lui, le prendre dans mes bras, et sangloter sur son épaule comme je ne l'avais jamais fait.

Quelle honte. Comme c'était prévisible ! Comme c'était insipide ! Et comme c'était doux !

Je ne le fis pas.

Nous restâmes là sans rien dire. La douce cacophonie de la ville prenait de l'ampleur et venait battre les vitraux que faisait briller la faible lueur des lampadaires dehors. La pluie avait recommencé à tomber, la douce pluie tiède de La Nouvelle-Orléans, sous laquelle on peut marcher si facilement comme si ce n'était rien qu'une légère bruine.

« Je veux que tu me pardonnes, dit-il. Je veux que tu comprennes que ce n'était pas de la lâcheté ; que ce n'était pas de la faiblesse. Ce que je t'ai dit sur le moment était la vérité. Je ne pouvais pas le faire. Je ne peux pas effectuer ce changement ! Pas même si ce quelqu'un est un mortel avec toi dans son enveloppe. Je ne pouvais tout simplement pas.

— Je sais tout cela », dis-je

J'essayai d'en rester là. Mais je n'y arrivais pas. Ma colère refusait de se calmer, la stupéfiante colère qui m'avait amené à fracasser la tête de David Talbot contre un mur de plâtre.

Il reprit : « Je mérite tout ce que tu as à dire.

— Oh, et plus encore ! dis-je. Voici ce que je veux savoir. » Je me tournai vers lui et je dis entre mes dents serrées : « M'aurais-tu toujours opposé un refus ? S'ils avaient détruit mon corps, les autres — Marius, quiconque était au courant — si j'avais été prisonnier de cette enveloppe mortelle, si j'étais venu te trouver encore et encore, en te suppliant et en t'implorant, m'aurais-tu pour toujours repoussé ? Aurais-tu tenu bon ?

— Je n'en sais rien.

— Ne réponds pas si vite. Cherche la vérité en toi-même. Tu le sais bien. Utilise ta putain d'imagination. Tu dois bien savoir. M'aurais-tu repoussé ?

— Je ne connais pas la réponse !

— Je te méprise ! lançai-je dans un murmure rauque. Je devrais te détruire — terminer ce que j'ai commencé quand je t'ai créé. Te transformer en cendres et les laisser couler entre mes mains. Tu sais que je serais capable de le faire ! Comme ça ! Comme d'un claquement de doigts mortel, je pourrais le faire. Te brûler comme j'ai brûlé ta petite maison. Et rien ne pourrait te sauver. Rien du tout. »

Je le regardai d'un air mauvais, je regardai les angles gracieux de son visage imperturbable, légèrement phosphorescent dans les ténèbres épaisses de l'église. Comme elle était belle, la forme de ses grands yeux, avec leurs superbes cils bien noirs. Comme elle était parfaite, la tendre courbure de sa lèvre supérieure.

La colère était en moi comme un acide, détruisant les

veines mêmes par lesquelles elle coulait, brûlant mon sang surnaturel.

Et pourtant, je ne pouvais pas lui faire de mal. Je n'envisageais même pas de mettre à exécution des menaces aussi lâches et aussi épouvantables. Je n'aurais jamais pu faire de mal à Claudia. Ah ! faire quelque chose à partir de rien, oui. Lancer les morceaux en l'air pour voir comment ils vont retomber, bien sûr. Mais la vengeance. Ah ! la froide et détestable vengeance. Qu'est-ce donc pour moi ?

« Réfléchis-y, murmura-t-il. Pourrais-tu créer un autre être, après tout ce qui s'est passé ? » Il poursuivit doucement. « Pourrais-tu faire encore une fois le Don ténébreux ? Ah ! c'est toi maintenant qui prends ton temps avant de répondre. Cherche au fond de toi la vérité comme tu m'as demandé à l'instant de le faire. Et quand tu la connaîtras, tu n'auras pas besoin de me la dire. »

Là-dessus, il se pencha en avant, réduisant la distance entre nous et il pressa contre ma joue ses douces lèvres soyeuses. Je voulus m'écarter, mais il utilisa toute sa force pour me maintenir immobile, je le laissai me donner ce baiser froid et sans passion, et ce fut lui qui finit par reculer, comme une longue ligne de fantômes s'éclipsant les uns après les autres, ne laissant que sa main sur mon épaule tandis que j'étais là, les yeux toujours fixés sur l'autel.

Je finis par me lever lentement, je passai devant lui en faisant signe à Mojo de s'éveiller et de me suivre.

Je descendis la longueur de la nef jusqu'au portail. Je découvris ce recoin obscur où des cierges brûlent sous la statue de la Vierge, une alcôve emplie d'une jolie lumière tremblotante.

Le parfum et le bruit de la forêt tropicale me revinrent, les grandes ombres enveloppantes de ces arbres gigantesques. La vision aussi de la petite chapelle crépie à la chaux dans la clairière, avec ses portes grandes ouvertes, et le bruit étrange et assourdi de la cloche dans la brise errante. Et l'odeur du sang montant des plaies sur les mains de Gretchen.

Je pris la longue mèche posée là pour allumer les cierges, je la plongeai dans une flamme déjà ancienne, j'en fis jaillir une neuve, brûlante, jaune et bien droite, qui répandait l'âcre parfum de la cire brûlée.

J'allais prononcer les mots « pour Gretchen », quand je me rendis compte que ce n'était pas du tout pour elle que j'avais allumé ce cierge. Je levai les yeux vers le visage de la Vierge. Je vis le crucifix au-dessus de l'autel de Gretchen. De nouveau, je sentis autour de moi la paix de la forêt tropicale, je revis cette petite salle avec ces lits d'enfants. Pour Claudia, ma précieuse et belle Claudia ? Non, pas pour elle non plus, malgré tout l'amour que je lui portais...

Je savais que le cierge était pour moi.

C'était pour l'homme aux cheveux bruns qui avait aimé Gretchen à Georgetown. C'était pour le triste démon égaré aux yeux bleus que j'avais été avant de devenir cet homme. C'était pour le jeune mortel qui, voilà des siècles, s'en était allé à Paris avec les bijoux de sa mère en poche et sans autre bagage que ses vêtements. C'était pour cette créature perverse et impulsive qui avait tenu dans ses bras Claudia mourante.

C'était pour tous ces êtres-là, et pour le démon planté ici maintenant, parce qu'il aimait les cierges, et qu'il aimait créer de la lumière à partir de lumière. Parce qu'il n'y avait pas de Dieu auquel il croyait, pas de saint, et pas de reine des cieux.

Parce qu'il avait conservé son mauvais caractère et qu'il n'avait pas détruit son ami.

Parce que, si proche de lui que fût cet ami, il était seul. Et parce qu'il avait retrouvé le bonheur comme si c'était une affliction qu'il ne maîtriserait jamais, un sourire espiègle s'esquissant déjà sur ses lèvres, la soif jaillissant dans son être et le désir montant en lui de ressortir et d'errer dans les rues luisantes de pluie de la ville.

Oui. C'était pour Lestat le Vampire, ce petit cierge, cette miraculeuse et minuscule bougie, qui apportait son modeste appoint à toute la lumière de l'univers ! Et qui brûlerait la nuit entière dans une cathédrale déserte au milieu de ces autres petites flammes. Elle brûlerait encore demain quand les fidèles arriveraient, quand le soleil brillerait par ces portes.

Poursuis ta veille, petite bougie ; dans les ténèbres et dans l'éclat du soleil.

Oui, pour moi.

CHAPITRE 32

Pensiez-vous que le récit était terminé ? Que la quatrième livraison des Chroniques du Vampire était arrivée à son terme ?

Ma foi, le livre devrait s'arrêter là. Il aurait dû s'arrêter en fait au moment où j'allumais ce petit cierge, mais ce ne fut pas le cas. Je m'en aperçus la nuit suivante en ouvrant les yeux. Je vous en prie, poursuivez jusqu'au chapitre 33 pour découvrir ce qui s'est passé ensuite. Ou bien vous pouvez arrêter maintenant, si bon vous semble. Peut-être regretterez-vous de ne l'avoir pas fait.

CHAPITRE 33

La Barbade. Il était encore là quand je le rattrapai. Dans un hôtel au bord de la mer.

Des semaines avaient passé, je ne sais pas pourquoi j'avais laissé autant de temps s'écouler. Ma bonté d'âme n'y était pour rien, pas plus que la lâcheté. Néanmoins, j'avais attendu. J'avais surveillé les travaux de restauration du superbe petit appartement de la rue Royale, étape par étape, jusqu'à ce qu'il y eût au moins quelques pièces exquisement meublées où je pouvais passer mon temps à réfléchir à tout ce qui s'était passé et à tout ce qui pourrait encore arriver. Louis était revenu s'installer avec moi et était fort occupé à chercher un bureau très semblable à celui qui se trouvait jadis dans le salon plus de cent ans auparavant.

David avait laissé de nombreux messages à mon agent de Paris. Il allait bientôt partir pour le carnaval de Rio. Je lui manquais. Il aurait voulu que je vienne le rejoindre là-bas.

Le règlement de sa succession s'était bien passé. Il était David Talbot, un jeune cousin du vieil homme qui était mort à Miami, et le nouveau propriétaire de la demeure ancestrale. Le Talamasca avait fait tout cela pour lui, rendant à David la fortune qu'il avait léguée à l'ordre et lui versant une généreuse pension. Il n'était plus leur Supérieur Général, même s'il conservait son appartement à la maison-mère. Il serait pour toujours sous l'aile protectrice de l'ordre.

Si je le voulais, il avait un petit cadeau pour moi. C'était le médaillon avec la miniature de Claudia. Il l'avait retrouvé. Exquis portrait, fine chaîne d'or. Il l'avait avec lui et me le ferait parvenir si je le souhaitais. Ou bien ne voulais-je pas plutôt venir le voir et l'accepter moi-même de ses mains ?

La Barbade. Il s'était senti obligé de retourner pour ainsi dire sur les lieux du crime. Le temps était magnifique. Il relisait *Faust*, m'écrivit-il. Il avait tant de questions à me poser. Quand allais-je venir ?

Il n'avait *pas* revu Dieu ni le diable, même si, avant de quitter l'Europe, il avait passé de longs moments dans divers cafés de Paris. Il n'allait pas gâcher non plus sa vie à chercher Dieu ni le diable. « Vous seul pouvez savoir quel homme je suis maintenant, écrivait-il. Vous me manquez. J'ai envie de vous parler. Ne pouvez-vous pas vous souvenir que je vous ai aidé et me pardonner tout le reste ? »

C'était cette station balnéaire qu'il m'avait décrite, avec ses beaux immeubles de stuc rose, ses vastes bungalows aux toits presque plats, ses jardins pleins de douces fragrances, ses immenses étendues de sable fin jusqu'à une mer translucide et étincelante.

Je n'allai là-bas qu'après avoir exploré les vergers là-haut sur la montagne, m'être arrêté sur ces falaises mêmes qu'il avait visitées, pour regarder les collines couvertes de forêts et écouter le vent qui dans les branches agitait bruyamment les palmes des cocotiers.

M'avait-il parlé des montagnes ? M'avait-il dit que le regard plongeait aussitôt dans la douce profondeur des vallées, que les pentes voisines semblaient si proches qu'on croyait pouvoir les toucher, même si elles étaient loin, très loin ?

Je ne le pense pas, mais il avait fort bien décrit la végétation — l'orchidée et le gingembre, ou ces lys d'un rouge ardent avec leurs délicats pétales frémissants, les fougères blotties dans la profondeur des forêts, les strelizzi insolentes, les grands saules pourpres et les petites fleurs à gorge jaune des bignones.

Nous devrions aller nous promener là-bas ensemble, avait-il dit.

Eh bien, nous le ferions ! Qu'il me semblait doux le crissement du gravier ! Et, jamais le balancement des palmes de cocotiers ne m'avait paru si beau que sur ces à-pics.

J'attendis qu'il fût minuit passé avant d'entamer ma descente vers le vaste hôtel de bord de mer. La cour était comme il l'avait décrite, pleine d'azalées roses, de taros et des buissons touffus et luisants.

Je traversai la sombre étendue de la salle à manger et ses longues vérandas puis je descendis sur la plage. J'allai jusqu'au bord de l'eau pour pouvoir en me retournant examiner de loin les bungalows avec leurs vérandas. Je le découvris aussitôt.

Les portes du patio étaient grandes ouvertes et la lumière jaune se déversait sur le petit enclos pavé avec sa table et ses chaises peintes. A l'intérieur, comme sur une scène éclairée, il était assis à un petit bureau, tourné vers la nuit et vers la mer, tapant sur un petit ordinateur portable, le crépitement des touches portant loin dans le silence, dominant même le murmure du ressac paresseux.

Il n'avait pour tout vêtement qu'un short de plage blanc. Sa peau était d'un doré très sombre, comme s'il avait passé ses journées à dormir au soleil. Des mèches claires brillaient dans ses cheveux bruns. Ses épaules nues, son torse lisse avaient une sorte d'éclat. Il avait la taille solidement musclée. Le duvet qui lui couvrait les cuisses et les jambes leur donnait un léger reflet doré tout comme les rares poils qu'il avait sur les mains.

Je n'avais même pas remarqué ce poil quand j'étais vivant. Ou peut-être ne me plaisait-il pas. Je ne savais pas vraiment. Maintenant, je l'aimais bien. Et David me semblait un peu plus svelte que je ne l'étais dans cette carcasse. Oui, tous les os du corps étaient plus visibles, ce qui était dû sans doute à ces préceptes de l'hygiène d'aujourd'hui qui affirment que nous devons être élégamment sous-alimentés.

La chambre derrière lui était nette et rustique dans le style des îles, avec des poutres au plafond et un sol de carrelage rose. Le lit était couvert d'un tissu pastel avec un motif indien géométrique. L'armoire et les commodes étaient blanches et décorées de fleurs peintes de couleurs vives. Un grand nombre de lampes toutes simples fournissaient un généreux éclairage.

Je ne pus m'empêcher de sourire en le voyant assis au milieu de tout ce luxe, devant son ordinateur : David l'érudit, ses yeux bruns pétillant de toutes les idées qui se pressaient dans sa tête.

En m'approchant, je remarquai qu'il était rasé de près. Il avait les ongles taillés et limés, peut-être par une manucure, sa chevelure était toujours la même crinière ondulée que j'avais arborée avec tant de nonchalance quand j'étais dans ce corps-là, mais là aussi la coupe était plus courte et plus plaisante. Il y avait devant lui son exemplaire du *Faust* de Goethe, ouvert sur la table, un stylo en travers et bien des pages cornées ou marquées de petites agrafes argentées.

Je prenais mon temps pour tout inspecter — je remarquai la bouteille de whisky auprès de lui, le verre de cristal au cul épais et le paquet de petits cigarillos — quand il leva les yeux et m'aperçut.

J'étais planté sur le sable, au-delà de la petite véranda avec sa balustrade de ciment, mais bien visible dans la lumière.

« Lestat », murmura-t-il. Son visage rayonnait. Il se leva aussitôt et s'avança vers moi de ce pas gracieux que je connaissais bien. « Dieu merci, vous êtes venu.

— Vous croyez ? » dis-je. Je pensai à ce moment à La Nouvelle-Orléans où j'avais regardé le Voleur de Corps sortir en hâte du Café du Monde et je me disais qu'habité par quelqu'un d'autre, ce corps pouvait évoluer avec la souplesse féline d'une panthère.

Il aurait voulu me prendre dans ses bras, mais quand je me raidis et que je m'écartai imperceptiblement, il s'arrêta et croisa les bras sur sa poitrine — un geste qui semblait caractéristique de ce corps, car je ne pouvais pas me rappeler l'avoir vu le faire avant notre rencontre à Miami. Ces bras-ci étaient plus épais que ses bras d'autrefois. Le torse aussi était plus large.

Comme il semblait nu. Comme ses boutons de seins semblaient d'un rose foncé. Et quelle lueur ardente et claire brillait dans ses yeux.

« Vous m'avez manqué, dit-il.

— Vraiment ? Vous n'avez quand même pas vécu ici comme un reclus ?

— Non, j'ai l'impression d'avoir vu trop de gens. Trop de petits dîners à Bridgetown. Et mon ami Aaron a fait plusieurs allers et retours. D'autres membres de l'ordre sont venus. » Il marqua un temps. « Je ne peux pas supporter leur compagnie, Lestat. Je ne peux pas supporter d'être au Manoir Talbot au milieu des domestiques, en faisant semblant d'être un cousin de mon ancien moi. Il y a quelque chose de vraiment épouvantable dans ce qui s'est passé. Il y a des moments où je n'arrive même pas à me regarder dans la glace. Je n'ai pas envie de parler de cela.

— Pourquoi donc ?

— Il s'agit d'une période provisoire, d'une phase d'adaptation. Ces chocs finiront par passer. J'ai tant de choses à faire. Oh ! je suis si heureux que vous soyez venu. J'en avais le pressentiment. J'ai failli partir ce matin pour Rio, mais j'ai eu la nette impression que je vous verrais ce soir.

— Vraiment ?

— Qu'y a-t-il ? Pourquoi ce visage sombre ? Pourquoi êtes-vous en colère ?

— Je ne sais pas. Ces jours-ci, je n'ai vraiment pas besoin d'une raison pour être en colère. Et pourtant je devrais être heureux. Je le serai bientôt. C'est toujours comme ça et, après tout... c'est une nuit qui compte. »

Il me dévisagea, essayant de deviner ce que j'entendais par ces mots, ou plus exactement quelle était la bonne réponse à y faire.

« Entrez, dit-il enfin.

— Pourquoi ne pas nous asseoir ici, sur la véranda dans l'ombre ? J'aime bien la brise.

— Certainement, comme vous voudrez. »

Il passa dans la petite chambre pour prendre la bouteille de whisky, se versa un verre puis vint me rejoindre auprès de la table de bois. Je venais de m'asseoir dans un des fauteuils et je regardais droit vers la mer.

« Alors, demandai-je, qu'avez-vous donc fait ?

— Ah ! fit-il, par où commencer ? J'ai écrit continuellement à propos de tout cela — j'ai essayé de décrire les moindres sensations, les nouvelles découvertes.

— Vous êtes sûr d'être bien ancré dans ce corps ?

— Absolument. » Il prit une grande gorgée de son whisky. « Et il ne semble pas se produire le moindre signe de détérioration. Vous savez, je le craignais. Je le redoutais même quand vous occupiez ce corps, mais je ne voulais pas en parler. Nous avions assez de soucis sur les bras, n'est-ce pas ? » Il se tourna pour me regarder et, brusquement, il sourit. D'une voix un peu assourdie, il dit : « Vous êtes en train de regarder un homme que vous connaissez sous toutes les coutures.

— Non, fis-je, pas vraiment. Dites-moi, comment vous arrangez-vous de l'attitude des inconnus... ceux qui ne se doutent de rien. Est-ce que les femmes vous invitent dans leur chambre ? Et les jeunes gens ? »

Son regard se perdit vers la mer et je vis soudain un peu d'amertume sur son visage. « Vous connaissez la réponse. Je ne peux pas faire de ces rencontres un but en soi. Elles ne signifient rien pour moi. Je ne dis pas que je n'aie pas apprécié quelques safaris en chambre. Mais j'ai des choses plus importantes à faire, Lestat, bien plus importantes.

« Il y a des endroits où je veux aller : des régions et des villes que j'ai toujours rêvé de visiter. Rio n'est qu'un début. Il y a des mystères que je dois résoudre ; des choses qu'il faut que je découvre.

— Oui, j'imagine.

— La dernière fois que nous étions ensemble, vous m'avez dit quelque chose de très important. Vous m'avez déclaré : vous n'allez quand même pas donner au Talamasca cette vie-ci aussi. Eh bien, je ne vais pas la consacrer à l'ordre ! Ce qui compte avant tout dans mon esprit, c'est que je ne dois pas la gâcher. Que je dois en faire quelque chose d'une immense importance. Bien sûr, je ne trouverai pas du premier coup la direction à prendre. Il doit y avoir une période de voyages, d'apprentissage, d'évaluation avant que je décide sur quelle voie m'engager. Et tout en me plongeant dans mes études, j'écris. Je note tout. Il me semble parfois que c'est cela le but.

— Je sais.

— Il y a bien des choses que je veux vous demander. Tant de questions m'ont harcelé.

— Pourquoi ? Quel genre de questions ?

— A propos de ce que vous avez éprouvé durant ces quelques jours, et si vous avez le moindre regret que nous ayons mis si vite un terme à cette aventure.

— Quelle aventure ? Vous parlez de ma vie de mortel ?

— Oui.

— Aucun regret. »

Il se remit à parler, s'interrompit, puis il reprit : « Et vous, demanda-t-il d'une voix basse et fervente, qu'est-ce que cela vous a apporté ? »

Je me retournai pour le regarder encore. Oui, le visage était résolument plus anguleux. Était-ce sa personnalité qui l'avait aiguisé et qui lui avait donné plus de modelé ? Un visage parfait, me dis-je.

« Pardonnez-moi, David, j'avais l'esprit ailleurs. Posez-moi encore cette question.

— Qu'est-ce que cela vous a apporté ? dit-il avec sa patience habituelle. Quelle leçon en avez-vous tirée ?

— Je ne sais pas si c'était une leçon, dis-je. Et il me faudra peut-être du temps pour assimiler ce que j'ai appris.

— Oui, bien sûr, je vois.

— Je peux vous dire que j'ai conscience d'avoir une nouvelle soif d'aventure, de vagabondage, les sentiments mêmes que vous évoquiez. Je veux retourner dans la forêt tropicale. Je l'ai vue si brièvement quand je suis allé rendre visite à Gretchen. Il y avait un temple là-bas, j'ai envie de le revoir.

— Vous ne m'avez jamais raconté ce qui s'était passé.

— Ah ! si, je vous l'ai dit, mais à l'époque vous étiez Raglan. Le Voleur de Corps a été témoin de cette petite confession. Pourquoi diable voulait-il dérober une chose pareille ? Mais je m'égare. Il y a tant d'endroits où moi aussi je veux aller.

— Bien sûr.

— C'est de nouveau une soif de temps, d'avenir, un désir de percer les mystères du monde naturel. J'ai envie d'être le guetteur que je suis devenu cette nuit-là, voilà bien longtemps à Paris, quand on m'y a obligé. J'ai perdu mes illusions. J'ai perdu mes mensonges favoris. On pourrait dire que j'ai revisité cet instant et que c'est de mon plein gré que j'ai vécu une renaissance aux ténèbres ! Et avec quelle volonté !

— Ah ! oui, je comprends.

— Vraiment ? Tant mieux si c'est le cas.

— Pourquoi parlez-vous ainsi ? » Il baissa le ton et continua plus lentement : « Avez-vous besoin de mon soutien autant que j'ai besoin du vôtre ?

— Vous ne m'avez jamais compris, dis-je. Oh ! ce n'est pas un reproche. Vous vous faites des illusions sur mon compte, ce qui vous permet de me rendre visite, de converser avec moi, voire de me donner abri et assistance. Vous ne pourriez pas faire cela si vous saviez vraiment ce que j'étais. J'ai tenté de vous le dire. Quand j'ai parlé de mes rêves...

— Vous vous trompez. C'est votre vanité qui parle, fit-il. Vous adorez vous imaginer pire que vous n'êtes. Quels rêves voulez-vous dire ? Je ne me souviens pas que vous m'ayez jamais parlé de rêves. »

Je souris. « Vous ne vous souvenez pas ? Réfléchissez, David. Mon rêve du tigre. J'avais peur pour vous. Et maintenant la menace du rêve va s'accomplir.

— Que voulez-vous dire ?

— Je m'en vais vous le faire, David. Je vais vous amener à moi.

— Quoi ? » Sa voix n'était plus qu'un souffle. « Qu'est-ce que vous dites ? » Il se pencha en avant, pour essayer de bien voir l'expression de mon visage. Mais j'avais la lumière derrière moi et sa vision de mortel n'était pas assez perçante pour cela.

« Je viens de vous le dire. Je m'en vais vous le faire, David.

— Pourquoi, pourquoi dites-vous cela ?

— Parce que c'est vrai », dis-je. Je me levai et du bout du pied je repoussai le fauteuil.

Il me dévisagea. Son corps enregistra bel et bien le danger mais je vis aussi la superbe musculature de ses bras se crisper. Il avait les yeux fixés sur les miens.

« Pourquoi dites-vous cela ? Vous ne pourriez pas me faire une chose pareille, déclara-t-il.

— Bien sûr que si, je pourrais. Et je vais le faire. Maintenant. Je vous ai toujours dit que j'étais un être maléfique. Je vous l'ai expliqué : je suis le diable en personne. Le diable de votre *Faust*, celui de vos visions. Le tigre de mon rêve !

— Non, ce n'est pas vrai. » Il se leva d'un bond, renversant son siège derrière lui et perdant presque l'équilibre. Il revint dans la chambre. « Vous n'êtes pas le diable, et vous le savez très bien. Ne me faites pas cela ! Je vous l'interdis ! » Il serrait les dents en prononçant ces derniers mots. « Au fond du cœur, vous êtes aussi humain que moi et vous n'allez pas le faire.

— Bien sûr que si », dis-je. J'éclatai de rire. C'était plus fort que moi. « David, le Supérieur Général, dis-je. David, le prêtre du candomblé. »

Il recula sur le sol carrelé, la lumière éclairant pleinement son visage et les muscles tendus de ses bras.

« Vous voulez me combattre ? C'est inutile. Aucune force au monde ne peut m'empêcher de faire cela.

— Plutôt mourir », dit-il d'une voix étranglée. Le sang montait à son visage qui s'assombrissait. Ah ! le sang de David !

« Je ne vous laisserai pas mourir. Pourquoi n'évoquez-vous pas vos vieux esprits brésiliens ? Vous ne vous souvenez plus comment on fait, c'est cela ? Vous n'êtes plus convaincu. Bah, de toute façon, cela ne vous avancerait absolument à rien.

— Vous ne pouvez pas faire une chose pareille », dit-il en s'efforçant de garder son calme. « Vous ne pouvez pas me rembourser de cette façon.

— Oh ! mais c'est ainsi que le diable agit avec ceux qui l'aident !

— Lestat, je vous ai assisté contre Raglan ! Je vous ai aidé à recouvrer ce corps-ci, et quel engagement avez-vous pris envers moi ! Quelles ont été vos paroles exactes ?

— Je vous ai menti. Je me mens à moi-même et aux autres. C'est ce que ma petite excursion dans la chair m'a enseigné. Je mens. Vous me surprenez, David. Vous êtes en colère, très en colère, mais vous n'avez pas peur. Vous êtes comme moi, David — vous et Claudia — vous êtes les seuls à avoir vraiment ma force.

— Claudia, fit-il avec un petit hochement de tête. Ah oui ! Claudia. Tenez, mon cher ami, j'ai quelque chose pour vous. » Il s'éloigna, me tournant délibérément le dos, pour bien me montrer qu'il ne me craignait pas et il s'approcha avec une lenteur, délibérée, de la commode auprès du lit. Quand il se retourna, il tenait dans ses mains un petit médaillon. « Il vient de la maison-mère. Le médaillon que vous m'aviez décrit.

— Ah ! c'est vrai, le médaillon. Donnez-le-moi. »

Je vis alors combien ses mains tremblaient en serrant le petit boîtier ovale en or. Et les doigts, il ne les connaissait pas si bien, n'est-ce pas ? Il finit quand même par ouvrir le couvercle et me lança le médaillon ; je regardai la miniature — le visage de Claudia, ses yeux, ses boucles dorées. Une enfant qui me dévisageait avec le masque de l'innocence. Mais était-ce bien un masque ?

Lentement, émergeant du vaste tourbillon confus de mes souvenirs, me revint le moment où j'avais pour la première fois posé le regard sur cette breloque avec sa chaîne d'or... Quand dans la rue sombre et boueuse, j'étais tombé sur ce taudis infesté par la peste où gisait sa mère morte, et où l'enfant mortelle elle-même était devenue pâture pour le vampire, un petit corps blanc qui frissonnait impuissant dans les bras de Louis.

Comme je m'étais moqué de lui, comme je l'avais montré du doigt, et puis j'avais saisi sur le lit puant le corps de la femme morte — la mère de Claudia — je l'avais entraîné dans une danse folle autour de la pièce. Et c'était là que j'avais vu briller sur sa gorge la chaîne d'or et le médaillon, car même le voleur le plus audacieux n'aurait pas pénétré dans cette masure pour arracher cette babiole à la gueule même de la peste.

Je l'avais pris dans ma main gauche, en laissant choir le pauvre corps. Le fermoir s'était cassé et j'avais balancé la chaîne au-dessus de ma tête, comme on brandit un petit trophée, puis je l'avais fourrée dans ma poche, enjambant le corps de Claudia mourante et me précipitant derrière Louis dans la rue.

Je l'avais retrouvée des mois plus tard dans cette même poche, et je l'avais examinée à la lumière. C'était une enfant vivante quand ce portrait avait été peint, mais le Don ténébreux lui avait conféré la perfection sucrée du pinceau de l'artiste. C'était ma Claudia ; j'avais laissé le bijou dans une malle : comment il était tombé aux mains du Talamasca, dans quelles conditions ? Je n'en savais rien.

Je le tenais entre mes doigts. Je l'examinai. On aurait dit que j'arrivais tout juste de cette maison en ruine et que je me retrouvais ici, en train de dévisager David. Il m'avait parlé, mais je ne l'avais pas entendu, et sa voix maintenant parvenait clairement à mes oreilles :

« Vous me le feriez ? interrogea-t-il, le timbre de sa voix le trahissant maintenant tout comme ses mains tremblantes. Regardez-la. Vous me feriez cela ? »

Je contemplai le petit visage de Claudia, puis je relevai les yeux vers lui.

« Oui, David, dis-je. J'avais dit à Claudia que je le ferais de nouveau. Et je vais vous le faire. »

Je lançai le médaillon dehors, par-dessus la véranda, le sable de la plage et jusqu'à la mer. La chaînette fut un instant comme une éraflure d'or sur le tissu du ciel, puis elle disparut comme si elle avait plongé dans la lumière.

Il recula avec une rapidité qui me surprit, se cramponnant à la cloison.

« Ne faites pas cela, Lestat.

— Ne luttez pas contre moi, mon vieil ami. Vos efforts seraient vains. Vous avez une longue nuit de découverte devant vous.

— Vous ne le ferez pas ! » s'écria-t-il, d'une voix si basse que c'était une sorte de rugissement guttural. Il se précipita sur moi comme s'il croyait pouvoir me faire perdre l'équilibre, ses deux poings frappèrent ma poitrine, mais je ne bougeai pas. Il retomba en arrière, meurtri par ses efforts, l'indignation brûlant dans ses yeux larmoyants fixés sur moi. Une fois de plus, le sang lui était monté aux joues, assombrissant tout son visage. Et ce fut seulement à cet instant, lorsqu'il comprit que toute défense était désespérée, qu'il tenta de s'enfuir.

Je l'empoignai par le cou avant qu'il eût atteint la véranda. Je laissai mes doigts masser sa chair tandis qu'il se débattait comme un animal pour se libérer de mon emprise et se dégager. Je le soulevai lentement et, tenant sans effort sa nuque de ma main gauche, j'enfonçai mes dents dans la belle et jeune peau parfumée de son cou et je happai le premier jet bouillonnant de sang.

Ah ! David, mon bien-aimé David. Jamais je n'étais descendu dans une âme que je connaissais si bien. Comme elles étaient denses et merveilleuses les images qui m'enveloppaient : la douce et belle lumière du soleil filtrant à travers la forêt de palétuviers, le crissement des hautes herbes sur le veldt, le fracas du fusil de chasse et le tremblement de la terre sous le martèlement des pieds d'éléphants. Tout y était : les pluies d'été se déversant sans fin sur les jungles, l'eau ruisselant sur les pilotis et les planches de la véranda, le ciel sillonné d'éclairs — et son cœur qui battait sous sa poitrine dans un élan de rébellion et de récrimination : vous me trahissez, vous me trahissez, vous me prenez contre mon gré — et la puissante et riche chaleur salée du sang.

Je le rejetai en arrière. C'était assez pour une première gorgée. Je le regardai se remettre péniblement à genoux. Qu'avait-il vu pendant ces quelques secondes ? Connaissait-il maintenant le sombre entêtement de mon âme ?

« Vous m'aimez ? dis-je. Je suis votre seul ami en ce monde ? »

Je le regardai ramper sur le carrelage. Il se cramponna au montant du lit, se redressa, puis retomba, pris de vertige, sur le sol. Là, il reprit ses efforts.

« Allons, laissez-moi vous aider ! » dis-je. Je le fis tourner sur lui-même, je le soulevai et j'enfonçai mes dents dans les mêmes petites plaies.

« Pour l'amour de Dieu, cessez, ne le faites pas. Lestat, je vous en supplie, ne le faites pas. »

Suppliez en vain, David. Oh ! quelle merveille que ce jeune corps, que ces mains qui me repoussent, même en pleine transe, quelle volonté vous avez, mon bel ami. Et nous voici maintenant au Brésil, n'est-ce pas, nous sommes dans la pièce minuscule, et il invoque les noms des esprits du candomblé, il les invoque mais les esprits viendront-ils ?

Je le lâchai. Il retomba à genoux, puis bascula sur le côté, le regard fixé devant lui. C'en était assez pour le second assaut.

Il y eut un petit bruit dans la pièce, un tapotement.

« Oh ! nous avons de la compagnie ? Nous avons de petits amis invisibles ? Eh oui, regardez, le miroir vacille. Il va tomber ! » Là-dessus, la glace heurta les dalles et explosa en une foule d'éclats de lumière s'arrachant au cadre.

David essayait de se relever.

« Vous savez l'impression qu'ils me font, David ? Pouvez-vous m'entendre ? On dirait des bannières de soie déployées autour de moi. Rien de plus. »

Je le regardai se remettre à genoux. De nouveau, il rampait sur le sol. Soudain il se leva et plongea en avant. Il saisit le livre posé à côté de l'ordinateur et, se retournant, le lança dans ma direction, mais il ne m'atteignit même pas et tomba à mes pieds. David chancelait. C'était à peine s'il pouvait rester debout, son regard était vague.

Il se tourna alors et faillit tomber en avant sur la petite véranda, trébuchant par-dessus la balustrade et courant vers la plage.

Je lui emboîtai le pas, tandis qu'il descendait en chancelant la pente de sable blanc. La soif montait en moi : mon désir savait seulement qu'un peu de sang était venu l'apaiser quelques secondes auparavant et qu'il lui en fallait davantage. Quand David arriva au bord de l'eau, il resta là, vacillant, seule une volonté de fer l'empêchant de s'effondrer.

Je le pris par l'épaule, tendrement, le soutenant de mon bras droit.

« Non, le diable vous emporte, qu'il vous emporte en enfer. Non », fit-il. De toute sa force déclinante, il me frappa, plaquant sur mon visage son poing crispé, se déchirant les jointures sur ma peau qui ne cédait pas.

Je le fis pivoter, tout en le regardant me donner des coups de pieds dans les jambes, me frapper encore et encore de ces douces mains impuissantes ; de nouveau je plongeai ma bouche contre son cou, léchant le sang, me grisant de son odeur, et puis plantant mes dents pour la troisième fois. Hmmm... l'extase. Cet autre corps, usé par l'âge, aurait-il jamais pu m'offrir un tel festin ? Je sentis la paume de sa main contre mon visage. Oh ! forte. Si forte. Oui, combattez-moi, combattez-moi comme j'ai lutté contre Magnus ! C'est si doux que vous luttiez. J'adore ça. Vraiment.

Mais qu'arrivait-il cette fois tandis que je me pâmais ? La plus pure des prières montait de lui, non pas vers des dieux en qui nous ne croyions pas, non pas vers un Christ crucifié, ni vers une vieille Reine Vierge. Mais des prières qui s'adressaient à moi. « Lestat, mon ami. Ne prenez pas ma vie ! Ne faites pas cela ! Laissez-moi partir ! »

Hmm. Je serrai plus fort mon bras autour de sa poitrine. Puis je reculai, pour lécher les plaies.

« Vous choisissez mal vos amis, David », murmurai-je, léchant le sang sur mes lèvres et regardant son visage. Il était presque mort. Quelles étaient belles ces dents blanches, fortes et régulières, et belle aussi la tendre chair de ses lèvres. Sous ses paupières on ne voyait que le blanc de ses yeux. Et comme son cœur luttait — ce jeune cœur mortel sans défaut. Un cœur qui avait pompé le sang jusqu'à mon cerveau. Un cœur qui avait sauté quelques battements et qui s'était arrêté quand j'avais connu la peur, quand j'avais vu l'approche de la mort.

Je collai mon oreille contre sa poitrine, et j'écoutai. J'entendais l'ambulance quand la sirène hurlait dans les rues de Georgetown. « Ne me laissez pas mourir. »

Je le voyais dans cette chambre d'hôtel de jadis, dans mon rêve, avec Louis et Claudia. Ne sommes-nous donc que des créatures du hasard dans les rêves du diable ?

Le cœur ralentissait. Le moment était presque venu. Encore une petite gorgée, mon ami.

Je le soulevai, je remontai la plage et je le ramenai dans la chambre. Je baisai les petites plaies, les léchant et les suçant, puis laissant mes dents s'y planter de nouveau. Un spasme le traversa, un petit cri échappa à ses lèvres.

« Je vous aime, murmura-t-il.

— Oui, je vous aime aussi », répondis-je, mes paroles s'étouffant contre la chair tandis que le sang recommençait à jaillir, brûlant et irrésistible.

Son cœur battait de plus en plus lentement. David dégringolait dans ses souvenirs, remontant jusqu'au berceau, par-delà les syllabes distinctes du langage et gémissant tout seul comme s'il suivait l'ancienne mélodie d'une chanson.

Son corps lourd et tiède se pressait contre moi, les bras ballants, la tête soutenue par les doigts de ma main gauche, les yeux fermés. Le doux gémissement s'éteignit, le cœur se mit à battre soudain plus vite, à petits coups étouffés.

Je me mordis la langue jusqu'à ne plus pouvoir supporter la douleur. Inlassablement je perçai des trous avec mes crocs, déplaçant ma langue vers la droite puis vers la gauche, après quoi je collai ma bouche sur la sienne, l'obligeant à ouvrir les lèvres pour laisser le sang ruisseler sur sa langue.

Il semblait que le temps s'arrêtait. Puis vint ce goût bien reconnaissable de mon propre sang coulant dans ma bouche avant de s'écouler dans la sienne. Puis, soudain, ses dents se refermèrent sur ma langue. Ce fut une morsure menaçante et violente, avec toute la force mortelle de ses mâchoires, une morsure qui écorchait la chair surnaturelle, les dents raclant le sang sur l'entaille que j'avais faite et s'enfonçant si fort qu'on aurait dit qu'elles allaient me trancher la langue si elles le pouvaient.

Le spasme violent le secoua. Son dos se cambra contre mon bras. Et quand je m'écartai, la bouche endolorie, la langue blessée, il se redressa, affamé, le regard encore aveugle. Je me déchirai le poignet. Le voici, mon bien-aimé. Le voici, non pas à petites gouttes, mais jailli du fleuve même de mon être. Et cette fois, quand la bouche se referma sur moi, je ressentis une douleur qui plongea jusqu'aux racines mêmes de mon être, enveloppant mon cœur de son filet brûlant.

Pour vous, David. Buvez à grandes goulées. Soyez fort.

Cela ne pouvait pas me tuer maintenant, si longtemps que cela durât. Je le savais et les souvenirs de ce temps jadis où je l'avais fait dans la peur me semblaient stupides et maladroits, s'effaçant même à mesure que je les évoquais et me laissant seul ici avec lui.

Je m'agenouillai sur le sol, sans le lâcher, en laissant la douleur se répandre dans chaque veine et dans chaque artère comme je savais la chose nécessaire. Et la chaleur et la douleur devinrent si fortes en moi que je m'allongeai lentement en le gardant dans mes bras, mon poignet collé contre sa bouche, ma main soutenant toujours sa tête. Un vertige me prit. Le battement de mon propre cœur ralentit dangereusement. Il aspirait toujours et, sur les ténèbres éclatantes de mes paupières fermées, je voyais les milliers et les milliers de petits vaisseaux qui se vidaient et se contractaient pour pendre ensuite comme les fins filaments noirs d'une toile d'araignée déchirée par le vent.

Nous étions de nouveau dans la chambre d'hôtel de La Nouvelle-Orléans d'autrefois, et Claudia était assise sans rien dire sur le fauteuil. Dehors, les faibles lampes de la petite ville clignotaient çà et là. Comme le ciel au-dessus de nous était sombre et lourd, sans rien qui annonçât l'immense aurore des cités à venir !

« Je t'avais dit que je le referais, dis-je à Claudia.

— Pourquoi te donnes-tu la peine de m'expliquer, demanda-t-elle. Tu sais pertinemment que je ne t'ai jamais posé de questions là-dessus. Je suis morte depuis des années et des années. »

J'ouvris les yeux.

J'étais allongé sur le carrelage froid de la chambre et il était planté au-dessus de moi, à me regarder, et la lumière électrique illuminait son visage. Ses yeux maintenant n'étaient plus marron ; ils étaient emplis d'une douce et éblouissante lumière dorée. Un éclat surnaturel imprégnait déjà sa peau sombre et lisse, lui donnant une imperceptible pâleur qui la rendait encore plus parfaitement dorée, ses cheveux avaient déjà pris ce somptueux lustre maléfique, toute la lumière se concentrait sur lui, se reflétant sur sa personne et jouant autour de lui comme si elle le trouvait irrésistible : ce grand gaillard angélique avec sur le visage cet air vide et stupéfait.

Il ne disait rien et je n'arrivais pas à lire son expression. Je connaissais seulement les merveilles qu'il contemplait. Je savais, lorsqu'il regardait autour de lui — la lampe, les débris du miroir, le ciel dehors —, je savais ce qu'il voyait.

Il me regarda de nouveau.

« Vous êtes blessé », murmura-t-il.

J'entendis le sang dans sa voix !

« C'est vrai ? Vous êtes blessé ?

— Pour l'amour de Dieu, répondis-je d'une voix rauque. En quoi cela peut-il vous intéresser que je sois blessé ? »

Il s'écarta, ouvrant de grands yeux, comme si à chaque seconde qui passait, sa vision s'étendait, puis il se retourna et on aurait dit qu'il avait oublié que j'étais là. Il avait toujours le regard fixe avec le même air enchanté. Et puis, plié en deux et grimaçant de douleur, il tourna les talons, sortit sur la petite véranda et se dirigea vers la mer.

Je me redressai dans mon fauteuil. La chambre tout entière frémissait comme un mirage. Je lui avais donné toutes les gouttes de sang qu'il pouvait absorber. La soif me paralysait et j'avais du mal à rester d'aplomb. Je passai mon bras autour de mon genou et j'essayai de rester assis là sans m'écrouler de faiblesse sur le sol.

Je levai ma main gauche de façon à pouvoir la regarder à la lumière. Les petites veines sur le dessus étaient gonflées, mais à mesure que je regardais, elles s'aplanissaient.

Je sentais mon cœur battre vigoureusement. Et si vive et si terrible que fût ma soif, je savais qu'elle pouvait attendre. Je ne savais pas plus qu'un mortel malade pourquoi je guérissais de ce que je venais de faire. Quelque sombre machine en moi s'affairait sans bruit à restaurer mes forces comme s'il fallait purger de toute faiblesse cette superbe machine à tuer pour qu'elle pût repartir en chasse.

Quand je finis par me remettre debout, j'étais moi-même. Je lui avais donné plus de sang que je n'en avais jamais fait don aux autres que j'avais créés. C'était fini. J'avais bien fait les choses. Il allait être si fort ! Seigneur Dieu, il serait plus fort que les anciens.

Mais il me fallait le trouver. Il se mourait maintenant. Je devais l'aider, même s'il cherchait à me repousser.

Je le trouvai dans l'eau jusqu'à la taille. Il frissonnait et il éprouvait une telle souffrance que de petits halètements sortaient de lui, malgré tous ses efforts pour rester calme. Il avait le médaillon, et la chaîne d'or était enroulée autour de sa main crispée.

Je passai un bras autour de lui pour le soutenir. Je lui dis que cela n'allait pas durer bien longtemps. Et que quand ce serait fini, ce serait pour toujours. Il hocha la tête.

Au bout d'un petit moment, je sentis ses muscles se détendre. Je le pressai de me suivre vers les hauts-fonds où nous pourrions marcher plus facilement, et de concert nous revînmes jusqu'à la plage.

« Il va falloir vous nourrir, dis-je. Croyez-vous que vous puissiez le faire tout seul ? »

Il secoua la tête.

« Bon, je vais vous emmener et vous montrer ce que vous avez besoin de savoir. D'abord, la cascade là-haut. Je l'entends. Et vous ? Vous pouvez vous nettoyer. »

Il acquiesça et me suivit, tête basse, un bras toujours crispé autour de sa taille, le corps secoué de temps en temps des ultimes et violentes crampes qu'amène toujours la mort.

Quand nous arrivâmes à la cascade, il s'avança sans effort sur les roches glissantes, ôta son short et resta nu sous la chute d'eau pour se doucher le visage et tout le corps, en gardant les yeux grands ouverts.

Je l'observais, me sentant de plus en plus fort à mesure que les secondes passaient. Puis je bondis, bien au-dessus de la cascade et j'atterris sur la falaise. Je l'apercevais en bas, minuscule silhouette toute éclaboussée d'eau, qui levait les yeux vers moi.

« Pouvez-vous venir jusqu'à moi ? » demandai-je d'une voix douce.

Il acquiesça de la tête. Excellent : il avait entendu. Il recula et fit un grand bond, jaillissant hors de l'eau et se posant sur la pente de la falaise à quelques mètres seulement plus bas que moi, ses mains agrippant sans effort les roches glissantes. Il les escalada sans se retourner une seule fois jusqu'au moment où il se retrouva à mes côtés.

Très franchement, j'étais stupéfait de sa force. Mais il n'y avait pas que cela : il y avait aussi sa totale intrépidité. Et lui-même semblait ne plus du tout y penser. Il avait de nouveau le regard perdu vers les nuages qui défilaient et le ciel miroitant. Il regardait les étoiles, puis la jungle qui, plus haut, montait jusqu'aux falaises.

« Sentez-vous la soif ? » demandai-je. Il hocha la tête, ne me jetant qu'un bref coup d'œil avant de se tourner de nouveau vers la mer.

« Très bien, maintenant nous allons regagner votre ancien appartement et vous allez vous habiller convenablement pour parcourir le monde des mortels, puis nous irons en ville.

— Si loin que cela ? » demanda-t-il. Il désigna l'horizon. « Il y a un petit bateau par là. »

Je le scrutai et je le vis par les yeux d'un homme qui se trouvait à bord. Une créature cruelle et déplaisante. C'était un bateau de contrebande. Et l'homme était furieux qu'une bande d'ivrognes l'eût laissé opérer tout seul.

« Bien, dis-je. Nous allons partir ensemble.

— Non, fit-il. Je crois que je devrais y aller... seul. »

Il se tourna sans attendre ma réponse et, d'un mouvement vif et gracieux, descendit jusqu'à la plage. Il passa comme une traînée de lumière sur les hauts-fonds, plongea dans les vagues et se mit à nager vigoureusement.

Je descendis le bord de la falaise, découvris un petit sentier rocailleux, et le suivis distraitement jusqu'à ce que je fusse revenu dans la chambre. J'inspectai les dégâts — le miroir brisé, la table renversée, l'ordinateur couché sur le côté, le livre tombé sur le sol. Le fauteuil renversé sur la petite véranda.

Je tournai les talons et sortis.

Je remontai par le jardin. La lune était très haute dans le ciel et je suivis l'allée de gravier jusqu'au bord extrême des rochers, puis je restai là à contempler l'étroit ruban de plage blanche et la mer silencieuse.

Je finis par m'asseoir, adossé au tronc d'un grand arbre sombre dont les branches s'étendaient au-dessus de moi comme un vaste dais, et je posai mon bras sur mon genou et ma tête sur mon bras.

Une heure s'écoula. Je l'entendis arriver, remontant l'allée d'un pas vif et léger comme jamais aucun mortel n'en a eu. Quand je levai les yeux, je vis qu'il s'était baigné et habillé, qu'il s'était même coiffé et l'odeur du sang qu'il avait bu persistait un peu, peut-être sur ses lèvres. Ce n'était pas une créature faible et charnue comme Louis, oh, que non ! il était bien plus fort. Et l'évolution n'était pas terminée. Les souffrances de son trépas étaient finies, mais alors même que je le regardais, je le voyais se durcir et le doux éclat doré de sa peau était un spectacle enchanteur.

« Pourquoi l'avez-vous fait ? » interrogea-t-il. Quel masque que ce visage ! Puis un éclair de colère le traversa quand il répéta : « Pourquoi l'avez-vous finalement fait ?

— Je ne sais pas.

— Oh ! ne me racontez pas cela. Pas de larmes non plus ! Pourquoi l'avez-vous fait ?

— Je vous dis la vérité. Je n'en sais rien. Je pourrais vous donner toutes les raisons du monde. Mais je ne sais pas. Je l'ai fait parce que j'en avais envie, parce que je voulais le faire. Parce que je voulais voir ce qui arriverait si je le faisais. Je le désirais... et je ne pouvais pas me décider. Je l'ai compris quand je suis revenu à La Nouvelle-Orléans. J'ai... attendu et attendu, je n'arrivais pas à m'y décider. Et maintenant c'est fait.

— Misérable menteur. Vous l'avez fait par cruauté et par méchanceté ! Vous l'avez fait parce que votre petite expérience avec le Voleur de Corps a mal tourné ! Il en est sorti ce miracle pour moi, cette jeunesse, cette renaissance, et cela vous a rendu furieux qu'une pareille chose puisse arriver, que j'en tire profit quand vous en aviez tant souffert !

— C'est peut-être vrai !

— Bien sûr que c'est vrai. Reconnaissez-le. Avouez la mesquinerie de votre geste. Convenez de sa méchanceté, avouez que vous ne pouviez pas supporter de me laisser glisser dans l'avenir avec ce corps que vous n'aviez pas eu le courage de supporter !

— Peut-être. »

Il s'approcha et essaya de me faire mettre debout en tirant mon bras d'une main ferme et insistante. Naturellement, rien ne se passa. Il ne parvint pas à me faire bouger d'un pouce.

« Vous n'êtes pas encore assez fort pour jouer à ces jeux-là, dis-je. Si vous n'arrêtez pas, je vais vous frapper et vous envoyer au tapis. Cela ne vous plaira pas. Vous êtes trop digne pour cela. Alors renoncez à ces navrants petits coups de poing de mortel, je vous en prie. »

Il me tourna le dos, les bras croisés, la tête baissée. J'entendais les petits cris de désespoir qui sortaient de sa bouche et je percevais presque son angoisse. Il s'éloigna et de nouveau j'enfouis mon visage au creux de mon bras.

Puis je l'entendis qui revenait.

« Pourquoi ? Je veux une réponse. Je veux un aveu de votre part.

— Non », dis-je.

Il tendit le bras et me saisit par les cheveux, ses doigts emmêlés dans mes mèches m'obligeant à lever la tête tandis que la douleur me brûlait toute la surface du crâne.

« David, vous poussez vraiment les choses trop loin, grommelai-je en me dégageant. Encore un petit tour comme celui-là et je m'en vais vous précipiter au pied de la falaise. »

Quand j'aperçus son visage, quand je vis la souffrance qu'il y avait en lui, je me calmai.

Il s'agenouilla devant moi si bien que nous étions à peu près au même niveau.

« Pourquoi, Lestat ? » demanda-t-il d'une voix triste et rauque qui me brisa le cœur.

Accablé de honte, écrasé de désespoir, j'appuyai de nouveau mes yeux fermés sur mon bras droit et je levai le gauche pour me couvrir la tête. Et rien, ni toutes ses supplications, ses malédictions, ses imprécations, ni pour finir son départ silencieux, rien ne put me faire relever les yeux.

Bien avant le matin, je me mis à sa recherche. La petite chambre était maintenant en ordre et il avait posé sa valise sur le lit. L'ordinateur était rangé et l'exemplaire de *Faust* était posé sur sa mallette en matière plastique.

David n'était pas là. Je le cherchai dans tout l'hôtel sans pouvoir le trouver. Je fouillai le jardin, les bois d'un côté, puis d'un autre, sans succès.

Je finis par trouver une petite grotte au flanc de la montagne, je m'installai tout au fond et je m'endormis.

A quoi bon décrire mon désespoir ? Décrire la douleur sourde et sombre que j'éprouvais ? A quoi bon dire que je savais à quel point ma conduite était injuste, déshonorante et cruelle ? J'étais parfaitement conscient du mal que je lui avais fait.

Je me connaissais à fond, avec tout ce qu'il y avait en moi de mauvais, et je n'attendais maintenant rien du monde sauf le même mal en retour.

Je m'éveillai sitôt que le soleil eut disparu dans l'océan. D'une haute falaise j'observai le crépuscule, et je descendis dans les rues de la ville pour chasser. Il ne fallut pas trop longtemps avant que l'habituel voleur n'essayât de mettre la main sur moi pour me dépouiller ; je l'entraînai avec moi dans une petite ruelle et là je le vidai de son sang, lentement, en y prenant beaucoup de plaisir, à quelques pas seulement des touristes qui passaient. Je dissimulai son corps dans un recoin de la ruelle et je poursuivis mon chemin.

Mon chemin ? Mais quel était donc mon chemin ?

Je retournai à l'hôtel. Ses affaires étaient toujours là, pas lui. Je repris mes recherches, luttant contre l'horrible crainte qu'il ne se fût déjà supprimé, puis je compris qu'il était bien trop fort pour que ce fût chose facile. Même s'il s'était étendu sous la violence du soleil, ce dont je doutais fort, il n'aurait pas pu être totalement détruit.

Pourtant toutes les craintes imaginables m'assaillaient : peut-être était-il si brûlé, si estropié qu'il ne pouvait rien faire. Il avait été découvert par des mortels. Ou peut-être les autres étaient-ils venus et l'avaient-ils enlevé. Ou bien il allait réapparaître et me maudire encore. Je craignais cela aussi.

Je finis par revenir à Bridgetown, ne pouvant pas quitter l'île avant de savoir ce qu'il était advenu de lui.

J'y étais encore une heure avant l'aube.

Et la nuit suivante je ne le trouvai toujours pas. Ni la nuit d'après.

Enfin, l'esprit et l'âme meurtris, et me répétant que je ne méritais que mon malheur, je rentrai chez moi.

La douceur du printemps avait fini par arriver à La Nouvelle-Orléans et je trouvai la ville grouillant de ses hordes habituelles de touristes sous un ciel du soir clair et rougeoyant. Je me rendis d'abord à mon ancienne maison pour reprendre Mojo à la vieille femme, qui n'était pas contente du tout de le laisser partir, sauf que, de toute évidence, il avait mal supporté mon absence.

Puis lui et moi nous rendîmes rue Royale. Avant même d'arriver en haut de l'escalier de service, je savais que l'appartement n'était pas vide. Je m'arrêtai un moment pour regarder la cour restaurée dont je pus admirer les dalles bien nettoyées et la romantique petite fontaine, qui avait retrouvé ses chérubins et les coquilles en forme de cornes d'abondance d'où une eau claire se déversait dans le bassin en dessous.

On avait planté contre le vieux mur de briques un parterre de fleurs sombres et des plants de bananiers s'épanouissaient déjà dans l'angle, leurs longues et gracieuses feuilles en lames de couteau se balançant dans la brise.

Cela emplit mon méchant petit cœur égoïste d'une joie indicible.

Je pénétrai à l'intérieur. Le petit salon était enfin terminé et magnifiquement meublé des superbes fauteuils anciens que j'avais choisis, posés sur l'épais tapis persan d'un rouge fané.

Mon regard parcourut la longueur du couloir, s'attardant sur le papier peint tout neuf à rayures blanches et or sur les mètres de moquette sombre, puis j'aperçus Louis planté sur le seuil du grand salon.

« Ne me demande pas où j'étais ni ce que j'ai fait », dis-je. J'avançai jusqu'à lui, l'écartai et entrai dans la pièce. Ah ! elle dépassait toutes mes attentes. Il y avait là la réplique même de son ancien bureau entre les fenêtres, la méridienne tapissée de soie damassée argent et la table ovale incrustée d'acajou. Et l'épinette contre le mur du fond.

« Je sais où tu étais, dit-il, et je sais ce que tu as fait.

— Oh ? Qu'est-ce qui va suivre ? Un sermon aussi assommant qu'interminable ? Débite-le-moi maintenant pour que je puisse aller dormir. »

Je me retournai pour lui faire face, pour voir quel effet cette verte semonce avait eu sur lui et voilà que j'aperçus David à ses côtés, fort bien habillé d'un costume de velours noir finement peigné, les bras croisés sur la poitrine et adossé à l'encadrement de la porte.

Ils me regardaient tous deux, le visage pâle et sans expression ; David avait la silhouette la plus sombre et la plus haute, mais comme ils paraissaient étonnamment semblables. L'idée me vint peu à peu que Louis pour cette occasion avait fait des efforts vestimentaires et qu'il portait exceptionnellement des vêtements qui ne semblaient pas sortir d'une malle trouvée dans un grenier.

Ce fut David qui parla le premier.

« Le carnaval commence à Rio demain », dit-il, sa voix encore plus séduisante qu'elle ne l'était dans sa vie mortelle. « Je pensais que nous pourrions y aller. »

Je le dévisageai avec une visible méfiance. On aurait dit qu'une lumière sombre baignait son visage. Ses yeux brillaient d'un éclat dur. Et sa bouche était si douce, sans trace de malveillance ni d'amertume. Aucune menace n'émanait de lui.

Puis Louis se tira de sa rêverie, s'éloigna tranquillement dans le couloir et regagna son ancienne chambre. Oh ! comme je connaissais ce rythme familier des planches et des marches qui craquaient !

J'étais profondément bouleversé et un peu hors d'haleine.

Je m'assis sur le canapé et fis signe à Mojo de venir ; il s'assit juste devant moi, appuyant tout son poids contre mes jambes.

« Vous parlez sérieusement ? demandai-je. Vous voulez que nous allions là-bas ensemble ?

— Oui, dit-il. Et après cela, vers la forêt tropicale. Si nous allions là-bas ? Dans les profondeurs de ces forêts. » Il décroisa les bras et, baissant la tête, se mit à arpenter lentement la pièce. « Vous m'avez dit quelque chose, je ne me rappelle pas quand... peut-être était-ce une image que j'ai captée chez vous avant que tout cela n'arrive, quelque chose à propos d'un temple dont les mortels ignoraient l'existence, perdu dans les profondeurs de la jungle. Ah ! songez à toutes les découvertes qu'il doit y avoir à faire. »

Comme il paraissait sincère, comme sa voix vibrait.

« Pourquoi m'avez-vous pardonné ? » interrogeai-je.

Il s'arrêta pour me regarder, et j'étais si troublé par la

présence manifeste du sang en lui, par la façon dont cela avait modifié sa peau, ses cheveux et ses yeux, que pendant un moment je fus incapable de penser. Je levai une main, l'implorant de ne pas parler. Pourquoi ne m'étais-je jamais habitué à cette magie ? Puis je baissai la main, pour le laisser, non, pour l'implorer de poursuivre.

« Vous saviez que je vous pardonnerais, dit-il, de son ton calme et mesuré. Vous saviez quand vous l'avez fait que je continuerais à vous aimer. Que j'aurais besoin de vous. Que j'irais vous chercher et que de toutes les créatures de ce monde c'est à vous que je m'accrocherais.

— Non, chuchotai-je. Je vous jure que non...

— Je suis parti un moment pour vous punir. Vous épuisez la patience de n'importe qui, vraiment. Vous êtes la plus impossible des créatures, comme vous l'ont dit des êtres plus sages que moi. Vous saviez que je reviendrais.

— Non, je ne l'ai jamais rêvé.

— Ne vous remettez pas à pleurer.

— J'aime pleurer. Il le faut. Pourquoi sinon le ferais-je si souvent ?

— Eh bien, cessez !

— Oh ! voilà qui va être amusant, n'est-ce pas ? Vous vous imaginez que vous êtes le chef de cette petite communauté, n'est-ce pas, et vous allez vouloir faire la loi ici.

— Vous recommencez ?

— Vous n'avez même plus l'air d'être l'aîné de nous deux, et vous ne l'avez jamais été. Vous avez laissé mon beau et irrésistible visage vous duper de la façon la plus simple et la plus stupide. C'est moi le chef. C'est ma maison. C'est moi qui dirai si nous allons à Rio. »

Il se mit à rire. Lentement d'abord, puis d'un rire plus profond, plus ample. S'il y avait de la menace chez lui, c'était seulement dans de brusques changements d'expression, dans l'éclat sombre de son regard. Je n'étais même pas sûr qu'il y en eût.

« C'est vous le chef ? » demanda-t-il d'un ton méprisant. Le même air d'autorité si familier.

« Oui, parfaitement. Alors, vous avez décampé... vous vouliez me montrer que vous pouviez vous débrouiller sans moi. Que vous pouviez chasser tout seul ; que vous pourriez trouver une cachette pour la journée ; que vous n'aviez pas besoin de moi. Mais vous êtes ici !

— Venez-vous à Rio avec nous ou pas ?

— Avec nous ! Vous avez bien dit "nous" ?

— Parfaitement. »

Il s'approcha du fauteuil le plus proche du canapé et s'assit. Je me rendais compte que, de toute évidence, il maîtrisait déjà parfaitement ses nouveaux pouvoirs. Moi, bien sûr, je ne pouvais pas mesurer quelle était vraiment sa force en me contentant de le regarder. La couleur sombre de sa peau dissimulait trop de choses. Il croisa les jambes et prit une attitude parfaitement détendue, mais en conservant toute la dignité de David.

Peut-être était-ce la façon dont il restait assis bien droit dans son fauteuil, ou bien l'élégance avec laquelle sa main reposait sur sa cheville tandis que l'autre bras se moulait au bras du fauteuil.

Seule son épaisse chevelure brune et bouclée compromettait quelque peu son air digne, en tombant sur son front, si bien qu'il finit par la rejeter en arrière d'un petit geste inconscient.

Brusquement, son calme se dissipa ; son visage soudainement se crispait, en proie à une grave confusion, puis au pur désarroi.

Je ne pouvais pas supporter cela, cependant je me forçais à garder le silence.

« J'ai essayé de vous haïr, avoua-t-il, ouvrant des yeux encore plus grands tandis que sa voix s'éteignait presque. Je n'ai pas pu, c'est aussi simple que cela. » Et, l'espace d'un instant, je sentis la menace, la grande colère surnaturelle flamboyant en lui, avant que le visage ne reprît une expression parfaitement misérable, et puis simplement triste.

« Pourquoi donc ?

— Ne jouez pas avec moi.

— Je n'ai jamais joué avec vous ! Je suis sincère quand je vous dis ces choses-là. Comment pouvez-vous ne pas me haïr ?

— Je ferais la même erreur que vous avez commise si je vous détestais, dit-il en haussant les sourcils. Vous ne voyez donc pas ce que vous avez fait ? Vous m'avez accordé le

Don, mais vous m'avez épargné la capitulation. Vous m'avez amené ici avec tout votre talent et toute votre force, vous n'avez toutefois pas exigé de moi la défaite morale. Vous m'avez retiré la décision et vous m'avez donné ce que je ne pouvais m'empêcher de vouloir... »

J'étais sans voix. Tout cela était vrai, pourtant c'était aussi le plus fieffé mensonge que j'eusse jamais entendu. « Alors le viol et le meurtre sont nos sentiers de la gloire ! Je ne marche pas. Nos chemins sont boueux. Nous sommes tous damnés et maintenant vous l'êtes aussi. Voilà ce que je vous ai fait. »

Il supporta cela comme si c'était une série de petites claques, tressaillant juste un peu et puis me regardant de nouveau fixement.

« Il vous a fallu deux cents ans pour apprendre que vous le vouliez, déclara-t-il. Je l'ai su dès l'instant où je me suis éveillé de ma stupeur et où je vous ai vu allongé là sur le sol. Pour moi vous aviez l'air d'une coquille vide. Je savais que vous étiez allé trop loin. J'étais terrifié pour vous. Et je vous voyais avec ces yeux nouveaux.

— Ah ! oui.

— Savez-vous ce qui m'a traversé l'esprit ? J'ai cru que vous aviez trouvé une façon de mourir. Vous m'aviez donné tout votre sang. Voilà maintenant que vous périssiez sous mes propres yeux. Je savais que je vous pardonnais. Et je savais qu'à chaque bouffée d'air que j'aspirais, qu'à chaque couleur ou forme nouvelle que je voyais devant moi, je savais que c'était vous qui m'en aviez fait le don : cette vision et cette vie neuve qu'aucun de nous n'est vraiment capable de décrire ! Oh ! je ne pouvais pas l'avouer. Il fallait que je vous maudisse, que je vous combatte un petit moment. Au bout du compte, ce n'était que cela : un petit moment.

— Vous êtes beaucoup plus malin que moi, dis-je doucement.

— Bien sûr, que croyiez-vous ? »

Je souris. Je me calai sur le canapé.

« Ah ! c'est le Don ténébreux, murmurai-je. Comme ils avaient raison, les anciens, de lui donner ce nom. Je me demande s'il s'est fait à mes dépens. Car voici un vampire assis là en face de moi, un buveur de sang aux pouvoirs énormes, mon enfant, et que sont maintenant pour lui les émotions d'antan ? »

Je le regardai et une fois de plus je sentis les larmes me monter aux yeux. Ah ! je pouvais toujours compter sur elles. Il fronçait les sourcils, il avait les lèvres entrouvertes et j'eus vraiment l'impression que je lui avais porté un coup terrible. Il ne me dit rien. Il paraissait surpris, puis il secoua la tête comme s'il était incapable de répondre.

Je compris que ce n'était pas de la vulnérabilité que je voyais en lui maintenant, mais plutôt de la compassion et une manifeste inquiétude pour moi.

Il quitta brusquement son fauteuil pour tomber à genoux devant moi et poser ses mains sur mes épaules, sans se soucier le moins du monde de mon fidèle Mojo qui le contemplait d'un œil indifférent. Se rendait-il compte que c'était ainsi que j'avais fait face à Claudia dans mon rêve fiévreux ?

« Vous êtes le même, dit-il en secouant la tête. Absolument le même.

— Le même que quoi ?

— Oh ! chaque fois que vous êtes venu me trouver, vous me touchiez ; vous m'arrachiez un profond sentiment de protection. Vous me faisiez éprouver de l'amour. Et c'est la même chose maintenant. Seulement aujourd'hui vous me semblez encore plus perdu et encore plus dépendant de moi. C'est moi qui vais vous entraîner, je le vois clairement. Je suis votre lien avec le futur. C'est à travers moi que vous allez voir les années à venir.

— Vous êtes le même, vous aussi. Un parfait innocent. Un fieffé imbécile. » J'essayai d'ôter sa main de mon épaule, mais en vain. « Vous allez au-devant de gros ennuis. Attendez un peu.

— Oh ! comme c'est excitant. Maintenant, venez, il faut que nous partions pour Rio. Nous ne devons absolument pas manquer quoi que ce soit du carnaval. Même si évidemment nous pourrons y retourner... et y retourner... et encore... mais venez. »

Je restai parfaitement immobile à le regarder très longtemps, jusqu'au moment où l'inquiétude finit par le reprendre. Sur mes épaules je sentais la pression très forte de ses doigts. Oui, je l'avais bien réussi à tous égards.

« Qu'y a-t-il ? demanda-t-il d'une voix timide. Vous éprouvez de la peine pour moi ?

— Peut-être un peu. Comme vous l'avez dit, je ne suis pas aussi fort que vous pour savoir ce que je veux. Je crois que je cherche à fixer ce moment dans ma mémoire. Je veux m'en souvenir toujours — je veux me rappeler la façon dont vous êtes maintenant, ici avec moi... avant que les choses ne commencent à mal tourner. »

Il se redressa, me forçant sans effort apparent à me relever moi aussi. Il y eut sur son visage un petit sourire de triomphe quand il observa mon étonnement.

« Oh, dis-je, ça va vraiment être quelque chose, cette petite lutte.

— Bah, vous pourrez vous battre avec moi à Rio, quand nous danserons dans les rues. »

Il me fit signe de le suivre. Je ne savais pas très bien ce que nous allions faire ensuite ni comment nous effectuerions ce voyage ; j'étais si merveilleusement excité que, franchement, je ne me souciais guère de tous ces petits détails.

Bien sûr, il allait falloir persuader Louis de venir, mais nous unirions nos efforts et nous finirions bien par le convaincre, si réticent qu'il fût.

J'allais suivre David hors de la pièce quand quelque chose attira mon regard. Quelque chose de posé sur le vieux bureau de Louis. C'était le médaillon de Claudia. La chaînette était lovée là, ses petits maillons d'or reflétant la lumière, et le boîtier ovale était ouvert, appuyé contre l'encrier, si bien que le petit visage semblait me regarder droit dans les yeux.

Je tendis le bras pour ramasser le médaillon et j'examinai très attentivement le petit portrait. Et avec tristesse, je compris une chose.

Elle ne faisait plus partie des vrais souvenirs. Elle était devenue un de ces rêves que j'avais eus dans ma fièvre. Elle était l'image dans l'hôpital de la jungle, une silhouette dressée dans le soleil de Georgetown, un fantôme se précipitant dans les ombres de Notre-Dame. Dans la vie, elle n'avait jamais été ma conscience ! Pas Claudia, mon impitoyable Claudia. Quel rêve ! Un pur rêve.

Un sombre et secret sourire effleura mes lèvres tandis que je la regardais, un pli d'amertume et je me retrouvai une fois de plus au bord des larmes. Car rien n'avait changé pour moi en comprenant que je lui avais lancé les mots accusateurs. *La vérité était toujours la même.* La possibilité du salut s'était présentée — et j'avais dit non.

En serrant ainsi le médaillon, j'aurais voulu dire quelque chose à Claudia ; j'aurais voulu dire quelque chose à l'être qu'elle avait été, et à ma propre faiblesse, à la créature perverse et cupide en moi qui avait une fois de plus triomphé. Car c'était bien cela : j'avais gagné.

Oui, j'aurais tellement voulu dire quelque chose ! Ç'aurait été plein de poésie et cela aurait racheté ma cupidité, ma malfaisance et mon petit cœur impitoyable. Car je partais pour Rio, n'est-ce pas, je partais avec David et avec Louis, et une ère nouvelle commençait...

Oui, dire quelque chose — pour l'amour du ciel et pour l'amour de Claudia — des paroles de ténèbres et de vérité ! Grand Dieu, percer l'abcès et atteindre le cœur.

Mais je ne pouvais pas.

Vraiment, qu'y *a-t-il* de plus à dire ?

Mon récit est achevé.

Lestat de Lioncourt.
La Nouvelle-Orléans.
1991

Achevé d'imprimer sur les presses de

BUSSIÈRE

GROUPE CPI

à Saint-Amand-Montrond (Cher)
en février 2002

POCKET - 12, avenue d'Italie - 75627 Paris Cedex 13
Tél. : 01-44-16-05-00

— N° d'imp. 20528. —
Dépôt légal : avril 1995.

Imprimé en France